国家社科基金西部项目
"中国小说家庭伦理叙事的现代转型研究（1898-1927）"
结项成果

重庆师范大学文学院"精是"文库

THE MODERN TRANSFORMATION OF FAMILY
ETHICS NARRATION IN CHINESE NOVELS
(1898-1927)

中国小说
家庭伦理叙事的现代转型
(1898-1927)

杨华丽◎著

中国社会科学出版社

图书在版编目(CIP)数据

中国小说家庭伦理叙事的现代转型：1898—1927 / 杨华丽著 . —北京：中国社会科学出版社，2021.12

ISBN 978-7-5203-9133-7

Ⅰ.①中… Ⅱ.①杨… Ⅲ.①小说研究—中国—近代 ②小说研究—中国—现代 Ⅳ.①I207.4

中国版本图书馆CIP数据核字（2021）第191815号

出 版 人	赵剑英
责任编辑	慈明亮
责任校对	李 剑
责任印制	戴 宽

出　　版	中国社会科学出版社
社　　址	北京鼓楼西大街甲158号
邮　　编	100720
网　　址	http：//www.csspw.cn
发 行 部	010-84083685
门 市 部	010-84029450
经　　销	新华书店及其他书店
印刷装订	北京君升印刷有限公司
版　　次	2021年12月第1版
印　　次	2021年12月第1次印刷
开　　本	710×1000　1/16
印　　张	21.75
插　　页	2
字　　数	369千字
定　　价	128.00元

凡购买中国社会科学出版社图书，如有质量问题请与本社营销中心联系调换
电话：010-84083683
版权所有　侵权必究

序

张光芒

继颇具思想冲击力的专著《"打倒孔家店"研究》问世七年后，杨华丽教授又完成了这部题为《中国小说家庭伦理叙事的现代转型（1898—1927）》（以下简称《家庭伦理叙事》）的厚重之作。从两部著作的研究主题来看，后者较之前者具有显著的延展性与开拓性，体现着内在的理论深化与实践上的转向。同样是以"五四"前后为节点，同样是挖掘现代转型的逻辑规律，但《"打倒孔家店"研究》是从思想史的层面还原历史的复杂面相，而《家庭伦理叙事》则是从文学史的角度建构叙事世界背后的历史脉络；前者从客观存在的话语口号着手去勘探主观世界的思想谱系，后者则从主观审美的叙述流程切入以萃取真实及物的伦理存在。理论是灰色的，惟有生命之树常青。如果说"打孔家店"的口号尚带有灰色的成分，那么，丰富鲜活的小说叙事所形成的审美世界正是生命的广袤森林。从华丽教授研究重心的转移中，从《家庭伦理叙事》细腻深微条分缕析的句子中，不难看到她多年来孜孜不倦始终如一的学术目标、上下求索探求真理的学术足迹、挑战权威攻关难题的学术勇气、文史互补长于思辨的学术风格，以及胸有千壑、永志不俗的学术情怀。

《家庭伦理叙事》一书所涉猎的话题及其观点论述已居学术前沿，本来我没资格撰序置喙，而华丽教授之所以力邀我写几句话，也主要是因为我对她相关研究的推进过程比较熟悉。说起来，华丽教授《"打倒孔家店"研究》的定稿与出版，以及《家庭伦理叙事》获得国家社科基金立项资助，恰恰都是在2013至2014年她计划着来南京大学做访问学者的时候。当时，她已经是一名成熟学者，怀揣数十篇重要期刊论文，且在原单位担任职务。但她依然义无反顾地以一个全日制学生的姿态做起了南大的访问学者，过起了宿舍—餐厅—图书馆三点一线式的生活。清淡而枯燥的校园生活，对于华丽来说，却不啻某种慷慨的馈赠，是心无旁骛遨游学海的难得时光。教室里沉静笃实的身影、读书会上活跃敏锐的思维、讨论中对于问题的究根追底的执着，都在表明这样一个道理：一个纯粹的学者，必定是一位苦行僧式的攀登者。

学界中人都深知，现代文学研究多年来之所以是一门显学，这与它的跨学科性质、社会文化的综合交织及思想解放价值是分不开的。惟其意义巨大，晚清至"五四"的现代转型期及其蕴含的核心思想与文学命题，集聚了研究界时间最长热情最多的学术能量，这一领域的成果积累了一代代学人的汗水与智慧。也因此，年轻一些的学者在选择主攻方向时更喜欢"绕道走"，去开辟相对不那么拥挤的属于自己的处女地。但是华丽教授却不避艰险地投身于这一领域，并取得了一系列引人关注的成绩。

《家庭伦理叙事》首要的学术意义即在于它是站在前人的肩膀上，以新时代的宏阔视野重新确立了该题域研究的逻辑基点。中国文化的最大特点是伦理中心主义，而伦理中心主义的中心则是家庭伦理。在本书绪论中，作者着重指出，一方面，对于中国人而言，家庭伦理秩序是伦理秩序中尤为重要者，甚至可以说是中国传统伦理道德的核心和基础；而另一方面，中国传统家庭伦理的相对稳定，是造就中国文化超稳定的重要基石。究其根源，作者认为，中国传统社会的全部伦理道德都在三纲五伦的基础上铺衍、展开，而三纲中的"父为子纲""夫为妻纲"规定的正是重要的家庭成员——父子、夫妻——之间的关系，"君为臣纲"不过是家庭关系的推演；五伦中的"父子""夫妇""兄弟"意在调节家庭成员之间的关系，且君臣伦理不过是父子伦理的推演，朋友伦理不过是兄弟伦理的推演。

作者在强调家庭伦理作为中国文化的"核心"以及作为中国文化超稳定的"基石"这两个关键词的时候，特别论证了个中究竟，是有其良苦用心。这不但涉及本书对于论述题域范畴如何框定，也意味着内在逻辑合理性的获取，以及全书分析方法的可行性问题。我想，如果将其置于中西文化比较的视野下，以更为形象简明的表达方式，几乎可以作如此判断：如果说西方文化的核心是"男女平等"，那么中国文化的核心就是"父上子下"。西方文化的所有伦理关系与秩序都是由男女平等推衍而来，兄弟、君臣、父子、长幼之间都自觉地以男与女的关系为准则。而且，这里的"男女平等"不局限于夫妇之间的平等，而是整个社会层面上的平等意识。作为中国文化核心的"父上子下"惟其原生于家庭伦理，推衍开去，从政治到经济，从日常到政治，从民间到庙堂，贯穿于社会文化领域的方方面面，便历史地形成了超稳定的文化结构。

与西方相比，中国文化由伦理中心主义，进而凝固为家庭伦理中心主义，这其中的差异及其复杂的环节，直到我们今天也许并没有充分勘探到底。而家庭伦理之于文化结构的超稳定结构功能，内在地决定了在现代文明与现代性思潮的冲击下，中国文化现代转型的必要性、艰巨性乃至反复性等多元历史样态形成的必然规律。意识到这一些，也许会帮助我们重新理解那个时期"打孔家店"运动中先驱者们何以会不断呐喊又很快无地彷徨；"全盘西化"的呼声亦非以意气用事可以解释，亦不是不可思议；至于"群己观"的提出、"个人"的发现、"非孝"话语的介入等，更是因其对于家庭伦理改变的针对性，获得了远远超越家庭伦理关系的现代启蒙价值。

尤为重要的是，在本书的逻辑基点所形成的恢宏视野之下，家庭伦理之任何层面或者任何环节的现代转型探索，都几乎命定地牵一发而动全身，都潜在地涉及整体文化结构的转型问题。而只有在整体性的视野下观照它们，才能够真正挖掘出对象文本的历史特质与阐释价值——无论是从历时性的角度，还是从共时性的角度，都是如此。因之，本书把研究对象划定为1898—1927年的家庭伦理叙事，是建基于深思熟虑的论证之上的。宏阔的理论视野与独到的历史意识，可视为本书的第二个研究特色与学术价值。

华丽教授清醒地看到，从1898至1927年，晚清与现代作家"有幸看到了宗法封建性家庭漫长的解体过程，感知到其中尖锐或钝重的痛苦，并且以其具有时代特色的笔墨，为我们留下了独特的家庭伦理叙事的现代转型史"。这是一段鲜活的灵魂史，也是一段环环相扣的历史链条，是一段相对完整的转型史。前人的研究抬高了后续研究的起点，但她发现，立足于史学、哲学、社会学，尤其是伦理学学科来研究中国家庭伦理问题者，较少把1898—1927年间中国家庭伦理的嬗变问题视为一个相对独立而重要的学术题域来对待。在文学研究界，古代文学研究者多将研究下限确定为辛亥革命，而又因多重视宏观论述而相对忽略了对1898—1911年小说的研究。即使近年来，清末十年的新小说受到越来越多的关注，但仍因下限的设置问题而依然不能将家庭伦理的现代转型过程推向深入。

中国现当代文学领域的学者在此论域中，或者多将研究上限确定于五四新文化运动，或者更为重视此期的两性伦理而相对忽略父子伦理问题，因之，中国家庭伦理现代转型的历史流变轨迹难以清晰地加以呈现。在此背景下，本书系统地打通清末、民初、五四高潮期及五四退潮期，以独到的视野实现了历史阶段与逻辑链条的深度契合。我们看到，在家庭伦理的叙事转型中，"五四"小说既不是开始，也不是结束，而是在历史链环中表征着发展特质的一个环节，只有在动态的逻辑观照中，其历史的局限性与突破性、文学魅力与思想特质方得到客观丰富的还原。

本书的第三个学术特色，也是在通读书稿时印象特别深刻的方面，在于贯穿全书的细腻绵密环环相扣的逻辑建构性，以及于深微复杂的分析中展示出的思辨能力。从华丽教授近年发表的许多论著中，我们不难看到在她建立的学术形象中，善于从小切口突入较大命题，擅长以某个细节或某种表相挖掘背后的本质，乐于在文本细读中体验并阐释微言大义，习惯从史料辨正中发现文学史问题。比如她从"赵五贞自杀事件"或者从《非孝》事件还原"五四"新思潮的某些特点，从战时重庆经济生活论述张恨水的散文书写，从进步作家的"钻网术"反观国民党抗战时期的文化统制，从具体作品的不同译本弥补茅盾研究的不足，等等，都是她学术个性的具体呈现。

但从《家庭伦理叙事》的字里行间，我们仍能发现一位成熟学者自我突破的极大潜力。华丽教授在考察1898至1927这三十年小说家庭伦理叙事嬗变的过程中，不但将前后的观念变革进行统一观照，更注重对具体的文本加以详细、对比式考量，从而将其间的继承与新变、温和与激进、新质与旧核或冲突或杂糅的复杂状态，进行清晰的呈现与有力的透射。

以本书对于父子伦理叙事的考察为例，作者不但深知父子伦理之于乡土中国"至为重要"的特性，也关注到前人相关研究中对于父子关系的深刻论述，比如认为父子关系本身至少存在着血缘关系、家庭关系、社会关系三个层面。但华丽教授仍然不满足于此，她在具体考察文学文本尤其是晚清民初的文学文本所呈现的父子关系时发现，父与子之间的家庭关系固然是作家关注的重点，"然而处于历史大变局中的那些父与子们，往往都被置于民族国家的话语体系之中，其家庭关系由此具有了与此前颇具差异的一些特点，血缘关系也得到别有意味的凸显，而社会关系也因国势陵夷的背景而得到了多层面的体现"。由此，在作者笔下，父子关系叙事被置于这种复杂的时代境遇中，被赋予了一系列伦理关系与文化关系的多面向和多层次性。

比如对1915—1927年文本的具体分析中，作者通过何慧心《父亲的狂怒》、翟毅夫的《一个杀父亲的儿子》、庐隐《一个著作家》、叶灵凤《女娲氏之遗孽》等大量文本分析了"专制之父与反叛之子"的结构模式。通过鲁迅《故乡》《药》、一岑《三年前后的父亲》、醒生《二年前后的父亲》、张兆骧《父亲的忏悔》等概括出了"爱子之父与爱父之子"的伦理关系。而通过许钦文《父亲》、叶圣陶《母》、庐隐《何处是归程》等文本，则让我们看到当叛逆之子成为新一代之父后更为复杂的伦理关系与文化意蕴。伦理叙事背后反叛之子出现的路径、遵从与反叛之间的裂隙、父辈与子辈之间"剪不断，理还乱"的爱等现象，都得到了鞭辟入里的阐释，给人以深刻的文化启示。

杨华丽教授深刻地意识到："从家庭伦理角度来考察小说的现代转型及其后的发展史，本身也就是在走近中国近现代知识分子的精神生活史。"其实当我们阅读本书，又何尝不是在感受新世纪学人突破自我和某些禁锢的精神生活史。尤其是最近，妇女儿童拐卖现象引起人们的高度关注，这其中的家庭伦理问题难道不值得我们倾全力去关注和反思么？从这一意义上说，本书虽以百年前的审美世界为研究对象，却无疑是百年后心灵震撼下的回响。

目 录

序 …………………………………………………… 张光芒（1）
绪论 ………………………………………………………………（1）
  一 研究的缘起 ……………………………………………（1）
  二 研究的历史与现状 ……………………………………（8）
  三 研究的内容与方法 ……………………………………（12）

第一章 催化：1898—1915年的家庭伦理观念 …………（18）
  第一节 1898—1911：民族国家话语中的君臣、父子、夫妇 …（19）
    一 君臣关系 ……………………………………………（20）
    二 父子关系 ……………………………………………（26）
    三 夫妇关系 ……………………………………………（30）
    四 民族国家话语与家庭伦理的观念变革 ……………（35）
  第二节 1912—1915：民主共和话语中的君臣、父子、夫妇 …（42）
    一 君臣关系 ……………………………………………（43）
    二 父子关系 ……………………………………………（48）
    三 夫妇关系 ……………………………………………（51）
    四 民主共和话语与家庭伦理的观念变革 ……………（54）

第二章 1898—1915：小说叙事中的父子伦理 ……………（61）
  第一节 子辈的发现与非孝书写 ………………………………（62）
    一 子辈的发现 …………………………………………（62）
    二 晚清民初小说中的非孝书写 ………………………（68）
  第二节 父辈的重审与慈爱的父辈书写 ………………………（78）
    一 父慈子孝图景的有意建构 …………………………（78）
    二 慈爱的父辈群像 ……………………………………（82）
    三 父子关系的新旧杂糅特征 …………………………（88）

第三节　父子关系与家国困境 …………………………………… (91)
　　一　另类的父慈子孝：家国危机中的人生选择 ……………… (93)
　　二　子报父仇书写与家国困境 ………………………………… (98)

第三章　1898—1915：小说叙事中的两性伦理 ………………… (105)
第一节　男尊女卑视阈下的婚恋伦理呈现 ……………………… (105)
　　一　男尊女卑理念的历史回旋 ………………………………… (105)
　　二　男尊女卑视阈下的婚恋伦理 ……………………………… (110)
第二节　男女平等视阈下的婚恋自由追求 ……………………… (115)
　　一　对自由恋爱与结婚的理解与追求 ………………………… (115)
　　二　对自由恋爱与结婚的反省与批判 ………………………… (122)
第三节　小说叙事中的贞节话语 ………………………………… (129)
　　一　贞节话语的历史回旋 ……………………………………… (130)
　　二　女性的发现与节烈观嬗变的艰难 ………………………… (139)

第四章　激变：1915—1927年的家庭伦理观念 ………………… (151)
第一节　个人、自由伦理与反父权、反夫权话语 ……………… (153)
　　一　个人、自由概念的引入与阐发 …………………………… (154)
　　二　反父权与反夫权话语 ……………………………………… (159)
第二节　"非孝"思潮：以吴虞、胡适、施存统为中心 ……… (162)
　　一　吴虞的"非孝"及其父子观念 …………………………… (166)
　　二　胡适的《我的儿子》及其父子观念 ……………………… (172)
　　三　施存统的"非孝"与父子关系 …………………………… (178)
第三节　"非节"思潮：以贞操问题、爱情定则、
　　　　新性道德讨论为中心 ………………………………… (183)
　　一　五四先驱的节烈观 ………………………………………… (185)
　　二　爱情定则大讨论 …………………………………………… (192)
　　三　新性道德讨论 ……………………………………………… (197)

第五章　1915—1927：幼者的发现与父子伦理叙事 …………… (203)
第一节　专制之父与反叛之子 …………………………………… (205)
　　一　专制之父的出现及其特征 ………………………………… (205)
　　二　反叛之子的出现及其路径 ………………………………… (214)
　　三　遵从与反叛之间的裂隙 …………………………………… (221)
第二节　爱子之父与爱父之子 …………………………………… (225)

目 录

　　一　爱子的父辈群像 …………………………………………（225）
　　二　爱父辈的子辈群像 ………………………………………（228）
　　三　父辈与子辈之间的爱：剪不断，理还乱 ………………（230）
第三节　当叛逆之子成为新一代之父 ……………………………（235）
　　一　对子辈的爱与教育 ………………………………………（235）
　　二　想爱而不能的悲哀 ………………………………………（239）
　　三　父权观念的隐性存在 ……………………………………（244）

第六章　1915—1927：女性的发现与两性伦理叙事 …………（250）
第一节　五四时期的女性身份认同 ………………………………（252）
　　一　"她"的出现与性别意识的凸显 …………………………（252）
　　二　"女人是人"与"女人是女人"：男性的双重观念 ………（255）
　　三　"为人"与"为女"：女性的双重自觉 …………………（261）
第二节　小说叙事中的婚姻伦理 …………………………………（268）
　　一　传统夫妻关系的现代回声 ………………………………（268）
　　二　新青年眼中的旧妻子 ……………………………………（272）
　　三　新青年们在胜利以后 ……………………………………（279）
第三节　小说叙事中的性爱伦理 …………………………………（286）
　　一　在"自由恋爱"与"恋爱自由"之间 …………………（286）
　　二　在"爱"与"性"之间 …………………………………（298）

结语 ………………………………………………………………（311）

参考文献 …………………………………………………………（321）

后记 ………………………………………………………………（333）

绪 论

一 研究的缘起

人类生存的群居特性使得任何个体都无法逃脱秩序的规约，伦理秩序就是其中非常重要而不容忽视的一个。对于中国人而言，家庭伦理秩序又是伦理秩序中尤为重要者，甚至可以说是中国传统伦理道德的核心和基础。考察中国文化漫长而超稳定的结构可以发现，中国传统社会的全部伦理道德都在三纲五伦的基础上铺衍、展开，而三纲中的"父为子纲""夫为妻纲"规定的正是重要的家庭成员——父子、夫妻——之间的关系，"君为臣纲"不过是家庭关系的推演；五伦中的"父子""夫妇""兄弟"意在调节家庭成员之间的关系，且君臣伦理不过是父子伦理的推演，朋友伦理不过是兄弟伦理的推演。因而，中国传统家庭伦理的相对稳定，是造就中国文化超稳定的重要基石。陈独秀曾言："伦理思想，影响于政治，各国皆然，吾华尤甚。儒者三纲之说，为吾伦理政治之大原，共贯同条，莫可偏废。"[①] 蔡元培则明确指出："我国以儒家为伦理学之大宗。而儒家，则一切精神界科学，悉以伦理为范围。哲学、心理学，本与伦理有密切之关系。我国学者仅以是为伦理学之前提。其他曰为政以德，曰孝治天下，是政治学范围于伦理也；曰国民修其孝弟忠信，可使制梃以挞坚甲利兵，是军学范围于伦理也；攻击异教，恒以无父无君为辞，是宗教学范围于伦理也；评定诗古文辞，恒以载道述德眷怀君父为优点，是美学亦范围于伦理也。"[②] 然而，"在传统伦理生长的这种生态环境中，伦理道德既获得了从诸种意识形式中脱颖而出的生长土壤；但同时，却又不能不因为它本身要承负诸种社会意识形式发展动力及全面调节三维关系的过重载荷而

---

① 陈独秀：《吾人最后之觉悟》，《青年杂志》第1卷第6号，1916年2月15日。
② 蔡元培：《中国伦理学史》，东方出版社1996年版，第2页。

导致道德生态失去平衡,从而,注定其悲喜聚合于一身的独特命运"①。当历史的车轮滚滚行驶到明清尤其是清末民初与五四时期时,中国社会的生产方式与社会性质发生了天翻地覆的变化,与之相应,"家庭的性质、职能、形式、结构以及与它相联系的道德观念,都随生产方式的变革而不同"②。具体而言,"19世纪末到20世纪20年代是家族的权威遭到挑战并开始解体的时代,'家庭'问题在五四时代已成为全社会最为关注的问题之一,它与封建专制问题、妇女问题、婚姻爱情问题联系在一起,牵系着每个人,又连接着由古老走向新生的中国"③。当"家庭"的权威受到挑战而成为"问题",那么,无论是"父为子纲""夫为妻纲"这二纲还是与之相关联的"君为臣纲",都面临着在时移世易中转型、变迁的命运。中国近现代的家庭与家庭伦理,由此而有了不同于中国古代家庭与家庭伦理的面貌与特质。呈现晚清到"五四"时期中国家庭伦理在转型、变迁中的复杂样态,并深入探究转型的内在肌理、历史背景与思想图景,毫无疑问是我们深入研究中国近现代社会、家庭、家庭伦理的重要向度。

进入这一论题的方式当然有很多。我们之所以选择中国小说在家庭伦理叙事方面的现代转型这一角度来对此进行阐释,是基于以下思考。

与戏剧、诗歌、散文相比,小说这个文类本就更长于塑造人物形象、描绘故事情节。无论是作家塑造人物形象还是刻绘故事情节,都"不可避免地存有那一特定时代的道德话语"④,同时,"作家作为现实社会中的一个成员,他在创作意旨的确立和情节构筑过程中,也必然要受到一定的世界观和道德观的制约"⑤,也就是说,无论是小说家这个创作主体还是小说家所创造出的人物客体,都"永远脱离不了人的意义,其中包括每当人们行动时就暗含于其中的道德判断"⑥。由此,我们甚至可以认定,"小说在它产生之始便与伦理结下了不解之缘"⑦,小说的伦理叙事也就是

---

① 任剑涛:《道德理想主义与伦理中心主义》,东方出版社2003年版,第244页。
② 辞海编辑委员会:《辞海》,上海辞书出版社2001年版,第984页。
③ 周立民:《"家"与"街头"——巴金叙述中的"五四"意象》,《中国现代文学研究丛刊》2010年第3期。
④ 赵兴勤:《绪论》,《古代小说与传统伦理》,山西人民出版社2005年版,第4页。
⑤ 赵兴勤:《绪论》,《古代小说与传统伦理》,山西人民出版社2005年版,第4页。
⑥ [美]韦恩·布斯:《小说修辞学》,付礼军译,广西人民出版社1987年版,第409页。
⑦ 赵兴勤:《导语》,《古代小说与伦理》,辽宁教育出版社1992年版,第1页。

一种非常重要的叙事话语。"一般而言,伦理叙事(ethical narinate)指的是小说中被叙述出来的伦理故事,作者或叙述者在叙事情境中所传达的某种伦理思想和价值判断等等,都构成了现代小说的伦理叙事,它也可以被看作是一种'伦理文本'(ethical text)。"[①] 在中国小说伦理叙事的嬗变历程中,晚清至五四时期是一个非常重要的时段。甚至可以说,此期小说的伦理叙事是这些作品最为明显的特征之一。其中,与家庭伦理相关联的叙事,又表现得更为明显。

在中国漫长的小说史上,小说与伦理的关系的确非常密切。

早在盘古开天辟地、女娲补天等上古神话中,就蕴含着先民们朴素的价值追求,而先秦诸子尤其是《庄子》中的寓言小说,更是具有较为明显的劝世意味。到了魏晋南北朝,以《搜神记》和《世说新语》为代表的小说,也较多地渗透进了传统伦理道德观念。到了唐人传奇大量产生时,唐代人的伦理观念和价值理想得到了更为丰富的呈现。而在宋代,因理学这种"关于伦理和社会关系的哲学"[②]的兴盛,相对于唐代的传奇而言,宋代小说的伦理特点只有过之而无不及。鲁迅先生曾分析说:"唐人大抵描写时事;而宋人则极多讲古事。唐人小说少教训;而宋则多教训。大概唐时讲话自由些,虽写时事,不至于得祸;而宋时则讳忌渐多,所以文人便设法回避,去讲古事。加以宋时理学极盛一时,因之把小说也多理学化了,以为小说非含有教训,便不足道。"[③] 到了明清两代,小说家"似乎更注重小说的社会功用。所谓'主持风教,范围人心','表扬忠孝,激劝节义',几乎成了他们的口头禅"[④],以至于其小说中的英雄角色大多规行矩步,普通文士也大多谨守传统的忠孝节义规范,流露出浓淡不一的伦理色彩,而那些女子,即便有反封建色彩,也是犹抱琵琶半遮面的。[⑤] 然而,崛起的新思潮终究促使小说家们常常在不知不觉间充当了反

[①] 叶立文:《五四小说的伦理叙事》,《小说评论》2010年第1期。需要说明的是,该处"叙事"的英文有误,应为 narrate。

[②] [美] 卢苇菁:《矢志不渝:明清时期的贞女现象》,秦立彦译,江苏人民出版社2012年版,第38页。

[③] 鲁迅:《中国小说的历史的变迁》,《鲁迅全集》第9卷,人民文学出版社2005年版,第329页。

[④] 赵立勤:《古代小说与传统伦理》,山西人民出版社2005年版,第29页。

[⑤] 参见赵立勤《古代小说与传统伦理》第二章,山西人民出版社2005年版,第29—49页。

叛传统伦理的角色，比如对"情"的重视、对女子追求婚姻自由的描写、对经济生活影响下义利观的转型的刻绘，等等。① 孔尚任的《桃花扇》通过塑造秦淮名妓李香君而传达了他的新型妇女观，李汝珍的《镜花缘》传达了他的男女智慧平等、受教育权利应平等、政治参与权利应平等等先进观念。与此相关，这些小说中的父子伦理、夫妇伦理、兄弟伦理、朋友伦理都有了不容忽视的变化。②

到了国势陵夷的晚清，尤其是戊戌、庚子之后，知识分子们倍感压抑，所谓"戊戌、庚子之间，天地晦黑"，而"人心已死，公道久绝"③矣。于是，梁启超发现了公德的重要，在《论公德》中说："试以中国旧伦理，与泰西新伦理相比较：旧伦理之分类，曰君臣，曰父子，曰兄弟，曰夫妇，曰朋友；新伦理之分类，曰家族伦理，曰社会伦理，曰国家伦理。旧伦理所重者，则一私人对于一私人之事也；新伦理所重者，则一私人对于一团体之事也。"他认为，传统伦理中的家庭伦理得到了极大发展，而社会伦理和国家伦理被笼罩被遮蔽，因而提出了道德革命论。他感慨道："呜呼！道德革命之论，吾知必为举国之所诟病。顾吾特恨吾才之不逮耳；若夫与一世之流俗人挑战决斗，吾所不惧，吾所不辞。世有以热诚之心爱群、爱国、爱真理者乎？吾愿为之执鞭，以研究此问题也。"④ 道德革命遂成为先进知识分子的共同主张。道德革命主张之下，梁启超又发起"小说界革命"，使得这一时期的小说与道德革命互为表里，小说与伦理的关系空前密切。

在这种情况下，知识分子罗钝重发现既有小说"皆以鄙俗之文，写浅近之事，或才子佳人，或神鬼狐怪，或绿林豪侠"，读小说的"庸愚之人"往往"信以为实。盘踞脑界"，从而"小之伤风败俗，大之犯上作乱"，在一定程度上，导致了"社会中种种浇象，民智不开，程度不进"。

---

① 参见赵立勤《古代小说与传统伦理》第四至第六章，山西人民出版社2005年版。
② 以话本小说为例，明末清初的这些伦理关系，都因经济与社会生活的变化而相应地出现了迥异于此前的失范特征。在这种传统伦理道德失范的状况下，明末清初的话本小说家常采取劝善态度来进行文学书写，这无疑体现出他们受理学思想影响之深。参见杨宗红《理学视域下明末清初话本小说研究》第四章第二节、第三节，暨南大学出版社2016年版。
③ 《〈官场现形记〉叙》，陈平原、夏晓虹编《二十世纪中国小说理论资料》第1卷，北京大学出版社1997年版，第72页。
④ 梁启超：《论公德》，原载《新民丛报》1902年第3号，夏晓虹编：《梁启超文选》（上），中国广播电视出版社1992年版，第114页。

为此，他认定小说"启人智慧、移人根性，其效最捷"，开始发掘吴趼人所写小说"影响及于他日之社会，而收改良之效"①的积极意义。证之以吴趼人的小说创作可知，他确是有着"改良社会之心，无一息敢自已焉"②的心理，有着"于此道德沦亡之时会"，需"借小说之趣味之感情，为德育之一助"③的认知。在小说撰译方面，他认识到"历史云者，非徒记其事实之谓也，旌善惩恶之意实寓焉。旧史之繁重，读之固不易矣；而新辑教科书，又适嫌其略"，因而确立了"遍撰译历史小说，以为教科之助"的志向。扩而大之，他编选稿件时所持的标准，也在于其道德诉求是否符合他的预期："历史小说而外，如社会小说，家庭小说，及科学、冒险等，或奇言之，或正言之，务使导之以入于道德范围之内。即艳情小说一种，亦必轨于正道，乃入选焉。"④可见，彼时先进知识分子的确视伦理与文学为关系至为密切者，且将它们的现代转型设计成了"同一历史时空里互相影响的运作程序"⑤。故而，我们要论析清末民初伦理道德的转型问题，必须在关注此期相关言论的同时，关注其影响之下的小说所指向的伦理意蕴。

到了五四时期，伦理与小说的关系更为密切。此期批判夫为妻纲、父为子纲，普及夫妻、父子平等的新伦理，依赖的正是言论界的大量言说与小说界的大量创作所形成的历史合力。"如果我们看一下《新青年》《新潮》《晨报副刊》《觉悟》（上海'民国日报'副刊）等刊物，其反孔言论不仅直接表现在学术性的论文上，而且大量的反孔言论间接的以诗歌、小说、戏剧、杂感通信甚至民谣的形式表达，涉及的知识群体从大学教授、新闻记者、大学生到中学生甚至小学生。"⑥这些不同主体丰富多样

---

① 罗鞠重：《〈月月小说〉叙》，《月月小说》1906年第3号。转引自陈平原、夏晓虹编《二十世纪中国小说理论资料》第1卷，北京大学出版社1997年版，第194页。

② 我佛山人：《〈两晋演义〉序》，《月月小说》1906年第1号。转引自陈平原、夏晓虹编《二十世纪中国小说理论资料》第1卷，北京大学出版社1997年版，第189页。

③ 吴沃尧：《〈月月小说〉序》，《月月小说》1906年第1号。转引自陈平原、夏晓虹编《二十世纪中国小说理论资料》第1卷，北京大学出版社1997年版，第188页。

④ 吴沃尧：《〈月月小说〉序》，《月月小说》1906年第1号。转引自陈平原、夏晓虹编《二十世纪中国小说理论资料》第1卷，北京大学出版社1997年版，第188页。需要指出的是，原稿中"艳情小说一种"后为句号，似不妥，故改为逗号，以与下文相接。

⑤ 马兵：《伦理嬗变与文学表达》，人民文学出版社2013年版，第7页。

⑥ 王锟：《孔子与二十世纪中国思想》，齐鲁书社2006年版，第62页。

的伦理书写，正是反孔以普及新伦理的重要途径，而与伦理关系更为紧密的小说，自然具有更多的表现空间，因而成为此期最为重要的承载文体。"在中国，小说与道德的关系几乎是牢不可破的，直至20世纪前一二十年依然如此。"① 到了20世纪20年代后期，"资本主义发展初期的要求自由、平等、个性解放、人格独立的新道德观已逐步为一部分普通人所接受。"② 1931年，周谷城认为："中国原有之道德观念……几乎完全绝了种。起而代兴的乃有所谓博爱、平等、自由等等。"③ 新伦理观念的兴起、流行与权威地位的确立，既与伦理革命相关，也与这些时间里文学尤其是小说的伦理叙事话语的转型密切相关。

众所周知，从传统封建大家庭的普遍存在转变至20世纪30年代核心小家庭在城市的大量流行，有着复杂的经济、社会、心理的变迁历程。与之相关的重要现象是，在转型期活跃着的家庭伦理书写者，由于本身对其内蕴及变迁浪潮的不同体认，而体现出感知与书写的差异。我们甚至时常看到这样的现象：拥护新伦理、在书写中频频运用新概念、新名词的作者，其实骨子里时常透出掩饰不住的"旧伦理"的气息，而在主观上摒弃新伦理、在书写中试图恢复传统伦理故道的作者，其笔下的文学呈现却有"新伦理"的味道。由此，新旧作家与新旧伦理之间的多重、繁复的组合，部分地传达出了整个社会在现代化转型历程中的丰富，以及此期特有的丰富的痛苦。

以两性关系为例。敏感于中国妇女命运的陶秋英，直到1933年还曾发出如下沉痛的感叹：

> 我们处在这个所谓二十世纪里，还得常常看见：三四十岁的母亲，告诫她们的女儿注意贞节方面的话；还得常常看见：年轻的少妇死了丈夫不能再结婚；还得常常看见：自以为新头脑的学者，把朋友们很公开的两性社交，引为奇事，借为谈资的，我们还得常常看见少女们在交际上的羞涩，不自然；我们还得常常看见长舌妇们（这里，

---

① 刘纳：《民国初年小说的劝世倾向》，《从五四走来——刘纳学术随笔自选集》，福建教育出版社2000年版，第24页。
② 王跃：《变迁中的心态：五四时期社会心理变迁》，湖南教育出版社2000年版，第97页。
③ 周谷城：《中国社会之变化》，新生命书局1931年版，第90—91页。

名词方面有了个小小问题:"长舌妇"根本就是男子对于某种女子的轻视的名称)很注意的谈论——简直是诽谤——有自由意志的女郎,我们还得常常看见:年轻的男子,不喜欢和已结过婚的女子交际。总之,我们还得常常看见:社会很多在讽刺少数想打出礼教束缚的女子![1]

陶秋英所言的"三四十岁的母亲""年轻的少妇""新头脑的学者""年轻的男子"等,显然是辛亥革命后在新家庭伦理思潮影响下成长起来的"新"人中的重要群体,是当时社会中新伦理的代表,是代表着"新"之希望的重要力量。然而正是他们,在公开场合或私下言谈中,在理论主张或婚恋实践中,对"想打出礼教束缚的女子"施行了事实上的"讽刺",成了女性解放之路上的阻碍物。而处于这种新旧伦理的复杂转换语境中的女性们,即便是在女性解放的呼声已响起了20年之后,其命运也并没有先驱者们设想的那么美妙。1943年,阳翰笙就曾想通过剧作来深刻地描绘五四一代女战士们的人生遭际。他分析说:"五四时代的一群女战士,经历了二十年来的风险,有的退回了闺中;有的走进了厨房;有的做了贤妻良母;也有的竟至浪漫颓废,沉醉在舞场赌窟;有的做了贵妇人;更有的竟至信神信鬼,退进了经堂佛地……"[2] "女战士"们尚且如此,本不具备女战士的精神特质的普通女性,其转向、沉沦或堕落的生命轨迹就更是可以想象的必然,是更为巨大的冰山。扩而大之,我们或可发现,在中国伦理道德的现代嬗变中,父与子、夫与妻、男与女之间的故事都有着异常丰富的层次,当然也就意味着充满了言说不尽的艰辛、哀伤乃至苦痛。

研究中国小说的家庭伦理叙事在此期间所发生的艰难转型及其思想特质、文学呈现,无疑有助于更有效地梳理伦理思想与小说家庭伦理叙事的嬗变历程,有助于更准确地辨析清末民初与五四时期在伦理观念及其文学表达上的承传与变异,有助于更细致地考量家庭伦理的近现代反思向纵深

---

[1] 陶秋英:《中国妇女与文学》,北新书局1933年版,第49页。
[2] 阳翰笙:《阳翰笙日记选》,四川文艺出版社1985年版,第152—153页。这是阳翰笙1943年5月10日午后在家忽然又想起的"一个从前曾经在我脑中浮现过的好题材"(第152页)。他说:"如果多做准备,能从各种人物性格的发展上、变化上,乃至复杂性上去多用功夫,我想有可能创造出好几个典型来呢!"(第153页)。他本计划当年把这一剧作完成,但终因太忙而未能成功。

二 研究的历史与现状

中国传统家庭伦理的近代变迁，是中国家庭伦理发展史上值得注意的研究内容之一。"由于中国传统社会'家'与'国'的密切关系，一些对中国传统和近代社会伦理及家庭婚姻问题研究的著述中多有涉及传统家庭伦理及近代变迁的内容。"[①] 晚清以来的报刊中，论及家庭伦理问题者真可谓汗牛充栋。这种盛况，仅从部分收录这些文献的《中国妇女问题讨论集》《中国近代史资料丛刊》《辛亥革命前十年间时论选集》《五四时期妇女问题文选》《中国近代启蒙思潮》等文集亦可窥见一斑。五四运动以后出现的重要研究成果，如潘光旦致力于对问卷调查的答案、价值等进行综合分析的《中国之家庭问题》[②]，陈东原从妇女角度对几千年来尤其是晚清、五四时期的两性伦理史进行宏观梳理的《中国妇女生活史》[③]，蔡尚思批评儒家伦理而主张新伦理观的《伦理革命》[④]，陶秋英特别重视中国宗法传统、儒家伦理思想对妇女文学的限制作用的《中国妇女与文学》[⑤] 等，都值得学界珍视。经由潘光旦1926年的介绍，我们还能对此前几年的家庭问题研究情况有个大概的了解。他说："国人对于家庭问题，三四年前已有热烈与详细之讨论。言专书则有《家庭问题》，《家庭新论》，《中国之家庭问题》，《妇女杂志》之《家庭问题号》，女青年会之《家庭问题讨论集》等；言定期刊物，则有家庭研究社之《家庭研究》；此外关于妇女，婚姻，性道德，生育限制……等问题之文字，与家庭问题有直接关系者，尤指不胜数。"[⑥] 可见五四时期的家庭问题讨论得十分热烈。新中国成立后特别是改革开放至今40年间的代表性著作中，

[①] 刘海鸥：《从传统到启蒙：中国传统家庭伦理的近代嬗变》，中国社会科学出版社2005年版，第2页。

[②] 新月书店1928年版。

[③] 商务印书馆1928年版。

[④] 蔡尚思：《伦理革命》，泰东图书局1930年版。

[⑤] 北新书局1933年版。

[⑥] 潘光旦：《序》，《中国之家庭问题》，新月书店1928年版，第1页。

研究家庭伦理变迁者甚多。如蔡尚思的《中国礼教思想史》[①]，以简洁明了的笔墨梳理了中国礼教思想变迁的历史，对父子伦理、两性伦理等有所涉及；张岂之和陈国庆的《近代伦理思想的变迁》[②]、张怀承的《天人之变——中国传统伦理道德的近代转型》[③] 从伦理学史的角度，对中国伦理道德的近代转型做出过卓有成效的研究；李泽厚的《中国近代思想史论》[④]《中国现代思想史论》[⑤]，邓伟志、张岱玉编的《中国家庭的演变》[⑥]，陈旭麓的《近代中国社会的新陈代谢》[⑦]，张树栋与李秀岭的《中国婚姻家庭的嬗变》[⑧]，薛君度与刘志琴的《近代中国社会生活与观念变迁》[⑨]，以及刘志琴主编的《近代中国社会文化变迁录》（三卷本）[⑩] 等，从思想史、文化史、家庭社会学等角度所做的研究各具特色；赖志凌的《中国传统社会结构的伦理特质》[⑪]、赵庆杰的《家庭与伦理》[⑫]、刘海鸥的《从传统到启蒙：中国传统家庭伦理的近代嬗变》[⑬]、李桂梅的《冲突与融合：中国传统家庭伦理的现代转向及现代价值》[⑭] 分别深入地论述了中国传统社会结构的伦理特质，中国伦理的始点不是经济、习俗和宗教而是家庭，中国传统家庭伦理的产生、衍变和近代嬗变，中国传统家庭伦理的现代转向及其价值问题，各有侧重而又存在内在的呼应关系；郭湛波的《近五十年中国思想史》[⑮]、王丽萍的《鲁迅家庭伦理思想研究》[⑯]、刘海

---

① 上海古籍出版社 2006 年版。
② 中华书局 2000 年版。
③ 湖南教育出版社 1998 年版。
④ 人民文学出版社 1979 年版。
⑤ 东方出版社 1987 年版。
⑥ 上海人民出版社 1987 年版。
⑦ 上海社会科学院出版社 2005 年版。
⑧ 浙江人民出版社 1990 年版。
⑨ 中国社会科学出版社 2001 年版。
⑩ 浙江人民出版社 1998 年版。其中，第 1 卷作者为李长莉，第二卷作者为闵杰，第三卷作者为罗检秋。
⑪ 博士学位论文，复旦大学，2004 年。
⑫ 博士学位论文，东南大学，2005 年。
⑬ 中国社会科学出版社 2005 年版。
⑭ 中南大学出版社 2002 年版。
⑮ 人文书店 1935 年版。
⑯ 博士学位论文，中南大学，2008 年。

鸥的《从传统到启蒙：中国传统家庭伦理的近代嬗变》第四章等则涉及五四新文化运动期间的思想家，尤其是郭湛波的论述，多以当时的思想家为重。

前述相关研究成果无疑都为本书的深入展开拓宽了思想史、社会史、伦理史视野，因而值得重视。然而细考这些晚清—五四思想史、伦理变迁史、两性关系史研究的相关论著，重点论及1898—1927年中国家庭伦理嬗变问题的著作，仍相对较少。

研究1898—1927年小说的家庭伦理叙事问题者，主要集中于中国古代文学、中国现当代文学、比较文学与世界文学、文艺学等领域中。比如，赵兴勤的专著《古代小说与传统伦理》结合时代背景探讨了小说中伦理制约下的人物模式、伦理规范对情节结构的渗透、义利观的变迁、婚姻伦理的演变等方面，较为系统地梳理了中国小说中的伦理表现及伦理道德对小说产生的影响。因其重点在宏观论述古代小说与传统伦理的关系问题，因此，1898—1911年的小说并没有被作为重要研究对象。梁晓萍的《明清家族小说的文化与叙事》[①] 重在论述明清两个朝代的家族小说，1898—1911年的小说虽在论述中时有涉及，但并非重点。赵华的《清末十年小说与伦理》[②]、周乐诗的《清末小说中的女性想象（1902—1911）》[③]、王晓岗的《新小说的兴起——清末民初中国文学生产方式的变革》[④] 等围绕着清末十年间的小说加以阐释，对家庭伦理问题多有涉及，赵华的论文更是从夫妇、父子、君臣伦理三个方面，对这十年间的小说与伦理的关系进行了较为翔实的阐发。在陈平原的《中国小说叙事模式的转变》[⑤]、袁进的《中国小说的近代变革》[⑥]、王德威的《想像中国的方法：历史·小说·叙事》[⑦]、刘纳的《嬗变——辛亥革命时期至五四时期的中国文学》[⑧]、杨联芬的《晚清至五四：中国文学现代性的发生》[⑨] 等研究专著中，包括小说在内的中国文学的现代转型问题得到了深入阐释，而家庭伦理问题不时涌

---

① 南开大学出版社2008年版。
② 博士学位论文，曲阜师范大学，2011年。
③ 博士学位论文，上海大学，2010年。
④ 博士学位论文，吉林大学，2010年。
⑤ 上海人民出版社1988年版。
⑥ 中国社会科学出版社1992年版。
⑦ 生活·读书·新知三联书店1998年版。
⑧ 中国社会科学出版社1998年版。
⑨ 北京大学出版社2003年版。

现在论述的字里行间。在赵园的《艰难的选择》①、杨联芬的《"恋爱"之发生与现代文学观念变迁》②、倪婷婷的《"五四"作家的文化心理》③、陈少华的《阉割、篡弑与理想化——论中国现代文学中的父子关系》④、徐仲佳的《性爱问题：1920年代中国小说的现代性阐释》⑤、张文娟的《五四文学中的女子问题叙事研究》⑥等研究著述中，五四时期的家庭伦理讨论、家庭伦理书写成为异常重要的研究部分，小说中家庭伦理叙事的现代特质体现得更为充分。如果说徐仲佳、张文娟的成果是专题研究两性伦理方面重要的、互有交叉与补充的论述，那么，陈少华之作则对现代家庭伦理的另外一维——父子关系进行了详细而深入的探讨。他试图"探究现代文学中的父子关系，揭示儿子成长的症候、症结；揭示这些症候、症结与特定历史时期思想文化的关系"⑦。他"开着心理分析的拖拉机，进入这块罕见人迹的，杂草尚未除尽，泥土尚待浇灌的沃土……书中依据心理分析学的理论，归纳现代文学父子主题的三个问题——篡弑、阉割、理想化，从这样三个角度切入，分析有关作品，得到了不少新的发现，新的认识"⑧。其中，他对篡弑、阉割的例证分析尤为精彩，为我们系统考察中国现代文学中的父子关系奠定了坚实的基础。

  上述学人精彩而向度各异的学术实绩奠定了后续研究的坚实基石。但若仔细分析可以发现，立足于史学、哲学（尤其是伦理学）、社会学等学科来研究中国家庭伦理问题者，并不普遍、重点论及1898—1927年中国家庭伦理的嬗变问题。在论述1898—1927年小说的家庭伦理叙事问题上，中国古代文学领域的学者多将研究下限确定为辛亥革命，而又因多重视宏观论述而相对忽略了对1898—1911年小说的研究。近年来，随着清末十年的新小说成为研究热点，这样的研究状况有所改变，然而这些研究成

---

① 上海文艺出版社1986年版。

② 《中国社会科学》2014年第1期。

③ 南京大学出版社2005年版。

④ 广东人民出版社2005年版。

⑤ 社会科学文献出版社2005年版。

⑥ 山东人民出版社2013年版。

⑦ 陈少华：《阉割、篡弑与理想化——论中国现代文学中的父子关系》，广东人民出版社2005年版，第213页。

⑧ 黄修己：《序》，陈少华《阉割、篡弑与理想化——论中国现代文学中的父子关系》，广东人民出版社2005年版，第3页。

果，仍因下限的设置问题而不能将中国家庭伦理的现代转型问题谈得更为深入。中国现当代文学领域的学者多将研究上限确定于五四新文化运动，多关注此期的两性关系问题而相对忽略父子伦理问题，因此不能将中国家庭伦理的现代转型的历史流变谈得更为明晰。比较文学与世界文学、文艺学背景的学者在相关研究著作中虽涉及了中国家庭伦理的现代嬗变问题，但因其论述重心并不在此，因而其深入的程度有限。在这个背景下，将清末民初与五四时期的家庭伦理观念变革进行统一观照，并对在一定程度上体现了这些变革观念的小说加以详细、对比式考量，也许更有助于我们宏观而深入地理解这三十年中小说的家庭伦理叙事发生了何种嬗变，明确其间的继承与新变、温和与激进、新质与旧核冲突、杂糅的复杂状态。

三 研究的内容与方法

本书主要研究 1898—1927 年这三十年间中国小说家庭伦理叙事的现代转型问题。之所以将研究的上下限分别锁定为 1898 年、1927 年，是基于以下考虑。

学者张灏曾提出过"中国近代思想史上的转型时代"的问题。在他看来，"所谓转型时代，是指 1895—1925 年初前后大约 30 年的时间，这是中国思想文化由传统过渡到现代、承前启后的关键时代。"[①] 而其缘由，则是这一时段内，"无论是思想知识的传播媒介或者是思想的内容，均有突破性的巨变。"思想知识的传播媒介的突破性巨变，体现于"报刊杂志、新式学校及学会等制度性传播媒介的大量涌现"与"新的社群媒体——知识阶层（intelligentsia）的出现"，而"思想内容的变化，也有两面：文化取向危机与新的思想论域（intellectual discoures）。"[②] 从其梳理的报纸杂志、新式学校、学会、知识阶层、文化取向危机及新的思想论域的变化等来看，1895 年被视为转型时代的开端的确可以成立。在《一个划时代的运动——再认戊戌维新的历史意义》中，张灏认为戊戌维新有广狭二义：狭义上，该概念指向 1898 年的政治改革，即俗谓的"百日维新"；广义上，该概念指涉的是 1895—1898 年的改革运动，其在政治史上

---

① 张灏：《中国近代思想史的转型时代》，《幽暗意识与民主传统》，新星出版社 2006 年版，第 134 页。

② 张灏：《中国近代思想史的转型时代》，《幽暗意识与民主传统》，新星出版社 2006 年版，第 134 页。其中的英译 discoures 应为 discourse。

引进了空前的政治危机,而且开启了中国思想史上从传统到现代的过渡时代①。张灏将两文中的时间上限都指向了1895年:这一年是广义的戊戌维新的起点,也是思想史从传统到现代的过渡时代的起点。蔡尚思也曾指出:"中国近代史上的新思想运动或者也是一种新文化运动,这可分为三个阶段来说,即戊戌变法、辛亥革命与五四运动。"② 既然戊戌变法和辛亥革命、五四运动都各是一个阶段,那么,他所言的戊戌变法当然也就是一个"广义"而非"狭义"上的一个概念,而其上限则会延伸至1895年。相对而言,思想史界更多地将1895年确定为起点,而文学研究界则更倾向于将巨变的开端确定为百日维新思潮发生的1898年。

1840年的鸦片战争,开启了中国历史的近代阶段。与历史密切相关的文学研究,曾经很长一段时间里使用"近代""现代"与"当代"的断代方法。严家炎先生曾指出,中国鸦片战争以来的文学史研究因这种划分而取得过一定进展,但其"分割过碎,造成视野窄小褊狭,限制了学科本身的发展",而且与文学本身的实际未必吻合。"如小说的发展,在鸦片战争前后变化并不显著,真正给小说带来重大影响的,倒是上世纪末兴起的维新思潮。""虽然中国现代小说的真正建立要到五四时代才提上日程,但它的孕育、准备过程却无疑开始于戊戌变法以后。"③ 1898年的小说之于鸦片战争前后、五四时代的特殊意义,由此得到了特别重视。陈平原曾指出:"戊戌变法在把康、梁等维新志士推上政治舞台的同时,也把'新小说'推上文学舞台。"④ 因此,"新小说的诞生必须从1898年讲起。"⑤ 显然,陈平原看到了1898年对于"新小说"的重要价值,看到了它作为"小说界革命"前奏的重要价值。时萌曾将1840—1919年的八十年分为前六十年和后二十年,称前六十年为"传统小说延续期",而称1900—1919年这20年中的头十年为"新小说勃兴期"。"从习用的概念

---

① 参见《张灏自选集》,上海教育出版社2002年版,第198页。
② 蔡尚思:《辛亥革命时期的新思想运动——资产阶级各派主要的反孔反封建思想》,蔡尚思等《论清末民初中国社会》,复旦大学出版社1983年版,第1页。
③ 严家炎:《〈二十世纪中国小说理论资料〉总序》,陈平原、夏晓虹编《二十世纪中国小说理论资料》第1卷,北京大学出版社1997年版,第1页。
④ 陈平原:《前言》,陈平原、夏晓虹编《二十世纪中国小说理论资料》第1卷,北京大学出版社1997年版,第3页。
⑤ 陈平原:《中国现代小说的起点——清末民初小说研究》,北京大学出版社2005年版,第1页。

说，这一时期作品可称之为'晚清小说'",他认为"晚清小说,是近代小说发展史中的菁华所在。"① 他言辞间的"晚清小说"的上限虽指明为1900年,其论述以1902年及其以后为重点,但仍涉及了1898年。时萌认为,晚清小说乃是时代与社会的镜子:"有不少小说的主题和倾向都表现为新兴的社会思想力量的活跃,如宣扬破除迷信的,鼓吹妇女解放的,反对吸鸦片的,输入西洋科学文化的。这些小说都表现出向封建宗法礼教进攻的凌厉姿态。而小说反映的另一方面是,巍巍矗立几千年的旧道德大厦,已被啃咬得遍体鳞伤,正在腐烂崩析。新的社会思想奋发飞扬,旧的意识形态摇摇欲坠,这在晚清小说中反映得颇为明显的。"② 很明显,"向封建宗法礼教进攻""旧的意识形态摇摇欲坠"的起始年头,可以认定为1898年。而在阿英的《晚清小说史》中,"晚清"大概指的是1900年前后至1911年间;欧阳健的《晚清小说史》中,"晚清"指的是1901—1911年;杨联芬的《晚清至五四:中国文学现代性的发生》中,"晚清"主要指向的19世纪90年代末至1911年。在具体论述中,1898年均屡屡被提及,而其前的1895年、1896年、1897年,也多在论者观察范围之内。我们知道,1897年是天津《国闻报》创刊的年头,发表于该报的《本馆附印说部缘起》充分强调了小说的价值和作用,是我们追溯中国现代小说建构的源头时不可回避的一篇重要文献;1898年,梁启超的《译印政治小说序》发表于《清议报》,大力倡导将政治之议论寄之于小说,认为每当一本小说问世,"而全国之议论为之一变。"③ 此后至1916年,关于小说的议论日渐增多,"第一阶段(1897—1906)主要从'社会上小说之势力',推及'中国小说界革命之必要';第二阶段(1907—1911)涉及'文学上小说之价值',对小说界革命的'方法'做进一步的探讨;第三阶段(1912—1916)开始研究'东西各国小说学进化之历史',减少前期那种泛论中外信口雌黄的毛病"④。可见,1898年是这一

---

① 参见时萌《导言二》,吴组缃、端木蕻良、时萌主编《中国近代文学大系·小说集一》,上海书店1991年版,第23页。
② 时萌:《导言二》,吴组缃、端木蕻良、时萌主编《中国近代文学大系·小说集一》,上海书店1991年版,第26页。
③ 任公:《译印政治小说序》,《清议报》第1册。
④ 陈平原:《前言》,陈平原、夏晓虹编《二十世纪中国小说理论资料》第1卷,北京大学出版社1997年版,第4页。

切转变中一个值得重视的年份，完全可以将其作为中国小说家庭伦理叙事的现代转型之开端。当然，在具体论述过程中，我们会根据需要，将其前几年的相关思想与文学史实纳入考察范围，以体现论述的周延性。

如果说1898年是中国现代伦理革命的开端，那么，1927年左右中国的伦理革命，已开始由重视家庭伦理转而追求革命伦理，而现代小说的转型也基本完成。陈平原先生在论及20世纪中国学术范式更新问题时曾将1927年作为下限，理由是："1927年以后的中国学界，新的学术范式已经确立，基本学科及重要命题已经勘定，本世纪影响深远的众多大学者也已登场。另一方面，随着舆论一律、党化教育的推行，晚清开创的众声喧哗、思想多元的局面也不复存在，取而代之的是立场坚定、旗帜鲜明的党派与主义之争，20世纪中国学术从此进入了一个新的时代。"① 这一判断无疑具有合理性。其实，将之延伸至小说的家庭伦理转换问题，也无不可：1927年正是五四落潮而新革命、新阶段轰轰烈烈地开始之际，也是反对父为子纲、夫为妻纲的家庭伦理变革不再成为思想文化界集体关注的重心之始。

为更好地研究1898—1927年这三十年间中国小说的家庭伦理叙事问题，笔者将研究内容确定为两大部分：戊戌至五四新文化运动开始前（1898—1915）的伦理变革观念、小说家庭伦理叙事的多样形态与初步转型；新文化运动至北伐战争期间（1915—1927）的伦理革命观念、小说家庭伦理叙事的繁复话语与进一步转型。通过这样的系统梳理，本书试图回答的是：中国小说的家庭伦理叙事，如何在戊戌、五四两个时代的先驱们的共同努力下实现了现代转型。论述的基本框架包括绪论、结语及主体部分的六章。在主体部分的第一、第四章中，我们将分别梳理1898—1915年间的君臣、父子、夫妇这些家庭伦理观念，论述这些观念与民族国家话语、民主共和话语之间的关联。在第二、第三章中，分别研究1898—1915年小说的父子伦理、两性伦理问题；在第五、第六章中，分别研究1915—1927年小说的父子伦理、两性伦理问题。在研究父子、夫妇伦理观念变革，父子、两性伦理的小说呈现时，我们注重对比式解读，以体察中国小说的家庭伦理叙事在戊戌、五四两个阶段之间怎样实现了开

---

① 陈平原：《中国现代学术之建立——以章太炎、胡适之为中心》，北京大学出版社1998年版，第6—7页。

创与承续、守正与新变。

在研究方法上，本书采取现象学的整体性的观照方法，以建立在大量原始文献、文学文本上的实证研究为基本特色，运用各种现代思想成果如伦理学、社会学、文化人类学、女性主义等理论，熔微观切片式探究与宏观跳跃式把握于一炉，注重个案分析与类型分析相结合，多角度、多层面、多方位地对戊戌至五四小说家庭伦理叙事问题作深入、细致、系统的稽考与总结，力求客观呈现中国家庭伦理观念嬗变及其与文学表达间相互生成、共同向现代转型的历史面貌。需要说明的是，本书没有运用叙事学的方法，因为笔者理解中的"伦理叙事"是主题学范畴的概念，更多指向的是作者或叙述者通过小说文本叙述出来的伦理故事、传达出的伦理思想及伦理判断，而"叙事伦理"偏向叙事学，是"作为伦理的叙事"，需要"研究叙述故事和虚构人物的伦理后果，以及这一过程中把叙述者、听众、证人和读者结合到一块的相互作用"[①]，侧重于研究叙事立场、叙事原则、叙事策略等。

与此相关，本书突破了单从伦理学、社会学或思想史等视域观照中国伦理观念现代转型的局限，而以此期最为重要的文学体裁——小说的家庭伦理叙事的嬗变为切入口，在文本解读中客观重现当时思想文化与文学场景，理性论析当时小说如何参与了伦理转型，伦理转型特有的繁复又施加给小说怎样的影响，对中国传统家庭伦理、传统小说的现代转型进行更生动、翔实的研究。在具体行文过程中，本书没有将晚清改良派的新小说、鸳鸯蝴蝶派的通俗小说、五四时期各社团与流派的小说等单独以章或节的方式进行呈现，而是以论述1898—1915年、1915—1927年的父子、两性伦理为核心，打通新旧、派别之间的藩篱，更多地关注这些不同类型文本中类型化的观念及其表述。

此外，在研究过程中，本书注重重返历史现场，对影响现代思想、文化进程的重要伦理—文学事件进行详细考辨，对重要文学文本进行深入论析，从而部分呈现出过渡时期中国家庭伦理转型的芜杂情态。中国传统家庭伦理观念现代化的艰难掘进，相应小说文本的复杂言说，思想文化界屡屡兴起的讨论乃至讨伐，小说家们的犹疑、挣扎，小说文本中伦理观念的新旧杂糅等，一方面表明传统家庭伦理的现代反思应该继续进行，另一方

[①] 伍茂国：《现代小说叙事伦理》，新华出版社2008年版，第3页。

面则表明,当时家庭伦理观念的提倡者与家庭伦理变革的实践者之间存在不容忽视的距离、家庭伦理观念变革的提倡与整个社会力量的整体变迁之间存在不可小觑的距离、家庭伦理实践的男性主体与女性主体之间、不同的男性与不同的女性之间亦存在不容忽略的距离。这种提倡的"应然"与实践的"实然"之间的差距,恰好为本书更深入地理解家庭伦理的现代转型之艰难提供了更为丰富的图景。

刘纳曾提醒我们说:"作为社会转型和信仰转折时期的'清末民初'已经成为过去,但它向后来的中国人昭示着对历史和文化做出不同解释与不同选择的可能性。……在选择的过程中,谁也难免被历史与自身的局限所困扰。'清末民初'那代人的选择已经成为近现代中国人文化经验的组成部分,历史一页页地翻过去,人们仍需要从那代人的选择中获得启示和汲取教训。"[①] 这段用于解释为何清末民初会成为学术研究热点所在的论述,如果将下限移至1927年,其实也一样妥帖。因此,现在仍需要回眸晚清至五四的历史以看清我们在20世纪所走过的路,仍需要回眸此期的人们多样化的选择,理解他们的迷惘、挣扎与痛苦,以便明确我们当下所应努力思考与深度掘进的方向。正是基于这样的认知,笔者尝试着由此重返1898—1927年家庭伦理面向现代的艰难转型的历史现场。

[①] 刘纳:《"清末民初"何以成为学术热点》,《从五四走来——刘纳学术随笔自选集》,福建教育出版社2000年版,第10页。

第一章

催化：1898—1915年的家庭伦理观念

"儒家就是以礼教代宗教，以礼教为宗教。"① 由于儒家思想在近代以前的中国居于统治地位，礼教也就产生了覆盖性的影响，"政治、法律、教育、道德、哲学、史学、文学、艺术等等，无一不受到礼教的影响"②。而其影响的始基，则是中国的宗法制度。这种制度，"从正面来说，是由族长家长推到天子国君，天子国君的家长化"，"从反面来说，是由天子国君推到家长，家长的天子化、国君化。如家人以家长比国君，故称为'家君'，死后称为'先君'、'府君'、'先府君'。妻妾以夫比国君，故称为'夫君'、'夫主'。妾称夫的妻为'女君'。庶子称嫡母为'君母'"③。因而，中国君、父、夫与君同属于统治者的君者系列，而臣、子、妻妾则同属于被统治者的臣系列："君、父、夫三者，俨然有大君、中君、小君之别，但三者都同是君，君都是统治其范围内的主人。而另一方面呢？臣是君的奴隶，子是父的奴隶，妻妾是夫的奴隶。"④ 为便于统治，历代政治家、文人或多或少都对这种统治与被统治的关系进行过疏解、阐发。其中，先秦儒家有三正说、三顺说⑤；到董仲舒，则改为了"君为臣纲，父为子纲，夫为妻纲"的三纲说，"'君纲'作为封建社会的最高政治伦理要求，是旨归；'父纲''夫纲'作为封建家庭的伦理规范，是基点。'三纲'说只有卑者、下者对尊者、上者敬顺的份，却无需尊

---

① 蔡尚思：《中国礼教思想史》，上海古籍出版社2006年版，第1页。
② 蔡尚思：《中国礼教思想史》，上海古籍出版社2006年版，第2页。
③ 蔡尚思：《中国礼教思想史》，上海古籍出版社2006年版，第4页。
④ 蔡尚思：《中国礼教思想史》，上海古籍出版社2006年版，第5页。
⑤ 三正说，即"夫妇别，父子亲，君臣严，三者正，则庶民从之矣"（《大戴礼记》）。三顺说，即"臣事君，子事父，妻事夫，三者顺则天下治，三者逆则天下乱"（《韩非子·忠孝》）。

者、上者对卑者、下者负有任何道德责任,不仅完全排除了父对子、夫对妻的伦理责任,使先秦儒家家庭伦理中的'父慈'和'夫义'精神荡然无存,而且第一次明确地以'纲'的形式固定了父子夫妻之伦,成为封建社会从家庭到社会奴役弱者的精神枷锁"[1];到朱熹,则以理学观点论证三纲五常与天理、人性之间的关系,"理"是"天下公共之理"(《语类》卷九十四),三纲五常与理合为一体,从而也就成为普遍性的宇宙之理,获得了形而上学的普遍性与至上性。至此,"尊者以理责卑,长者以理责幼,贵者以理责贱,虽失,谓之顺;卑者、幼者、贱者以理争之,虽得,谓之逆"[2]。可见,传统儒家在宗法制度下创造出来的家庭伦理思想,不断向历史的深渊中滑行,最终成了桎梏人与社会的枷锁。

在中国礼教思想史上,礼教的反抗从来都与礼教的推行并存。但相对而言,在礼教成型然后变本加厉的时代,礼教仅仅受到了包括阮籍、嵇康、颜之推、李贽、黄宗羲等在内的少数士人的怀疑,到了甲午—戊戌时期,以三纲为中心的规范伦理,在康有为、梁启超、谭嗣同、严复等人的持续批判中受到更为剧烈的冲击。这些晚清先进知识分子对儒家三纲的多层次、多角度的解剖,为现代家庭伦理的诞生提供了重要的精神背景和理论资源。

第一节 1898—1911:民族国家话语中的君臣、父子、夫妇

"戊戌维新时期也是中国近代家庭伦理发展的一个关键阶段,是中国传统家庭伦理道德走向近代的里程碑。"[3] 在这一时段中,王韬、郑观应、宋恕、何启、胡礼垣等早期资产阶级改良派,与严复、康有为、梁启超、谭嗣同等维新思想家一起对三纲五常进行了较为集中的省思与批判。其中,王韬等早期改良派对君臣关系虽还未有更明确的反思,但对父子关系

---

[1] 刘海鸥:《从传统到启蒙:中国传统家庭伦理的近代嬗变》,中国社会科学出版社 2005 年版,第 37 页。

[2] (清)戴震:《孟子字义疏证》,中华书局 1982 年版,第 10 页。

[3] 刘海鸥:《从传统到启蒙:中国传统家庭伦理的近代嬗变》,中国社会科学出版社 2005 年版,第 155 页。

尤其是夫妇关系，已有较之于洋务派更深入的反省。王韬、李圭等有更多的异域比较意识，他们借由泰西男女平等的镜子，照见了中国夫为妻纲的陋习，认为治国平天下应自一夫一妇始。狂生宋恕批判传统的包办婚姻制度，反对男子单方面的"出妻"特权，批判传统的贞操观念，甚至主张打破数代同堂的传统大家族制度。维新思想家如严复、康有为、梁启超、谭嗣同承接着他们的反思与批判思路，而在批判三纲之路上走得更远。在这样较大范围的提倡之下，时代风潮已开始转向，三纲说不再被奉若神明。"1907年，苏州常熟、昭文两个县的公立高等小学堂进行'修身'课考试，竟然出现了'三纲之说能完全无缺否'这种极具挑战性的文题。而只有两名学生作了'尚无谬说'的回答外，大都给予了否定的答案，有的甚至明确写道'君为臣纲、夫为妻纲，其理甚谬''三纲之谬，彰彰明矣'。在打分时，这些'妄发狂言怪论'的学生却得到了很高的分数。"[1] 时势之变由此可见一斑。

一 君臣关系

"'君为臣纲'既是封建统治者在政治上加强、巩固君主专制统治的理论依据，也是封建宗法等级制度和封建伦理道德的核心。在宗法专制的传统社会，它与'父为子纲'、'夫为妻纲'的伦理规范相表里。因此，对'君为臣纲'的批判，既是政治上反对君主专制、提倡民主宪政的需要，也是家庭伦理的变革所必须。"[2] 戊戌至辛亥期间的严复、康有为、谭嗣同、梁启超及其他先觉者，都对君臣伦理反思甚多。

严复是"第一个系统介绍西学、提倡资产阶级思想与文化用以挽救中国的资产阶级启蒙思想家"[3]。在其一生中，1854—1895年是思想的发展与成熟期，1895—1898年是"提倡新学（西学）、反对旧学（中学）"的"最进步的时期"[4]，1898—1911年是继续提倡民主与科学但逐渐保守起来的时期，1911—1921年是进一步后退甚至"已成为一个顽固的老

---

[1] 赵华：《清末十年小说与伦理》，博士学位论文，曲阜师范大学，2011年。
[2] 刘海鸥：《从传统到启蒙：中国传统家庭伦理的近代嬗变》，中国社会科学出版社2005年版，第157—158页。
[3] 王栻：《前言》，《严复集》第1册，中华书局1986年版，第1页。
[4] 王栻：《前言》，《严复集》第1册，中华书局1986年版，第1页。

人"① 的时期。相对而言，我们更应关注其生命中第二、三阶段所发出的万丈光焰，更应关注其"译界太祖"② 身份与其全面引入自由、民主、科学、平等、民权等概念、系统批判传统伦理纲常之间的关联。具体到君臣伦理的反叛上，严复发表于1895年的《辟韩》堪称经典。在他眼里，"国者，斯民之公产也；王侯将相者，通国之公仆隶也"③，故而他以社会契约论来解释君、臣、民的关系和君主的产生："君也臣也，刑也兵也，皆缘卫民之事而后有也；而民之所以有待于卫者，以其有强梗欺夺患害也。……君也者，与天下之不善而同存，不与天下之善而对待也。"④ 既然君臣的产生基于契约，基于"有强梗欺夺患害"的历史事实，所以，"君臣之伦，盖出于不得已"⑤。一旦没有这些患害，君与臣之间就没有存在的契约关系，君也就无存在之必要。由此出发，他坚信君与民的自由权利相同，君无权干涉、侵犯民的自由；他认定中国自秦以来的君主"皆尤强梗者也，最能欺夺者"，是"窃国"的"大盗"⑥。更进一步，他发出警告说，在这种君主治下，国之兴亡就与作为奴隶的臣民无涉，而当"其卑且贱，皆奴产子也"的中国之民与"其尊且贵也，过于王侯将相"的西洋之民在战事中相抗，中国之民必败。⑦

严复以民为国家之主体、以自由为重的观念，在当时无异于石破天惊。继之而起的康有为、谭嗣同、梁启超等维新思想家，从各个不同层面对君为臣纲的合理合法性进行质疑，将反对君为臣纲的思想推向前进。

"近代思想史意义上的第一位先驱和领袖"⑧ 康有为，是戊戌维新运动中的灵魂人物。对封建婚姻家庭及其伦理道德的批判和改造，既是他在维新运动中的重要主张，也是他在这一过程中的历史性贡献。其《大同书》的甲部即为"入世界观众苦"，这苦包括了人生之苦、天灾之苦、人道之苦、人治之苦、人情之苦、人所尊尚之苦这六大类，而其根源则在九

---

① 王栻：《前言》，《严复集》第1册，中华书局1986年版，第1页。
② 蔡尚思：《中国礼教思想史》，上海古籍出版社2006年版，第156页。
③ 严复：《辟韩》，《严复集》第1册，中华书局1986年版，第34页。
④ 严复：《辟韩》，《严复集》第1册，中华书局1986年版，第34页。
⑤ 严复：《辟韩》，《严复集》第1册，中华书局1986年版，第34页。
⑥ 严复：《辟韩》，《严复集》第1册，中华书局1986年版，第35—36页。
⑦ 严复：《辟韩》，《严复集》第1册，中华书局1986年版，第36页。
⑧ 刘海鸥：《从传统到启蒙：中国传统家庭伦理的近代嬗变》，中国社会科学出版社2005年版，第160页。

界:分疆土、部落的国界,分贵贱、清浊的级界,分黄、白、棕、黑人的种界,分男、女的形界,私父子、夫妇、兄弟之亲的家界,私农、工、商之产的业界,有不平、不通、不同、不公之法的乱界,有人与鸟、兽、虫、鱼之别的类界,以苦生苦、传种无穷无尽的不可思议的苦界①。为救大众于苦难、水火之中,他倡导去国界以合大地、去级界以平民族、去种界以同人类、去形界以保独立、去家界以为天民、去产界以公生业、去乱界以治太平、去类界以爱众生、去苦界以至极乐。其中的去级界、去形界、去家界与家庭伦理的重建密切相关。在君臣关系上,他秉持所有人均为天之民,均有天赋人权故而平等这一观念,由此认定君不应压制臣,就如父不应压制子、夫不应压制妻。在"压制之苦"中,他特意论及君臣关系"非天之所立",而是"人之所为";君臣之间是压制与被压制关系:"君之专制其国,鱼肉其臣民,视若虫沙,恣其残暴";他看到了压制者君的快乐,而质问这样将臣民置于何地②,因而,他主张去掉君臣之间的"级界",实现大同。

在哲学—政治著作《仁学》中,"晚清思想界一彗星"③谭嗣同决绝地提出了"冲决网罗"的口号:"网罗重重,与虚空而无极;初当冲决利禄之网罗,次冲决俗学若考据、若词章之网罗,次冲决全球群学之网罗,次冲决君主之网罗,次冲决伦常之网罗,次冲决天之网罗,次冲决全球群教之网罗,终将冲决佛法之网罗"④。君主、伦常网罗的冲破是其中的重要部分,亦是他在《仁学》中重点着墨之处。他认为"仁"是天地万物之源,以通为第一义,因而世界上万事万物应该相通,应该平等,而不应"妄生分别"。但是,中国的仁乱于名,"名忽彼而忽此,视权势之所积;名时重而时轻,视习俗之所尚","名乱焉,而仁从之,是非名罪也,主张名者之罪也"⑤。因而,统治者们为维护自己的统治,极力维护三纲五常之名的权威地位,创造出了"忠孝廉节"这些"分别等衰之名"⑥,"数千年来,三纲五伦之惨祸烈毒,由是酷焉矣。君以名桎臣,官以名轭

---

① 康有为:《康有为文集》,线装书局2009年版,第54页。
② 康有为:《康有为文集》,线装书局2009年版,第45—46页。
③ 梁启超:《清代学术概论》,上海古籍出版社2005年版,第76页。
④ 谭嗣同:《仁学·自叙》,李敖编《谭嗣同全集》,天津古籍出版社2016年版,第4页。
⑤ 谭嗣同:《仁学》,李敖编《谭嗣同全集》,天津古籍出版社2016年版,第12页。
⑥ 谭嗣同:《仁学》,李敖编《谭嗣同全集》,天津古籍出版社2016年版,第12页。

民，父以名压子，夫以名困妻"①。三纲五常的名，与善、恶、淫、杀、生、死等名一样，都是被造出来的统治工具，都应该取消。

对于五伦之首的君臣之伦，他批驳得尤为用力。他从整体上否定了中国之官的积极价值："中国之官之尊也，仰之如鬼神焉。平等亡，公理晦，而一切惨酷蒙蔽之祸，斯萌芽而浩瀚矣。"②他愤怒地控诉两千年来的君主专制制度，剥去了君王的神圣面纱："二千年来之政，秦政也，皆大盗也；二千年来之学，皆乡愿也。惟大盗利用乡愿；惟乡愿工媚大盗。"③他驳斥了君权神授观念，以民为本、君为末，并由此得出结论：民不应为君死，君没有命令民为其死的权利；在君办事不力的情况下，民可以废弃他而另选新君。为免去臣民的疑虑，他特意指出"忠"对君臣都有限制，如果"君为独夫民贼，而犹以忠事之，是辅桀也，是助纣也"④。他进一步指出，如果民谋反，君王首先应自我反省；如果君无道，则人人可得而戮之，并不能算做叛逆。如果说，谭氏"对封建伦常名教为专制统治者服务的实质的揭穿"，"直接为五四运动所承继下来，终于烧起了摧毁那个古老而凶狠的旧文化庙堂的熊熊大火"⑤，那么，他"对清朝政权的攻击却立即哺养了当时革命派的人员"⑥。谭嗣同"在中国近代应是激进派和激进思想的最早代表，他是辛亥革命和五四运动的真正先驱"⑦。

梁启超是"拉开20世纪批孔帷幕"⑧的人。在戊戌前后至流亡日本这一时期，梁启超发表了大量尊墨反孔，倾向民权，反对君权的言论，对封建专制统治者的愚民、柔民、弱民、贼民之术进行了深刻揭露。他认为

---

① 谭嗣同：《仁学》，李敖编《谭嗣同全集》，天津古籍出版社2016年版，第12页。
② 谭嗣同：《壮飞楼治事十篇》，李敖编《谭嗣同全集》，天津古籍出版社2016年版，第82页。
③ 谭嗣同：《仁学》，李敖编《谭嗣同全集》，天津古籍出版社2016年版，第47页。
④ 谭嗣同：《仁学》，李敖编《谭嗣同全集》，天津古籍出版社2016年版，第50页。
⑤ 李泽厚：《谭嗣同研究》，《中国近代思想史论》，天津社会科学院出版社2003年版，第217页。
⑥ 李泽厚：《谭嗣同研究》，《中国近代思想史论》，天津社会科学院出版社2003年版，第218页。
⑦ 李泽厚：《谭嗣同研究》，《中国近代思想史论》，天津社会科学院出版社2003年版，第221页。
⑧ 孔凡岭：《导言》，孔凡岭编《孔子研究》，中华书局2003年版，第2页。

朝廷乃是"一姓之私业也"而国家是"全国人之公产"①，但国人却只知有朝廷而不知有国家。另外，朝廷中的君本应是国民之公奴仆，因为"有民而后有君，天为民而立君，非为君而生民"②，但历代君王都是独夫民贼，将国家作为一姓之产业，而置所有国民于奴隶地位，并且"援大义以文饰之，以助其凶焰，遂使一国之民，不得不转而自居于奴隶，性奴隶之性，行奴隶之行"③。在民贼们"用心至苦""方法至密""手段至辣"④的驯服、奴役之术的统治之下，奴隶们已经养成了奴性、愚昧、为我、好伪、怯懦、无动这些"天下最可耻"的特点，然而怪异的是，"今不惟不耻之而已，遇有一不具奴性、不甘愚昧、不专为我、不甚好伪、不安怯懦、不乐无动者，则举国之人，视之为怪物，视之为大逆不道"⑤。在奴隶性普遍存在的情况下，梁启超致力于新民工作，大声呐喊以唤醒昏睡中的四万万国民。他坚持认为不能寄希望于明主贤相，而应该致力于提高国民的文明程度："国民之文明程度高者，虽偶有暴君污吏，虔刘一时，而其民力自能补救之而整顿之，譬犹溽暑之时，置表于冰块上，虽其度忽落，不俄顷则冰消而涨如故矣。"⑥ 也就是说，新民是唯一的良方，有了新的国民，"何患无新制度，无新政府，无新国家！"⑦

严复、康有为、谭嗣同、梁启超这些先驱者们的天赋人权、君臣平等、反抗君主专制以及新民思想，通过当时的学堂、报刊等载体迅速流播开来，日渐形成一种带有普遍性的思想共识。

早在1901年，秦力山任主编的《国民报》第2期就发表了《说国

---

① 梁启超：《中国积弱溯源论》，夏晓虹编《梁启超文选》（上），中国广播电视出版社1992年版，第68页。

② 梁启超：《中国积弱溯源论》，夏晓虹编《梁启超文选》（上），中国广播电视出版社1992年版，第68页。

③ 梁启超：《中国积弱溯源论》，夏晓虹编《梁启超文选》（上），中国广播电视出版社1992年版，第69—70页。

④ 梁启超：《中国积弱溯源论》，夏晓虹编《梁启超文选》（上），中国广播电视出版社1992年版，第85页。

⑤ 梁启超：《中国积弱溯源论》，夏晓虹编《梁启超文选》（上），中国广播电视出版社1992年版，第85页。

⑥ 梁启超：《新民说》，夏晓虹编《梁启超文选》（上），中国广播电视出版社1992年版，第103页。

⑦ 梁启超：《新民说》，夏晓虹编《梁启超文选》（上），中国广播电视出版社1992年版，第103页。

民》一文,指出一国之中可以无君,但一国之中不可无民。邹容则在《革命军》中说,最初无所谓君,也无所谓臣。尧、舜、禹等,是因其"能尽义务于同胞,开莫大之利益,以孝敬于同胞,故吾同胞视之为代表,尊之为君,实不过一团体之头领耳,而平等自由也自若。后世之人,不知此义,一任无数之民贼独夫、大盗巨寇,举众之所有而独有之,以为一家一姓之私产,而自尊曰君,曰皇帝,使天下之人无一平等,无一自由"[1]。对于传统的忠,他认为不应忠于君,而应忠于国,因为每个人对于国家有义务,"而非为一姓一家之家奴、走狗者"[2]。不仅如此,应该革掉专制君王们的命,以恢复每个人享有的天赋之人权。出自蜀地的思想家吴虞严正指出:"天下有二大患焉:曰君主之专制,曰教主之专制。君主之专制,钤束人之言论;教主之专制,禁锢人之思想。君主之专制,极于秦始皇之焚书坑儒,汉武帝之罢黜百家;教主之专制,极于孔子之诛少正卯,孟子之距杨、墨。"[3] "真"在《三纲革命》中以"人人平等"反对"君为臣纲",质问道:"君亦人也,何彼独享特权特利?"认为君臣均是野蛮时代之代表,在新世纪中,二者均应消灭,只有人与社会,而且人人平等。鞠普则在其《论习惯之碍进化》中,首先指出"忠"这种成为道德的习惯有碍进化,斥责与忠相关的种种谬说,"以自欺而欺人。抑何谬妄之至于斯耶!"[4] 署名"四无"者则在其文中宣称要"无父无君无法无天",应"首先推倒""全恃强权成立"的"绝无关系之'君'"[5]。《箴奴隶》中,论者指出:"吾国历史,乃独夫民贼普渡世人超入奴隶之宝筏也……今吾国历史一握于独夫民贼之手,设立若干种奴隶规律,划成若干套奴隶圈限,以供一己之操纵。其绝无民义可知……独夫民贼,视天下人皆草芥牛马也,乃专务抹煞一切奴隶之权利,而唯以保其私产之是图,用悬一一丝不溢之奴隶格式号召天下,入此格式者为忠为良,出此格式者为

---

[1] 邹容著,冯小琴评注:《革命军》,华夏出版社2002年版,第37—38页。
[2] 邹容著,冯小琴评注:《革命军》,华夏出版社2002年版,第49页。
[3] 吴虞:《辨孟子辟杨墨之非》,赵清、郑城编《吴虞集》,四川人民出版社1985年版,第13页。
[4] 鞠普:《论习惯之碍进化》,张柟、王忍之编《辛亥革命前十年间时论选集》第3卷,生活·读书·新知三联书店1977年版,第198页。
[5] 四无:《无父无君无法无天》,张柟、王忍之编《辛亥革命前十年间时论选集》第3卷,生活·读书·新知三联书店1977年版,第205、204页。

僇为辱。胎孕既久,而奴隶二字,遂制成吾国人一般之公脑,驯伏数千年来专制政体之下,相率而不敢动。"① 类似言说在辛亥革命前十年间所在多有,一起撼动了两三千年来亘古不变的君臣伦理。

需要注意的是,严复、康有为、谭嗣同等人批判君主专制制度却并不否定现实生活中的君王。如严复就曾认为当时还需要君主来统治,而谭嗣同"一面痛骂历代君王,尤其是非汉族的君主,而又极拥护非汉族的清光绪帝。他痛斥古来的忠君者,而自己却也很忠君。所以说,谭嗣同虽较激进,却是很自相矛盾的一个人"②。而后来的跟从者们,尤其是在辛亥革命前几年出现的无政府主义者们,在反对君为臣纲的态度上显然更为激进。另外,在立宪派与革命派之争时期,两派知识分子对君臣关系的论述曾有细小分歧。最初的立宪派对君王们实行新政还存有幻想,当拥护皇权的《钦定宪法大纲》公布而他们发起请愿运动、呼吁成立责任内阁却发现那是不折不扣的"皇族内阁"以后,他们终于意识到自己的幼稚,于是一些立宪派改而加入革命派阵营,在对君臣关系、忠君思想的批判上变得不遗余力。对君臣关系的这种认知,在一定意义上,部分促成了辛亥革命的成功,促成了中国最后一个封建专制王朝的彻底倒塌。

二 父子关系

尽管有了夫妇才有父子,但有了父子,上才能有祖祢、下才能有子孙,旁才能有兄弟、连合宗族。朋友关系是兄弟关系的社会化延伸,而君臣关系是父子关系的政治化推演。因而,从根本上说,在父权制的传统中国,父子伦理关系历来都居于核心地位。在重审传统的晚清知识分子眼里,父子关系自然也需要重新界定。

康有为在《大同书》的《己部·去家界为天民》中对父子关系的积极意义多有阐发:"夫妇父子之道,人类所以传种之至道也,父子之爱,人类所由繁孳之极理也,父子之私,人体所以长成之妙义也。"③ 但是,子女虽生于父母,却仅仅是"托借父母生体而为人,非父母所得专也",从天赋人权的根本上说,"人人直隶于天,无人能间制之"。因而,父为

---

① 《箴奴隶》,《国民日日报汇编》1904年第1集,第7—8页。
② 蔡尚思:《中国礼教思想史》,上海古籍出版社2006年版,第169页。
③ 康有为:《大同书·己部·去家界为天民》,《康有为文集》,线装书局2009年版,第164页。

子纲之说"失人道独立之义而损天赋人权之理",和君为臣纲、夫为妻纲都是巨大的障碍,因而不得不除之。

谭嗣同早年曾被父妾所虐,"自少至壮,遍遭纲伦之厄"①。因而,他对使得家庭成员间貌合神离的五伦甚不以为然,认为其"使古今贤圣君子与父子兄弟之间,动辄有难处之事"②,主张学习西方民主制度下依靠"法"而非"文"来约束、处理父子、夫妻、朋友、兄弟的方法。③ 在其《仁学》中,他由"仁"出发,认定君臣之祸导致了父子夫妇之祸的泛滥,所谓"君臣之祸亟,而父子夫妇之伦遂各以名势相制为当然矣"④。在他看来,"子为天之子,父亦为天之子,父非人所得而袭取也,平等也"⑤,因而父亲不能用孝道去压制子女。而且,父子之间的不平等尚有体魄上的依据,那么,那些没有体魄关系的长幼——姑与妇、后母与前子、庶妾与嫡子、主人与奴婢——之间的压迫、奴役,让谭嗣同更为痛恨,由此,谭嗣同非常认可西方民主思想指导下的父子关系处理方式,主张废除父子伦常,而以朋友之伦代替之,"父子异宫异财,父子朋友也"⑥,"不独父其父,不独子其子,父子朋友也"⑦。

在辛亥革命前十年间的诸多报纸杂志上,伦理革命、家庭革命的呼声已此起彼伏,呼喊着"毁灭家族""毁家"的人也所在多有。汉一认为家"为万恶之首",毁家之后,"人类之中,乃皆公民无私民,而后男子无所凭借以欺凌女子",因此,"欲开社会革命之幕者,必自破家始矣。"⑧ 鞠普则说家是万恶之源,"欲得自由、平等,必自毁家始。"⑨ "真"等无政府主义者,也屡屡表达了毁灭家族的设想。"真"在《新世纪》上发表的

---

① 谭嗣同:《仁学·自叙》,李敖编《谭嗣同全集》,天津古籍出版社2016年版,第3—4页。
② 谭嗣同:《思纬壹壹台短书——报贝元征》,李敖编《谭嗣同全集》,天津古籍出版社2016年版,第383页。
③ 谭嗣同:《思纬壹壹台短书——报贝元征》,李敖编《谭嗣同全集》,天津古籍出版社2016年版,第383—384页。
④ 谭嗣同:《仁学·自叙》,李敖编《谭嗣同全集》,天津古籍出版社2016年版,第56页。
⑤ 谭嗣同:《仁学·自叙》,李敖编《谭嗣同全集》,天津古籍出版社2016年版,第56页。
⑥ 谭嗣同:《仁学》,李敖编《谭嗣同全集》,天津古籍出版社2016年版,第58页。
⑦ 谭嗣同:《仁学》,李敖编《谭嗣同全集》,天津古籍出版社2016年版,第58页。
⑧ 汉一:《毁家论》,《天义报》1907年第4卷。
⑨ 鞠普:《毁家谈》,《新世纪》1907年第1号。

文章，直接就命名为《三纲革命》。他以"父子平等"反对"父为子纲"，认为父与子其实只是一个先出生、一个后出生而已，父子之间不应有尊卑存在。他愤怒地指责暴父对其子的压迫无处不在，暴父对其子的奴役从幼时至壮至老，而暴父之所以能如此，就是因为凭借伪道德、法律和习惯："就伪道德言之，父尊而子卑；就法律言之，父得杀子而无辜；就习惯言之，父得殴詈其子，而子不敢复。"① 因此，为了"助人道之进化，求人类之幸福"，"必破纲常伦纪之说。此亦即圣贤革命家庭革命"②。与"真"一样，"四无"也坚决反对父为子纲，将无父与无君、无法、无天并列，认为它们是成立无政府的四要素。在论者看来，当时已有无君、无天这两要素而缺无父、无法这二者。人们之所以不容易接受"无父"，原因在于，"惟'父'之根据于爱情，而为强权所利用者，每若一加排斥，不啻如排斥爱情然，故代为隐遁者犹众"③。但"四无"认为，父权自父权、爱情自爱情，决不能相混。

反对父为子纲，必然会反对孝，反对服从性以至于奴隶人格。家庭立宪者在《家庭革命说》④ 中，深刻指出了父权制与子辈们奴隶人格的养成之间的关系，呼吁实行家庭革命。李书城在《学生之竞争》中，将中国在20世纪列强虎视眈眈中能否保国保种，与学生是否警醒、觉悟直接关联起来。他对忠孝之义做了辨析，认为：

> 忠于一人不忠于一国，不得谓之忠；孝于父母不孝于祖宗，不得谓之孝。今之学者，则除事一人以外无所用其忠，故其痛亡国亡种之祸，不如其痛亡君之祸，宁杀身死节以报吾君，而国亡种亡之关系，俱置诸脑后。呜呼，此外人所以阳存吾君而阴灭吾国、奴吾种，而莫或知之也。今之学者，除事父母以外无所用其孝。设我辈今日所欲饮其血噬其肉之俄、英、德、法、美、日诸雄国，一旦竟灭吾国焉，奴吾种焉；翁辈数十百年后之子孙，翻戴之如帝天，假其权力，钤轭吾同胞，而犹以移孝作忠之大义，扬扬然号子众曰，宜如此宜如此，我辈地下有灵，视此子孙恨不刃其首剿其腹矣，而岂得许之为孝乎？嗟

---

① 真：《三纲革命》，《新世纪》1907年第11号。
② 真：《三纲革命》，《新世纪》1907年第11号。
③ 四无：《无父无君无法无天》，《新世纪》1908年第52号。
④ 家庭立宪者：《家庭革命说》，《江苏》1903年第7期。

乎！忠孝二字之真理不明，则不知国与种之关系重；不知国与种之关系重，则虽知有亡国亡种之祸，必不痛也。①

反对孝道，也必然就会反对祖宗，呼吁进行祖宗革命。署名"真"的《祖宗革命》认为"家庭中之最愚谬者，更莫甚于崇拜祖宗"②，认为"祖宗仅为传种之古生物""及其死，则其功用已尽"，指出崇拜祖宗与崇拜上帝一样，皆因科学不明、人类未进化。当然，崇拜祖宗这个"世世相传之狡计"更为重要的意图，乃在于"缚束其子孙，压制其子孙"。处于后裔状况的人们，"其愚者不能辨是非而从之，其敏者与狡者，或知之而不敢言，或因之以求己利"。比如，那些狡者们利用对祖宗的崇拜获得孝的名声，从而可以做官。因此，他主张有志改革的人们去切实进行祖宗革命，比如通过书报、演说等进行这种新观念的阐发，拒绝含有祖宗迷信的礼仪，拒绝崇奉墓碑、神位等神圣不可动摇的事物，等等。③

上述言辞所发表的刊物，销路并不甚广。但正是因为这些此起彼伏的呐喊，使得铁屋子里越来越多的国人由沉睡而清醒。而那些醒来者，又可能会成为新思想的拥趸者、传播者。比如，《经世文潮》1903年6月创刊于上海，由上海新世界学报社发行，书口上题有"诸暨赵氏乐养斋斠印"字样。在第一期的叙例中，论者称："病世上所行正经经世文编支离谬整，用其体例，变其精神，区教育、宗教、人种、哲学、史学、政治、社会、国际、法律、殖民、国计、兵、农、尚、工艺、文学、地学、理化、医学、美术二十部，子目二百则，译辑海内外名哲体制及现行政策，按部成编。灌输我新中国之新少年，以世界风潮助学界速率为目的。"其译辑海内外名哲体制及现行政策以灌输给新少年的方式，体现了编者唤醒读者的意图，而从该刊第一号封面上所载外埠代售处名单可知，这样的言论在当时已随该杂志而流向北京、锦州、天津、保定、太原、开封、济南、成都、重庆、武昌、安庆、南昌、赣州、南京、扬州、江阴、常州、苏州、常熟、无锡、松江、杭州、平湖、绍兴、福州、广州、潮州、汕头等28地。显然，该刊对新观念、新术语、新立场的宣传，会在撼动民众的伦理观念上起到不可小觑的作用。这样持之以恒的浸透式宣传，终会慢慢使得

---

① 李书城：《学生之竞争》，《湖北学生界》1903年第2期。
② 真：《祖宗革命》，《新世纪》1907年第2号。
③ 真：《祖宗革命》（续），《新世纪》1907年第3号。

整个社会风潮发生改变。

三 夫妇关系

夫妇关系历来被认为是人伦之始，因而在中国文化体系中的地位一直异常重要。然而，和臣、子长期屈服于君、父一样，妇长期屈服于夫之威权。这种屈服深入于我们的文化无意识中，使得千千万万的妇女习焉不察，从而在自己的夫妻关系中努力践行，也用以教导子女处理他们的夫妻关系，使得整个夫妻世界都符合圣经贤传的要求，造就了一个所谓的"对"的世界。这种夫妇关系的长期异化，在明清时期达到高潮。"据《明史·列女传序》说，明代留下的节妇烈女材料，有一万多件，因篇幅所限，几经汰选，才收录了三百多人"[1]，到了清代，"仅以礼部每年收到的'数千人'推算，清代的节妇烈女就有上百万，这是明代保存的万人史料的一百倍！"[2] 明清时期不仅节妇烈女的数量多，而且具有"主动""自愿"以"从一而终"的规范守节、多以身殉夫这两个前代所无的特点[3]。陈东原则强调："三千年的妇女生活，早被宗法的组织排挤到社会以外了。"[4] 而在清代，妇女们的生活更惨，可谓是"把二千多年来的生活加重地重演一番"[5]。可见夫为妻纲、三从四德等封建伦理观念，已对万千女子形成了巨大的压抑和钳制。

对于夫妇关系的反省，对于女性权益的重视，在明清礼教发展史中已有体现，然而进展并不顺利。如明代李贽、清代袁枚都曾主张女子的受教育权，并带头招收女弟子，然而因之受迫害；太平天国时期曾提倡不缠足，女子都是姊妹，然而女性终究仍是男子们的玩物；洋务运动中的龚自珍、魏源等已将批判矛头指向程朱理学：龚自珍主张"尊情"，注重发挥人的个性，充分尊重有才学的女子、大足女子，魏源在"师夷"的总目标下，注重才情统一，而通过对异域的观察与忠实记录，西方的男女平

---

[1] 王绍玺：《贞操论》，辽宁大学出版社1989年版，第326页。
[2] 王绍玺：《贞操论》，辽宁大学出版社1989年版，第328页。
[3] 参见王绍玺《贞操论》，辽宁大学出版社1989年版，第329页。
[4] 陈东原：《中国妇女生活史·自序》，《中国妇女生活史》，商务印书馆2015年版，第1页。
[5] 陈东原：《中国妇女生活史·自序》，《中国妇女生活史》，商务印书馆2015年版，第2页。

等、自由结婚的伦理在他的《海国图志》中得到了正面体现；到了戊戌—辛亥时期，先驱者们对异化的夫妇关系进行了较为深刻的反思，较之洋务运动中部分人只提倡女子教育有了很大进步。到了晚清，天赋人权观念深入到先进知识分子们的心间，日渐兴旺的女学使得大批量生产具有新思想的女性成为可能，日益强大的废缠足声浪使得大批量天足女子成为可能，而工业化、商业化、城市化的进一步加快，使得女性走出传统家庭的逼仄生存空间有了可能。这些从天赋人权观念而来的平等观念，与废缠足、兴女学、走向公共空间的现实层面上的尝试，一起促成了此期先驱者们在婚姻观念、两性伦理观念方面的巨大变革。

据考证，"从1870年代起，男女平等之说在上海等地报纸上不断出现"①。1878年，《申报》上刊载的《扶阳抑阴辨》，将天文学知识运用于辨析阴阳学说，认为阴阳并立并尊，因此不应男尊女卑。1898年，王春林从《说文解字》对"妻"的解释出发，指出夫妻之间没有尊卑贵贱之分："许氏《说文》，纲罗古义，而曰妻，齐也；夫妻胖合也（言各以半相合也），以是观之，恶有尊卑贵贱之殊哉！"② 而康有为、谭嗣同等，则发出了振聋发聩之声。

康有为在《大同书》中对女性的苦难多有关注，认为"今大地之内，古今以来所以待女子者，则可惊，可骇，可嗟，可泣，不平谓何！"③ 女子与男子在"聪明睿哲""性情气质""德义嗜欲"等方面本来均没有什么不同，因而女子执农工商贾之业、为文学仕宦之业等，皆能胜任。但当时的状况却是，女子均无权参加科举、从政、当学者、当议员，甚至不被视为公民，不被认为应该有自由之权。女子常被强行胖合，以至于出现所嫁非人、童年订婚、未嫁守节、童养媳、烈女等现象，女子被作为囚徒、奴隶、私有物、玩具等而存在。他认为，女子长期被压抑的原因，正在于男子受文化浸染而视女子为奴。在《大同书·戊部·去形界保独立》第七章中，他明确提出，"抑女有害于立国传种，宜解禁变法，升同男子，乃合公理而益人种"④，并提出了"女子升平独立之制"凡12条，试图让

---

① 熊月之：《导言》，金天翮著，陈雁编校《女界钟》，上海古籍出版社2003年版，第2页。
② 王春林：《男女平等论》，《女学报》1898年8月27日。
③ 康有为：《大同书》，《康有为文集》，线装书局2009年版，第117页。
④ 康有为：《大同书》，《康有为文集》，线装书局2009年版，第150页。

女子得到解放，与男子的权益相同，但同时也要承担与男子一样的义务，在兴国保种方面尽心竭力。

谭嗣同也秉承着平等观念而对婚姻伦理、夫妻伦理多有论说。他认为"男女同为天地之菁英，同有无量之盛德大业"①，因而应平等相待。但是，在中国的漫长历史中，一夫多妻、妻子必须坚守贞操、溺女婴、穿耳等男女不平等的体现所在多有。"夫为妻纲"成为集体无意识之后，妇女就不再被作为与其夫一样的人来对待："夫既自命为纲，则所以遇其妇者，将不以人类齿。"② 他无比羡慕西方民主思想指导下的良好的夫妻关系，"夫妇则自君至民，无置妾之例，又皆出于两相情愿，故伉俪笃重，无妒争之患，其子孙亦遂无嫡庶相猜忌之患。"③ 他倡导夫妻之间的结合尊重自愿，而非受制于"父母之命、媒妁之言"，"夫妇择偶判妻，皆由两相情愿，而成婚于教堂，夫妇朋友也"④；他倡导废除夫为妻纲，而以朋友之伦代替夫妇之伦，可以自由结合或分手，"夫妇者，嗣为兄弟，可合可离，故孔氏不讳出妻，夫妇朋友也"⑤。

在此期的报纸杂志上，基于平等学说而对夫妇关系进行反省的文字甚多。到了1903年，女界的声响更大：陈撷芬主办的上海"女学会"成立，随后，《女学报》创刊；丁初我、曾孟朴在上海创办《女子世界》；袁世凯在直隶总督任内发布电文，劝谕妇女勿缠足；广州《女子学报》创刊；上海"苏报馆"出版《世界十女杰》；金天翮的《女界钟》在这一年面世，被赞誉为"灿烂庄严救世文，一枝铁笔扫妖氛；钟声撞到铿然处，震起婚姻革命军"⑥，而她也因该书而被誉为"中国女界之卢骚"。此前此后，立足于天赋人权发出如是言说的人不在少数，而且，女性亦开始发出了自己要求男女平等的吼声，这在当时的语境中甚为难得。

与主张男女平等的观点密切呼应的，是此期对片面贞操的强烈反对意见。在《一洗儒毒》中，论者认为女性在配偶去世后不能再嫁，"是强使

---

① 谭嗣同：《仁学》，李敖编《谭嗣同全集》，天津古籍出版社2016年版，第16页。
② 谭嗣同：《仁学》，李敖编《谭嗣同全集》，天津古籍出版社2016年版，第57页。
③ 谭嗣同：《思纬壹壹台短书——报贝元征》，李敖编《谭嗣同全集》，天津古籍出版社2016年版，第382页。
④ 谭嗣同：《仁学》，李敖编《谭嗣同全集》，天津古籍出版社2016年版，第58页。
⑤ 谭嗣同：《仁学》，李敖编《谭嗣同全集》，天津古籍出版社2016年版，第58页。
⑥ 剑豪：《读〈女界钟〉》，《国民日日报汇编》1904年第4集。

第一章　催化：1898—1915年的家庭伦理观念　　33

春色未衰之妇人，绝意于人世，全不用心于人身之生理，束缚女子之自由，使忍非常之痛苦而不顾"，而那些男性，常以无后为大的借口，讨有正妻、姬妾，还可以"寻花问柳于平康之里，一无所惮"，这种极端的不平等，乃是"蛮风"，"当不许存在于文明世界也"①。身为女性的秋瑾，以大白话的方式表达了自己的愤怒："还有一桩不公的事：男子死了，女子就要带三年孝，不许二嫁。女子死了，男人只带几根蓝辫线，有嫌难看的，连带也不带；人死还没三天，就出去偷鸡摸狗；七还未尽，新娘子早已进门了。上天生人，男女原没有分别。试问天下没有女人，就生出这些人来么？为甚么这样不公道呢？"②而在女子应否守节问题上，此期的知识分子也更多了辩证的思维与眼光。陈独秀就曾分析说："若是夫妻恩爱得很，丈夫死了，女人不肯改嫁他人，这也是他的恋爱自由，旁人要逼他嫁人，这本是不通的话。"③也就是说，再醮与否，是丧夫后的女性的自由，他人唯有尊重这种自由，才可能少产生些人间悲剧。在《论可怜之节妇宜立保节会并父兄强青年妇女守节之非计》④中，谢震感叹道："天下有最可嘉最可怜之人焉，其惟青年守节之嫠妇乎！"她说："守节云者，乃其自守，非他人能助之也。则守与否，悉听其自为计，亦岂他人所能强之乎？"强迫他人守节，是"野蛮之甚"的行为。她分析道："虽妇女亦容有艳守节之名而托言不愿嫁者，然其情之真与否，志之诚与否，父母翁姑均可从平日参稽而得之。果真耶，果诚耶，宜无不赞成其志。若稍涉游移，宜无不劝之出嫁，切勿带丝毫客气而致贻后悔也。"因此，对于翁姑来说，应该注意观察并体谅媳妇的意志，不可强求。为了少一些婚姻悲剧，此期的先驱者们旗帜鲜明地主张夫妇的结合应摆脱父母之命、媒妁之言，实现自由组合。如严复在其译著中就论及婚姻问题应由男女自由择对；陈王指出，"盖以婚大事，不可不慎重之，而慎重之至，则非自男女自约自结不为功"⑤。除主张自由结婚外，还有人主张自由离婚，离婚之后的男女可以再自行寻觅新的配偶。在此期的婚俗上，自由婚、同意婚

---

① 《一洗儒毒》，《清议报》1899年第18册。
② 秋瑾：《敬告二万万女同胞》，《白话报》1904年第2期。
③ 三爱（陈独秀）：《恶俗篇》，《安徽俗话报》再版第6期，1904年9月24日。
④ 谢震：《论可怜之节妇宜立保节会并父兄强青年妇女守节之非计》，《女报》第1卷第2号（1909年）。
⑤ 陈王：《论婚礼之弊》，《觉民》第1—5期合订本。

已经不稀见。

　　此期男女平等观的重要表现，还在于戒缠足运动的广泛展开。"男女平权之行从上海等通商口岸逐渐影响到内地，宁波、上海、镇江等地女学次第开设，妇女公开出入社交场所，不缠足运动逐渐开展。"① 陈东原曾指出："甲午以后，戊戌以前，关于妇女生活，有两个运动：一是不缠足运动，一是兴女学的运动。"② 将不缠足运动与兴女学运动的地位并列，足以显出不缠足在妇女生活中的重要意义。在先驱者那里，有不少相关言说。比如，严复认为戒缠足和戒鸦片一样，只要天子下令就可解决："假令一日者，天子下明诏，为民言缠足之害，且曰：继自今，自某年所生女子而缠足，吾其毋封。则天下之去其习者，犹热之去燎而寒之去翣也。夫何难变之有与！"③ 显然，这里面有较多的主观臆想成分。较之严复的轻率，康有为更多地关注到了女性所受的痛苦："七尺之布，三寸之鞋，强为折屈以求纤小，使五指折卷而行地，足骨穹窿而指天，以六寸之肤圆，为掌上之掌握。日夕迫胁，痛彻心骨，呼号艰楚，夜不能寐。自五岁至十五岁，十年之中，每日一痛；及其长大，扶壁而后行，跪膝而后集。"④ 被缠了足的女性，无论是躬执井臼、登梯而晒衣、负重而行远都极为不便，容易受伤，"至若兵燹仓皇，奔走不及，缢悬林木，颠倒沟壑，不可胜算"⑤，更是导致了众多女性失去生命。为力矫恶习，康有为提倡天足，推行戒缠足运动。谭嗣同将缠足称为"大恶"⑥，说它是"杀机之暴著者也"⑦，特别痛恨这一恶习。他指出，如果不改变这个大恶，"将不惟亡其国，又以亡其种类，不得归怨于天之不仁矣"⑧，将缠足与亡国灭种直接联系起来。和康有为一样，他对不缠足问题不仅有理论呼吁，还曾在湖南发起成立不缠足会，以便于同会之人互通婚姻。在他为此而专门撰写的《湖南不缠足会嫁娶章程》中，通婚对象、订婚礼节、嫁妆、

---

① 熊月之：《导言》，金天翮著，陈雁编校《女界钟》，上海古籍出版社 2003 年版，第 2 页。
② 陈东原：《中国妇女生活史》，商务印书馆 2015 年版，第 242 页。
③ 严复：《原强修订稿》，《严复集》第 1 册，中华书局 1986 年版，第 28 页。
④ 康有为：《大同书》，《康有为文集》，线装书局 2009 年版，第 131 页。
⑤ 康有为：《大同书》，《康有为文集》，线装书局 2009 年版，第 131 页。
⑥ 谭嗣同：《仁学》，李敖编《谭嗣同全集》，天津古籍出版社 2016 年版，第 16 页。
⑦ 谭嗣同：《仁学》，李敖编《谭嗣同全集》，天津古籍出版社 2016 年版，第 15 页。
⑧ 谭嗣同：《仁学》，李敖编《谭嗣同全集》，天津古籍出版社 2016 年版，第 16 页。

结婚礼俗、兴女学等条目①的出现,对改良社会风气包括婚姻礼俗具有一定积极意义。

通过上述简单梳理可见,在这一历史时段中,夫妇关系问题已引起男性启蒙者、女性先驱们的高度重视,夫为妻纲观念已日渐松动。

四 民族国家话语与家庭伦理的观念变革

考察这一时段的家庭伦理观念变革,民族国家话语的积极与消极意义不容忽视,值得我们细加分析。

在古代中国,"国"和"家"分别是诸侯、大夫统治的疆域,后来常通称"国家"。当时国人因受华夏中心主义的影响,其心中的"国家"观念常与天下、朝廷纠缠不清。很长一段时间里,中国的国君不仅是"中国"的国君,而且还是天下的"天子"。近代以来,随着古老的天朝上国的国门被迫打开,睁眼看世界的先驱者们开始重新认识国家,开始重新思考国家之间强弱吞并的惨烈事实,出版了《四洲志》《海国图志》《瀛寰志略》等论著。随着"天下观"的日趋淡化,中国处于危亡关口的意识转而变得异常强烈。有学者统计,1895 年 5 月的《公车上书》一共有 16147 字,"国"字竟然出现了 155 次,出现频率高达 1%,而"国耻""亡国""鬻国""辱国""灭国"等表达亡国危机的词汇则屡屡出现②。1898 年 4 月,康有为等发起成立了"保国会"。1902 年,梁启超已经写出了《论国家思想》,认为国民应具备的国家思想,包括对于一身而知有国家、对于朝廷而知有国家、对于外族而知有国家、对于世界而知有国家③这四个方面。此前此后,以"国民"或"新民"命名的报刊不时出现,如《国民报》《国民日日报》《国民公报》《新民丛报》等,"一些不以'国民'或'新民'命名的报刊也宣称自己的宗旨是传播国民精神。当时还出现了以'国民'命名的团体,如上海的国民公会。民国以后的'国民党'实际上也是国民思潮的产物"④。由此可窥得"国民"思想流

---

① 谭嗣同:《湖南不缠足会嫁娶章程》,李敖编《谭嗣同全集》,天津古籍出版社 2016 年版。
② 李华兴:《戊戌维新与国家观念的转型》,《中国近代史》(人大复印资料) 1998 年第 9 期。
③ 梁启超:《新民说》,《新民丛报汇编》第 1 集第 11 册。
④ 陈永森:《告别臣民的尝试——清末民初的公民意识与公民行为》,中国人民大学出版社 2004 年版,第 48 页。

行之一斑。

在辛亥前十年间，关于国家与国民的相关论述所在多有。有无国民被他们看作是"二十世纪之一大问题"，"中国而有国民也，则二十世纪之中国，将气凌欧美，雄长地球，固可跷足而待也。中国而无国民也，则二十世纪之中国，将为牛为马为奴为隶，所谓万劫不复是也"①。国民与中国，被看成密切相关的两个存在。其背后，则是认定国家是全体国民的国家、国民才是国家的主人、每个国民都"有国法上之人格"，因而每个国民都应"独立自由，无所服从"，而对于国家来说有着权利与义务②。即是说，国家中的国民都不再是奴隶。"何谓国民？曰：天使吾为民而吾能尽其为民者也。何为奴隶？曰：天使吾为民而卒不成其为民者也。故奴隶无权利，而国民有权利；奴隶无责任，而国民有责任；奴隶甘压制，而国民喜自由；奴隶尚尊卑，而国民言平等；奴隶好依傍，而国民尚独立。"③ 在这批知识分子眼里，人民"不为国民即为奴隶，断不容于两者之间产生出若国民非国民，若奴隶非奴隶，一种东倾西倒不可思议之怪物"④。可见，在国民概念的形成与推广过程中，知识分子们不仅号召国人思考中国与世界的关系、中国与其他国家之间的关系、中国与国民之间的关系、国民与国民之间的关系，还在这种被迫打开的视野中，注入了平等、自由、权利、义务等新观念。

对于此期的家庭伦理观念变革来说，反对奴隶而强调国民，反对奴隶背后的不平等、不自由、无权利、单纯尽义务等旧有认知，而强调平等、自由、权利、义务这些新观念，其重要意义怎么强调都不过分。正是由于有了平等这个法宝，尊卑才被打破。由此，才可以"冲决治人者与被治者之网罗""冲决贵族与平民之网罗""冲决自由民与不自由民之网罗""冲决男子与女子之网罗"，这样，"一国之内无一人不得其平，举国之人无一人不得其所，有平等之民斯为平等之国"⑤。在指向平等的国民意识中，已无君/臣、父/子、夫/妻、男/女、长/幼、尊/卑之别，已无压迫与被压迫之存在，臣、子、妻从压迫中部分地解放出来，所有人既有权利同

---

① 《说国民》，《国民报》1901年第2期。
② 精卫：《民族的国民》，《民报》1905年第1期。
③ 《说国民》，《国民报》1901年第2期。
④ 《箴奴隶》，《国民日日报汇编》1904年第1集，第6页。
⑤ 《说国民》，《国民报》1901年第2期。

时也有义务，其存在及努力的目标都在于救国，在于富国强兵。这是民族国家话语对于家庭伦理观念变革的积极意义。对于双重奴隶——女性来说，这一重观念的变革开启了近代女性解放之门，因而尤其重要。

但我们得注意到，民族国家话语一方面促成了家庭伦理观念的变革，但另一方面则限制了家庭伦理观念变革的程度。

首先，对于"国""民"之间的关系，我们明显可以看出当时的先驱者们重"国"而轻"民"，重整体而轻个体。比如，有人说，"国民云者，当以国为家，以民为身也"，"国民云者，当以国为机，以民为汽也"，"国民云者，当以民为矢，以国为的也"，"国民云者，当以民为积，以国为界也"①，"国"相对于"民"所具有的目的性、整体性不言自明。而在梁启超的《宪法之三大精神》②中，梁启超主张"国权与民权的调和""立法权与行政权的调和""中央权与地方权的调和"，但显然，他的意图在强调后者对前者的服从，而不是平等，他重视的依然是国家与中央。

此外，对于"国"与"女国民"的关系，当时的先驱者们重前者而轻后者的倾向亦十分明显。我们知道，在家庭伦理观念变革过程中，两性关系与国民概念的演进关系甚大。具体而言，女子亦被称为女国民、女公民，而且被视为国民中的重要一分子。"国者合人民以为国，人民者无间于男女者也"③，康有为这较早的论述，已经将女性纳入了国民的范畴，"以女子为公民，可骤增国民之一半，既顺公理，又得厚力"，"将欲为太平世欤，以女子为公民，太平之第一义也"④。在当时，认为女子亦是国民的说法挺多，比如"国民二字，非但男子负此资格，即女子亦纳此范围中"⑤。《女学报》上，刘纫兰甚至喊出了"天下兴亡，匹妇亦有责焉"⑥这样的口号。梁启超倡导兴女学，提出"上可相夫，下可教子，近可宜家，远可善种"⑦的贤母良妻标准，女子也自认"我侪所受之责任，

---

① 《国民教育》，《湖北学生界》1903年第3期。
② 连载于《时报》1913年1月30日、3月5—9日。
③ 康有为：《大同书》，《康有为文集》，线装书局2009年版，第122页。
④ 康有为：《大同书》，《康有为文集》，线装书局2009年版，第122页。
⑤ 《论文明先女子》，《东方杂志》1907年第4卷第10期。
⑥ 刘纫兰：《劝兴女学启》，《女学报》1898年第4期。
⑦ 梁启超：《倡设女学堂启》，《时务报》第45册，1897年。

应与男子相同，皆有国民之责任，国有难则皆肩之"①，"责任上肩头，国民女杰期无负"②，也希望"女国民，奋发勉志气"，"女国民，五洲足夸跃"③。在晚清开始的反缠足运动、兴女学运动中，女性的确从此开始踏上了解放之路，女性的自我意识开始苏醒，"猛自省，急自治，发其大愿力，大慈悲，大感情，抖擞精神，改造性质，使千百年前已失之权利，一旦竞争而恢复之。于是对于男子而不亢不卑，对于国家而尽劳尽爱。推倒独夫椅，珍重千金躯，二十世纪大好之女儿国，莫谓雌风不竞焉"④。而在现实生活中，已有少数女性突破了旧有的纲常伦理，如广东顺德梁保屏与男子私奔至香港登记结婚的事件，无锡女教员解除其兄指定婚约，天津一女子婚后因丈夫性无能而提出离婚并获得官方批准、离婚后的妇女要求获得子女抚养权和赡养费的行为⑤。在实际行动中，也有苏州女界保路会为拒外债而集股、常州女界保路会多次集会且认买股份、西江女界集会声援主权等事件⑥。女性开始浮出历史的地表，开始找到自己的位置，并试着发出自己的声音。对于长期处于黑暗中因而已习惯于此的中国女性而言，这种精神的启迪具有异常重要的价值。

但我们必须注意到，在当时男性启蒙者和绝大多数女性先驱者的言辞中，女性被认定为女国民，甚至被认定为"国民母"，赋予了极其崇高的地位。"女子者，国民之母也，种族所由来也。"⑦ "国无国民母，则国民安生？国无国民母所生之国民，则国将不国。故欲铸造国民，必先铸造国民母始。"⑧ "女子关系于国家兴亡，实比男子为较大；即女子之应尽对于国家之责任，亦比男子较为重也。故今日而言改革政治、改良社会，吾深有所期望于我同胞。"⑨ 这些顺手拈来者的言辞间，对女国民的期待远远

---

① 陈彦安：《劝女子留学说》，《江苏》1903年第3期。
② 《勉女权》，《秋瑾集》，上海古籍出版社1991年版，第121页。
③ 吕清扬（眉生）：《女国民歌》，李又宁、张玉法主编《近代中国女权运动史料（1842—1911）》上卷，台北龙文出版股份有限公司1995年版，第471—472页。
④ 亚特：《论铸造国民母》，《女子世界》1904年第7期。
⑤ 参见陈永森《告别臣民的尝试》，中国人民大学出版社2004年版，第181页。
⑥ 参见陈永森《告别臣民的尝试》，中国人民大学出版社2004年版，第189页。
⑦ 竹庄：《论中国女学不兴之害》，《萃新报》1904年第2期。
⑧ 亚特：《论铸造国民母》，《女子世界》1904年第7期。
⑨ 柳隅：《留日学生杂志题辞》，张枬、王忍之编《辛亥革命前十年间时论选集》第3卷，生活·读书·新知三联书店1977年版，第834页。

高出我们的预期,女性们对国家的义务也被强调到无以复加的地步。

此期女性解放的重要内容——不缠足和兴女学运动,也被严格地限制在国家民族话语体系之中。

康有为早在1883年就创立了中国第一个反对妇女缠足的"不缠足会",不仅不给自己的女儿和侄女缠足,还联合梁启超、谭嗣同、汪康年等一起,将不缠足运动从广东推广到上海乃至全国。他推行不缠足会的原因,当然有男女平等,同情妇女长期以来遭受的身体、精神之苦的因素,比如他控诉说:"女子何罪,而自童幼加以刖刑,终身痛楚,一成不变。"[1] 但不可忽视的是,他对妇女裹足一事深感耻辱,是因为"万国交通,政俗互校,稍有失败,辄生讥轻,非复一统闭关之时矣"[2] 的背景,是因为他认为造就"吾国之民,尪弱纤偻"的原因就在于其母裹足而导致的"传种易弱"[3]。康有为提倡禁止缠足的缘由非他独创,在"爱自由者金一"敲响的著名《女界钟》中,将缠足与吸鸦片、男女分途一起,认定为中国自造的趋于禽门鬼道的行径,从而对此大加挞伐。

而在当时提倡兴女学的重要启蒙者梁启超那里,兴女学的首要理由正是为了让女性成为生利之人而非分利之人,使得"执业之人,骤增一倍"[4]。而他接着所提出的兴女学的三大理由,也都指向了富国强民:女子无才会成为中国之累,因此要兴女学,使得其具备辅助丈夫以生利的能力,即是"要以女学造就良妻"[5];他说:"治天下之大本二,曰正人心,广人才;而二者之本,必自蒙养始;蒙养之本,必自母教始;母教之本,必自妇学始:——故妇学实天下存亡强弱之大原也"[6],可见其"痛论母教,便是以兴女学为造就良母底目的了"[7]。其注重胎教,也同样是注重保种,他说:"种乌乎保?必使其种进,而后能保也。进诈而为忠,进私

---

[1] 康有为:《请禁妇女裹足折》,汤志钧编《康有为政论集》,中华书局1981年版,第335页。

[2] 康有为:《请禁妇女裹足折》,汤志钧编《康有为政论集》,中华书局1981年版,第335页。

[3] 康有为:《请禁妇女裹足折》,汤志钧编《康有为政论集》,中华书局1981年版,第336—337页。

[4] 梁启超:《论女学》,《饮冰室合集·文集之一》,中华书局1989年版,第38—39页。

[5] 陈东原:《中国妇女生活史》,商务印书馆2015年版,第248页。

[6] 梁启超:《论女学》,《饮冰室合集·文集之一》,中华书局1989年版,第41页。

[7] 陈东原:《中国妇女生活史》,商务印书馆2015年版,第248页。

而为公,进涣而为群,进愚而为智,进野而为文,此其道也。教男子居其半,教妇人居其半,而男子之半,其导原亦出于妇人,故妇学为保种之权舆也。"① 他在言辞间流露出的兴女学以强国保种的观点,与他在《倡设女学堂启》中所说的"上可相夫,下可教子,近可宜家,远可善种;妇道既昌,千室良善"存在相通之处,"育才善种"这个"远图"在他那儿体现得尤其鲜明。因此,梁启超才会说:"妇学实天下存亡强弱之大原也。"② 妇女向学与否成为天下之强弱的重要依据。这一方面当然显出了重视女学的必要性与紧迫性,对于女学的兴起起着至关重要的作用,然而另一方面,兴女学、女性仍然被当成了富国强民的工具。

其实,梁启超的这一认识,在当时颇具普遍性。林纾就曾在《兴女学》一诗说"女学之兴匪轻,兴亚之事当其成",而其因由则在于母亲教育孩子方面的特殊优势,认为她们能在潜移默化间培养出具有"报国志"的子辈,可以使女子和男子一样为国努力,使得"四万万人同作气"③。而在金一眼里,教育是造国民之器械,教育女子的八条宗旨中第五条即"教成体质强壮,诞育健儿之人",第六条则为"教成德性纯粹,模范国民之人"④。显然,女子应受教育的缘由、女子应被教育成的模样,都与民族国家的未来密切相关。"此种教育思想若要用一简单的名义括之,可称为女国民教育思想——不是贤母良妻的教育,也不纯粹女子的教育,而是偏重于国民义务的女子教育。"⑤ 可见,他们当时并未将男女置于真正平等的地位上,他们提出女性解放之道的根本目的,只是让他们辅佐男性以保家卫国,故而服从于民族国家的宏大叙事。

不仅如此,如若我们更为深入地考察晚清的兴女学潮流,我们或许就会发现,女学堂虽在晚清逐渐兴起,但"这时的女学,是把二千多年来女教积累的意见,另用一种形式重演一番,丝毫谈不到新的意义"⑥。无论是当时的女子学堂章程、教育总要等,都渗透了女性应该服从男性、女子在学堂里应该学习有助于维持家计的技能等观念,渗透了贤妻良母或贤

---

① 梁启超:《论女学》,《饮冰室合集·文集之一》,中华书局1989年版,第41页。
② 梁启超:《论女学》,《饮冰室合集·文集之一》,中华书局1989年版,第41页。
③ 转引自舒新城《近代中国教育思想史》,中华书局1928年版,第395页。
④ 金天翮:《女界钟》,上海古籍出版社2003年版,第45页。
⑤ 舒新城:《近代中国教育思想史》,北京联合出版公司2015年版,第278页。
⑥ 陈东原:《中国妇女生活史》,商务印书馆2015年版,第262页。

母良妻主义。在光绪三十三年正月二十四日所提交的奏议中就曾说：

> 窃维中国女学，本于经训。……倘使女教不立，妇德不修，则是有妻而不能相夫，有母而不能训子，家庭之教不讲，蒙养之本不端。教育所关，实非浅鲜。……臣等用是夙夜思维，悉心商酌，谨拟《女子师范学堂章程》三十六条，《女子小学堂章程》二十六条。凡东西各国成法，有合乎中国礼俗，裨于教育实际者则仿之；其于礼俗实不相宜者则罢之；不能遽行者则姑缓之……①

可见，兴女学的必要性，正在于立女教、修妇德，使女性能更好地相夫教子。而其修身教科书，也被要求是"根据经训，并荟萃《列女传》、《女诫》、《女训》、《女孝经》、《家范》、《内训》、《闺范》、《温氏母训》、《女教经传通纂》、《教女遗规》、《女学》、《妇学》等书，及外国女子修身书之不悖中国风教者，撷其精要，融会编成"②的结果。在这样的教育理念及实践之下，赖振寰所刻崇孝道、敬丈夫、贵内助、尚专一等的《女学四五言合编》大受欢迎，重演旧女教的《女子家庭模范》仍然受热捧就不奇怪了。至于女学作文题目多类乎"夏后婚周姜后致中兴论""伏女传经班昭续史论""必敬戒无违夫子议"等，学堂的楹联则是"孔圣孟贤咸资女教　伏经班史蔚为大家"，就一点都不奇怪了③。可以说，这一时期虽在字面上送走了男尊女卑，然而却迎来了其变种贤母良妻主义："贤母良妻之主义，非与男尊女卑之谬说二而一，一而二者乎！"④陈以益还说："且夫贤母云者，良妻云者，均对于男子而言。为他人母，为他人妻，美其名曰贤母，曰良妻，实则男子之高等奴隶耳。"⑤而在这贤母良妻主义的倡导背后，依然是民族国家话语的强势存在。"所谓贤母良妻派者非普通女学之谓，亦非轻视女子而仅授以寻常浅近之教科也。所别乎男子者特以男女所处之地位不同，故其教科宗旨因之而异。宗贤母良妻派者

---

① 《学部奏议复女学堂章程折》，《教育杂志》第2期，光绪三十三年（1907）二月十五日出版。原文无标点，此处引文标点，系笔者所加。
② 转引自陈东原《中国妇女生活史》，商务印书馆2015年版，第262页。
③ 参见陈东原《中国妇女生活史》，商务印书馆2015年版，第264—266页。
④ 陈以益：《男尊女卑与贤母良妻》，《女报》第1卷第2号，1909年。
⑤ 陈以益：《男尊女卑与贤母良妻》，《女报》第1卷第2号，1909年。

一切教科目的专注于女子应尽之义务,其收效于爱国也半受间接之影响。宗非贤母良妻派'女权派'者一切教科目的在于男子服同等之义务,其收效于爱国也多受直接之影响。故贤母良妻派之与非贤母良妻派初无浅深之别而只有彼此之殊。"① 可见,不管是宗还是不宗贤母良妻派者,目的都是提倡爱国,只是其关系的紧密程度不同而已。

显然,在权利义务的权衡中,时人更重视"女国民"对于民族国家应尽的义务而非应取得的权利,在整体与个体的权衡中,时人更重视"国民"的整体、全体利益而非个体、个人利益。这是我们今日考察辛亥前民族国家话语背景下的家庭伦理观念所能得出的必然结论。这当然不是意在贬低此段时间先驱者们的卓绝努力,而是想要充分强调观念变革的漫长性与历史的复杂性。正是基于这样的考量,我们有必要继续考察1912—1915年的君臣、父子与夫妇观念。

第二节 1912—1915:民主共和话语中的君臣、父子、夫妇

"历史不自今天始。新文化运动不过是近代中国思维变革过程的继续和发展。推动这一波澜壮阔的高潮涌现的决定性力量,是辛亥革命的胜利和失败。"② 辛亥革命的成功,宣告了民主共和国的诞生,君主专制被推翻了,原来在社会上占统治地位的三纲五伦被强行改变成了二纲四伦,旧有的家庭伦理被快速破坏。一时间,整个社会充满了乐观气象。以光复后的浙江杭州为例:

> 杭州光复不久,都督汤寿潜即拨款6万元,聘请杭丰斋任主编,创办《浙江大汉日报》(后定名为《汉民日报》,1911年11月8日创刊)。在军政府身体力行的倡导下,也由于言论自由政策的鼓励,以及社会的日趋开放,报刊在全省各地纷纷出现。1912年仅杭州一地就先后出现了《新浙江闻》、《浙江潮》、《自由日报》、《罗报》、

---

① 《论女学宜先定教科宗旨》,《东方杂志》第4年第7期(1907年)。
② 袁伟时编著:《告别中世纪:五四文献选粹与解读》,广东人民出版社2004年版,第39页。

《平民日报》、《南强报》、《民铎报》、《大公日报》、《天职报》、《警务日报》、《彗星报》、《公民日报》等10余家。仅这些报刊的名称，便已映现出浙江的"平民"、"公民"们张臂欢迎言论"自由"时代的到来，资产阶级力图在舆论界占据最重要的地位，等等。①

杭州的境况，在当时绝非独一无二。各种社会团体如社会改良会、女子进德会、禁烟联合会等纷纷成立，他们通过演说、演戏、创办报纸等方式进行宣传，以实现禁烟、剪辫、禁赌、禁唱淫戏、改革婚俗、改革葬仪、改变人与人之间的交往礼节，等等。这种革故鼎新的气象，仅仅从一些新词如"共和政体""中华民国""总统""剪发""爱国帽""天足""阳历"等的风行、"专制政体""清朝""皇帝""辫子""瓜皮帽""纤足""阴历"②的暂时"消亡"也能见出。但另一方面，同样是浙江，光复之后的社会潮流却很快发生了大转折，由"推倒权威、走向自治和独立"迅疾变为"重建权威、恢复秩序和集权"，而领导者则由"士绅"转变为了"军队及统兵将帅"③。扩大来看，从辛亥革命到五四运动期间，整个中国的社会潮流所遵循的变化轨迹多与此相类。"辛亥革命一度迸射出耀眼的火花，最后留下的仍然是一片令人难熬的黑暗。"④ 1923年，陈独秀沉痛地指出："一九一一年十月十日的中国革命，不过是宗法式的统一国家及奴才制的满清宫廷败落瓦解之表象而已，至于一切教会式的儒士阶级的思想，经院派的诵咒书符的教育，几乎丝毫没有受伤。"⑤ 这社会潮流的瞬息变幻，当然也就包括家庭伦理问题在内。因而，要讨论戊戌至五四新文化运动开始前的家庭伦理问题，1912—1915年民主共和话语笼罩中的君臣、父子、夫妇关系，是我们不能忽视的主要内容。

一 君臣关系

《中华民国临时约法》是1912年3月11日由临时参议院颁布的一部

---

① 汪林茂：《钱江潮涌——辛亥革命在浙江》，浙江人民出版社2011年版，第178页。
② 吴冰心：《新陈代谢》，《时报》1912年3月5日第6版。
③ 汪林茂：《钱江潮涌——辛亥革命在浙江》，浙江人民出版社2011年版，第190页。
④ 胡绳武、金冲及：《从辛亥革命到五四运动》（上），山西人民出版社2010年版，第1页。
⑤ 陈独秀：《新青年之新宣言》，《新青年季刊》第1期，1923年6月15日。

重要法律。该法律明确规定"中华民国之主权属于国民全体",以法律的方式否定了君主专制制度,剥离了儒学保障制度与儒学的关联,将社会上"忠君"宗旨的根基加以拆除,"忠君"与"臣民"思想也就没了事实上的依凭。"民"开始学着成为"国民",学习"国民"的权利也学会承担"国民"应尽的义务。新的道德体系承接着晚清的呼吁而进一步完善,人们的思想因而发生巨大而深刻的变化。

在君臣关系上,陈独秀认为君主"本身并没有什么神圣出奇的作用,全靠众人迷信他,尊重他,才能够号令全国,称做元首",因此,君主就"好像一座泥塑木雕的偶像","一旦亡了国……好像一座泥塑木雕的偶像抛在粪缸里,看他到底有什么神奇出众的地方呢?"① 陈独秀的这番言辞,体现出他对君主的不屑一顾。与此相应,更多人将对支撑君主的儒家制度的批判推向深入,也对三纲说进行了更为激烈的批判。比如,1912年9月5日的《民立报》上刊载了陈周雄的《非国教》,15天后的9月20日,该报又刊载了邵力子的《尊孔与祀孔》,都对儒家加以尖锐抨击。1913年9月3日,该报的《迷信儒教之心理》一文深切指出:"三纲之制,取政治法律风俗伦理而包举之,以陶镕中国于专制之下,成为中国人第二天性而不能自拔。积而久,制造出一种有君无臣,有长无幼,有男无女,至不平等,至不自由,永无释放,永无进步之教化。""至今仍不能脱孔教之窠臼者,无他,溺于保守之性也。"② 而在民初教育界,蔡元培等曾对晚清教育宗旨进行了大刀阔斧的改革,对忠君、尊孔思想进行了具体反叛。

1912年2月,蔡元培发表了《对于新教育之意见》③,对晚清钦定的教育宗旨进行了批判性继承,他说:"满清时代,有所谓钦定教育宗旨者,曰忠君,曰尊孔,曰尚公,曰尚武,曰尚实。忠君与共和政体不合,尊孔与信教自由相违……可以不论。尚武,即军国民主义也。尚实,即实利主义也。尚公,与吾所谓公民道德,其范围或不免有广狭之异,而要为同意。惟世界观及美育,则为彼所不道,而鄙人尤所注重,故特疏通而证

---

① 陈独秀:《偶像破坏论》,《新青年》第5卷第2号,1918年8月15日。
② 《保辫新法》,《申报》1912年6月14日第3版。
③ 蔡元培任民元教育总长后发表此文。先后刊载于《民立报》1912年2月8日、9日、10日,《教育杂志》第3卷第11号(1912年2月10日),《东方杂志》第8卷10号(1912年4月),并曾改题为《对于教育方针之意见》于1912年2月11日临时政府的公报上刊出。1912年9月,北京教育部公布教育宗旨,见《教育杂志》第4卷第7号"法令"栏(1912年10月10日)。

明之。"由此可知，蔡元培部分认可了尚武、尚实，而用军国民主义、实利主义代之，并赋予其重视自然科学知识、发展资本主义经济、抵抗强权的时代精神；部分认同了尚公，而用德育主义代之，"鄙人言人事，则必以道德为根本"①，但这个道德的核心已是现代的自由、平等、博爱而非其他："何谓公民道德？曰法兰西之革命也，所标揭者，曰自由、平等、亲爱。道德之要旨，尽于是矣"②；对于钦定教育宗旨中最核心的忠君、尊孔两条，他明确表示否定，主张废除，而以"世界观、美育"替换之。对于尊孔的反抗，蔡元培曾说："我素来不赞成董仲舒罢黜百家、独尊孔氏的主张。清代教育宗旨有'尊孔'一款，已于民元在教育部宣布教育方针时说他不合用了。"③"提出世界观教育，就是哲学的课程，意在兼采周秦诸子、印度哲学及欧洲哲学以打破二千年来墨守孔学的旧习。"④1912年9月2日教育部公布的教育宗旨为"注重道德教育，以实利教育、军国民教育辅之，更以美感教育完成其道德"⑤，基本依据蔡的主张，而又体现在民初分层的各类教育宗旨中。具体而言，普通教育的教育宗旨是养成有健全道德的公民：教育部希望各都督府先注重宣讲社会教育，宣讲共和国民之权利义务，及尚武实业诸端，而尤注重公民之道德；《中学校令》的第一条即是"中学校以完足普通教育、造成健全国民为宗旨"⑥，而专门教育的宗旨在培养专门的人才，"大学以教授高深学术、养成硕学闳材、应国家需要为宗旨"⑦。无论是养成人格健全的国民，还是"硕学闳材"，民国伊始的教育都非常重视人的独特个性的培养，重视人作为独

---

① 蔡元培：《在育德学校演说之述意》，沈善洪主编《蔡元培选集》（下），浙江教育出版社1993年版，第909页。

② 蔡元培：《对于新教育之意见》，沈善洪主编《蔡元培选集》（上），浙江教育出版社1993年版，第396页。

③ 蔡元培：《我在北京大学的经历》，沈善洪主编《蔡元培选集》（下），浙江教育出版社1993年版，第1332页。

④ 蔡元培：《我在教育界的经验》，沈善洪主编《蔡元培选集》（下），浙江教育出版社1993年版，第1353页。

⑤ 《教育部公布教育宗旨令》，陈学恂主编《中国近代教育史教学参考资料》（中），人民教育出版社1987年版，第178页。

⑥ 陈学恂主编：《中国近代教育史教学参考资料》（中），人民教育出版社1987年版，第194页。

⑦ 陈学恂主编：《中国近代教育史教学参考资料》（中），人民教育出版社1987年版，第198页。

立个体的存在的价值,而非某种体制的依附品,更非忠君、尊孔的拥趸。所以,蔡元培任教育总长时"毁孔子庙罢其祀"的努力,真正实现了向近代化的转变,开启了中国近代教育之门,使造就一批有反抗精神的,不盲目忠君、尊孔的"新青年"成为可能。在《纽约时报》上的一篇《中国将有伟大的未来》的报道中,刚从中国返回美国的爱德华·罗斯教授说:"中国的年轻人尽管每月还必须向孔夫子的牌位行礼,但心里全都在嘲笑他。孔夫子!他从没坐过火车,没用过电话,没发过无线电报,他知道什么是科学吗?他就是一个老朽!古时圣贤的思想让中国大众平安行事,但对受过西方教育的年轻人已没有权威可言。"[1] 这则来自民国建立后不到二十来天的报道,无疑给我们以重要的现场感。他告诉我们这批新思潮影响下的年轻人对于孔子的态度,对于中国古时圣贤思想的态度。这批年轻的"国民"对孔子的讥笑与反叛,背后正是对君主合法性的彻底消解,对忠君思想的彻底反叛。

此外,民国初建时期,中国社会流行的变更历法、剪辫、易服等移风易俗运动,背后正是对君臣关系所规定的尊卑关系的反叛。当时在中国的美国人约瑟夫·基根就关注到了中国新历法的颁布、剪辫子的风行以及根除鸦片的行为,认为尽管当时的中国蹒跚学步,但预示着美好未来。不仅如此,他特别留意到"中国国民的性格正在发生改变。"[2]

"欲救中国,必自改革习俗入手。"[3] 而首要的习俗,当然是国人对于时间的理解与表达。因此,中华民国临时政府颁布新历法,废除皇帝纪元的行为,本身就是对君臣关系的彻底反叛,其意义怎么估价都不会过分。

剪辫行为早在辛亥革命前就已多有发生。如鲁迅在日本留学时就剪掉了象征着效忠清朝的辫子,且写了《自题小像》这样的诗歌。辛亥革命过程中,"起义一开始,各地革命志士、汉族百姓便纷纷断发易服,扬眉

---

[1] 《中国将有伟大的未来》,《纽约时报》1911年10月29日,郑曦原编《共和十年·政治篇:〈纽约时报〉民初观察记(1911—1921)》,蒋书婉、刘知海、李方惠译,当代中国出版社2011年版,第15页。

[2] 《中国正在成为美国的翻版》,《纽约时报》1912年11月10日,郑曦原编《共和十年·社会篇:〈纽约时报〉民初观察记(1911—1921)》,蒋书婉、刘知海、李方惠译,当代中国出版社2011年版,第273页。

[3] 壮者:《扫迷帚》(第一回),《绣像小说》1905年第43期。

吐气，表达自己与清王朝斗争的决心"①。民国初建后，剪辫更是成为一种"运动"起来的政治行为，在全国各地铺展开来。而今，我们通过各地的辛亥革命记事材料，依然能清楚地看到这一点。如在绍兴举行的秋瑾纪念大会（1911年11月）上，已可以看到很多剪了辫子的人们。不仅如此，剪掉了象征着臣民地位的辫子的国民，开始更进一步搞起了花样翻新。比如在天津，人们惊叹于女子打扮上的新异，并且做了这样的描述："有剪了头发穿件长衫戴顶洋帽的，也有秃着头穿洋装的，这是剪发的一起了。不剪发的呢？大半不梳辫子啦，有把髻梳在前面像一朵花像一个蝴蝶似的，也有梳在头顶上的，梳在两旁边的，梳在后头的，有千百个式样。"② 就连上海的理发店，其门口都悬挂着可以修剪"美式发型"的广告以招徕顾客。③

服饰的变革曾是辛亥起义过程中进行阶级斗争的工具之一，是与断发一样的志士们与清王朝一刀两断的标志。民国成立之后，为"尽去其旧染之污习"，服装的变革势在必行。孙中山曾在回复中华国货维持会的信函中强调："礼服在所必更，常服听民自便，此为一定办法，可无疑虑。"④ 1912年1月5日，孙中山颁布了《军士制服》，规定："军衣军帽，无分阶级，一律黄色；惟肩章领章及袖口则按照阶级，分为无色。"1912年10月3日，袁世凯政府公布了《男女礼服服制》，规定大礼服用西式，常礼服的甲种也为西式，乙种是褂袍式，不再有等级思想，废除了清朝官吏的衣着和顶戴。总体来看，1911年至1922年，"孙中山的临时政府和袁世凯及其以后的北洋军阀政府制订了一系列服制。这些服制除了少数几个还留有一点封建等级主义的遗毒之外，大多数打破了封建等级制度，而以职业分工作为制订的标准。这些服制是1912年1月颁布的《军士服制》，10月公布的《陆军服制》和《陆军官佐礼服制》，11月公布的《陆军测量官服制图说》。1913年1月公布的《推事检察官律师书记官服

---

① 周新国、陆和健主编：《辛亥革命前后的江苏社会研究》，甘肃人民出版社2011年版，第332页。
② 《看我们女子被人家耻笑啦》，《大公报》1912年6月27日第3版。
③ 《西风吹过中国》，《纽约时报》1912年9月1日，郑曦原编《共和十年·社会篇：〈纽约时报〉民初观察记（1911—1921）》，蒋书婉、刘知海、李方惠译，当代中国出版社2011年版，第271页。
④ 《复中华国货维持会函》，《孙中山全集》（第2卷），中华书局1981年版。

制》、《外交官领事馆服制》、《承发吏庭丁服制》、《海军服制》……"①各种服制的颁布与施行，使得此期的服饰日益改变了呆板、等级森严的特征，变得丰富多彩且更趋于个性化了。1912年时的国人就曾描述道："西装洋装，汉装满装，应有尽有，庞杂至不可名状"②，而彼时在中国的老外已发现这样的特点："身着西式服装成为了一个人时尚的标志"，"如果中国人想变得更加摩登，他们还必须抛弃他们用丝绸和棉布做的鞋，换上皮鞋，还有装配许多他们以前知之甚少的摩登品，例如袜子、领带、礼帽和各种各样的配饰"③。由此他得出结论说："在中国人中，崇尚外国现在成为了一种风潮。"④ 时人曾描述"新国民"在服装上的典型特征，就是"戴一顶'自由'帽，穿一套'文明'装，着一双'进步'鞋"⑤。对这样的着装新潮，也有不少人加以讽刺，《申报》上的"零碎小说"《摹西》⑥ 的作者，正是不露声色的批评者之一。

二 父子关系

民初的父子关系亦比较复杂。一方面，民初社会动荡之下，君臣关系

---

① 周新国、陆和健主编：《辛亥革命前后的江苏社会研究》，甘肃人民出版社2011年版，第333页。
② 《梦游民国》，《申报》1912年9月14日第3版（"自由谈"栏目）。
③ 《西风吹过中国》，《纽约时报》1912年9月1日，郑曦原编《共和十年·社会篇：〈纽约时报〉民初观察记（1911—1921）》，蒋书婉、刘知海、李方惠译，当代中国出版社2011年版，第270—271页。
④ 《西风吹过中国》，《纽约时报》1912年9月1日，郑曦原编《共和十年·社会篇：〈纽约时报〉民初观察记（1911—1921）》，蒋书婉、刘知海、李方惠译，当代中国出版社2011年版，第267页。
⑤ 暮云居士：《新国民小传》，《新世界日报》1924年3月5日第3版。
⑥ 《摹西》中的主人公摹西是一个新少年，其妻曰醉欧女士，"两人皆喜作外国装，竞尚华贵"。摹西的帽子、大衣、衫裤、革靴、眼镜、钻戒、领结、衬衣等等都所费极高，"周身无虑四五千金"，而"其妻妆费数倍之。皆购自外国商店"。其冬衣用毛厚呢，春衣用哔叽，夏衣用法兰纱，且"每式衣必数套。稍旧即弃之。"妻子的长裙、鞋子种类更不计其数。不仅如此，"家有外国厨子二，外国理发匠一，日本下女四。室外皆外国器。出必汽车，进外国菜馆，一饮必数百金。又喜御外国浴堂，每浴费数十金。""摹西每与醉欧招摇过市，路人争美之。曰是真外国派是真浑身来路货，有外国人见之，则不赞而笑。"即便在他已没钱时，作者都曾见到他用三十金去购买了一顶草帽。但"近日复见之，则蓬首垢面，彳亍路隅。自言向颇自信深得外国派，今乃求为外国车夫而不得。妻亦不知所终云。"见《申报》1912年5月19日第11版。

的迅疾解体,也带来了父子关系的迅速变迁:家长制开始出现解体加速的现象,而青年人的独立精神快速增强,孝情浇漓、子违父命的现象时有出现,甚至出现了"祭祖之典人人异同,更有付有若有若无之列者"[①]的现象;另一方面,在民初盛行的教科书编写、印刷潮流中,修身教科书占据很大一部分份额,而其对家庭关系的着重强调中就包含了父子关系。

在修身教科书体系中,民初教科书所述及的父子之道和清末的并无太大差异,而与此前父为子纲的伦理道德区别甚大。在1907年的《中学修身教科书》中,蔡元培就指出"凡人之所贵重者,莫身若焉,而无父母则无身"[②],因而强调子女应该孝敬父母;在1910年的《修身讲义》中,陆费逵也强调:"天下之人,最有恩于我者,莫如父母。"[③]而在1914年的《新制修身教本》中,李步青则说:"事亲宜孝,待子宜慈,此一定不易之道也。"[④]而在孝道的基本内涵上,"包括了顺从、爱敬、奉养(包括养体与养志)三方面。虽然三者的轻重主次理解有偏差,但基本都认为,精神之孝高于物质之孝,但物质之孝又为精神之孝的前提和基础。"[⑤]而在父母之道中,修身教科书的观点与清末民初先驱者们的思想存在高度吻合性。蔡元培强调亲道要讲方法,否则会贻害于民族国家;陆费逵则强调子女的独立人格,不是父母的私有物,是"祖宗之血胤,国家之未来国民"[⑥]。"世有以子女为其私有物,可由己任意虐置,恃恩求报,强行非义,以子女供其牺牲,是大不可也。盖子女非仅为我之子女,实祖宗之子女,国家社会之子女,为亲者不惟对子女,当尽为亲之道,对祖宗对国家社会,尤不可不尽为亲之道。"[⑦] 1914年,李步青也强调子女非父母的私有物,而是"社会之一人,国家之一民",因而父母仍不能"以私人之便

[①] 宁仁龄修,王树枏纂:《新城县志》卷二十"地俗篇·礼俗",民国二十四年排印本。转引自梁景和等《现代中国社会文化嬗变研究》(1919—1949),社会科学文献出版社2013年版,第200页。
[②] 蔡元培:《中学修身教科书》第2册,商务印书馆1907年版,第8页。
[③] 陆费逵:《修身讲义》(师范讲习科用),商务印书馆1910年版,第31页。
[④] 李步青:《新制修身教本》(中学)第3册,中华书局1914年版,第6页。
[⑤] 王小静:《清末民初修身思想研究——以修身教科书为中心的考察》,人民出版社2012年版,第85—86页。
[⑥] 陆费逵:《修身讲义》(师范讲习科用),商务印书馆1910年版,第35页。
[⑦] 陆费逵:《修身讲义》(师范讲习科用),商务印书馆1910年版,第34—35页。

利,而牺牲其子女"①。在具体的养子问题上,清末民初的教科书,都强调养子、教子这两方面,而以养子为基础,以教子为上。显然,清末民初的教科书都既注重了"子孝",更强调了"父慈",注意到了二者的相辅相成关系,而不是像以前偏枯的教育所强调的"世上无不是的父母",仅仅片面强调子女的义务而已。这无疑是历史性进步。

在此期的小说尤其是伦理小说写作中,提倡父慈子孝的作品不少。"此一时期标榜为'伦理小说'的,十之八九为记述孝子贤孙行状的作品。"②"'伦理小说'这一品类的出现及其对'孝''忠''义''节'的大肆张扬,恰恰呈露了一代新市民代言人萦怀于心的焦虑……"③《清末民初小说书系》的伦理卷中就有《慈母泪》《爱儿》《文孝子》《易孝子》《乌哺语》等篇目,而家庭卷中则有《慈母泪》《孝子慈孙》等提倡父慈子孝的作品。在这些作品中,作者常跳出来宣扬其孝义观,或借小说中人物之口宣扬自己的孝义思想。前者的例子甚多,民哀的《刲臂记》是其中之一。该文写孝子蒋长庚因父病重,刲臂肉以疗父病,但父亲仍死亡,他"誓欲身殉",经时化师长劝谕乃不实行。后时化校长奚敬尧知道他的事情后要写文志之,以讽当世。民哀在文章开篇即说:"上海为五浊之府,居之不易,洋场尤为旷夫怨女之遁逃薮,社会种种龌龊,罄竹难尽,丁此世风浇漓纲纪凌夷之秋,愈觉不堪闻问。余尝谓礼教之防,当师古人劝忠劝孝之法,或能鼓励士心,群崇道德。"为此,他对当时有人表彰孝义"人将哂其为骏"④的现象颇为不满,于是才写作了《刲臂记》。碧梧的《乌哺语》中,小孩宝儿听见屋外乌鸦叫,想去捅乌鸦窝,其母劝诫他,告诉他应孝顺的道理,并讲解了孝顺的含义:"第一自己要学好;第二要顺从父母的意思,不能违拗。第三当父母活着的时候,要尽力供养。"⑤由此可见,在民初社会上,一方面是人们反对传统的孝道,另一方面是人们拼命维护传统的孝道。"中国革命以来,民主政治的招牌挂起

---

① 李步青:《新制修身教本》(中学)第3册,中华书局1914年版,第9页。
② 马兵:《伦理嬗变与文学表达》,人民文学出版社2013年版,第77页。
③ 马兵:《伦理嬗变与文学表达》,人民文学出版社2013年版,第80页。
④ 民哀:《刲臂记》,《清末民初小说书系·伦理卷》,中国文联出版公司1997年版,第313页。
⑤ 碧梧:《乌哺语》,《清末民初小说书系·伦理卷》,中国文联出版公司1997年版,第403页。

来了，但是，唱戏的角色，口里不是说要忠，就是说要孝，不是说要弟，就是说要顺。"① 这样的分析，就是看到后者而发出的感慨。这当然显示着当时非孝思想的未完成性，也代表了当时新旧杂糅的时代特征。

三　夫妇关系

辛亥革命前，先行醒来的女性们已经在努力争取着男女平等，将"男尊女子轻"认定为古来第一不平事，将"从父从夫又从子"认定为"三从耻复耻"，且告诫女性："须知独立自尊第一，学问是根本。二万万同胞，大家努力趱程进。"② 这些诉诸理性的言论，仅仅是当时众声喧哗中具有代表性的一种而已。在其背后，是争取男女平等的巨大浪潮。与此相关，争取恋爱自由的事例已经不少，其间女性的决绝姿态，在当时颇为引人注目。比如："爱国女学即有一位学生名叫吴其德的，和上海公学学生饶辅庭（可权）有了爱情，订为婚姻。孰知将要结婚时，有人逸言吴女士有非行，婚礼遂未举行。吴见饶有贰心，又悔无以自明，遂服毒而死。她总算是为新式恋爱牺牲的第一个女子了。"③ 这段描述中的女子吴其德，显然比男子饶辅庭更为勇敢，也更有决断。又如，广东梁保屏在父母强行命令她去做已经死亡的周姓男子之妻后，女性意识渐渐萌发，后来遇到了陈燧生，主动表示愿意与之结婚，与之"商订婚盟"，"无如燧生屡次书来，皆谓必须禀明两家父母，方可从事等语"。后来，她又"以大舜不告而娶之大义相劝燧生，始冒险同道本港，即循英例报注婚姻册，托庇于文明宇下"④。梁保屏的言语与行动，也比陈燧生更为勇敢，更敢于反叛传统的伦理道德。

在辛亥革命中，一些妇女直接参加了战斗。美国人凯蒂夫人就曾指出："上海妇女创办了炸药厂，完全靠自己的努力完成了全部工作。""武昌军械库……中的大部分军火是由女革命者私运囤积的。""约有3000—4000 名妇女申请加入反抗满清暴政的战斗……被编成了几个完全由妇女组成的女子连队。""红十字会的中国女护士们表现十分优秀……在南京，600 名中国女性全副武装，驻扎军营好几个星期，她们把各种医疗器械装

---

① 高元：《民主政治与伦常主义》，《新潮》第 1 卷第 2 号，1919 年 2 月 1 日。
② 《复权歌》，《女子世界》1904 年第 10 期。
③ 陈东原：《中国妇女生活史》，商务印书馆 2015 年版，第 270—271 页。
④ 《真女权欤》，《女子世界》1904 年第 10 期。

备带进了战地包扎所。"① 而在《神州女子新史》中，吴淑卿上书黎元洪愿投军效力，以及招来数百女性另组一队女军的事迹，也得到了呈现。② 陈东原曾分析说，就在那一时期

> 一时成立的女子军队甚多，秋瑾的学生尹锐志姊妹组织浙江女子军，率众参加杭州之战，首掷炸弹于巡抚衙门，欲得满人桂福以复师仇。辛素贞等组织国民军及女子决死队、女子暗杀队等，当武昌城守备之任，并参加攻击南京、汉口之役。沈警音等募集女子军团于上海。此外最著名的尚有女子北伐队、女子军事团，同盟女子经武练习队等。③

显而易见，中华民国的建立，与这批女雄、女杰们流汗、流泪乃至抛头颅、洒热血密不可分。这显示着经由晚清的持续启蒙后，男女平等、自由、民主与共和的梦想，已开始成为支撑着这些先驱者孜孜矻矻、勇敢前行的核心力量，而这正表征着中国沉沉女界中人难能可贵的觉醒。饶有意味的是，被启蒙、被唤醒的她们，"当组织女子军队时，本已有人存着共和告成时进而争政权的企求"，而在女子军队于共和初建时很快被解散后，一些女性"才改过方向来从事参政运动"，如"神州女界参政同盟会，便是女子北伐队所改；女子同盟会，是同盟女子经武练习队所改组。此外还有上海女子参政同志会，女子后援会，女子共和会，男女平权维持会，女国民会等等"④。也就是说，这些被男女平等、自由等观念武装起来的女性，伸手向男性主宰的中华民国政府要求获得参政权。这是她们试图在平等、自由之路上迈出的重要一步，显示出她们想要参与建设新国家的积极努力。她们说：

> 政治革命既举于前，社会革命将起于后。欲弭社会革命之惨剧，

---

① ［美］爱德华·马歇尔：《凯蒂夫人的考察报告》，郑曦原编《共和十年·社会篇：〈纽约时报〉民初观察记（1911—1921）》，蒋书婉、刘知海、李方惠译，当代中国出版社 2011 年版，第 357—358 页。
② 参见陈东原《中国妇女生活史》，商务印书馆 2015 年版，第 271 页。
③ 陈东原：《中国妇女生活史》，商务印书馆 2015 年版，第 271 页。
④ 陈东原：《中国妇女生活史》，商务印书馆 2015 年版，第 273—274 页。

必先求社会之平等；欲求社会之平等，必先求男女之平权；欲求男女之平权，非先与女子以参政权不可。①

逻辑环环相扣的陈词，与她们修改《中华民国临时约法》中相关规定的诉求相辅相成。她们认为，《中华民国临时约法》第二章第五条所言的"中华民国人民一律平等，无种族、阶级、宗教的区别"②应该进行修改，或者删去"无种族、阶级、宗教的区别"，或者在三者之间加入"男女"二字。然而如所周知，女权主义者唐群英等于1912年1月19日的痛诋，只获得了参议院3月19日的虚假讨论，而强烈要求参政权的女性们在20日大闹参议院的行为，并未取得中华民国的男国民、女国民的同情与认可：民国初年的女子参政权运动宣告失败，男女在政治上的平等在当时成为一个被悬置的不可企及的目标。

女性要求参政权的运动最终失败，社会舆论变而为宣传贤母良妻论。这在1911年到1917年的《妇女时报》上体现得十分明显："1912年辛亥革命后，该杂志中女性参加革命的话题很多，主张获得参政权的论说也很多。但是，到1913年时关于家务以及卫生的新闻突然开始引人注目。同时，关于革命的文章锐减。从这里可以看出这本杂志从反映社会潮流的'女权'，开始向重视贤妻良母型的家政倾斜。"③在此期的女子教育上，贤妻良母的教育理念占据了统治地位。比如，在此期的国民小学里，女子需要学习缝纫；在女子高等小学，则有家事这一科目；在女子中学，则加开了家事、园艺、缝纫等科目。"不独制度的规定如此，教授的方针和材料，也都向这目标行去的。"④袁世凯逝世前虽认为妇女教育问题仍然"应被认为是当前最迫在眉睫的问题"，但其原因却是"本国的每一个国民皆由妇女所生育，妇女是国家的母亲"⑤。显然，教育妇女的因由依然

---

① 唐群英等人上书请愿的内容，转引自陈东原《中国妇女生活史》，商务印书馆2015年版，第274页。

② 《中华民国临时约法》，《民立报》1912年3月11日。

③ ［日］须藤瑞代：《中国"女权"概念的变迁：清末民初的人权和社会性别》，须藤瑞代、姚毅译，社会科学文献出版社2010年版，第131页。

④ 陈东原：《中国妇女生活史》，商务印书馆2015年版，第275页。

⑤ 《袁世凯临终前谈中国教育改革》，《纽约时报》1916年6月18日，郑曦原编《共和十年·社会篇：〈纽约时报〉民初观察记（1911—1921）》，蒋书婉、刘知海、李方惠译，当代中国出版社2011年版，第332页。

与清末的"国民母"说有着莫大的关联,妇女接受教育、国家教育妇女,其目的依然不来自妇女本身的需求或权益,而仅仅是基于工具论的一种取舍。

"在中国,妇女现在最需要的不是社会和商业地位,而是改善她们为人妻子和为人女儿的地位","随着时代进步,中国家庭中男权至上的风气也有所减弱"。[①] 这段评述出自刚从中国返回美国的爱德华·罗斯教授,而发表的时间则是1911年10月29日。为人女儿的地位的改变任重而道远,体现于父子关系的艰难拉锯战中;为人妻子的地位的改变也同样任重而道远,体现于恋爱与婚姻伦理中。

南京临时政府成立后,曾颁布了一系列去除污俗的政令,文明结婚、反对纳妾等涉及夫妇关系的条文[②]也被包括在内。在当时的大城市中,受过新思潮影响的女性,也曾追求自由恋爱,也曾崇尚"文明结婚"。这意味着,不一味遵从父母之命、媒妁之言,而重视男女双方的认可,增强了男女婚姻自主、平等的观念;其次,婚姻仪式删繁就简,铲除了许多陋习,而且在时间上力求简短,比如扬州,"当日回门,晚间会亲,为省费计美其名曰'一天圆'"[③];再次,新式婚姻更重视法律性和契约性,"1913年太仓教育界一对新人的文明结婚具体程序如下:婚礼在明伦堂举行,设司仪,高喊结婚仪式顺序,新郎、新娘、证婚人、介绍人、主婚人和来宾先后入席,由证婚人宣读结婚证书,并在证书上一一盖印。新娘新郎交换饰物。接着,由主人及来宾代表贺词,新郎新娘鞠躬答谢"[④]。婚姻观念及婚俗的这些变化,反映了民初的观念变迁。

四 民主共和话语与家庭伦理的观念变革

民主共和思想引领下的家庭伦理观念,就如同思想领域"毁孔子庙

[①] 《中国将有伟大的未来》,《纽约时报》1911年10月29日,郑曦原编《共和十年·社会篇:〈纽约时报〉民初观察记(1911—1921)》,蒋书婉、刘知海、李方惠译,当代中国出版社2011年版,第7页。

[②] 1912年3月11日有《大总统令内务部通饬各省劝禁缠足文》,《临时政府公报》第37号,1912年3月13日。

[③] 徐谦芳:《扬州风土记略·风俗》,民国三十四年江都手抄本,转引自周新国、陆和健主编《辛亥革命前后的江苏社会研究》,甘肃人民出版社2011年版,第363页。

[④] 《太仓县志·民俗》,1991年,转引自周新国、陆和健主编《辛亥革命前后的江苏社会研究》,甘肃人民出版社2011年版,第364页。

罢其祀"乃是昙花一现一样,很快便因政坛的风云变幻而出现了曲折与反复。比如,一方面是废除读经,"毁孔子庙罢其祀",确定新的教育宗旨,彻底破除儒家思想、孔子的独尊地位;另一方面的事实却是:1912年9月12日,教育部公布以每年10月7日为孔子诞辰纪念日;1912年9月20日,袁世凯公布《整饬伦常令》;1913年6月,袁世凯发布《通令尊孔崇圣文》;1913年10月,"以孔子之道为修身大本"被列入《天坛宪法草案》;1914年12月,教育部公布《整理教育方案草案》,规定"教科书内采取经训,务以孔子之言为旨归",而且认为女子教育应"保持严肃之风纪",要"标示育成良妻贤母主义,以挽其委琐龌龊或放任不羁之陋习"。也就是说:"封建政制虽告废止,民主共和的思想尤未树立。……人们的思想动荡不定。"① 在民主共和话语中,专制政治的复辟和传统思想文化的回潮,是那一时期非常明显的现象,也影响着家庭伦理变革的历史情态。下面以君臣关系、夫妇关系为例稍加阐释。

前文曾指出,废除祀孔、修改忠君的教育宗旨以及变更历法、剪辫、易服等改变社会风尚的行为背后,其实都是对君臣关系的尊卑指认的反叛。然而,"祀孔"很快被废止,各种尊孔祀孔行为则甚嚣尘上。1914年,安徽都督倪嗣冲还公然主张读经,说"十岁至十五岁时尝欲未盛,灵性初开,教之善则善,习于恶则恶,听自由平等之演说印入脑筋,故虽杀身破家,趋之若鹜;闻事亲敬长之正论深入心理,亦必守死善道,甘之如饴",说"以读经为本"而"以余力习有用之科学",才是"戡乱之上策,治病之良方"②。教育宗旨虽经由蔡元培等之手有所变更,然而很快也就被北洋政府来了个颠倒:虽然没再提忠君,然而重新把"以孔子之道为修身大本"列入《天坛宪法草案》的举措,本身就是为复活忠君思想奠定坚实基础的行为;变更历法虽有成绩,但在当时中上层知识分子那里,旧历依然有异常重要的价值,那一时期报刊的报头,也多民国纪年、传统纪年共用,遑论下层民众的心理了;剃发留辫本是满族统治者强加给汉族人民的一种恶习,共和初建时,经过各地军政府的劝告甚至采取强硬措施,很多开明人士和群众的确已经剪掉了"豚尾",但仍有不少忠于前

---

① 端木蕻良:《导言一》,吴组缃、端木蕻良、时萌主编《中国近代文学大系·小说集一》,上海书店1991年版,第8页。

② 安徽都督倪嗣冲之言,《生活日报》1914年5月17日。

清的遗老和来自偏僻城乡的下层劳动群众将剪辫视为异端，不愿剪辫，"于是有盘结头顶者，有乘坐肩舆者，有垂辫胸前者，有藏辫领内者"①，一些闭塞的地区，一方面仇视那些主动或被动剪掉辫子者，另一方面积极发起成立"保辫会""复古会"，以表示对清室的忠诚。剪辫在当时看似是一桩小事，但由于其背后牵涉到变易人们的习俗观念、君臣观念，在实际操作过程中往往难以实行。对于普通民众来说，很多人并非主动且情愿地去剪掉发辫，而是因偶然原因被迫剪掉，由此受尽村人的白眼、士绅的欺凌。鲁迅笔下的航船七斤（《风波》），不就是这样一个普通的"受难者"吗？而在人际交往礼仪中，如大人、老爷的称呼"于南方官场渐息，民间则依然，北方则无论官民，已相习成风，而莫之改"②。这在鲁迅的《故乡》中亦有反映。闰土的"老爷"之称，正是受这种强大传统的影响之证明。另外，跪拜礼改为鞠躬礼，的确体现了破坏尊卑意识的勇气，然而在好些地方仍不行鞠躬礼而施行跪拜礼。《孤独者》中的魏连殳，回家乡参加其祖母的葬礼时遭遇的阻力，不正是这种局面的巧妙反映？由以上所列举的移风易俗过程中的艰难可见，君臣关系的变革仅仅在社会风尚层面也极其不易，更何况民初政坛的风云人物袁世凯还亲自重拾封建君主制建立了洪宪帝制，更何况随后的张勋还高举着儒家伦理道德的旗号妄图复辟呢。可见，君臣关系不仅是当时顽固守旧分子们时刻忘不掉的伦理关系之一维，而且始终是当时当权者试图恢复的伦理关系之一维。对当时的国人来说，这一层认知是在现实的教训中慢慢获得的。然而，早在袁世凯全票当选民国大总统（1912年2月15日）后，美国人濮兰德就在接受记者爱德华·马歇尔的采访时说："这个所谓的民国总统袁世凯……他建立了一个新的独裁统治，来取代刚刚推翻的独裁统治。""中国源远流长的专制制度只是换了个名字，其本质特征并未改变。""尽管革命派在中国声势旺盛，儒家体系下的统治方式仍将坚持下去。人们的内心并没有因为革命家的激情煽动而改变。……在中国，改革的进展一定会异常缓慢。中国的体制也许可以改变，但需要审慎的过程，而不是简单的城头变幻大王旗。""你不能指望仅仅通过大叫两声'共和'，便可以把这种精神成功地

---

① 《文明嚆矢》，《申报》1912年9月15日。
② 颍川生：《睇向斋谈往》（二），《青鹤》第1卷第2期，1932年12月1日。

灌输给那些从不知道自由为何物的人们。"① 濮兰德1912年的言辞是如此切中肯綮，让人佩服。

在民主共和话语所造就的时势中，女学堂的开设更多，进入小学、高小、中学接受新式教育的人数更多了。据中华民国教育部第一次至第五次的教育统计图表可知，民国元年的男生人数为2792257，女生人数为141130；民国二年的男生人数为3476242，女生人数为166964；民国三年的男生人数为3898065，女生人数为177273；民国四年的男生人数为4113302，女生人数为180949。② 而这与清末受教育的女学生人数相比，出现了巨大的变化，"我们可以断言，中华民国的人民，多数已经觉醒女子有读书的必要了"③。然而这时的女子在教育上所受的束缚仍多。比如，虽然1912年的《普通教育暂行办法》中就规定了初等小学承认男女同校，但该办法同时规定高等小学仍是男女别校。又如，在女子所学的课程上，《普通教育暂行办法》重视女子的缝纫等科目，直到1919年教育部颁布《女子中学校家事一科应注重家事实习案》，仍强调女子的基本定位在家庭，"仍以贤母良妇为最高极则"④。1914年7月15日，《教育杂志》第6卷第4号上，教育部长汤化龙发表对女子教育的意见，指责"民国以来，颇有一派人士倡道一种新说，主张开放女子之界限，其结果致使幽娴女子，提倡种种议论。或主张男女同权，或倡导女子参政，遂至有女子法政学校之设立……以余观之，实属可忧之事也。"他说："余对女学教育之方针，则务在使其将来足为贤妻良母，可以维持家庭而已。"⑤ 须藤瑞代还留意到1915年前后创刊的《妇女杂志》《中华妇女界》等在此期的特色："这些杂志在发刊初期的版面构成几乎都偏向家务、卫生或者书画，与辛亥革命前杂志上看到数量众多的女权论相差甚远。在这些杂志中，家政以及日常生活的文章仍然占多数，提倡的理想女性形象是贤妻

---

① [美]爱德华·马歇尔：《假共和、真独裁：濮兰德访谈录》，《纽约时报》1912年12月8日，郑曦原编《共和十年·社会篇：〈纽约时报〉民初观察记（1911—1921）》，蒋书婉、刘知海、李方惠译，当代中国出版社2011年版。
② 参见陈东原《中国妇女生活史》，商务印书馆2015年版，第276页。
③ 陈东原：《中国妇女生活史》，商务印书馆2015年版，第276页。
④ 陈东原：《中国妇女生活史》，商务印书馆2015年版，第275页。
⑤ 韩达：《评孔纪年》，山东教育出版社1985年版，第33页。

良母。"①

而在自由恋爱、文明结婚问题上,尽管已有不少开明人士在积极践行着,但否定自由恋爱、文明结婚者数不胜数。在《女子世界》中的《自由结婚之评议》一文中,论者如是评价:"旧俗婚姻,诚为专制,然而室家静好者,颇不乏人,固未闻夫妇之间,都为怨耦,且礼义廉耻,坚守节操,尚留存于天壤间。非若今之所谓自由者,假求学之美名,背父师之训诲,男女相悦,眉语目成,妖淫放荡,恬不知耻,乃犹自鸣于众曰:吾自由也。不知者亦附和之曰:彼真自由也。吾恐积之既久,相习成风,不知廉耻为何事,而一国之风化尚可闻乎?"② 在《新新妇谱》中,论者说:"古之所谓嫁鸡随鸡,嫁狗随狗,直名言也。"③《河南女子师范学校毕业训词》中则直接反对自由恋爱结婚,反对离婚,认为是破坏伦常之举,告诫女学生要遵循"吾国妇女数千年来所守之大经大法"④。而在结婚礼仪上,新旧杂陈的例子也很多。比如在江苏宜兴,"新郎之戴顶履靴者,仍属有之,然亦有喜学时髦者大礼服戴大礼帽以示特别开通者。最可笑者,新郎高冠峨峨,履声橐橐,在前面视之,固俨然一新人物也,讵知背后脉尾犹存,红丝辫线,坠落及地",至陪宾四人,"有西装者,有便服者,有仍服满清时礼服者,形形色色,无奇不有"⑤。这种情况表明,民初的中西、新旧文化之抗争,实在是随处可见。鲁迅的《肥皂》中,四铭自己穿着布鞋、布马褂和长袍,但这并不妨碍他让自己的儿子学程去穿皮鞋,进中西折中的学堂,买小而且厚的英汉词典;他一边让学程学英文、穿皮鞋,一边让他穿着皮鞋而去练八卦拳;他一边念叨着提倡孝道、尊孔读经,一边去购买有着"似橄榄非橄榄的说不清的香味"的葵绿色的西化日用品——肥皂,而潜意识中想着女乞丐的肉体……新旧杂糅,是四铭本身及四铭为主宰、为财神的家庭中的内在肌理。而这样的人物,这样的家庭,可谓是民初中国社会上一般士绅及其家庭的一面镜子、一个缩影。

---

① [日]须藤瑞代:《中国"女权"概念的变迁:清末民初的人权和社会性别》,须藤瑞代、姚毅译,社会科学文献出版社2010年版,第131页。
② 李幼沅:《自由结婚之评议》,《女子世界》1915年第3期。
③ 《新新妇谱》,《女子世界》1915年第6期。
④ 《妇女杂志》1916年第2卷第1期。
⑤ 《中华全国风俗志(三)》下篇卷3"江苏宜兴,婚娶之恶俗"。

新旧杂陈的时代背景下，表彰节烈的老调又被重弹。1914年3月11日，北洋政府颁布了《褒扬条例》①，随后的6月11日，北洋政府内务部公布了《褒扬条例施行细则》②，对"节妇""贞女"的守节、守贞年限进行了严格规定，对"烈妇""烈女"的情形加以严格限制。"这当然是彻头彻尾地鼓励妇女从一而终，甚至自杀殉夫，宣扬封建社会三从四德的传统道德，与妇女解放、婚姻自由、男女平等的时代进步潮流完全背道而驰"③，而与传统的"旌表"做法相承续，"唯一能显示这一奖励乃出自二十世纪的现代的，也许是颁奖的方法。除了总统的匾额题字（以前是皇帝题字），被奖励的女子可以得到一枚金质或银质奖章，徽章的带子为黄色（1917年改为白色），地方社会对政府旌表的反应也让人想起明清时期，其中不同的一点是，支持贞女的社会力量中，包括了具有民族主义雏形的地方会馆组织。"④ 在这样的鼓励下，当时的节妇、烈妇、烈女不断涌现："1915年节妇共计503人，烈女/烈妇共57人，节妇除边境省外，从各省选出。"⑤ 而当时的报刊对贞节烈女"绝食、服毒、吞金'殉夫'的愚昧现象"连篇累牍地加以报道，而且"不是站在批判的立场上，而是欣赏和赞颂的角度对其大加宣扬"⑥。到了1917年，《修正褒扬条例》问世，节烈妇女仍是被褒扬的类别之一。⑦ 可见，民主共和话语之中的中华民国并无新气象，社会整合危机越来越明显。

1915年，梁启超在《大中华》杂志的《发刊辞》中，一开始即表达了他深切的失望："呜呼！我国民志气之消沉，至今日而极矣！"他对戊

---

① 《政府公报》第662号，1914年3月12日。

② 《褒扬条例施行细则》，《新闻报》1914年7月2日第17版。注，标点为本人所加。另外，第四条中"年限"之前无"守贞"二字，但在其他报刊上公布时有，且有此二字后，语义更通顺，因此此处加上。

③ 刘海鸥：《从传统到启蒙：中国传统家庭伦理的近代嬗变》，中国社会科学出版社2005年版，第202页。

④ ［美］卢苇菁：《矢志不渝：明清时期的贞女现象》，秦立彦译，江苏人民出版社2012年版，第261页。

⑤ ［日］须藤瑞代：《中国"女权"概念的变迁：清末民初的人权和社会性别》，须藤瑞代、姚毅译，社会科学文献出版社2010年版，第130页。

⑥ 刘海鸥：《从传统到启蒙：中国传统家庭伦理的近代嬗变》，中国社会科学出版社2005年版，第203页。

⑦ 《政府公报》第664号，1917年11月21日。

戌以来社会变革的后果深感不满:"二十年来,朝野上下所昌言之新学新政,其结果乃至为全社会所厌倦所疾恶:言练兵耶?而盗贼日益滋,秩序日益扰;言理财耶?而帑藏日益空,破产日益迫;言教育耶?而驯至全国人不复识字;言实业耶?而驯至全国人不复得食。其他百端,则皆若是。"他甚至悲哀地说道:"彼其二十年来经历内界之挫踬,外界之刺激,而中国必亡之想像乃愈演而愈深,驯至盘踞人人心中而不能自拔。"[①] 亡国之忧,再次在民主共和的语境中被慎重地提了出来。这不能不说是一种历史的悲哀。就在几个月后,《青年杂志》创刊于上海,新一轮的思想启蒙序幕又被拉开。很明显,该杂志此时的创刊,在客观上吻合于当时进退难卜的艰难时势,从而为其成功奠定了一种可能性,"新思潮的诞生,必要有他的时势,然后一经倡导,才能不知不觉地惊涛骇浪般的掀起了。那倡导者的才力,也正是时势养成的,时势不过借他的手作揭竿的运动罢了"[②]。

[①] 梁启超:《发刊辞》,《大中华》第 1 卷第 1 期,1915 年 1 月 20 日。
[②] 陈东原:《中国妇女生活史》,商务印书馆 2015 年版,第 277 页。

第二章

1898—1915：小说叙事中的父子伦理

所谓家庭伦理，是"家庭中的伦理关系及其调节原则。社会伦理的一个重要方面。家庭伦理学的研究对象"①。对于乡土中国的家庭伦理而言，因血亲关系而形成的父子伦理、兄弟伦理，因婚姻关系而形成的夫妻伦理、妻妾伦理以及妯娌伦理，是我们尤其应该重视的组成部分。在这几种伦理关系中，父子伦理之于乡土中国又是至为重要者。有学者指出，父子关系本身决不仅只是家庭关系，还有血缘、社会关系这两层。陈坚就认为父子关系存在"血缘关系""家庭关系""社会关系"②三个层面。他认为，儒家更多的不是在血缘关系、社会关系中谈论父子关系，"只是关注甚至是过度集中地关注父子之间的家庭关系即所谓的'父父子子'而已。"③陈坚的这一看法针对的是传统儒家的父子关系论述，在对这一层面上的分析自然是有效的。但当我们具体考察文学文本，尤其是晚清民初的文学文本所呈现的父子关系时就会发现，父与子之间的家庭关系固然是关注的重点，然而处于历史大变局中的那些父与子们，往往都被置于民族国家的话语体系之中，其家庭关系由此具有了与此前颇具差异的一些特点，血缘关系也得到别有意味的凸显，而社会关系也因国势陵夷的背景而得到了多层面的体现。因此笔者接下来的讨论，都将父子关系置于这种复杂的时代境遇中，试图尽力揭示其关系的多层次性。

有人认为，"伦理的思考，在清末民初的小说中远不及政治的思考，而在伦理的思考中，对家庭问题的思考，涉及男女平等的占绝大多数，涉

---

① 朱贻庭主编：《应用伦理学辞典》，上海辞书出版社2013年版，第578页。
② 陈坚：《"父父子子"——论儒家的纯粹父子关系》，《山东大学学报》（哲学社会科学版）2010年第1期。
③ 陈坚：《"父父子子"——论儒家的纯粹父子关系》，《山东大学学报》（哲学社会科学版）2010年第1期。

及父子关系则少之又少"①。白楷也曾指出，1840年之后的相当长时间，中国小说的发展状况基本上没有什么变化，世情小说尤其如此，小说的真正大变革出现在1900年之后，较为明显的标志有四：（一）政治意识浓厚，全面抨击现实社会；（二）未来意识觉醒；（三）反映女权问题；（四）反对迷信。② 验诸清末民初的小说创作实况，我们的确可以发现，相对于两性关系而言，当时的小说家们对父子关系的书写与呈现的确没有那么系统而集中，但事实上，也的确只是"没有那么系统而集中"而已，因为，此期的父子关系仍然受到作家们的广泛关注，此期的父子关系，由于处于动荡的社会政治、经济与文化环境之下而显出了更为复杂的历史形貌。笔者下面的论述，也仅仅是其中值得重视的几个层面而已。

第一节 子辈的发现与非孝书写

一 子辈的发现

我们知道，孝悌的基本要求是"出则事公卿，入则事父兄"（《论语·子罕》）。如果人们能遵循孝悌之道，一般就不会"犯上"，而不喜欢"犯上"之人，就根本不会"作乱"。因此，为了达到为宗法政治服务的目的，历代统治者都不遗余力地提倡孝悌尤其是孝。在孝道发展史上，孝的内涵愈来愈被扩大和延伸，以至于"孝"由家族伦理规范之一种发展而为社会政治生活中的道德准则："居处不庄，非孝也。事君不忠，非孝也。在官不敬，非孝也。战阵无勇，非孝也。"（《礼记·祭礼篇》）如所周知，亲子之伦本是"人类社会自然的产物"，是"亲子间表示相互的热烈的爱"③，蕴含着"父慈"与"子孝"这两个相辅相成的向度。"父慈子孝是个体家庭的产物，其主旨是敬事父母，在对健在父母以及祖父母

---

① 陈少华：《阉割、篡弒与理想化——论中国现代文学中的父子关系》，广东人民出版社2005年版，第21页。
② 白楷：《中国古代通俗小说史论》，转引自梁晓萍《明清家族小说的文化与叙事》，南开大学出版社2008年版，第16页。
③ 周予同：《"孝"与生殖器崇拜》，《古史辨》第2册，上海古籍出版社1982年版，第232页。

孝敬的基础上，将孝心延伸至对去世的以及先祖。"① 而在周朝的上层社会的孝，主要体现在通过祭祀的方式来表达尊祖敬宗上，与宗法制密切相关。到了春秋晚期，孔子对孝进行了改造，增加了孝敬、供养健在的父母的内容，使孝不再是西周奴隶主阶级的祭祖而已，"实现了从宗族、宗法之孝向个体家庭之孝的转化"②。但到了汉代，"父为子纲"与"君为臣纲""夫为妻纲"一起被确立起来，父亲就拥有了对儿子的绝对权威，正如君王、丈夫对大臣、妻子有了绝对权威一样。"父者，子之天也。"（《春秋繁露·顺命》）"父子者，何谓也？父者，矩也，以法度教子也，子者，孳孳无已也。"（《三纲六纪》）这些类似言论屡见不鲜，以至于出现了"父叫子亡，子不得不亡"的极端规则。父辈的权威乃至一切长者、尊者的权威，都被树立了起来，而一切子辈、幼者、弱者，都成为沉默的甚至无声的大多数。"父权制作为制度，是一个社会常数，这个常数贯穿其他所有政治、经济和社会的形式，而不管它们是通过社会等级，还是通过阶级形式，是通过封建政治，还是通过官僚政治或者巨大的宗教团体的形式。"③ 韦政通曾指出，汉文化中的孝文化对国民性格最恶劣的影响，在于孝之权威主义被极端化利用后培育了国人的权威主义人格，即绝对服从、消灭自我的奴性人格。在晚清以来的中国思想文化界，先驱者们对片面的、早已转化为社会政治伦理的孝，进行了日益激烈的批判。这种由家庭出发的批判，是基于国势陵夷、亡国灭种的政治危机而做出的一种政治选择，是民族国家话语中值得重视的清醒者的呐喊。对异化了的孝文化加以批判的前提，或者说批判孝文化而能落到实处的根本保证，是甲午以后思想文化界的一些先驱者对于子辈的发现与塑造。

甲午以后的维新派们发现中国已是一头沉睡多年的病狮，是一条摇摇欲沉而又千疮百孔的大船。感知到亡国灭种的巨大危机，风雨飘摇局势中的他们，认识到"人"的空前重要的价值。这个"人"，是指国民，是有权利，有责任，有自由、平等、独立精神的"国民"，而不是臣服于传统

---

① 刘海鸥：《从传统到启蒙：中国传统家庭伦理的近代嬗变》，中国社会科学出版社 2005 年版，第 23 页。

② 刘海鸥：《从传统到启蒙：中国传统家庭伦理的近代嬗变》，中国社会科学出版社 2005 年版，第 29 页。

③ ［德］E. M. 温德尔：《女性主义神学景观》，刁承俊译，生活·读书·新知三联书店 1995 年版，第 31 页。

伦理道德中君、父威权之下的臣民、奴隶。为了富国强民，就必须尽早摆脱奴隶地位而让国人全都成为"国民"，而这需要开民智、兴民德、鼓民力。显然，"国民"的"民"的构成是复杂的，既有男人也有女人，既有大人也有少年与小儿，既有父辈也有子辈。为了让所有人都能成为为国家生利之人，维新志士们发现了"女国民"，发现了少年与小儿，发现了子辈。对于女性、少年与小儿、子辈的呼唤，成为萦绕在晚清士人心中的热望，也成为晚清报刊图书中久久回荡的音符。比如，1898年7月24日，中国第一份妇女报刊《女学报》问世；1904年1月17日，《女子世界》在上海出现，这些无疑都是意在启蒙女性的重要载体。与此相关，启蒙民众的众多文言、白话报刊纷纷面世，《新民丛报》《国风报》《安徽俗话报》《竞业旬报》等都是现在仍被屡屡提及者。而对于子辈来说，一部分已经长大而在国外留学的学生们创办了《浙江潮》《鹃声》《河南》《云南》《江苏》等刊物以表达忧国忧民之思，一部分已经长大而闯入国内各种新式学堂就读的学生们也自己创办了校报、校刊，发出清醒的迫不及待的呐喊，还有一部分未能进入这些学习渠道的儿童、女性，则不断地收到来自外面的长者的劝告之声。比如爱国学社一方面通过办机关报《苏报》来对国民进行启蒙，另一方面于1903年专门创刊了《童子世界》，以开通民智、疏导文明、萌养国魂、鼓吹排满革命。于是一系列热切的话语，都直接指向了还在懵懵懂懂的童子们。在《童子之地位》一文中，吴忆琴明确告诉这些孩子们，他们手中握有祖国的命运，他们应该爱国爱同胞。他说："……祖国兴乎？祖国亡乎？其命运实悬于吾辈童子之手。"为此，他号召童子们不要仅仅以父母为至恩者，以兄弟为至亲者，以朋友为至情者，而是应该"移此爱父母爱兄弟爱朋友之爱，以爱吾祖国，爱吾四万万同胞"[①]。在文章《论童子为二十世纪中国之主人翁》中，钱瑞香呼吁秉持着爱国思想去"曲述将来的凄苦"，"呕吾心血而养成夫童子之自爱爱国之精神，鼓励青少年仿效法国革命"，而那些童子们的努力向学与随后的革命行为，最终会使得中国"脱奴隶之厄，建自由之邦"[②]。在演说词《警告我一般的童子》中，作者从童子的角度做了如下言说：

---

① 吴忆琴：《童子之地位》，《童子世界》1903年第26期。
② 钱瑞香：《论童子为二十世纪中国之主人翁》，《童子世界》1903年第5期。

现在教育是改良的了,世界是文明的了,我们生在中国,巧巧碰着这个机会,趁此自己把给到一个国民的地位,替中国出一口气。这才很好呢!我看了好多人,总觉得他们睡沉沉醉昏昏可厌,那里有我们童子这样气象鲜明。所以现在救中国这付重担,天公已经轻轻的放在我们肩膀上了。既已如此,难道我们可以双手奉献罢?我们一定要在学问里头狠命的下一番预备工夫,立定脚跟,一径的向前做去,叫那些老年少年的人怕我们。①

在《童子世界》第20期上刊载有一首《少年歌》,其歌词为:"新少年,别怀抱。新世界,赖尔造。伤哉帝国老老老,妙哉学生小小小,勖哉前途好好好。自治乃文明之母,独立为国民之宝。思救国莫草草,大家著意铸新脑。西学皮毛一齐扫,新少年姑且去探讨。"② 对于童子们的殷殷期望真可谓溢于言表,对于其气象鲜明,充满了可以傲视老年甚至少年的活力的想象亦充溢于字里行间,对于他们应该爱国的提醒甚至棒喝也随处可见。历史地看,人们对于童子的重视,始于甲午战败之后。"甲午以前,社会对孩子的关注并未发生大的变化,甲午以后,特别是新政开始,儿童被抬到一个很高的位置,受到特别关注,知识人对儿童的认识有了新的变化。"③ 晚清的先驱者们告诉这些孩子,他们是"二十世纪中国之主人翁"④,他们应该努力前进,"心怀希望"而"一往无前",他们"只有一鼓作气,才能到达高山之巅"⑤。不仅如此,他们还为这些孩子提供了"应该怎样"的参照系:"观一国小学校之儿童,即能得其国度模型。法国小儿,有活泼华美之风,朝起,即谓保姆曰姐乎,吾球安在?德国小儿,平日振步而前,俨然一小兵士。英国小儿,则纯然绅士态度,时以手入衣袋中,示温厚笃实之风云。"⑥ 在具体如何教育的过程中,这些人也对现有的教育方式提出自己的意见。白话道人就认为"喝不绝口,打不

---

① 吴忆琴:《警告我一般的童子》(续),《童子世界》1903年第6期。
② 《少年歌》,《童子世界》1903年第20期。
③ 程再凤:《晚清绅士家庭的孩子们(1880—1910)》,硕士学位论文,华中师范大学,2011年。
④ 钱瑞香:《论童子为二十世纪中国之主人翁》,《童子世界》1903年第5期。
⑤ 梁启超:《论进取冒险》,《饮冰室合集》专集之四。
⑥ 《各国儿童气质》,《教育世界》1907年第14期。

停手"的教书先生"同阎王差不多了"①;当时的教育文件中,有对体罚的禁止性条文,如"夏楚只可示威,不可轻施,尤以不用为最善","高等小学学童至十三岁以上,夏楚万不可用"②;1900年3月,蔡元培在《夫妇公约》中设计了一套教子法则:"教子当因其所已知而进之于所未知,以开其思想之路。教子当令有专门之业,以养其身;教子不可用威喝朴责,以养其自立之气。"③

如果说前述都是理念的宣传,那么,梁漱溟的父亲梁济、茅盾的父亲沈永锡,则在如何让孩子读书、读什么书方面进行了发现子辈的具体实践。梁漱溟生于1893年,其父梁济秉性笃实、用心精细、遇事认真。梁济对梁漱溟完全采取宽放政策,一次都没有打过他,甚至很少正言厉色地教训过他,以至于多年后的梁漱溟还说,他受父亲影响"并不是受了许多教训,而毋宁说是受一些暗示"。在读书方面,梁漱溟6岁时开始读书,先读《三字经》,跟着读的是《地球韵言》而非四书。之所以如此,是因为梁济"平素关心国家大局",体会到了中国被"外侮日逼"的困境,很早就倾向变法维新,赞成废科举与八股,主张尽早让孩子知晓世界大势,而《地球韵言》多讲欧罗巴、亚细亚、太平洋、大西洋之类,又采用的是"便于儿童上口成诵,四字一句的韵文"④,因而成为梁漱溟的启蒙读物。茅盾生于1896年,其父沈永锡本为医生,却受到甲午战争的影响而一变为维新派。于是,沈永锡开始自学数学,结婚后购买了讲解声光化电、介绍欧美各国政治与经济制度、介绍欧洲西医西药的书,醉心于西学。1902年,他去参加科举考试,进场前买了上海新出的文言译的西洋名著,还拍了一张六寸的半身照片。在茅盾5岁那一年,沈永锡不让他进私塾,而让其母亲陈爱珠教他《字课图识》《天文歌略》《地理歌略》之类。⑤ 这明显显示出沈永锡的维新眼光。

梁济和沈永锡的选择和做法,在晚清绝非个案。国势改变了他们眼中

---

① 白话道人:《少童教育谈》,《中国白话报》1904年第7期。
② 陈元晖主编,璩鑫圭、唐良炎编:《中国近代教育史资料汇编:学制演变》,上海教育出版社2007年版,第315页。
③ 蔡元培:《蔡元培全集》第1卷,中华书局1984年版,第104页。
④ 梁漱溟:《我的自学小史》,《梁漱溟全集》第2卷,山东人民出版社2005年版,第668页。
⑤ 茅盾:《茅盾回忆录》(上),华文出版社2013年版,第26—28页。

的孩子的地位，也改变了他们培养孩子的方法。让孩子读书的根本目的，也从从政做官而变为知晓世界大势，知道维新之途。这与当时教育界不读经或少读经的普遍出现，自然科学、数学、外语书籍大量流行正相吻合。不仅如此，无论是面向子辈的报刊还是杂志，无论是清末十年新出版的儿童读物还是父辈们主动为子辈选择的求学教材，都偏向于采用浅近通俗、明白易懂的白话文版，所述内容又多贴近实际，力求实用。受这种教育而长大的子辈，当然就具有了和以前不一样的精神底色：不读经或少读经因而少受传统伦理道德的束缚；自觉于自己的地位、责任，因此对平等、自由、博爱等观念有了初步感知甚至具体实践；开眼看世界之后，对于中国与世界的关系就有了更为真切的感知，知道思想改革、文学改革实在必要；对于家庭伦理观念来说，他们所受到的束缚明显要小得多，审视家庭成为一种可能。

子辈被发现后的精神觉醒，固然成为变革中国社会的强大动力，而将国家振兴之希望、强国保种之希望寄托在子辈身上的父辈，本身也会在启他人之蒙的过程中进行自我启蒙，民主、平等、自由等观念也多少会进入他们的思想观念中。父与子的观念变化，部分促成了父为子纲伦理的部分崩坍，这在此期的小说等文学作品之中多有体现。然而历史的复杂性在于，感知到晚清大变局的父辈们，即便成为了维新派，其新的程度也千差万别。自己醉心于欧化，让子辈不再走传统的学而优则仕之路，转身走向西方科学所代表的经世致用之路，敞开心胸拥抱西学，这当然是晚清最具革命性的父辈与子辈们。然而在那一过程中，持这样决绝的态度且父与子步调一致的人，确属凤毛麟角。回望晚清的父辈与子辈们，我们更多地看到的，是父辈们本身对于欧化的态度就游移不定，他们部分开放、自由的心态与言行所塑造出来的子辈们，往往走得比他们更远，由此，这些父辈看不惯子辈们的言与行，往往又横加指责，父辈与子辈间的冲突亦不可避免。鲁迅《肥皂》中的四铭就曾说："在光绪年间，我就是最提倡开学堂的，可万料不到学堂的流弊竟至于如此之大：什么解放咧，自由咧，没有实学，只会胡闹。"又说："'女孩子，念什么书？'九公公先前这样说，反对女学的时候，我还攻击他呢；可是现在看起来，究竟是老年人的话对。你想，女人一阵一阵的在街上走，已经很不雅观的了，她们却还要剪头发。我最恨的就是那些剪了头发的女学生，我简直说，军人土匪倒还情有可原，搅乱天下的就是她们，应该很严的办一办……"① 光绪年间主张欧化且反对传统的维新党四铭，到民国初建后已经很看不惯子辈们的言行了。更何况，在晚清的父辈们中，对欧风美雨大加排斥者本就大有人在。一旦他们的子辈因感受到时代的新气象而趋新逐异，这些父辈与子辈之间的冲突更是不可避免的时代悲剧。此外，晚清特有的政治、经济与文化格局促成了人性的多样化，异化的父子关系在官场、商场、士绅之家乃至普通百姓家都随处可见。反映这一时期社会形貌的小说等文类，在父子关系的呈现方面当然也就异常复杂而多变。

二 晚清民初小说中的非孝书写

非孝即子辈的审父、叛父、渎父，远非到了晚清才有。"中国旧理想的家族关系父子关系之类，其实早已崩溃。这也非'于今为烈'，正是'在昔已然'。历来都竭力表彰'五世同堂'，便足见实际上同居的为难；拼命的劝孝，也足见事实上孝子的缺少。"② 这种"在昔已然"，甚至可以从远古神话中的父子冲突得到说明。在汉、唐、宋、元以及明清，父子关系都一直是文学文本书写的重要方面，审父、渎父倾向虽并不明显，但终究存在端倪。到了明清的家族小说中，渎父倾向有着更为明显的趋势，"子辈对父亲不复顺从，而是疏离反叛，他们已经蜕变为恶棍流氓、纨绔子弟、甚至是叛逆者，宣告着家族传承的断裂和传统父权文明的颓败"③。到了晚清，先驱者们对父子伦理关系的思考更为深刻也更为迫切，通过小说文本对父子关系加以思考甚至直接表现非孝思想者甚多，表现父辈在政治、经济、文化上的绝对权威地位的文字则比比皆是。到了民初，恋爱问题成为大批出现的言情小说中当然的书写重点。细审这些恋爱故事，我们能发现一些新特点。一方面，恋爱男女已大多不再遵从父母之命、媒妁之言、从一而终一类礼教规范，能够自愿自主地相爱，听从内心对爱的呼唤。这类违背了传统爱情伦理规范的行为，在当时本身具有极为进步的意义，体现出爱情的纯洁性；但另一方面，那些重点写哀情的小说中，恋爱主体们最终总会因父母的干涉（如吴双热《孽冤镜》）、礼教的桎梏（如

---

① 鲁迅：《肥皂》，《鲁迅全集》第 2 卷，人民文学出版社 2005 年版，第 47、48 页。
② 鲁迅：《我们现在怎样做父亲》，《鲁迅全集》第 1 卷，人民文学出版社 2005 年版，第 143 页。
③ 彭娟：《明清家族小说的渎父倾向》，《湖南工业大学学报》2012 年第 3 期。

徐枕亚《玉梨魂》）与自身彻底反叛意识的缺乏而最终中止爱情甚至生命。这种恋爱的真纯和反抗父母专制的无力而导致的悲剧结局，具有异常动人的力量。父母的专制对于这类小说的艺术生成，可谓具有异常重要的作用。

天虚我生的《泪珠缘》①中，父亲秦文与儿子宝珠的关系，像极了贾政与宝玉的关系：父亲具有绝对的权威。《新孽海花》中的朱其昌留学日本时，其父朱孝廉为他聘定了曹家赋性凶悍、习惯奢华、人称"花老虎"的女子。朱其昌回国后知道此事，虽知道"花老虎"会让自己受苦不迭，"只因素来惧怕父亲，不敢怎样"②，无勇气退婚而与心仪的苏慧儿自由结合。另外，朱其昌留学归国后在新政革命期间的朝廷博得了功名，成为新科翰林，然而他却无法支持苏慧儿去上海进女学堂，只能依靠朋友们的帮助与接济。可见无论是婚姻自主权还是经济自由权，朱其昌均深受其父的压制。同样是在《新孽海花》中，父母双亡的苏慧儿只得跟着伯父苏继坡生活。苏继坡是县学秀才，也知道新学世界的礼节，可以不避男女之嫌，让朱其昌去看望苏慧儿，然而"瞧得银钱比常人分外的重"（第一回）的他终被其内侄李墨迁的一千两银子打动，擅自答应将苏慧儿嫁给李墨迁。显而易见，苏继坡实质上承担的父亲角色让他有权力替苏慧儿做婚姻大事的主。秋瑾《精卫石》中的两位女性——黄鞠瑞与梁小玉，均是家庭专制下的牺牲品。黄鞠瑞刚出世即被其父亲称为"赔钱货"；长大一些后想读书，更是被其父以"女子无才便是德"为由加以拒绝；长大后，被父母强行安排嫁给苟才，受尽这个吃喝嫖赌懒读书的"狗才"的虐待。梁小玉的命运也好不到哪里去，她在家庭中受到虐待，遭受后母及兄长殴打，满含悲愤。类似这样身处家庭这个地狱中的女性，其实数不胜数。而无论是在《禽海石》《碎琴楼》《孽冤镜》《賨玉怨》还是《广陵潮》中，男女爱情悲剧的根源，都在于父母之命。"这五部小说都是当年的名作，叙及男女爱情处均以父母之命为悲剧的根源，小儿女自身并无矛盾冲突。至于那由于父母威严而闯入的第三者，在小说中无足轻重。矛盾冲突是在小儿女与专制的家长之间展开的。"③《禽海石》中作者感慨道，由于这父母专制政体的压迫，"世界上一般好端端的男女""一百个当中

---

① 天虚我生：《泪珠缘》，百花洲文艺出版社1991年版。
② 陆士谔：《新孽海花》，中国文联出版社1989年版，第204页。
③ 陈平原：《中国现代小说的起点》，北京大学出版社2005年版，第229页。

倒有九十九个成了怨偶。不论是男是女，因此送了性命到柱死城中去的，这两千余年以来，何止恒河沙数。只为是父母的权太重了，所以两情不遂的，是气死；两情不遂，没奈何去干那钻穴逾墙的勾当的，是羞死；两情不遂，又被父母捉牢配了一个情性不投、容貌不称的人，勉强成了一对儿的，是个闷死。自古至今，死千死万，害了多少男女？"①

在清末的小说叙事中，只要在实际上承担了父亲角色的，就具有父亲的责任，同时也就具有了父亲的无上威权。《兰花梦》中的宝林是松家子辈中的老大，由于其父松学士病逝而接管了整个家庭的管理工作，也就接过了父亲的无上权威。其庶出的妹子宝珠本是被松学士当男儿养大的一个女子，本已想改回女装，却不得不被过继给了大房成为长子，代表家庭出外应酬，拼得无数功名。在家庭之外，宝珠因其"男儿"身份而拥有着至高无上的地位，然而在家庭内部，因她是妹妹而宝林在事实上代表了其父亲，故而宝珠在家凡事需听从宝林。小说第三回中，宝珠因想及自己作为女性的未来飘缈无依，写了几首春心萌动的诗和一副对子。宝林见了，"想了一会，不觉心内动起气来，将花笺笼在袖中，走上床来"。于是第四回中，宝林惩罚宝珠，先罚跪，再打：

> 宝林将桌一拍道："你还不跪么？"宝林情气严厉异常，妹子兄弟要打就打，此刻宝珠见他动怒，怎敢违拗，只得对着他双膝跪下，宝林问道："你知罪么？"宝珠道："妹子实在不知道。"宝林取过戒尺来道："打了再告诉你。"……宝林不容分说，将他手拉过来，重重打了二十。可怜春笋线线，俱皆青紫，在地下哭泣求饶，宝林那里肯听，紫云两个都吓呆了。……宝林喝令紫云、绿云将春凳移过来，扶起宝珠伏在凳上，二人按定，宝林依照家法来动手，宝珠实在忍痛不过，告哀道："好姐姐，妹子年纪轻，就有天大的不是，求你还看爹的份上罢。妹妹实情受不起，姐姐一定不肯饶恕，就拿带子勒死我罢。"宝林只当听不见，宝珠急了，痛哭道："爹呀，你那里去了，你这重担子，我也难担，你不如也带了我去罢。一点不是，姐姐非打即骂，他那里知道我的苦处。"宝林听到此话，不觉心内一酸，手就

---

① 符霖：《禽海石》，吴组缃、端木蕻良、时萌主编《中国近代文学大系·小说集六》，上海书店1991年版，第862页。

软了,将家法一掷,回身坐下,也就落下泪来。紫云扶起宝珠,仍然跪下,低着头只是哭泣,宝林用手帕拭了泪痕,勉强问道:"谁叫你不顾体面,以后还敢不敢?"宝林道:"真不敢了,如再有不是,姐姐打死妹子都不敢怨的。"

宝林因怕宝珠春心萌动后在外面和男子交往,闹出事儿来使整个家庭的声名受损,因此立即开始教训她。在这教训的过程中,宝珠唯有讨饶;教训之后,宝珠还要心悦诚服。在第十回中,宝珠去见舅妈李夫人,李夫人留她吃晚饭再走,宝珠担心回去会挨打,于是她们有了这样一段对话:

宝珠道:"回去迟了,姐姐要讲话的。"李夫人道:"不妨,有我呢。"宝珠道:"舅母一定留我,着人回去说一声。"李夫人笑道:"你胆子太小,怕他什么呢?他究竟怎样厉害?"宝珠笑道:"打得厉害。"李夫人道:"你今做了官,他还打你么?你可就不给他打。"宝珠道:"敢么?记得那天二更以后,到房里打我,把衣服脱了,单留个小裈子,拿藤条乱打,还要跪半会子呢。"

同样是在这一回中,宝珠吃完饭后赶紧回家,又见到了其弟弟松筠因犯错而被宝林处罚,"宝林俊眼圆睁,长眉倒竖,恶狠狠坐在中间,松筠一言不发,两泪交流,惨凄凄跪在地下"。不仅如此,小说中,宝珠的亲生母亲也都凡事做不得主,都需要和宝林商量甚至请她的示下。宝林所具有的无上权威,其实均因她是父亲角色的实际执行者,均因传统宗法体系的赋予。

对于父辈的威权地位,清末小说中也有不少人开始了反思与批判。《二十年目睹之怪现状》中,吴趼人既写了主人公九死一生一家,也写了其好友吴继之一家。九死一生的同族人仗着宗法制的淫威,在他父亲去世后,对他及其母亲百般欺诈、骚扰,可谓全无温情。吴继之虽然也没了父亲,但其家庭却和睦万分,继之夫人与继之母亲的关系非常融洽。在小说第二十六回中,继之夫人讲了好几个笑话,引得大家非常快乐。继之母亲问她为何那天如此快活,说:"难得今天这样,你只常常如此便好",表达了对她不再沉默寡言的期待。当继之夫人说:"这个只可偶一为之,

代老人家解个闷儿。若常常如此,不怕失了规矩么?"继之母亲发表了一大段颇为难得的议论:

> 你须知我最恨的是规矩。……处处立起规矩来,拘束得父子不成父子,婆媳不成婆媳,明明是自己一家人,却闹得同极生的生客一般,还有甚么乐处?你公公在时,也是这个脾气。继之小的时候,他从来不肯抱一抱,……等得继之长到了十二三岁,他却又摆起老子的架子来了,见了他总是正颜厉色的。我同他本来在那里说着笑着的,儿子来了,他登时就正其衣冠,尊其瞻视起来。同儿子说起话来,总是呼来喝去的,见一回教训一回。儿子见了他,就和一根木头似的,挺着腰站着,除了一个"是"字,没有回他老子的话。后来被我劝得他改了,一般的和儿子说说笑笑。……男子们只要在那大庭广众之中,不要越了规拒就是了。回到家来,仍然是这般,怎么叫做"父子有恩"呢?那父子的天性,不要叫这臭规矩磨灭尽了么?何况我们女子,婆媳、妯娌、姑嫂团在一处,第一件要紧的是和气,其次就要大家取乐了。有了大事,当了生客,难道也叫你们这般么?①(二十六回)

这段话之所以难得,是因为由此我们一方面可以看到继之母亲的明事理、继之母亲和继之父亲的良好夫妻关系;另一方面,我们可以发现,即便是像继之父亲这样的人,在传统儒家文化的熏染之下,其下意识的举动也是对自己的儿子兴起规矩、立起厚障壁来。而继之只能挺腰站着,回答"是"的结果,也正表明在那种文化之下,一般的孩子受到父亲威权的压制乃是一种必然。吴趼人在此的书写,和他紧接着所写的九死一生的姊姊所发表的婆媳不睦多半归咎于婆婆不对这个观点,一起透出了他对父权制下父子关系、婆媳关系的深层审思。

在《中国现在记》中,朱紫桂最痛恨西洋物事,这种痛恨情绪也影响到了他的儿子。其儿子小时候其实对世界充满了好奇,曾买了新出的《官商快览》回家,被朱紫桂发现了上面的外国月份与日子、外国旗子、

---

① 吴趼人:《二十年目睹之怪现状》,《吴趼人全集》第1卷,北方文艺出版社1998年版,第200页。

铁路章程、翻电报的号码,于是被狠狠打了一顿,又被罚在天井里跪着。"从此以后,我们这小孩子总算听我教训,这些东西连正眼都不望他一望。"①朱紫桂利用父亲的威权,成功压制了儿子对新世界的渴求欲望,教出了一个唯父命是从的儿子。所以在朱紫桂立了家规——绝对不准用包括电报在内的洋鬼子的东西——以后,朱紫桂的姨太太在家里病死,这朱少爷也不敢给他父亲打电报,而只有派老家人去送信给他。这朱紫桂惋惜自己没见着姨太太最后一面,却因儿子遵从自己的意志而感到欣慰,于是怡然自得。李伯元通过这样不无夸张的日常生活叙事,将对父子伦理的反思呈现得细腻而深刻,深刻地揭示了晚清中国社会腐败不堪,凡事裹足不前的深层原因的一个面相。

除了对父子关系进行反思之外,清末小说中有不少子辈开始萌生出反叛父辈权威的意识,尽管这种意识有的付诸行动,有的只是处于言说阶段。

李伯元的名作《文明小史》,"叙写了父亲权威在新派儿子们诸如姚世兄、刘守礼、余小琴、冲天炮等面前的空前危机,儿子们在父亲面前没有了传统伦理规约下应遵循的顺从与唯诺,而是以自由、平等等新潮理论对父亲的压制或规诫发起了攻击"②。小说第十七回写道,姚老夫子骂姚世兄不听他的话而到处乱走,罚他跪下,还要找板子来打他。姚世兄反叛地说:"我的脚长在我的身上,我要到那里去,就得到那里去。天地生人,既然生了两只脚给我,原是叫我自由的。"(第十七回)而在小说第五十六回所写余日本与余小琴之间的冲突,更为精彩:

  余日本就力劝小琴暂时不必出去,等养了辫子,改了服饰,再去拜客。余小琴是何等脾气,听了这番话,如何忍耐得?他便指着他老子脸,啐了一口道:"你近来如何越弄越顽固,越学越野蛮了?这是文明气象,你都不知道么?"余日本气得手脚冰冷,连说:"反了!反了!你拿这种样子对付我,不是你做我的儿子,是我做你的儿子了。"余小琴冷笑道:"论起名分来,我和你是父子。论起权限来,我和你是平等。你知道英国的风俗么?人家儿子,只要过了二十一

---

① 李伯元:《中国现在记》第三回,《中国近代小说大系:中国现在记 海天鸿雪记 活地狱》,江西人民出版社1989年版。

② 赵华:《清末十年小说与伦理》,博士学位论文,曲阜师范大学,2011年。

岁,父母就得听他自己作主了。我现在已经二十四岁了,你还能够把强硬手段压制我吗?"余日本更是生气。太太们上来把余小琴劝了出去,余小琴临走的时候,还跺着脚咬牙切齿的说道:"家庭之间,总要实行革命主义才好。"(第五十六回)

《未来世界》中的儿子郭殿光可以说出"你老人家教训儿子教训得不在道理,自然做儿子的也就不服管束了",《惨世界》中的男德受父训后想的是:"哎!我的父亲,这样顽固……凡人做事都要按着天理做去,却不问他是老子不是老子。"(第八回)随后他离家出走,走上了革命道路。在《精卫石》中,女性冲出家庭后才获得了自由。这些类似的叛逆书写,在清末小说中所在多有。

不仅如此,晚清小说中还有许多异化了的父子关系书写,比如父不慈,不能获得儿子的尊重,因此儿子不像儿子,觊觎父亲的钱财、地位甚至其拥有的女性。茧叟所著《瞎骗奇闻》第一回回目为"负螟蛉中年得子 谈理数信口开河"。《诗经·小雅·小宛》中说"螟蛉有子,蜾蠃负之",可知螟蛉之子为义子、干儿子,非他所生的儿子。而且,从实际情况来看,一旦蜾蠃所下的卵孵化,长大,就要吃掉螟蛉,作为食物。小说中的赵泽长不顾自己行年五十,自己妻子也快五十的实际状况,坚持想要儿子,算命的周瞎子一通胡说,满足了他的心理。后来他百般努力而不能得子,试图娶二房,此说激发了其妻子的酸风。后来这奶奶想了办法,假装怀孕,而悄悄从外面抱养了一个孩子。周瞎子一通乱说,说这孩子的命极好,一定会功名显达,十六岁便可进学,二十岁以里,就能中进士,拉翰林,后来可以官居极品,禄享万钟。这让赵泽长非常溺爱这孩子桂森,其妻子更是百般护着他,溺爱他,并且因桂森要大富大贵而顿感自己也身价倍增,使得赵泽长想要管教这孩子时已无办法。等到桂森长大,想尽各种法子败家,从早期的摔碗到后来的赌博、嫖娼、卖掉产业等。赵泽长追悔莫及,当他最终已猜到这孩子是卖豆腐的闵老二的孩子而非亲生,其命也不可能大富大贵反而是败家之相时,气得一命呜呼。赵泽长的福"泽",因为有了螟蛉子而变得不再"长"。但他的所有悲剧,也是因为他一心想生儿子,具有传宗接代的情结。父亲有了义子,只知一味宠着养,而不知正确地教育,导致孩子性格、习惯极坏,为所欲为。这其实已不慈。而这儿子本是干儿子,在这样的环境下长大，自然也就狼虎野心，不感恩，不上进，也不会有孝敬之心。在清末小说中，这种因溺爱而导致子辈不孝的例子很多，其情节模式一般是父辈希望得到儿子—终于得子—父亲（或母亲或父母双方）溺爱—子道德沦丧—父子冲突—悲剧结局。在描写父子冲突以至产生悲剧的过程中，家庭教育的不当成为主因。在那些因孩子非亲生而被虐待的家庭悲剧中，一般来说，就有其亲生孩子因被溺爱而走向堕落的情节。矢辛的短篇小说《门外冷得很》堪为代表：赵树声的续弦虐待前妻的儿子伯平而纵容自己的儿子叔良。树声想管而不能，欲休妻而不忍，最终叔良堕落，伯平争气。

在晚清反映官场的诸多小说中，丁忧常常是一个重要的推动情节发展、用以刻画人物卑鄙阴暗心理的事件，而描述的主体趋势，是为官者并不真心替自己父母的死亡而悲伤，往往借此敛财，或因担心自己官位不保而忧心忡忡，开始各种贿赂、各种钻营。吴趼人的《糊涂世界》第一回回目即为"移孝作忠伦常大变　量才器使皇路飞腾"，从湖南官场上的三个红人任承仁、俞洪宝、李才雄写起：任承仁向俞洪宝抱怨其过继的娘在他公馆里常闹脾气，他觉得有点受不住，后经俞洪宝提醒才改变想法；李才雄丁忧，却不愿意回去守丧三年，除脱了肥差。在任承仁、俞洪宝的帮助下，李才雄通过贿赂上司保住了职位，连任了土药局的差事。显然，在李才雄这里，仕途才是最重要的，仕途背后的钱财才是最重要的，孝道已不在他的考虑范围之内。循着李才雄成功的例子，候补通判伍琼芳如法炮制，靠贿赂被委了牙厘局银库兼收支。为在官场如鱼得水，伍琼芳挥金如土，百般迎合官场中人，对其母、其妻却异常吝啬。其夫人却甚有孝心，典当了自己的衣服，将婆婆接到身边服侍。后其母病，伍琼芳却想得到孝子之名，于是假装割股疗亲，实际上用猪肉给夫人熬成了药，害死了母亲。随后，其妻子亦死，伍琼芳为了攀爬于官场，在其妻子丧后第三天就决定娶黎观察的女儿为妻。不料这黎小姐不仅奇丑无比，还心肠歹毒，把伍琼芳的四个孩子很快就害死了两个。在第十一回中，刚以卑鄙方式得到了巴县知县肥缺的黄伯旦接到一封电报，告知他父亲已去世。照例他就应该回去奔丧守制，这样他所有的仕途都完蛋了。此时他心里首先感觉到不甘，因为他为弄这个肥缺而费尽了心机，而今马上要捞到报酬了，却不得不因为奔丧而让他人来坐享渔翁之利；随后，他想假装不知道有这丧事，但又知道电报的事局里一定有底子，若此事被说了出去，传到上司耳朵里，他就落了个匿丧不报的罪名；再次，他开始批驳中国的传统礼制，认为这些所谓的礼，给后人牵制太多了；最后，他甚至埋怨说自己的父亲不见机，单等他刚刚要飞黄腾达时才死，简直是害了他，他甚至认为自己的父亲不像浙江候补知府某人那样体贴自己的儿子：

> 我这位老太爷真不晓得怎样不见机，早不死晚不死，单等我得法才死，可真是受他的害不浅。我记得从前浙江有一位候补知府某人，他见他儿子飞黄腾达的起来，就想到自己百年之后，儿子要丁忧的，又想不出法子来，后来到底改为承继出去，虽说是本生也要丁忧，到底只一年了，这才是能体贴儿子的好老子。①

随后，他"茶饭不曾沾唇，应不是伤痛他老子，就是为着这颗印要交出去，把他放在面前对着他淌眼泪，无奈邓寿是时一刻不能耽误，只得狠一狠心，含着一包眼泪，交了出去。又退到房里去哭了一场，他衙门里人还当是哭他老子呢"②。很明显，这样的人对于传统礼制的评价，对于自己父亲辞世的责怪，都已经体现了一种变味的父子关系来。

亲生的父子关系尚如此，为了利益而建构的父子关系更是龌龊不堪，体现了晚清社会伦常最不堪的一面。《糊涂世界》的第七回，写到剃头匠施子顺因为有一手剃头的手艺，一直跟着抚台，因而常常仗势欺人，欺上瞒下，干些罪恶勾当。因他喜欢赌博，一日在其邻居宋媒婆家开赌，施子顺因输钱而不快，其他人为了巴结于他，只好诈输，唯有候补知县马廉因要顾本而不配合，后来发生争执，马廉"一股恶气也按捺不住，站起来就走。""施子顺看见他并不赔话，又不把钱赔出来，格外气得不得了。"于是想择日给马廉气受，并且想毁掉他。不料马廉却是宋媒婆的干儿子，宋媒婆本想劝施子顺，不料未成功，于是这宋媒婆立即去抚台太太处做了手脚，而且为抚台另外找到了一个剃头手艺更为高超的人，使得抚台不再留他，给了他盘缠，让他走人。而马廉"知道宋媒婆替他争了这口气，心中大乐，从此以后益发亲近，问安祝膳，虽说是干儿子，就是亲儿子能

---

① 吴趼人：《糊涂世界》第十一回，《吴趼人全集》第3卷，北方文艺出版社1998年版。
② 吴趼人：《糊涂世界》第十一回，《吴趼人全集》第3卷，北方文艺出版社1998年版。

够如此也就可以算做孝子了。"①

除了种种异化的父子关系,晚清小说中也颇为流行书写弑父。

《邻女语》第十二回较为真实地反映了历史上徐桐被其儿子徐承煜逼死的事件。徐承煜用的方法,是说自己死了徐家就绝后;父亲死了,"留了我这些小辈,与你老人家承宗接嗣,你老人家日后又做了一个殉国忠臣,岂不是两全其美!"活生生逼着徐桐上吊自尽了。此时,"徐承煜大喜,忙叫着人到处报丧,一面赶办后事。"哪会有丝毫的悲伤?!《新上海》第四十一回写到曹煦春割股治疗父亲之疾,乃是假孝。不仅如此,由于他将买来的猪肉代替自己的肉,炖来给父亲喝了,使得本就患了气极痰火症的父亲一命呜呼;他之所以要休掉妻子,表面上是因为妻子忤逆了庶母,其实乃是因为他和庶母一直有奸情,被妻子知道后不满,于是他才想到这样歹毒的计谋。曹煦春杀掉父亲而与其小妾苟合,生下孽子,这样的弑父行为让人心惊。然而,曹煦春之父的遭遇绝非偶然,《二十年目睹之怪现状》中的苟才亦是类似的例子。苟才本就是一个"狗"奴"才",为了自己升官发财,甚至跪着劝自己刚刚守寡的儿媳妇去为上司总督当姨太太。而他的儿子苟龙光,"青出于蓝而胜于蓝",因怨恨苟才不给自己纳妾,买通一个江湖医生,在他生病后,采用"寒热兼施,攻补并进"的用药方法,很快就将父亲逼死了,从此开始了为所欲为的日子,且早就与其父亲的六姨太私通。

漱六山房(张春帆)著的《九尾龟》,乃是意在警醒世人的一部长篇,一共十二集一百九十二回,1906年刊第一、二集,1907年刊第三至五集,1908年刊第六集,1909年刊第七至八集,1910年刊第九至十二集。该小说以江南应天府名士章秋谷为线索,依其经历串联起广阔的政界、商界、嫖界等的社会画面,千奇百怪的社会怪现状。其中有不少涉及异化的父子关系。比如,沈仲思盗其父洋钱,变卖家产,在上海嫖妓,其父亲欲杀之,沈仲思诈死以骗其父。康已生在内书房和二儿媳动手动脚,而其二儿子康少已,因见其父垂涎自己的妻子而大为生气,便反过来勾引后母五姨太。这康已生有五个姨太太、两个姑太太、两个少奶奶,一共9个,每个人都丑事不断。人们遂将康已生称为"九尾龟"。

题为"睡狮新著"的《真本隔帘花影》(1911)一名"闺秘电话",

---

① 吴趼人:《糊涂世界》第七回,《吴趼人全集》第3卷,北方文艺出版社1998年版。

写的是上海的秘闻奇事，而以小说家新茹贯穿其间。小说一共讲的13个故事中，就有三个故事涉及乱伦：第五个故事中，十六七岁的女孩子阿笋和继母同姘一人，一起私奔，做了那人的一大一小。后来阿笋被祖父找到，她竟反诬告祖父与她纠缠不休，她才出走；第八个故事中，富翁杨某与儿子阿狗同姘一个苏州倌人金小宝，为此争风吃醋，阿狗偷了老子的钱为小宝赎身，一起出奔；第十二个故事中，破落子弟萧璧勾搭上老鸨，被认作干儿子，不料老鸨的女儿也爱上了萧璧，母女俩争风吃醋。这些秘闻奇事，虽不一定真实，但毕竟曲折地反映了道德沦丧的社会状况。"清末小说中的'非孝'行为不仅表现在对父亲的放逐，还表现在儿子对父亲染指的女人（妾或妓）大胆侵犯。"① 这种乱伦的现象，大量出现于晚清，充分显示了父子伦理早已崩坍的事实。《恨海》第八回写到张棣华在其母病重时割股疗亲，她内心祷告说："我今日为母病起见，说不得犯一次不孝，以起母病。"此时有一个眉批，说："割股虽愚，然不得不谓之孝矣；而曰'犯不孝'，吾恐今之不孝者，辄以孝子自居也。一笑。"由此可以看出，晚清社会中很多不孝子，却以孝的名义在进行着非孝的行为，道德沦丧的严重性由此可见一斑。"无论是弑父或不伦之性行为，都是对传统父子伦理中孝道的背离甚至是一种极端的叛逆姿态。而围剿、挑衅行为实施的客体——父亲，在小说中以卑劣的人格、丑化的人物形象出现，又使小说的伦理批判指向了对道义放逐的父亲。基于此，子辈的非孝又是对传统孝道不对等规约的积极审视与反思"②，因而具有一定的积极意义。

第二节 父辈的重审与慈爱的父辈书写

一 父慈子孝图景的有意建构

父辈与子辈的关系问题，始终是晚清民初小说关注的重要部分。这其中，除了上节所云对专制之父的批评甚至亵渎，从而部分颠覆了传统的父为子纲伦理之外，对父辈的审视中，严厉的父辈的退场与慈爱的父辈的登场也是不容忽视的部分。慈爱的父辈在小说中纷纷登场，当然有小说家们

---

① 赵华：《清末十年小说与伦理》，博士学位论文，曲阜师范大学，2011年。
② 赵华：《清末十年小说与伦理》，博士学位论文，曲阜师范大学，2011年。

无意为之的成分，但也未尝没有有意提倡者的努力。

在写情小说发展史上至为重要的小说家吴趼人，一方面自己创作小说以针砭社会，另一方面则通过评点和编辑他人作品以拯救世俗。就后者而言，从《吴趼人全集》第9卷可知，吴趼人曾为周桂笙所译的《毒舌圈》《新庵译屑》添加评点。在一定意义上，这些评语和译文之间形成了一种相互补充、相互对话的关系。更值得注意的是，由于吴趼人与周桂笙的朋友之谊，吴趼人可以将自己的意见提供给周桂笙，让他改变译文的面貌，甚至直接将自己的创作文字插入译文之中，形成了饶有意味的新文本。比如《毒舌圈》第九回末尾，吴趼人就写了这样一段评语：

> 后半回妙儿思念瑞福一段文字，为原著所无。偶以为上文写瑞福处处牵念女儿，如此之殷且挚；此处若不略写妙儿之思念父亲，则以"慈孝"两字相衡，未免似有缺点。且近时专主破坏秩序，讲"家庭革命"者，日渐其众，此等伦常之蟊贼，不可以不有以纠正之，特商于译者，插入此段。虽然，原著虽缺此点，而在妙儿当夜，吾知其断不缺此思想也，故虽杜撰，亦非蛇足。①

吴趼人因不满于家庭革命者的非孝主张，而力求宣扬子之孝，为此不惜改动原文，硬生生插入妙儿当晚等候父亲过程中为"不孝"而自责的诸多心理活动，而且根本不认为自己的杜撰乃是徒添蛇足。这种意图，与他在所添加的文字中所作的四则眉批相配合，更为鲜明地表达了他反对家庭革命、呼吁父慈子孝的思想。四则眉批中的第一则内容为："为人子女，不当作如是想耶？今之破坏秩序，动讲'家庭革命'之人听者。"对应的是妙儿甚怪自己没能设法不让父亲出门去喝酒，没能让父亲少喝酒，因而自责为不孝。而在她希望父亲喝醉了能有妥当的地方睡觉，呼吁他早点回来就算疼了女儿等心理活动时，吴趼人的眉批内容是："如闻其声，如见其心。"在"他成夜的翻来覆去，只是这么想，也就同他父亲瑞福在路上没有一处不想着他的一般"之后，他批道："此之谓父慈子孝。"所有这些，都明白无误地宣扬了吴趼人在父子伦理遭遇崩坍时的思想观念。这些与他在其他回目中对自由的批评、对孝女孝行的赞扬、对父慈子孝状

---

① 吴趼人评语，《吴趼人全集》第9卷，北方文艺出版社1998年版，第61页。

态的欣悦①一起，成为彰显其主观观念的重要部分。

吴趼人这种通过写作评语来提倡父慈子孝的努力，在清末绝非特例。比如，君木的短篇小说《一饭难》，写一个已为人父的秀才虐待其乞丐父亲，不准其吃饭，将剩下的饭给狗吃。在该文之末，作者添加了这样一段话：

> 本居士曰：此吾慈谿事。篇中所摹写，皆实状，无虚构者。慈谿以孝乡称，不幸学界中产此枭獍！吾草此篇，吾心滋痛。②

同样，君木通过文末加注的方式，表达了自己对不孝子的批判，对传统孝道不彰的忧虑。显然，清末时期，因为不孝子的大量出现，一批忧心忡忡的知识分子试图对此趋向进行反拨，试图营造一种新的"父慈"与"子孝"图景。周瘦鹃的小说《噫之尾声》，写自己生病过程中母亲的操心劳神，由此，他在文中讲述了一个富家子、一个穷人家的不孝子的故事，并劝其他年轻人都做孝子。③

到了民初，仍有一批知识分子坚持书写孝子的故事，试图唤醒读者对父慈子孝图景的重新向往。比如，1918年民哀创作的《刲臂记》讲述孝子蒋长庚因父病重刲臂肉以疗父病、因父死而"誓欲身殉"的故事，以风当世。④ 同样是在1918年，天愤《母》中的阿福一定要找到父母之后才奉命成婚。⑤ 而在1919年，碧梧《乌哺语》中的小孩宝儿听见屋外乌鸦叫想去捅乌鸦窝，其母告诉他应孝顺的道理，并讲解了孝顺的含义："第一自己要学好；第二要顺从父母的意思，不能违拗。第三当父母活着

---

① 《毒舌圈》第十回中，译文有这样的句子："自从失明之后，事事不离妙儿，要他不离左右的伏侍，他心里着实说不出的难过。所以连日竭力挣扎，要自己摸索，并叫妙儿照常的到外头去耍乐，不必左右不离，恐怕夭了太多伤感。妙儿那里肯听，他说这是做女儿的本分，就是捐弃了一切的快乐，也是应该的，就是婚姻一节，他也毫不在意了。"吴趼人的眉批是"可谓慈孝交尽"。《吴趼人全集》第9卷，北方文艺出版社1998年版，第64—65页。
② 君木：《一饭难》，《民权素》第8集，1915年7月15日。
③ 瘦鹃：《噫之尾声》，《礼拜六》第67期，1915年9月11日。
④ 《小说新报》第4年第3期，1918年3月。
⑤ 《小说季报》第1集，1918年7月。

的时候，要尽力供养。"① 剑山的《易孝子》中，易竹笙因寡母不守妇道，与阮生相好而恨之，因无后不孝之念而忍气吞声至成婚，至妻子贞姑怀孕。后杀阮生，自首，不玷污母亲清白，揽过错于己身。后其鬼魂都坚持这么做。在这过程中，孝道是决定易竹笙行为的关键，为了保全父亲对母亲的占有权，他不管不顾母亲的想法，而以手刃阮生为志。其妻子贞姑，在听闻他要去寻仇后没有阻拦，且说："苟不幸而不得生还者，则妾亦知自爱，决不堕节以辱夫子。"后来，她"泣送之门。竹笙无所依恋，绝不回顾。惟贞姑则倚门直立，见竹笙之影，冉冉入绿荫中去"②。该文发表于1918年，可见当时的部分知识分子们眼里看到的仍只是孝，想到的仍只是子对父无条件的孝，眼里没有对女性的个体生命的尊重，而妇女本身亦没有生命的自觉。有意味的是，从文末可见，易竹笙的事情发生在康熙年间。剑山的《文孝子》以诸多事例写文大光之孝，而将其所有的经历最终都归咎于"纯孝所至也"③。那亚《孤雏魂》中，一少年在其母逝后痛苦地回忆起过往，最终追随其母而去。④ 铁冷的《誓见母而后已》中，女子赵姝是"阀阅名媛，久以词翰驰誉乡里"，其母病逝后，她先是试图饮福寿膏以自尽，被其兄夺去，后终于找到机会悬梁自尽，追随其母而去⑤。到了1921年，周瘦鹃还在小说《父子》中，为严加管教自己儿子的父亲张目。这父亲说："当着这高唱非孝的时代，老子早已退处无权，照理该向儿子尽尽孝道才是，哪里还说得到一个打字？然而我那孩子却服服帖帖的，甚么都甘心忍受，并没一句怨我的话。他的同学们见他给我管束住了，不能伴他们玩去，便暗暗撺掇我孩子快起家庭革命，宣告独立，和我脱离关系。"⑥ 在《改过》中，父亲陈菊如在儿子松孙偷了银行五千块钱后非要把他赶出家门，训斥他说："你非走不可。宁可使你去提倡非

---

① 《小说新报》第5年第2期，1919年2月，于润琦主编《清末民初小说书系·伦理卷》，中国文联出版公司1997年版，第403页。
② 剑山：《易孝子》，《小说新报》第4年第1期，1918年1月。
③ 剑山：《文孝子》，《小说新报》第3年第6期，1917年6月。
④ 《小说名画大观》1916年，于润琦主编《清末民初小说书系·伦理卷》，中国文联出版公司1997年版，第227—228页。
⑤ 《小说丛报》第18期，1916年1月。
⑥ 周瘦鹃：《父子》，《礼拜六》第110期，1921年5月21日，《周瘦鹃文集》（上），文汇出版社2015年版，第266页。

孝主义，赶回来一手枪打死我，我的家教是不能变动的。"① 然而，正是其严格管教，松孙才改过自新，成为有用之才。类似这样的提倡父慈子孝的小说，其复杂的伦理意蕴，值得我们加以深入探究。

二 慈爱的父辈群像

这一阶段小说书写中慈爱的父辈形象——父亲、公公、岳父、舅舅甚至叔叔等男性长辈，母亲、婆婆、岳母、姨娘等女性长辈，有别于传统"父为子纲"占据绝对统治地位时代的父辈们，而且，这些父辈们的选择，由于亦处于动荡时局中，因而也具有一些有别于此前的思想内蕴，有着更为复杂的甚至矛盾的因子。

《恨海》围绕着三家人来写作：本在京城做官的陈戟临一家，陈戟临的中表亲戚、也在京城做官的王乐天一家，以及来自广东香山而在京城经商的张鹤亭一家。陈戟临与其夫人及儿子陈伯和、陈仲蔼的关系甚好，张鹤亭与其夫人和女儿张棣华的关系甚好，王乐天与其夫人和女儿王娟娟的关系也甚好。小说对陈家、张家的父子辈之间的关系有较多描写。比如，当陈戟临央了媒人去给陈伯和、张棣华，以及陈仲蔼、王娟娟做媒时，"王乐天一口便答应了，把女儿娟娟许与仲蔼。张鹤亭听了，却与妻子白氏商量。"张鹤亭之所以不当面表态，意在向夫人了解伯和的人品、资质以及两人是否和气，说："彼此向来不相识的倒也罢了，此刻他们天天在一处的，倘使他们向来有点不睦，强他们做了夫妻，知道这一生一世怎样呢？""这回同白氏商量，一则是看白氏心意如何，二则自己只有一个女儿，也是慎重他的终身大事之意。其实他心中早有七分应允的了。"（第一回）可见，他对于自己女儿的婚姻大事是慎重的，有考量的。《恨海》第一回中即通过陈戟临之口，述及张鹤亭的特点："是买卖人，一点也不脱略，那一副板板的广东习气，还不肯脱"，而他在答应了陈家婚事后，就另外赁了房子搬出去住，可见他是一个重礼之人。到庚子之乱后，陈伯和因暴得横财后堕落为嫖娼、吸鸦片之人。张鹤亭听闻之后大怒，但还是决定打发人去找他："且叫他在家里住下，先叫他把鸦片烟戒了再说。"（第九回）后来张鹤亭听从了棣华的话，答应请医生来帮伯和戒烟并调理

---

① 周瘦鹃：《改过》，《礼拜六》第 117 期，1921 年 7 月 9 日。按小说中的时间推算起来，陈菊如这话大约说于 1915 年间，因松孙离家在外待了五年，又去参加了战争。

身子,"棣华暗想:父亲到底疼惜女儿,方才那等大怒,此刻他来了,便一点气也没了。我说的话,千依百顺,不知我棣华何等福气,投了这等父母!但不知终我之身,如何报答罢了"。再后来,陈伯和恶习难改,不愿意待在家里戒烟,溜出去继续吃喝玩乐,且将张鹤亭的宣德炉拿去当了用钱,张鹤亭再派人去找,"只得付之一叹,又苦苦的劝了一番"。后来三番五次如此。当觉得伯和可能劝不回转时,他说:"劝得转来便好,劝不转来,便是我误了你的终身了!"在第九回,张鹤亭爱女心切,自责早年轻易许诺,误了女儿终身。"我这般一个贤惠女儿,可惜错配了这个混账东西!总是当日自己轻于然诺所致。看了这件事,这早订婚姻是干不得的!"到了伯和病重,张鹤亭极力照顾;伯和身故,张鹤亭负责安葬。而在看到棣华削掉头发后,他说:"女儿!你这是何苦?我虽是生意中人,却不是那一种混账行子,不明道理的。你要守,难道我不许你?你何苦竟不商量,便先把头发绞了下来呢!"(第十回)在万般无奈下,为棣华联系了虹口报德庵,允其出家,但自此"终日长吁短叹,闷闷不乐。"由此可见,小说家通过描绘张鹤亭在为女择婿、帮女教婿、不愿女儿出家、女儿出家后自己痛苦等的表现,塑造了一个慈爱的商人父亲形象。同样是在《恨海》中,京官陈戟临听闻庚子之乱起,迫于自己的身份而不能离开京城避乱,他极力劝两个儿子陪着夫人、亲家母去避难,而全然没有让孩子在艰难时势中陪同自己的父权观念。最终,他实在拗不过仲蔼和夫人,才让他们留下。他对于儿子仲蔼和伯和的爱,显然是浓烈的。

符霖的小说《禽海石》中,秦如华和顾纫芬两情相洽。顾纫芬想让秦如华家早点去提亲,然而秦如华心想:自己"年纪甚轻,勾不上交结我父亲一辈的朋友。就算我勾得上,我那里就可以自行启齿把这事托他,教他来做这冰上人呢?"后来好不容易通过陆伯寅找到管葛如,最终才让陆伯寅的父亲陆晓沧去跟秦如华的父亲谈他的婚事问题。最初秦如华的父亲因为"同居须得避嫌,不便结秦晋之好"而不同意,秦如华由此大病一场,其父这才勉强同意。但到后来,秦如华和顾纫芬想早日成婚,却又被秦如华的父亲以"年纪太轻,早婚必斫丧元阳,不能永寿"的理由,认定了十七岁之后才能成婚。没想到恰遇庚子事变,而顾纫芬的父亲又对形势判断失误,坚持留在北京,最终两人阴阳两隔,成为悲剧。但在秦如华父亲出钱、赶去帮助料理纫芬的丧事,累了一天之后,"见我悲伤劳倦了一天,教我权且养息,他自己又翻身走出栈房,去见纫芬的母亲,送了些资斧把他,劝他勿过悲伤,又替他筹划回家的方法,代他发信与京外各处的同寅同乡",秦如华因此感叹道:"我父亲因为爱我的原故,爱及纫芬,并惠及纫芬的母亲,真所谓父母爱子之心,无所不至。此恩此德,我就粉骨碎身,也难图报。"文章末尾,"我"(秦如华)说:

> 我不怪我的父亲,我也不怪拳匪,我总说是孟夫子害我的。倘然没有孟夫子那"父母之命,媒妁之言"的老话,我早已与纫芬自由结婚,任从拳匪大乱,我与纫芬尽管携手回南,此时仍可与纫芬围炉把酒,仍可与纫芬步月看花,并可与纫芬彻夜温存,终朝偎依,领略那温柔乡中的滋味,初不至使我用尽心思,历尽苦楚,阅尽烦恼,受尽凄凉的了。到如今,只落得孤馆寒灯,愁增病剧,一身如寄,万年俱灰,不但害我父亲忧愁悲苦,还要害了那毕家的小姐,为我担了个虚名。我甚望我中国以后更定婚制,许人自由,免得那枉死城中添了百千万亿的愁魂怨魄,那就是不可思议、不可称量的功德。①

他原谅了他的父亲,也不怨动荡的时势,而只将原因归结于孟子几千年前的言论。显然,将罪因归于遥远的孟子以及其主张在社会上的思想留存,比割舍父子之情更容易,也更安全。

颐琐《黄绣球》中的黄通理,是主人公黄绣球的丈夫。小说虽意在凸显黄绣球这位从事妇女解放活动的女英雄,然而毫无疑问,她的解放意识的产生,解放行为的发生,以及解放效果的保证,都与黄通理这个"通理"之人密切相关。具有维新思想的黄通理,在与长子黄钟、次子黄权相处时已经褪去了传统父亲面对孩子时的严酷,不仅和儿子们在书房一起玩耍,教他们认地图,还和儿子们共同读书谈论、研究新知识与新学问。在小说第一回中,黄通理就家里的房子是否维修问题遍问同族人,而得不到满意答复,随之他以引导的方式和两个儿子讨论,征求他们的意见,赞赏小儿子关于应看房子大势的观点,显示出他和儿子之间平等的新型关系。在第七回中,黄通理与黄绣球及两个儿子讨论《孟子》讲义中的"不愆不忘"之含义,但小说并不是让黄通理自己讲完,而是利用黄

---

① 符霖:《禽海石》,吴组缃、端木蕻良、时萌主编《中国近代文学大系·小说集六》,上海书店1991年版,第923页。

绣球提问，大儿子来根据朱注作初步讲解，黄通理再做阐发，以表明他对"不愆不忘"的新解。又通过小儿子的发言，将黄通理对"不愆""不忘"的顺序为何做如此理解进行了新阐释，并且表达了"不可拘文牵义，泥煞章句"的主张。他说："不要说朱夫子，便连孔夫子岂能信得？"他又推崇"以怀疑为宗旨"的笛卡儿，说"法国从前有一位文明始祖，名叫笛卡儿"，等等，所有这些，都体现出黄通理反叛传统、顺势而为的观念，塑造了黄通理的开明形象。这开明，也体现在他小儿子提出辩论性问题后，黄通理所言的"你这孩子，又来驳我了"一句中：对于小儿子的辩难，黄通理没有责骂，而是有理有据地说出自己的观点，而他言辞中的"又""驳"他则表明，在这个家庭里，儿子勇于不断提出自己的新解，甚至是驳斥父亲的观点，已是寻常事。显然，这种平等的父子关系的建构，也体现了父亲黄通理的开通。

《娘子军》中的赵爱云，从小便最喜欢读书，女工针黹虽也件件俱能，般般都会，但却不喜欢去弄它。所以，每日里只是捧着几本书卷，废寝忘食地纵览。不要说中国的经史子集被她看了不少，就是近来新译出的西书西报也是看得堆满案头，抛残枕畔的了。并且，她看到新学书籍的时候，觉得精神焕发，闭目点头，爱不忍释。她的父母特别宠爱她，对她喜欢看新学书籍这一点也并不认为不妥："她父母只因单生她一个女儿，所以钟爱异常。虽然她父亲的宗旨是不喜欢新学的，然为了爱女情切，倒也不忍过拂她的意思。有时虽要想禁她不看新书，然转念一忖，好在她一人在家独学，横竖不是去进学堂，大约也无甚害处的。所以，仍旧任她去自由纵览，不再过问。"① 但相对而言，其母亲更爱她，尊重她的意愿。在小说第一回中，她说自己曾就进学堂求学问题征求过家母的意见，"家母心中倒还可以，怎奈家父的宗旨是素来不喜欢新学的，虽经过母亲几次劝谏，他终不答应"。因此她无计可施。赵爱云成婚后几个月，其父亲赵迂忽然染了时疫，随之病逝，随后其母亲亦得了这病，跟着就去世了。她虽悲痛，但却也得着了解放，就趁机要求去进学堂，得到了婆婆尤其是公公的首肯，这才成功。到了其公公因病去世，赵爱云的命运更是发生转折：其丈夫李固齐命令她回家，不准她继续去担任国文教员，她的老师和女界

---

① 佚名：《娘子军》，《中国近代孤本小说精品大系》，内蒙古人民出版社1998年版，第457页。

朋友最初打算去讨伐她丈夫，后来其老师决计让她将李固齐请到学堂，慢慢劝慰，让他回心转意，从此也进学堂，也做教员，从此，赵爱云和丈夫的关系得到了根本改善。在这部小说中，赵爱云的命运与其亲生父亲和公公的关系至为密切：生父的命令让她走进了与李固齐的婚姻，父亲的去世让她有机会摆脱牢笼进入学堂，公公的去世让她有机会改变丈夫的观念，从而实现了鱼水和谐。

在此期的小说中，描写父慈的小说甚多，延及母慈的也不少。

叶圣陶的《穷愁》一文，写阿松穷困潦倒，每日靠卖饼挣来的微薄收入，换来食物以养母亲。后却被人误为赌徒，逮捕起来，罚其做苦力两月。在听闻缴纳罚金两个银元即可释放后，这老母亲踌躇良久，终于返回其床头，摸出她珍藏的蓝绸袄，请熟识的一个老妪去替她典卖。这蓝绸袄是她的丈夫生前和她一起制作的，意在两人百年之后再穿。在她辛苦抚养阿松长大的时光里，他家的货物全都典当光了，只留着这衣，"弗欲违我夫遗意也"。但在这时，她宁愿拿出去换得两个银元，以赎出阿松，"他日即弗能赎，吾宁拥败絮入棺，吾儿之厄则弗可不解"①。阿松之母之所以踌躇良久才做出这一决定，正因为其艰难：在中国历来的观念中，死后事是尤为重要的，更何况那寿衣是阿松之母与其父之间最重要的盟约。但她对阿松之爱，促使她下定了最后的决心，即便裹着败絮入棺，也要解除儿子的苦难。这是多么伟大的母爱！剑秋的《慈母泪》中，从母亲祭奠儿子时的祭祀文角度写作，颇动人情。尤其写到其子十六岁上病死后，母亲思之欲狂，后千方百计谋得某姓女为鬼妻，为他们隆重举行了婚礼，且为他们专门聘了两个婢女，专司叠被铺床之事。② 半侬的《一小时之自由》，写一未成年的男孩在被行刑之前，要求看自己病重的母亲，得到允许。后被免刑。③《恨海》中，张鹤亭的夫人白氏也是一个慈爱之人。在她与伯和、棣华逃难的过程中，她见伯和棣华相互体谅，然而两人都谨守着传统的伦理道德，不愿意在一个土炕上休息，她就反复申明现在在逃难，不必拘礼，他们还是不能完全放开。当她、棣华与伯和走散后，她让棣华去用伯和的铺盖，极力劝告她。在明知自己即将病逝之际，白氏极力劝告女儿，不让她跟着辞世，说："我儿，切不可如此！我虽不得好，须

---

① 叶匋：《穷愁》，《礼拜六》第7期，1914年7月18日。
② 《礼拜六》第74、75期，1915年10月30日、1915年11月6日。
③ 《中华学生界》第1卷第6期，1915年6月25日。

知你还有夫妻、翁姑、丈夫,必要自己保重,才是孝女。不然,我就做鬼也不安了。"在这儿,她用"孝女"的名头稳住了棣华,免其轻生。《情变》中阿男的母亲四娘对她百般珍爱。她最初想让阿男与他的内侄余小棠结婚,以便亲上加亲,且可以时常往来(第二回),待到后来她知道阿男所中意的是秦白凤之后,也就转变了观念,转而帮助她。《劫余灰》中的陈耕伯本是庶出,但他得到了父亲的正室李氏的爱,得以长大成人,"李氏,爱同己出,雇了奶娘,鞠育抚养,尽心尽力,方得长大成人。生得身躯雄伟,性质聪明"(第一回)。到了耕伯十六岁时参加科考,显考、府考都考在一圈前十名。陈耕伯的母亲李氏"欢喜得笑啼并作,嘴里是嘻嘻的笑,眼里的泪珠儿,却扑簌簌落个不止,又连声念佛,又叫人到姨娘神主前烧一炉香,告诉他儿子快要进学了,可怜他没福,看不见了"(第一回)。后又张罗着给耕伯定下朱家婉贞的亲事。等到得知儿子不见了,她"犹如天雷击顶一般。但觉得轰的一声,耳也聋了,眼也花了。眼前看见黑魆魆的一大块黑影,黑影当中火星乱迸。一霎时间,天旋地转,头重脚轻,不因不由把双脚一蹬,便扑通一声,连坐的交椅一并仰翻在地"(第三回)。

除了亲生父母亲之外,善解人意的公公婆婆形象,在此期小说中也所在多有。

《娘子军》中赵爱云的婆婆,听到爱云想进学堂的缘由后,即向她丈夫陈述,得到了应允,从而帮助爱云圆了想进学堂的梦。《兰花梦》中宝珠的婆婆更是将她当成了心肝宝贝,不惜辱骂儿子和丈夫,都要保护贤德的媳妇。宝林的公公是其舅舅李荣书。"李公最爱这个媳妇,而且从小闹惯的",于是有了这样的对话:

> 李公道:"没有的话。"说着将宝林扯到膝上坐下,拉着一只纤手闻了一闻道:"舅舅几根骚胡子戳手呢。"宝林半睡在李公怀里,笑道:"舅舅是美髯公。"李公笑道:"戒指上好长链子,借与舅舅明天出门会客,壮壮观也好。"宝林笑道:"一嘴的胡子好像个老妖精。"李公笑道:"你别小觑我,我把胡子掩起来,还能扮小旦呢。"说得个个都大笑,松夫人笑道:"你把孩子惯成了,明日同你没人相,可别生气。"李公道:"我家的人不干你事。"……宝林笑道:"舅舅太没意思,不拘什么人也要闹闹。"李公道:"承教了,你问你

娘,舅舅小时候才讨嫌疑呢。"宝林道:"年纪大了也该好些。"李公笑道:"舅舅是下愚不移。"(第九回)

宝林与舅舅这番对话,浑然天成,长幼之间满是爱意,全然没有旧伦常下的扭曲现象。

翻阅此期的小说,我们的确可以看到很多专制的父亲、爱钱不爱子的父亲、爱功名胜过爱子女的父亲,然而,如上所述,我们也可以发现慈爱的父辈系列。这些形象的存在,至少表明晚清民初的父子关系绝非单一,父慈与子孝依然大量存在。但我们必须注意到,此期的孝子很多都与慈爱的父辈成对出现,而不孝者的出现背景,则多是不慈的父辈尤其是父亲。可见此期父子伦理书写所呈现的不再是传统意义上的父为子纲,而是努力在回归孝的积极含义,反拨很长一段时间以来片面强调子辈义务、为父辈权威广为张目的孝行书写。"20世纪初,随着家庭革命、非孝思潮的兴起,小说在父子伦理中由传统对子孝的言说发生了对父慈的建构之转向。"[1] 验诸此期有志于拯救家庭伦理的小说家的创作,这一说法是可以成立的。

三 父子关系的新旧杂糅特征

在清末民初的小说书写中,慈爱的父辈形象有着晚清这个过渡时期特有的品质,其与子辈的关系充满了新旧杂糅的特征。此处仅以包天笑的名作《一缕麻》为例略做阐释。

短篇小说《一缕麻》为包天笑的"秋星阁笔记之三",首发于《小说时报》第2期(1909年10月[2])的"短篇新作"栏。对比《小说时报》第一期所登载的"二期预告"可知,二期"短篇新作"栏原定的两文为《瞎旅客》与《鸭之飞行机》,而非《一缕麻》与《鸭之飞行机》,正式出版时,《一缕麻》替换了《瞎旅客》;"短篇新作"栏原定的两篇文章中,以加粗的大号字显示者是《鸭之飞行机》而非《瞎旅客》,但替换它的《一缕麻》写就后,编者将其加粗显示,从而凸显了《一缕麻》在本

---

[1] 赵华:《清末十年小说与伦理》,博士学位论文,曲阜师范大学,2011年。
[2] 该期的印刷日期是"宣统元年九月望日",即西历的1909年10月28日,发行日期是"宣统元年十月朔日",即西历的1909年11月13日。一些学人将该期刊物标为1909年10月发行,有误。

期新作中的地位。如果说替换行为说明了《一缕麻》的创作时间大致就在"二期预告"与正式面世之间,那么,加粗行为显然表明了作者与编者包天笑[1]对该文的重视,对其社会效应——"足以针砭习俗的盲婚""可以感人"[2]——的期许。

《一缕麻》中的四个人物均无名无姓:某女、某女之父、某氏子、某生;涉及的家庭伦理关系,有某女与其父的父女伦理、某女与某氏子的婚姻伦理、某女与某生的恋爱伦理这三种。在探究某女的悲剧原因时,我们必须分析她与其父亲的关系。

小说中的某女,"风姿殊绝,丽若天人",可谓貌美;"顾珠规玉矩,不苟言笑",可谓知礼;"解书擅文",在女学堂里学新学方面的知识时又"媚学不倦,试必冠其曹",可谓是"不栉进士",有才且慧。貌美、知礼、有才且慧的某女,用包天笑的话来说,是"欧文小说中所谓天上安琪儿也"。然而这样的德才兼备又貌美如花的女子,却因为其父亲在她十岁时所订下的"门户相当之婚姻",而成为这出悲剧的主角。因而在小说中,父女伦理关系的描写是重中之重。

小说中描写某女之父一共有七处。第一次是某女十岁时,因媒人的诳语,其父考虑到自己与某氏子之父是同僚关系,某氏子为其父母所钟爱的独子,某女为自己所钟爱的独女,加之某氏子家又有钱,属于"豪富"类型,从而认定这门婚姻是门当户对的,就与某氏代为确定了子女的婚姻人事。此时,某女年幼,根本不知此事,因此也没有发生冲突。第二次,是当他听得未来的女婿性不慧以至于痴呆时,只是感叹自己的掌中珠被投入了粪壤中,只是让家里的姬婢向女儿封锁消息,免得她闹出不堪来。此时的他,没有考虑悔婚,而是为了成全这婚姻做着努力。第三次,是当其父在妻子的葬礼上见某氏子痴呆程度惊人之后,觉得受了媒人的骗而去找媒人理论,被媒人的一番说辞说动了,继续拖延而未退婚。第四次,是当某女听说未婚夫如此粗俗鄙贱之后,痛不欲生,在母亲灵前大哭以发泄,但木已成舟,无法更改。此时的父亲"知女士之蕴苦在心,时借他事以

---

[1] 此期的《小说时报》由包天笑与陈景韩(即冷血)两人轮流合作编辑。从《小说时报》第1期和第2期所刊载文章来看,第1期上的文章以陈景韩所撰、译为主,第2期上的文章则以包天笑为主。加之陈景韩常外出旅行,并无多少时间看稿,所以可以大致断定,第一期的编辑是陈景韩,第2期的编辑则是包天笑。

[2] 包天笑:《钏影楼回忆录》,上海三联书店2014年版,第340页。

讽劝之，而女士心恒郁郁不怡也"。此时的父女俩，都没有悔婚之意，都默认了事实可以存在，只是某女自怨自艾，其父则试图劝她坦然接受而已。父女之间仍无冲突。第五次，是其父阅读到小说《妾薄命》之后，以为劝说的机会到了，于是与其女谈论马利亚与加里士订婚后，加里士残废，而马利亚依然以身嫁之的故事。他劝女儿说："自欧风输入，拔禾植莠，贞节之行，往往嗤之若敝屣，曾亦知欧西女子，未尝无茹荼饮蘖，坚苦自忍者，则亦付之命运也耳。"显然，这是在以马利亚承受悲剧的故事，打动其女，让她愿意嫁过去，心甘情愿地接受"命运"的安排。接着，他又说："今新学方萌蘖，而旧道德乃如土委地，提倡离婚之风者，乃视夫妇如传舍，古圣贤所谓一与之醮终身不改者，实尘土之言矣。夫配偶之间，奚能无缺憾者，亦顺时而已。"这就又在堵住女儿嫁过去后不满意可能会离婚的路了，他劝她要"顺时"，对那些"缺憾"持容忍态度，而不能选择离婚。此时，某女陈述了马利亚可以选择加里士的原因，是因为他们两人原本就心心相印，"非如吾国之凭媒妁一言强两人而合之者"，而且，加里士即便残废也并非痴呆，还可以"不失唱随之乐"，而这与她和某氏子的情况迥异。因而她说："今吾国婚姻野蛮，任执一人而可以偶之，究竟此毕生之局，又乌能忍而终古，则离婚之说，儿殊不欲厚非也。"可见，某女此时心里是有着离婚之念的。父女之间的观念差别挺大：一个诋毁新婚姻伦理，一个不反对新婚姻伦理；一个主张信命、顺时，一个认为旧有的婚姻是"野蛮"的。但不管怎样，在嫁给某氏子这件事上，两人并无不同。第六次，其父在察觉到某女与其邻居某生之间已互生情愫后，"恐两人之沉溺于孽海中也，乃隐讽婿家早娶，以了一段恶姻缘"。将两人生情后的状况确定为"孽海"，意味着在他眼里自由恋爱是不道德的，而他"以了一段恶姻缘"的心理，明白无误地告诉我们，他知道这婚姻对女儿不好，女儿不会幸福，但他只是想着早点"了"了这事儿，免得家门出丑。可见，其内心是以自我为中心的，是以门第为中心的。第七次，是某女在对方迎娶之日"誓不欲往"的情况下他的劝导。"此段姻缘，明知吾儿之不能堪，然事已至此，吾辈诗礼之家，又何能背此旧日之婚约？儿当垂怜老父。如有不适者，尽可归宁父家，想如舅姑有此痴儿，亦不苛责儿也。"此处表明，其父知道这段婚姻是女儿的不幸，她嫁过去后会有"不适"，但他仍然以诗礼之家为重，以自己的脸面为重，不愿意做出任何改变女儿命运的努力。此时，本应是某女反抗之时，然而小说中的某女,因"素以孝闻","虽中心委屈,顾难拂老父之心,已而念我一生即此了矣"。似乎有着"父叫子亡,子不得不亡"的决绝。后虽有为痴郎置妾媵而自己获得自由的想法,但显然是十分幼稚的,且潜意识中仍受到旧观念影响。

由上述分析可见,《一缕麻》中该父的第一、二、三、六次出场,均未与其女发生冲突,第四、五、七次其父虽与某女同时出场,但一样构不成尖锐的父女冲突。首先,从其父与某女的相处方式上来看,他也不是无端打骂,而是有着人情味儿的父亲。其次,他对其女儿的绝对权威还在,某女的服从心理还占据重要地位,这从第四次中她只能借哭来发泄自己的痛不欲生之感可以见出,从第五次中她面对父亲的劝嫁只能"默然",对她父亲劝她嫁后不离婚说出"老父之训诲良是",而对于新学里的离婚之说只是"不欲厚非"也可见出,从第七次中父亲全然考虑门楣、脸面而促使她顺从地嫁出去的言辞,她却"素以孝闻",全然不反抗,更可见出。最后,某女也不是全然信奉新伦理,不是动过反抗父亲念头的女儿。某女的伦理结构,从深层分析,其实也有着旧伦理的底色且占据重要地位。因此,某女虽知道一些新名词,对离婚持保留态度,有想冲向"自由之天"的愿望,但她的观念并不全然是新派的。伦理观念由旧向新的转变之艰难,既体现在某女之父的慈爱与专制集于一身,也体现在某女的反抗与服从父亲断难分别上。而在这过程中,父亲的专制导致了某女的反抗意识的萌发,然而化解掉其反抗行为而促成其悲剧命运的诞生的,恰恰是父亲慈爱的言与行。爱,在这里成了更深层的一种伤害。

第三节　父子关系与家国困境

较之中国古代文学史上的其他时段,1840—1911年的小说创作明显活跃得多。提倡小说界革命的1902年至辛亥革命成功的1911年,小说更是独放异彩的一种文体。学者李亚娟曾根据陈大康《中国近代小说编年》、樽本照雄《(新编增补)清末民初小说目录》、欧阳健《晚清小说史》以及《中国出版史料》等资料进行统计,认为此期小说创作可考察的数量有2682部之多。"其中最后十七年的创作数量有2532部,占了总数量的约94.4%,形成了曾被研究者称为'晚清小说繁荣'的局面。这最后十七年的前八年，小说创作数量达155部，相当于此前55年间小说创作数量的总和。而在后九年中，小说创作更是达到了'繁荣'，创作数量高达2377部，是前六十三年创作数量总和的近八倍。"① 此处所谓的"后九年"，即1902—1911年。细究起来，小说界的突然拥挤，各式小说的纷纷登场，与小说被作为群治的利器关系甚大。梁启超的经典表达是："欲新一国之民，不可不先新一国之小说。故欲新道德，必新小说；欲新宗教，必新小说；欲新政治，必新小说；欲新风俗，必新小说；欲新学艺，必新小说；乃至欲新人心、欲新人格，必新小说。何以故？小说有不可思议之力支配人道故。"② 而他对于小说的熏、浸、刺、提的社会功能的强调，几乎成为彼时知识分子奉为圭臬的存在。梁启超的提倡，当然是他感知到晚清大变局的结果，是他从甲午之战中被迫唤醒，从而振臂一呼的结果。事实上，从甲午之战开始而产生于知识分子心间的剧痛，其程度随着戊戌变法及其失败、庚子之变等接踵而至的政治事件而越来越深。晚清帝国如将倾的大厦、如将沉的巨船、如沉睡的巨狮等等比喻，在先进知识分子的心中升腾，在他们的笔下涌现。"痛哭生第二""杞忧生""哀时客""先忧子""陆沉居士""神州旧主""轩辕正裔""汉魂""汉臣""光汉子""汉思""东亚病夫""病夫国之病夫""支那夫""残山剩水楼主人"等笔名，均无一例外地表明了他们鲜明的忧患意识。秉持着救亡图存的宗旨，小说这种与国民有着更多精神联系的文体，从长期以来不受待见变得特别重要。"自小说有开通风气之说，而人遂无复敢有非小说者。"③ 这里面的"人"，当然一方面包括作者，另一方面包括潜在的与事实上的读者。"晚清小说热潮最重要的起因是大批文人出于'救国'的政治需要，突然加入小说作者与读者的队伍，从而造成小说的急剧膨胀，促使小说突然繁荣。"④

甲午之战、戊戌维新、庚子之变、辛亥革命等影响着所有中国人的命运，更影响着那些风雨飘摇中的家庭，影响着这些家庭中的伦理关系，包括父子关系。在试图挽救家国的过程中，父子关系依然是其中重要的表现

---

① 李亚娟：《晚清小说与正字之关系研究》（1902—1911），中国法制出版社2013年版，第4页。
② 梁启超：《论小说与群治之关系》，《新小说》创刊号，1902年10月15日。
③ 《论小说与社会之关系》，《时报》第378号，1905年6月29日。
④ 袁进：《中国小说的近代变革》，广西师范大学出版社2009年版，第27页。

向度。但在这种书写中，也存在复杂的情景。比如，在以批判晚清社会怪现状为鹄的的诸多小说中，就有不少亲生父子或义父义子在活跃着。对于他们利用这种真实的或强行建立起来的血缘关系而达到自己丑恶目的的行径，吴趼人等小说家，有着深刻的揭示。这儿的父子关系，往往就成为解释晚清家国困境的重要缘由。又比如，在晚清的风雨飘摇中，到底怎样才是慈爱的父辈，怎样才是孝敬的子辈？一些重要的时事小说，将家国困境与父慈子孝的重新审视联系了起来。还如，在晚清的小说中，子报父仇成为小说中屡屡书写与刻绘的重要题材，但此时期的子报父仇常与家国困境相联系，移孝作忠成为一种常见的写作路径。

一　另类的父慈子孝：家国危机中的人生选择

《兰花梦》中的宝珠出生时，其父松学士因梦到有人送他一枝兰花，以为是个儿子，哪知出生的是个女儿。他因望子心切，将错就错，并不说破。后来宝珠五岁时他就请了先生，让宝珠同她的姐姐宝林一起上学，不许她裹脚梳头，依然像男人一样装束。后给她改名为松俊，号秀卿，让她去参加科举考试，取得了功名。此后，由于松学士病逝，家庭出现撑持不下去的危机，宝珠只好继续女扮男装，成为"长子"，和姐姐宝林一外一内地撑持整个家庭。这是在家庭危机中她因为孝道而做出的自我牺牲。谁知她后来一路上升，深受皇帝赏识。在平日的诗作中，她不时表达出对皇上的不尽尊崇。在遇到国家危机时，她移孝做忠，被拜为大将，带兵去平定苗乱，后来大获全胜，班师回朝。宝珠女扮男装的人生选择，都是在家国危机背景下不得已而为之的行为，体现出她对父亲的孝，以及由对父之孝而衍生出来的对皇帝的忠。

如果说《兰花梦》中宝珠的人生选择，更多来自她从小熟读的儒家思想经典，来自其父亲潜移默化的影响，来自其所处的政治环境，那么，在假托于英国开拓新殖民地之历史的小说《殖民伟绩》中，另类的父慈与子孝以其双向同时呈现的方式，彰显了家国关系的密切，以及有志之士在家国危机中做出舍小家保大家的人生选择的历史必然性。

《殖民伟绩》中，英王查理斯政府明确规定所有国人都必须信仰他们规定的国教，剥夺了国人信教自由的权利。英雄维廉滨当众言说，大骂国教，后被捕入狱，在法庭上仍与裁判官辩论。在狱中，他得知自己父亲病重的消息，但不打算出狱，因为他觉得自己的身体既然为自由做了牺牲，就不再是他自己的了。不料他的亲友不管他的想法，将他保释出狱。此前，他的海军将军父亲曾反复诫劝他要跨越单一的孝的藩篱，让维廉滨不要只做他一个人的孝子，而要做全国人、同种人的忠臣。维廉滨出狱回家后，老将军临终前再次叮嘱儿子应为英国献身。维廉滨秉承父训，随后果然就以哥伦布为榜样，与好友一起带人往美洲去开垦，以造成新的自由的国家。小说总共才四回，未完，我们并不知晓维廉滨后来的动向。但不管如何，小说第二回所透出的其父亲与他的交流过程，充分表现了作者眼中另类的父慈子孝的内蕴所在。该小说的这四回先后在当时影响甚大的《新民丛报》第 20、22 号上发表，与梁启超的《新民说十六》（第 20 号）、《释革》（第 22 号）等一起出现，显然成为梁启超等人鼓民力、开民智、新民德的有机组成部分，也彰显了此期知识分子们理解中的父子关系的核心不再是传统的慈与孝，而将慈和孝与强国、兴国联系了起来。

和《殖民伟绩》中的父子关系相类的，还有陈天华《狮子吼》中的狄必攘与狄同仁，《自由结婚》中的黄祸与其母亲，周瘦鹃《为国牺牲》中的顾明森与其大将军父亲。

《狮子吼》中的狄同仁晚年看了几部新书后兴起了民族的念头，又自恨没有学过新学问，所以命儿子狄必攘到民权村附学。他在平时写给必攘的信中总是叮嘱其勉力为学，异日好替民族出力，切勿以他为念。小说第五回写狄必攘赶回家，却只看到了狄同仁病逝前所写遗书。在遗书中，狄同仁述及自己的最大遗憾在于深中了奴隶学问之毒，未能尽到国民的责任。他告诫儿子，继承父亲的志向才是大孝，要求儿子"丧事稍毕，即可远游求学，无庸在家守制"。他甚至预料到这唯一的儿子可能会为国而亡，但他不后悔，"吾有奴隶之子孙，不如无也！汝能为国民而死，吾鬼虽馁，能汝怨乎？"[1] 这样的孝道观，显示出了国家意识的巨大力量。

《自由结婚》中的黄祸出生之日，即其父黄人杰因不听从政府残害同胞、献媚外人的命令而被朝廷处死之日。为让孩子永远记住这非常大祸，其母亲将其名取为"黄祸"。黄祸七岁时，其母亲告诉了他其父惨死的前因后果，教导他要雪国耻、报父仇，说有三大仇人是用得着吃刀的："第一仇人是异族政府，第二仇人是外国人，第三仇人是同族奴隶。"[2] 此后

---

[1] 刘晴波、彭国兴编校：《陈天华集》，湖南人民出版社 1958 年版，第 136 页。
[2] 《中国近代小说大系：东欧女豪杰 自由结婚 瓜分惨祸预言记等》，百花洲文艺出版社 1991 年版，第 131 页。

的黄祸,"好像换了一个人身一般,变化气质,陶养性情,恶衣恶食也不去顾他,一举一动不敢妄自菲薄,只把国耻、父仇牢记胸中,并且有句说话,不复父仇誓不戴帽"①。当关关的乳母为他找来其父亲被行刑、他母亲抱着他去给他父亲收尸的照片时,黄祸"已倒于地,昏绝不省人事",而嘴里喃喃着要复异族政府的仇,复国人的仇等。显然,其亲生母亲和关关之母,在黄祸的复仇心史的建构中充当了重要的启蒙者角色。

周瘦鹃的短篇小说《为国牺牲》中的顾明森,自小就受到其父亲的爱国主义教育,因此,他"年甫十七,即投身入军籍。以能守纪律、精于军事闻,寻即擢为大尉"。在小说开端处,大中华民国与敌国宣战,民心奋发一致对外,顾明森之父十分高兴。宣战前,顾明森本来请假在家,宣战后第三天,其父亲"即力促之返营,盖风闻其全营将于今夕出发也。"于是有了小说开头的告别一幕。当顾明森向父亲告别时,小说写道:

> 老人力把其爱子之手,欢然言曰:"别矣吾儿,愿汝努力,而父老矣,今日一别,或弗能复见儿面,然为祖国故,即牺牲吾百子,无恤也。"②

老人在与儿子分别后,"老怀弥乐,一无所悲"。当他见到自己的儿子在发号施令,"于意甚得"。当他听闻其他人夸奖自己儿子有大将风度、为军中之祥麟威凤等时,他内心极度喜悦,"于脑中往复默诵,弥觉其甜蜜"。而顾明森也将对父亲的孝转换成了对国家的忠,转换成了保家卫国的自觉。小说第四节写及顾明森的部下在战斗中几乎全部死亡,他也被击昏,后好不容易才苏醒过来。为阻止敌方利用他们的巨炮以攻击自己的部队,顾明森最终选择了以身体堵于炮管之中,敌人发炮时,"初不作巨响。烟散。敌军中人俱大愕。则见炮发初未及远,但着于数十码外一高树上"。正是因他这一牺牲,中华民国军队争取到了成功登山的时间,从而大获全胜。可贵的是,小说在书写顾明森蜷缩于炮管之中,知道大炮马上发出,自己立即要灰飞烟灭之际,有了一长段心理描写。他:

---

① 《中国近代小说大系:东欧女豪杰 自由结婚 瓜分惨祸预言记等》,百花洲文艺出版社1991年版,第131页。
② 瘦鹃:《为国牺牲》,《礼拜六》第56期,1915年6月26日。

忽萌思家之念，念其父、念其母、念其妻。……惝恍间似见其爱妻倩影，衣蓝色衣，盈盈立门外嫣然作娇笑，力扬白罗之帕于头上，曼声呼大中华民国万岁、顾明森大尉万岁。……而爱妻之后，则为白发盈颠之老父，危立弗动，作謇容，似告人谓其爱子此去，乃为祖国宣力者；屋之内，为老母，方伏而哭，哭声似亦隐约可闻。……大尉当此生死关头，为国牺牲之志遂决，力以爱国之念，排其思家之念，毅然俟一死，不复作他想。灵魂中似作声曰："为全军之大局故！为大中华民国故！"遂嚼齿力啮其唇，遥视天半玫瑰色之云，莞尔而笑。①

这段描写之所以可贵，就在于较为真实地凸显了主人公或任何一个人在生命即将毁灭之际的内心流转过程，正是这种在思家与爱国之间的短暂犹豫，以及他最终选择为爱国牺牲自我，才更好地体现了他这种选择的艰难。

在中国文化思想史上，孝与忠从来都是紧密相联的。以"长者本位"为主导的"孝"还可分为家孝、国孝，源远流长的孝伦理本来就包含了"忠君"的思想。在实行忠与孝的过程中，如果二者不能得兼，都是先尽忠后尽孝，或者说先尽国孝，再尽家孝。而在现代，对君对帝王的忠演变为了爱国。梁启超将个人与群、国家之间的关系视为公德范畴，将个人与家人之间的关系视为私德范畴，而以公德为重。他说："子而遗父母之负者，谓之不孝，此私德上第一大义，尽人能知者也。群之于人也，国家之于国民也，其恩与父母同。盖无群无国，则吾性命财产无所托，智慧能力无所附，而此身将不可以一日立于天地。故报群报国之义务，有血气者所同具也。苟放弃此责任者，无论其私德上为善人为恶人，而皆为群与国之蟊贼。"② 1908年，胡适也曾将孝道与爱国联系起来进行论证，而对爱国者的出现寄予了厚望："你想一个人对于父母，尽了他的本分，人家便恭敬他，如果有一个人对于祖国，尽了他的本分，天下的人，自然都恭敬他了，都称他做爱国者了。一个国中，多出几个爱国者，多出几十百个爱国者，牵带得那祖国也给人家瞧得起了。"③ 爱国优于、先于爱父母，成为

---

① 瘦鹃：《为国牺牲》，《礼拜六》第56期，1915年6月26日。
② 梁启超：《论公德》，《饮冰室合集》专集之四，中华书局1989年版，第14页。
③ 铁儿（胡适）：《白话（一）·爱国》，《竞业旬报》第34期，1908年11月24日。

不言自明的一个结论。

可以说，晚清的知识分子先驱们在国势陵夷的大背景下，修正、调整着自己的家国观，通过报纸、期刊等媒体，将这种家国观公之于众，而又多注意利用小说等文体宣传这种观念，"体现了清末爱国志士在救亡图存、变革社会风气的迫切心理下重建父子伦理的努力。其中，既有对中国传统元典伦理精神诸如子承父志、移忠于孝的现代转化，也有对西方话语资源诸如国家意识、国民责任的借鉴"①。在这种家国观念的引导与宣传下，家庭关系中最为重要的父子伦理也不得不发生值得重视的变化。此处要重点关注的，是家国困境中大量出现的子报父仇书写。

《湖北学生界》刊载的文章《学生之竞争》，痛感于国势日危、种族将灭，而感叹"夫忠于异类，不得谓之忠。夫忠于一人，不忠于一国，也不得谓之忠。"② 对"忠"的意蕴进行了重新阐释。陈天华在其著作《警世钟》中还批判道："古来的陋儒，不说忠国，只说忠君，那做皇帝的，也就把国度据为他一人的私产，逼那人民忠他一人。倘若国家当真是他一家的，我自可不必管他，但是只因为这国家断断是公共的产业，断断不是他做皇帝的一家的产业。有人侵占我的国家，即是侵占我的产业，有人盗卖我的国家，即是盗卖我的产业。"③ 在小说《狮子吼》中，陈天华即借"文明种"之口表述道："倘若做皇帝的，做官府的，实在于国家不利，做百姓的即要行那国民的权利，把那皇帝官府杀了，另建一个好好的政府，这才算尽了国民的责任。"（第三回）署名为"日本女士中江笃济藏本、中国男儿轩辕正裔译述"的《瓜分惨祸预言记》，其中的两个大英雄，一个男性，姓华名永年，一个女性，姓夏名震欧，两人为反对洋人瓜分中国，进行了积极的反抗，甚至在所统领之地成立了"新立兴华邦共和国"，定了管制、宪法，宣布满清府县官出境，后来宣布独立，得到了美国、法国、德国、意大利的承认，保存下了中国的残山剩水。而作者翻译的目的，在于激发出"宁舍此身，以存吾国的思想，那中国不但不至瓜分，直可雄甲地球"。显然，这里面的男华女夏的设计，两人分别名为永年和震欧的设计，寄托了作者太多的期许。而他们希望国人自省、自

---

① 赵华：《清末十年小说与伦理》，博士学位论文，曲阜师范大学，2011年。
② 李书城：《学生之竞争》，张枬、王忍之编《辛亥革命前十年间时论选集》第1卷上册，生活·读书·新知三联书店1960年版，第458页。
③ 陈天华：《警世钟》，《陈天华集》，湖南人民出版社1982年版，第83页。

立、自救，保存华夏的目的，则与他们不认可满清密切相关。

二　子报父仇书写与家国困境

《礼记·曲礼》中曾说："父之仇不共戴天"；《春秋公羊传·定公四年》云："父不受诛，子复仇可也。" 1905年，在《论小说与社会之关系》这篇长文中，论者认为当时应提倡的是补助中国社会智识上之缺乏的小说、矫正社会性质之偏失的小说。他进而认为，在中国社会性质方面，有两大缺失，那就是无复仇之风，无尚侠之风。关于复仇，他论证说：

> 夫复仇，天性也。孔子之教曰：君父之仇，勿与共戴天；兄弟之仇不同国。是孔教许人以复仇也。耶稣之教曰：复仇者，至公平者也。是耶教亦许人以复仇也。吴王三呼而败越，越人卧薪尝胆而沼吴。人民有复仇之精神，而后其国乃能无外侮。逆来而顺受，唾面而自干，苟无深心，徒招人侮。古人有言曰：夫人比自侮，而后人侮之。我得再进一义，以为之解曰：夫人必见侮于人而无所报，而后人得无所顾忌而争侮之。……此恶劣之性质，亦宜急救药之，不然，将为降低人格之第一病根。[①]

论者对复仇精神的呼唤，在向来主张温柔敦厚的中国文化语境中显得异常刺眼。同样是在这一年，林纾翻译的《英孝子火山报仇录》出版。在序言中，林纾感叹国人对欧人、西学无父的误解，从而导致了西学不昌："今西学流布中国，不复周遍，正以吾国父兄斥其人为无父，并以其学为不孝之学，故勋阀子弟，有终身不近西学，宁钻求于故纸者。顾勋阀子弟为仕至速，秉政亦至易。若秉政者斥西学，西学又乌能昌！"[②] 他阐释说，该书"言孝子复仇，百死无惮，其志可哀，其事可传，其行尤可用为子弟之鉴"[③]。他大肆表扬孝子汤麦司的复仇行为，说自己翻译这书

[①] 冷：《论小说与社会之关系》，《时报》第389号，1905年7月10日第2版。
[②] 林纾：《〈英孝子火山报仇录〉序》，陈平原、夏晓虹编《二十世纪中国小说理论资料》第1卷，北京大学出版社1997年版，第155页。
[③] 林纾：《〈英孝子火山报仇录〉序》，陈平原、夏晓虹编《二十世纪中国小说理论资料》第1卷，北京大学出版社1997年版，第155页。

不仅意在宣扬西人亦讲孝道，而且试图鼓舞国人由孝及忠图雪国耻：

> 忠孝之道一也。知行孝而复母仇，则必知矢忠以报国耻。若云天下孝子之母，皆当遇不幸之事，吾望其斤斤于复仇，以增广国史孝义之传，为吾国光，则吾书不既慎乎？盖愿世士图雪国耻，一如孝子汤麦司之图报亲仇者，则吾中国人为有志矣！①

此后的1908年，鲁迅发表《摩罗诗力说》，大力张扬复仇、反抗精神，呼唤精神界之战士，对"渴血渴血！复仇复仇！"②的精神多方赞扬，对拜伦、裴多菲这些反抗者全力介绍。亲身经历了晚清排满的历史场景并鼓吹复仇精神的鲁迅，在1925年的《杂忆》中，还曾这样描述晚清时的时代氛围："时当清的末年，在一部分中国青年的心中，革命思潮正盛，凡有叫喊复仇和反抗的，便容易惹起感应。"③他说他当时记得的人，就是波兰的复仇诗人 Adam Michiewicz、匈牙利的爱国诗人裴多菲、菲律宾的厘沙路，"Hauptmann, Sudermann, Ibsen 这些人虽然正负盛名，我们却不大注意。"④ 与此同时，当时的复仇鼓吹者们，还"专意搜集明末遗民的著作，满人残暴的记录"，然后辗转传回中国，一些人则将名字改为"扑满""打清"之类，以表示复仇之意，邹容则作了《革命军》专门鼓吹复仇精神⑤。鲁迅对 Michiewicz 的密切关注，始终与他的复仇精神有关。1929年，鲁迅还在其主持的《奔流》上刊载了《青春的赞颂》，而且这样介绍 Michiewicz："A Michiewicz（1798—1855）是波兰在异族压迫之下的时代的诗人，所鼓吹的是复仇，所希求的是解放，在二三十年前，是很足以招致中国青年的共鸣的。"⑥ 这种回顾性的文辞，正表征着鲁迅对密茨凯维支等人复仇精神的敬仰，代表着晚清一代有志青年的心声。

---

① 林纾：《〈英孝子火山报仇录〉序》，陈平原、夏晓虹编《二十世纪中国小说理论资料》第1卷，北京大学出版社1997年版，第156页。
② 鲁迅：《摩罗诗力说》，《鲁迅全集》第1卷，人民文学出版社2005年版，第97—98页。
③ 鲁迅：《杂忆》，《鲁迅全集》第1卷，人民文学出版社2005年版，第233—234页。
④ 鲁迅：《杂忆》，《鲁迅全集》第1卷，人民文学出版社2005年版，第234页。
⑤ 鲁迅：《杂忆》，《鲁迅全集》第1卷，人民文学出版社2005年版，第234页。
⑥ 鲁迅：《〈奔流〉编校后记》，《鲁迅全集》第7卷，人民文学出版社2005年版，第193页。

从上述简单的引证可以见出，当时的复仇既涉及家仇也涉及国恨。显然，在家国同构的古代中国，报家仇的子辈往往也就是报国仇的臣民；在现代中国，报家仇的子辈则往往是报国仇的国民。因此，当我们关注到父仇子报的叙事模式时，首先可以看到大量报家仇的故事，其次则可以关注到大量报国仇的故事，以及将报家仇和报国仇纠合而成的复杂叙述。

在家仇方面，此一时段书写者不少。士伟的《林桂复仇记》、"丹徒包柚斧"（实为李涵秋）的《雌蝶影》、息观的《鸳鸯剑》、海沤的《贾大姑》、瘦鹃的《行再相见》可为代表。

《林桂复仇记》中，林桂之父被李大、李二所杀。林桂之母临终前告知他具体情形，他于是一直思谋着寻父亲之尸体并复仇。后在一老僧的帮助下，他找到父亲坟墓所在，将母与父合葬，再跟从老僧之师弟大觉和尚学武。武艺学成后，他杀了李大。再在杜虎处学剑术，意在杀李二。但在杀李二的过程中，他遇见了李二会剑术之女素英，心生爱慕，二人终结成夫妇。林桂仍不改其为父复仇之志，最终杀掉了仇人李二，却也杀掉了岳父，让夫人失去了父亲。他不得已选择了自杀，素英亦自杀，小说以悲剧结局。

1907年，《时报》以重金悬赏征求著译小说。后来，南梦（原名陆曾沂）的哀情小说《双泪碑》与署名"丹徒包柚斧"的侦探小说《雌蝶影》分获第二等和第三等奖金。《雌蝶影》中蕴藏了子报父仇的主题：侦探基培南为一己私利将另一侦探榛谷毒害，却因律师劳揩的辩护而逃脱了罪行。多年后，榛谷之子玉约为报仇男扮女装学戏，成了名伶蝶嫣。基培南因与劳揩争夺蝶嫣决斗而死。其女秾丽芬女扮男装化名蜻答向劳揩寻仇，与蝶嫣相识，两人一起向劳揩复仇，被大侠查纳阻止。查纳即榛谷侦探，当年并未死去。冲突化解之后，玉约与秾丽芬结婚。子报父仇在小说中成为故事发展的关键性推动力量，也成为玉约与秾丽芬缔结婚姻最为重要的媒介。

息观所著《鸳鸯剑》（1909年）中的侠义女郑秀姝，16岁时母亲去世，因此立志不嫁，在家照顾富翁父亲，帮父亲管理账目，教妹妹婉姝读书做针线。后在其妹20岁时为她物色了未婚夫，千方百计让她和未婚夫结婚。不料邻村的土豪之子陈泽民看中了婉姝，听闻婉姝已嫁后买通官府诬告其丈夫，导致其入狱。秀姝和堂叔等进城去营救妹夫，因太平军攻城而营救成功，但回去的路途中听得陈泽民伙同他人抢了郑家，掳去了其父,逼死了婉姝。秀姝潜入陈家,用陈抢来的一对鸳鸯剑,一把刺死了陈,另一把刺向了自己,实现了报仇的热望。①

海沤《贾大姑》中贾大姑的父母靠辛苦、勤劳挣了一些钱,但很快受到盗贼觊觎。后贾大姑之父被绑票、撕票。而入住贾家的营长见贾大姑貌美,顿生欲念,试图在某晚强奸大姑,不料因在暗夜里错走到贾母处,又遇贾母反抗而将她捂死。贾大姑明白一切后,立志为父母报仇雪恨,于是女扮男装身入贼窟,慢慢探知杀父仇人而手刃之,后又寻找到杀母仇人手刃之。

瘦鹃的《行再相见》中,桂芳与英国人玛希儿·茀利门相恋,后者要被召回英国,然而桂芳却因欲孝敬抚养了她的伯父而不能同去。谁知,其伯父认出了玛希儿即是庚子事变中杀死桂芳之父的仇人,让桂芳为其父报仇。"明天你就该把他置于死地,尽你做女儿的本分。""你须知道,你阿父只有你一人,并没有三男四女,你不替他报仇,谁替他报仇?你若是孝你阿父的,总要使他灵魂安适,难道为了儿女私情,忍心把父仇置之不顾么?"最后下通牒:"女孩子!你须知道你是中国人,不论怎样,须服从你长辈的命令,明天你一定要下手把他治死!"这句话尤其值得重视。这里的"女孩子""长辈",体现了父子伦理的残酷本性。而当桂芳说如果她替父亲报了仇,她也会选择跟着玛希儿西去时,伯父则说:"好孩子,你听吾的话,他可以死,你不可死……你死了,你阿父一定不以为然,你是孝女,总该体贴你阿父的心。"这里动用的依然是父子伦理这一资源。最终,桂芳杀死了玛希儿,而只能呼喊着:"郎君!行再相见!"② 桂芳的选择虽然艰难,但仍然可以见出,父子伦理与国家伦理两者所起的作用远远大于情爱伦理。

在晚清,为父复仇行为与社会风气联系比较紧密。晚清小说作家笔下的子辈,在遭遇家破人亡的惨况时,孝道依然成为规范他们言行的首要尺度,其接下来的生存的首要目的就是复仇。如果不知仇人也不能复仇,那么,他们会面对着无以逃避的伦理指责,精神自由随之死亡。而当这些人遇到复仇对象于己有恩,或拟复仇对象的子或女与自己存在爱情的纠葛时,小说作者也会让复仇者最终听从为父报仇的伦理召唤而牺牲其个人情

---

① 江苏省社科院明清小说研究中心、江苏省社科院文学研究所编:《中国通俗小说总目提要》,中国文联出版公司1997年版,第1145页。

② 瘦鹃:《行再相见》,《礼拜六》第3期,1914年6月20日。

感。比如，《林桂复仇记》中，林桂的仇人是李大与李二两个。他杀李大时没有丝毫犹豫，但在准备杀李二的过程中，林桂与李二的女儿素英产生了爱情，且结合为夫妻。小说未曾过多地刻绘林桂杀岳父兼仇人——李二时内心的挣扎，只简单地写道林桂提着李二的头跪到了妻子素英面前，自陈自己就是林桂，

> 素英惨然曰："君林桂耶？君为报父仇来也，虽然，何以处妾？"林桂曰："我阅人多，技精未有如卿者，貌美未有如卿者，情深未有如卿者。我与卿已誓成夫妇，我杀卿父，卿从我，卿心何安？我心更何安？我终死卿前耳。"乃拔剑自刎。素英拾起其剑，泣曰："林郎待我，我从我父于地下也！"寒光一闪，而素英亦饮剑死。①

林桂不得不报父仇，又不得不面对杀掉了自己岳父、让妻子失掉父亲的事实，因此只好先行自戕。其妻素英，同样听从夫死妻随思想和子报父仇思想的召唤，跟着自尽，既从了父也从了夫。而在小说《贾大姑》中，贾大姑报仇完毕，向其义父即贼首领通天犀汇报了事情原委。通天犀原谅了她，希望大姑留下来陪伴他，且许诺说他会为她择一良婿。大姑不愿，说她已万念俱灰："儿心死已久，所以至今苟活者，良以仇人在耳，覆巢之卵，早已无意于人世，儿视此五浊世界，一切迹象，莫非过渡瞬息间事，弹指空华，儿之方寸中，已虚无一物，尚何有儿女情哉！余生日月，亦以丫角了之，绝不复更入一重魔障矣。"② 无论是林桂、素英还是贾大姑，其失去父亲之后的复仇路上都不再有独立的自我，因而也都成了悲剧人物。

在晚清民初的小说中，书写家仇与国恨，甚至直接以国恨代替家仇者更为多见。国恨无可怀疑的统治地位，甚至渗透进了侦探小说的广告，比如1911年商务印书馆出版《歇洛克奇案开场》的广告语中就有这样的文字："是案为第一次试手探奇，显其惊人之绝技。我国民读是书，大足振起御侮之精神，并增益料事之机智。"③ 读侦探小说可以振奋御侮之精神的说法现在看来颇为新颖，而在当时不过是一种流行的表达。

---

① 士伟：《林桂复仇记》，《中华小说界》第7期，1914年7月1日。
② 海沤：《贾大姑》，《小说月报》第6卷第9号，1915年9月25日。
③ 《小说月报》第2年第2期广告。

《痛史》第9回中就标明把报私仇和国仇"两件事混做了一件,办起事来越发奋勇些"。小说虽写的蒙古军占领汉国土的历史,但显然是在影射现实。作者吴趼人在第一回就明白无误地表达说:"我要将这些人的事迹记些出来,也是借古鉴今的意思。"小说中刻画的人物如郑虎臣、李复,都是将国恨家仇集于一身的人。郑虎臣将杀父仇人贾似道折磨至死,其背后的逻辑有二:一是报父仇,二是清国恨。父仇已报后,郑虎臣弃官而去报国家之仇,混入元朝丞相府中,最终使元兵损失惨重。李复本是遗腹子,其父亲在与元军交战失败后被杀,所以李复天生就被赋予了报父仇和国仇的重任。在一定意义上,也正是有了家仇,所以这些志士在反抗异族侵略时更加勇猛无畏。

汉国厌世者著、冷情女史述的《洗耻记》[①],虽然是只有六回(未完)的历史小说,但却鲜明地体现了当时国人的君臣认知。"牙洲有个大国叫做汉国,自从二百年前被一种野蛮民族贱牧人打败以后,汉国人成了贱牧人的奴隶。……汉国有位志士,姓明名易民,对贱牧人恨入骨髓,网络了许多壮士,早就想揭竿反抗,改变汉国人的奴隶地位。"后来,明易民在战斗中死亡,其子明仇牧继承其遗志,离家孤身来到"户上",后接其妻葛明华来住,葛明华在去的路上结识了世外桃源的几位义士,如陶国、郑协花等反叛贱牧人的统治之人。小说末尾写到郑协花向人讲述自己的身世,众人感动不已。[②] 显然,这里的"牙洲"即"亚洲",汉国即中国,贱牧人指的是满族统治者,"明易民""明仇牧"则是明显的影射之名:"明易民"为"明遗民","明仇牧"则是"明仇清"。整部小说,都指向了对满清政府的绝不认同。

周瘦鹃的《为国牺牲》一文,是直接将国仇视为父子之间联系之纽带的作品。顾明森之父在甲午战争中"亦身列戎行,勇乃无艺。尝于月夜只身犯敌垒,夺其帜,受数十创归。后又屡立战功而受创亦屡,故其身上疮痂纵横纠结,为状绝类地图上之山脉"。老人见到自己的伤疤不以为荣,反引起无限伤感,发出这样的感叹:"此为老夫悲痛之纪念,见之辄怅触于怀。设尔时将士能人人如老夫者,何致丧师辱国为天下笑。然而国魂不死,民心不死,行见将来终有雪耻之一日耳。"因此,村中人每生儿

---

① 冷情女史:《洗耻记》,苦学社,1903年版。
② 参见江苏省社科院明清小说研究中心、江苏省社科院文学研究所编《中国通俗小说总目提要》,中国文联出版公司1997年版,第860页。

子，老人必登门道贺，并殷殷嘱他日长时，必令从军，执干戈为祖国复仇。显然，国仇是他萦绕于心的牵挂所在。小说写他看到自己儿子顾明森在发号施令，而又有巨炮作为武器时，有了这一番心理：

  念此巨炮发时，敌军必弗支，乞息战议和，割彼国三分之一，赠吾国为殖民地，且倍前所要求于吾之条件以许吾。吾大军虽凯旋而归，其荣誉直为从来历史上所未有，而列强亦相顾咋舌，称吾国为世界第一等国，从此弗敢侵犯。①

可见，报国仇成为顾明森之父的生存动力，甚至是他活下去的至关重要的理由。他对儿子的爱，也与其继承并发展了他的志向密切相关。"每个父母多少都会想在子女身上矫正他过去所有的缺点。他常小心提防使自己不幸的遭遇不致在他第二生命中重现。……这些都表示在父母的眼中，子女是他理想自我再来一次的重生机会。"② 借用这句话来考察晚清动荡局势中爱子的父亲们同样合适。只是需要注意的是，这时的父亲们常常希望子辈继承自己的未竟之志，继续反抗、继续斗争，将国家与种族的安全、存亡置于个人的安危与存在之上，国家伦理压倒了父子伦理。

---

① 瘦鹃：《为国牺牲》，《礼拜六》第 56 期，1915 年 6 月 26 日。
② 费孝通：《生育制度》，商务印书馆 2008 年版，第 152 页。

第三章

1898—1915：小说叙事中的两性伦理

于润琦先生主编的《清末民初小说书系》一共分为十类：社会、侦探、武侠、爱国、滑稽、家庭、警世、言情、科学、伦理，其中，社会卷和言情卷所选系精选过的文献，却均分为上、下卷，其他八类并非精选文献，却均只有一卷，可见此期的小说创作确以社会、言情类为多。当然，"清末民初小说书系"的编选者们对小说的分类，依据的多是它们最初刊载时被归入的类别。当我们要从家庭伦理角度去考察此期的小说时，显然需要突破这种分类，进一步将考察视野扩大至长篇小说，在面向更庞大的对象的同时，进行更为复杂的思考。

第一节 男尊女卑视阈下的婚恋伦理呈现

一 男尊女卑理念的历史回旋

《易经·序卦》曾为天地万物安排了如下顺序："有天地然后有万物，有万物然后有男女，有男女然后有夫妇，有夫妇然后有父子，有父子然后有君臣，有君臣然后有上下，有上下然后礼仪有所措。"《礼记·中庸》中则言："君子之道，造端乎夫妇。"可见在中国思想文化传统中，"夫妇"所居的原初地位，远在父子、君臣之上，夫妇关系也成为人伦关系中至为重要的一维。然而历史地看，夫妇关系又经历了不断修正的一个过程：在西周社会中，男女的关系是男尊女卑，在夫妻关系上也是夫贵妻贱；在先秦儒家，强调"夫义妇贞"，"'夫义'，包括对妻子的忠诚，不得乱搞'邪行'；而贞洁之所以对妇女特别强调，成为妻子最重要的责任，从根本上说来，是为了适应当时历史发展的要求，确保所生子女是丈夫血统的缘故，这也是适应当时历史发展的要求的。"① "夫义"与"妇贞"的并举，表明先秦儒家对夫妻双方均提出了要求。秦代开始由官方提倡贞节，但当时对贞节的要求包括了男女。西汉后期开始特别强调妇女的贞节，刘向撰《列女传》，汉宣帝首次赏赐颍川"贞妇顺女"布帛。到了宋明理学时期，贞节被推向了非人化的极致，"饿死事极小，失节事极大"广为流行。此后，"历代封建统治者更是通过道德教化、赋税减免、免除差役、树碑立传等多种途径和方式，将宋明理学家所阐发的贞节观念渗透到社会的最底层，并物化为通俗易懂、切合下层，看得见、摸得着的神圣教条……宋明以后贞节的黑幕厚墙，严实地禁锢着女子的人性"②。一代又一代的女子们，遂成为性器官的牺牲品，成为其丈夫的囚徒。明末清初，先进知识分子对男尊女卑观就已经有反思，但这一问题真正引起广泛的社会关注，还是在鸦片战争之后。在强国保种的国事应对策中，先进的男性知识分子们蓦然发现，四万万同胞中的一半即两万万的女性，却长期是分利者而非生利者，不仅如此，小足、体弱、无知无识的她们，既不能强国，也不能保种。为了救亡图存、强国富民，在西方涌入的天赋人权、平等自由等观念的影响下，女性被男性知识分子们再次"发现"，兴办女学、反对缠足、缔结女性团体等在艰难曲折中被提上了日程，成了星星之火，加上部分妇女在部分大城市开始了艰难的谋生，女性们开始缓慢地浮出了历史的地表。与此相应的两性伦理关系在此际发生新变，再次受到了小说家在内的各层人士的广泛关注。

　　清末民初夫妻伦理多被小说关注的原因，若从中国小说写作传统内部来加以考察，也可以得到恰切的说明。天僇生曾指出，中国历代小说的创作原因，除掉"愤政治之压制""痛社会之混浊"而外，就是"哀婚姻之不自由"。他阐发说："夫男生而有室，女生而有家，人之情也。然凭一父母之命，媒妁之言，执路人而强之合，冯敬通之所悲，刘孝标之所痛。因是之故，而后帷幕间，其流弊乃不可胜言。识者忧之，于是构为小说，言男女私相慕悦，或因才而生情，或缘色而起慕，一言之诚，至死不二，片夕之契，终身靡他。其成者则享富贵，长子孙；其不成者则并命相殉，

---

① 刘海鸥：《从传统到启蒙：中国传统家庭伦理的近代嬗变》，中国社会科学出版社2005年版，第33页。

② 刘海鸥：《从传统到启蒙：中国传统家庭伦理的近代嬗变》，中国社会科学出版社2005年版，第46页。

无所于悔。吾国小说以此类为最夥。"① 由此可知小说的兴起、发展与中国历代不自由的婚姻之间的密切联系。到了晚清民初，正面直接描写两性私生活的小说有了新面貌。"一类以吴趼人《恨海》、《劫余灰》和民初李定夷的《廿年苦节记》为代表，不但倡导'礼防大义'，而且大肆渲染所谓的'节操'、'贞魂'；再一类以符霖《禽海石》为代表，充分表达了个人追求自由爱情的现代意识；两者中间的第三类可以徐枕亚的《玉梨魂》和吴双热的《孽冤镜》为代表，虽是欲恋又止，遵从礼义，但以'情'抗'礼'的举动历历可见。"② "情"成为此期至为重要的关键词。"情，情，写情！写情，这一个情字，岂是容易写得出，写得完的么？"（《劫余灰》第一回）"大约这个情字，是没有一处可少的，也没有一时可离的。上自碧落之下，下自黄泉之上，无非一个大傀儡场，这牵动傀儡的总线索，便是一个情字。""情字也有各种不同之处，即如近来小说家所言，艳情、爱情、哀情、侠情之类，也不一而足。"（《劫余灰》第一回）到了民初，言情小说更为多见。这当然首先来源于大环境的迅疾变迁。范烟桥就曾指出，民初小说兴盛的原因，除了印刷事业、交通事业发达导致的小说出路变宽、社会中人对小说及小说作者的观念已变为歆慕爱好，以及翻译小说的出现提供了翻译的可能性、创作技法的参照等③之外，另一个重要的、根本的原因即在于，辛亥后，"智识阶级，以及革命党人中间的文人，要利用小说来宣传民主共和、自由平等的观念；同时，革命的不彻底，封建势力的余毒未清，旧的思想意识仍旧顽强地统治着人们的头脑，新旧冲突的悲剧仍在不断发生（表现得最多的是男女恋爱方面），社会上又出现了新的特权阶级——军阀、官僚、资产阶级、买办，令人不平的社会现象随处可见……"④ 又由于当时社会上传统的婚姻制度虽已开始动摇，但"'门当户对'又有了新的概念，新的才子佳人，就有新的要求，有的已有了争取婚姻自主的勇气，但是'形隔势禁'，还不能

---

① 天僇生：《中国历代小说史论》，《月月小说》第 1 年第 11 号，陈平原、夏晓虹编《二十世纪中国小说理论资料》第 1 卷，北京大学出版社 1997 年版，第 287 页。

② 马兵：《伦理嬗变与文学表达》，人民文学出版社 2013 年版，第 85 页。

③ 范烟桥：《民国旧派小说史略》，魏绍昌编《鸳鸯蝴蝶派研究资料》，生活·读书·新知三联书店香港分店 1980 年版，第 167 页。

④ 范烟桥：《民国旧派小说史略》，魏绍昌编《鸳鸯蝴蝶派研究资料》，生活·读书·新知三联书店香港分店 1980 年版，第 167 页。

如愿以偿，两性的恋爱问题，没有解决，青年男女，为此苦闷异常"[1]。于是，写两性之间想爱而不得、不能的困惑与苦闷的哀感顽艳的小说，就成为反映当时时势的有效载体，书写了那一时期整个社会尤其是青年男女的心理状态。

当试着在中国思想文化传统和小说写作传统中去理解晚清民初勃兴的小说，以及其间不容忽视的夫妇伦理问题时，我们会发现，问题比我们想象的还要复杂，夫妇关系比我们原有的理解还要多样。阿英曾经指出，晚清小说的特征，除"充分反映了当时政治社会情况"、以小说为武器批判"政府和一切社会恶现象"、以小说为利器"从事新思想新学识灌输"外，就是："两性私生活描写的小说，在此时期不为社会所重，甚至出版商人，也不肯印行。杂志《新小说》、《绣像小说》，所刊载作品，几无不与社会有关。直至吴趼人创'写情小说'，此类作品始复抬头，为后来鸳鸯蝴蝶派小说开了先路。"[2] 但显然，这仅能概括 1900 年至 1906 年晚清小说的部分特点。"在新小说发轫之初，维新思想、立宪思想，成为新小说发起者力图在小说中宣传的重要内容，政治小说在新小说初期异常活跃。"[3] 但到了 1906 年以后，因清政府新政的实施、科举制度的正式废除、立宪明诏的颁布，政治小说的写作不再热门，对普通人在大变动以及日常生活中的遭遇，包括对写作者本身在历史大变局中生存困境、发展困境的多侧面打量、审思与抒写，成为此期小说作者们关注的重心所在。与此相关的重要事件，就是吴趼人将"情"纳入小说的表现领域，由此带动了一股新的写情潮流的涌现，自由恋爱、自由结婚思想开始不断表现出来。但是，"自由恋爱和自由婚姻虽然在清末得到理论上的提倡，但它在现实中并没有充分实现的条件。清末和民初的言情文学基本上是和否定新女性同调的，对爱情持非常保守的态度，总体上是一种谨守礼教的'无情'的言情文学。作家常常只是借言情，承载另外一些作家想要表达的

---

[1] 范烟桥：《民国旧派小说史略》，魏绍昌编《鸳鸯蝴蝶派研究资料》，生活·读书·新知三联书店香港分店 1980 年版，第 171 页。
[2] 阿英：《晚清小说史》，江苏文艺出版社 2009 年版，第 4—5 页。
[3] 周乐诗：《清末小说中的女性想象（1902—1911）》，复旦大学出版社 2012 年版，第 266 页。

观念"①。这"另外一些作家想要表达的观念",包含家国、节义、自由之类,于是形成了"晚清写情小说'借儿女言家国'、'借儿女言节义'、'借儿女言自由'等独特的主题模式"②。在这言"情"与无"情"、借儿女之情言其他的辩证间,正体现出这一时段独特的社会情境。

历史地看,晚清民初诸多小说的生产,依然处于男尊女卑观念的笼罩之下。我们知道,男尊女卑观念一直是中国男女之间建构平等关系的最大禁锢。将近一百年前,陈东原先生曾高呼:"宗法社会中有一最特殊而最不平等的观念,便是妇人非'子'。子是滋生长养之意,是男子的专称,是能够传宗接代的。妇人,不过伏于人罢了;夫人,不过扶人罢了;人就是第三者,是他人,所以妇人是伏于他人的;夫人是扶助他人的,自己没有独立性。"③ 针对三纲中的"夫为妻纲",康有为曾指出夫为妻纲违背了男女平等之公理,使女子沦为囚徒、奴隶、玩具的境地。"遂使夫也不良,得肆终风之暴而女子怀恨,竟为终身之忧,救之无可救,哀之无可哀。于是谚所谓'嫁鸡随鸡,嫁狗随狗',今果然矣,岂不哀哉!同是人也,岂可使万百亿千女子所适非人,抱痛衔恨如此!然岂徒不得自立自由而已哉,更有为囚、为刑、为奴、为玩具四者焉。"④ 鲁迅曾愤怒地指责,中国古人将人分成贵贱、大小、尊卑,从而形成了一个人凌辱人甚至人吃人的网络。他引用了《左传》昭公七年中的"天有十日,人有十等。下所以事上,上所以共神也。故王臣公,公臣大夫,大夫臣士,士臣皁,皁臣舆,舆臣隶,隶臣僚,僚臣仆,仆臣台",然后说:

> 但是"台"没有臣,不是太苦了么?无须担心的,有比他更卑的妻,更弱的子在。而且其子也很有希望,他日长大,升而为"台",便又有更卑更弱的妻子,供他驱使了。如此连环,各得其所,有敢非议者,其罪名曰不安分!⑤

---

① 周乐诗:《清末小说中的女性想象(1902—1911)》,复旦大学出版社 2012 年版,第 265—266 页。
② 胡全章:《晚清小说与文学转型》,中国社会科学出版社 2012 年版,第 94 页。
③ 陈东原:《中国妇女生活史》,商务印书馆 1937 年版,第 2 页。
④ 康有为:《大同书》,华夏出版社 2002 年版,第 165—166 页。
⑤ 鲁迅:《灯下漫笔》,《鲁迅全集》第 2 卷,人民文学出版社 2005 年版。

鲁迅先生的尖锐言辞，指出了"妻""子"尤其是"妻"的"更卑更弱"、供人驱使的地位。这是中国古代礼教思想史上反对夫为妻纲的现代回声，是对清末以来两性平等视阈下的新型婚恋伦理主张的有力回应。翻阅清末的报纸、杂志，主张恋爱自由、结婚自由、离婚自由、再嫁自由者已不再少见，借西方婚恋状况的镜子照见中国陋俗之不堪，从而发愿、奋起改革，是这些文章常见的论述思路。陈独秀曾用白话劝诫普通民众："男女婚姻，是人生第一要紧的事。定要两下情投意合，结下因缘，才是情理。"[①] 金天翮指出，"使四千万方里化为乐土，四百兆同胞齐享幸福，则必自婚姻自由始矣"[②]，将自由结婚的意义抬至无与伦比的地位，而且，如果自由结婚都不能完成，那么，其他革命的成功根本无法说起："夫二十世纪专制之国民，无日不以夺自由为目的，曾是区区婚姻之自由而不能夺，而乃对万众以言革命，吾知其必无成！"[③] 陈王认定，"天下防淫之法，当以自由结婚为最上乘"[④]；柳亚子曾呼吁离婚自由和再嫁自由："其压制结婚，已聘而未合卺者，一律罢去。倘有彩凤随鸡，明珠投雀；遇人不淑，终风为灾，则急宣布离婚，任其再嫁。"[⑤] 甚至有人主张废弃婚姻，实现男女的自由结合："罢婚姻以行自由结合，废家庭以行人类之生长自由。"[⑥]

与思想理论界的这些热切呼吁相对应，文学创作界也有不少直接或间接反映自由结婚、自由离婚与再嫁的作品。然而，这些两性伦理方面的观念与概念，在当时思想界与创作界都属于新生事物；准确理解其内蕴需要时间，准确呈现与正确对待它们更需要时日。因此，沿着男尊女卑之路继续书写婚恋伦理成为一种必然，而在那些有意识地传播男女平等、婚恋自由思想的小说中，男尊女卑在事实上也成了两性关系的底色。

二　男尊女卑视阈下的婚恋伦理

此期小说中，婚恋关系中的女性以男子为天者甚众，婚恋关系中的男

[①] 雪聪（陈独秀）:《再论婚姻》,《安徽俗话报》1904 年第 16 期。
[②] 金天翮:《女界钟》,上海古籍出版社 2003 年版,第 81 页。
[③] 金天翮:《女界钟》,上海古籍出版社 2003 年版,第 75—76 页。
[④] 陈王:《论婚礼之弊》,张枬、王忍之编《辛亥革命前十年间时论选集》第 1 卷下册,生活·读书·新知三联书店 1960 年版,第 855 页。
[⑤] 柳亚子:《女子家庭革命论》,《神州女报》1907 年第 2 号。
[⑥] 汉一:《毁家论》,《天义报》1907 年第 4 期。

性自居为天者甚众,而一些在恋爱过程中关系尚属平等的男女,结婚以后双方关系甚至立即出现了颠倒。前面二者的例证甚多,最后一种现象,笔者将以《兰花梦》为例进行集中分析。

首先,婚恋关系中的女性,多为了满足丈夫或恋人的欲望而失去自我。《梼杌萃编》第八回中,官员王梦笙本有妻子梅让卿,后见到其老师的女儿谢警文守寡,就进入了"销魂狱","因怜成爱,因爱成痴,竟弄得梦魂颠倒,茶饭不思"。他的夫人见状,立即为他出谋划策,让他和谢警文先行结合,自己再去向谢警文父亲、王梦笙母亲请罪,承担一切罪责,求的就是治好王梦笙的病,成全自己的贤德。[①] 该书第十回中,绪元桢太守主动请人转告病中的上司包容帅,说自己夫人善于按摩,可治其病。得到包容帅允许后,其夫人尽情为他按摩,最终出卖了自己的色相。她之所以如此,"实在因为这绪太守到省数年,未得一件好事,竟有支持不下之苦,又无门路可钻,是以不惜呈身邀宠"[②]。绪元桢的计谋居然被绪太太不折不扣地执行,而且看不出一点痛苦,可以想见丈夫在绪太太心里如天的地位之牢固。在吴趼人的名作《恨海》中,张棣华和陈伯和在订婚前确已相识,也有一定的感情基础,然而,翻遍整本小说,我们确实看不出他们之间的爱意到底有多少来自本心。我们更多地感受到的,是两人因媒妁之言和父母之命确定了婚姻关系后,遵从伦理规范而养成的相敬如宾。在棣华那里,是全心全意地为伯和着想,即便他最后染上了吸鸦片、吃喝嫖赌等各种恶习,且明确表态自己不会改,她也不愿意放弃他,甚至想通过结婚再来劝诫的方式改变他。显然,从棣华被许给伯和的那一刻起,她就全然没有了自己,伯和就是她生活的一切重心了。士伟的《林桂复仇记》中,林桂的妻子素英在其父被丈夫杀害后选择了自杀。她最后之所以必须死,除了要跟从自己的父亲之外,另外一个重要原因,即必须跟从自己已自杀的丈夫。《娘子军》中赵爱云的母亲,与其父亲的关系尚好,但事实上没有什么地位:"爱云的母亲是家中要事一件也不能做主,都要听她丈夫的命令,所以爱云的亲事比别人家更觉来得秘密。"(第一回)当有人来为爱云做媒,赵爱云的父亲赵迁告诉媒人说要与其母亲商量,但实际上也只是"面子上的说话,不过把大略情形告诉了几句

[①] 诞叟:《梼杌萃编》,上海古籍出版社1997年版,第70—76页。
[②] 诞叟:《梼杌萃编》,上海古籍出版社1997年版,第91页。

罢了"。到后来他已确定了才详细告诉爱云母亲真实情况。"爱云母亲听了，知事已定局，自然也说是好的。"（第二回）可见，赵爱云之父仍是其母之纲。

其次，婚恋关系中的男性，多试图让自己的妻子或者恋人以自己为中心。《娘子军》中的赵爱云嫁给李固齐之后，先是被李固齐嫌弃她的天足，说其天足败坏了李家的好门风。随后，李固齐跟爱云说三从四德，强调要出嫁从夫、女子无才便是德，不时摆出压制的手段："见爱云不搽粉不涂脂，又要逞蛮儿；爱云穿着得朴素，打扮得清净，又要杀戒。横也不好，竖也不好，真真说不尽言，弄得个爱云受累无穷。虽然不过来了一两个月，那些家庭专制和男女不平权的滋味倒也差不多尝够了。"（第三回）到后来爱云在公婆的帮助下进了学堂且学有所成，局面才稍有缓解，然而其公公去世后，李固齐就要她回到家里，遵从丈夫的命令，可见他依然不愿意放弃丈夫的威权。谴责小说《市声》中的钱伯廉自己在外花天酒地，不管老婆孩子的死活。虽然他有家眷在上海，但他几乎从未在家里过夜，他夫人只是白白担得了一个虚名。后来，当他因为合伙做生意被算计而气愤时，四先生问他原因，以为是因为妓女陆姗姗的事被他夫人知道了，他却说自己家里那个黄脸婆子丝毫管不住他，他即便再娶上几个，他夫人也毫无办法。他之所以有恃无恐，其实就因为夫权的保驾护航。《女娲石》中的金瑶瑟和凤葵在逃难途中遇到一个男子揪着女子打，原因只是这个女子听了男女平等之说后不愿再被其八股丈夫奴役，不愿意被他卖去做妾。那男子说："自古道：夫为妻纲，未嫁从父，既嫁从夫。他若晓得这个天经地义，便应打死不出房门，饿死不出闺门。那知他听了那些女妖说的什么男女平等一些臭话，骂我是奴隶，又骂我是八股守节鬼。你听这样口气，不是女妖是谁？"（第五回）《冷眼观》中，一个女性曾写了一副对联，上联为"我别良人去矣，大丈夫何患无妻？他年重续丝萝，莫对生妻谈死妇"；下联为"汝从严父哀哉！小妮子终当有母。异日得蒙教育，须知继母即亲娘"。这对联博得了在场者的好评。然而在我们看来，这里面充满了一个妇女对自己命运的无可奈何：自己死了，丈夫可以再婚，她还劝他不要对新妻子谈论死去的自己；自己死了，孩子一定会有后娘，她希望孩子能受到良好的教育，劝诫孩子要知道继母即是亲娘。对自己一定会从丈夫、女儿口里乃至心里消失的命运，这妇女心知肚明，然而只有自我解嘲之一法。这自我解嘲的背后，蕴含了多少悲凉！

此外需要重视的，是一些在恋爱过程中关系尚属平等的男女，结婚以后双方地位立即出现颠倒的现象。

《兰花梦》中的许文卿在没和松宝珠成婚之前百般珍爱她，虽然当时也不许宝珠和其他男人有瓜葛、有应酬，但那可以解释为他在吃醋。成婚之后，他动辄就想压制宝珠，体现出自己的主宰地位，"待宝珠戾暴非常"，而宝珠"暗中时常堕泪，当面俯眉承接，曲意逢迎"（第五十二回）。这种关系在第五十三回中体现得尤其明显：许文卿强迫宝珠和他行令，强迫宝珠唱曲子、狎拳，明知她的小脚会疼，还捏上一把。第五十四回，许文卿强迫宝珠替他画一幅岁朝图，因未能如意而生气，在得到其母的怒斥后，将全盘怒气洒在宝珠和丫头紫云身上，对紫云拳打脚踢，"听他乱打乱骂，倒把宝珠吓了胆战心惊，心里舍不得紫云，又不上前劝解"，"再看看那文卿行凶的模样好不怕人，文卿打了几下，坐下来将宝珠痛斥了一番，宝珠一句也不敢开口，低着头只是偷泣"（第五十四回）。在宝珠那儿，她自己一旦确定了和文卿的关系后，就变得矮人一等，再无以前和文卿做同年时候的平等。结婚前，她就对紫云说："我么，我是个无用的人，连我也不解什么意思，见了倒有些怕他似的"，又吟道："最苦女儿身，事人以颜色。"① 结婚之后，有一次她对紫云说："我在戎马场中，出令如山，杀人如草，也未有怕了一个人呢，还不知有多少的人怕了我哩！就连那些蛮寇，虽多是亡命之徒，见了我影儿，也无不亡魂丧胆。如今到威风使尽了，也不知是什么缘故。我见了他好像怕了他似的，一点都不敢强。"② 连她的小姑子银屏也看出来了，道："他当日在家是什么气焰呢？如今做小服侍，看他有好几分怕哥哥呢！"夫人也说："怎么不是？一点同他不敢强，就是同别人也是温温和和的，毫不做作，何尝像掌过兵权的人？在我们长辈面前，更知道分量，我虽同他一些规矩没有，也还是毕恭毕敬的，我实在心内疼他。"那么，到底是什么原因使得她变成这样了呢？其实，在许文卿"竟忘却自己是个女人了"这句话里，也在宝林所言宝珠的屈服、受辱乃是为了"图个贤德的虚名"这句话里。言下之

---

① 《兰花梦》第五十九回，《中国近代孤本小说精品大系》，内蒙古人民出版社1998年版，第446—447页。

② 《兰花梦》第三十八回，《中国近代孤本小说精品大系》，内蒙古人民出版社1998年版，第284—285页。

意就是，女人天生就该怕男人，男人天生就是女人的天。① 我们知道，宝珠和宝林本是两姊妹，宝珠之才尚在宝林之上。宝珠在女扮男装时，和文卿本是同年，一起吟诗作对，一起出入朝廷。两人的结合，本就因文卿特别喜欢她，照理说，他们二人婚后应该更加融洽，更加平等才对。然而不然，宝珠的女扮男装身份一被文卿识破，她立即矮了好大一截，任凭他处理，奉承于他，只得嫁给他。也就是说，宝珠一旦回到女性角色，其一切功名、威望均付诸流水，她成了一个再普通不过的、看丈夫脸色生活的女人。这不能不说是她性格的悲哀，然而也不能不说，是夫权观念在上等社会的她眼里、心上依然强大无比，是整个社会强大的夫权观念对她的巨大压迫。

在清末民初的小说中，常通过对小脚的把玩、对女子求学的禁止等的描绘来刻绘婚恋伦理，而这些都体现了夫权势力的强大。小说中对缠足的反抗，对求学权利的争取，往往伴随着对夫为妻纲的反叛。《女娲石》中，绮琴、翠黛的唱词满是对中国当时弊政的控诉，其中说到缠足问题：

> 身体发肤受之父母，不敢毁伤孔子语。为何采生行妖俗？缠我足兮折我骨。折我骨，一步一颠痛彻肺腑。娘持白布三丈余，姐持金莲三寸齐，说道我虽痛你没奈何，奈何！必要如此方楚楚。（第十四回）

第十四回中，金瑶瑟逃难至河边，遇到捣命母夜叉三娘子，她"赤洗世界贱男子，扫尽奴才根！根！"还唱着这样的歌："擒贼须擒王，杀人须杀男，入刀须没柄，抽刀须见肠。"她将男人称为野猪，和自己的两个姐姐一起专门杀男人。"咱老娘的姊妹，被你们压了两千余年，拉着夫纲牌调倒还威风。"在误以为金瑶瑟为男人的情况下，想杀他为女性报仇雪恨。在晚清民初的小说中，类似捣命母夜叉三娘子一样的悍妇形象所在多有。这些人的存在，在一定意义上是对夫权掌控下的夫妻关系的反叛。

"晚清家庭小说中所塑造的妒妇与悍妻形象，她们因情而妒，因妒而悍。《甘载繁华梦》中周庸祐的继室马氏、《瞎骗奇闻》赵泽长的妻子钱

---

① 《兰花梦》第五十六回，《中国近代孤本小说精品大系》，内蒙古人民出版社1998年版，第426页。

氏,《新泪珠缘》中的徐秀才的妻子,这些人物有的是作为配角在作品中出现,有的则是作品的主要刻画对象,他们有的将丈夫牢牢禁锢在自己身边,使丈夫惧怕自己;有的因嫉妒而残害妾室、虐待子嗣。"[1] 但不管是妒妇还是悍妻,其过分甚至过激的言行其实都是为了保证自己合法的伦理身份,而背后则是自己的经济地位。她们争的是男人,看重的是男人,所有的努力不过是为了挣得自己的长期饭票而已。这在客观上依然维护了传统的夫为妻纲的合法性与权威性,夫为妻纲依然是至为重要的两性伦理法则。

第二节 男女平等视阈下的婚恋自由追求

一 对自由恋爱与结婚的理解与追求

"19世纪末,严复将西方的'自由'概念引进中国。严复没有料到的是,'自由'在中国的有效实践,更直接作用在日常生活及社会习俗的'自由结婚'上。"[2] 经由晚清以来的大力宣传,"自由结婚"成为一种新潮,"婚姻自由"甚至成为一种口头禅。小说《新孽海花》第六回有个饶有意味的情节:留日归来的男子朱其昌与冰清玉洁的女子张慧儿在赏梅过程中相识。盗贼海里奔也看上了张慧儿,因此私下想着要将她抢去做压寨夫人,不料遇到紧随张慧儿的朱其昌舍命相救,因此朱张得以脱险且感情越加深厚。后朱其昌依依不舍地拜别张慧儿归家,却在路上被海里奔及其兄弟伙拦住。海里奔除了发表对留学生的不满之外,还和朱其昌探讨起了"自由"的含义。

> 其昌暗想:瞧不出这光蛋倒也是个新学界人物,懂得些"自由"、"平等"的字面。遂道:"自由者,是以不侵害人之自由,亦不使人侵己之自由。是这样解说的,你问他做什么?"黑汉道:"婚姻自由,可许人家侵害不许?"其昌道:"婚姻自由,是最尊贵不过的,如何可许人家侵害?"黑汉道:"却原来也知道婚姻自由是最尊贵不

---

[1] 范海伦:《晚清家庭题材小说研究》,硕士学位论文,陕西师范大学,2016年。
[2] 杨联芬:《"恋爱"之发生与现代文学观念变迁》,《中国社会科学》2014年第1期。

过,万万不能听人家侵害的。然则你为甚么来侵害我的婚姻自由?哼,哼!你可知罪么?"……黑汉道:"……我当日在彗日寺赏梅花,碰见了这女学生装束的姑娘。见他模样儿生的标致,就与众兄弟商议了,娶她来做个压寨夫人。探明他是井亭港人,所以等候在三混荡里,预备着与他文明结婚,那知一桩好事无端的被你冲破了。"(第六回)

海里奔对"自由""婚姻自由""文明结婚"的理解,显然是意味深长的误会。但这一细节告诉我们,即便是当时的盗贼耳里也灌入了足够多的类似言说,以至于他们都能以此为招牌来为自己的行径强作辩护。

在此期的小说中,表达婚姻自由的言论的确比比皆是。婚姻应该自由的观点,有时由作者亲自出马加以说明。例如《梼杌萃编》第十一回,王梦笙与其妾谢警文在去上海途中望见了焦山,"两人并肩握手,倚着栏杆看了半天,皆觉得心神舒畅。"作者接着感慨道:"做书的常想,倘使中国婚姻也由男女自择,或者可以弥此男女程度相差的缺陷。……若像这王梦笙、谢警文两人,真是不容易逢着呢。不过,遇着个讲宋学的先生,又要批评他们不合以正了。"① 当然,作者更长于使用的,是通过小说中人物之口来发表婚姻自由论。如《黄金世界》中的图南就对男女地位之别愤愤不平:"男尊女卑,岂非自古到今相传的金科玉律么?实则嗜好同,知识同,赋行之间,所以稍示区别者,正是造物主持为养成人类的枢机,否则独阴不生,孤阳不长,现在的世界,便如过去的世界,不复有高等动物生存竞争于其中。何以因区区的形骸,终古以来,遂锢其心灵,塞其聪明,并夺其权利?读书则谓之轻薄,问事则谓之僭越,天下不平,殆无甚于此。"② 李伯元《文明小史》中的钮逢之大胆地与母亲争论婚姻问题。他说:"外国人的法子,总要自由结婚,因为这夫妻是天天要在一块儿的,总要性情合式,才德一般,方才可以婚娶",并表示"那守旧的女子,朝梳头,夜裹足,单做男人的玩意儿,我可不要娶这种女人。"(第三十九回)主张婚姻自由的钮逢之择偶标准是进过女学堂、有学问而且是天足的自立女性。《娘子军》中的赵爱云,追求的是婚姻自由和与丈夫

---

① 诞叟:《梼杌萃编》,上海古籍出版社1997年版,第103页。
② 碧荷馆主人:《黄金世界》第十九回,吴组缃、端木蕻良、时萌主编《中国近代文学大系·小说集四》,上海书店1992年版,第673—674页。

平权。当她最终和李固齐言归于好之后,她感悟到婚姻总须自由才好。"因为中国婚姻男女两不相见,都凭那不肖的媒人东骗西谎,到男家说这女子这么貌美,到女家说男子这么能干,直说得天花乱坠,两家父母自然允许下来。譬如无能的女子嫁了顽固的丈夫,任丈夫怎样吩咐,不敢不从,这是自身无用,终身要靠男子,不得不受男子的压力,倒也气得过去。如果换了文明女子,嫁了这种顽固男子,那女子重重束缚,如监狱一般,这个苦楚那就不可言了。"(第十一回)又说:"我看泰西各国婚姻都是自由,到那时男欢女爱,同享爱情,自然协力同心做起一番事业出来。如今民智已开,才知道自由婚姻何等有益,便知道野蛮婚姻都是父母二人拘泥古礼不好。等到男女反对,再云归咎父母也已迟了。"(第十一回)《梼杌萃编》中的光玉妞时常同全禹闻在伦敦玩耍,看过两回英国男女结婚,就想学习"外国的规矩",一天拉着全禹闻去一家餐馆喝醉了,要求全禹闻和她同住,成就了自由结婚的大礼。她在求父亲答应自己与全禹闻的婚事时说:"女儿……看见外国人自主婚姻实在很有道理,我想我们中国的男女总是彼此从未见面,强合着做成夫妇,有何趣味?"光玉妞的行为与言语,在当时实属大胆,也就部分代表了作者在这一问题上的认知。

在此期的小说中,有更多的人物以实际行动反抗既定的婚姻规则,勇敢追求自己认定的幸福。如《梼杌萃编》第七回中,魏太史向贾端甫大谈他对专制的看法,认为天下万事万物均需实行专制,而治家"更非专制不可"。就在此时,他收到家人送来的妻子留给他的信。信中,其妻子何碧珍揭穿了他孝悌的假面,觉得他不足以让她托付终身,所以她依据泰西离合自由的法则,决意"宁为诚者妾,不愿为伪者妻也!"带着细软投奔魏太史的表弟章池客而去。这简直无异于当众打了魏太史一记响亮的耳光,证明他原来对贾端甫所言不过是虚张声势:他在家里并不是专制的君王。更妙的是,何碧珍见了章池客之后,她说:"我要不愿,就是叫我做嫔妃、福晋、一品夫人,我也不要做;我要愿,就是叫我做个外妇、私窝、通房丫头,也没有什么不可。我看,不独我何碧珍一人为然,凡是天下的女子,没一个不存此心的,不过受了父母、男人的束缚,叫做没法罢了。而且,我觉得只要男女合意,不拘一夫多妻、一妻多夫,都无不可。

那泰西人执定了要讲一夫一妻的道理，似乎还未能体贴得十分透彻。"① 何碧珍这一番言辞，充分张扬了自我的个性，对于婚姻中女方的意愿着意强调。这"愿意"与否的反复申明，在当时无异于空谷足音。东亚寄生撰的《情天劫》（1909），讲述了一出爱情婚姻悲剧。江苏师范游学预备科学生余光中品学兼优，思想开明，决意自择良侣，遂在报纸上刊登"自由结婚"之征婚书信。吴门天足会书记、苏苏女学历史教习史湘纹乃杭州知府之女，人材出众，也主张自由结婚，偶见余光中征婚书信，触动心事。后经苏苏女学校长汪畹兰介绍，二人相识，切磋学问，相互爱慕，遂私定婚约。其婚约云："……爱情深挚，结自由婚。生则同室，死愿同坟。地老天荒，此盟不移。"光中毕业后到上海龙门师范任教。未几，湘纹之父亡故，继母吴氏逼其嫁内侄吴天佑。湘纹决心以生命反抗旧式婚制，以一死告示天下父母，便作书与光中永别，然后投河自尽。光中得讯，来至坟前祭奠，一恸而绝。两家议定将两棺合葬。是日，众学生和有志闺秀都来送葬，充分体现了对其抗争传统婚姻制度与习俗的肯定。《自由结婚》中的关关和黄祸两人自由恋爱。关关可以和叔父争论婚嫁自由的问题，说："婚嫁自由，文明公理，侄女本来发誓终身不嫁，就使不然，将来侄女自有权衡，何劳叔父越俎代谋。"② 在黄祸之母表达想让她和黄祸缔结婚姻关系时，关关没有回去问过自己的母亲，而是直接就答应了她。

在小说中，当主人公不能拥有婚姻自由时，他们开始反思，开始责问文化传统。当然，这种反思和指责，往往也就代表了作者自己的态度。比如符霖的《禽海石》中，镜如直陈自己和纫芬的爱情婚姻悲剧是由孟夫子所导致的，因为孟夫子说了无情无理的话：世界上男婚女嫁，都要凭借父母之命，媒妁之言。否则，父母国人皆贱之！他提出："男婚女嫁的事，在男女两面都有自主之权，岂是父母媒妁所能强来干涉的？只要男女都循规蹈矩，一个愿婚，一个愿嫁，到了将婚将嫁的时候，都各人禀明了各人自己的父母，不要去干那钻穴逾墙的勾当罢了，如何为父母的可以一

---

① 诞叟：《梼杌萃编》，上海古籍出版社1997年版，第67页。
② 震旦女士自由花：《自由结婚》，《中国近代小说大系：东欧女豪杰 自由结婚 瓜分惨祸 预言记等》，百花洲文艺出版社1991年版，第153页。

厢情愿去撮合他?"① 镜如的观点，有反父母专制的意义，然而将父母专制的根由，指斥为孟夫子甚至中国文化传统，这显然忽略了对自己父母的指责。而更多的人，则将婚姻不自由的原因归咎于社会。"近时流行的《玉梨魂》，虽文章很是肉麻，为鸳鸯蝴蝶派小说的祖师，所记的事，却可算是一个问题。但这仍是上面所说第一个问题的变相，并不是非神圣的三位一体，解决本极容易。他们的结果，却弄到同《谁的罪》一样，可见中国社会的罪大恶极了。"② 端木蕻良则说："作者寄极大同情于这对恋人，主题思想是反对封建主义的婚姻观，且文笔优美，不涉淫邪，与《红楼梦》有一脉相承之处，尽管思想深度不够，但决不能以此斥为异类。"③

但不管如何，此期的婚恋关系已显示出不容忽视的变化，比如《绛衣女》中男女主角的恋爱结婚过程，体现了平等自由观的渗透，《忏吻》《小学教师之妻》体现出婚姻中的夫妻如何应对恋爱与结婚之别的思考，《女侦探》《新孽海花》《真假爱情》等则体现出国家伦理对婚恋伦理的阻碍或造就的多重效果。

署名"梦"的短篇小说《绛衣女》中，郑秋菊与黄杰的恋爱关系及婚姻缔结过程就已出现一些新因子。作者对黄杰和郑秋菊的最初描述虽仍留有郎才女貌的痕迹，但毕竟又有新质，比如对于黄杰，作者不仅强调他"美秀而猛""国文粹美"，而且强调他是"某学校高材生，刻厉向学，试辄冠其曹偶……于欧西文学，治之已升堂矣"。此外，他还有"武力绝伦"的一面，即他还"以善运动冠其同学"，曾在省城各校联合开运动会时获得过第一名。正是由于有了某高校的高才生这一说，他才可能在乡人争相说白杨阜有鬼出没时，"直欲嗤之以鼻"，又说出"参以学理，世有科学，殊不知有鬼"这样的话来。而郑秋菊是一个有着"如花丽质"的奇女子。其如花丽质体现在"前发覆额，面庞作瓜子形，柳眉波目，樱口绛唇，颊上双涡微晕，于极妩媚中流露一种庄严之态。洵乎艳如桃李，

---

① 符霖：《禽海石》，吴组缃、端木蕻良、时萌主编《中国近代文学大系·小说集六》，上海书店1991年版，第861—862页。
② 周作人：《中国小说里的男女问题》，《每周评论》第7号。
③ 端木蕻良：《导言一》，吴组缃、端木蕻良、时萌主编《中国近代文学大系·小说集一》，上海书店1991年版，第8—9页。

凛若冰霜矣"[1]，而其奇特则体现于"在某女校任国文体操两科"且技艺高超上。无论是黄杰还是郑秋菊，都是现代教育的产物。现代学校使得他们既有了西学也有了国学知识，现代教育中的体育竞技使他们发现了彼此从而相互倾慕。而他们俩合力打"鬼"（捉盗贼）的过程，充分体现了现代知识体系对他们的正面影响。他们的相互倾慕、结交、缔结婚姻的过程异常自然，没有包办的痕迹，是一种新型的郎才女貌、两情相悦。

《忏吻》《小学教师之妻》处理的是夫妻如何应对恋爱与结婚之别的问题。半侬的《忏吻》写亨理在渡过与萝蔓的蜜月后感到了爱情的退减，甚至觉得连亲吻都"不过是敷衍门面的故事""味同嚼蜡"。他的心理变化被萝蔓看在眼里，故两人由此谈到了爱情与离婚。后由于萝蔓的伯父彼得的劝诫，亨理觉悟到自己的意识之错，故回去向萝蔓道歉，给了她一个忏悔吻。[2] 关注到爱情期与婚姻期之别的小说，还有呆笑的《小学教师之妻》。小学教师崔小梅一天早起准备去学校的过程中，突然发现自己的妻子没有恋爱时那么神圣那么美丽了。加之因处理柴米油盐的琐事而和妻子发生了冲突，小梅心里不舒服，晚上回家特别晚，妻子却在等他吃饭。心生愧疚的小梅随即看到了婚前情书，于是把一切烦恼抛诸九霄云外，重新燃起了生活与爱的激情。

此期的小说中，有一些为我们呈现了自由恋爱所带来的痛苦，尤其是爱情与国家伦理发生冲突时的痛苦，如《女侦探》《新孽海花》。《女侦探》的题目试图凸显女主人公花脱夫人突破困局的高超技巧。但从整个文本来看，花脱夫人与被虚无党人派去杀她的"我"之间的爱情，写得最为曲折也最让人动容。"我"在奉命去暗杀花脱夫人的过程中，却因为她的美貌而失魂落魄，甚至产生了这样的想法："我便更望我自今以后，自朝至暮，自暮至朝，常和这美人相处，常看着这美人的颜。我别的东西都可以不看，别的幸福都也不要，别的志愿都可消灭了。"显然，这是以爱情而超越集团意志的想法。随后，花脱夫人向"我"表白爱情，说只有在"我"身上她才找到了爱情，希望今后"我"能和她常住在一处。而在"我"知道花脱夫人将与花脱伯爵成功离婚后，理智即告诉"我"应该下手杀掉花脱夫人，然而情感上终究不忍。后来，因为巧合，她病死

---

[1] 《小说时报》第1卷第3号（1909年）。
[2] 《中华妇女界》第1卷第1期，1915年1月25日。

的女婢被"我"的一个同党误以为是她而杀掉，花脱夫人得以脱身。在将离开"我"之前，她冒着危险约"我"相见，告知实情，期待"我"今后去她定居之处找她，一起过幸福生活。结果"我"没去找她，而她也终未到伦敦来，整个过程对"我"来说就像是一场"春梦"。作者在附白中感叹道："呜呼！情之魔力诚大矣！虚无党员之不忍杀夫人，夫人之几被杀而恋恋不舍者，可知情之于人，固有重于性命者矣。可畏哉！可畏哉！"① 《新孽海花》中苏慧儿对前去看望她的朱其昌说："我很知你极是爱我，我这会子要求你从此后不必爱我了。"而其理由则是这样一番长篇大论："你从前是个寒士，如今是贵人了。……我此后恳求你把爱我之心移在国家上，爱我怎么样爱，爱国也怎么样爱。你把中国像我一般的看待，中国就能威震东亚，你也就能名扬四海了，我也可以快活了。因我的快活就跟在你身子上，世界上没有了你也就没有了我呢！须知我一个人实是你的祸水，你爱了我于你前途实没有什么益处。"② 这与传统女性一样的"红颜祸水论"，居然出于已知晓女权、民主、自由等的女学生苏慧儿之口，的确体现出国家观念对于刚刚觉醒的女性们的笼罩性影响。

苏慧儿劝朱其昌移爱己之心于爱国，周瘦鹃《真假爱情》中的陈秀英却阻挠未婚夫郑亮在辛亥革命期间去武昌杀敌。最终，郑亮决意去战场，中断了与秀英的爱情。陈秀英的表妹李淑娟一直和郑亮相熟，倾慕他的参战举动，听闻秀英与郑亮的同学张伯琴订婚的消息，很为郑亮忧伤，路遇郑亮，表达了对他的理解与支持，后又去火车站送他出征。郑亮到了武昌，遇见张伯琴，才知他也来参军了。在后来的一场战争中，郑亮因表现出色而受军中统领赏识，三个月后升为军官。此时张伯琴已亡，郑亮接到了陈秀英示爱的书信后，"蓦地撕成了几百条，摔在脚下，把脚一阵子乱踹，轻轻骂道：'好一个无耻的女子！好一个无耻的女子！'"于是撇开这假爱情，想起了李淑娟的爱，战事完毕后即去向李淑娟求婚，获允并结为连理，开始了幸福的新生活。国家伦理和爱情伦理由此实现了对立之上的统一。③

有时，国家伦理也成为小说主人公逃避痛苦爱情的最佳理由。比如，

---

① 陈景韩：《女侦探》，《月月小说》第2年第1—3期，吴组缃、端木蕻良、时萌主编《中国近代文学大系·小说集七》，上海书店1991年版，第669页。

② 陆士谔：《新孽海花》，中国文联出版公司1989年版，第248—249页。

③ 周瘦鹃：《真假爱情》，《礼拜六》第5、6期，1914年7月4日，1914年7月11日。

烂柯山人曾自陈,其《双枰记》的价值在于其所记"直吾国婚制新旧交接之一片影耳"。小说中的何靡施在曹家渡与友人下棋时,遇见绝世女子沈棋卿差点被人侮辱,遂出手相救。后那女子想法联系上何靡施,两人感情甚笃。但沈棋卿小时已被父亲订婚,其母亲毫无主见,其兄长对新式的自由恋爱等持绝对反对态度;何靡施自己家贫、父亲守旧,而且思谋着要爱国而不能计较儿女私情。何靡施痛苦不堪,后决意去日本,未到神户时,以愤懑生之名蹈海自尽。爱国成了何靡施解决恋爱困局的唯一出口。而在《新孽海花》中,朱其昌刚从朝廷得到了功名回到老家,各种人就都来庆贺,媒人薛胡子也来转达未婚妻一家想早日结亲的愿望。朱其昌本与苏慧儿相知相恋,对父亲为其定下的婚姻十分不满却推脱不得,于是以爱国为挡箭牌拒绝婚事:

> 只见朱其昌跳起来道:"媒翁多谢!恳求你转音曹太太,说我朱其昌业已以身许国,不愿再有家室之累,他们姑娘倘或不能守候,尽管另行改配,我朱其昌决没半句儿说话。姑娘的庚帖他们如要索回,尽管拿去是了。"薛胡子道:"其兄为甚动气?"其昌道:"并不是动气,你们瞧中国国势弱到这等地步,我们做国民的还有暇顾及妻子么?况我新受君恩,尤当竭力保国,婚娶一层更是不在心上。"①

正是凭借爱国这个幌子,朱其昌成功地逃离了与不爱之人结婚这个苦难的漩涡。

二 对自由恋爱与结婚的反省与批判

清末尤其是新政革命开始后,男女平权、自由恋爱、自由结婚的理论宣传颇多,在这种理论召唤之下,有一些男女开始尝试自由恋爱,主张自由结婚。然而,晚清主张家庭革命的革新派确属少数,对自由恋爱与结婚的反省与批判,则是当时言论界和小说界不容忽视的强势声音。

陆士谔《新孽海花》的第十一回中,做生意发了财的李墨迁,想通过打通其姑丈关口的方式,让他将其侄女张慧儿嫁给他。李墨迁说:"你是慧妹妹的胞伯,慧妹妹没了父母,你不替他做主,还有那个可以做主,

---

① 陆士谔:《新孽海花》,中国文联出版公司1989年版,第252页。

难道叫他女孩儿家亲自去择配不成?"作者在边上批了一句话:"此子腹中,果不知自由结婚为何物也。"由此彰显了作者的新派立场。但显然,在那一时期的主流观念里,自由恋爱和自由结婚并不具有历史合法性。直到1907年,清廷学部还特地颁布了《札饬各省提司严禁自由结婚文》,视自由结婚为洪水猛兽。直到1909年,《华商联合报》第九期"海内外半月大事表"栏中的"学务"情况中,还特别标明这样一条信息:"学部电咨各省严禁女生在境内创设自由结婚演说会"①,由此可见,当时已有女生们在致力于通过演说会推进自由结婚观念的普及,但也可以由此发现主管部门对这样的行为极为警惕。对于自由结婚思潮的抵制,在吴趼人等这里,发展为对从西方输入"自由"等概念的消极意义的反思。在《〈上海游骖录〉识语》中,吴趼人就说:"以仆之眼,观于今日之社会,诚岌岌可危,固非急图恢复我固有之道德,不足以维持之,非徒言输入文明,即可以改良革新者也。"② 在《情变》的楔子中,吴趼人劝诫世人:"何苦纷纷说自由,若无欢喜便无愁"。又批判当时的国人眼里只有外国而无中国,崇拜华盛顿、拿破仑而非张睢阳、岳武穆,认可外国的催眠术而贬斥中国的蓍龟,要求读者拿中国眼睛来看、中国耳朵来听,不要拿外国眼睛来看、外国耳朵来听。这样的文字,体现出吴趼人在当时的西潮中特有的清醒,换个角度来看,则体现出吴趼人在当时特有的固执,对传统伦理纲常特有的坚持。

众所周知,1906年后言情小说的风起云涌,与吴趼人的大力主张与亲自实践关系密切,其《恨海》《劫余灰》《情变》更是此期言情小说的代表作。与符霖《禽海石》为代表的一类"充分表达了个人追求自由爱情的现代意识"小说不同,也与徐枕亚《玉梨魂》、吴双热《孽冤镜》为代表的一类"虽是欲恋又止,遵从礼义,但以'情'抗'礼'的举动历历可见"的小说不同,吴趼人的这些小说和民初李定夷的《廿年苦节记》,都属于"不但倡导'礼防大义',而且大肆渲染所谓的'节操'、'贞魂'"③的作品。在下一节中,我们将从贞节话语角度对吴趼人的这些作品进行剖析,此处仅以其《情变》为中心来分析他对自由恋爱、自

---

① 《华商联合报》1909年第9期。
② 吴趼人:《〈上海游骖录〉识语》,《月月小说》1907年第1卷第8号,陈平原、夏晓虹编《二十世纪中国小说理论资料》第1卷,北京大学出版社1997年版,第280页。
③ 马兵:《伦理嬗变与文学表达》,人民文学出版社2013年版,第85页。

由结婚的警惕如何影响到了小说人物的形象塑造。

站在今日的角度看,《情变》中的女主角寇阿男与男主角秦白凤,是一对听从本心、勇敢追求婚姻幸福的行动者,寇阿男更是一个值得敬佩的为爱而百折不挠的痴情者。寇阿男小秦白凤二岁,因两人小时在一起读书,慢慢种下了情根。相较而言,秦白凤处处顾及礼教,忍受它的束缚,而阿男的思想更为自由与开放。阿男辍学时,以要跟先生辞别为借口悄悄跟秦白凤表白心迹,说如果秦白凤真爱她,就务必等她。随后,阿男被迫随父母去京城摆摊卖艺。其父寇四爷想在观众中拣出一个女婿来,于是让阿男比武招亲。阿男之母本想将阿男许给其侄儿余小棠,所以将丈夫之意图告诉了阿男。阿男遂特意留心,坚决不让其他人得手。半年多之后阿男回到乡下,和母亲前去秦家拜访,"阿男见了他朝思暮想的人,自然格外留神,瞟着一双水汪汪的俏眼,看了又看,嘴里却说不出话来。主人家已经送到门外,不便再为淹留,只得走了,却还回转头来对绳之娘子说了声明天会。说时那双俏眼,却是瞟着白凤的"(第三回)。后又因她误会白凤不理她而着急生病。在第四回中,阿男主动出击,自己带了香烛、酒菜,于晚间到秦白凤处,自行拜堂成婚。随后,她和秦白凤"天天在一起,闹得像饴糖般扭结不开"。这样过了一两个月,终被人发现,于是被棒打鸳鸯。此后阿男勇敢地离开父母,找准机会寻到白凤,两人流连于杭州,温情缱绻,百般恩爱。最终两人仍被双方长辈发现,只得劳燕分飞,怀揣痛苦各自成婚。小说只写到第八回,而且从题目来看该回还未完成。其原来拟定的还有两回,分别是"感义侠交情订昆弟 逞淫威变故起夫妻""祭法场秦白凤殉情 抚遗孤何彩鸾守节",可以推知阿男还会与秦白凤再续前缘,而她自己则犯法当诛,秦白凤最终殉情而亡。

不带客观偏见地去梳理该小说,我们就发现了为自由恋爱而双双牺牲的这一对先锋青年。然而,吴趼人的主观理念是想贬斥阿男和白凤这一对有情人,认为他们的"情"已经进入了痴、魔的境地。因此,对于两人的至情至性,他不仅不加以赞扬,反而时时想着消解其意义,甚至直接批评。在小说中,他对秦白凤暂时忘掉了阿男表示欣赏,说那是他的"天性过人之处"(第三回)。小说第四回,写阿男第一次夜间去访白凤商量婚事却清白之至,吴趼人感叹道:"诸公!这是秦白凤以礼自守的好处。"(第四回)在第五回中,秦白凤的父亲秦绳之不愿意让寇阿男成为儿媳,吴趼人站出来评价道:"绳之虽是乡下人家,却还读过两句书,守着点廉耻，不像那个讲究自由结婚的人，只管实行了交际，然后举行那个什么文明之礼，不以为奇的。"（第五回）在描写阿男被父亲找回来后不言不语时，吴趼人认为是她自己羞于见人、惭惶万分的表现，评价说这是因其良知未泯。但是，当小说家运用心理描写，试图站在作品中人物的角度去书写、体察时，他就不自觉地旁逸斜出，部分违背了主观意愿，而透出了别样的意味来。比如第七回，阿男在病中不想吃饭，其母亲却并不强求她吃，阿男悟到"知疼知痒，贴心贴肝的人，只有他一个"[①]。这番饶有意味的对比，部分颠倒了父子伦理与夫妻伦理在阿男心中的地位，也在无意间告诉读者白凤和阿男确是真心相爱。有了这样的感情作基础，如若寇四爷与四娘、秦绳之与其夫人稍作变通而成全了他们，他俩一定不会有后面的悲剧，也不会有被强行拉扯进来的何彩鸾的悲剧了。

　　吴趼人的主观道德观念和作为小说家的艺术本能相互撕扯，在一定意义上影响到了他的小说表达效果。有学者指出："道德观念浸淫于小说戏曲，大体上有两个层面。一个是叙述层面，这主要表现为作者的议论；再一个就是情节层面。体现于这一层面的情况显然要比前一层面复杂。即使在基本观念相同的情形下，也可以由情节进程诱导出道德意义，或在道德意义的支配下形成情节。"[②] 在《情变》中，吴趼人的主观议论与情节透出的意蕴存在不小的落差。这种文本，恰好反映出吴趼人转变的艰难，也透出那一时代具有一定普遍意义的思想文化现象。

　　寇阿男所受的仍是传统的私塾教育，从整个文本来看，也丝毫看不出她具有自由、平等之类的思想观念。她对于自由恋爱和自由结婚的坚持，更多地是一种朦胧的根源于生命无意识的情感需求。但不管怎样，她的言与行，仍在一定意义上与新女性取得了一致性。而吴趼人对她的批判态度，也是那一时期言情小说作家的普遍姿态："清末和民初的言情文学基本上是和否定新女性同调的，对爱情持非常保守的态度，总体上是一种谨守礼教的'无情'的言情文学。"[③] 这一点，在我们翻阅那一时期涉及女界尤其是女学生的小说时，会有更为鲜明的认知。

　　李定夷编纂的小说《女界宝》第四集正文前有他的《伉俪福》的广

[①] 吴趼人：《情变》第七回，《吴趼人全集》第5卷，北方文艺出版社1998年版，第283页。

[②] 刘勇强：《历史与文本的共生互动》，《文学遗产》2000年第3期。

[③] 周乐诗：《清末小说中的女性想象》，复旦大学出版社2012年版，第266页。

告，其中说："自由之说行，夫妇之道苦；离婚之风盛，夫妇之道尤苦。先生有鉴于此，爰作是书，以匡秕俗。都七万言，内容艳而不佻，乐而不淫，而描写燕婉之好，却又无微不至……"他的《女界宝》分为八集：第一集"志孝"、第二集"志节"、第三集"志烈"、第四集"志才"、第五集"志情上""志情下"、第六集"志色"、第七集"志侠"、第八集"志异"，而在每一册的封面上，都有"闺阁春秋"字样。显然，这是意在反思女界之弊，而主张恢复传统女德的系列创作。另外，有托名慧珠女士编辑的社会小说《最近女界现形记》，上海新新小说社印行（1908年），一共五集二十篇。在初集的《赘言》中慧珠曾写一段文字说明该书来历，说她读了销魂客"十巨册"的游历见闻后，觉得其"山川文物风土人情种种现状尽在目前"，而"于女子社会交接最多，记之独翔"，故仿小说家言，写成此书。在具体文字中，小说作者对于女界有着揭开黑幕的热诚。

　　署名"南梦"[①]的哀情小说《双泪碑》，最初连载于1907年6月2日至6月11日的《时报》，是《时报》此前悬赏小说征文活动的应征作品，发表时标题旁有"悬赏小说第二等"字样。作者在文末自述写作目的："吾草双泪碑，吾馨香祝吾最敬爱之男女学界兄弟姊妹，毋浮慕自由结婚之美名，漫不加察其生平，而一朝误用其情，致饮恨毕生，而为汪柳侬第二也。"显然，作者对小说的男主人公——游欧返乡任教的学界人士王秋塘，尤其是新式女子汪柳侬是持批判态度的，对于他们所受到的"自由结婚"观念也持批判态度。春飙的《未来世界》写了三对青年的婚恋悲剧。新女性赵素华被作者认为自由太过，以至于婚姻不合。1909年发表的言情小说《十年梦》写父母之命媒妁之言对自由恋爱的阻碍，连媒婆也反对自由结婚："难道就要如现在出洋的毕业生自由结婚不成？他们满口里是文明，其实中国没有这个法子，以后只怕是连人伦也不要讲，男女们都要自行择配了。"[②]《女娲石》第十回中，湘云长于给人洗脑，就给金瑶瑟讲了不同人的脑筋是何种样子："譬如我国学生，虚唱革命，假谈自由，其实所想的是娇妻美妾，红顶花翎。若将那副脑筋解剖出来，其虚如烟，其浮如水，中有印着墨的，印着嘴的，并有印着美人相片的"，对于

[①] 南梦，即陆曾沂，江苏海门人，南社成员。
[②] 平垞：《十年梦》，《中国近代小说大系：新茶花　十年梦　兰娘哀史》，百花洲文艺出版社1996年版，第199页。

假借自由以行罪恶之新学生们进行了批判。长篇小说《侠义佳人》中，作者通过女学生柳飞琼自由恋爱、结婚终究受骗的故事，表达了他对文明结婚的保留态度。小说中的柳飞琼，从女子学堂毕业后，"装了一肚子的新名词，满腔的自由血……飞琼的心意，也没有别的苟且事，不过一心想自由婚姻，要出去多结识些少年男子，从中拣一个如意郎君，才不辜负自家的华容。"后来遇到投合她心意的楚孟实，很快就订了婚约，施行文明结婚。但婚后她发现楚孟实早已结婚，她只处于妾的地位，备受虐待，后经过百般努力才得以离婚。

《黄绣球》中也有对自由、平权者的批驳。赵爱云的丈夫李固齐反对她进学堂，说："你不看见现在这些女学生么，也是同你一样的开口文明闭口平等，学了几句口头禅把男人看得如草鞋头上的一堆粪土一般，要撇就撇，这种平权还了得么。"（第四回）"如今号称志士的，才有心进学堂读书，或是开学堂教人读书，却又错认了自由宗旨，只图做的事随心所欲，说的话称口而谈，受不得一毫拘束，忍不住一点苦恼，往往为了学堂里的饭食菲薄，争闹挟制。"①《黄绣球》中，有对当时女学生的负面评价，有对于兴女学的流弊的警惕。黄通理对毕夫人所言的学堂、女界的千奇万怪深有感触，他对黄绣球说：

> 从前外间的风气，怕的是不开。如今一年一年的，风气是开了，却开的乱七八糟，在那体育、德育上，很有缺点。你记得你梦见罗兰夫人吗？他临终时，有两句话道："呜呼！自由自由，天下古今，几多之罪恶，假汝之名以行。"现在那社会上的千奇万怪，不论男女，都应着这两句话，真是可耻！所以我们在内地办点事情，讲些教育，要着实力矫其弊，不可一窝蜂的闹些皮毛。②

署名抱真的哀情小说《佛无灵》传达出的信息，是新思潮的接受者同时也可以是旧伦理的维护者。何瑜因其兄何璧感慨于时势而劝他去上海求学，当时何瑜刚与娟娘结婚不久。何瑜在上海求学三年，没有回家，有

---

① 颐琐：《黄绣球》，吴组缃、端木蕻良、时萌主编《中国近代文学大系·小说集五》，上海书店1992年版，第364页。

② 颐琐：《黄绣球》，吴组缃、端木蕻良、时萌主编《中国近代文学大系·小说集五》，上海书店1992年版，第311页。

人就向娟娘进谗言说："自由结婚之制，今方盛行，若郎得新忘旧矣"，但娟娘"不为动"。何瑜听见后则说："自由结婚吾所知，得新忘旧吾不解也。若谓娟不知书，因而厌之，是其过在数年前来之积习，今不思挽此陋习，徒从而厌人弱女子，不亦诬耶？女子不知书，吾方哀怜之不暇，又何敢厌？今之弃新忘旧者，乃藉口于婚姻自由，斯真新学之罪人矣。"① 等到何瑜回家时，娟娘已跟着朋友丽丽开始自学传统诗词之类，于是何瑜当起了娟娘的老师，继续教她旧学典籍，不久后娟娘甚至能作出水平比较高的诗作来了，何瑜倍感欣喜。新思潮与旧伦理集于何瑜一身，却没有丝毫违和感。

在《诸神大会议》中，包天笑假借诸神大会影射了当时的社会现象，也间接表明了他自己的婚恋观念：

> 周公姬旦曰："曾伯祖有所未知，当日婚礼，经裔孙辈手定，故人称男女居室，为周公之礼。孰知今日有所谓自由结婚者，少年士女，假此文明之目，遂其淫奔之私，此皆自由神之所造孽。而吾国和合二仙，亦遂不问。月下老人，想老态龙钟，亦渐次昏愦矣。"
>
> 自由神曰："自由，自有界说。今一二浮薄少年，则假此自由以行其恶，而顽锢之士，见此少年之不衷于礼，遂复以自由为诟病之通行语。不信此五浊恶世，究竟爱自由乎，抑恶自由乎？何乃重诬吾神也！"
>
> 语未已，寒山、拾得亦起立曰："冤哉！我两人乃出家人，向不预人婚姻事。不知何代何年，乃将我两人管领人家嫁娶之举？第天下有情人都成眷属，固亦足了人世之愿。初不料今日乃为人受过也耶！"
>
> 老人曰："近日虽多新法结婚者，顾赤绳仍系之我手。所可虑者，则离婚一事，将为少年之口头禅。而老人辛苦所系之赤绳，转瞬间作寸寸断也。今日旧礼法，将蠲弃殆尽，而新礼法未成立。公辈主持礼教之人，当速设礼学馆，聘定顾问员，编成新典礼，以颁发天下，勿徒责老人为也。"②

---

① 抱真：《佛无灵》，《小说月报》第2年第2期（1911年）。
② 笑（包天笑）：《诸神大会议》（续），《月月小说》第2年第5期（1908年）。

包天笑的这篇小说，虽在形式上有点"异想天开"，所谈论的问题却中规中矩，而且代表的是那个时代中拒斥新思想的一批文化人。可见，对自由恋爱、自由结婚的反思与批判，的确是那一时期的公共话语。

第三节 小说叙事中的贞节话语

在夫妇伦理中，贞节问题一直是异常重要者。"贞"最早在甲骨文中出现时，本意是占卜。"贞，卜问也。从卜，贝以为贽。"（《说文解字》）但在《易经》中，"贞"已与妇女联系起来，如《易经·恒卦》："六五：恒其德，贞，妇人吉，夫子凶。"《象传》释《恒卦》则说是"妇人贞吉，从一而终也。夫子制义，从妇凶也。""贞"自此就指向妇人，而且要求其"从一而终"。"节"最早指的是气节、操守。"守节"指能坚守信念、不污于事，反之则为"失节"，可见最初的"节"并无性别之分，相对而言，更多的是对男性的道德要求。"贞""节"连用有两层含义："一是指坚贞的节操"；"二是指女子不改嫁或不失身，从一而终"。但在后来，"贞节"更多地指向第二层含义，贞、节、烈女现象长盛不衰。在明清时期，节烈现象更加突出，儒者们对节烈的赞誉更加明显，因为"在贞女形象中，他们找到了自身情感的表达；通过描述和赞美贞女，他们重新确认自己的道德信念和政治选择"[1]。而在明清易代之际，儒家精英们关于贞女的论述直接构成了他们的明清嬗变总体验的一部分。"清初士人非同寻常的激情与朝代更替以及他们在其中的经历有着千丝万缕的联系。从根本上说，他们对贞女的关注是由他们在改朝换代的'民族伤痛'中所处的位置决定的。"[2] 但是，儒者们的疯狂赞誉，显然只是节烈现象得以凸显的成因之一，来自漫长的精神濡染之下的女性的主动参与，以及整个社会已经形成的贞烈为美的笼罩性认知，应是这一现象得到更深入而全面的推广的深层原因。陈东原曾指出，"作男子的奴隶、作一人专有的玩物，摧残自己以悦媚男子的，原来是男尊女卑的结果；习之

---

[1] ［美］卢苇菁：《矢志不渝：明清时期的贞女现象》，秦立彦译，江苏人民出版社2012年版，第51页。

[2] ［美］卢苇菁：《矢志不渝：明清时期的贞女现象》，秦立彦译，江苏人民出版社2012年版，第61页。

既久，认为固然，又变成为一切行动的原因。"①

到了处于生死存亡之际的晚清，部分先进知识分子已经不断在指责男尊女卑之害、缠足之害、"三从"之害，在呼吁不仅应该允许女子自由择取结婚对象，而且应该允许她们自由离婚、自由再嫁，而不必一味守节。谢震曾就女子守节问题正告天下父母与青年妇女："守节云者，乃其自守，非他人能助之也。则守与否，悉听其自为计，亦岂他人所能强之乎？……吾敢为天下之为父母翁姑者告曰：尔知为父母翁姑之道乎，则勿强妇以守节。又告天下之青年妇女曰：尔欲尽妇女之天职乎，则慎勿勉强守节。"② 谢震的言论，在瓻庵1907年时的文字中有了回声："余向持一论，谓男子而鳏，不妨再娶；女子而寡，何妨重嫁？胡以妇人守节，若为天经地义，不能越此范围者然？及阅西国小说，则结婚自由，妇人再嫁，绝无社会习惯之裁判，为之一快。且亦不乏为夫守节、立志不二者，更为之一快。"③ 遵从女子自身之意愿来决定是否守节，是此期先进知识分子共同的新观念。

当我们翻阅晚清民初的小说文本时，形形色色的贞节话语就会不时闯入我们的眼帘，让我们明了彼时新旧杂陈的社会思想状况，也明白作家新旧杂糅的思想观念。

一　贞节话语的历史回旋

在清末民初小说中，贞节话语是异常重要的书写内容之一，无论是父子关系还是夫妻关系中，均一而再，再而三地涉及此点。总体来看，传统贞节话语在此期小说中盘旋不去，是我们阅读后最鲜明的感受。

在我们已屡屡提及的长篇小说《兰花梦》中，许文卿因张山人之语而确证了松宝珠的女性身份，于是试图想让宝珠先依从了他的搂抱等亲昵行为。宝珠说："你把我当谁，你见没人在此，就可以随心所欲吗？今天若有半点苟且，我几年的清名付之东洋大海了。"在许文卿的继续纠缠中，宝珠将头向柱子上撞去，这才吓得文卿止住了念头，说："今日就是你身历其境，这等绝世无双的人物，也能不动心的吗？你这样贞烈性子，

---

① 陈东原：《中国妇女生活史》，商务印书馆2015年版，第17页。
② 谢震：《论可怜之节妇宜立保节会并父兄强青年妇女守节之非计》，张枬、王忍之编《辛亥革命前十年间时论选集》第3卷，生活·读书·新知三联书店1977年版，第486页。
③ 瓻庵：《瓻庵漫笔》，《小说林》1907年第7期。

谅我也不敢强你。"后来，见到宝珠的"尖尖瘦瘦追魂夺命小金莲，绣鞋翘然，纤不盈指，握在手中，玉软香温，把玩一番，竟不忍释手，心里又大动起来，无如见他性子太烈，不敢惹他，又把靴子代他穿好"（第十八回）。可见，女性身份被初次发现，已经让宝珠处于失贞的危险之中。第五十回中，宝珠的女性身份被公开后，皇帝命她改装上朝，后因被宝珠的言语感动而不追究她的欺君之罪，让她无须纳还官爵，且封她为升平公主。丞相刘捷三见天子如此眷顾她，想到自己的儿子被宝珠耍弄后再被充军的苦难，含蓄地表达了要求验明宝珠是否是处女的要求，试图出她的丑。宝珠虽明确表明自己"心同金石，节凛冰霜。自信清白之身，绝无爱美之事"，却不得不当庭提出"请点守宫"以证清白。接着，"大喜"的皇上叫人取来办玉珍和守宫砂，皇上亲自"笑嘻嘻"地试验，最终赞叹道："真处女也。刘捷三以小人度君子矣。"这时，"各官个个点头叹服，把个文卿乐得眉开眼笑，欣悦不住。李等面上也大有光辉，只有宝珠粉面凝霜，似羞似怒，似恐似惧。"[①] 这一场景中，皇上、各官、宝珠舅舅李公、许文卿等人的表现各异，但无论大喜、笑嘻嘻的皇上，叹服的各官，"眉开眼笑，欣悦不住"的许文卿，还是觉得"面上也大有光辉"的李公等人，都无一例外地站在审视甚至审判的道德制高点，代表着男权制度下可以宣判、决定宝珠命运的一方。没有人站在宝珠的立场，想象她被当面验明贞操的难堪，体会她在这过程中受到的无尽屈辱，感到的无边恐慌，以及无处发泄的愤怒。而当许文卿终于娶到松宝珠时，小说还特意写了这样一笔：新婚当夜，一番颠鸾倒凤之后，"文卿看白绫帕上，浸了几点桃花，心满意足"。细审整部小说，都充满了对贞操的崇拜，而且这贞操仅仅针对女性而言。加之小说塑造的宝珠遵守妇德的言行，刻画了妻妾和睦、子辈和睦的假象，更体现出小说叙事者对贞操毫无审思意识的崇拜来。因此，小说虽在语言、细节的组织、人物的设置等处处模仿《红楼梦》，甚至在一开端的《调寄西江月》中，用"男子赋形最浊，女儿得气偏清。红闺佳丽秉纯阴，秀气都教占尽"暗示了其与《红楼梦》的精神关联，而且紧跟着就抬出了贾宝玉，说其"男子是泥做的，女儿是水做的"一语"说得好"，但显然，作者吟梅主人对宝珠的形象塑造，以及整个文本所体现出来的贞节观念在内的夫妻伦理话语，都标志着其学《红

[①] 《兰花梦》第五十回，《中国近代孤本小说精品大系》，内蒙古人民出版社1998年版。

楼梦》只学得其形而未学得其神。

  罗韦士的短篇小说《采桑女》中，十五六岁的采桑女与弱冠男子韩才因偶然机缘相遇于河边。韩才倾慕采桑女，常常帮她采桑，后来将自家的桑叶悄悄放入采桑女的桑筐里，使得采桑女家那一年蚕茧丰收。采桑女之母知道原委后，让采桑女送去蚕茧。韩才收到后告知其母，得到了母亲的原谅，但当他说想娶采桑女为妇时，其母不同意。"儿狂耶？彼家贫甚，且彼女月下采桑，与汝邂逅即相悦，恐不贞。"可见其母一嫌其贫，二恐其不贞，且以后者为主。后来乡媪答应帮韩才做媒，但这人却在外将此事传为笑谈，于是人人添油加醋、肆意谈笑，而又都在怀疑采桑女的贞操问题。这对采桑女形成巨大压力，以至于她与母亲抱头痛哭。其母亲甚至含着屈辱亲自求见韩母，却不被接见。采桑女更为痛苦，又在屈辱中去往韩家。一路上，"道路见者咸笑"，采桑女愤恨不已。到了那里，很多站立在韩家门口的人，无端揣测韩才的主意，且私自传言说韩才让他们驱逐她。"女闻言，突呕血半斗，大突至河滨，坐桑树下。众围观，有笑者，有骂者。女抱树哀呼三声，伸臂作就水浣洗状，至河边，跃入水，遂死。"这时的众人"始太息，钦女贞洁"。第二天，韩才亦触桑而死。但发现他之死的一个老翁，却感叹道："痴童子，此何为者！"[①] 可见，采桑女及其母亲知道采桑女从未失贞，韩母及周围围观者最初怀疑后来相信采桑女未失贞，老翁感慨的却是韩才为采桑女而死是因为他痴，不值得。由此营构的社会空间，是一个无比重视贞操的舆论空间，是依然对女子的贞节问题虎视眈眈的空间。

  虚白的短篇小说《暗中摸索》写陈诠聪明勤学，得到其先生的同年友王翁的赏识，将女儿王涓涓许给他为妻，而且赠奁金万两。陈诠的朋友蔡生本就觊觎涓涓的美貌，曾托媒人求亲，然而被王翁严词拒绝。对陈诠的艳福羡慕不已的蔡生，在酒席间无意得知，婚后用功仍勤的陈诠每晚都要三更后才回家，而其夫人为他留着门。蔡生与陈诠打赌，让他当晚不回家，陈诠不知有诈，同意了。结果，蔡生当晚深夜前往其家，在其夫人涓涓不知实情的情况下与之交合。第二天陈诠发现了蔡生的计谋，于是想了办法，立即搬出此地，去别处赁屋居住，而让一个麻风病女人住进去，却继续和蔡生打赌。蔡生以为陈诠全然不知实情，兴高采烈，依然晚上去那

---

① 罗韦士：《采桑女》，《礼拜六》第39期，1915年2月27日。

里与他意想中的涓涓行云雨之事。不料一个月后,陈诠邀请朋友们去他家吃他夫人手制的面饼,蔡生意欲见到涓涓,兴奋不已,哪知他敲门后却见到的是麻风病女人。陈诠才告诉他他们早已搬离此地,让蔡生认定自己首次交合之人即麻风病女人而非涓涓。蔡生由此染上了麻风病,他随后将这病传给了自己的妻子,让两个年幼的儿子也身陷苦境中。后来陈诠举了孝廉,生了两个儿子,家庭很幸福。涓涓生病垂危之际,陈诠说及当年的旧事,说自己替她报了仇,可以不恨了。此时"涓涓色变气塞,泪流蔽面,忽然晕去。比醒,强足更衣,至陈生前再拜,以剪自摔其喉卒,呜呼烈哉!"[①] 有意味的是,小说正文以及末尾虚白所写的附记,都透露出蔡生罪有应得、陈生机智心深的观点。在附记之末,作者说:"世之蔡生其行者,吾知其结局亦未必相远也,可毋鉴欤!"但是,对于在这场悲剧中的两个女性——受蔡生恶行影响的他妻子,陈生的妻子王涓涓,他并未有同情之心,反而认可了涓涓在得知自己曾失身于外人之后即自戕的行为,认为这是一种值得称赞的"烈"。这的确在无意间体现出了作者依旧传统的节烈观念。

枕亚在短篇小说《屈贞女》[②]中褒扬了节烈典范屈小柳。其未婚夫病危之时欲紧急娶她以冲喜,她坦然接受,说服了动摇的父母,嫁后夫逝,她多次设法从夫死,未果,后立下守节抚孤的志愿。最终,她为保存贞节而自杀身亡。治世之逸民所著的《青楼镜》中,谢玉珍六岁时被家人带到江西萍乡,与隔壁的徐锡荣一起在徐家读书。两个孩子因一起读书、玩耍而亲热异常,谢母有一天给徐锡荣开玩笑说今后就将玉珍许给徐锡荣当娘子,徐锡荣却牢牢记在了心里。随之后来,徐父突然去世,徐家不时接济玉珍及其母亲,但那年中秋夜,玉珍在看灯时和家人走散,被人贩子卖到了异地。徐家将玉珍母接到家中居住。徐锡荣高小毕业后又留学日本,毕业归国后有很多人为其做媒,但他都不为所动。后来,徐锡荣先去上海,后去苏州,终于找到了谢玉珍,此时她已是一代卖艺不卖身的名妓。徐锡荣用八千两银子为其赎身,回到萍乡,结为夫妻。[③] 显然,徐锡荣和谢玉珍后来的圆满,与谢玉珍的卖艺不卖身有关。《禽海石》中,历经劫

[①] 虚白:《暗中摸索》,《月月小说》第2年第8期(1908年)。
[②] 枕亚:《屈贞女》,《民权素》第4集,1915年1月10日。
[③] 江苏省社科院明清小说研究中心、江苏省社科院文学研究所编:《中国通俗小说总目提要》,中国文联出版公司1997年版,第1139—1140页。

难的顾纫芬，在病逝前口里念叨的都是秦少爷。而在见到秦镜如后，她说的是："哥哥，我承你百般宠爱，只是我没有福气和你匹配，我如今还是个黄花闺女……"① 这临死之前的话语，可见贞操观念在她脑海中根深蒂固。

刘省三所著《跻春台》元集之《双金钏》中，方仕贵嫌女婿常怀德贫穷而想毁亲，其妻不同意，其女方淑英更不愿意。方淑英两次送常怀德金钏，怀德后被其族叔常正泰诬陷。县官虽不知道怀德是否冤屈，但因屡见异象，因此换一个死人顶替了怀德，让怀德去京城投靠常惠然。后来，常怀德联科及第、中武魁状元，又因不应许严嵩招其为婿一事，被先后遣送至洞庭、徐州剿灭贼寇，声名大振。后来回乡处罚常正泰、方仕贵。在这漫长的时间里，方仕贵曾逼女儿另嫁，方淑英坚持从一而终，在其母亲的帮助下，假装外嫁，居于亲戚家中。后来常怀德与方淑英成就百年之合。《十年鸡》中，被冤屈的雨花终于洗刷掉了杀夫的罪名之后，觉得自己无依无靠，想自杀殉节。被人救起后，县官劝其改嫁，说："既无子抚，正宜改嫁。"雨花曰："女子从一而终，焉有改嫁之理？"官曰："世间有守以全节者，亦有嫁以全节者，要看其境遇何如耳。如果三从无靠，改嫁也无妨的。"后来米二娃当堂认娶。在他做出决定之前，他虽然听到雨花的贤淑、贞烈，但还说："好到却好，但是二婚，年纪又大。"直到众人劝他说："娶妻只要贤淑，论啥年纪、二婚。若娶到那不贤的幼女，事务一点不知，只怕还要忧气，那有此女这般能为志气。况且当官许嫁，怕比童婚还贵重些吗。"② 他才欣然应允。《东瓜女》中的孝子何天恩家贫如洗，娶了面麻成饼、两足一长一短的孝女陈鸭婆为妻，两人极其恩爱。何母病逝后，何天恩借了印子钱办丧事，不料自己紧接着又生了黄肿病，无法再出去推车挣钱。债主催逼着他嫁妻偿债，无奈之下的何天恩只好婉转地提出这个办法，不料妻子说："妻虽丑陋，也知名节，别的可从，此事断难应允！"何天恩劝她："此时虽把名节玷，妻可得生我得钱。倘若不从夫命短，那是妻也难保全。为人须要通权变，一举两得方算贤。"妻子说："失节而生，不如全节而死，虽死犹生，夫君不必过虑。"后来迫于无奈，她只得假作应允，想嫁过去后告诉对方实情，甘愿做奴婢来报

---

① 符霖：《禽海石》，吴组缃、端木蕻良、时萌主编《中国近代文学大系·小说集六》，上海书店1991年版，第921页。

② 省三子编辑，金藏、常夜笛校点：《跻春台》，群众出版社1999年版，第27—28页。

答，如果对方不愿，她就以死殉节。《过人疯》中，胡兰英被李文锦退婚，其父又为她另外许配了人家，而她坚决不从，"兰英进房坐定，想起自家命苦，不能从一而终。'若不嫁人，违了父命；若是嫁人，失了贞节。事在两难，不如一死罢休！'"① 传统贞节观念，在《跻春台》中表现得甚为充分。

雪平女士的《贞义记》写的是清中叶发生的故事。男子程允元与女子刘秀姑早年议定婚姻，后来两家分别，音问遂绝，两家均遭遇重大变故，然而程允元不听他人再娶的建议，刘女也没有再嫁。三十年后，程允元在一个尼庵中终于寻觅到刘秀姑，后经由县官的帮助，两人结为连理。"观者塞途，无不咨嗟叹赏，啧啧一词也。既而金赠以妆奁资斧，为具关文，送之南旋。"② 观者的赞叹、县官的资助，连同之后作者提及的名士们为她写《贞义行》《义贞记传奇》等事，都标明其所处的注重贞节的社会语境。小说所引的《贞义行》一诗之末，有这样的诗句："贞义长昭彤管辉，作歌示我邦人式。"表明了雪平女士引该诗以树立贞义典范、纠正夫妇之伦的目的。不仅如此，雪平女士还接着写了这样一段"谨识"：

> 妇女惟守节最难，非具有绝大毅力者不能，故历代咸尊视之，褒荣之典有加焉。伦常所在，举凡泰东西各国，莫不敬羡叹赏，以为美德。乃读时贤主张，谓妇女守节，足酿成大家族主义，为国家前途之害。况处女守贞，尤大背人道，谊无所取。噫！信如斯言，则数十年后，惟字典中有孀字矣。悲夫！③

这一段话更明确了该文的劝诫意义，表明了他对时贤们反对妇女守节的批评态度。为证明自己主张贞义的正义性，雪平女士甚至想当然地夸海口说："伦常所在，举凡泰东西各国，莫不敬羡叹赏，以为美德。"当我们留意到该文发表时已是1915年，我们对作者的苦心孤诣与当时反对贞节的社会语境之间的巨大反差，当有更深切的了解。

《梼杌萃编》中谢警文仅凭父母之命媒妁之言而与欧阳哲轩成婚，不到两月，欧阳哲轩竟夭折，于是她为其守节三年。当王梦笙想和她有肌肤

---

① 省三子编辑，金藏、常夜笛校点：《跻春台》，群众出版社1999年版，第46页。
② 雪平女士：《贞义记》，《中华妇女界》第1卷第10期，1915年10月25日。
③ 雪平女士：《贞义记》，《中华妇女界》第1卷第10期，1915年10月25日。

之亲时：

> 她柳眉倒竖、杏眼含嗔，就有个要高声喊叫的意思。吓得这王梦笙连忙爬起，跪在床前。那谢警文本来要喊，因想这时候已交四更，在他家里闹了起来，又怎么样呢？……谢警文披了小袄，指着他骂道，"你这禽兽，拿我当什么人看待！要来污我的名节？你仗着你是个翰林，有钱有势，欺负我贫家孺妇，明儿倒同你去评评理看！"一手在床面前条桌上取了水烟袋吸着，嘴里千禽兽万禽兽不住的骂。骂道气头上，就拿着火煤子在王梦笙颈项上烧。①

但后来，谢警文终于同意了王梦笙的请求。王梦笙夫人梅让卿恳请谢警文父亲同意他们俩的婚事时，谢达夫"本来也有些气，然而木已成舟，就使翻起脸来，坏了学生的功名，也补不了女儿的名节，那又何苦呢？况寡妇改嫁，汉、唐以来多少名人皆不以为异。只有南宋以后，那些迂儒好为矫激，才弄出这个世风，也不知冤冤枉枉的戕了多少性命，我又何苦蹈他们的圈套，断送这一双儿女，叫人家说是头巾气呢？"② 这一想，才同意了。

《此恨绵绵无绝期》发表于1914年9月19日出版的《礼拜六》第16期。全篇以女性自述的口吻，细腻悲婉地写下了一对青年男女可歌可泣的婚姻爱情经历。小说的男主人公陈宗雄为保卫国家而投入战争，受重伤瘫痪而归，其妻纫芳出于对他的真挚之爱，在精神上和生活中无微不至地体贴照顾，使他能够安然度日，直到弥留之际。宗雄自知不久于世之时，不愿心爱的人孤独痛苦，忍受着巨大的心灵痛苦想把爱妻托给好友洪秋塘，劝妻不必为己"守节"。然而事实上，纫芳最后的选择已经非常明白：他拒绝了秋塘。虽然其夫让她不必为他守节，她的第一反应是"侬始终为陈家妇矣"，当宗雄表达了正是因为爱才这么安排后，她说的是："郎休矣！侬生为陈氏之人，死亦作陈氏之鬼。"接着她出门去为宗雄请医生，在门外见到了来向她道别的秋塘，"吾第颔之以首，初无一语，返身趋医者家。嗟乎宗郎！侬心终属之郎耳！"而她在月夜发出的"此恨绵绵无绝

---

① 诞叟：《梼杌萃编》，上海古籍出版社1997年版，第73页。
② 诞叟：《梼杌萃编》，上海古籍出版社1997年版，第75页。

期"的痛感，也是因宗郎的离去而起。

考察此期小说中的贞节话语，吴趼人的写情小说——《恨海》《劫余灰》不容忽视。

《劫余灰》发表时被标注为"苦情小说"，于光绪三十三年（1907）十月至光绪三十四年（1908）十二月连载于《月月小说》。文本中的女主人公朱婉贞在因媒妁之言、父亲之命而受聘于陈耕伯之后，即被其不成器的叔父拐到广西梧州卖入娼门，而陈耕伯丝毫不知家里已为他聘定了未婚妻，在出科举场之后即被诱至猪仔馆，后被贩往新加坡。小说主要刻绘了婉贞横遭摧残、三次差点丧生的悲苦命运：初次投缳自尽，未遂（第五回、第六回）；借口到城隍庙烧香还愿，在苍梧县正堂前拦轿鸣冤，血书自陈，脱难后又不幸翻舟落水（第八回）；被一个官员的母亲发现救起，然而却被官员看上，试图收为姨太太。婉贞不从，惨遭毒打，一时气厥，被装入薄棺抛在旷野荒郊，芳魂一缕，悠悠重返，历尽劫难，方获生还。投缳、落水、入棺，一次险过一次。在这过程中，她始终守身如玉，"为父母保声名，为丈夫保贞节"。后来讹传耕伯已死，婉贞在悲哀之余，穿着素服、抱着夫君神主踏入陈门，从此一心一意侍奉其父母，抚育过继而来的孩子，心同槁木死灰般。二十年后，她青春已尽，耕伯却带着另外娶的妻子蔡氏和二子一女从海外归来。这时的婉贞对耕伯另娶丝毫不介意，还和蔡氏就妻妾身份相互推让，结局是皆大欢喜。

细究起来，婉贞的三贞九烈，几乎都无关乎情爱，只关乎名节。当婉贞从棺材中醒来，避难到贞德庵里自己洗浴时，"只见浑身青肿，且有几处皮破血流的地方，不免自己暗暗伤心，洗拭时更是痛切骨髓。自念身体发肤，受之父母，不敢毁伤，今日自己以保全名节之故，受此涂毒，陷于不孝，真是无可奈何。"（第十一回）在贞德庵里，婉贞病重，来看妙悟的黄学农答应医她的病，也是因听说了婉贞的遭遇而感叹她"是一位奇女子，可敬可敬！"（第十二回）得知婉贞就是他的朋友陈六皆的亲戚后，更是感叹道："这等奇节女子，我便把他作菩萨供养，朝夕礼拜，还不能表我钦佩之意"（第十二回），婉贞听后却说："这是黄先生的过奖。守节保身，是我等女子分内之事，算得什么？加以奇节二字，不要惭愧死人么！"（第十二回）吴趼人又借妙悟之口说："若女菩萨做下这等节烈的事，还自以为是分内之事，这便真节烈。"（第十二回）

有意思的是，《劫余灰》中的朱婉贞逃出老鸨阿三姐的虎口，却在船上落水，不知下落。此时，其父亲知道了大概的前因后果，作者写的是："幸得朱小翁为人旷达，知道女儿能在患难之中自全贞节，设法脱身，便不辱没了我朱氏门楣。此时已经落水而死，伤心也是无益，倒是杏儿要设法安插。"（第九回）待到朱婉贞被送回家中，朱小翁听到整个过程后，说的是："好好！你能如此立志，真不枉我教你读书一番！"其公公陈公孺听说后劝他抓紧时间托人去打听朱婉贞的下落，他却说不必了，陈公孺自己"闻得婉贞如此守贞全节，不觉十分叹息，道：'只是寒门不幸，犬子没福，不能消受这一位贤德媳妇。'"此外，朱婉贞身边的人，也都非常认可婉贞的贞德。在贞德庵里，婉贞病好得差不多了，学农的夫人便带了媳妇女儿等辈，到贞德庵礼佛，顺便看看婉贞。而他们的来访，又使得听闻此事的"许多女眷""都来瞻仰这奇节佳人"，使得贞德庵前"车马盈门"（第十二回）。陈耕伯回家后，"众内眷都纷纷贺喜"，到了耕伯和婉贞拜堂那天，"真是贺客盈门，且有许多平素绝不相识的人，也具了贺礼来，亲到道喜，要看看这位守贞新娘，说不尽的热闹"。由此可见当时整个社会上女性贞节观念依然浓厚，也可见出吴趼人两性伦理观念的传统面相。

《恨海》旨在抒写"精卫不填恨海，女娲未补情天"的人生遗憾。伯和与棣华、仲蔼与娟娟两双情侣本可双谐连理，却因遭逢了庚子之变而不得不镜破钗分：伯和从翩翩佳士变为自暴自弃、不肯回头的浪子，娟娟从娇憨少女变为倚门卖笑的浮花浪蕊，棣华虽冰清玉洁、用情专一，仲蔼虽忠贞不二，专一守信，然而终究不能获得俗世的幸福。小说刻意摹写棣华的贞节观念之浓厚，她逃难过程中有意的避讳、闻知伯和沉溺下流后亲侍汤药的行为以及艰难的内心挣扎、伯和去世后她出家了此余生以保全贞节等等，都是传统贞节观念对她的影响之表征。棣华这种矢志不渝的"情"，甚被作家吴趼人看重，他说："前人说的，那守节之妇，心如槁木死灰，如枯井之无澜，绝不动情的了。我说并不然，她那绝不动情之处，正是第一情长之处。"（第一回）然而细究起来，棣华这种殉道式的"情"，其实是她遵从传统贞节观的体现，是她作茧自缚的结果。被传统观念束缚、作茧自缚的人物，还有该小说中的仲蔼。在第八回中，仲蔼表达了自己有情，但这情不会滥施的观点："我何尝无情？但是务求施得其当罢了。""若要施得其当，只除非施之于妻妾之间。"他绝不学宝玉，滥施其情，"数年来守身如玉"（第十回）。当得知未婚妻王娟娟堕落为妓女之后,他将父母兄长的灵柩送回广东安葬,把挣来的万金尽数分散给贫乏亲友,然后披发入山,不知所终。《恨海》中对仲蔼之贞的刻绘,颇有异于同时期及其前的小说,因为他还提出了男性也应守贞的问题。"吴趼人小说中有意凸显传统女性的孝贤和节烈,似乎为价值观念混乱的清末开出了救世的良方。现在看来自然有矫枉过正之嫌,但难能可贵的是吴趼人在《恨海》中强化女性贞节的同时,还对男人提出了相应的道德要求。"①

二 女性的发现与节烈观嬗变的艰难

在晚清大变局中,先进知识分子"发现"了占据中国人数一半的女性,发现她们仅仅是"分利者"而非"生利者",因为她们不懂得为整个国家、社会创造财富,反而拘束于家庭之内,拖住男人前进的脚步。为此,梁启超曾改写了"女子无才便是德"的固有认知,认为:"世之瞀儒执此言也,务欲令天下女子,不识一字,不读一书,然后为贤淑之正宗,此实祸天下之道也。"② 但紧接着,梁启超对传统观念中所谓的"才"提出了异议,在一般人习见中,"才"只是创作诗词之类,但他觉得这根本不能被称为学问,不能被称为"才"。他提出的两点反对意见,一是乡村妇女不能写诗词,也没见其贤淑有加;二是宦学家之妇人能写诗词,然而又有何德可言?因此,在他的逻辑里,应该改变对"才"的认知,即:真正的学问,不仅可以拓其心胸,而且有助于生计,即应该懂得历史、地理、政治等知识。兴女学由此成为必然的抉择。不仅如此,晚清先进知识分子们希望废弃缠足的陋习,让她们能成为健康的国民母,希望兴办女学堂,开设了许多重视修身、女工的课程,让她们具备成为贤妻与良母的素养。这些在一定意义上,起到了发现女性的作用,让女性初次被凝视、被观照、被唤醒,让她们意识到自己也可以像男人那样,走出闺房之门,去看看外面的世界。然而,这种发现是极有限度的发现。在节烈观上,这种限度体现得尤其明显。这一方面体现在国家对女性身体的征用与限制上,另一方面则体现在固守贞节的艰难上。

在晚清,"'国家'……成为凌驾于女性身体之上的宏大叙事。前者对后者进行宣传、鼓动、教育、塑造,并赋予价值;后者则只有在积极响

---

① 赵华:《清末十年小说与伦理》,博士学位论文,曲阜师范大学,2011年。
② 梁启超:《变法通议·论女学》,《饮冰室合集》第1册,中华书局1998年版。

应前者的召唤并付诸行动中，可望获取意义和价值。"① 张肇桐的《自由结婚》中，光复党女头领一飞公主号召其部下——一群女同志都去做"国妻"，认为"时下国家被异族盗去，那么女性就理所当然地应'替国守节，替种守节'"（第十四回）。她说："替一人守节，既然说到做到，叫我真正拜倒。你今向后，就可以替国守节，替种守节。"② 她常对新来的同志宣传说："我们本国本种可爱的丈夫，被强盗杀去，到如今已经几百年，绝不闻有守节的国妻，替他起来报仇。"号召会员们不要替一人守节，而要做国妻，要为亡掉的国家即丈夫报仇雪恨（第十四回）。有了这番动员，新成员们"个个咬牙切齿，把亡国之痛当作杀夫之仇，大叫誓灭蛮狗。因此光复党中人，尽是女中铁汉，痛心疾首，一副寡妇面孔，日夜只要报仇"（第十四回）。这也就有了光复党成员们舍弃身体的贞操而去行报仇之事的书写。民族仇恨成功替换了儿女私情。

《自由结婚》中以国为夫的动员方式并不偶然，也绝非独异的存在。《瓜分惨祸预言记》中的爱国女子王爱中，听说中国要被瓜分，准备自尽殉国，用剪刀刺喉。一家人救她时，她还在气微声嘶地说："还我剪刀来，快快毕命，免得洋人来辱我，我是不愿做亡国的人的。"这体现出她的"爱中"绝非虚名。《孽海花》中的夏雅丽得知虚无党陷入了经济困境后，便回国嫁给出卖了虚无党员而暴富起来的表哥加克奈夫。此举不是因为她要叛变，而是因为她想以贞操为代价，获得加克奈夫的巨额财产。不久，她就暗杀了他，并将巨额财产转交给了她的同党，真可谓为国奉献不遗余力。《女娲石》的秦爱浓对拟加入她们党派的凤葵说，"你须知道你的身体，先前是你自己的，到了今日，便是党中的，国家的，自己没有权柄了。"③ 鲜明地体现出对其身体的征用意图。女性身体的被征用，在《女娲石》这部"闺阁救国小说"中有还有很多细节，比如妓女原本多是出卖情色而获得金钱等，但该小说中的妓女却通过献出肉体而获得党派、国家所需要的情报，帮助党派获取成功。如小说中的伍巧云加入天山省中央妇人爱国会后，带领 10 个绝色女子，通过给政府中有权势者做妾的方

---

① 乔以钢、刘堃：《晚清"女国民"话语及其女性想象》，陈洪、乔以钢主编《中国古代文学与文化的性别审视》，南开大学出版社 2009 年版，第 350 页。

② 《中国近代珍稀本小说》（六），春风文艺出版社 1997 年版，第 424 页。

③ 《女娲石》第七回，《中国近代小说大系：东欧女豪杰 自由结婚 瓜分惨祸预言记》，百花洲文艺出版社 1991 年版，第 479 页。

式伺机谋杀。她对从宫中因谋杀胡太后而逃出来的金瑶瑟说："十日以前，由妹妹带来会中绝色少女十人，专嫁与政府中有权势的做妾。今已一一嫁迄，再迟几日，定当发作了。"（第四回）很快，这些女性就刺死了大臣七人。对于这些舍弃身体以救国的女性，卧虎浪士将其命名为"娘子军"，赞叹说："天下最厉害者莫如娘子军。而娘子军之别名，曰附骨疽。真个防之难防，治之难治。……"不仅如此，他认为国家之弱，正因为我们国家没有足够数量的"胭脂虎"："我国之弱之腐败，特无十万胭脂虎耳。……"这就将国势的陵夷与女子献出自身肉体者数量之少直接联系了起来。他还说："吾闻某省某处有一女子秘密会，专以魇杀男子为能，苟扩而充之，其力正未可量。"（第七回）由此可见，女性以性为饵去诱杀男性，在当时不仅出现在小说中，而且已经出现在了现实中。作为男性的卧虎浪士对这类现实事件的关注，对《女娲石》的艺术呈现的重视，尤其是背后所体现的欣悦，或可代表当时"闺阁救国"主张者的思想状况之一斑。家国情怀深刻地影响、规范了此期国人发现女性的程度：个体女性的守贞守节问题表面上不再被男性强调、重视，然而男性们所看重的，是女性们利用自己的美色，利用自己的肉体去拯救国家于危难之中。这背后是男性们拯救国家的无力感，是这种无奈之下对于权利的被迫让渡。在这一过程中，女性自身的痛感、女性的权益，没人关注更无人书写。

而在此期的大量小说中，固守贞节的艰难有着更丰富的表现。比如，"保留了当时新女性艰苦活动的真实姿态，当时社会中新旧斗争经过，反映了一代的变革"的"最优秀的""妇女问题小说"[1]《黄绣球》，在第二十三回中就曾谈到夫权对女子的束缚问题：

> 至于寡妇再醮的话，王法本是不禁，自从宋朝人，讲出什么"饿死事小，失节事大"，就又害尽无数的事，什么事不要廉耻，不成风化，都从这句话上逼出来。……况且一个男人许娶上几个女人，一个女人那怕没有见面，只说指定了是个男人的，男人死了，就该活活的替他守着，原也天下没有这等不公平的事。讲来讲去，总是个压制束缚的势头。我们做女人要破去那压制，不受那束缚，只有赶快讲

---

[1] 阿英：《晚清小说史》，江苏文艺出版社2009年版，第107页。

究学问的一法。

黄绣球所言的通过讲究学问而破除夫权的束缚与压制,固然并不全面与深刻,然而这解决之道,是与其提倡女学的初衷相呼应的,因而也可以理解。而其对于女子守贞之必要性的质疑,对于男女在守贞上的不公平的质疑,确实极具批判价值。

对于男女在固守贞节上的不公平境遇,小说《女狱花》中也有表述。不仅如此,她还对女子守节所遭遇的经济、生活窘境有着深切感知。她说,守节者如果有几个钱,"也可糊涂过世""不幸开门七件,件件皆空,忍着饥寒,对孤灯坐下。又听这边儿啼,那边女哭"。内心的孤独,开门七件事带来的生计困窘以及儿啼女哭导致的心忧,一并折磨着守节的女子。这种情况下的女子想守节而不得,想再嫁又怕人讥笑,只好"眼泪珠儿,好比檐头滴水,不知不觉直滚下来"。如果说《女狱花》所考虑的守节的艰难主要来自上述层面,那么,轶池的短篇小说《新侠女》,则关注到了女子在守节过程中因父母逼嫁而遭遇的惨境。该小说中的赵女本是一个贵家女子,曾嫁给广西一个下士为妻,但其夫被人害死,她随后守寡,家道亦中落,"遂与母同居,依十指以为食"。平时就遇到很多无赖者的挑衅,"而凛凛不可犯也"。由此她得到了众人的敬重。然而当候补官员张生意外地被她吸引,而要想方设法得到她时,帮他的人就根据她孝敬母亲,而其母又爱钱的弱点,先打动了她的母亲,让其母亲去劝说她。其母在她坚持守志时,大声曰:"顽劣儿梗母命若此,呱呱堕地时,谁养之耶!穷守敝庐,吾年老,旦晚何所依乎?"随后,以"引剪自刺"逼得赵女带泪应承婚事。谁知婚后的张生很快就厌弃了赵女,恶待其母,其母"不数日而竟溘然逝"。赵女随后出门四个多月,归来时已骨瘦如柴,随即吊死于屋内。在其遗言中,她对自己"永被不贞之名"深感痛恨。说她"自失节于君,此心便如刀割。所自励者,志必遂耳。孰谓遇人不淑,狼子野心,杀人之母,丧人之节"。对张生痛恨不已,然而又说:"妾之一身,德自败之,祸自寻之,节自失之,罪该万死,于人何尤!朽骨不足供狗鼠食,以席裹弃海可也。"[①] 显而易见,赵女的不幸,先是丈夫被陷害至死,再是有母要养,最后是失节于张生。夫仇要报,但先得对母亲尽

---

① 镇海轶池:《新侠女》,《消闲钟》第1集第9期(1914年)。

赡养之责，也得听从被母亲强迫嫁予的丈夫的规训。报仇、尽孝、守节，成为压迫赵女的三座大山。其解决之道，是母死后先去为第一任丈夫报仇雪恨，但她对于第二任丈夫，却毫无复仇的意识与办法，反而自贬不已，自责到了极致。自愿守节而不能的女性又能如何？该小说提出的问题，颇具代表性。

在守节的过程中，也有因未枯竭的生命力而试图挣扎，在传统范畴内试图通过细微的出轨而寻求自救的女子，比如《禽海石》中顾纫芬新守寡的姨母，就是这样一个作者无意间塑造的典型。在该文本中，她对"我"（秦镜如）与顾纫芬关系的发展起了重要作用。这姨母在刚入住秦家的房子不久，就曾从"我"的书房外走过，"年纪约有三十岁内外，圆圆的脸儿，高高的鼻子，鼻子两边有几颗痘瘢，身段矮矮儿的，身上穿一套缟素衣裳"①。在后来，纫芬对"我"的描述中，她是"新寡文君""最喜欢搬嘴搬舌"。随后纫芬和"我"晚上晤谈时，她始终在窗外窥探。小说第六回写道，她有一晚上甚至直接走进"我"的书房，"抢步近前，双手将我紧紧搂住"。接下来，

> 纫芬的姨母搂着我轻轻的说道："我是一晌看中了你，特地来寻你谈谈心的。记得当初我才搬进这房子的时候，闻得我姊子说起你，是个翩翩美少年，我就特地来探过你两次。后来见你和纫芬十分亲密，我不敢前来搀杂，只替你在我姊子前竭力回护，让你成就了美事。就是近来这两晚你与纫芬那种恩爱的情形，那一次不看在我眼里？只可怜我是……"说到此处，忽然咽住了不说，停了一会，又搂住我，说道："我这般待你，可否恳求你把那待纫芬的美意赏给我一次？"说着，就立起身来拉着我的手，不由分说拉我到杨妃榻上，伸手来解我的衣服。我不觉发热异常，意欲叫喊，忽闻得外边的大门敲得殷天的响，乃是顾年伯回来了。那纫芬的姨母听得，连忙将手一松，叹了一口气，三脚两步急急的出了书房而去。②

---

① 符霖：《禽海石》，吴组缃、端木蕻良、时萌主编《中国近代文学大系·小说集六》，上海书店1991年版，第871页。

② 符霖：《禽海石》，吴组缃、端木蕻良、时萌主编《中国近代文学大系·小说集六》，上海书店1991年版，第899页。

这是非常少见的透出妇女守节之后的情爱欲望的文字。叙述者无意间留下来的这一段类乎白描，却写出了那时节三十来岁却不得不守节的妇女的情感波澜与内心痛苦。

正是由于守节之难，因而就有女性勇敢地冲破夫权的束缚，不再死守所谓的贞节而追求自身生命的完全。《孽海花》中的傅彩云就是一个难得的例子。小说写道，金雯青死后，傅彩云耐不住寂寞，要求不再为丈夫守节。众人非议她，她说的却是自己也想给老爷争气，图个好名儿，然而以她对自己的判断，她注定不能坚持守节到底，而她又不愿意"装着假幌子糊弄下去"，所以她要求众人"直截了当"地让她走路，今后"好歹死活不干姓金的事，至多我一个人背着个没天良的罪名，我觉得天良上倒安稳得多呢！"（第二十六回）像傅彩云这样，敢于面对自己的欲望，能如此潇洒而轻松地挣脱节烈观念的束缚的女性，在中国文学史上可谓极少极少。

写到守贞之难的，还有周瘦鹃的小说《千钧一发》。小说中的女性叫黄静一，貌美如花，"虽不能说是闭月羞花，却也带着几分秀气。只是玫瑰花儿似的玉靥，白白的如同梨花；羊脂白玉似的纤手……两个眼儿，本来也配得上秋波凤目那种名称……"[①] 尽管她受结婚后的操劳影响而花容失色，在傅家驹眼里"憔悴得几乎不成样儿"，然而，和傅家驹在卡尔登西菜馆里时，她的姿色仍是整个馆子里最好的。黄静一还是女学堂里出身，"着实有些儿才学""是四年前女学界中的花冠，人人所倾倒"，颇知道新世界，熟知"新民社、民鸣社、竞舞台、大舞台"等，看剧作《金钱豹》《打花鼓》而能津津有味。而且，家里有大自鸣钟，每个月都订报，"一切日用都肯节省，惟有这每月八角的一份报钱，她总先在预算表里开明，万万不肯省的"。小说开始时她正关注欧洲大战。可见，她确实有着新女性的基本素养。此外，她还有很好的品质——能理家："身上的衣服半新不旧，朴而不华，洗濯得却甚是洁净。便是这一个小小儿的房间，东西虽不精美，也位置井井，洁无纤尘，足见她家政学是很精明的呢。"其丈夫是小学校里的国文教员汪俊才，只是的确枉有俊才，怀才不遇。他每月只能挣得二十五元的薪水，却要应付家里的一应开销，因而捉襟见肘。静一平时"从没有一丝怨怼之色，整日价忙忙碌碌，不肯休

[①] 周瘦鹃：《千钧一发》，《礼拜六》第23期，1914年11月7日。

息",做家务,省吃俭用维持生计,接活计以补贴家用。小说写静一原来的邻居、喜欢她的傅家驹,已与她四年不见。两人此次再见时,傅家驹"身上衣服穿得煞是阔绰,手指上带着一个挺大的金刚石指环,逼得静一眼花缭乱"。他请静一去"上海第一西菜馆"卡尔登去吃中饭,花了二十多元,而认为是一笔小钱。当他送她回家后,静一的思想开始有了变化,意识到四年来过的是"无聊日子":"今天这一天,要算是吾四年来无聊生活中最快乐的日子了……这几个钟头里委实好似脱离苦海,诞登乐土,一切烦恼尽行消灭。将来吾到了郁郁不乐的时候,只消坐下来悄悄地把今天这一天想一想,也觉快意",说着"双波中现出一种不可思议的精光来"。后来,他们四目相对,几乎不能自持。在这千钧一发之际,汪俊才回来了,而且告诉了静一他将要失业的消息。此时她的心理却没有任何过渡,直接转向了汪俊才这边:

> 静一咬着樱唇不答,星眸如水,注在傅家驹面上,一面把手轻轻的抚着她丈夫的头发,好似慈母抚慰她爱子的一般。那时她兀立在那汪俊才身边,抬着粉颈,挺着酥胸,仿佛是天上的仙子,宝相庄严,下临凡人似的。

最终,静一对汪俊才说的是:"吾夫,吾终是你的人,你便是沿门托钵做化子去,吾也愿意跟着一同去的。"小说的命名"千钧一发",其实正体现出周瘦鹃的关注点在静一是否会失节。而转折出现后,没有任何心理活动,没有任何痛苦的纠缠,就非常明晰地表达自己无条件跟从汪俊才,这不是按照人物的心理发展在写作,而是贯彻了周瘦鹃自己的主观意志,那就是从一而终的传统道德理念。

同样呈现了女性内心由挣扎转向心如止水的小说,还有包天笑的著名作品《一缕麻》。[①]

包天笑的《一缕麻》中,书写了父子伦理、两性伦理。相对于父子关系而言,小说中某女与某氏子的关系,一开始就异常紧张。而这紧张,是因为某女是"安琪儿"一样的人物,而某氏子小时候就"臃肿痴呆,性不慧而貌尤丑",长大后"益痴",是如"粪壤"般的存在。戚党都替

---

① 笑(包天笑):《一缕麻》,《小说时报》1909年第2期。

某女惋惜，在见到前来吊唁的某氏子的痴状后，邻里戚族间自不必说，就连"灶下之妪，帘角之婢"都"咨嗟太息"。某女与某氏子并未谋面，然而双方从身体到灵魂的巨大差异，通过旁人的观察与评述已丝毫毕现，因而两人此时的关系已异常紧张。到了出嫁之日，某女穿着穷裤，"密密而扣之，不许痴郎近"；入洞房后，她"侧身向里床睡"，痴郎则呆然若木鸡，坐待天明，"两人俱无瞑目作恬睡也"。双方既无灵魂的交流，亦无身体的接触，显然是一种更为紧张的状态。然而，转机在第二天出现：某女突患流行的喉疾，该病的传染性非常强，"死者相踵接，蔓延之速，往往以全家十余口，不三数日，尽遭此劫以去者"，因而，妪婢都避之不及，只有痴郎不避讳，为她亲自料理汤药等，虽父母告诫亦不以为意。女士听闻他的赤诚言语，甚为感动，"于是厌薄之心亦稍淡"。谁知后来她昏睡了几日，痴郎却染上了这病而亡。等她醒来，发觉头发上有一缕麻，一问之下才得知某氏子已因她而死，"于是一易向者厌薄之心而为感恩知己之泪"。加之听闻某氏子瞑目之际还在叮嘱其父母善待她，某女"益悲不可止，力疾起，哭拜于灵帏"。可见，由最初的女远胜于男而导致的女厌薄男，到病后女弱于男最终因男死而导致的女感恩男，至此，两人在婚姻关系中的地位实现了翻转，女和男的婚姻伦理关系也实现了饶有意味的变化：最初，某女是半推半就地承认了这门婚姻，但一直想着"自由""书信自由权"以及"人权"，她对他既无情也无爱，其人格尚有独立的成分和可能，夫为妻纲亦有实行不下去的可能；但在某氏子救治某女并死亡的过程中，某女由厌薄之心稍淡到"拊床大恸"，再到"悲不可止"，以至于直接说出了"我负郎矣！我负郎矣！"此时，她已认他为郎，确定自己为他之妇了，夫妻名分已定。她后来为夫守节，并拒绝某生，就顺理成章：夫为妻纲已经内化为她的理念，一如出嫁前的关键时刻，她认同了孝，认同了父为子纲一样。

小说还写到了某女与某生的恋爱伦理关系。某生是"翩翩浊世佳公子"，"为某学堂高才生，聪明冠一世，而又勤恳好学"，可谓"既才且慧"。这与德才兼备而又貌美如花的某女恰好般配，故而两人在谈文论艺间渐生情愫，后被某女之父察觉，"隐讽婿家早娶"，强行中止了他们的情感进一步发展的可能。在某女出嫁之前，某生特意回家见她，表达了如果她出嫁了他将茕茕孑立的悲伤，但某女的回答是："谁惯与此伧奴侣者，行即归耳。且我辈有书信自由权，宁不能藉青鸟之力耶。"显然，某生没有强烈地表达与她结合的意愿,只言及自己将孤单不已,某女也没有冲破伦理的束缚要与他自由恋爱并结合的想法,只是言及自己将免除他的孤单的两种努力。在痴郎死而某女自居为妻之后,某生在来信中一则劝她顺时应变,再则想与她继续论文谈艺,其实都是遮遮掩掩之词。而某女自然不愿再与他谈文论艺。所以她先是断绝了他的念想,后则归宁时避免与他相见,免得再生变故而不能保全名节。"女士自念我生性缠绵,止水不波,乌能再起一微涡也。"这句话当然透出了某女的性格,但她害怕再起微涡的想法本身,即说明她是在刻意压抑自己的欲望。她不愿意、更不敢去冲破夫为妻纲的伦理之网。

综上可见,《一缕麻》中某女与某氏子的关系虽有紧张,也未彻底爆发,最终确立的是夫为妻纲的合理合法性;某女与某生虽然般配,关系虽然和谐,然而谁都不敢冲破伦理禁区,让自由恋爱开花结果,恋爱伦理在此时乃是孽缘,不具合法性。某女、某生都是聪明人,然而都有着不同程度的新旧杂糅特征,属于典型的过渡性格。只有某氏子,因痴呆而不像其他人般权衡,只凭借传统伦理所塑造的本性去为人做事。最后,他失掉了自己的生命,然而打败了聪明的"某学堂的高才生"某生,换来了夫为妻纲的稳定性。整部小说虽涉及了传统伦理遭遇现代伦理挑战的情形,然而最终却是传统伦理的胜利、现代伦理的失败。我们知道,包天笑创作的本意是用这个"带点传奇性""可以感人"[1]的题材,通过"有些夸张性的"[2]情节描绘,来"针砭习俗的盲婚",小说就是针对传统婚姻伦理、父子伦理的一次挑战。然而,该文的实际效果却未完美地传达出他的理想,甚至刚刚与之相反:"习俗的盲婚"是可以有好结果的,即便那人是"臃肿痴呆,性不慧而貌尤丑"者;某女最终为其守节,证明了其父的最初决策是正确的,某氏子本是有情有义的"志诚种子"啊!"作者原想对盲婚加以控诉,然而却一变而成为对'从一而终'封建伦理的歌颂与赞美。"[3]而"文中林林总总的欧美新知、新学、新道德,径自散发出反讽意味,尽成彰显旧道德、反衬新伦理的修辞"[4]。这也许是作者未曾料及的效果。

---

[1] 包天笑:《钏影楼回忆录》,上海三联书店2014年版,第340页。
[2] 包天笑:《钏影楼回忆录》,上海三联书店2014年版,第340页。
[3] 栾梅健:《通俗文学之王包天笑》,上海书店出版社1998年版,第102页。
[4] 张勐:《清末民初社会小说的思想蕴藉》,《文学评论》2016年第5期。

验诸清末民初的小说，我们会发现，这样的书写其实占据统治地位。主张提倡旧伦理的小说写作者，其笔下出现的伦理追求自然与此相应，就是提倡新道德的小说写作者，如那些关于兴女学、反缠足、主张反对男尊女卑的小说，也在不经意间浮现出旧伦理意识来。前者的例子固然够多，而当我们留意到小说作者们的前言、跋语，或批评者们所作的批语，我们对其旧伦理气息，亦能有鲜明认知。豁庵的《愚烈》，写一妇人之丈夫久别回家后，七孔流血而死，人多以为是该妇人所做，她亦不辩解，认为九泉之下复可唱随，乐于生者也。该小说以"愚烈"为题，在开端的解题中，作者说的是："忠孝为人之大德，而世有愚忠、愚孝之称。然天下之大德，不止忠孝二端，则德之有愚者，又岂仅忠与孝而已哉？即如匹夫之从井救人，义之愚者也；世俗之所谓望门寡，节之愚者也。特其行虽愚，而义与节犹足多也。昨闻友人述一妇殉夫故事，情节奇离，虽其愚不可为法，然在今之世，亦属难能可贵，谨表而出之，颜曰愚烈焉。"① 显然，作者认为这种"烈"难能可贵，有助于讽喻当世，虽然其具体做法不可取。"今世风俗日偷，不独求如某氏者如凤毛麟角，且某氏之罪人，尚不知凡几，然则某氏之事不足师，而某氏之心诚足风矣。"半痴生曾评论当时的社会："时至今日，危殆极矣，人心之险，风俗之偷，几不可以常理测。"因此，他要写作《义仆记》②。而剑山，有感于革新以来的社会现状，愤而写作《妇道》一文，他说：

> 革新以来，平等自由之说，宣传于女界。浮薄之子，遂谓道德不足缚我，规律不足制我，放恣邪僻，无所不为，竟不知世间尚有名节也。若见规言矩行者，反目为之迂，而加以诽笑。长此以往，风化扫地，伊于胡底，有心人能毋慨然。余因之而忆及方贤妇事，殊足为叔世之药石也。③

对民初社会上"风化扫地"的现实的感知，为世间生产药石的热望，促

---

① 豁庵：《愚烈》，于润琦主编《清末民初小说书系·伦理卷》，中国文联出版公司1997年版，第250页。
② 半痴生：《义仆记》，于润琦主编《清末民初小说书系·伦理卷》，中国文联出版公司1997年版。
③ 剑山：《妇道》，《小说新报》第4年第8期（1918年）。

成了剑山的《妇道》的面世。小说中的侯江林与贤妇成婚后，很快就开始酗酒，变卖田产，至于典当衣物以作酒资。贤妇对他唯有苦劝，一边使劲纺绩，苦苦支撑这个家庭。后来，侯江林打、骂贤妇，将贤妇避寒的被褥、裙服尽数典当以偿酒资，最后甚至想方设法逼贤妇为娼。贤妇识破了前来图谋不轨的恶少，却被侯江林痛打。最终，贤妇夜祭舅姑，侯江林前来，听得坟墓中的警告之音："有贤妇而不知养，反教以卖笑耶，再敢尔者，行当杀却。"这才痛改前非，勤俭操作，家道慢慢变为小康。小说末尾宣扬贤妇的贤德是"笃守无违之义，至有不顺者，则又抵死不从，即烈丈夫亦无与伦比"。小说中贤妇父亲见到贫苦的女儿，自叹自己有负于她，劝她改嫁，贤妇说的却是："妇人从一，古有明训，夫死别嫁，世人犹为诟病，况生离乎？"对于自己的遭遇，她表示是自己命薄、福薄，对自己的未来只有"听诸天命而已"。这样一个一味顺从、恪守妇道的妇女，在剑山眼里成为有贤德之人。饶有意味的是，该文发表于1918年，已是新文化运动风起云涌之时。

陈东原指出："从前贞节问题的背景是怕乱了宗法，宋代以后的贞节问题便着重在性器官一点上了。嗟嗟妇女，遂做了性器官的牺牲！"[①] 波伏娃则分析道，"男人始终主宰着女人的命运。他们不是根据她的利益，而是根据他们自己的设计，出于他们的恐惧和需要，来决定女人应当有怎样的命运。"[②] 清末民初小说中的贞节话语，鲜明地体现了男性的主宰地位，以及女性们如何做了性器官的牺牲。在这一背景下，我们即便看到傅彩云这样敢于听从内心呼喊，敢于反叛传统伦理三从四德的观念的人，也会一方面感叹其存在的稀少，另一方面意识到其妓女出身对于这一行为的决定性意义。因而，在强大的伦理意识下，女性的主体性根本不可能被发现与发掘，被召唤而走出闺门的女性们，也不可能具有真正的女性意识。她们中的新派，也许会具有"国民之母""国妻"的身份认知，然而，她们并不拥有"女国民"的意识，更不会由此出发，在尽力承担时代给予的深重责任的同时，努力地去拥抱自己的权利，实现自己的真正觉醒，在浮出历史的地表之际开始发出自己的声音。"新女性是20世纪初小说中最纠结的女性形象，她既被要求符合西方文明进步的标准，又不能被西方

---

① 陈东原：《中国妇女生活史》，商务印书馆2015年版，第2页。
② [法]西蒙娜·德·波伏娃：《第二性》，陶铁柱译，中国书籍出版社1998年版，第193页。

的自由放浪所腐蚀；她既要清除身上传统的落后习俗，和不问国事只会'分利'的旧形象决裂，又要保持传统娴雅贞静的贤妻良母形象。"① 捆绑着彼时的"新女性"的绳索，依然是多而且紧的。有学者曾指出："就性别话语而言，鸳蝴小说不但抹杀了晚清女权的很多进步因素，而且以单一替代了丰富。……鸳蝴小说对于性别的狭隘想象是令人失望的。……鸳蝴小说为晚清文学收束，决定了晚清文学的女性话语发展是不完整的，并没有完成它的现代转型。我认为，20世纪初清末文学的女性想象，只是现代女性想象的过渡时期。"② 当然，即便是过渡时期的女性想象，也为这一时期的社会带来了巨大变化。时萌认为，1900—1910年这十年间的晚清小说，是时代与社会的镜子，"有不少小说的主题和倾向都表现为新兴的社会思想力量的活跃，如宣扬破除迷信的，鼓吹妇女解放的，反对吸鸦片的，输入西洋科学文化的。这些小说都表现出向封建宗法礼教进攻的凌厉姿态。而小说反映的另一方面是，巍巍矗立几千年的旧道德大厦，已被啃咬得遍体鳞伤，正在腐烂崩析。新的社会思想奋发飞扬，旧的意识形态摇摇欲坠，这在晚清小说中反映得颇为明显的"③。而辛亥至1919年的小说，时萌认为也可圈可点，"不宜以'封建小说复辟'、'旧小说回潮'这些概念来涵盖辛亥以后小说领域的全貌，'沉渣的浮起'是有的，但并非主流，我们应该重视它'再造'、'更新'的一面，肯定其'量变'的主层面"④。

---

① 周乐诗：《清末小说中的女性想象（1902—1911）》，复旦大学出版社2012年版，第11页。
② 周乐诗：《清末小说中的女性想象（1902—1911）》，复旦大学出版社2012年版，第14页。
③ 时萌：《导言二》，吴组缃、端木蕻良、时萌主编《中国近代文学大系·小说集一》，上海书店1991年版，第26页。
④ 时萌：《导言二》，吴组缃、端木蕻良、时萌主编《中国近代文学大系·小说集一》，上海书店1991年版，第40页。

第四章

激变：1915—1927年的家庭伦理观念

辛亥革命的胜利促成了"毁孔子庙罢其祀"的反孔高潮的出现，社会习俗层面已经出现了不容忽视的变革。蔡元培等创建的"社会改良会"，以"尚公德，尊人权，贵贱平等，而无所谓骄谄，意志自由，而无所谓徼幸"等为"共和思想之要素"，以"以人道主义去君权之专制，以科学知识去神权之迷信"[1]为目标。而其成员入会的条件如"提倡个人自立不依赖亲朋""实行男女平等""提倡自主结婚""承认离婚之自由""承认再嫁之自由""戒除供奉偶像牌位"[2]等，在在体现了他们对"个人""自由"的重视，对具有这些精神的适应共和政体的新国民的期待。而在1912年8月的张振武事件和1913年3月的宋教仁事件[3]中，参议员等与大众媒体的参与姿态，已经体现出重"个人"与"自由"思想在国民观念中的普遍性："这两大案件留下的文字材料表明人身的自由不容侵犯，任何公民都是平等的，三权分立、法治和司法独立是神圣的，舆论独立和言论自由是理所当然的……诸如此类的现代观念开始渗入主流文化，越来越多的人视之为不容怀疑的是非标准"[4]。这样的现状，使得相当一部分关心民族命运者对中华民国的未来充满了信心。然而，辛亥革命的失败，使中华民国空有其表，"毁孔子庙罢其祀"仅仅昙花一现，法律、政

---

[1] 蔡元培等：《社会改良会宣言》，沈善洪主编《蔡元培选集》（下），浙江教育出版社1993年版，第986页。

[2] 蔡元培等：《社会改良会宣言》，沈善洪主编《蔡元培选集》（下），浙江教育出版社1993年版，第987—988页。

[3] 1912年8月，黎元洪与袁世凯合谋，未经正规审判程序，以莫须有的罪名捕杀武昌起义重要领袖张振武。1913年3月，国民党代理理事长宋教仁在上海火车站被暗杀身亡。参见袁伟时编著《告别中世纪：五四文献选粹与解读》，广东人民出版社2004年版，第41页。

[4] 袁伟时编著《告别中世纪：五四文献选粹与解读》，广东人民出版社2004年版，第38页。

体、习俗、文学方面都有复辟趋势。"迩来政象,光怪陆离。内而政府,外而疆吏,无不视前清为唐虞之治,疾共和为桀纣之世,行政用人,必反旧观,意若以为中国苟能急流勇退,力复前清之规模,遂能与英美驰骋于大洋,与日俄颉颃于东陆也者。此非吾故为过当之词,有事实足证也。"① 这是对"二次革命"失败后的中华民国最真实一面的描述,共和民主的中华民国招牌仍在,而货色却早已变回了旧时模样。

正是在这样的情境中,章士钊等反袁志士不得不再次流亡,在东京创办了《甲寅》月刊,系统反思了个人与国家的关系问题、救国之途到底在政治还是在文学等问题。而经由这些历程磨炼、培养起来的陈独秀、高一涵、李大钊、吴虞等人,以及经由流产的《新生》杂志等走出来的鲁迅、周作人与许寿裳等,在袁世凯称帝、张勋复辟的现实刺激面前,开始了新一轮力度更强大、思考更深广的"打孔家店"运动,对传统家庭伦理进行了更为全面的反思与批判。② 这一个使儒家纲常名教发生根本动摇的新文化运动,是"一个波澜壮阔的高潮"③,是"一脉连绵丛山中的一座更高的山峦"④,是继承了洋务运动、戊戌维新和辛亥革命反思既有文化传统的思维路径而又部分超越了其历史局限的思想启蒙运动,是"中国传统家庭伦理向近代转型的重要界标"⑤。其思想史、社会史以及文学史价值,怎么高估都不为过。1915—1927年,伦理中心主义受到重要冲击,统治中国几千年的传统家庭伦理受到理论与文学文本的双重审视与重构。

当然,我们需要注意到,1915—1927年的家庭伦理观念有着极其复杂的面相,具有明显的阶段性特征。如果我们认可周策纵将国共正式合作的1924年确定为新文化运动下限的做法,而又认可金观涛将1915—1924年这十年"称为意识形态更替时期"的行为,那么,我们也会认可他对

---

① 韩伯思:《复旧》,《甲寅》第1卷第3号(1914年)。
② 参见拙著《"打倒孔家店"研究》的第一章、第二章,人民出版社2014年版。
③ 袁伟时编著:《告别中世纪:五四文献选粹与解读》,广东人民出版社2004年版,第39页。
④ [美]本杰明·史华慈:《〈五四运动的反省〉·导言》,王跃、高力克编《五四:文化的阐释与评价——西方学者论五四》,山西人民出版社1989年版,第5页。
⑤ 刘海鸥:《从传统到启蒙:中国传统家庭伦理的近代嬗变》,中国社会科学出版社2005年版,第205页。

这十年的更为具体的分期："1915—1919这五年为前期，其中心是抛弃和批判旧意识形态，1919—1924这五年为接受新意识形态。""1924年后意识形态政党已代替知识分子成为社会活动的主角，文化热冷却，政治参与高涨，新意识形态开始实现社会整合。"① 金观涛等虽划分的是新文化运动，但家庭伦理观念在1915—1924年的主要特征，也与此相类。简单地说，在1919年前，部分新文化先驱者"对家长制专制主义的叛逆，是对平等和个性解放的热烈追求，由此带动了史无前例的人的解放和个人感情的解放"②。而在五四运动后，对家长制专制的叛逆更为普遍，对平等和个性解放的呼求更为普遍化，以至于成为一种潮流，裹挟着社会上形形色色的人们朝着"人的解放和个人感情的解放"的道路猛进，在父子、婚恋等家庭伦理关系中发出自己的呐喊，同时也在野草遍地的境遇中荷戟彷徨，甚至有少数人丢盔弃甲，重返原来的战阵。这些呐喊、彷徨与重返的纷纭景观，呈现出1915—1927年思想史、文化史与文学史的丰富，同时也显然内蕴着历史的参与者与建构者们内心丰富的痛苦。

第一节　个人、自由伦理与反父权、反夫权话语

"半个世纪的家庭变革，主要表现在三个维度上，即观念的变革、制度的变革，以及生活实况的变革。三个维度紧密相关，但又各循各的轨迹。相比之下，最具活力，走得最早，走得最远的是家庭观念的变革。而最为缓慢，呈现被动局面的是制度层面的变革。生活实况变革的特点则是因地域、阶层而差异巨大。"③ 当我们试图考察1915—1927年家庭伦理的变革问题时，从观念层面来进行梳理，与从文学文本、新闻文本层面来分析生活实况的变革情景，从法律、规范层面来分析制度的变革情景一样重要，甚至更重要。因此接下来的论述，重点在家庭伦理变革的观念层面加

---

① 刘海鸥：《从传统到启蒙：中国传统家庭伦理的近代嬗变》，中国社会科学出版社2005年版，第210页。

② 金观涛、刘青峰：《开放中的变迁：再论中国社会超稳定结构》，法律出版社2010年版，第203页。

③ 陈千里：《因性而别——中国现代文学家庭书写新论》，南开大学出版社2013年版，第55页。

以展开。

一 个人、自由概念的引入与阐发

"根深蒂固而又源远流长的宗法制度，造成了中国的以家族为本位的文化。"① 在宗法伦理制度之下，个人是家族的附庸，而在与之相应的家国一体的体系中，忠孝亦合为一体，个人因此也是国家的附属物，个人立场、个人权力、个人意义在一定程度上都被忽视。"个人"这个概念本身"不具有'作为权利主体的个人'和'社会组织的基本单位'之类的含义"，而古代所谓的"我""吾"在传统文化体系中首先是与其所属的族群相联系的。② 换句话说，中国传统文化中存在对"个人"的类似表述，但是，这种论述体系中的"个人"与西方文化传统中的"个人主义"以及"五四"时期高扬的"个性主义"有着质的不同。有人甚至认为，中国传统的家庭（族）伦理是"吞噬个体的伦理专制主义"，"与尊重人的价值、崇尚人的自由的现代文明格格不入"，因而，"要实现文化的转向和模塑现代公民人格，就必须破除封建家庭伦理道德，彻底批判家族主义"。③

追溯西方意义上的"个人""自由"概念的传播、生根过程，我们首先会发现晚清以来先觉者们的卓绝努力。龚自珍对于"自我"和"心力"的极力推崇，是较早对程朱理学的反叛；谭嗣同在《仁学》中提出"冲决网罗"，开了后来者突破封建礼教束缚的先河；康有为也展开了对三纲五常的批评，提出了"'人有自主之权'，甚至'人人独立，人人平等，人人自主，人人不相侵犯'等见识"④；严复在1903年翻译《群学肄言》时就关注到了"个人"，并用中国特有的"小己"代之；梁启超在1901年前后就曾思考过"独立与合群"之间的关系，他主张"今日欲言独立，当先言个人之独立，乃能言全体之独立"⑤，并在《进化论革命者颉德之

---

① 焦国成：《传统伦理及其现代价值》，教育科学出版社2000年版，第226页。
② 李怡：《日本体验与中国现代文学的发生》，北京大学出版社2009年版，第52页。
③ 李桂梅：《冲突与融合：中国传统家庭伦理的现代转向》，中南大学出版社2002年版，第140页。
④ 李怡：《日本体验与中国现代文学的发生》，北京大学出版社2009年版，第53页。
⑤ 梁启超：《十种德性相反相成义》，张品兴主编《梁启超全集》第1册，北京出版社1999年版，第428页。

学说》中介绍了尼采（尼至埃）的思想，这和他对卢梭、孟德斯鸠、达尔文等人的学说的宣传一起，承接着《时务报》时期他对废科举的呼吁而来①，而将"天赋人权，生而平等之说，置诸蒙昧无知中国人的面前，有若盲者见光明"②。和"个人"一样，"自由"也经由戊戌到辛亥到新文化运动时期，而日渐成为新型的价值概念，植入新知识分子的知识体系之中。严复曾说："彼西人之言曰：唯天生民，各具赋畀，得自由者乃为全受。故人人各得自由，国国各得自由"③，"故今日之治，莫贵乎崇尚自由。"④ 梁启超也指出："自由者，天下之公理，人生之要具，无往而不适用者也。"⑤ "自由者，权利之表征也。……自由者亦精神界之生命也。……故今日欲救精神界之中国，舍自由美德外，其道无由。"⑥ 但和他们对"个人"的看法是功利主义的一样，他们也并未真正觅得"自由"的神髓，即并未将之作为价值本体，而是将之作为富国强民的一种手段。就像在群、己冲突时他们会放弃己而皈依于群的价值体系一样，在自由与专制发生剧烈冲突之时，他们也会呼吁专制而放弃对自由的坚持。只有到了五四时期，"内因袁世凯暴压后之反动，外因法兰西一派革命思想和英吉利一派自由主义渐在中国智识界中深入，中国人的思想开始左倾，批评传统的文学，怀疑传统的伦理"⑦。于是"真正的个人问题才出现"⑧，个人的主体性问题得到空前重视，对与其密切相关的"自由"这个概念工具的重视程度也才空前增强，而这离不开鲁迅、陈独秀、李大钊等人的鼓与呼。

鲁迅早期立人思想的重要文献——《文化偏至论》《摩罗诗力说》均

---

① 在《变法通议》中，梁启超主张以学校代科举，要求妇女有受教育的机会。他认为中国人受科举束缚千余年，妇女向无地位，若能变废科举，男女地位平等，自由思想，权力思想，即可不期然而产生。参见张朋园《梁启超与清季革命》，吉林出版集团有限责任公司2007年版，第214页。

② 张朋园：《梁启超与清季革命》，吉林出版集团有限责任公司2007年版，第215页。

③ 严复：《严复集》第1册，中华书局1986年版，第3页。

④ 严复：《严复集》第4册，中华书局1986年版，第1082页。

⑤ 梁启超：《新民说》，张品兴主编《梁启超全集》第2册，北京出版社1999年版，第675页。

⑥ 梁启超：《十种德性相反相成义》，张品兴主编《梁启超全集》第1册，北京出版社1999年版，第429页。

⑦ 傅斯年：《论学校读经》，《傅斯年全集》第6册，湖南教育出版社2003年版，第51页。

⑧ 余英时：《中国近代个人观的改变》，《中国知识分子论》，河南人民出版社1997年版，第149页。

涉及个人与个人主义。在《文化偏至论》中，鲁迅批评科学的片面发展导致的重物质、重众数的偏至，说纠正之法乃在于"掊物质而张灵明，任个人而排众数"①，乃"首在立人，人立而后凡事举；若其道术，乃必尊个性而张精神"②。为了"立人"，鲁迅在文章中花大量篇幅阐述了"重个人"与"非物质"的思想，论析了"个人主义"与"害人利己主义"之别："个人之语，入中国未三四年，号称识时之士，多引以为大诟，苟被其谥，与民贼同。意者未遑深知明察，而迷误为害人利己之义也欤？夷考其实，至不然矣。"③他认为，个人与自由相辅相成，破坏自由者均为专制："自由之得以力，而力即在乎个人，亦即资财，亦即权利。故苟有外力来破，则无间出于寡人，或出于众庶，皆专制也。国家谓吾当与国民合其意志，亦一专制也。"为此，他欢呼"伊勃生见于文界"的意义。更进一步，他认为非物质主义者和个人主义者的相同之处就在于"兴起于抗俗"，故而这种有着"绝大意力之士""贵耳"④，这种有意力之人就是"将来之柱石"⑤。在文章中鲁迅认定，只有"国人之自觉至，个性张"，"沙聚之邦"才可能"转为人国"。⑥由于具有抗俗精神的个人不在萧条的中国，所以鲁迅别求新声于异邦；不在物质而在"心声"，所以鲁迅尤其重视诗歌的价值，这正是《摩罗诗力说》一文的逻辑起点。而在新文化运动期间，鲁迅的个人观念表述得更为明晰。

陈独秀早在1914年发表的《爱国心与自觉心》中就重新审视了个人与国家的关系，并主张个人主义至上。⑦到《新青年》创刊时，陈独秀在

---

① 鲁迅：《文化偏至论》，《鲁迅全集》第1卷，人民文学出版社2005年版，第47页。
② 鲁迅：《文化偏至论》，《鲁迅全集》第1卷，人民文学出版社2005年版，第58页。
③ 鲁迅：《文化偏至论》，《鲁迅全集》第1卷，人民文学出版社2005年版，第51页。
④ 鲁迅：《文化偏至论》，《鲁迅全集》第1卷，人民文学出版社2005年版，第56页。
⑤ 鲁迅：《文化偏至论》，《鲁迅全集》第1卷，人民文学出版社2005年版，第56页。
⑥ 鲁迅：《文化偏至论》，《鲁迅全集》第1卷，人民文学出版社2005年版，第57页。
⑦ 该文刊载于《甲寅》月刊第1卷第4号，署名"独秀"，仅排于章士钊的《调和立国论》之后。在该期目录上，该文名为《自觉心与爱国心》，正文名为《爱国心与自觉心》，据正文所述，应以正文题目为是。值得一提的是，由于该题目在目录与正文中的不同，导致有些学者在引述时各执一词，李龙牧在其《五四时期思想史论》（复旦大学出版社1990年版）中就认为文章名为《自觉心与爱国心》（见该书第12—19页），绝大部分学者则认为其名字为《爱国心与自觉心》。在该文中，陈独秀秉持欧洲近代以来的新国家—人民关系观，认为当时的中国实在不值得爱，并认定这个国家亡不亡与他都没有什么关系，他甚至期待着海外之师的来临，等着被分割的结局。参见拙著《"打倒孔家店"研究》第一章的相关论述，人民出版社2014年版。

第四章 激变：1915—1927年的家庭伦理观念

准发刊词《敬告青年》中呼吁"一二敏于自觉勇于奋斗之青年"①的出现。这样的"青年"，是具有"自主的""进步的""进取的""世界的""实利的""科学的"等的现代价值观者，而不再是有着"奴隶的""保守的""退隐的""锁国的""虚文的""想象的"这些传统人格以及思想文化影响者。他将"自主的而非奴隶的"列为新青年的第一条标准，告诉青年们应"绝不认他人之越俎，亦不应主我而奴他人"。如果听命于忠孝节义，则是信奉奴隶之道德，"个人独立平等之人格，消灭无存"。②在《东西民族根本思想之差异》中，陈独秀认为，西洋民族"自古迄今，彻头彻尾，个人主义之民族也。……举一切伦理、道德、政治、法律，社会之所向往，国家之所祈求，拥护个人之自由权利与幸福而已"③。与此相对，东洋民族是宗法社会，其所采取的制度有四大恶果——损坏个人独立自尊之人格、窒碍个人意思之自由、剥夺个人法律上平等之权利（如尊长卑幼同罪异罚之类）、养成依赖性戕贼个人之生产力。由此，他提出应"以个人本位主义，易家族本位主义"④。在一次演讲中，陈独秀再次论述了道德应"与时变迁"，呼吁应建立个人主义基础上的利他主义，否则"人类思想生活之冲突，无有已时"⑤。

李大钊是此期的重要言论代表，发表有不少主张个人、自由伦理的言说。他认为当时的中国已经"神衰力竭，气尽能索""昔称天府，今见陆沉"，而其原因，就在君主专制制度的存在。为此，他呼吁国民们"悟儒家日新之旨，持佛门忏悔之功，遵耶教复活之义，以革我之面，洗我之心，而先再造其我，弃罪恶之我，迎光明之我；弃陈腐之我，迎活泼之我；弃白首之我，迎青年之我；弃专制之我，迎立宪之我；俾再造之我适于再造中国之新体制，再造之中国适于再造世界之新潮流。"⑥而在《由经济上解释中国近代思想变动的原因》这篇重要文章中，李大钊明确指出了家族制度对个人的戕害，认定所谓的纲常、名教、礼义都是在损卑下以奉尊长、牺牲被治者的个性以事治者，从前的中国只有家族而没有国家

---

① 陈独秀：《敬告青年》，《青年杂志》第1卷第1号，1915年9月15日。
② 陈独秀：《敬告青年》，《青年杂志》第1卷第1号，1915年9月15日。
③ 陈独秀：《东西民族根本思想之差异》，《青年杂志》第1卷第4号，1915年11月15日。
④ 陈独秀：《东西民族根本思想之差异》，《青年杂志》第1卷第4号，1915年11月15日。
⑤ 常乃惪：《记陈独秀君演讲辞》，《新青年》第3卷第3号，1917年5月1日。
⑥ 守常：《民彝与政治》，《民彝》第1期，1916年5月15日。

和个人，为此，必须坚持发展弱者、卑者的个性而反对依附于家族制度的强者、尊者的特权，要"打破大家族制度""打破父权（家长）专制""打破夫权（家长）专制""打破男子专制主义"，"也就是推翻孔子的孝父主义、顺夫主义、贱女主义的运动"①。与此相关，李大钊极力肯定青年、青春的价值，大力张扬自由伦理，"宪法上之自由，为立宪国民生存必需之要求；无宪法上之自由，则无立宪国民生存之价值"，因此，"吾人苟欲为幸福之立宪国民，当先求善良之宪法；苟欲求善良之宪法，当先求宪法之能保障充分之自由"②。他主张："我们现在所要求的，是个解放自由的我，和一个人人相爱的世界。"③ 而真正的解放不靠他人，而是"靠自己的力量，抗拒冲决，使他们不得不任我们自己解放自己"④。自由与个人伦理由此紧密结合了起来。

其实，在此期的思想文化界，对个人、自由加以申说者甚多。高一涵就明确指出，青年若欲承担起历史的重责，必须"从根本改造""不适时势之用"的道德而"无所惜"⑤，而"今之人，首贵自我作圣……夫青年立志，要当纵横一世，独立不羁，而以移风易俗自任"⑥。李亦民认为人生唯一之目的是"求生"，故要"为我""以进于独立自主之途"⑦。他们呼吁青年们："努力以与旧习俗相战，以独立自重之精神，发扬小己之能力。"⑧ 在具有这种认识的边缘知识分子眼里，外来之西洋文化的新，与中国固有文化之旧之间已"绝无调和折衷之余地"⑨。在"备受专制政治之痛苦"的他们看来，必须有伦理的觉悟这个"最后觉悟之最后觉悟"，以西方的自由、平等说对抗名教，召唤民、子、妻的独立自主人格，才能寻求到政治的根本解决。⑩

---

① 李大钊：《由经济上解释中国近代思想变动的原因》，《新青年》第 7 卷第 2 号，1920 年 1 月 1 日。
② 李大钊：《宪法与思想自由》，《宪法公言》第 7 期，1916 年 12 月 10 日。
③ 李大钊：《我与世界》，《每周评论》第 29 号，1919 年 7 月 6 日。
④ 李大钊：《真正的解放》，《每周评论》第 30 号，1919 年 7 月 13 日。
⑤ 高一涵：《共和国家与青年之自觉》，《青年杂志》第 1 卷第 1 号，1915 年 9 月 15 日。
⑥ 高一涵：《共和国家与青年之自觉》，《青年杂志》第 1 卷第 1 号，1915 年 9 月 15 日。
⑦ 李亦民：《人生唯一之目的》，《青年杂志》第 1 卷第 2 号，1915 年 10 月 15 日。
⑧ 高一涵：《共和国家与青年之自觉》，《青年杂志》第 1 卷第 2 号，1915 年 10 月 15 日。
⑨ 汪叔潜：《新旧问题》，《青年杂志》第 1 卷第 1 号，1915 年 9 月 15 日。
⑩ 陈独秀：《一九一六年》，《青年杂志》第 1 卷第 5 号，1916 年 1 月 15 日。

从前述简单引用的文献中，我们或可见出"个人""自由"伦理在此期的先进知识分子中日渐风行的情景之一斑。"如果说，清末知识分子发现了'国民'，重在塑造能够以国家利益为重的公民，那么新文化运动突出的贡献是发现了个体'人'的存在价值，公民个人的主体性、权利与自由得到了更为充分的阐发。从'国民'的整体性到作为公民的'人'的个体性，体现了中国近代启蒙思想日益递进的过程。"[1] 当下学者的这番评价，将清末发现"国民"与新文化运动中发现"个人"的不同价值进行了比较，从而凸显了近代启蒙思想演进的过程，张扬了新文化运动的发现的独特价值。"在历史上，抽象的个人观代表着一种巨大的伦理进步。它是朝着普遍伦理学的方向所迈出的决定性的一步。因为在这里，人仅仅因为是人而第一次被认为是某些权利的持有者。"[2] 五四新文化运动的参与者、新家庭伦理建构者之一郁达夫，就曾说："五四运动的最大的成功，第一要算'个人'的发见。"因为，"从前的人，是为君而存在，为道而存在，为父母而存在的，现在的人才晓得为自我而存在了。"[3]

二 反父权与反夫权话语

彰显每个独立个体的独特价值，主张每个个体作为天赋之人应享有的权利，张扬每个个体自由不羁的存在，在中国当时的先进知识分子眼里，其实现过程其实异常艰难。因为在强大的儒家文化传统中，个体、自由云云，从概念到价值理念都并非自动生成。因此，彼时的先进知识分子要主张个人与自由，就必须反对父权制这个巨大的存在，反对依附于父权制的夫权制的巨大存在。民国建立之后，君臣关系已经解体，然而父权体系中留存下来的父为子纲、夫为妻纲的力量依然无比强大，此期知识分子的反抗之路依然艰巨无比。

"宗法社会之奴隶道德，病在分别尊卑，课卑者以片面之义务，于是君虐臣，父虐子，姑虐媳，夫虐妻，主虐奴，长虐幼。社会上种种之不道德，种种罪恶，施之者以为当然之权利，受之者皆服从于奴隶道德下而莫

---

[1] 陈永森：《告别臣民的尝试》，上海古籍出版社2004年版，第356页。
[2] 卢克斯：《个人主义：分析与批判》，中国广播电视出版社1993年版，第157页。
[3] 郁达夫：《导言》，郁达夫编选《中国新文学大系·散文二集》，上海良友图书印刷公司1935年版，第5页。

之能违，弱者多衔怨以殁世，强者则激而倒行逆施矣。"① 陈独秀在回答傅桂馨时所言的这段话，指出了宗法社会中别尊卑、定上下的奴隶道德，对于幼者、弱者、位卑者的莫大压抑。而在《一九一六年》中，陈独秀对儒家三纲说之于个人人格的压抑，有着更为明显的批判："率天下之男女，为臣，为子，为妻，而不见有一独立自主之人者，三纲之说为之也。缘此而生金科玉律之道德名词，——曰忠，曰孝，曰节，——皆非推己及人之主人道德，而为以己属人之奴隶道德也。"② 这种"尊上抑下，尊长抑幼，尊男抑女"的"旧社会之道德"，已经不能适用于今世，应废弃之，重建"新道德""真道德"③。他也明确呼唤1916年的青年们，"各奋斗以脱离此附属品之地位，以恢复独立自主之人格！"④ 总体来看，陈独秀对国人作为附属品的境遇的彻底反对，对儒者三纲之说对民、子、妻的独立自主人格的压制，对每个个体的自由、自尊、人格的尊崇与热切呼吁，在《一九一六年》中表现得异常明显。重视个人而非家族、国家，显然是其论中应有之义，而与他那些以个人主义取代家族本位主义的呼吁相呼应。陈独秀此后陆续发表的文章，如《吾人之最后觉悟》（《青年杂志》第1卷第6号）、《宪法与孔教》（《新青年》第2卷第3号）、《孔子之道与现代生活》（《新青年》第2卷第4号），对于个体、自由的尊重，对于压抑个体的三纲问题的论述越发详细。而他的言说，得到了高一涵、吴虞、陶孟和、鲁迅、周作人、胡适等人的支持，他们在此前后陆续发表的关于家族制度之害、呼唤解放女性、解放子辈的大量文字，对于家庭伦理的改造与建构，对于五四新文化运动解放人的历史功绩的缔造，产生了异常深远的影响。

吴虞的《儒家主张阶级制度之害》专门论述儒家主张尊卑贵贱的危害。他说："孔氏主尊卑贵贱之阶级制度，由天尊地卑演而为君尊臣卑，父尊子卑，夫尊妇卑，官尊民卑。"由于不能铲除这种重尊卑贵贱的阶级制度，"至于有良贱为婚之律，斯可谓至酷已！"在五洲大通的情况下，吴虞发现了中国国民缺失平等自由之幸福、长期处于专制之威权下的事

---

① 陈独秀：《答傅桂馨》，《新青年》第3卷第1号，1917年3月1日。
② 陈独秀：《一九一六年》，《青年杂志》第1卷第5号，1916年1月15日。
③ 记者（陈独秀）答 I. T. M 生的来信中所言，《新青年》第3卷第2号，1917年4月1日。
④ 陈独秀：《一九一六年》，《青年杂志》第1卷第5号，1916年1月15日。

第四章 激变：1915—1927年的家庭伦理观念

实，直接称呼六经指导下的满清律例乃是野蛮者，质问着"儒教不革命、儒学不转轮，吾国遂无新思想、新学说，何以造新国民？"① 吴虞的这一论文，与陈独秀关于孔教的本质在于别尊卑长幼相呼应，而且，他对于耶教、孔教本质的把握，正与陈独秀的相同。不同的是，吴虞是从法律角度来立论，而且所举案例，多来自六经五礼本身。在《家族制度为专制主义之根据论》这篇重要文献中，吴虞剖析了家族制度与封建专制主义之间"胶固而不可分析"的关系，认为推倒家族制度以及专制制度的出路就在废去孔氏孝弟之义，认为如果不去孝、非儒，"囿于风俗习惯酿成之道德，奋螳臂以与世界共和国不可背畔之原则相抗拒，斯亦徒为蚍蜉蚁子之不自量而已矣！"②

李大钊曾指出，孔门伦理"于君臣关系，只用一个'忠'字，使臣的一方完全牺牲于夫君；于父子关系，只用一个'孝'字，使子的一方完全牺牲于父；于夫妇关系，只用几个'顺'、'从'、'贞节'的名辞，使妻的一方完全牺牲于夫，女子的一方完全牺牲于男子。孔门的伦理，是使子弟完全牺牲他自己以奉其尊上的伦理；孔门的道德，是与治者以绝对的权利责被治者以片面的义务的道德"③，因此，孔门的伦理道德应该被推翻，应该打破大家族制度、打破父权与夫权。胡适在就《我的儿子》一诗回应汪长禄的信中说，"古人把一切做人的道理都包在孝字里"④，对这种孝道观大不以为然。钱玄同则疾呼，"'三纲'者，三条麻绳也"，"祖缠父，父缠子，子缠孙，代代相缠，缠了二千年"之久了，因此，必须"解放这头上的三条麻绳"，不能让它们缠在我们的孩子们头上，我们的孩子们也永远不得再缠在下一辈孩子们的头上。⑤ 钱玄同救出青年与孩子的宏愿，在五四时期的新文化先驱中具有相当的代表性。

此期的鲁迅，在随感录以及《我们现在怎样做父亲》《灯下漫笔》等文中，对父权制之于子辈的压制有着异常深刻的揭示。在《灯下漫笔》的第二节里，鲁迅揭示了征服者之所以能在中国作威作福，乃在于"我

---

① 吴虞：《儒家主张阶级制度之害》，《新青年》第3卷第4号，1917年6月1日。
② 吴虞《家族制度为专制主义之根据论》，《新青年》第2卷第6号，1917年2月1日。
③ 李大钊：《由经济上解释中国近代思想变动的原因》，《新青年》第7卷第2号，1920年1月1日。
④ 胡适答汪长禄的信中所言，《每周评论》第34号之"通信栏"，1919年8月10日。
⑤ 黎锦熙：《钱玄同先生传》，沈永宝编《钱玄同印象》，学林出版社1997年版，第74页。

们的古圣先贤既给与我们保古守旧的格言，但同时也排好了用子女玉帛所做的奉献于征服者的大宴"。而这些古圣先贤之所以能成功，就在于他们背后拥有大众都在奋力施行的等级制度。① 在这严格的等级制度的奴役之下，"更卑的妻，更弱的子"地位最为低下，但相对而言，"更弱的子"尚有长大后成为压迫者的期望，供他驱使的，则是他生下的子与他拥有的妻；作为弱者的妻、作为幼者的子，是卑微、弱小被压迫的存在，是首先被吃掉的一群！鲁迅反对这个吃人的筵席，反抗为强者、尊者提供人作为食物的中国这个厨房，他呼吁道："这人肉的筵宴现在还排着，有许多人还想一直排下去。扫荡这些食人者，掀掉这筵席，毁坏这厨房，则是现在的青年的使命！"②

这批反对父权、夫权的知识分子，一方面主张实现子辈的解放，另一方面主张实现妻子乃至所有女性的解放。因此他们批判父权，思考我们现在怎样做父亲，对不正常的、片面的"孝"实行反叛；因此他们批判夫权，主张男女平等基础上的自由恋爱和自主婚姻，反对节烈观念对女性的压制。

第二节 "非孝"思潮：以吴虞、胡适、施存统为中心

"现在的时代，是解放的时代；现代的文明，是解放的文明。人民对于国家要求解放；地方对于中央要求解放；殖民地对于本国要求解放；弱小民族对于强大民族要求解放；农夫对于地主要求解放；工人对于资本家要求解放；女子对于男子要求解放；子弟对于亲长要求解放；现代政治或社会里边所起的运动，都是解放的运动！"③ 李大钊 1919 年年初说出的这段话，与其说是一个判断，不如说是对于当时全世界尤其是中国社会现象的一种描述。其中，"女子对于男子要求解放"关乎女性解放，而"子弟对于亲长要求解放"则关乎本节将重点论述的子辈的解放。细究起来，五四时期子辈的解放浪潮，与新知识分子鲁迅、周作人、胡适等主张子辈

---

① 鲁迅：《灯下漫笔》，《鲁迅全集》第 1 卷，人民文学出版社 2005 年版，第 227—228 页。
② 鲁迅：《灯下漫笔》，《鲁迅全集》第 1 卷，人民文学出版社 2005 年版，第 229 页。
③ 李大钊：《联治主义与世界组织》，《新潮》第 1 卷第 2 号，1919 年 2 月 1 日。

的权益、提出幼者本位伦理观密切相关。

鲁迅从进化论出发，直接挑战了父权制，对父子关系问题进行了深入阐释。他说："中国亲权重，父权更重，所以尤想对于从来认为神圣不可侵犯的父子问题，发表一点意见。"① 与既有谈论父子关系而论证子辈应当如何不同，鲁迅重点反思的是父辈应当如何做。在堪称经典的《随感录二十五》中，鲁迅将中国的男性分为父男和嫖男，而父男又可以分为孩子之父和"人"之父。"第一种只会生，不会教，还带点嫖男的气息。第二种是生了孩子，还要想怎样教育，才能使这生下来的孩子，将来成一个完全的人。"② 鲁迅大声疾呼："我们中国所多的是孩子之父；所以以后是只要'人'之父！"③ 这"人"之父，是并不以恩示子、以求报答的父亲，是以爱意替换施恩思想，"喜欢子女比自己更强，更健康，更聪明高尚，——更幸福；就是超越了自己，超越了过去"的父亲。父亲是指导者协商者，然而不是命令者。在生命旅程中，"老的让开道，催促着，奖励着，让他们走去。路上有深渊，便用那个死填平了，让他们走去"，完全奉献了自己，以幼者为本位。对于孩子，"一，要保存这生命；二，要延续这生命；三，要发展这生命（就是进化）"④。他呼吁："先从觉醒的人开手，各自解放了自己的孩子。自己背着因袭的重担，肩住了黑暗的闸门，放他们到宽阔光明的地方去；此后幸福的度日，合理的做人。"⑤ 鲁迅的这些思想如洪钟大吕，唤醒了当时仍酣睡于铁屋子中的人们。当时远在成都的《星期日》第26期（1920年1月4日）即为"社会问题号"，在其《新团结办法》之"信条"的第六条中有这样的文字："对于子女，除暂负定期教育的责任以外，一切平等，解除亲子的名义和关系。"一些新派的父子甚至以弟兄相称。如柳亚子曾作《留别儿子无忌》，其中有"狂言非孝万人骂，我独闻之双耳聪。略分自应呼小友，学

---

① 鲁迅：《我们现在怎样做父亲》，《鲁迅全集》第1卷，人民文学出版社2005年版，第134页。
② 鲁迅：《随感录二十五》，《鲁迅全集》第1卷，人民文学出版社2005年版，第312页。
③ 鲁迅：《随感录二十五》，《鲁迅全集》第1卷，人民文学出版社2005年版，第312页。
④ 鲁迅：《我们现在怎样做父亲》，《鲁迅全集》第1卷，人民文学出版社2005年版，第135页。
⑤ 鲁迅：《我们现在怎样做父亲》，《鲁迅全集》第1卷，人民文学出版社2005年版，第135页。

书休更效而公"句。同样信奉"非孝"论的张天方读后即称:"独其别儿子无忌一诗,正中下怀,火速和成却寄。"诗曰:"时有孝子易实甫(易家钺论诗有'这也难道要学父亲吗'之作。父死又拜,人称不孝;然其学力能胜乃父,谓孝亦可),斡父之蛊龚半伦(龚定庵子,改父书者)。先生呼我我有例(我家儿女呼我先生),小友妮君君可人。驼峰马背怪流俗,孔雀杨梅服众宾。人问名教百无用(教主欲以空言弥论宇宙,屈众就一,私欲横行,不道孰甚),一矢破的爱之神。"诗寄后,柳亚子即以《次韵张天方》一首和之:"共和已废君臣义,牙慧羞他说五伦。种种要翻千载案,堂堂还我一完人。自由恋爱无婚嫁,公育儿童孰主宾?孔、佛、耶、回刍狗尽,独从真理见精神。"① 这样的诗歌应和,显然已透出了新的时代精神。

主张子辈的独立,就必须批评长期以来流行的父对子有恩的观点。鲁迅指出,父母"性交的结果,生出子女,对于子女当然也算不了恩","所生的子女,固然是受领新生命的人,但他也不永久占领,将来还要交付子女,像他们的父母一般",因此,父母对于子女,更多是义务而非权利,他没有可能也不应该长期占领子女的生命。② 周作人有类似的观点。在《祖先崇拜》一文中,他说:"父母生了儿子,在儿子并没有什么恩,在父母反是一笔债。……在自然律上面,的确是祖先为子孙而生存,并非子孙为祖先而生存的。所以父母生了子女,便是他们(父母)的义务开始的日子,直到子女成人才止","父母到是还债——生他的债——的人……至于恩这一个字,实是无从说起,倘说真是体会自然的规律,要报生我者的恩,那便应该更加努力做人,使自己比父母更好,切实履行自己的义务,——对于子女的债务——使子女比自己更好,才是正当办法"③。1924 年 2 月 12 日,荆生(周作人)发表《还账主义》,驳斥谢国馨在《学灯》上发表文章中主张的还账主义,认为"还账这一句话,如颠倒过来用在父母方面,到还有点适当,因为父母生子到底和养猪不同,养他长大并不是想吃他的肉,只是因为他是自己的儿子,而且他的生出全是自己

---

① 顾国华编:《文坛杂忆》(全编二),上海书店出版社 2015 年版,第 125—126 页。
② 鲁迅:《我们现在怎样做父亲》,《鲁迅全集》第 1 卷,人民文学出版社 2005 年版,第 135—136 页。
③ 仲密(周作人):《祖先崇拜》,《每周评论》第 10 号,1919 年 2 月 23 日。

的责任,所以应有养育他成立的义务。"① 1924年2月23日,周作人又以荆生之名发表了《复旧倾向之加甚》,批评柳翼谋在《什么是中国的文化》中所言的"伦理上讲孝,是要养成人们最纯厚的性质,人之孝敬父母,并没有别种关系,只是报偿养育之恩"。周作人说自己"生怕小孩们把我看做债主。虽然我决不把教育子女当作放印子钱看,但是难保小孩们不偷看了柳谢诸公的宏文学了乖巧,想抹杀了父子的天性,预备每天付还几吊钱,还清旧欠,可以自己去放债"②。

对于幼者本位伦理观,鲁迅、周作人、胡适等不仅有相关文论,而且还有体现这一观念的具体行动:对儿童文学的提倡、翻译以及系列创作。比如冰心的儿童散文系列,就充分体现了对幼者的尊重,对儿童心理和思维方式的重视:"在冰心的文字中,儿童不是'父为子纲'中的'子',儿童是有着独立人格的主体。和儿童站在一起时,作为一位年长的成人,其实冰心也对自我权威进行了消解。对成人世界的贬抑,是冰心对'自我'的一次确立。"③ 周作人研究童话理论,影响到了赵景深、顾均正、严既澄等的童话研究。茅盾、郑振铎、叶圣陶为儿童引进外来的艺术童话,发掘本民族的民间童话。郭沫若1922年1月11日写的《儿童文学之管见》,集中代表了他的儿童文学观,是我国最早出现的关于全面建设儿童文学的理论文章。无论是鲁迅、周作人、胡适还是郭沫若,其儿童文学论的基础都是儿童本位观。在儿童文学方面,胡适的主张与周作人十分接近。作为杜威实用主义教育家的忠实信徒,胡适完全信奉杜威宣扬的"儿童中心主义",认为国语教育当注重儿童的文学,主张改写当时的小学教科书。在鲁迅、周作人的翻译活动中,儿童文学作品始终是他们重视的一个方面,如《地底旅行》《爱罗先珂童话集》《小约翰》《安徒生童话集》等,而鲁迅的散文集《朝花夕拾》《野草》,小说集《呐喊》《彷徨》以及诸多杂文,都具有鲜明的儿童视野、儿童思维与儿童特征,其小说集中刻画的儿童形象也丰富多样。此外,叶圣陶的散文、小说,丰子恺的画作,朱自清的散文,胡适的诗作《我的儿子》,都是幼者本位伦理观的鲜明体现。与晚清时期虽重视子辈的重要性,但仍将儿童作为成人生

---

① 荆生(周作人):《还账主义》,《晨报副镌》1924年2月12日。
② 荆生(周作人):《复旧倾向之加甚》,《晨报副镌》1924年2月23日。
③ 张莉:《浮出历史地表之前——中国现代女性写作的发生》,南开大学出版社2010年版,第244页。

活的预备不同，这些文学作品也重视儿童之于国家的重要性，但同时，它们将儿童作为人一生的独特生命阶段来加以阐释，标志着"尊重儿童生命和人生权利的、'以儿童为本位'的现代儿童观"① 的真正确立。

除关注到上述理论言说、真正以儿童为本位的文学书写之外，要论析此期的"非孝"思潮，需重点关注吴虞、胡适、施存统的相关言行。

一 吴虞的"非孝"及其父子观念

四川思想家吴虞之于中国现代思想界的重要贡献，无疑首推其反孔非儒的言与行，尤其是其对儒家父权观念的批判。

生于1872年的吴虞，虽在《新青年》面世的1915年9月以前，已独自摸索着走了一段不短的反孔非儒之路，但总体来看，他在1917年以前的反孔非儒所达到的历史影响甚为有限。根据笔者对《吴虞集》与《吴虞日记》上册的统计，1915年的吴虞至少写作了11篇反孔非儒的文章，1916年至少写作了5篇②，吴虞最重要的反孔非儒观点，也在这些论文中展露无遗。但另一方面，这些在当时的四川堪称惊世骇俗的文稿③往往非常难以发表。其中的几篇重头文章——《儒家重礼之作用》《儒家主张阶级制度之害》《儒家大同之义本于老子说》虽早在1915年10月12日之前、《家族制度为专制主义之根据论》更早在1915年7月26日前就已经完成，但这些文章的发表之路却并不平坦：无论是当时思想激进的《进步》杂志还是《甲寅》杂志，都没有发表吴虞的上述文章。④ 所以，尽管吴虞在1915年12月11日、12日日记中——罗列了自己文章所发之地，

---

① 王黎君：《儿童的发现与中国现代文学》，博士学位论文，复旦大学，2004年。
② 据此段时间的《吴虞日记》可知，吴虞此期尚写有其他相关论文，有的曾发表过，但目前未找到原稿或发表的报刊，无从准确统计。
③ 吴虞1915年8月24日日记中谈及他看《西蜀新闻》时说："今日'论说'有《影响录》攻旧说，主张吴贯因家族改良论。成都有此见解，真难得也。"（《吴虞日记》上册，第207页）由此可见当时四川舆论风气之一斑。
④ 吴虞在1915年7月26日的日记中说："饭后桓女抄余所作《家族制度与专制主义之关系》一文一首，凡四篇半二千余字，令王嫂交邮局与进步杂志社寄去。"1915年10月12日日记中说："发甲寅杂志社函，计寄：《儒家重礼之作用》一首，《儒家主张阶级制度之害》一首，《儒家大同之说本于老子》一首，五言律诗五首，凡十一纸。"1916年正月初六日记中说："发范丽海信，寄《儒家主张阶级制度之害》一首"。（《吴虞日记》上册，第200、221、235页）但无论是《进步》还是《甲寅》，都没有发表他寄去的这些文章。

而且在日记中还有谢绝《益州日报》毛济群为其辟专栏的邀请、回绝《蜀报》邀请其做主笔的邀请等记载，但吴虞显然并未因此而满足。其原因，部分是因为其发表的文章中有一大部分是川外人叫好而川内人不那么认同的诗①，而其中最主要的，我以为，是他自己最看重的那几篇反孔非儒之文并未公开发表，他自觉其反孔非儒思想并未广播于天下。

其思想播于天下的契机，出现于民国五年十二月三日这一天。当天日记中，吴虞记下了"《新青年》，上海棋盘中街群益书社"这条信息，以及自己"饭后发新青年主任陈独秀信"②这个举动。十二月六日，吴虞又在日记中写下了将《消极革命之老庄》《家族制度为专制主义之根据论》《儒家大同之义本于老子说》《读〈荀子〉书后》这四篇文章挂号寄给陈独秀的信息。③随即，陈独秀热切回应，将吴虞的来信登在了《新青年》第2卷第5号的"通信"栏中，并做了正式回复，而且随后就将其系列文章在《新青年》的显要位置刊出见表4-1。

表4-1　　　　　　　　吴虞在《新青年》发表文章情况

论文名	卷号	刊发位置	发表时间
《家族制度为专制主义之根据论》	第2卷第6号	该期第二篇，仅次于《文学革命论》（陈独秀）	1917年2月1日
《读〈荀子〉书后》	第3卷第1号	该期第二篇，仅次于《对德外交》（陈独秀）	1917年3月1日
《消极革命之老庄》	第3卷第2号	该期第二篇，仅次于《俄罗斯革命与我国民之觉悟》（陈独秀）	1917年4月1日
《礼论》	第3卷第3号	该期第二篇，仅次于《旧思想与国体问题》（陈独秀）	1917年5月1日
《儒家主张阶级制度之害》	第3卷第4号	该期第二篇，仅次于《时局杂感》（陈独秀）	1917年6月1日
《儒家大同之义本于老子说》	第3卷第5号	该期第三篇，仅次于《近代西洋教育》（陈独秀）、《诗与小说精神之革新》（刘半农）	1917年7月1日

由表4-1可知，吴虞的这几篇论文中，五篇均仅尾随在主撰陈独秀

---

① 吴虞1917年2月2日日记中引了苍一的言论："外省人赞美余诗者甚多，川人中则多不以为然。"《吴虞日记》上册，第284页。
② 《吴虞日记》上册，第272页。
③ 《吴虞日记》上册，第273页。

之文后，其位置不可谓不显眼；而这六篇论文以每月每期一篇的速度发表，不可谓不集中。这样显眼的位置和这样集中的发表，使得吴虞一时间成了《新青年》最重要的言论大家、仅次于陈独秀的反孔非儒者。在"攻击孔教""打扫孔渣孔滓"从而为中国思想界清道的意义上，吴虞与陈独秀成了同调、形成了联盟。

仔细考察吴虞在《新青年》上发表的文章可以发现，这六篇文章各有侧重而又构成了一个有机整体：《家族制度为专制主义之根据论》找准了孝、家族制度与专制主义之间的关联，相当于吴虞反孔非儒的总纲；《读〈荀子〉书后》一文，是对孔教形成过程的一次探究，对荀卿在这个专制制度形成过程中所起作用的论述尤其发人深省：正是有了他，中国的专制之局才由"孔子教之"，到了"李斯助之"，最后"始皇成之"，这是侧重于专制之局的论说；《消极革命之老庄》一文继续追究儒家与专制之关系，但其论述，是从道家与儒家之比较入手的。他认可道家超过了儒家，但又指出老庄之学毕竟是消极革命的；《礼论》一文，侧重对礼制本身效用的探究，这牵涉专制及专制者利用礼教的目的；《儒家主张阶级制度之害》正面论述了儒家主张别尊卑贵贱的危害，《儒家大同之义本于老子说》则抽去了一个假设，就是儒家经典《礼运》中的大同说可以证明儒家并不是主张专制的。吴虞的这几篇自成体系，而又经过陈独秀精心排序的文章，与陈独秀的反孔非儒之文在时间、思想上都正好形成了互补关系，因而，吴虞是此期中国思想界的又一个清道夫，是《新青年》所开展的思想革命的重要参与者，此时段的《新青年》在思想史上意义的生成离不开吴虞的贡献。

在我们重点思考反父权的非孝言行时，吴虞的上述文章自然不可忽视，而他阅读《狂人日记》后所写的《吃人与礼教》以及此后所撰的《说孝》，更为此期的"非孝"思潮加了一把火，因而理应纳入我们的考察范畴。

《吃人与礼教》是较早评价《狂人日记》的理论文章。文章开篇，吴虞即抓住了鲁迅小说之根本——吃人与讲礼教之间的矛盾，体现了他一贯的敏锐。他引了小说中的"我翻开历史一查，这历史每页上都写着'仁义道德'几个字。仔细看了半夜，才从字缝里看出字来，满本都写着两个字，是'吃人'。"[①] 随即说："我觉得他这日记，把吃人的内容，和仁

[①] 鲁迅：《狂人日记》，《新青年》第4卷第5号，1918年5月15日。

义道德的表面，看得清清楚楚。那些戴着礼教假面具吃人的滑头技俩，都被他把黑幕揭破了。"接着，他运用惯常的论证思路，首先引了《左传》《韩非子》《管子》的材料证明齐侯一边讲礼教，一边吃人肉；其次，引用《汉书》的材料证明汉高祖对孔教的尊崇纯属利用，是为了巩固自己的统治：他一边尊礼教，一边吃人肉；此外，他引了《后汉书·臧洪传》以及《唐书·忠义传》的材料，证明臧洪与张巡也都是尊礼教而又吃人肉之人。不仅如此，他还将这些加以拓展，联系到当时的现实，说："好像如今讲礼学的人，家中淫盗都有，他反骂家庭不应该讲改革。""就是现在的人，或者也有没做过吃人的事；但他们想吃人，想咬你几口出气的心，总未必打扫得干干净净！"而在最后，吴虞发出了振聋发聩的呐喊，呼吁"我们"应该觉悟自己不是为君主、圣贤、纲常礼教而生的，而且宣告："吃人的就是讲礼教的！讲礼教的就是吃人的呀！"① 吴虞对现实情况的批判，对于大众重视自我、明瞭吃人与礼教之间的关联的呐喊，与他特意在文尾标明的写作地点——成都师今室，一起构成了反对礼教、圣贤、祖宗等的最强音，营造了充满新思潮意味的话语空间。

在《说孝》中，吴虞仍采用了引经据典而独具只眼的解读法来阐明"孝"之巨大危害。他首先发现了移孝作忠的劝导是为了让人们听话，不犯上作乱，从而"把中国弄成一个'制造顺民的大工厂'"；其次指出孝与礼互为表里，礼又与刑相表里的特质；再次，他重点分析了孝的三方面及其带来的恶果：由于孝起源于感恩而导致有人行虚伪之孝以博孝子之名，由于孝必然推及养而导致其极端者做出活埋其子、自残其身等荒谬行为，由于孝必然要求子孙绵延成为人生要义，从而导致无子之人为养子而养子，不管自己的智识能力，导致男子们早早娶妻而不管自己有无养妻的财力，导致一夫多妻和蓄妾制度在事实上必然发生，导致崇拜祖先思维的流行，从而活人都做了死人的奴隶而不能自拔。最后，吴虞反对片面的孝，反对具有如此众多负面作用的孝，转而提倡新型的父子观，那就是："父子母子，不必有尊卑的观念，却当有互相扶助的责任。同为人类，同做人事，没有甚么恩，也没有甚么德。要承认子女自有人格，大家都向'人'的路上走。"② 这与鲁迅、周作人、胡适、俞平伯、钱玄同等新文化

---

① 吴虞：《吃人与礼教》，《新青年》第6卷第6号，1919年11月1日。
② 吴虞：《非孝》，《星期日》社会问题号，1920年1月4日。

运动先驱的意见相一致。换句话说，吴虞以他的独特发声，参与了五四时期新文化运动反对父权，提倡父子平等的时代潮流。

吴虞的一生因反孔非儒尤其是非孝思想而焕发光彩，而其思想的由来却相对复杂。

我们可以首先注意到这几个特殊的阶段：早在1902年、1903年，吴虞就与川中的周克群、伍伯谷、王祚堂等一起，在蜀地创设书局、开办阅报社、创办东文学堂与法学研究会，竭力提倡新学①；1905年秋，吴虞去日本就学于法政大学速成科，系统研读欧美各国宪法、民法和刑法，于是"廿年来所讲学术，划然悬绝"②，思想开始发生巨变；1906年，受章太炎在东京留学生欢迎大会上的演说③及其《诸子学说略》④的影响，激动的吴虞写成了《中夜不寐偶成八首》，其中就有"贤圣误人深""孔尼空好礼"⑤之类"多有非儒之说"⑥的诗句；1910年9月，吴虞因读到孟子斥责杨子、墨子无父无君，倍感不平，写出了批驳孟子而为杨墨辩护的《辨孟子辟杨墨之非》，指出杨子的"为我"不至于无君，墨子的"兼爱"不至于无父，但孟子之所以要如此批驳杨墨，其根本原因在于儒家主专制，而"杨子为我主放任，则不利于干涉；墨子兼爱主平等，则不利于专制，皆后世霸者之所深忌"。为此，吴虞强烈呼吁反对专制的孔孟思想，愿意为撰写《非十二子》的荀卿、撰写《论六家要旨》的司马谈"抠衣执鞭"，"以从其后，而鼓舞言论思想自由之风潮也"。⑦也就是说，在1910年以前，吴虞受到的中西方影响，已经使得他具有了反叛的思想基因。

然而，导致吴虞更为深刻、坚决地非孝、反孔非儒的，是他紧接着遭遇的家庭苦趣：他的父亲"不慈"，将吴虞赶出成都的家；自己将名下的

---

① 参见吴虞《王祚堂传》，赵清、郑城编《吴虞集》，四川人民出版社1985年版，第36—37页。

② 吴虞：《邓寿遐〈荃察余斋诗文存〉序》，赵清、郑城编《吴虞集》，四川人民出版社1985年版，第141页。值得注意的是，《吴虞集》中将"划"误作"划"。

③ 演说辞载于《民报》第6号，1906年。

④ 《国粹学报》1906年第20、21期。

⑤ 吴虞：《中夜不寐偶成八首》，赵清、郑城编《吴虞集》，四川人民出版社1985年版，第283—284页。

⑥ 吴虞：《致陈独秀》，《新青年》第2卷第5号，1917年1月1日。

⑦ 吴虞：《辨孟子辟杨墨之非》，《蜀报》第1卷第4号，1910年9月。

家产很快挥霍一空之后强迫吴虞供养他，而且以不孝之罪名将吴虞告上法庭。这期间，吴虞自己的长子生病，因不在成都痛失治疗机会而最终夭折，自己的妻子饱受折磨，他自己也因这场官司而失掉了在成都教育界的职位，被整个教育界驱逐，可谓饱受了经济的压迫与精神的折磨。吴虞备感自身权利受到了父亲的侵犯，由此控诉中国黑暗的家庭制度，并推及社会、国家的无望。此后的吴虞，被时任四川教育总会会长的徐炯联合其他尊孔卫道者声讨，甚至不得不四处躲避以逃过王人文的追捕，直到辛亥革命胜利后才获得自由，重返成都。此期吴虞所写诗歌中，有很多对儒家的反叛，如"大儒治国自恢恢，坐见中原几劫灰"，为新刑律中无一条出现了孝字叫好，"新律通篇无孝字，人间伦理讵全亡"……到了新文化运动前夕的1915年1月，吴虞谈论办学校之兴废时，强烈否定了儒宗的价值，认为它不适合于当时的竞争世界："以近代教学言之，即使礼部不闲，学官不冷，实行会典，尽用儒宗，要亦无与国家之兴废。何则？其根本差误，不适于生存竞争之世也。"① 而在3月，他还说："迨严复辟韩之论出，而腐儒门面，瓦裂不全；千年霾雾，一朝开阖。虽屠仁守辈，尚竭力嘶声，为之撑据；而儒家之学，江河日下。况愈摭拾一二道德仁义之谈，讵能远轶轲而保其残喘乎！"② 6月，吴虞有感于壮悔的《社会恶劣状况论》，对袁世凯治下的社会现状深恶痛绝，说整个社会"道德堕落，风纪败坏；人心险恶，时局凌乱"，而社会上的人"口侈名教之言，躬行妖孽之实"③。吴虞由家庭苦趣而出发的非孝思想，由此达到了更深的层次。

可见，吴虞决绝的反孔非儒，的确是"受重大之牺牲"④ 的结果。"在思想观念上'非孝反孔'的主张，以及他对旧的法律的批判都显然和他自己的遭遇有关，他遭受封建伦理迫害的个人经历，成为他坚决地走向五四反封建文化的公共舞台、遭受迫害和打击也百折不回的动力。"⑤ 有

---

① 吴虞：《复某君书》，赵清、郑城编《吴虞集》，四川人民出版社1985年版，第43页。
② 吴虞：《复王光基论韩文书》，赵清、郑城编《吴虞集》，四川人民出版社1985年版，第49页。
③ 吴虞：《书某氏〈社会恶劣状况论〉后》，赵清、郑城编《吴虞集》，四川人民出版社1985年版，第56页。
④ 1927年3月7日吴虞日记，《吴虞日记》（下），四川人民出版社1986年版，第347页。值得注意的是，这里的3月7日指的是阳历。
⑤ 冉云飞：《吴虞和他生活的民国时代》，山东人民出版社2009年版，第335页。

人说，吴虞的非孝学说，"盖切肤之感，有为而发，非故为激异之论也"①。验诸吴虞的思想轨迹可知，这些判断无疑是准确而睿智的，然而我们显然不能得出吴虞的意义仅仅限于家庭的非孝这个结论。吴虞由个人家庭遭际而走向共同思想平台所发出的声音，体现出他难得的清醒，与五四时期陈独秀、李大钊、鲁迅等人的观念实现了独特的应和，因而，他也是中国现代"打孔家店"运动中的健将，也是中国现代家庭伦理思想变革中的重要参与者与推进者。

二 胡适的《我的儿子》及其父子观念

1918年11月23日，胡适的寡母冯顺娣去世。已在北京大学站稳脚跟的胡适，携同已有身孕的江冬秀从北京回家奔丧。对于辛勤养育自己的母亲的辞世，胡适的悲伤自不待言。1918年12月22日，《每周评论》创刊，此时尚未返回北京②的胡适在该期的"新文艺"栏目发表了新诗《奔丧到家》，全文内容如下：

> 往日归来，才望见竹杆尖，才望见吾村，便心头狂跳。遥知前面，老亲望我，含泪相迎。"来了？好呀。"——别无他话，说尽心头欢喜悲酸无限情。偷回首，揩干眼泪，招呼茶饭，款待归人。
>
> 今朝——依旧竹杆尖，依旧溪桥，只少了我的心头狂跳！——何消说一世的深恩未报！何消说十年来的家庭梦想都——云散烟消！——只今日到家时更何处能寻他那一声"好呀！来了！……"③

1919年2月1日，《新潮》第1卷第2号问世，胡适在该期的栏目"诗"中，再次发表了该诗，题目更改为《十二月一日到家》：

> 往日归来，才望见竹竿尖，才望见吾村，

---

① 范朴斋：《吴又陵先生事略》，赵清、郑城编《吴虞集》，四川人民出版社1985年版，第485页。
② 《新青年》第6卷第4号上有胡适致蓝志先的书信，其中说："十一月底，我因母丧回南，到此时才回北京。"信末署的时间是"一月二十四日"。由此可知，诗作发表时胡适尚未回京。
③ 适：《奔丧到家》，《每周评论》第1号，1918年12月22日。

第四章　激变：1915—1927年的家庭伦理观念

便心头狂跳，遥知前面，老亲望我，含泪相迎。

"来了？好呀！"——别无他话；说尽心头欢喜悲酸无限情。偷回首揩干泪眼，招呼茶饭，款待归人。

今朝，——依旧竹竿尖，依旧溪桥，——

只少了我的心头狂跳！——

何消说一世的深恩未报！

何消说十年来的家庭梦想，都一一云散烟消！——

只今日到家时，更何处能寻他那一声"好呀来了！"①

两相比较，除题目有异、排列有别外，字词上的更改处有二：一是改"杆"为"竿"；二是改"眼泪"为"泪眼"，标点上的改动有数处，但显然，这些改动都不影响我们对整个文本的解读，胡适对母亲的依恋、感恩而试图报恩之心体现得十分明显。

1919年3月16日，胡适第一个儿子祖望出生。胡适将其命名为祖望，可能意在寄托让儿子光耀祖上之意，也寄托他自己对刚逝世的母亲的思念。1919年8月3日，胡适将《我的儿子》这首短诗发表于《每周评论》第33号的"新文艺"栏中。该诗位于第3版最下方中偏左位置，一共18行，没有分节，全都左行、竖排、繁体。其最初发表时的文字内容整理如下：

我的儿子

适

我实在不要儿子，儿子自己来了。／"无后主义"的招牌，／于今挂不起来了！／

譬如树上开花，／花落天然结果。／那果便是你，／那树便是我。／树本无心结子，／我也无恩于你。／但是你既来了，／我不能不养你教你，／那是我对人道的义务，／并不是待你的恩谊。／将来你长大时，／这是我所期望于你：我要你做一个堂堂的人，／不要你做我的孝顺儿子。②

---

① 胡适：《十二月一日到家》，《新潮》第1卷第2号，1919年2月1日。

② 适：《我的儿子》，《每周评论》第33号，1919年8月3日。该诗在收入《尝试集》的初版、再版时，内容已有更改，后来被收入其他版本的选集时，内容亦有不同。其更改的效果及其原因，值得辨析。

对读《奔丧到家》《十二月一日到家》与《我的儿子》，我们能从内容上看到，前二者处理的是胡适与其母亲之间的母子关系，后一首诗处理的则是胡适与其长子之间的父子关系，三者合而观之，可以见出胡适完整的父子伦理观：对自己母亲，他反复抒写的奔丧到家时的痛苦心理，凸显的是他未能报答母亲深恩的遗憾。如果我们具体阅读胡适《四十自述》中关于其母亲的文字，知道正是其早年守寡的母亲，在大家族中以一个后母的身份艰难生存，而又教育培养了胡适，我们当能特别体会其"何消说一世的深恩未报"背后的恳切与伤痛。也就是说，胡适对于慈爱的母亲有着强烈的尽孝以报恩的意愿，母亲的离世让胡适有了"子欲养而亲不待"的悲伤；对自己儿子，胡适反复书写的却是自己生他无恩、养他教他亦无恩，希望他不必做自己的孝顺儿子，只需要做堂堂的人就已足够。对于自己的母亲，期待着尽孝；对于自己的儿子，希望他不要只做自己的孝顺儿子。表面看来，这两者之间并不协调甚至自相矛盾，似乎胡适秉持的是双重的父子观。然而事实果真如此吗？翻阅此期《每周评论》上关于《我的儿子》的往返通信，我们或许能发现这背后更深层的意蕴，并寻求到合理的解释。

《我的儿子》发表于8月3日。8月10日、17日出版的《每周评论》的"通信"栏中，有汪长禄和胡适的两次讨论。两人谈论的核心，正在于父对子是否有恩，子对父是否应该尽孝。

汪长禄的第一封信写于8月6日。他认为胡适诗中的"但是你既来了，我不能不养你教你，那是我对人道的义务，并不是待你的恩谊"，是从父母一方面的说法，如果从儿子的角度来说，也可以模仿着说："但是我既来了，你不能不养我教我，那是你对人道的义务，并不是待我的恩谊。"汪长禄说，这样"两方面变成了跛形的权利者，实在未免太不平等了"。他虽不认可旧时代的父母单希望儿子属于自己而不属于社会的观点，但他认为，若照胡适的主张，"竟把一般做儿子的抬举起来，看做一个'白吃不回账'的主顾，那又未免太'矫枉过正'罢"。因此，他认为儿子应该对父亲报恩，不能将"孝"字驱逐出境。他又推测说胡适平日对于父母当然不肯做那"孝"字反面的行为，也理解胡适本来意在对旧式家庭的痼弊痛加针砭，但他担心胡适过激的话语被一般根底浅薄的青年学去，"久而久之，社会上布满了这种议论，那么任凭父母老病冻饿以至于死，都有可以不去管他了"。末尾他提出希望，希望胡适也能做一下

"我的父母"的题目,"把做儿子的对于父母应该怎样报答的话(我以为一方面做父母的儿子,同时在他方面仍不妨做社会上一个人),也得咏叹几句,'恰如分际','彼此兼顾',那才免得发生许多流弊"①。

对汪长禄的来信,胡适于8月7日作答,于8月10日同期刊登在《每周评论》上。需要注意的是,胡适在信中始终强调该诗的私人性质,他一则说"父母于子无恩"的话是他自己生了儿子后才想到,并非以前就提倡过;二则说该诗的题目是《我的儿子》,是他对生出来的这个儿子表示抱歉,决不居功,决不示恩,也决不期望他报答自己的恩;三则针对人家将其言语作为不做孝顺儿子的托词,他说:"我的诗是发表我生平第一次做老子的感想。我并不曾教训人家的儿子!"显然,这样的声明,表示胡适准确地知道《我的儿子》的诗体性质,反复强调它书写的是私人体验与感情,因此,他言说的是自我的感受,言说指向的对象也只是自己的儿子而非其他。他人只有从这个角度来理解,才能不出现偏差:这仅仅是胡适对胡祖望的一番闲话风格的言语而已。对此,汪长禄是忽略或未理解到的:他把胡适的诗家语当成了杂文或者思想论文,将其直接作为胡适面对大众的发言了。但细读胡适的答语,我们显然不能忽视,那其中同时存在由个人体验生发而来的面向大众表态的冲动。比如夹杂于答复中的这三段文字:

> 先生说我把一般做儿子的抬举起来,看做一个"白吃不还帐"的主顾。这是先生误会我的地方。我的意思恰同这个相反。我想把一般做父母的抬高起来,叫他们不要把自己看做一种"放高利债"的债主。
>
> 先生又怪我把"孝"字驱逐出境。我要问先生,现在"孝子"两个字究竟还有什么意义?现在的人死了父母都称"孝子"。孝子就是居父母丧的儿子(古书称为"主人"),无论怎样忤逆不孝的人,一穿上麻衣,带上商梁冠,拿着哭丧棒,人家就称他做"孝子"。
>
> 若照中国古代的伦理观念自然不成问题。但是在今日可不能不成问题了。假如我染着花柳毒,生下儿子又聋又瞎,终身残废,他应该倾家荡产敬我吗?又假如我把我的儿子应得的遗产都拿去赌输了,使

---

① 汪长禄的来信,《每周评论》第34号,1919年8月10日。

他前食不能完全，教育不能得着，他应该爱敬我吗？又假如我卖国主义，做了一国一世的在罪人，他应该爱敬我吗？①

第一段中，明显出现了"一般做父母的""他们"，出现了"我的意思"，显然"我"意在对"他们"进行启蒙，要"他们"放弃放高利贷以让孩子们报恩的想法；第二段中，明显出现了对"现在"的"孝子"概念的批判与反思；第三段中暗示着"今日"的子辈已是有条件的尽孝这样一个事实，其三个仅仅表面提问实则自含否定性答案的句子，则将子孝必须的前提——父慈揭示得清清楚楚。而这些，又正与《我的儿子》中"我"的体验相吻合。显然，胡适的答语，一方面体现了他进可攻退可守的机智，另一方面则体现了他的诗歌承载着他在父子关系上的启蒙观念的事实。

随后，8月17日出版的《每周评论》第35号第4版上，刊载了汪长禄和胡适的第二次交流，两人的信件一并被置于《再论〈我的儿子〉》这一题目之下。

汪长禄对胡适的公开回复表示了感谢，跟着就说："其实子（应为'仔'，引者注）细研究起来，我和先生的议论，可以'相为表里'，根本上并没有什么冲突，不过两人所说的方面和出发点不同罢了。"因为胡适重在言说父母一面的义务，而他自己重在言说子女一面的义务，两者合起来，正可避免偏颇。第二点，他认为胡适批判当时社会上"孝子"毫无意义，"可谓沉痛极了"。第三点，他认可父母必须做到"慈"才能受到子女的爱敬，将父母教养子女的程度分为四种，以示区别。随后，汪长禄从佛经教义出发，认为父母生子之前子已经是种子，而父母只是那个"助缘"而已，因而，佛经中的"藏识"尤其重要。他问胡适对此可有研究，并表达了希望他答复的热望。胡适在复信中说，他不再回复前面三段文字，因为对方已同意自己的观点。接着他针对"助缘"一说，加以阐释："'助缘'也是极重要不可少的。无论主因是什么，少了父母的助缘，也决不能生儿子。既然如此，儿子的出世仍旧是由父母完全负责任。我决不把父母看成'造物主'，但是即使我依先生的话把父母看成'有之不必

---

① 胡适给汪长禄的回信，《每周评论》第34号，1919年8月10日。

然,无之必不然'的助缘,父母的责任也就不轻了。"① 很明显,汪长禄认可了胡适的主要观点,胡适不必再答,而又接着对方关于"助缘"的说法,明确父母的责任不管怎样都很重的观点。胡适的说法,依然是从父母的角度来考察父子关系,坚持认为父母对子女是义务,是责任而非恩典,无须儿女脱离自我一味做孝子。他在这两封书信中的观点,与他在诗歌中所要表达的感受、所要传达的理念相互吻合,没有变更。

需要留意的是,汪长禄在第一封信的末尾曾提出,希望胡适能"再把那'我的父母'四个字做个题目,细细的想一番。把做儿子的对于父母应该怎样报答的话……也得咏叹几句",胡适在复信的末尾表白说"我对于这个题目,也曾有诗,载在《每周评论》第一期和《新潮》第二期里"。这所谓的"我的父母"的诗,就是前面所引的《奔丧到家》以及《十二月一日到家》。很明显,汪长禄意在看看他作为儿子如何对待自己的父母,试图引起胡适关于无恩、可以不孝的反思,而胡适则将那两首诗郑重推荐出来,并不以为那愧疚自己没有能报答母亲深恩的诗有悖于自己的主张。其原因,或许有以下几点。

第一,沿着胡适第一封复信的思路可知,在胡适眼里,他前后所写的两首诗歌都仅仅传达的是他个人的体验:他对于自己母亲的报恩以及要求自己儿子不报恩,都是他的真实想法。

第二,如果跳脱出纯粹的自言自语,考虑到胡适当时暴得大名的启蒙身份,我们可以说,胡适对自己母亲要尽孝是因为母慈,尽孝是一种自然而然的行为;胡适不要儿子只做自己的孝顺儿子,而要做堂堂正正的人,仍是基于对自然而然的父子关系的渴望,但他相信,如果儿子是堂堂正正的人,当不会不懂得父亲的一片心。二者的确并不矛盾。

第三,在《奔丧到家》《十二月一日到家》中,都有这样一行诗句:"何消说十年来的家庭梦想,都一一云散烟消!"而《我的儿子》中,胡适反复提到自己的"无心""实在不要",又说儿子自己来了之后,他要教他养他,是尽人道的义务。那么,这所谓的云散烟消的"十年来的家庭梦想",以及他的"实在不要儿子"到底有无实际含义?查1908—1919年的胡适履历及相关文献,我们发现,就在这一段时间里,胡适编辑了《竞业旬报》,之后去美国留学。在他这一段时间发表的文章、所写的日

---

① 胡适的回信,见《再论〈我的儿子〉》,《每周评论》第35号,1919年8月17日。

记中，对于婚姻、家庭的设想是美妙的，他压根都没想过要生孩子，他反复言说的是"无后"主义。比如《胡适留学日记》中的《吾国女子所处地位高于西方女子》（1914年1月4日）、《演说吾国婚制》（1914年1月27日）、《我国之"家族的个人主义"》（1914年6月7日）、《一个模范家庭》（1914年8月16日）、《近世不婚之伟人》（1914年11月2日）、《择偶之道》（1914年11月22日）等，已有对家族、婚姻等的不少议论。而且，他已频频提出关于"无后"的主张，比如1914年9月14日日记里写下的《再论无后》中就说："有后无后，何所损益乎？"[1] 到了该年11月2日，他又写下《近世不婚之伟人》，声明自己的"无后"说，而且罗列了近世不婚的哲学家、科学家、政治家名单。[2] 由此我们会感觉到胡适本意上对于父子关系的彻底拒绝。然而，秉持着"无后"主义的胡适，留学回国后却不得不遵从母命，与自己多年前即订婚然而并不喜欢的小脚女子江冬秀结婚。不仅如此，在母亲去世时，和他一起去奔丧的江冬秀已经怀上了他的孩子，这破坏了他的"无后"的设想，也让他在非孝与尽孝之间犹豫徘徊。但不管怎样，面对母亲的逝去，他重点突出的是自己想报深恩而不得的遗憾，对母亲去世的感伤，体现出的是他自己在理性与感情冲突之后的选择与承担意识；在儿子祖望出生后，胡适落笔为诗时，照旧屡屡言及自己的无心、不愿，然而他面对已然出生的孩子，决意秉持着人道主义的观念养他教他，最后的"我要你做一个堂堂的人，/不要你做我的孝顺儿子"，显然透出了他独特的内心世界。两首诗合起来看，其实显出了胡适作为过渡时期人物的两难，而他的选择，则具有明显的"肩住黑暗的闸门"的历史中间物意识：他要自己承担不得不尽孝的责任，而要解放了自己的儿子，让他只管将做堂堂的人作为目标。

三 施存统的"非孝"与父子关系

施存统"是中国现代思想史上一个丰富的个案"[3]。1917年，他考入浙江省立第一师范学校，受到著名的道学夫子单不庵先生的影响而以孔子为榜样，以孝为行为准则，但他在浙江一师时立志做一个教育家，已在无

---

[1] 胡适：《再论无后》，《胡适日记全编》第1册，安徽教育出版社2001年版，第485页。
[2] 胡适：《近世不婚之伟人》，《胡适日记全编》第1册，安徽教育出版社2001年版，第514—515页。
[3] 散木：《行走了一个怪圈的施复亮》，《文史精华》2002年第7期。

意间开始了对"孝"的偏离。加之此期的浙江一师与湖南一师一样,受五四新文化运动影响颇深,各式新报纸新杂志大量涌入该校,荡涤着学生们包括施存统的思想观念,他的思想更是日渐偏离了传统尽"孝"的轨道。更关键的是,他在一师就读期间体验到的别样的家庭苦趣,与其他诸多因素产生了合力,最终促使他成了"反孔斗士"施存统。

此处所言的"家庭苦趣",指的是施存统因母病后两次回家探望获得的痛苦体验。第一次,他因听闻母亲病重的消息而赶回家,同时带去了他在大舅母和自己的级任导师夏丏尊那里借到的30多元钱。此时她母亲的眼疾已非常严重,而其原因,是其父嫌治愈此病需花费的25元钱太昂贵。施存统给了25元钱给他母亲,让她一定去治疗,他父亲也答应了。但是过了几个月,施存统又接到一封家信,这次他意外地得知自己母亲已病危。赶回家后的施存统,发现其母眼已瞎、耳已聋、神经已麻木。而其原因,是其父根本未将他所给的钱用于治疗其母之病。不仅如此,施存统还亲眼见到其父已对其母不管不问:不给她吃好的,也不给她厚点的被子盖,理由是"横竖她没知觉了""横竖她是要死的"。父亲的残酷、母亲的可怜,让他此前对"孝"的沉潜式反感,迸发为对"孝"之艰难的鲜明感知——"顺父逆母,不孝;帮母斗父,亦不孝,然则如之何而后可?"[①] 这种不公平的孝,让他异常为难、痛苦,最终逼得他离家返校。在返校途中,他"走到一里路外的一个山脚下,才坐在石头上放声大哭,足足哭了半个钟头"。"这一哭,才哭醒了我十多年来做'孝子'的好梦。我揩干了眼泪,恨恨地发誓不再回到那个可怕的家庭。"[②] 恰好那个时候,杭州各中等学校有一部分同学联合组织创办《浙江新潮》,而施存统是参与的人员之一,于是,《浙江新潮》第2期上,刊出了署名"存统"的非孝之文。

在该文中,施存统反思了自己十多年来的"孝子"历程:"我回想十多年来自己对父母的态度,发现自己对于母亲的'孝'是出于自然的真情,对于父亲的'孝'只是受旧礼教的影响,不得不顺从。"[③] 所以,他决计不再对父行"孝","我不再怀念我的家庭,我觉得我对于那样的父

---

① 姜丹书:《施存统的〈非孝〉与"浙一师风潮"》,《民国春秋》1997年第3期。
② 施复亮:《我写〈非孝〉的原因和经过》,《展望》第2卷第24期,1948年10月30日。
③ 施复亮:《我写〈非孝〉的原因和经过》,《展望》第2卷第24期,1948年10月30日。

亲实在没有尽孝的义务"①。在他眼里，传统的"'孝'是一种不自然的、单方的、不平等的道德"，"人类是应该自由的，应当平等的，应当博爱的，应当互助的；'孝'的道德与此不合，所以我们应当反对'孝'"②，即应用自然的、双方的、平等的新道德——"爱"去代替传统的"孝"。他还做了这样的假设：

> 假使共产的时候有公共医院，则吾母病起的时候，就可以入院医治；何致有临死还不知得了什么病的事情？何致有小病变成大病的危险？何致有无人看护的苦痛？假使我和我父没有名分的关系，则对于我母的事，尽可自由处理；现在有父亲拿名分关系从中作梗，便使你动弹不得！"孝"是一种戕贼人性的奴隶道德；假使没有这种道德的束缚，吾父如此不当的行为，我一定要极力反抗；而平日父母子女之间，一定能够和和乐乐。没有父母子女的关系，则无论何人都一样亲爱，生死病痛，随时随地有人照料，不必千百里外的人赶回去做。③

公共医院的建设，显然是他试图对母尽孝而想到的策略。这种迂回战略的选取本身就表明，当时的施存统并未想与父亲发生正面冲突，更未想到要彻底决裂。

施存统的这种心态，从他关于《非孝》的残缺性及文章原名的自陈中也可见出。他曾说：

> 我本来拿起笔来做题目的时候，不是"非孝"二字，是"我决计做一个不孝的儿子"十一个字；后来写了三千多字，还没有说到正题，又没有工夫再写下去；所以就截取半篇，改题"非孝"，先行发表，作一个"我决计做一个不孝的儿子"的发端。后一篇，大概注重叙述事实，并个人对于孝的反动；可惜，这篇文章，以后就永没有发表的机会了！④
> ……我就拿起笔来写一个题目叫作《我为什么要做一个不孝的

---

① 施复亮：《我写〈非孝〉的原因和经过》，《展望》第 2 卷第 24 期，1948 年 10 月 30 日。
② 存统：《回头看二十二年来的我》，《觉悟》1920 年 9 月 23 日。
③ 存统：《回头看二十二年来的我》，《觉悟》1920 年 9 月 23 日。
④ 存统：《回头看二十二年来的我》，《觉悟》1920 年 9 月 23 日。

儿子》，想把自己亲身所受的种种痛苦以及对父亲不再尽孝的意思写出来发表。当时萦绕在我脑中的问题是：为什么我对那衷心热爱的母亲不能尽孝？为什么对那不近人情的父亲要尽孝？……我觉得我此后再无法顺从父亲，不能再对他行"孝道"，所以决心脱离家庭，做一个不孝的儿子。我想把这种事实和这点意思写成文章，在《浙江新潮》上发表。谁知写到了三千多字，还只讲到"孝"的如何不自然、不平等和偏面性，还没有讲到本题，而《浙江新潮》的篇幅有限（报纸四开一张），不能登载过长的文章，于是只好临时变更计划，把原来的题目改成《非孝》，交给《浙江新潮》去发表。①

不管施存统的本意是写《我决计做一个不孝的儿子》还是《我为什么要做一个不孝的儿子》，都是从个人体验角度提炼出的题目，且二者都显然会比较注重个体叙事。此外，这篇未写就的长文包括两部分，前一部分相当于"楔子"，后一部分——"个人对于孝的反动"才是他想表述的重点，即文章重心是他自己尽孝的两难体验的外化。可以说，他的写作本于个人的家庭苦趣，最终目标也仅在陈述自己不愿再做一个无条件行孝于父亲的儿子而已。他的"非孝"对象，仍仅仅是其父亲，并非无法无天；其"非孝"的想法与行为，建立在其父亲有"不当的行为"之上，并非无缘无故；施存统的"非孝"，不是针对自己的所有长辈而言，不是无条件地针对自己的父亲，更不是号召一切幼者反抗所有长者。因此，其内容真的是"平凡得很"②，并没有明确的整体上推翻孝道以新造父子伦理的目的③，与鲁迅、吴虞等的"非孝"言论相比较，其"非孝"思想并不具有多少先锋性④。

---

① 施复亮：《我写〈非孝〉的原因和经过》，《展望》第2卷第24期，1948年10月30日。
② 曹聚仁说，"那篇文章，只有五六百字，内容平凡得很，只是说'父慈则子孝'一种相对的伦理关系，偏面的'孝'，如宋人所说的'天下无不是的父母'，那就说错了"。见曹聚仁《五四时代的人物》，曹聚仁著、曹雷编《天一阁人物谭》，上海人民出版社2000年版，第527—528页。
③ 他后来曾自陈，他写作该文的目的，"不单在一个'孝'，是想借此问题，煽成大波，把家庭制度根本推翻，然后从而建设一个新社会"，但这毕竟是他1920年9月写出的文字，已加入了《非孝》事件后的一年中他迅疾获得的新思想新资源。施存统的言语，见存统《回头看二十二年来的我》，《觉悟》1920年9月23日。
④ 在当年重要的一位当事人曹聚仁多年后的回忆中，他还说有这样一句话："其实，大家对于新文化是不够了解的。"转引自李伟《曹聚仁在"五四"前后》，《民国春秋》1999年第4期。

然而，该文在1919年底的浙江一问世就闯下了滔天大祸。"攻击之声，遍及全国；有些人，认为他是洪水猛兽，即千刀万剐不足以蔽其辜的"①，"指控施兄的《非孝》的文字，总在一千篇以上"②。这个大祸，由于和浙江一师风潮相联系，引发了非常巨大的社会反响，改变了经亨颐、施存统③、曹聚仁④等人的命运，也形塑了浙江一师、杭州乃至浙江在中国新文化运动中的地位。

仔细考察此期在《申报》《晨报》《民国日报》《大公报》《新青年》等报刊上的相关言论，我们会感觉到，几乎所有反对者都并未关心也并不特别在乎他的文章本身写了什么，也未关心是谁在何种背景下反对尽孝。反对者们所重视的，是一个学生居然敢"非""孝"，而且是经亨颐治下的浙江一师的学生要"非""孝"了。前一个判断会导致他们对"大逆不道"的学生进行非难，而后一个判断则跨过学生，将斗争的矛头直指浙江一师及其校长经亨颐。因此，施存统及其非孝文仅是一个导火索，双方关注的重点在"经"即经亨颐身上，在经亨颐为代表的浙江一师身上，在浙江一师为代表的新文化运动的实行问题上。因而表面上围绕着施存统的"非孝"而发生的事件，事实上却是当时浙江乃至全国的新旧思潮之争的一个缩影。这从当时的各种支持言论可以见出，也可从浙江第一中学、浙江医药专门学校、浙江第五中学、浙江第五师范学校类似的反叛动向及其内在逻辑见出，还可从当时的评议文章见出。如陈独秀就曾在1920年1月1日出版的《新青年》上，特意发表了随感录《〈浙江新潮〉——〈少年〉》，他号召大学生、在欧美日本大学毕业的学生、各省女学校的学生，都向"这班可爱可敬的小兄弟"学习；如《民国日报》在该年3月30日发表了时评文章《浙江学潮事告各界》，认定"浙江一

---

① 曹聚仁：《悼施存统（复亮）》，《听涛室人物谭》，生活·读书·新知三联书店2007年版，第163页。
② 曹聚仁：《悼施存统（复亮）》，《听涛室人物谭》，生活·读书·新知三联书店2007年版，第163页。
③ 由于当局给当时一师的校长经亨颐施压，施存统自动离校。到"留经运动"开始时，施存统已经离开杭州去北京参加"工读互助团"去了。
④ 曹聚仁在《非孝》事件的赓续中很快崭露头角，用他的话来说，是替施存统"打了几场硬仗"［曹聚仁：《悼施存统（复亮）》，《听涛室人物谭》，生活·读书·新知三联书店2007年版，第163页］。

师的学潮,是为新文化运动而牺牲的"[①];如颖水在文章《浙江一师风潮》中,强调"浙省地方官对于第一师范的处置,实在与文化宣战"[②]……也就是说,支持一师者都认定了浙江一师在浙江乃至全国新文化运动中的重要地位,而又都将学潮的目的锁定为"维持改革精神""牢固我浙文化"[③],甚至将浙江学潮与中国的文化兴亡、教育自由等相联系,充分体现出了《非孝》事件及浙江一师风潮发生、发展、高潮、结局中的新文化因素。

回到《非孝》这一文本本身来看,我们发现,在后来的传播中,施存统之文的具体内容已不被关注,只是其名字往往被单独拈出来成为"非孝",与"非君""非节"一起,成为新文化运动中反对父为子纲、君为臣纲、夫为妻纲的简略说法。《非孝》被误读为"非孝"的一个象征,它代表着作为子的一代对自身个性的张扬,对父、母一代的宣战。其潜在逻辑是削弱甚至剥夺父母一代的权利,而为儿女一代的权利张目。而且,父母与子女之间,就是封建与开放,传统与现代,旧与新的关系,其冲突,由此往往上升到文化立场有异的代际冲突。幼者本位伦理观,就在这些论争中被树立了起来。

第三节 "非节"思潮:以贞操问题、爱情定则、新性道德讨论为中心

在晚清民初的社会大变革中,两性关系已与君臣关系、父子关系一样,经过了不断的思想淘洗过程。女性问题日渐成为引起思想文化界重视的问题之一,不断吸引着启蒙先驱们的目光,促成了他们不断对此发言、讨论。然而遗憾的是,诚如我们前面的梳理中所展现的那样,戊戌、辛亥的妇女解放思潮虽已有一定的展开,部分女性已经从悄然松动的地板裂隙中挣扎着发出了自己的呐喊,叫出了自己的苦闷与彷徨,然而从本质上说,女性的地位并未得到根本性变革。两性关系问题依然是一个亟待深入

---

① 际安:《浙江学潮事告各界》,《民国日报》1920年3月30日第11版。
② 颖水:《浙江一师风潮》,《晨报》1920年3月31日第3版。
③ 玄庐:《浙江学潮八面观》,《民国日报》1920年4月9日第6版。

探索解决之道的领域。

胡适曾考察1917—1919年的报纸杂志，指出当年人们热衷于研究的是"孔教问题""文学改革问题""国语统一问题""女子解放问题""贞操问题""礼教问题""教育改良问题""婚姻问题""父子问题""戏剧改良问题"[①]。其中的孔教问题、女子解放问题、贞操问题、礼教问题、婚姻问题均与两性关系密切相关，而教育改良问题、父子问题、戏剧改良问题又与两性关系存在关联，因此我们可以说，1917—1919年的舆论氛围中，两性关系已受到不少关注。然而，对这种讨论的有效性、参与者的积极性，我们不可高估。因为，直到1919年1月，鲁迅还因一个青年所写的诗歌《爱情》而欣喜不已，将其全文纳入《随感录四十》中，认为他关于"爱情！我不知道你是什么"的呐喊，"是血的蒸气，醒过来的人的声音"，认为这意味着"人之子醒了；他知道了人类间应有爱情；知道了从前一班少的老的所犯的罪恶；于是起了苦闷，张口发出这叫声。"在该文中，鲁迅呼吁道："我们能够大叫，是黄莺便黄莺般叫；是鸱鸮便鸱鸮般叫。""我们还要叫出没有爱的悲哀，叫出无所可爱的悲哀。""我们要叫到旧账勾消的时候。"[②] 也就是说，这位痛苦地发现了自己不知"爱"为何物，不知为何要有无爱的婚姻的青年，在1919年仍是难能可贵的一位觉醒者。就在该年2月，傅斯年还介绍《新青年》的可看之处正因为它有"讨论女子问题"等四大"主义"，但他在关注那一时期讨论女子问题的成果后感慨道："《新青年》征集女子问题的文章，应者极少：关于这问题，并没得完满的结果。"[③] 在这个意义上，高山对于五四运动积极意义的观察颇为真切。他说："五四运动以后，新思潮很迅速地发展起来。于是旧道德、习惯、信仰，受到了极大的打击。多数人对于现代生活都觉得不满足与怀疑。稍有觉悟的女子同时感到旧式生活的不安，想加以改造。于是又有最近的女权运动的产生。"[④] 五四运动后风起云涌的新杂志、新报纸上那些幼稚然而真切的讨论声音，的确具有不可替代的价值。

从1915年《青年杂志》创刊到1927年中国文学格局发生巨大变化的这些年中，先驱者们与继起的青年们为妇女争取权益而攻击的目标异常多

---

① 胡适：《"新思潮"的意义》，《新青年》第7卷第1号，1919年12月1日。
② 唐俟：《随感录四十》，《新青年》第6卷第1号，1919年1月15日。
③ 记者：《〈新青年〉杂志》，《新潮》第1卷第2号，1919年2月1日。
④ 高山：《中国的女权运动》，《东方杂志》第19卷第18号，1922年9月25日。

样。从《五四时期妇女问题文选》的目录可知，该书的编选者关注的重点涉及以下数种：妇女解放问题，伦理、道德、贞操问题，男女社交公开问题，婚姻、家庭问题，女子教育问题，妇女经济独立和职业问题，儿童公育问题，人口问题，废娼问题，其他（含《解放婢女议》《女子当废除装饰》两篇）①。而在周昌龙眼里，"五四时期（约略为 1915 至 1927 年）反礼教运动所讨论的主要问题有五：一、家庭和家族制度；二、妇女问题，如男女平等，女子解放，贞操观念等；三、恋爱和婚姻问题；四、性道德与性心理；五、礼俗与伪道德问题。这五类问题中，家庭问题的重心在'非孝'，就是对父权的反动；妇女问题旨在打破'妇服也'一类的传统'妇德'，是对男权的反动；礼俗与伪道德说明王纲化礼教之徒具形式不近情理，仍在君权范围之内；恋爱婚姻是家庭及妇女问题的综合，性道德问题则是妇女和礼俗问题之延伸。可以说，整个反礼教运动，就是一个扩大的反'三纲'运动"②。仔细分析起来，周昌龙言及的主要问题中，已无反对君为臣纲的内容，反对父为子纲也仅仅在"家庭和家族制度"中有所体现，剩余的四大问题，却直接关联着反对夫权。我们或许可以说，对夫权的反叛是此期最为鲜明的思想特色。隶属于思想革命的女子问题，在胡适、陶履恭、陈独秀、鲁迅等的倡导和参与讨论之下，渐渐成为一个鲜明的时代问题，从贞操问题、婚姻问题、女子教育问题、离婚问题等方面得以展开，并由《新青年》的女子问题征集启事扩展至其他刊物的"妇女问题专号""自由离婚专号"，由思想革命领域的讨论、倡导拓展至文艺领域内艺术化地刻绘转型期的女子形象，推翻"夫为妻纲"，推翻"三从四德"，建构新的婚姻关系、夫妻关系以及性伦理成为这一时期的时代主潮之一。

下面分别以节烈观、爱情定则、新性道德讨论为重点，对此一时期的反夫权话语进行较为细致的呈现。

一　五四先驱的节烈观

在中国儒家思想文化史上，女性地位的低下与贞节观的束缚密切相

---

① 中华全国妇女联合会妇女运动历史研究室编：《五四时期妇女问题文选》，生活·读书·新知三联书店 1981 年版。

② 周昌龙：《新思潮与传统——五四思想史论集》，百花洲文艺出版社 2004 年版，第 209 页。

关。在晚清民初思谋改革、提倡平等的思想氛围中，贞节话语依然有着广大的市场，依然深入晚清男男女女的心底，在一举手一投足间，自然而然地传达出历史的巨大惯性，这在第三章中已经有具体分析。从现实层面看，从民初至新文化运动前夕，对贞节烈女的褒奖依然频频出现，甚至到了1918年4月，《申报》上还有名为《女士贞节可风》[①]这样的文章；济南女师一学生自由恋爱产生了非婚生子，校长周干庭和她那位顽固的封建父亲立逼着她投井，为守节自尽[②]；其他表彰节妇、烈女、烈妇的文章也仍然不时出现于报刊。陈独秀、鲁迅、胡适、周作人等面对鬼魂的重来，唯有再次举起反对片面的贞节观的大旗，试图在新一轮思想启蒙中，痛彻地反叛掉"夫为妻纲"这个巨大的精神堡垒。其中，周作人所译的与谢野晶子著的《贞操论》、鲁迅的《我之节烈观》、胡适的《贞操问题》《论贞操问题（答蓝志先）》《论妇女为强暴所污》、佩韦的《恋爱与贞操的关系》等均是值得重视的重要文献。

陈独秀早在办《安徽俗话报》的1904年就写有《恶俗篇》，痛陈中国婚姻"自始至终，没有一件事合情合理"，并将这种不合理分述为"结婚的规矩不合乎情理""成婚的规矩不合乎情理""不能退婚的规矩不合乎情理"。在最后一则中，他论述了贞节问题的不合理问题，关注到丈夫死后守节女性的几种情况：有钱的、穷寒的、体面的、夫妻本来恩爱的。他分析说，有钱人家的女性还可以勉强过日子；穷寒的人家不改嫁就活不下去；体面人家的女性如果被强迫守节，也可能闹出笑话来；夫妻本来恩爱的，就应该听凭女性的自由。[③] 应该说，他的这些观念在辛亥革命前十年间的贞节批判话语中并不逊色。到了1915年他创办《青年杂志》时，就明确主张青年应该是自主的而非奴隶的，要求恢复自身的独立平等之人格。到了1916年初，陈独秀更是明确号召青年树立自主人格，挣脱附属地位，反叛三纲[④]。而在《孔子之道与现代生活》一文中，陈独秀痛心地指出，西方妇女无守节之说，妇人即便再嫁也绝不会为社会所轻，但中国妇女受了诸多限制，以至于"不自由之名节，至凄惨之生涯，年年岁岁，

[①] 《女士贞节可风》，《申报》1918年4月18日。

[②] 隋灵璧等：《五四时期济南女师学生运动片断》，《五四运动回忆录》（下），中国社会科学出版社1979年版，第690页。

[③] 三爱（陈独秀）：《恶俗篇》（续），《安徽俗话报》再版第6期，1904年9月24日。

[④] 陈独秀：《一九一六年》，《青年杂志》第1卷第5号，1916年1月15日。

使许多年富有为之妇女,身体精神俱呈异态"①。到了1918年,陈独秀在《偶像破坏论》中,认为如果"我们中国女子的节孝牌坊"不出于"自身主观的自动的行为",那么,"也算是一种偶像",是虚荣心在作怪,是伪道德,必须破坏之,否则就是"真功业真道德的大障碍!"②而在1919年,陈独秀明确主张,"要拥护那德先生,便不得不反对孔教,礼法,贞节,旧伦理,旧政治"③,将贞节这个"小"概念与孔教、礼法、旧伦理、旧政治并列,显然有突出其重要与迫切之意。

与《新青年》创刊相近的1915年11月,与谢野晶子完成了《贞操论》,对日本当时讨论男女贞操问题直接发言。她首先提出了四大疑惑:

> 贞操是否单是女子必要的道德,还是男女都必要的呢?
> 贞操这道德,是否无论什么时地,人人都不可不守,而且又人人都能守的呢?
> 照各人的境遇体质,有时能守,有时不能守,在甲能守,在乙不能守,这等事究竟有没有呢?如果人人都须强守,可以做得到么?
> 无论什么时地,如果守了这道德,一定能使人间生活,愈加真实,自由,正确,幸福么?④

随后,她不断提问又不断质疑,将贞操道德的不合理处一一揭示出来。她认为,我们生活的总原则是"脱去所有虚伪,所有压制,所有不正,所有不幸,实现最真实、最自由、最正确而且最幸福的生活"。因此,包括贞操在内的道德观,如符合该原则则取之,否则,舍之。她认为贞操不是道德,只是一种趣味,一种信仰,一种洁癖,没有强迫他人的性质;如果要将贞操当作道德,必须彻底证明这贞操道德无论何人都可实践且毫无矛盾。也就是说,与谢野晶子眼里的贞操,是男女都应遵守的律令,而守了这所谓的贞操,却也未必能使人间生活更真实、自由、正确、幸福。与谢野晶子该文由周作人翻译,发表于1918年5月15日出版的《新青年》第4卷第5号上。周作人自陈他翻译该文"并非想借它来论中

---

① 陈独秀:《孔子之道与现代生活》,《新青年》第2卷第4号,1916年12月1日。
② 陈独秀:《偶像破坏论》,《新青年》第5卷第2号,1918年8月15日。
③ 《新青年》第6卷第1号,1919年1月15日。
④ [日]与谢野晶子:《贞操论》,周作人译,《新青年》第4卷第5号,1918年5月15日。

国贞操问题","不过是希望中国人看看日本先觉的言论,略见男女问题的情形",以备"极少数觉了的男子"① 参考。

没想到的是,随后北京《中华新报》上却刊载了朱尔迈的《会葬唐烈妇记》,上半篇写唐烈妇经历了"九死之惨毒,又历九十八日之长"的惨烈,下文又以俞氏女为未婚夫绝食七日来做唐烈妇的陪衬。论者最后希望这俞氏女能幸运地在七日内绝食而逝,希望烈妇能"阴相之以成其节"!再后,又有陈宛珍在未婚夫病死后立即沐浴更衣,潜自仰药,追随其夫于地下。上海报纸上刊载了这则消息,随后更有请求褒扬的呈文,赫然登载于报纸上。② 阅读到这些消息的胡适,对比"家庭专制最利害的日本"居然也发出的研究贞操问题的大胆言论,再联想到《新青年》上女子问题征集的稀疏成果,在阅读了《褒扬条例施行细则》之后,不胜感慨,写就了《贞操问题》这一长文,批判了彼时国人陈腐的贞操观念。

如第一章所述,袁世凯执政期间,北洋政府先后颁布了《褒扬条例》(1914年3月)和《褒扬条例施行细则》(1914年6月),彻头彻尾地鼓励妇女从一而终,甚至自杀殉夫。这些新条例的颁布与实施,使得地方政府请求旌表的数量居高不下。鉴于旌表的数量过多及存在的其他问题,北京政府对其进行了修正,并于1917年11月颁布了《修正褒扬条例》及《修正褒扬条例施行细则》。胡适因上海县知事给江苏省长的呈文中提到了《褒扬条例》而去查阅到的条文,并非《修正褒扬条例施行细则》,而是1914年时颁布的那一版本。因为他在文中录下的条文分别是:

> 第二条 "褒扬条例"第一条第二款所称之"节"妇,其守节年限自三十岁以前守节至五十岁以后者。但年未五十而身故,其守节已及六年者同。
>
> 第三条 同条款所称之"烈"妇"烈"女,凡遇强暴不从致死,或羞忿自尽,及夫亡殉节者,属之。
>
> 第四条 同条款所称之"贞"女,守贞年限与节妇同。其在夫家守贞身故,及未符年例而身故者,亦属之。③

而1917年的修正版中,涉及贞节问题者为第七条、第八条、第

---

① 周作人所写的《译者序》,[日]与谢野晶子《贞操论》,《新青年》第4卷第5号。
② 参见胡适《贞操问题》第一、二部分,《新青年》第5卷第1号,1918年7月15日。
③ 胡适:《贞操问题》,《新青年》第5卷第1号,1918年7月15日。

九条：

　　第七条　修正褒扬条例第一条第七款所称之节妇以年在三十以内守节至五十岁以上者为限，若年未五十而身故，以守节满十年者为限。

　　第八条　前条之规定凡女子未嫁夫死自愿守节者得适用之。

　　第九条　修正褒扬条例第一条第七款所称之烈妇烈女，凡遇强暴不从致死，或羞忿自尽，及夫亡殉节者，属之，其遭寇殉节者同。①

两相比较，1917年版的条例更为严苛：受褒扬节妇的守节年限由原来的六年提高到了十年，从而在一定程度上可以限制褒扬节妇的数量；未嫁夫死自愿守节的贞女亦可得到褒扬，且明确以满十年为限，比原来的更为苛刻；凡遭寇殉节的女性亦在受褒扬之列，这是增加的内容，从而扩大了烈妇烈女受褒扬的范畴。这些明显鼓励节妇烈女而又提高褒扬门槛的条文，一方面说明了当时节烈现象之多，另一方面则表明了政府和社会对这一现象的继续鼓励的热望。具体到胡适之文可见，他针对1914年版的施行细则已经怒不可遏，分析其第二、三、四条所具有的法律意义，并从寡妇再嫁问题、烈妇殉夫问题、贞女烈女问题这三方面，逐一反驳那三条施行细则，直指其通过法律条文来表彰节烈的诸多荒谬。他说："寡妇应否再嫁全是个人问题，有个人恩情上，体质上，家计上种种不同的理由，不可偏于一方面主张不近情理的守节。""褒扬守节的寡妇，即是说寡妇再嫁为不道德，即是主张一偏的贞操论。法律既不能断定寡妇再嫁为不道德，即不该褒扬不嫁的寡妇。"对于烈妇殉夫问题，他同样认为这应由个人自由意愿去决定，而不能依靠法律去褒扬奖励。在贞女烈女问题上，胡适说："法律既许未嫁的女子夫死再嫁，便不该褒扬处女守贞。至于法律褒扬无辜女子自杀以殉不曾见面的丈夫，那更是男子专制时代的风俗，不该存在于现今的世界。"由此，胡适正面提出对贞操问题的三层意见：贞操的意义需要彻底研究、反复讨论；贞操不能偏于女子一方，男对女、夫对妻也该有贞操的态度；绝对反对褒扬贞操的法律。

同样如洪钟大吕的论著——鲁迅的《我之节烈观》，发表于《新青年》的下一期上，对胡适的观点进行了极其有力的声援，将节烈观的探

---

① 《修正褒扬条例施行细则》，《政府公报》第690号，1917年12月17日。

讨推到了新的历史高度上。该文开篇，鲁迅即辨析"节烈"二字其实并非专指向女子，而是男女应共守的道德，然而当时的道德家提倡节烈，意在拯救世道人心，意在救国。鲁迅随即对这节烈救世说进行了尖锐批判，他连问三大问题：不节烈的女子如何害了国家？何以救世的责任，全在女子？表彰之后，有何效果？可谓直指节烈救世说的荒谬。随后，他从20世纪的新观念出发，继续追问：节烈是否道德？多妻主义的男子，有无表彰节烈的资格？答案当然是否定的。至此，鲁迅仍未结束文章，更进一步追问这些支离破碎的理由为何能让节烈观流行到当时？由此追溯了节烈观何以发生、何以通行，男子和女子为何不愿、不能对此进行改革的深层次原因。最后，鲁迅正面分析了节烈之难、之苦、女子不节烈难容于社会、女子及其家人本意上并不愿意节烈这四个方面，总结说："节烈这事是：极难，极苦，不愿身受，然而不利自他，无益社会国家，于人世将来又毫无意义的行为，现在已经失了存在生命和价值。"而对于那些历史上了历史和数目的无意识的圈套的节烈女子，鲁迅说应该开追悼大会，并从此发愿，"要除去于人生毫无意义的苦痛。要除去制造并赏玩别人苦痛的昏迷和强暴"，最终"要人类都受正当的幸福"①。鲁迅逻辑绵密的论析，以雷霆万钧之势出现，让人无可辩驳，让主张节烈观者无地自容，让反对节烈观者得到了至为重要的精神支撑。②

　　周作人的译介，胡适、鲁迅对贞操观的正面批驳，将含括贞操问题的女子问题再次提到了国人面前，吸引了很多人参与讨论。仅就《新青年》杂志而言，就有第5卷第2号上华林的《社会与妇女解放问题》、杨昌济翻译的威斯达马克著的《结婚论》（第5卷第3号）、胡适的《美国的妇人》（第5卷第3号）、周作人的《人的文学》（第5卷第6号）、李大钊的《战后之妇人问题》（第6卷第2号）、胡适的《终身大事》（第6卷第3号）、张崧年的《男女问题》（第6卷第3号），以及诸多涉及该问题的杂文。到了第6卷第4号（1919年4月15日），编者转载了仲密的《思想革命》，在"读者论坛"中发表了杨潮声的《男女社交公开》、夏道漳

---

① 唐俟（鲁迅）：《我之节烈观》，《新青年》第5卷第2号，1918年8月15日。
② 比如，李达在《解放与改造》第1卷第3号（1919年10月）上发表《女子解放论》，控诉说："社会既以男子为中心，所以凡有男女间的道德，偏责重女子一方面。男子放纵荒淫，不算奇事，女子是必要守贞洁的。……若是嫁的男子死了的时候，他便替男子顶门立户，支撑局面，守着贞洁二字，死而无悔，与那殉教的一般了。"

的《中国家庭制度改革谈》,同时在"讨论"栏中,胡适、蓝志先、周作人就贞操问题、拼音文字问题、革新家的态度问题进行了往返讨论。在贞操问题部分,胡适再次申明了他理解中的自由恋爱、自由结婚等观念的蕴含,重申贞操与爱情的关系。他说:"高尚的自由恋爱,并不是现在那班轻薄少年所谓自由恋爱,只是根据于'尊重人格'一个观念",而"夫妇之间的正当关系应该以异性的恋爱为主要元素;异性的恋爱专注在一个目的,情愿自己制裁性欲的自由,情愿永久和他所专注的目的共同生活……"没有爱情的夫妇关系,"只可说是异性的强迫同居!既不是正当的夫妇,更有什么贞操可说?"① 这样的观念,在当时确实具有纠偏的意义。

有意味的是,就在该期的《新青年》上,编者再次刊载了记者启事《女子问题》。记者代表《新青年》编辑部的同人们,对女同胞诸君参与"女子教育""女子职业""结婚""离婚""再醮""姑媳同居""独身生活""避孕""女子参政""法律上女子权利"等重大问题的讨论的吁求,体现的正是这些男性启蒙者的共同希冀。为鼓励她们参与,记者还特意说:"无计于文之长短优劣,主张之新旧是非,本志一律汇登,以容众见。记者倘有一得之愚,将亦附骥尾以披露焉。"② 其希望之迫切由此可以窥知。然而,翻阅此后的《新青年》,我们再次发现这些启蒙者意愿的落空:并没有多少他们希冀中的女子发出她们醒来的声音。这当然也与刊物乃是思想文化的综合性杂志有关,更与《新青年》同人团体随后的分裂有关。但不管怎样,就在这种吁求发出之后,随着政治游行示威而带来的思想大解放开始迅疾到来。在报纸杂志兴起的热潮中,《劳动与妇女》《妇女评论》《妇女声》《妇女杂志》《妇女评论》(上海《民国日报》副刊)、《妇女周报》(上海《民国日报》副刊)、《现代妇女》(上海《时事新报》副刊)等侧重甚至专门研究女子问题的阵地纷纷创生。这些报刊中发表的文章,尽管也有新旧杂糅的特点,但是,大量介绍西方先哲们关于男女平等、婚姻自由的观点,大量发表呼吁妇女解放、提倡婚姻自由

---

① 胡适后来在编《胡适文存》时,将讨论贞操问题的部分截取出来命名为《贞操问题——答蓝志先》,收入第四册中。需要注意的是,胡适将《新青年》杂志上该文的落款"中华民国八年三月二十三夜 胡适敬复"改为"民国八年四月"。后来的胡适文集、选集等,多采用胡适的修改本。参见《胡适文存》(四),亚东图书馆1921年版,第79—90页。
② 《新青年》第6卷第4号,1919年4月15日。

的文艺作品，大量揭露传统伦理道德对妇女的压抑，大力宣扬妇女人格独立，是其值得重视与肯定的主流。《少年中国》的"妇女号"（第1卷第4期，1919年10月15日），《少年世界》的"妇女号"（1920年第1卷第7、8两期），尤其是《妇女杂志》的专号，如离婚问题号（第8卷第4号，1922年6月）、产儿制限号（第8卷第6号，1922年6月）、妇女运动号（第9卷第1号，1923年1月）、娼妓问题号（第9卷第3号，1923年3月）、家庭革新号（第9卷第9号，1923年9月）、配偶选择号（第9卷第11号，1923年11月）、十年纪念号（第10卷第1号）、职业问题号（第10卷第6号）、男女理解号（第10卷第10号）、新性道德号（第11卷第1号，1925年1月），以及这些刊物中的研究专题，将《新青年》同人们想研究而终未能更深入的诸多问题，引向了研究的纵深，新文化先驱们的贞操观也得到了更为翔实的展开。到处可见女子问题的讨论、婚姻的讨论，到处可见出走了的娜拉、准备出走的娜拉，到处可见女性的娜拉、男性的娜拉。反对"夫为妻纲"的思想由此得到普及、流行，从而为一系列书写新两性伦理的作品的出现廓清了道路。

二　爱情定则大讨论

如果说，1915—1927年关于贞操观的讨论，是以陈独秀、鲁迅、周作人、胡适等《新青年》同人为精神引领，以继起的青年们的积极参与才得以展开，有着繁复而歧义丛生的特征，那么，在新文化运动风起云涌的1923年所出现的爱情定则大讨论，则是以青年们为主体，而新文化先驱们出来进行纠偏的一次讨论。通过对这次讨论的梳理，我们可以发现，建立新的爱情观、性道德观，还任重而道远。

带有研究性质的"爱情定则"大讨论，起源于一个新闻事件：1923年1月16日，《晨报》上刊登了名为《谭仲逵丧妻得妻，沈厚培有妇无妇》的新闻。沈厚培在来信中，详呈他与陈淑君女士发生情变的详细经过，谴责北大教授谭仲逵道德沦丧。第二天，当事人之一——女方陈淑君即以《谭仲逵与陈淑君结婚之经过》为题，声明沈厚培所述与事实不符。但接着，沈厚培将载有陈淑君在谭某家致沈函中提起婚姻一节印成传单，广为分发，以此来进一步破坏谭陈的名誉，并表明陈曾经多么爱他。[①] 由

---

① 参见张培忠《现代中国第一次爱情大讨论始末》，《决策与信息》2011年第3期。

于谭仲逵乃北大教授,陈淑君是汪精卫的小姨妹,谭陈二人之事又发生在新文化运动的中心北大,所以这新闻一出,北京上海多有转载,一时间批评谭陈之声所在多有。

上述系列新闻事件之所以引发了后来的"爱情定则"大讨论,引发了更多人的关注、思考与言说,是因为谭仲逵的同事张竞生所写的《爱情的定则与陈淑君女士事的研究》一文,也因问题意识异常强烈的编辑孙伏园的有意"安排":张竞生之文投往《晨报》后,出于编辑的敏感,孙伏园将该文刊登于《晨报副镌》4月29日第4版的醒目位置。对于发动了无处次讨论的《晨报副镌》来说,在这一时候以这样的位置刊登这样一篇研究性质的文章,很显然是凭借着谭陈事件来对爱情何谓加以讨论的无声号召。果不其然,一大批读者来信相继投至《晨报副镌》。从5月18日开始,孙伏园特意设置了"爱情定则的讨论"专栏,为发表众多讨论文章提供了一个园地。从此时至6月22日期间,孙伏园先后刊发了24篇讨论文章以及张竞生的《答复"爱情定则的讨论"》上下篇。不仅如此,6月12日至25日,孙伏园又设置了"关于爱情定则讨论的来信"这一小栏目,刊载了11封来信;在6月14日、6月20日的"杂感"栏中,孙伏园又刊发了周作人署名"荆生"的两篇杂文:《重来》《无条件的爱情》;在5月18日至6月25日间,孙伏园还以"记者"身份发表了5次"附答"式的意见。从孙伏园6月20日的附言中我们知道,未发表的还有30篇讨论文章,以及三四封关于爱情定则的讨论的来信。可见,从4月29日至6月底这两个月左右的时间里,写文章给《晨报副镌》以参与这次讨论的就有50余人之多,写信对这次讨论发表看法的就有15人左右,加上孙伏园所说给他以口头建议的人①,那么,《晨报副镌》所体现出来的关心、参与此次讨论的人数已相当可观。如果考虑到上海《时事新报》等媒体上所刊载的相关讨论、辩驳文章,那么可以说,在孙伏园的积极主持下,以《晨报副镌》为主阵地发动的这场"中国亘古未见的'爱情定则'的讨论"②,乃是当时思想、舆论界关于爱情观念的一次大地震。从媒体运作角度来说,这本身就是一种成功。

以文章参与"爱情定则"讨论且其文在《晨报副镌》上发表过的人

---

① 6月12日所登《关于爱情定则讨论的来信》之末有孙伏园的附答文字,其中提到好些读者对他进行了口头的劝告。

② 方锡德:《佚文〈惆怅〉:冰心唯一一部爱情小说的意义》,《长江学术》2008年第3期。

如下：梁国常（5月18日），陈兆畴、梁国常、张泽熙、陈兆畦（5月19日），世良（5月19日），丁文安（5月20日），冯士造（5月21日），丁勒生（5月22日），子略（5月23日），孙治兴（5月23日），钟冠英（5月24日），维心（即许广平）（5月25日），彭拔勋（5月26日），章骏镝（5月27日），梁镜尧（5月28—29日），童过西（5月30日），谢少鸢（5月31日），陈羽徵（6月2日），张畏民（6月3日），谭树橻（6月4日），R. R. P（6月5日），黄慎独（6月6日），马复（6月7—8日），裴锡豫（6月9日），周庚全（6月10日），王克佐（6月13日）及张竞生《答复"爱情定则的讨论"》（6月20日，6月22日）。在这些人中，有些标明了自己的身份，仅据其所标示的，我们可以知道，来自北大的学生有6位：丁文安、冯士造、章骏镝、梁镜尧、谭树橻、裴锡豫；来自砺群学院的有4位：陈兆畴、梁国常、张泽熙、陈兆畦；来自法大的有1位：谢少鸢；来自朝阳大学的有1位：钟冠英；来自女高师的有1位：维心（许广平）[1]；来自中国大学的有1位：王克佐。这14位标明了所在高校的青年学生，占据了参与这次讨论人数的1/2强。然而，包括这14位在内的参与讨论的青年学子中，只有童过西、王克佐两位对张竞生《爱情的定则与陈淑君女士事的研究》中的观点表示同情之理解与支持。这个比例之小，已经让现在的我们对当年京津两地学子的思想状况感到吃惊，更何况，童过西的文章写于5月26日，王克佐的文章写于6月6日，远在孙伏园开始登出"爱情定则的讨论"之后[2]。这就意味着，5月18日孙伏园设置"爱情定则的讨论"专栏时，除了我们现在所能见到的5篇反对文章之外[3]，如果还有没有选登的文章，其观点也一定是反对张竞生的。对于代表旧礼教说话的青年们，孙伏园深感失望，说"可见现

---

[1] 许广平当年投稿时并未署名自己所在学校，此据《两地书·十八》中许广平所说将她也列入统计数字内。她说："先前《晨报副刊》讨论'爱情定则'时，我曾用了'非心'的名，而编辑先生偏改作'维心'登出，我就知道这些先生们之'细心'，真真非同小可。"《鲁迅全集》第11卷，人民文学出版社2005年版，第65页。

[2] "爱情定则的讨论"从5月18日开始刊登，此期上栏目名为"爱情原则的讨论"，从第二篇文章的刊发开始，都更名为"爱情定则的讨论"，从史家的描述来看，都取后者，故而此处忽略这种差异，而径直以"爱情定则的讨论"命名此次事件。

[3] 即梁国常之文（发表于5月18日），陈兆畴、梁国常、张泽熙、陈兆畦之文（发表于5月19日），世良之文（发表于5月19日），丁文安之文（发表于5月20日），冯士造之文（发表于5月21日）。

在青年并不用功读书，也不用心思想，所凭藉的只是从街头巷尾听来的一般人的传统见解"①。

事实上，读《晨报副镌》上刊发的所有相关文字，可以发现四种观点：第一种，完全反对张竞生观点的，以北大梁镜尧、砺群学院梁国常为代表。梁镜尧甚至针锋相对地提出了他所谓的"爱情的定则"。他说："爱情的定则是：（1）无条件的。（2）非比较的。（3）不变迁的。（4）夫妻非朋友的一种。"② 第二种，部分支持张竞生爱情可以因条件、比较而变迁的观点，但对这三条进行修正，而对张所提出的第四条定则，则反对者较少。第三种，支持张竞生观点，以童过西、王克佐为代表。第四种，对张竞生充满理想主义色彩的爱情四定则持保留意见，但大致认可爱情是可以因条件、比较而变迁的观点，以孙伏园、鲁迅、周作人为代表。较之前面三种观点，最后一种尤其值得我们关注，因为这一种观点体现出新文化运动精英们对这一事件的态度，而且他们的理智、清醒，为这次讨论增加了深度。

在这一讨论中，鲁迅写给孙伏园的一封私人信件，被孙伏园拿去作为《关于爱情定则讨论的来信》之四发表。这是鲁迅在看到6月12日所登载的陈锡畴、钟孟公二君的信后所写，而其信直接针对的是钟孟公信中所谓停止讨论的"忠告"。他认为，"那封信（指钟孟公的信，引者注）虽然也不失为言之成理的提议，但在变态的中国，很可以不依，可以变态的办理的"。意即继续刊登来稿。因为，"先前登过二十来篇文章，诚然是古怪的居多，和爱情定则的讨论无甚关系，但在别一方面，却可作参考，也有意外的价值。这不但可以给改革家看看，略为警醒他们黄金色的好梦，而'足为中国人没有讨论的资格的左证'，也就是这些文章的价值之所在了"。鲁迅说，如果照钟孟公所言"至期截止"，那就堵塞了诸如"教员就应该格外严办""主张爱情可以变迁，要小心你的老婆也会变心不爱你"之类"妙语"的"发展地"，"岂不可惜？"在鲁迅看来，"丑"即便从外面遮盖住了，"里面依然还是腐烂，倒不如不论好歹，一齐揭开来，大家看看好。"这举动虽然有如布袋和尚发疯般的嫌疑，"然而现在却是大可师法的办法"。

---

① 孙伏园为《爱情定则的讨论》所写之按语。《晨报副镌》1923年5月18日。
② 梁镜尧：《爱情定则的讨论·十三》，《晨报副镌》1923年5月28日。

周作人在这次讨论期间发表的两篇杂感均署名"荆生"。对林纾笔下这个"伟丈夫"之名的别样运用，是这一时期周作人的惯用写作技巧，而运用这个笔名本身，就体现出他对旧思想的嘲讽态度。在《"重来"》中，周作人并不讨论易卜生的戏剧《重来》① 本身，也不讲古今中外的僵尸故事，而是由这出戏剧对"遗传的可怕"如僵尸的重来的表现，谈及"中国现社会上'重来'之多"。而那些"代表旧礼教说话"的青年们，正是让人感到悲哀的"重来"者。他说："到了现在至少那些青年总当明白了，结婚纯是当事人的事情，此外一切闲人都不配插嘴，不但没有非难的权利，就是颂扬也大可不必。孰知事有大谬不然者，很平常的一件结婚，却大惊小怪的发出许多正人心挽颓风的话，看了如听我的祖父三十年前的教训，真是出于'意表之外'，虽然说'青年原是老头子的儿子'，但毕竟（似应为'竟'字——引者注）差了一代，应有多少变化，现在却是老头子自己'夺舍'又来的样子了。"从这文字里透出的，是周作人对当时青年们思想陈旧的不尽感慨。为此，他反思中国"一毫都没有性教育"的不幸，指出："人间最大的诅咒是肖子贤孙四个字，现代的中国正被压在这个诅咒之下。"② 而在《无条件的爱情》这篇杂文中，周作人对这次讨论的中心——爱情的定则——发言，他说："在我们这个礼仪之邦里，近来很流行什么无条件的爱情，即使只在口头纸上，也总是至可庆贺的事。"这是从"无条件的爱情"突破了传统道德的拘囿，敢于言说"爱情"的角度来作出的肯定。接着，周作人笔锋一转，举了一个笔记上的故事，说："有一个强悍放纵的无赖独宿在一间空屋里，夜半见有一个女子出现，他就一把拉住，她变了脸，乃是吊死鬼（！）他却毫不惊慌，说他仍是爱她。（原本的一句话从略。）"周作人说："这似乎可以算是无条件的爱情的实（？）例了"，"但总还有一个条件，便是异性。——倘若

---

① 即通译为《群鬼》的那出戏剧。周作人认为，剧名"Gengangere"即僵尸，因为祖先的坏思想坏行为在子孙身上再现出来，好像是僵尸的出现。他觉得中国古来的"重来"二字虽然指的不是僵尸，但"正与原文相合"，所以他觉得倒是恰好的译语。他在1922年所写的《文艺上的异物》中也提及易卜生的这出戏剧，说："易卜生的戏剧《群鬼》……篇名本是《重来者》（Gengangere），即指死而复出的僵尸，并非与肉体分离了的鬼魂。"（周作人：《自己的园地》，河北教育出版社2002年版，第29页。）

② 荆生（周作人）：《〈重来〉》，《晨报副镌》1923年6月14日。

连这个条件也不要,那不免真是笑话了。"① 也就是说,爱情终究是有条件的。

综上可见,周氏兄弟从各自角度对讨论情况进行了高屋建瓴的点评。对张竞生所提出的爱情定则问题,鲁迅未置一词,而周作人则认为没有无条件的爱情,从而对张竞生的核心观点表示了肯定。对于《晨报副镌》所刊发的诸多代表旧礼教说话的文章,二者都表现出孙伏园式的失望。较之孙伏园,周氏兄弟的深刻之处在于,他们各从一个方向击中这次讨论的要害:鲁迅说那些古怪的言论除了证明中国人现在还没有讨论爱情问题的资格之外毫无价值,但就是这种没有价值的价值,让鲁迅深刻意识到了改革的艰难,乐观的改革家们所做的"黄金色的好梦"仅只是好梦而已;周作人则看到了僵尸的重现、遗传的可怕、孝子贤孙的大量出现,痛苦于当时的青年们不自知其危险,反而忻幸于当上了僵尸,并挥舞着道德大棒,高谈阔论于什么"无条件的爱情"。孙伏园对这三篇文章的引入,不仅在客观上支援了张竞生,而且明显增加了此次讨论的思想深度。而孙伏园此期发表的5篇饶有深意的按语或附答类文字,也是他建构"爱情定则"大讨论的意义的重要举措。正是在孙伏园的有效编辑下,在鲁迅、周作人、王克佐等支持张竞生者的参与下,新文化派对性与道德,对爱情婚姻的观点得到了一定意义的凸显。这种声音,在批判谭陈结婚、批判张竞生爱情定则的嘈杂声浪中固然显得微细,但在一定意义上我们可以说,这正是给了当年那些乐观的改革家们的当头棒喝,让他们知道,建立新的爱情观、婚姻观、性道德观,还任重而道远。

三 新性道德讨论

"爱情定则"大讨论发生于1923年,此前此后,都有关于性与道德的论争。比如《沉沦》与《蕙的风》出版后所遭遇的激烈批评,以及周作人、鲁迅的辩护之词,都是中国现代性伦理建构过程中值得重视的细节。在新文化运动中,基于对人的发现,对解放个人和追求自由的理解,先进知识分子们一直致力于让身体挣脱传统礼教的束缚,性欲、情欲由此被赋予了合法地位。但在强大的封建旧传统中,要主张性道德是困难的,要让身体突破礼教的藩篱是困难的。鲁迅曾说中国的道学先生"一见短

---

① 荆生(周作人):《无条件的爱情》,《晨报副镌》1923年6月20日。

袖子，立刻想到白臂膊，立刻想到全裸体，立刻想到生殖器，立刻想到性交，立刻想到杂交，立刻想到私生子"①。"中国之所谓道德家……看见一句'意中人'，便即想到《金瓶梅》，看见一个'瞟'字，便即穿凿到别的事情上去。"② 因此，先进知识分子们通过文章对其进行毫无情面的揭示与批判，鲁迅的《肥皂》即是一个绝佳的透视假道学的性道德观的文学文本。与批判相对应，先进知识分子们另外采取的策略，则是建构新性道德。周作人对郁达夫《沉沦》的支持，鲁迅对汪静之《蕙的风》的仗义执言，都是建构新性道德的一部分，而在1925年，鲁迅、周建人、章锡琛直接参与的"新性道德"讨论，更是这个建构过程中极其重要的部分。有人评价说，这场讨论"凸显了以五四为界的两代启蒙知识分子在妇女问题上的分歧，预示了他们在社会问题上的本质差异"③，对于我们理解中国现代女性解放之路由思想启蒙转到社会革命，具有重要认知价值。

在中国讨论性道德，时机还未成熟。但以周作人、周建人、章锡琛为代表的一批人，依然在努力地译介与野谢晶子、霭理斯、罗素、爱伦凯等人关于性学的研究成果。这种持续的努力得以延续，与1920年商务印书馆高层为应对人们批评《妇女杂志》提倡"贤妻良母主义"而将其主编更换为章锡琛有关，也与1922年7月，《妇女杂志》的重要人物章锡琛、周建人与沈雁冰、胡愈之、杨贤江等一起发起成立了"妇女问题研究会"，致力于妇女解放的提倡有关。但性道德问题讨论的深入推进，与章锡琛《新性道德是什么？》、周建人的《性道德之科学的标准》公开发表直接相关。

《妇女杂志》一直有通过出专号以扩大影响、推进相关问题的研究的编辑思路，因而，编者章锡琛在即将出版其第11卷第1号时，驾轻就熟地将其办成了"新性道德号"。在300余页的篇幅中，章锡琛的《新性道德是什么》、建人的《性道德之科学的标准》、雁冰的《性道德的唯物史观》、乔峰的《现代性道德的倾向》、沈泽民的《爱伦凯的"恋爱与道德"》、默盦的《近代文学上的新性道德》、李宝樑的《恋爱是什么》、

---

① 鲁迅：《小杂感》，《鲁迅全集》第3卷，人民文学出版社2005年版，第557页。
② 鲁迅：《反对"含泪"的批评家》，《鲁迅全集》第1卷，人民文学出版社2005年版，第425页。
③ 邱雪松：《"新性道德论争"始末及影响》，《中国现代文学研究丛刊》2011年第5期。

开明的《生活之艺术》、文宙的《离婚防止与新性道德的建设》等讨论性道德的文章，是该期的重头戏。"这些文章在男女有别、母性至上、异性恋爱的基础上，阐发了新性道德的核心理念：一、恋爱是男女性关系道德与否的依据；发生性关系的男女，只要双方有爱，且不涉生育之事，便符合'利己'与'爱他'的两大新性道德原则；二、新性道德以'图谋未来世代的进化及向上'的优生观念为依归，务使男女幸福且后代健全；三、新性道德的理想极致，在于'满足社会个人自由平等的要求'。"① 在今日的我们看来，这些观点或许再普通不过，然而在当时，章锡琛以及周建人的文章却引发了激烈的反对意见。

《新性道德是什么?》一文，是章锡琛以福莱尔的《性的问题》中的意思为主干写就的。他认可福莱尔关于应该控制性冲动的说法，认为青年人应该有禁欲的练习，免得因性冲动而危及他人。他分析了既不利己也有害于他人的性冲动，利己而害人的性冲动，专图利己而对社会上有害的性冲动，以及"虽然出于爱他的动机，而对于社会却是有害的"性冲动，认为这些都是不道德的。他主张男女之间应该有高尚的、真正的恋爱，由此而达至结合、生养子女阶段，这样的恋爱就是道德的，既符合积极的利己主义，也符合积极的利他主义。这恋爱自由，在章锡琛那里几乎是绝对的，因为他以有益于社会及个人为唯一、绝对的标准，只要对社会及个人并无损害，就不能被认定为不道德。紧接着，章锡琛批评了结婚仪式在性行为过程中的作用，他认为："男女间的性的行为，只要他们的结果不害及社会，我们只能当作私人的关系，决不能称之为不道德的。社会对于男女间的关系，只有在产生儿童时，才有过问的必要，其余都应该任其自由。"② 即主张比较宽广的性自由。他认为，已经结婚的男女如果已感觉到生活上有了极大障碍，就应该任其分离，离婚自由也应是新性道德的条件之一。他甚至主张"如果经过两配偶的许可，有了一种带着一夫二妻或二夫一妻性质的不贞操形式，只要不损害于社会及其他个人，也不能认为不道德的"③。由此可见，章锡琛该文对何为新性道德进行了全面的建构，涉及恋爱自由、性自由、离婚自由等。

相较于章锡琛的文章，周建人的《性道德之科学的标准》更为明白

---

① 邱雪松：《"新性道德论争"始末及影响》，《中国现代文学研究丛刊》2011年第5期。
② 章锡琛：《新性道德是什么?》，《妇女杂志》第11卷第1号。
③ 章锡琛：《新性道德是什么?》，《妇女杂志》第11卷第1号。

易懂。他在列举性道德因民族、地域、时代而有异之后，对当时国人歧见丛出的性道德观念进行了分析，并提出："客观的道德判断存有一个意识的标准，这标准便是不蔑视和加害他人是道德的。换一句话，我们所需要的新道德无他，第一，认人的自然的欲望本是正当，但这要求的结果，须不损害自己和他人。第二，性的行为的结果，是关系于未来民族的，故一方面更须顾到民族的利益。这是今日科学的性道德的基础。"① 由此出发，他批驳节烈贞操观念，说"节烈不是女子的自然的欲求，只是男子要永久占有女子而设的牢笼；这种行为是于社会和民族两无裨益，而于自己则又非常有害；除非因她自己的志趣和机遇，恋人死后不愿再爱别人。""从事奖励节烈的人，从科学的道德观念说是犯罪的。"他提出，"把两性关系看做极私的事，和生育子女作为极公的事，这是新性道德的中心思想"。②

两人文章发表后，《晶报》和《时事新报·青光》上有人撰文斥责章、周二人"教坏青年"和提倡"女子多夫"。《现代评论》上刊载的《一夫多妻的新护符》，直接批驳章、周二人的观点是一夫多妻制的"新护符"，而不会是一妻多夫的"新护符"，是提倡纵欲，对于社会终将会有害而不是有益。论者认为，提倡妇女解放、以改革自任的《妇女杂志》却许可一夫多妻的言论，让他感到历史的回环，因而他不得已"提出一种抗议"③。随后，顾均正在《妇女周报》上发表了《读〈一夫多妻的新护符〉》④，许言午在《京报副刊》上发表了《新性道德的讨论：读陈伯年先生的〈一夫多妻的新护符〉的感想》⑤。两人均反驳陈百年，而声援章锡琛、周建人。许言午认为陈百年误会了章与周，他们二人的言论并不是在为一夫多妻制做护符。而周建人的答辩文章《答〈一夫多妻的新护符〉》、章锡琛的答辩文章《驳陈百年教授〈一夫多妻的新护符〉》，因投递《现代评论》后很久未发表，转而向鲁迅求助，鲁迅将其发表于《莽原》第4期，并撰写了《编完写起》，其中涉及发表这两文的内中曲折，并表明了他对陈百年、章锡琛和周建人的文章以及对新性道德、性伦理的态度。鲁迅的言辞，使得他间接参与到了这次讨论中。《莽原》周刊

---

① 周建人：《性道德之科学的标准》，《妇女杂志》第11卷第1号。
② 周建人：《性道德之科学的标准》，《妇女杂志》第11卷第1号。
③ 百年：《一夫多妻的新护符》，《现代评论》第1卷第14期，1925年3月14日。
④ 《妇女周报》第78期，1925年3月22日。
⑤ 《京报副刊》第120号，1925年4月16日第7、8版。注，"陈百年"原文误作"陈伯年"。

第 4 期出版于 1925 年 5 月 15 日，随后的 5 月 18 日，鲁迅收到陈百年来信，陈百年表示不再参与争论；5 月 25 日，鲁迅收到周建人来信及稿件；5 月 26 日，鲁迅又收到章锡琛的来稿（写于 5 月 18 日）。鲁迅随后在《莽原》第 6 期（1925 年 5 月 29 日）上发表了陈百年的来信，将章锡琛的长文《与陈百年教授谈梦》、周建人的《再答陈百年先生论一夫多妻》刊在了《莽原》第 7 期（1925 年 6 月 5 日）并写了"编者附白"，将《莽原》为何刊载这些文章的缘由做了交代。此后，双方没有再发表针锋相对的文章，论争结束。

　　这次论争的影响是深远的。在人事上，它直接促成了章锡琛离开商务印务馆，随后乃有开明书店的创办；周建人被调至《自然界》杂志做编辑，命运也因此而发生转折；陈百年本属于新文化阵营，这次论争体现了这个阵营已经不再统一。从其在中国性道德建构史上的地位来看，这次论争具有重要地位：它是经由《沉沦》《蕙的风》所引发的文学与道德关系问题的讨论，以及"爱情定则"大讨论之后，直接思考、建构新性道德的一次卓绝的努力。但这次讨论的结果并不乐观。鲁迅在论争之中就发表了这样的看法："可是我总以为章周两先生在中国将这些议论发得太早，——虽然外国已经说旧了，但外国是外国。"① 章锡琛在将论争的相关文献编辑成册公开出版时，也说明其本意之一，乃在"这问题至今少有人注意，虽然经过这样剧烈的辩论，终于没人理会，所以想使他流布得广远一点"。他甚至盼望着因为文集的刊布而引起更多人的批评，以至于能够出续集②。然而一年后他终于在《再版后记》中为其能够再版感到欣慰，而承认"出续集的希望未免太奢了"③；周作人则别出心裁地写了一篇杂感《与友人论性道德书》，与"雨村"论《妇人杂志》的编辑事宜（这其实就是写给章锡琛及其《妇女杂志》④的），表达了他对新性道德

---

① 鲁迅：《编完写起》，《莽原》第 4 期，1925 年 5 月 15 日。
② 章锡琛：《序》，章锡琛编《新性道德讨论集》，开明书店 1925 年版。
③ 章锡琛：《再版后记》，章锡琛编《新性道德讨论集》（增补再版），开明书店 1926 年版。
④ 章锡琛，字雪村，发起新性道德讨论时，是商务印书馆旗下《妇女杂志》的主编。因为发表关于新性道德的讨论，章锡琛受到了来自商务印书馆老板王云五的压力，后来被调离《妇女杂志》，再后，章锡琛自己辞职。"雨村"显然系对"雪村"之别有意味的化用，《妇人杂志》则指的是《妇女杂志》。

讨论的看法。他劝章锡琛说，"我们发表些关于两性伦理的意见也只是自己要说，难道这就希冀能够于最近的或最远的将来发生什么效力！……我并非绝对不信进步之说，但不相信能够急速而且完全地进步……我们的高远的理想境到底只是我们心中独自娱乐的影片。为了这种理想，我也愿出力，但是现在还不想拼命。……我所能够劝你的只是不要太热心，以致被道学家们所烤。"[①] 在这个意义上，我们再去回望周作人在翻译与谢野晶子的《贞操论》时所写的按语，更觉得意味深长。周作人当时说：

> 我确信这篇文中，纯是健全的思想。但是日光和空气，虽然有益卫生；那些衰弱病人，或久住在暗地里的人，骤然遇着新鲜的气，明亮的光，反觉极不舒服，也未可知。照从前看来，别人治病的麻醉剂，尚且会拿来当作饭吃；另外的新事物，自然也怕终不免弄得一塌胡涂。然而我们只要不贩卖麻醉剂请人当饭便好，我们只要卖我们治病的药。又譬如虽然有人禁不起日光和空气——身心的自由——的力，却不能因此妨害我们自己去享受日光和空气，并阻止我们去赞美这日光与空气的好处。[②]

周作人的这段话写于1918年，此后有胡适、鲁迅等人关于贞操观的讨论，有新文化刊物上蓬蓬勃勃的关于妇女问题的诸多讨论，然而在新性道德讨论期间及之后，鲁迅、周作人都并不认为探讨中国的性伦理的时机已经来临。我们时常听闻一种观点，认为五四运动之后中国的新思潮风起云涌，整个社会伦理道德观念为之一变，甚至常常不惜用日新月异来形容这种迅捷。但回到历史现场，我们当能发觉真相的残酷面容，历史发展的螺旋形甚至是进一步退三步的特征，再次让我们感慨万端。

---

① 周作人：《与友人论性道德书》，《雨天的书》，河北教育出版社2002年版，第106页。
② [日] 与谢野晶子：《贞操论》，周作人译，《新青年》第4卷第5号，1918年5月15日。

第五章

1915—1927：幼者的发现与父子伦理叙事

在中西文化史上，父子关系问题是父权制下的父与子必须面对的难题之一。勃洛尼斯拉夫·马林诺夫斯基认真比较过父系社会与母系社会中两性关系之别，对父亲在孩子成长过程中必然日渐成为专制的化身的原因做过深入分析。他说：

> 做父亲的必须实行强迫，必须代表抑窒力的源泉，必须变成家庭以内的法王和部落规律的执行官。这样的权势，将父亲由着温婉的态度，亲爱的婴期守卫的态度，变成有势力，时常觉得可怕的专制君主。所以这样矛盾的情绪所要构成的情操，必是十分困难的。然而人类文化不可缺少的，乃是这种矛盾质素的结合。……父亲的困难……乃在担当两种工作的人类家庭所有的实际深刻的情形：人类家庭，一方面必须持续族姓的绵延；另一方面，又须保证文化的继续。父的情操同他的保护和强迫两方面的职务，是人类家庭以内两种职务不可避免的关联物。①

如果我们正视这一言说的合理性，就会一方面体谅父亲角色被文化赋予的困难地位，从而部分原谅父亲"保护"的爱和"强迫"的爱兼而有之的所作所为；另一方面也就会理解，为何中西文学史上会有父子冲突这一言说不尽的母题。贾植芳就曾提醒其学生王同坤注意"亵渎父亲"现象不只在20世纪中国文学中有，在中国古代文学与西方文学中也有。只不过，西方文学中的父子关系一开始就表现为"俄狄浦斯情结"的"弑父"性

---

① ［英］勃洛尼斯拉夫·马林诺夫斯基：《两性社会学：母系社会与父系社会之比较》，李安宅译，上海人民出版社2003年版，第248—249页。

质，而中国古代文学中的父子关系书写以刻绘子辈对父辈的服从为主，晚清尤其是20世纪初的中国文学中的父子关系书写，则以描写悠久漫长的父权压抑下子辈反抗父辈为特色。"在'世纪初文学'和新文学第一个十年中，作家'亵渎'父亲形象时强调的是其专制、暴虐的一面。这些父亲形象中，有的不折不扣地执行封建教义……有的则极力阻止子女的进步活动……有的则阻止子女自由恋爱……还有的则莫名其妙的暴躁……当然，此期文学中也出现了一些其他类型的父亲形象，如鲁迅的《故乡》、《药》中的麻木冷漠的'父亲'，等等，但似乎都不如专制、暴虐型的父亲形象的人数多、声势大。"① 秉持幼者本位的文化、文学界人士合作完成的反父权书写，促成了1915—1927年中国文学继1898—1915年"非孝"潮后新的"非孝"书写的出现。

　　1919年的胡适曾将五四新思潮的意义总结为"研究问题"与"输入学理"，而在研究的十个问题中，"父子问题"赫然在列②。父子关系之所以成为那时的问题，很大一部分原因就在于"子"已非原来文化意义上的"子"，而"父""子"难题的解决并不能一蹴而就：被发现的子辈知道了自己乃是独立个体，理性告诉他们自己可以不为君、道、父而存在，可以不用更多地顾忌君、道与父的威权而去张扬自我的权益，然而，被发现的这些个人，如果说在反对君这一问题上已无多大困惑，因而可以义正词严，在反对道这一问题上也因新思想观念的武器而无多大困惑，因而可以名正言顺，那么，在反对父辈这一问题上，这些被发现的"个人"，则往往因父辈和自己的复杂情感关系而显得纠结不已，"反"还是"不反"，如果"反"，"反"到什么程度，如果"不反"，当面对公众的时候又如何言说，寻找到有利于自己的形象塑造的途径，往往成为并非不言自明的问题。而当我们将父、子各认定为一辈人，即"父"包括母亲、叔伯、公婆甚至祖父与祖父母，"子"包括儿子、女儿、媳妇时，我们就会发现此期广泛意义上的父子伦理书写有着更为复杂的形貌：专制之父与反叛之子，和爱子之父与爱父之子同时出现，而叛逆之子成为新一代之父后前途也未必就一片光明。那一过渡时代中的各色人等，在父子这一人伦关系中的决绝，以及苦闷、彷徨与犹犹豫豫，至今读来仍让人感慨不已。

---

① 贾植芳、王同坤：《父亲雕像的倾斜与颓败——谈20世纪中国文学中的"亵渎父亲"母题》，《中国现代文学研究丛刊》1996年第3期。
② 参见胡适《"新思潮"的意义》，《新青年》第7卷第1号，1919年12月1日。

第一节 专制之父与反叛之子

一 专制之父的出现及其特征

"在某种程度上,即使最幸福的家庭也可以被看作是一种权力制度……几乎在一切社会中,传统的规范和压力都给予丈夫以更多的权威和特权来管教孩子。"① 当五四时期的子辈们觉醒以后,他们突然就发现,他们的父辈乃是专制的代表。之所以说这是一种"发现",乃是因为,"就实际上说,中国旧理想的家族关系父子关系之类,其实早已崩溃"②。但只有在东方森沉空气中遮拦这边的人,被西方新鲜气流召唤之后醒来,终于找到"隙孔",而且"那隙孔被青年们用刀剜得越来越大",最终"他们竟把那遮拦推倒了",于是,"东方的世界,逞了大变动,从前种种的习惯,都觉得很不惯了"③。庐隐言辞间的"觉得"或曰"感觉",就来自遮拦的被推倒,来自西方新鲜气流的召唤。蒋梦麟曾说,新文化运动开始之后,"世界变了,简直变得面目全非……年轻的一代都上学堂了"④。在蒋梦麟大伯母的眼里,受过教育、进过学校的青年一代"有些事实在要不得",比如,"他们说拜菩萨是迷信,又说向祖先烧纸钱是愚蠢的事。他们认为根本没有灶神。……他们说男女应该平等。女孩子说她们有权自行选择丈夫、离婚或者丈夫死了以后有权再嫁。又说旧日缠足是残酷而不人道的办法"⑤。显然,这位老人家已经绝对看不惯这个变化的世界了。有意味的是,蒋梦麟和大伯母谈话时,他的侄女一直在旁边听着,但紧接着的一幕发人深省:"我走出房间以后,她也赶紧追了出来。她向我伸伸舌头,很淘气地对我说:'婆婆太老了,看不惯这种变化。'"⑥ 这"淘气"之语中的"太老了",其实预示着年轻一代对上一

---

① 古德:《家庭》,社会科学文献出版社1986年,第117页。
② 鲁迅:《我们现在怎样做父亲》,《鲁迅全集》第1卷,人民文学出版社2005年版,第143页。
③ 庐隐:《新的遮拦》,《星海》,商务印书馆1924年版。
④ 蒋梦麟:《西潮·新潮》,岳麓书社2000年版,第104页。
⑤ 蒋梦麟:《西潮·新潮》,岳麓书社2000年版,第105页。
⑥ 蒋梦麟:《西潮·新潮》,岳麓书社2000年版,第105页。

代的定位，年龄上的"老"与观念上的"落后"之间，已开始有了勾连。而且这话语，显然表白了新一代的她看得惯也认同这些变化的。她和蒋梦麟这些新青年没有当场反驳她，无疑留存着一丝温情。但在此后的启蒙话语中，专制之父、压抑子辈之父随着反三纲的呼声而俱来，专制之父成为此期父亲形象的一种重要类型而存在，尽管其形成的原因有异，压制子辈的方式有别。

因为经济原因而压制子辈的父亲，在彼时的小说写作中不时出现。比如何慧心的《父亲的狂怒》[①] 中子仁的父亲。本有工作但学问不高的子仁想辞掉工作去专门学习英语，然而其父母均不愿意他这么做，他们希望的是他安于工作，多挣钱，然后好娶妻生子。子仁在得不到他们支持的情况下想找朋友帮衬，也不被允许。子仁的父亲不时动用父亲的威权，摆出教训儿子的姿态。子仁没法，在末尾发出绝望的声音："我无望了！无望了！"翟毅夫的《一个杀父亲的儿子》[②]，写一个儿子在重阳日从外做工回来，异常疲惫，到家后发现妈妈不在，父亲自在地喝着酒吃着肉而小弟弟在一边哭泣。父亲只问他挣了多少钱，当被问急了妈妈的去处时，他说送她去天津了，且发出一阵狞笑。冰心的《庄鸿的姊姊》[③] 中，庄鸿的姊姊因其叔父的经济状况欠佳而逼着不再读书，最后抑郁而亡。旅魂的短篇《父亲的失信》[④] 刻画了专制的中学教师范静芝。他在乡下和家里地位挺高，有妻子和两男两女。他和两个男孩在外，或工作或读书，妻子带着两个女儿在家里劳作。小说重点写大哥回家后，得知大妹想再读一两年书，高小毕业后好去幼稚园当助教，或去医院当看护妇，以便独立。他非常支持她，然而却无法说服一次次失信的父亲松口，因为其父的意愿只在于早点嫁掉他妹子。朱自清的小说《笑的历史》，写一个女性向自己丈夫倾诉她爱笑的特征日渐消失的历程。这其中，固然有其继母、婆婆说她笑显得没规矩的原因，更明显而重要的原因，则是因为她的公公不再有公职后家庭经济困难，而她的丈夫薪金微薄，无法更多支持家里，于是"婆婆已经不像从前客气……总防着我爬到她头上去。所以常常和我讲究做媳妇的规矩，又一心一意的要向我摆出婆婆的架子。……时常要挑剔我！"姨娘

[①] 何慧心：《父亲的狂怒》，《小说月报》第13卷第12号，1922年12月10日。
[②] 《清华周刊·文艺增刊》第四期，1923年。
[③] 冰心女士：《庄鸿的姊姊》，《晨报》1920年1月6日、1月7日第7版。
[④] 《妇女杂志》第8卷第12号，1922年12月1日。

挑拨着婆婆，待她更不好；公公婆婆后来恨起自己的儿子尤其儿媳来，将家里一切的败落都算在儿媳身上，说儿子跟他吵架是受到儿媳的蛊惑；公公甚至说出"少奶奶真不是东西！"这样的话来，骂她"不要发昏！"自己的娘家人也势利至极，不再理她。可以说，在这个年轻的儿媳周围，是一帮专制的压迫者们。她由女儿变为媳妇的过程，即是笑逐渐消失的过程，是她的自我日渐丧失的过程。"由男女而夫妇意味着父系社会的性别角色侵蚀了个人的自然生存的过程，或者说意味着个人从自然的生存状态进入父系社会秩序化、一统化的角色结构并囚禁于角色中的过程。"[①] 黎烈文的短篇《决裂》[②]中刻绘的一对父子是专制与彻底反叛的关系。青年男子"他"原本在一个乙种实业学校里读书，学费原本由其父亲供给。后来他父亲在省城督军署任秘书，和良心很坏的妓女蔡金玉相好，很少回家。他和他母亲坚决反对，而这父亲竟从此抛妻弃子，连他每学期的学费也不给。他被逼无奈，只好请假去省城要学费，希望能继续求学以顺利拿到毕业证书。但他好不容易见着父亲，却发生了父子之间的直接争吵，几经周折，这父亲才对"他"态度缓和一些，答应去找钱给他。不料父亲的方式，是强迫他去见那妓女而且要求他叫妓女"妈妈"，于是男青年"他"与父亲彻底决裂。

因为政治问题而导致父子关系紧张，最鲜明的代表是冰心的《斯人独憔悴》。爱国青年颖铭和颖石参与了五四运动，通过演讲动员国人购买国货，鼓起民气，以作政府的后援。未曾料想，颖石、颖铭先后被父亲派的家奴接回家中，颖石被讥讽为"伟人英雄"，他的白鞋白帽也被指认为无父无君的证据，颖铭行李中的印刷品和各种杂志被其父亲"略一过目，便都撕了，登时满院里纸花乱飞"。两人回家后被禁锢在家读些制艺、策论和古文、唐诗，不能和学校里的朋友进行交际和通信。到学校开学时，其父亲直接不准他俩再去上学，怕他们再出去捣乱[③]。可见，这位父亲化卿，为了儿子和自己官位的安全，不仅剥夺两个儿子的行动自由，禁锢他

[①] 孟悦、戴锦华：《浮出历史地表——现代妇女文学研究》，中国人民大学出版社2010年版，第10页。

[②] 黎烈文：《决裂》，茅盾编选：《中国新文学大系·小说一集》，上海良友图书印刷公司1935年版。

[③] 冰心女士：《斯人独憔悴》，《晨报》1919年10月7日、10月8日、10月10日、10月12日，第7版。

们的思想，扼杀他们的精神，而且还实行经济制裁，使得他们被束缚于威权之下"独憔悴"。

因为爱情、婚姻问题而导致的父子关系紧张，在此期小说中占绝对多数。"'五四'时期小说中的父子关系多围绕爱情题材展开，通过青年男女追求恋爱自由、个性解放表达反抗封建家族制度和封建道德束缚。"① 爱情婚姻问题往往是压迫与反抗之战的导火索，而家庭则成为充满硝烟的主战场。专制之父与反叛之子的形象刻绘在这个过程中得以完成，一个时代的面影也在这个过程中得以体现。

庐隐的《一个著作家》中的沁芬本与作家邵浮尘真心相爱，但她被父母强行嫁给了另一个富足的青年，导致沁芬和浮尘均抑郁而终。叶灵凤《女娲氏之遗孽》中的霉箴与文中的有夫之妇"我"已悄悄恋爱了三年之久。返校前的夜里，他给"我"写了信预备托人交给"我"，"不料当时因夜深了疲倦异常，竟忘记将信收好便去就寝，哪知竟被他因赴宴迟归，严肃的老父看见；他老父万想不到他轻轻的年岁在暗中竟有这秘密，勃然震怒，立时将他从睡梦中唤醒，严重地申斥了一番，可怜他便不敢再留滞在家中，第二天清晨便匆匆地走了"。随后，他那父亲告诉了"谨默的继母，狡谲的嫂氏"，于是"我"受尽了他们家人的冷嘲热讽。周瘦鹃的《留声机片》②中的情劫生和才貌双全的林倩玉本来相恋，但林倩玉因父母逼迫嫁与他人，情劫生只身去了恨岛，成天思念倩玉，最终抑郁而亡。死前他录了留声机片给林倩玉，嘱咐朋友寄去。倩玉收到后惨痛欲绝，后也抑郁而终。汪宝瑄③的《秋雁》中的抱玄为反对旧式婚姻而脱出家庭达五年之久，不管父母如何想念他，他都不愿意回去示弱。冯沅君的《写于母亲走后》中的志伦和"我"相爱，气死了他的父亲，他的母亲也为他病得下不了床。但他不能回去，"回去就不能来了！"④《缘法》⑤中的知识分子雄东，在贤淑的妻子玉珍刚死时，怎么都不愿意答应其母亲为他

---

① 杨帆：《1917—1949年中国现代小说的父子伦理关系研究》，硕士学位论文，辽宁大学，2015年。
② 周瘦鹃：《留声机片》，《礼拜六》第108期，1921年5月7日。
③ 郑伯奇在为《中国新文学大系·小说三集》所写的《导言》中，将其"瑄"字误为"渲"，于是多有袭用者。查《洪水》第23、24合期，《秋雁》的作者署名"汪宝瑄"。
④ 大琦（冯沅君）：《写于母亲走后》，《莽原》第22期，1926年11月25日。
⑤ 沅君：《缘法》，《语丝》第42期，1925年8月31日。

确定的婚事——娶他好吃懒做、骄奢淫逸的大表姐三妞,其母亲、父亲对他一顿斥骂,甚至立即想要动手打他,迫使他答应。沉樱的小说《某少女》中的C君,"为了恋爱着一个歌女,受了父亲的斥责,就立刻离开家庭,自己艰难地到外面去,以卖文来维持穷窘的生活"。其短篇《空虚》写了父子关系对于爱情的冲击。文中的她本来排除万难,勇敢地接受他的要求,在晚上去他所住的寓所约会,然而他们一路忐忑地走过学校门口,终于抵达他租住的寓所时,却发现了父亲留下的一张名片,写着"今天抵此,明天晚车赴杭,现寓××旅社××号"。他立即忘掉了她,连买回去的糖也忘却似地摆在桌上。尽管因为他在这之前的一晚也没回寓所,不知道这"今天"是哪天,"明天"是不是当天,但他最终还是查了去杭州的列车时刻表,想去见父亲。她"心里的冷气像冲到眼里来了,眼光很涩地望着他",最终,她选择了自我牺牲,让他前往。而在沉樱的短篇《妩君》中,妩君向家里宣布自己将要与爱人出走,家里产生了剧烈动荡。在海边等候爱人时,她想到的依然是"父亲顽固的怒骂,母亲的慈祥的悲痛",她觉得"自己为了爱,为了理想,毅然地脱离……她仿佛俨然实行了她理想中的勇敢而伟大的行为……"① 可见,与异性的爱是促成她离家出走的最为重要的动力,而深感耻辱与愤怒,最觉自己威权受到冒犯的人物则是其父亲。

许地山的《命命鸟》中的敏明和加陵是七八年的老同学,感情非常好。敏明的父亲说她年纪大了,不必再读书,应跟着他专心当戏子去;加陵的父亲亦认为他不必继续读书,让他去学做和尚。敏明随后就去学戏,加陵征得了父亲同意继续求学。当敏明和加陵再次相会时,两人都深感爱着对方。加陵回去请求父亲让自己娶敏明,其父却不愿,说他即便娶亲,也不能娶和他生肖不合的敏明;敏明的父母也不愿意这门亲事,其父甚至去请了蛊师沙龙来做法术,以阻挠他们的结合。敏明在佛的启示下明白了爱情的虚无,在一个月夜和加陵手牵手走向绿绮湖深处。这小说虽是穿着恋爱的外衣在宣扬佛法,然而不管怎样,敏明和加陵的开悟与他们各自父亲的专制密切相关,否则他们的结局可能是另外的模样。

因为文化遗存而压制子辈的父亲形象其实更多。直接描绘因观念冲突而压制子辈的父亲形象者本就不少,而前述因经济、政治、爱情原因而压

---

① 沉樱:《喜筵之后》,北新书局1929年版,第101—102页。

制子辈的父亲们所依赖的资源，其实正是传统的父权思想。比如《斯人独憔悴》中阻断颖石激烈言论的，除了其父亲化卿掀翻桌子的行径，就是其紧接着搬出来的言论："好！好！率性和我辩驳起来了！这样小小的年纪，便眼里没有父亲了，这还了得！"他由颖石的白鞋白帽而推出了"无父无君"，更是吓坏了一向听话的颖石，让他禁不住俯首称臣。《肥皂》中四铭对其儿子学程的威权显然也来自文化遗存。学程被四铭安排去上中西折中的学堂，被安排在昼夜之交的时间里练"八卦拳"，在因不知"恶毒妇"的英文到底为何时饱受四铭责骂却丝毫不敢回嘴，均是四铭在家里长期占据统治地位，施行文化压制的必然结果。罗家伦《是爱情还是苦痛》中叔平的父亲之所以不同意取消他和另一女子的婚事，就因为他们是"诗礼之家"，如果"连这点场面都不顾"就简直是"笑话"。周瘦鹃的《之子于归》中的汤咏絮才貌双全，"艺是针神貌洛神"，进学堂里学习后，也知道"自由权""自主力""爱情"等名词。然而她终究是一个怕父亲的人，在得知小时被许配的对象应铁荃不学无术、呆头呆脑后不愿出嫁，却因父亲的强行压制而屈服。她父亲说的是："为了保全我名誉和体面起见，必须嫁过去。"① 严良才的《结婚了》中，黄华的父母之所以不同意她与一郎的婚事，就因为他家穷。"他们的私自订约不知不觉触犯了一般做父母的人习惯和权力。他们只晓得照例的从他们的心目中为子女拣选一个配偶以外，从来没有知道过婚媾的事情还有什么叫种'爱'的东西存在在里面要给以重大的注意的。他们只看见肉体，其次便是财产。"② 窈窈的《慈爱毁灭后》中"我"的父母亲，就因为"我"和兄弟姊妹们反对他们重建崇教寺及其思想观念而势如水火。③ 汪宝瑄的《秋雁》④ 中的抱玄，也是因为反对父亲为他包办婚姻而离家出走。"你说你要逃到远方，一直到家庭让步你才回来。"抱玄妹妹在信中所写的抱玄的话语，是那一代叛逆者的心声。他的爹妈没有为乡间鼓动者所诱惑，而承认自己儿子对于婚姻的态度，但是他们也不能容忍离婚的发生。庐隐的《海滨故人》⑤ 中的云青极其相信追求她的蔚然之人格。她示意蔚然请人

---

① 周瘦鹃：《之子于归》，《礼拜六》第 106 期，1921 年 4 月 23 日。
② 严良才：《结婚了》，《幻洲》第 2 卷第 1 期，1927 年 10 月 1 日。
③ 《洪水》第 2 卷第 22 期，1926 年 8 月 1 日。
④ 《洪水》第 2 卷第 23、24 期合刊，1926 年 9 月 1 日。
⑤ 庐隐女士：《海滨故人》，《小说月报》第 14 卷第 10 号、第 14 卷 12 号。

去向他父母提亲，不料他父亲听说后觉得蔚然太懦弱，相貌也不魁梧，就拒绝了她和蔚然发展的可能。云青终服从了父亲的意志，拒绝了蔚然。她自我剖析说："云自幼即受礼教之熏染。及长已成习惯，纵新文化之狂浪，汩没吾顶，亦难洗前此之遗毒，况父母对云又非恶意，云又安忍与抗乎？乃近闻外来传言，又多误会，以为家庭强制，实则云之自身愿为家庭牺牲，何能委责家庭……"礼教对于这一辈青年男女的约束仍是无处不在。

《清律辑注》上说："盖家统一尊，祖在则祖为家长；父在则父为家长。若祖、父不在而祖母与母应同为家长。"可见，祖父、父、祖母、母甚至此处没有言及的兄，都是幼者、弱者的家长，都可以执行家长之责，他们固然可以一起施威，也可以代替其他人发话，尤其在其他人不在或已去世时。

先看母亲及婆婆。父母健在而造成的儿女婚姻悲剧中，母亲多是慈祥、柔弱地劝告儿女遵从父亲意志的角色，父亲不在的情况下，母亲多遵从父亲在儿女婚姻大事上的遗愿，而通过自己的柔情、慈爱去打动儿女，让他们最终服从。比如罗家伦的《是爱情还是苦痛》中叔平父亲病逝后母亲当家，她用眼泪及柔中带刚的道理捆住了叔平，使他最终和父亲为他指定的女子成了亲。陈翔鹤的《西风吹到了枕边》记述了一个完整的梦。在梦中，"我"三年前自己同意定了一门亲，后来"我"反悔了，不想结婚，然而母亲布置了新房，让"我"没机会推迟。她的技巧，依然是母爱："我"不断看到母亲的衰老不堪、白发盈盈、憔悴，最终，"我"只得举手投降。冯沅君的《隔绝》中的母亲将回家后的缦华幽囚在一间小屋内，斥责她和士轸的恋爱行为"直同妍识一样"，说缦华不但已丢尽她的面子，且使祖宗在九泉下为她含羞。[①]《慈母》中的"我"最终选择了情人之爱，但在离去慈母前经受了痛苦的挣扎过程；《误点》中的继之同样被母亲谎称生病而召回家里，情人之爱与亲子之爱在她心中交战，但最终，因为火车误点，亲子之爱暂时战胜了情人之爱——她回到了家中，并且打算当年不再去北京；《写于母亲走后》中的"我"在母亲将要离开时却去见了情人志伦，回到家后心里好一阵愧疚。《春痕》中的瑷在与璧热恋时也担心自己挣脱不了家人为她订的婚约，因为如果解除婚约，会让母

[①] 淦女士：《隔绝》，《创造季刊》第 2 卷第 2 期，1924 年 2 月 28 日。

亲伤心。在冯沅君的著名小说集《卷葹》中，母子之爱、情人之爱的悲剧性矛盾多有体现："母亲的爱，情人的爱，在她胸中交战，'吾谁适从！吾谁适从！'"[①] 在这些小说中，一个挣扎中的新女性形象是其中的原形象，这个女子与一个男子之间的情人之爱和她与慈祥母亲之间的亲子之爱的冲突是原冲突。她所有的挣扎都是新旧思想交缠、混战中的复杂表象，而她的选择，或者是情人之爱战胜亲子之爱，或者反之。

母亲对于儿女具有相当的威权，而且这威权因为掺杂了爱而更难被子辈拒绝。婆婆对于媳妇的威权，在此期的小说中也有不少体现。《祝福》[②]中祥林嫂的婆婆，在鲁镇人们最初的心中是"严厉的婆婆"；当她在卫老婆子的引导下来见四婶时，这个三十多岁的女人，"虽是山里人模样，然而应酬很从容，说话也能干，寒暄之后，就赔罪，说她特来叫她的儿媳回家去，因为开春事务忙，而家中只有老的和小的，人手不够了"。可知她还是一个善于饶舌的婆婆：她所有的言语，无外乎是针对四婶的说辞，因为在此前，祥林嫂就已经被她请来的两个男人抢进了白篷船里。而卖掉祥林嫂的过程，在卫老婆子眼里体现了她的"精明强干"：她将祥林嫂卖到了很少有女人愿意嫁过去的山坳里，"她就到手了八十千。现在第二个儿子的媳妇也娶进了，财礼只花了五十，除去办喜事的费用，还剩十多千。吓，你看，这多么好打算？"显然，这婆婆对祥林嫂的生杀予夺具有至高无上的特权，对此，卫老婆子及鲁镇人等毫无异议。冰心的《最后的安息》[③]里的童养媳翠儿受尽婆婆虐待，要求城里去的孩子惠姑带她走，结果被婆婆听到，揪回去打得卧床不起，然后一命呜呼。叶圣陶的《这也是一个人！》[④]中的伊，十五岁时嫁给一个赌徒为妻，被当牛马役使，还常遭丈夫和公婆的打骂。她不堪忍受，逃到城里给人家当佣妇，因不再受打骂而心满意足，打算长久住下去，但夫家和父亲三番五次来要她回去。她万般无奈，终于又回到了夫家；可丈夫已经死了，于是她被以二十千钱的价钱卖掉，以其身价充丈夫的丧殓费。《阿凤》[⑤]中的童养媳阿

[①] 冯沅君：《误点》，袁世硕编《冯沅君创作译文集》，山东人民出版社1983年版，第48页。

[②] 鲁迅：《祝福》，《东方杂志》第21卷第6号，1924年3月25日。

[③] 冰心女士：《最后的安息》，《晨报》1920年3月11日至13日第7版。

[④] 《新潮》第1卷第3号，1919年3月1日。

[⑤] 《晨报副镌》1921年3月16日、17日。

凤同样受尽婆婆的虐待而不能言说，只有婆婆暂时离开家里她才能尽情地唱歌、发现小猫的生趣，也才能感觉到愉快。冯沅君的《潜悼》中的娇媳妇"你"，就因为"拘谨严厉"的公婆待她过于苛刻而生了不治之症，但她的公婆请了医生、巫婆来治疗后也就不再关心她的生命，一边为她准备后事，一边计划另外找一个能生养的新媳妇。① 《模特儿》② 中，婆婆不准她年轻守寡的媳妇再嫁，逼她接待村里有钱的男人，媳妇不愿，她就特别恨她、虐待她。《家庭地狱》③ 的副标题是"礼教的母亲"，写病中阿三的妻子一直被其母亲咒骂，连站在门口都被说成不懂礼节，又被训斥不知俭省、不会做饭等。小说结尾写道，几天后这媳妇被婆婆带着去给阿三上坟，还被婆婆怒骂她八字不好克死了阿三。透过这些小说我们发现，当时的女子的确就是随意被买卖的商品，毫无人格与主体性可言。

1915—1927年的大哥形象也值得重视。1919年因立意求学而抑郁至死的北京女高师学生李超，其悲剧的直接原因，就是她父母双亡之后，过继而来的长兄惟琛想独吞财产，不愿意为她继续求学提供经济支持。李超抑郁而亡之后，她的棺材停在一个破庙里，她哥哥的信姗姗来迟，然而信上却只见他的咒骂之语："至死不悔，死有余辜！"④ 冯沅君的《误点》中，继之收到了母病速归的电报，其实她母亲未病，电报由兄长俨之、凝之所拟。他们兄弟俩把继之召回家，试图让她放弃和渔湘的爱情，和他们选定的有权有势的男性结合。在他们眼里，"自由恋爱就是吊膀子，轧姘头！""世间就没有所谓精神的、纯洁的恋爱，恋爱的构成的要素，财！色！"⑤ 此期最为经典的专制大哥形象，当然出自《狂人日记》⑥。在父亲缺席、大哥掌管家务的情况下，他实在就是父亲的化身，行使的是父亲之权利与义务。当五岁的妹子死去，狂人的母亲"哭个不住，他却劝母亲不要哭"。当狂人生病，是他将狂人关押在黑屋子里，安排陈老五给他送

---

① 冯沅君：《潜悼》，《陆侃如冯沅君合集》第15卷，安徽教育出版社2011版，第100—101页。
② 钦文：《模特儿》，《晨报副刊》1924年1月6日。
③ 《兴华》第17年第39册，1920年10月13日。
④ 胡适：《李超传》，《新潮》第2卷第2号。
⑤ 冯沅君：《误点》，《陆侃如冯沅君合集》第15卷，安徽教育出版社2011版，第46—47页。
⑥ 鲁迅：《狂人日记》，《新青年》第4卷第5号，1918年5月15日。

饭，并请一个老头子来给他把脉、开药。也是他，面对围观的好事者们高声喊道："都出去！疯子有什么好看！"直接将狂人定义为"疯子"。而在狂人眼里，这大哥曾说到割股疗亲的故事，狼子村的佃户要来给他说吃心肝的事情，这正体现了他在家里的权威地位。

祖父祖母形象之于五四时期知识分子的影响也需要关注。比如，陈独秀自幼失去了父亲，他便生活在一个由"祖父，母亲，大哥"构成的家庭体系中，祖父对他而言就是最高的权威。由于这位祖父十分严厉，严令他读四书五经，因此，陈独秀十分反感。比如，自幼失去父亲的巴金，其成长体验也与祖父密切相关。在巴金记忆里，"我不曾爱过祖父，我只惧怕他而且有时候我还把他当作专制压迫的代表而憎恨过。我们有几次在一处谈话毫不像祖父和孙儿，而像两个仇敌。"① 在孙俍工的小说《家风》中，一个十九岁死了丈夫的寡妇，辛辛苦苦地把遗腹子养大，后来又辛辛苦苦地养大两个孙子学仁、学智和一个孙女志清，供他们到大学毕业。年老的她对于孙女志清的婚事，依然采取强行为其订婚的方法。她劝告志清时说："志清，我底好孩子，你允许了我罢！你底岁数已经到了，你不要老是仗着你小时候那样脾气；你依从了我，择个吉日，把事情办完，免得我悬心吊胆地不安！你是读书的人，应该比一般的女子更明白些！男大须婚，女大须嫁，难道古来那么长久的年代，都把这句话错认了么？"可以说，老太太吃了一辈子专制父权与夫权的苦，在无意识间又成了专制的代表与化身，试图进一步充当无主名无意识的杀人团中的一个，扼杀新一代青年有可能寻找到的幸福未来。

二 反叛之子的出现及其路径

"服从是最大的善，不服从是最大的恶。在权威主义伦理学中，不可饶恕的罪行就是反抗。"② 然而反过来看，要反对权威主义伦理，就必须反抗。我们知道，专制之父古已有之，但专制之父的命名则是一个具有现代性的事件。当权威之父的言与行被命名为专制、呆板、陈腐等之际，其实意味着书写者与其笔下的子辈们已经持有审问甚至审判的眼光，意味着书写者与其笔下的子辈们站在了反叛之子或不孝之女的立场上。这是晚清

---

① 巴金：《巴金自传》，江苏文艺出版社 1995 年版，第 65 页。
② ［美］埃里希·弗罗姆：《占有还是生存》，关山译，生活·读书·新知三联书店 1989 年版，第 87 页。

以来西风东渐、国势陵夷之际才可能出现的景观，而其大量出现于文学作品中，则是庐隐笔下的"遮拦"被推倒之后才可能出现的情景，是五四新文化运动的曙光照耀着新青年们才可能出现的情景。"新文化先驱们旨在废弃的是文化领域的'帝制'，是那个历来不可触动的、超越一切肉身之父的封建'理想之父'：他的礼法、他的人伦、他的道德规范乃至他的话语——构成父权形象的一切象征。"[①] 在这场行动中，"'五四'一代的英雄主人公是一代逆子。不仅是弑君的孙中山、忤逆的陈独秀、不肖的胡适和叛逆的鲁迅、李大钊，而且是那些无数反叛家庭、反叛传统和礼法的父亲的儿女们"[②]。孙中山、陈独秀等一代知名逆子与其召唤下出现的无数反叛的儿女们，是此期前后相继的两代叛逆者。五四新文化运动的弑父行为的展开，正是这两代人齐心协力的结果，而从性别方面来看，五四新文化运动的反叛言语、实践及其效果的达成，显然是这些逆子与无数逆女通力合作、并肩战斗的结晶。父亲的叛逆之子与不孝之女，通过出走、驱逐、乱伦等形式，实现了对父权的威严的反抗，造就了五四新文化运动反叛家庭思潮的风起云涌。

"出走"无疑是五四一代青年最为流行的反抗方式，也是得到启蒙者充分认可与鼓励的反抗方式。这种方式的流行，与易卜生及其《娜拉》在中国的流行从而造成了大批的娜拉有很大关系，也与思想解放运动的切实展开导致了男性们纷纷冲出既有的藩篱存在莫大关联，还与中国社会从晚清开始的现代化进程密切相关。正是后者，使当时人们的生活环境发生巨大变迁的趋势不可阻遏，现代教育的发生与发展，现代传媒的迅疾发展，使得启蒙者和新青年们更容易感知到日新月异的世界，更勇敢地离开故土甚至故国去"开眼看世界"。"走异路，逃异地，去寻求别样的人们"[③] 成为当时知识分子们的主动或被动的选择，异地、异域的风物、文化图景、思想观念等不可避免地渗入这些漂泊者的脑海，促成了他们对自身被压制的体验的发掘，影响到他们思维资源的构成，并凸显于他们的言谈举止中。而这些，显然又加速了他们与传统思想的决裂，加速了他们的

---

① 孟悦、戴锦华：《浮出历史地表——现代妇女文学研究》，中国人民大学出版社2010年版，第4页。

② 孟悦、戴锦华：《浮出历史地表——现代妇女文学研究》，中国人民大学出版社2010年版，第4页。

③ 鲁迅：《呐喊·自序》，《鲁迅全集》第1卷，人民文学出版社2005年版，第437页。

叛逆之子的形象生成。

翻阅这一时期的小说文本，我们发现的多是一些出走之后的儿女们，凭借新的眼光，站在故土—异乡之上的思考与描绘。他们的决绝离开，留给故乡或故国的，本就是倔强地昭示着反叛精神的背影。鲁迅在《呐喊·自序》中所自陈的离开故土与故国的过程，冯沅君在《我的学生时代》中所自陈的考入北京女高师的过程，其实具有相当的代表性。

鲁迅说：

> 我要到 N 进 K 学堂去了，仿佛是想走异路，逃异地，去寻求别样的人们。我的母亲没有法，办了八元的川资，说是由我的自便；然而伊哭了，这正是情理中的事，因为那时读书应试是正路，所谓学洋务，社会上便以为是一种走投无路的人，只得将灵魂卖给鬼子，要加倍的奚落而且排斥的，而况伊又看不见自己的儿子了。然而我也顾不得这些事，终于到 N 去进了 K 学堂了，在这学堂里，我才知道世上还有所谓格致，算学，地理，历史，绘图和体操。……因为这些幼稚的知识，后来便使我的学籍列在日本一个乡间的医学专门学校里了。①

在晚清封闭落后的乡间，洋务学堂被困惑的鲁迅和社会上顽固守旧的人们同时知晓。守旧者以为"走投无路"者才去进洋务学堂，因而"加倍的奚落而且排斥"，母亲有顾虑，有离不开自己儿子的情感，因而"哭"。但是，倔强的鲁迅不因守旧者们的眼光而中止离开的行动，也不因母亲温柔的阻拦而放弃离开的步伐，他"顾不得这些事"，固执地、我行我素地去寻求别样的人们。这正是一代反叛之子的萌芽。而他到 N 去学到的新知识，又促成了他离开故国，走向了更远的地方，一位反叛之子的成长也得以完成。

到了民国时期，新一代年轻人更急迫地想走出故土与乡间，"新理想"所代表的新价值对于他们已是抵挡不住的诱惑。冯沅君说：

> ……青年人总是新理想的追求者，除非他是个低能儿。自十四五

---

① 鲁迅：《呐喊·自序》，《鲁迅全集》第 1 卷，人民文学出版社 2005 年版，第 437—438 页。

岁时我就梦想着进学校。……民国六年秋,北京女子师范为要改高师,添办国文专修科。……这不是我所期待的机会吗?我的梦想实现了。

一个过分稳健的家庭为什么肯放个十七八岁的大闺女到千里外进洋学堂,尤其是附近三数县内向无此例;其中原因有三:第一,我的父执张中孚先生此时正在北平充当国会议员,他的家眷也寓平,我到平后不愁无长辈教导。第二,张先生是河南女子教育推进者之一,见了我的"窗课",力主我出外进学校。他的主张增加了我的母亲对于女学校的信仰心。第三,我的两个哥哥此时都在北平念书,彼此可以照应。①

"进学校"与追求"新理想"的实现之间的关联,在乡间的冯沅君很早就已明白。北京女高师添办国文专修科的消息的及时知晓,更体现出那时人们的观念已经不再那么守旧。而她那"过分稳健的家庭"能同意她去千里之外进洋学堂,表明其父执、母亲、哥哥所形成的环境已较鲁迅所需打破者开明了很多很多。

当叛逆之子与叛逆之女离家出走,他们留给故乡与故国的,只能是背影。但故土难离,故乡、故人与故国往往成为这些叛逆的儿女们永难忘怀的存在,对他们的思念时常萦绕在他们心间。他们的身体时常离开,又时常受不了它们的诱惑而不断归来。但当这些漂泊者、荡子们归来以后发现,那已不是他/她的中国/故土,闰土、祥林嫂、母亲等也早已不是当年的形象。他们发现自己与故土与故国已格格不入。就像《祝福》中的那个知识分子"我",受了故乡、故人的蛊惑而专程回到故乡,最初体会到的是"幽微的火药香",但很快发现鲁四老爷"并没有什么大变,单是老了些";本家和朋友"也都没有什么大改变,单是老了些";女人的地位依然如此,只能"杀鸡,宰鹅,用心细细的洗",却不能去拜祖宗。在鲁四老爷的理学味儿浓厚的书房里,"我"决定:"无论如何,我明天决计要走了。"② 多年前离开后所熏陶、培养出来的眼光,让"我"看到鲁镇人们观念的陈腐、落后;直击祥林嫂的不幸,明了这一切的深层根源的

---

① 冯沅君:《我的学生时代》,《妇女新运》第4卷第5期。
② 鲁迅:《祝福》,《鲁迅全集》第2卷,人民文学出版社2005年版,第6页。

"我",只能义无反顾地再次出走,继续反叛与漂泊。"离去—归来—再离去"的模式,其实不仅仅是鲁迅的小说独有的,那一时期的诸多作品对此均有浓淡不一的体现,叛逆的儿女们的精神生成,也正是在这样的反复离去与归来中才得以完成。

《伤逝》中的子君是一个受到娜拉影响的现代女性,在听涓生谈了半年的家庭专制、易卜生等之后,当某一天涓生和她"又谈起她在这里的胞叔和在家的父亲时,她默想了一会之后,分明地,坚决地,沉静地说了出来的话":"我是我自己的,他们谁也没有干涉我的权利!"为此,子君和她的亲叔叔"闹开","至于使他气愤到不再认她做侄女",她和她父亲间的关系只能更僵而不会有缓和的可能。为此,子君不再回她胞叔那里,更做好了不再回她父亲家的准备,因而她积极地和涓生租房子同居,实现了"出走"的愿望,也实现了向父亲、胞叔的示威。庐隐的小说《危机》,写两个小孩子——张文和尤成都害怕自己的父亲,因为他们一个被天天逼着读书,一个得不到一点零花钱。两人对这家庭专制起了反抗,想脱离家庭而不得。后来听英文教员讲了佛兰克林离家出走后成就大业,得到启发,预备逃跑,但后来终不成功。这固然是两个幼稚的出走者,然而他们受到新式教育后对家庭专制的感知和逃跑的实际行动,透出了新一代叛逆之子成长的端倪。而其《秦教授的失败》中的秦教授,多年前离开故土去外地求学,然后冲出国门去深造。回到北京后,他被邀请去做关于家庭革命的演讲。他说:"老中国的溃烂,从许多祖父、父亲的身上发现了:他们要吸鸦片烟,要讨小老婆,要玩视女人,更要得不正当的财帛。"这打动了众多听众的痛苦言说,却就来自他家庭的实况。但当他父亲叫他回家,并告诉他为父的不易时,他"不觉叹了一口气",说:"父亲的恩惠,我们自然感激,但是……"而在父亲强迫开出让他结婚的条件,否则他一概不管他的婚姻问题时,秦教授最初的反应,并不是决绝的。只有当其父亲反复说其主张不能通融之后,在他的父亲骂他之后,在他的父亲摆出权威姿态想打死不服从的他的时候,他才表态说:"走就走!这种的家庭,我早就没有留恋,情愿作一个没有家庭的游荡者,不愿在这腥龌龊的家庭里受罪!"[①] 如果说,他的第一次离家是朦胧地感觉到应该追求理想,那么,在他说出再次离家的那一刻,他已鲜明地感觉到自己

[①] 庐隐:《秦教授的失败》,《小说月报》第16卷第10号,1925年10月10日。

应该与父亲决裂。

叶劲风的《父亲之墓》① 中的少年，五六年前正读大二时，其父亲想让他回家成亲，他坚决不从，在外数年不归，直到父亲去世才回来。沉樱的小说《某少女》② 中的 C 君为了延续与一个歌女的爱，在受了父亲斥责后就立刻离开家庭，自己艰难地到外面卖文为生，即便穷困潦倒也不肯与家庭和解。庐隐的小说《父亲》③ 中的男青年爱上只比自己大几岁的庶母却不得，在庶母抑郁而亡后，他决计不再回家去。冯沅君的《隔绝》《隔绝之后》中的缤华，为反抗母亲为她订下的刘姓婚姻而滞留外地六年多，等她抑制不住对母亲的想念而回去时，却被母亲幽禁起来，且她与刘姓男子的婚礼马上就要举行。绝望的缤华，想再次出逃而不得，最终服毒身亡。沉樱的短篇《妩君》，一开头就是妩君向家里宣布自己将要与爱人脱逃的消息，导致"父亲震怒""全家惊骇"，"每个人都不大轻易说话或随意行动，到处弥漫着使人感到压迫似的严肃和静默。但同时又似乎处处不时听到私语低声的议论"④。郭沫若的《十字架》中的爱牟，为反叛专制婚姻而离家达十一年之久。在他生活十分困苦的情况下，由于其长兄的运作，四川 C 城红十字会的人员带来了一千元，让其回去在红十字会里当医生。爱牟非常想念长兄父母，然而为了免去见父母为他强行娶来的妻子，他选择继续漂泊。⑤《落叶》中的洪师武是一个受旧式婚姻制度迫害而被迫滞留日本的流浪者。后来，一个年轻的看护菊子姑娘爱上了他，为了这爱，她拒绝了亲自来东京找她的父亲，拒绝了亲自给她写信望她回家的母亲。"我们有时候于自己所走的路外是没有别的路走的，即使是背叛自己的双亲，除走自己所开拓的路外别无他法。我现在敢说我背叛双亲，从我自己了。"⑥

通过出走以实现对专制父辈的反抗，是五四时期子辈惯常采用的方式。这种方式类似隔离，将父子冲突悬置起来，一定意义上体现了子辈与

---

① 《小说世界》第 2 卷第 4 期，1923 年 4 月 27 日。
② 沉樱：《某少女》，《喜筵之后》，北新书局 1929 年版。
③ 《小说月报》第 16 卷第 1 号，1925 年 1 月 10 日。
④ 沉樱：《喜筵之后》，北新书局 1929 年版，第 97 页。
⑤ 郭沫若：《十字架》，《创造周报》第 47 号，1924 年 4 月 5 日。
⑥ 郭沫若：《落叶》，乐齐主编《郭沫若小说全集》，中国文联出版社 1996 年版，第 265 页。

父辈的决裂并不彻底。相对而言，此期小说书写中子辈驱逐父辈的故事尽管不多，但可见出父子进一步冲突的情形。卓呆的《父亲》①和黎烈文的《决裂》②值得重视。《父亲》中，孟实、仲新、翠珠及其母亲的谈话透出孟实父亲多年前离家出走的消息。后父亲回来，年老体弱，仲新、翠珠及其母亲均同情他，唯独孟实不认。孟实诉说了父亲在他八岁那年带着金钱、情妇离开家后他们一家的苦难生活，他自己为整个家庭的付出，因而他坚决反对父亲回来。当仲新表示要赡养父亲时，孟实行使了大哥之权，让他父亲出去，不准他再回这个家。这里的孟实已有一家之主的威严，他对父亲的驱逐，实现了对父亲身份的彻底否定。黎烈文的《决裂》中的男青年"他"，和他母亲一起坚决反对父亲和良心很坏的妓女鬼混。他父亲一气之下，接受了妓女的挑唆而不再回家。在省城里，其父亲的经济权被妓女全部控制，甚至要给点学费给男青年读书都必须得到妓女的同意。在为儿子要学费而不得的情况下，第二天这父亲只有将儿子骗到妓院，说妓女要亲自给他，给他做了好吃的菜，还要请他看戏。等到妓女姗姗来迟时，他要儿子叫这妓女妈妈，"他没有叫，他不过微微立起身，点了一点头"。后来，他父亲跟妓女悄然细语，最终由妓女决定给他四十元钱作为学费，这儿子忍无可忍，"满肚皮怒气像火山一样爆发了！他疯狂似的走上去，接过他父亲手内的钞票，叱咤一声，扯作了两段"。一半掷向妓女，并骂她臭婊子、害人精、无耻的娼妇、无良的泼妓，一半掷向他父亲，说："你以为你的儿子是这样怯懦吗？你儿子还不是这么好欺负好侮辱的人呢！你请记着罢！你那被鸦片熏黑的良心，你那被妓女弄污的躯体，如果没有洗涤纯洁之一日，你便永远不配做我的父亲！啊，啊，你请记着呀！"然后带着战士凯旋的骄傲，回到了他母亲的怀抱。此后，他再也没有上过学，靠自己去当排字工来补贴家用，并支持弟弟上学。显然，他是一个彻底的反叛之子。

此期对于父辈的反抗，还体现在少数乱伦故事的书写上。庐隐的小说《父亲》③讲述了一个男青年爱上了只比他大两三岁的庶母的故事。他第一次见她时，心里就受了奇异的变动；一个月后，她几乎占满了他的心田。他对自己父亲的苍老模样很不满，觉得他父亲的"鸦片烟气和衰惫

---

① 《小说世界》第6卷第1期，1924年4月4日。
② 黎烈文：《决裂》，《中国新文学大系·小说一集》，上海良友图书印刷公司1935年版。
③ 《小说月报》第16卷第1号，1925年1月10日。

的面容""正仿佛一堆稻草,在那上面插一朵娇鲜的玫瑰花,怎么衬呢?"他非常反感父亲"搂着她细而柔的腰"接吻,而欣慰于她和父亲的分居。当庶母拒绝和父亲同房的请求后,他想的是"其实像我父亲那样的人,本应当拒绝他"。小说中的他知道她是有夫之妇,是自己的长辈,自己对她的爱恋是危险的事,但紧接着他想到死,觉得死后万生平等。等到她死后,他决计不再回家去,认为他本就没有家,父亲只是他的仇人,剥夺净了他的生命。尚钺的小说《飘渺的梦》写"我"对嫂嫂暗生的情愫。"我"酒醉后睡在哥嫂的床上所做的梦,是"我"潜意识的一种投射:"我"害怕爸爸给"我"另订婚约,而哥哥也在帮着父亲说服"我","我"想的不是服从而是反抗,因为潜意识中有着对嫂子的爱。冯沅君的《潜悼》[①]是"我"在族兄珪哥之妻逝世后的潜悼。"我"并不明了嫂子是否爱"我",但听闻嫂子的噩耗时,"我"意识到"平日对你的心情不是一般的倾慕或轻薄,而是可使人为之牺牲一切的爱"。在"我"的追溯中,嫂子和珪哥成婚当夜"我"就已纯真地爱上了她,在随后的交往中,"我"更是觉得她只是在名义、物质上属于珪哥,觉得她的性格其实离"我"更近。类似的乱伦书写,还发生于陈维美与父亲陈锦屏之间。两人喜欢同一个妓女大丽花,都愿意和对方结合。但大丽花情愿嫁给年轻的儿子,所以与陈维美合谋,从陈锦屏处骗了三千元钱,又骗着做了结婚礼服。直到结婚那天,父亲陈锦屏才如梦初醒,但却不敢当着众多客人的面发作。[②] 此后的乱伦书写,尚有白薇的《打出幽灵塔》、曹禺的《雷雨》以及张爱玲的系列小说等。

三 遵从与反叛之间的裂隙

五四一代儿女通过出走、驱逐与乱伦来实现对父辈权威的反叛,使得"非孝"而不是盲目地尽孝成为值得注目的潮流。但那些刻意书写父辈的专制、家庭的痼疾而导致子辈痛苦的作品偶尔有着夸大的成分存在,有时候,父母专制、家庭痼疾甚至成为子辈为逃脱责任而寻找到的最好借口。这既体现在普通的父子生活中,也体现在婚姻问题上。比如冰心的小说《小家庭制度下的牺牲》中,一对老夫妻千辛万苦地把多灾多病的儿子养

[①] 冯沅君:《潜悼》,《陆侃如冯沅君合集》第15卷,安徽教育出版社2011年版。
[②] 卓呆:《父亲的义务》,《小说世界》第2卷第4期,1923年4月27日。

活，为给他读书、留学，典了田地，卖了房子，花光了家产。谁知儿子去了外国，娶了文明媳妇，却在父母需要他照顾时不管不顾，还写信回去说他们"错解了'权利'、'义务'的名词"，说他们为了挽救中国的贫弱，要"在这过渡的时代，更应当竭力的打破习惯，推翻偶像"，那就是反对"万恶的大家庭制度"而实行小家庭制度，从而义正词严地宣布和父母脱离家庭关系，不为他们提供任何经济来源。① 作者以新青年们推崇的"小家庭制度"为背景，却强调了这对老夫妻乃是"牺牲品"，显然，她看到了彼时时髦者们借新名词之名以实现自私之目的的行为，从而加以讥讽与反思。而在黎锦明的《社交问题》② 中，爱慕虚荣、看重金钱的新女性李淑莼，听过周作人的课，关心杂志上的妇女问题研究专号、能对周作人的《自己的园地》、冰心的作品说三道四，但是看不起其恋人萍心精心准备的礼物——《自己的园地》和女丝袜，并与P大学的学生丁乙一③很快沉入爱河。这是因为"他底房里陈设得极精致，不亚于番菜馆。壁上挂满的油画印刷品就是他底爱美性之象征；桌上列满了的原本英文书就是他底学识的现形；整筒香烟，大盒点心表示他是慷慨好客的；'妇女问题号''性的研究号'那种杂志指明他是尊重女子的"，更因为他能请她吃高档番菜，并送给她金戒指。但她为拒绝萍心的爱情，却写了这样一封绝交信：

> 萍心吾爱，我还没有提笔就要痛哭了！萍心呀，我害了你！苦煞了你啊！我威严的父亲替我和一个不相识的男子订了婚，我到今天才知道，哎，我真薄命！萍心呀，事已至此安能救药？我的身虽属他，我底灵魂还是你底啊！我永永爱你啊！我希望你莫为我而悲哀，我希望你斩绝烦恼努力前进。我现在不能自由了，不过是一个囚徒吧！哎！人生是无意的，前途是黑暗的吧！你底爱人淑莼。

---

① 谢婉莹：《小家庭制度下的牺牲》，《燕大季刊》第1卷第1期，1920年6月。
② 黎锦明：《社交问题》，原载于《晨报副刊》1924年12月26—31日。后收入鲁迅编选的《中国新文学大系·小说二集》。
③ 该文在《晨报副刊》和选入《中国新文学大系·小说二集》时，最初介绍P大学的学生时，名字均为丁乙一，而在最后的请帖上，该人的名字则变成了王一乙。两个名字之所以有异，疑是最初发表时手民误植，而在收录时，编者又按原刊处理，未作更改。

这样一封用相当主流的新青年词汇所组成的信，同样控诉的父权专制，同样表达的是专制压迫下女性想自由恋爱、结婚而不得的悲剧，同样传达的是灵与肉在威权下的被迫分离，然而我们怎么看怎么觉得讽刺，而且禁不住想到晚清那些借"自由""权利"之名而行罪恶之实的人物来。因而，对于一代专制之父与叛逆之子的认知，我们或许应当保持一定的警惕。

另外，我们必须注意到，彻底的专制之父与反叛之子，在此期的文本中其实往往难以寻觅。这世界多的是参差的对照，少的是决绝。当书写者在面对着父子之间的亲情之爱时，剪不断、理还乱的纠结表达，在父子伦理叙事中其实占据着最为突出的地位。这异常突出地表现在反叛一代不彻底的反叛言行中，体现在其情感与理智的复杂纠缠上。从宏观上看，"新文学情与理的对立冲突，也往往表现为作家在中西文化、传统与现代化、弑父离家与怀恋故土之间的矛盾挣扎。他们或者是理智上以西方文化为现代文化而反传统，但情感上又不能割断对传统的怀恋；或者理智上推崇西方文化，但情感上又对其充满了潜在的敌意；或者情感上对'吃人'的传统充满了仇恨，但理智上又认为传统也并非一无是处……"[1] 身处新思想与旧传统之间的叛逆的儿女们，其痛苦、迷茫可以说达到了空前的程度；"何处是归程"的疑问屡屡被提起；"无路可走"的痛苦反复被书写；反叛过程中的艰难本已让人心伤，而胜利之后也未必就迎来了黎明的曙光。当我们细读那一时期的小说文本，或可对此有更为鲜明的认知。

让我们印象异常深刻的叛逆之子狂人最后的去处，是在大哥的关照之下"早愈，赴某地候补矣"。面对前去拜访他们的"余"，大哥"大笑，出示日记二册，谓可见当日病状，不妨献诸旧友"。其大笑、言辞及其动作，或可解读为以爱"战胜"了迫害狂"病状"后的骄傲。《在酒楼上》的吕纬甫，早已不再如当年那样敏捷精悍，而是敷敷衍衍、模模糊糊，而是明知母亲所安排之事毫无意义也宁愿徒费功夫，以"骗骗我的母亲，使她安心些"。《孤独者》中的魏连殳"常说家庭应该破坏，一领薪水却一定立即寄给他的祖母，一日也不拖延"。当祖母病逝，族人以为连殳这个吃洋教的新党一定会反抗他们已排定的葬仪，然而他却说"都可以的"。爱与理、情感与理智的冲突背后，正是纠缠不清的人伦之爱。

冰心的《斯人独憔悴》中的颖石和颖铭积极参加五四运动，颖铭甚

---

[1] 高旭东：《五四文学与中国文学传统》，山东大学出版社2000年版，第117—118页。

至为此而受伤住院，但在父爱的约束中，两人不得不先后回家。颖石回家时见到其父亲化卿，"慌忙走出廊外，迎着父亲，请了一个木强不灵的安"。对父亲的问话，只能"吞吞吐吐的答应"；对父亲的训斥，"低着头也不言语"；面对着摔了茶杯、花瓶，指斥自己目中无父的化卿，"退到墙角，手足都吓得冰冷"。颖铭一听说父亲生了气，也只得立即赶回家里，不敢穿被化卿指认为"'无父无君'的证据"的白鞋白帽，改为"白官纱衫，青纱马褂，脚底下是白袜子，青缎鞋，戴着一顶小帽"；"恭恭敬敬"地去见父亲，"不敢言语，只垂手站在一旁，等到化卿慢慢的坐起来，方才过去请了安"；见到化卿撕毁新思潮的载体印刷品和杂志却无可奈何；对父亲的软禁，丝毫不加反抗，而是每天临几张字帖，读几遍唐诗，浇花种竹，"索性连外面的事情，不闻不问起来"；得知不能再去上学，也只能凄惶地低吟"冠盖满京华，斯人独憔悴……"可见，无论是颖石还是颖铭，对于父亲化卿的压制，都没有彻底反抗的行为与意识。

叶劲风的《父亲之墓》[①] 中的少年，五六年前因反对父亲的指定婚姻而离家出走，数年不归。父亲死后，他赶回家，和母亲抱头痛哭。他以自己应当做对社会有用之人而为自己的反叛寻找合法性，又为自己回家的行为作出这样的辩解："……父亲死了，做儿子的，终身咒着他，怨恨他，他的灵魂有知，也难得平安呀。那又能算一个小子么？——恐怕有点虚伪罢。"他费了一晚上的工夫为父亲掘坟，安葬后疲惫地离开，试图继续奋斗。尚钺的《子与父》中的父亲李自有因新派儿子李天成不认他这个父亲而投河自尽。小说末尾，这个儿子已在凄凄地为父亲守灵。庐隐的小说《秦教授的失败》中主张家庭革命的秦教授，在被父亲的逼婚彻底激怒之前，面对父亲的穷追猛打，所取的态度其实非常温和。即便他最终选择离开了家，他也只是暂时"消极地放弃"了父亲的那个家而已，他那关于不久后接母亲出去的话语，其实告诉我们，他内心的家庭革命是相对的有限度的革命。[②]

另外，当我们将关注的视野稍微扩大一点，我们或许就会发现，在1915—1927年的父子伦理叙事中，书写子与父之间相互的爱，以及呈现新青年们成为父辈前后的复杂体验的作品很多很多。对这两者进行爬梳、

---

① 《小说世界》第2卷第4期，1923年4月27日。
② 庐隐：《秦教授的失败》，《小说月报》第16卷第10号，1925年10月10日。

辨析，显然有利于我们发现更为丰富的父子伦理关系，从而更能理解五四时期父子伦理嬗变的芜杂特质。

第二节 爱子之父与爱父之子

一 爱子的父辈群像

此期书写对于子辈的爱的作品不少。

鲁迅《故乡》中闰土父亲对闰土、闰土对他的孩子，都有沉默却让人感怀的爱；《药》中的华老栓起早去买人血馒头，是因为他对小栓的爱；《祝福》中的祥林嫂之所以反复讲述阿毛在春天里被狼吃掉的过去，正因她难以言表的爱；《在酒楼上》中吕纬甫的母亲，听说三岁时死掉的儿子的坟边已经渐渐的浸了水，不久怕要陷入河里去了，"着了急，几乎几夜睡不着"，因此让吕纬甫回乡下去给他迁坟；《明天》中单四嫂子对宝儿的爱以及失去宝儿后的真实悲伤……这些并非体现鲁迅创作意图的笔墨，无意间揭示的却是老中国那些沉默的儿女们对子辈默默的甚至有些愚昧的爱。同样是在鲁迅的作品中，中国的新青年们也不乏爱子的父辈。如《幸福的家庭》中的新式知识分子"他"，本在处心积虑地构思文稿"幸福的家庭"，试图去换点润笔费补贴家用，但在三岁女儿受了委屈时也会立即去安慰她、陪她玩耍；《孤独者》中的魏连殳自己没有孩子，但最初对于房主的孩子们却"看得比自己的性命还宝贵"，因为他觉得孩子是希望，是天真；《故乡》中的"我"对侄儿宏儿亦充满了爱。

扩大至此期的文坛，我们会发现爱子的父辈群像。小说《偏枯》[①]就"表现了卖儿女的贫农在骨肉之爱和饥饿的威胁两者之间挣扎的心理"[②]。庐隐的问题小说《一个女教员》中的女教员之母，虽万分想念她，希望她回家，但她理解孩子的教育热望，让她不用回家去。等到听说女教员要回家时，母亲喜欢得东张西罗，把家里装饰一新，把最好吃的东西准备

[①] 王思玷：《偏枯》，《小说月报》第13卷第11号，1922年11月10日。
[②] 茅盾：《导言》，《中国新文学大系·小说一集》，上海良友图书印刷公司1935年版，第11页。

好，而且早早地就开始数日历。① 朱自清的小说《别》中，作为父亲的他很爱自己的儿子"八儿"。小说《一个死掉了女儿的父亲底回想》② 写一个父亲接到远方妻子的来信，知道自己六岁的女儿因出天花而去世，于是充满了自责与悲哀。

在写经济窘迫状况下的父子之爱方面，尚钺的小说《子与父》③ 值得关注。在该小说中，贫穷的农民李自有一大早装好草捆，赶着牛车去城里售卖，想着把草卖了之后，"割块肥肥的猪肉，灌瓶好酱油，好叫他——他的爱儿——回来享享福……补补他用半年功的亏"。小说重点写他这一路上内心的盘算过程。他觉得儿子的外貌、学才都是天下第一，他甚至瞧不起一路上看到的那些猪肝色的人们，心里一直念叨着他"天下第一名的唯一地亲爱的儿子"。然而，当他在猪肝色的人群中却见到几个玫瑰色的脸来，尤其是他看到了自己的儿子时，他兴奋异常，却发现儿子竭力在躲避他。当他忍不住地从牛车上下去问他的儿子，叫他儿子的小名"天成"时，儿子却不承认，说他叫李秉旭，并和其他同学径自走开了。李自有痛苦、绝望、悲伤，最后投河自尽。与李自有这种难言的绝望的父爱相似的，还有洪为法的短篇小说《他们是父子》中的老许。他只是育文学校里一个服侍先生的仆人，工钱少，又遇到不孝的大儿子阿桂隔三岔五要钱去赌博，所以他虽平时小心积攒着每一个铜钱，然而仍被儿子用去不少。老许气不过，狠狠地骂了阿桂，然而随后几天，阿桂就没到他那儿去。当他的小儿子阿牛告诉他阿桂生病了无钱看病吃药时，老许拿出一块银圆让阿牛带给阿桂，让他务必去找医生看病取药。老许不停地念叨着自己造的词"老苦命"，然而对儿子的牵挂却没有法子中止。④

父亲的爱子出自内心，但受到不同观念的影响后就会有不同的表现。在这一点上，一岑的《三年前后的父亲》⑤ 和醒生的《二年前后的父

---

① 庐隐：《一个女教师》，《时事新报·文学旬刊》第29、30号，1922年2月21日、3月1日。
② 《民国日报·觉悟》，1921年3月18日第3—4版。
③ 原载《斧背》，后被选入《中国新文学大系·小说二集》，上海良友图书印刷公司1935年版。
④ 洪为法：《他们是父子》，《洪水周年增刊》，1926年12月1日。
⑤ 《解放与改造》第2卷第16号，1920年8月15日。

亲》①，形成了饶有意味的呼应关系。《三年前后的父亲》中写道，三年前定甫十七岁时，他那在开书店售卖古籍的父亲逊庵强行为他定了一门亲。三年后已是民国九年，其父亲改为贩卖新书和新杂志。逊庵好学，喜欢自己看那些杂志，某一天突然悔悟起来，向定甫忏悔自己以前逼婚的过错，说自己是被魔鬼支配了，让儿子可怜他，于是父子抱头痛哭。《二年前后的父亲》对类似的过程刻画得更为细致：两年前，一个做书店生意的父亲为大学生儿子维新物色了结婚对象，维新不愿意，恳求哀告法、强硬反对法都逐一试过却无效。直到父亲的书店改为贩卖新书之后，他某一天看书突然醒悟，对儿子公开道歉，说："新儿，你怀恨我吗？……我却不怪你恨我，只恨我自己被恶鬼利用了，哎！新儿你晓得从今以前，天下做父母的被魔鬼支配不知有多少呢？为父母的以专制的手段替他儿子定婚的，实在是有碍人权的发展啊，我还幸得是能够超脱的一人，那至死不悟的正不知有多少啊！……哎！"构思、结构、人物设计上的相似，甚至让人怀疑后者是对前者的扩展甚至抄袭。而对新知识的传播之于扭转父亲古旧观念的设计，对父亲幡然醒悟后将原有观念指认为"魔鬼"的设计，体现出了作者的新文化立场。

在此期爱子的父辈群像中，张兆骧的《父亲的忏悔》中的杨先生及其父亲值得关注。杨先生在 W 埠某书局工作，平时喜欢写点儿童文学作品，但其子麟儿却在一年前因病去世了。在麟儿周年祭日这一天，杨先生醒来时还记得麟儿衣衫褴褛却抱着他亲吻的梦境，跟着就起床去买花圈，然后去墓地祭奠，却已找不到孩子的坟墓。整个过程中，杨先生及其妻子的心中都满是愧疚。杨先生后悔自己当时为何一味忙着赶稿子而不和孩子交流，为何不给孩子买他想要的白菊花，为何不给他买好鞋子、好衣服，而在他生病后为何要为了省钱而贻误了治疗。杨先生从那日以后就精神日渐恍惚，生起病来。小说本可到此结束，但却没有。小说接着写杨先生在老家本有一个年迈的父亲，他因怀疑父亲偏向于弟弟而不愿将父亲接到身边赡养，在父亲向他寻求经济支持时，他也以自己在外谋生不易为托词。然而，他父亲得知他生病后赶来找到他，向他忏悔，说未能为孩子多挣下钱财，让他如此辛苦，也没有福气让孙子麟儿长大。后来，这父亲又去将麟儿的墓地找到，将棺材运往老家。杨先生在这过程中终于意识到父亲对

---

① 醒生：《二年前后的父亲》，《进德杂志》第 1 期，1922 年 6 月。

自己的爱,忏悔不已,和妻子决定留父亲住下来。显然,这篇小说凸显了新青年杨先生及其父亲两代人的爱子情感,但同时思考了新青年杨先生为人父、为人子这两方面的不足:对于自己的儿子,他未做到足够的"慈";对于自己的父亲,他未做到足够的"孝"。所以题目"父亲的忏悔"中的"父亲",更多地偏向于杨先生而非其父亲,而其"忏悔",是双向度而非单向度的。

二 爱父辈的子辈群像

在1915—1927年的小说世界中,不仅有专制之父,也有温情之父。同样,对于子辈来说,不仅有叛逆之子,还有爱父之子的大量存在。

冰心的短篇小说《骰子》[①] 是一篇读来极为温暖的小说。李老太太生病后,其媳妇聪如、儿子则荪极其孝顺,延医问药,甚至去求卦。当李老太太因求来的卦不吉祥而背上心理负担,要求拿来骰盆自己掷一掷以占卜命运时,其孙女雯儿听说只要六个骰子全是红的才好,立即拔下其母亲头上的金钗,躲在角落里去割开自己的手掌,并自己去掷骰子,结果全是红色,消除了老太太的心理负担,从而使得老太太迅疾康复。萧名世的《一个没有父亲的儿子病中的回想》[②],写一个病中的儿子对慈爱父亲的回忆,悲伤不已。胡也频的《父亲》[③] 回忆十年前父亲痛苦的状态,在继室出轨的情况下无力处置,真心爱"我"的乳娘却不能如愿。文中的"我"深深地爱着父亲,为他的叹息而揪心,始终想着如何让父亲高兴。向培良的《最后的一夜》,写自己从外地赶回去陪着父亲走完生命最后几天的历程。当父亲逝去后,作者说:"呵,父亲,我们中间曾经有过的争执,曾经有过的误会,曾经有过的不满意,现在永化除了。在你安静的死中,带着微笑的死中,看见你的伟大,你的和喜,同你慈爱的心。呵父亲,我曾不满意你,同你争执,现在我完全了解你了。"[④] 钦文的《父亲的花园》[⑤] 回忆一家人其乐融融地在花园里赏花、聊天的情节,有的是温情而

---

① 冰心女士:《骰子》,《晨报》1920年4月6日、7日。
② 《民国日报·觉悟》,1921年11月3日第3—4版。
③ 《晨报副刊》第1526号,1927年2月26日。
④ 培良(向培良):《最后的一夜——纪念我的父亲》,《京报副刊》第328号,1925年11月14日。
⑤ 《晨报五周年纪念增刊》,1923年12月1日。

缺的是父子冲突。李守镇的小说《父亲》① 描写了他失去父亲的痛苦，对父亲的勤俭持家、和气以及对子辈的教育持有感恩之心。

在郭沫若笔下，爱牟那些有着圣洁灵魂的孩子们热切地爱着他。孩子们灵魂的圣洁，体现在他们对贫富、尊卑、漂泊的毫无认识上，体现在他们屡屡受到日本、中国孩童的歧视、侮辱、欺负却对父亲毫无怨言上，体现在他们只有破旧的玩具、几本旧画报却依然兴高采烈上，体现在他们饱经漂泊却对爱牟有着无限牵挂、期盼上。即便因玩花炮伤到了眼睛，孩子第二天依然笑对父母，毫无怨言（《圣者》）；即便是"黑黝黝的冷麦饭，咸罗菔一盘，煮番薯一碗，孩子们也是吃得上好的"（《人力以上》）；即便面对二等车里富人鄙夷的目光，孩子们依然可以吃别人不屑的食物，还能自顾自地玩乐（《行路难》）；即便他们三个孩子跑、跳、抛球、争闹都只能在逼仄的前楼，但他们依然毫无怨言（《后悔》）。在这些小说中体现出来的孩子们之于爱牟，的确就是天使般的存在。他们天真纯洁的爱，成了爱牟与夫人晓芙面对一切困苦的最大动力。

除了对父母的爱，此期小说中有不少书写对祖父、祖母之爱与思念的。范烟桥的《祖父》② 中，"我"的一个朋友讲述了他祖父因担忧儿子不会谋生而忧虑成疾的故事。讲述者对他的祖父充满着温情、敬意和缅怀之意。徐玉诺的《祖父的故事——在摇篮里之二》发表于《小说月报》第 14 卷第 12 期。文中的"我"对祖父充满温情，尽管"我"对他的一些行为并不十分了解。王锡文的《祖父的死》③ 写他对已逝的慈爱祖父的回忆，祖孙之间的关系非常融洽。

如果说前述小说在无意间对五四时期地"非孝"潮流进行了反拨，那么，此期的鸳鸯蝴蝶派作家则通过文本积极地重审"非孝"思想。周瘦鹃的《先父的遗像》就以遗像为核心，一再凸显主人公的思父之情④。其小说《改过》中陈松孙偷了银行五千块钱，被父亲陈菊如赶出家门。父亲训斥他说："宁可使你去提倡非孝主义，赶回来一手枪打死我，我的

---

① 《安定》第 22 期，1925 年 5 月 11 日。
② 《半月》第 3 卷第 24 号（家庭号），1924 年 8 月 30 日。
③ 《南开双周》第 1 期，1928 年 2 月 19 日。
④ 《半月》第 2 卷第 11 号，1923 年 2 月 16 日。

家教是不能变动的。"① 陈松孙被赶出家门后存心改过,以"改过"为名,以画画为生,后又参加战争,取得战功后衣锦还乡。从小说作者的讲述方式可以见出,遵从传统孝道观念、家国观念才是成功的正道。其小说《父子》刻画了克孝这个完美的孝子形象。克孝是成仁学堂的学生,资质聪明,学业优秀,长于撑竿跳。其父亲一直对他严加管教,督促他的学习,不准他跟着同学去学叉麻雀、打扑克、逛游戏场。他偶尔不听话,其父亲就死命打他,但克孝一点都不反抗,也不接受同学的撺掇搞家庭革命。三年前,他父亲被汽车撞倒需要输血,克孝义无反顾地献血,后因血管破裂而失去生命。这篇小说发表后立刻遭到新文学家们的批判与攻击。王钝根说:"瘦鹃做了一篇小说《父子》写一个儿子把自己的血补救老子,就有人大骂瘦鹃不该提倡行孝。我想,在这非孝的时代,瘦鹃还是说孝,真太不识时务……"为此,他专门写了小说《嫌疑父》②。在该小说中,主人公何止百博士因为其母当初的恋爱自由而无法知其父。在医院中,他遇到一个濒死者陈德浑,其胸前留有何止百母亲与陈的照片,何止百怀疑这人是他的生父,但终究没有出手相救,因为"大凡儿子对于老子不能有迹近孝道的行为,照新道德讲起来,朋友舍生救朋友的命便是极荣誉的英雄,儿子舍生救父亲的命便成了极不名誉的孝子。何止百博士是一位轰轰烈烈的新思潮专家,岂肯平白地犯行孝的重罪,为新道德家所不齿,断送毕生名誉?"小说对当时新思潮中的"非孝"思想不无嘲讽。或许可以说,此期鸳鸯蝴蝶派的这类反思型文本,与其他正面刻绘爱父的子辈的文本一起形成了对反叛型文本的纠偏。

三 父辈与子辈之间的爱:剪不断,理还乱

孟悦、戴锦华曾睿智地指出五四时代的巨大成就与结构性缺陷。"'五四'时代最大的成就似乎仅仅是'确立价值正负'。逆子贰臣们在短短十年间未及建立一个在秩序性和系统性上都如'父'的文化那样完满而完整的'子'的文化,也可以说,这一'子'的文化由于缺少相应的

---

① 周瘦鹃:《改过》,《礼拜六》第117期,1921年7月9日。注意,按小说中的时间推算起来,陈菊如这话大约说于1915年,因松孙离家在外待了五年,又去参加了战争。
② 钝根:《嫌疑父》,《礼拜六》第117期,1921年7月9日。

政治、经济基础而难以存活。"① 这种建构的未完成性当然有客观的政治、经济原因，但也与先驱们及其后继者们未能更深层次地理性地加以探讨有关。"何为人道、科学、民主，如何人道、科学、民主，能否人道、科学、民主？诸如此类看似简单的问题，尚不曾以通俗读本的形式得到过系统解释，更何况这些概念背后的真正含义——其完整的人文结构，绝非陈独秀关于德、赛二先生的几声呼唤，或周作人一篇《人的文学》，便能勾勒得清的。同样，'五四'一代逆子们也没能解释明白所'弑'之'父'的本质，'父'的由来以及'父的文化'之所以应'弑'的理由。显然，这样一种'子'的文化并不健全：它缺少坚持自己弑父立场的理由和理论凭借，也便不具备足以抵御一切再生的统治文化的免疫力。"② "孔家店"并未被打倒，新的价值体系又没能建立起来，文化的复古以及其他建立在旧有文化基础上的统治文化随时可以如僵尸般复活。这的确是在五四新文化运动后期及后五四时期反复出现的现象。这充分证明，幼稚、年青的叛逆一代反抗成熟、强大的专制体系十分艰难。而在这一时期的创作中，专制与反叛之间的过渡地带，正隐藏着无数焦虑的灵魂。

在上一节末尾，我们曾举例证明彻底的专制之父与反叛之子的难得，此处我们要重点关注的，是反叛成功后的人们的忏悔情结所具有的意义。许钦文的《这一次的离故乡》③中的"我"回家后让父亲替我解除婚约，并打算离开故乡，但当"我"看到任劳任怨、一心为儿子着想的母亲又在为"我"操劳时，"竟能使我怀疑，我的解除婚约是做错了"。在离开的船上，听得其他人的议论，他自己惭愧于自己的不孝："我的恋人是我个人的恋人，父母为我代订的媳妇是渠们有关的媳妇，我卤莽的请求渠们为我解婚约，渠们爱我而俯从我的心愿，致使别人代渠们难受，我不肯多牺牲一个人家的女儿来装点父母的门面，这可算是我的不孝了。"陈翔鹤的《西风吹到了枕边》中的主人公，本打算反抗一切，拒绝别人给他安排的婚姻，甚至准备羞辱与之结婚的女子，然后逃跑，但当他发现与他结婚的女子悲哀、麻木而又非常善良时，他又感伤、犹豫起来。汪宝瑄的

---

① 孟悦、戴锦华：《浮出历史地表——现代妇女文学研究》，中国人民大学出版社2010年版，第6页。

② 孟悦、戴锦华：《浮出历史地表——现代妇女文学研究》，中国人民大学出版社2010年版，第7页。

③ 绳尧（许钦文）：《这一次的离故乡》，《晨报副刊》1923年1月26—27日。

《秋雁》中的抱玄，为反对旧式婚姻而离家出走，但在情场失意之后，他又感到家庭的可爱了。叶劲风的《父亲之墓》①中少年在父亲死后赶回家掘坟、安葬父亲的行为本身，就是一种和解，一种忏悔。而在冯沅君的小说《隔绝之后》中，缳华服毒前留给世间的最后一封信，也是写给其母亲的忏悔之言："阿母！我姊妹四个，我最淘气，最倔强，阿母不知为我费了多少心血。现在，我可知道点人事了，不但不能好好的侍奉你老人家，并且连累了你受社会上不好的批评。我的罪恶比泰山还要高，东海还要深。你看见我死了，只当我们家谱上去了个污点，千万不要难受！阿母！你也不要怨我，我也不怨你，破坏我们中间的爱情的，是两个不相容的思想的冲突，假如以后这样的冲突不消灭，这种惨剧，决不能绝迹在人类的舞台上。"②向培良的《六封书》中的写信者——容，显然是一个在外漂泊心灵已无所归依的知识分子。在和朋友林和振送亭回家时，"亭虽然很留恋似的，然而也终于酝着欢娱同希望走了"。林送别亭后叹息着说："只有家庭是最可恶的休息所。"而叙述者容也因此在给收信者——他的老友的信中说："有一个新的念头盘据了我的心，发生了新的意境。"那就是指的回故乡，回家。"我需要安慰，需要温情的人间关系。"于是他回去了。虽然他最终因不再适应故乡的人际关系而再次逃离故土，但他回乡本身，就体现出了忏悔的心迹。③

上述拈出来加以讨论的文本，仅仅是五四时期父子伦理叙事不彻底的冰山一角。这种不彻底的原因，除却前面所言的爱的强大之外，则是他们的反叛资源——在新文化语境中所学到的"知识"或曰所受到的启蒙——的相对弱小。

罗家伦的《是爱情还是苦痛》中的叔平在上海梵王渡西人所办的大学就读，受新文化影响，他想寻找的理想爱人是"伉俪而兼师友"。一次他演说家庭改革问题，"满座的老前辈都有摇头的神气""只听得几下欲拍未敢拍掌声，起于右边座位里"。由此他认识了庄重美丽、才高识远的新派女子吴素瑛及其家人。她的家庭是新派的；她父亲是改革时代的志士，前几年去世了；她母亲和她一起住在上海；吴素瑛自己的观念甚新，对于西洋最新的美术文艺潮流尤为明白。程叔平深深地为她吸引，觉得她

---

① 《小说世界》第2卷第4期，1923年4月27日。
② 淦女士：《隔绝之后》，《创造周刊》第49期，1924年4月19日。
③ 向培良：《六封书》，《飘渺的梦及其他》，1926年6月北新书局初版。

"有一种特别天赋的慧根"。但事实上,两人的交流并不多:"最初两次,我们所谈的多半是关于智识和意气两方面的话。最后两次,我们见面的时候,竟无话可谈;不见又好像有千言万语想说似的。所以我反不得不和他生分了,不敢到他那里去。"说两人深深相爱有点勉强,说他们是因为彼此都新(或曰共处于一个话语体系)而相互吸引,也许更符合实际。和此期许多小说一样,程叔平的父亲替他正式聘定了钱家小姐。后来,他遵从父亲遗命而成婚,在这过程中他虽有反抗,但并不决绝。婚后,他秉持着人道主义,听从"死人造爱法",勉强维持和夫人的婚姻,在人前还亲热地称她为"内人",而将精神上对素瑛的爱永远保留。这种表意的含混,既可能指向他对其夫人有真情,也可能指向他对其夫人只是虚与委蛇。为此,笔者留意到,叔平是这样评价自己夫人的:"平心而论,他也受过几年旧教育,脾气也很和顺,颜色也不粗鄙。人家都说他是一位贤惠的少奶奶。我设如生在三十年前,也何曾不心满意足。但是我现在虽然同他一同起处,精神方面,总觉隔着一个太平洋。"这里假设的"三十年前",就代表着传统的价值观、择偶观,而受了启蒙之后的"现在",程叔平的"精神"已经改变。他被告知,一个新青年的理想伴侣应该是"伉俪而兼师友",于是,他体会到了新思想与旧观念之间的两难。不得已,程叔平的精神选择了新,而身体选择了旧,他把这种时代带来的痛苦,归咎于一个非常保险的答案:"中国的家庭"。

与此有呼应的,是窈窈的《慈爱毁灭后》[①]。该文的副标题为"一个从事社会改造运动的青年的零碎日记。"郑伯奇说这是"血和泪的记录","因为思想的冲突和时代的不同,主人公是挥着泪和他的父亲一代苦斗的"[②]。文中的父亲和母亲要重建崇教寺,我等子辈不同意。"我"被父亲逼着退出了晦鸣社,于是主动断绝了和父亲的一切联系,连冬衣冬被、生活费也不再向父亲索取,而通过找人借甚至不惜卖掉自己的钢琴等方式来解决。父亲到了上海,"我"也不去见他。父亲通过"我"的兄弟姊妹传话,让"我"去,"我"偏不。父亲最后自己主动写信给"我",让"我"去取被子衣服,"勿甘自暴弃。"但"我"和弟弟仍继续反对家乡重建崇教寺,潜回去散发反对的传单。在父亲赶来向"我"确证"我"

---

① 窈窈:《慈爱毁灭后》,《洪水》第 2 卷第 22 期。1926 年 8 月 1 日。
② 郑伯奇:《导言》,《中国新文学大系·小说三集》,上海良友图书印刷公司 1935 年版,第 25 页。

是否参加过这一行动，免得"我"受到伤害时，"我"流着泪而终于撒了谎。小说最后，"我"受不了良心的责难，选择离开上海去过漂泊的日子。表面看来，这表明"我"有永不和父亲妥协的意志，但仔细分析可见，这个以社会改造为使命的青年人其实已快受不了来自父亲爱的包围，他的离开，实在是一种避免自己崩溃、投降的逃避之举。郑伯奇曾评价这篇小说道："这里有一群热心青年的行动，有兄弟姐妹联合着向家庭的作战，有父母的悲欢，有夹在母与子间的妻子的苦衷，有顽旧势力的冷酷的压迫和嘲笑。而篇中处处描写父子两代彼此暗中想相互谅解而终于不肯妥协，尤使人感动。"[①] 此处所言的两代人之间有战争而又彼此暗中想相互谅解的情形是的确的：子辈全都在反叛父辈，然而，无论是已经表露了爱子辈的父辈，还是没有或不便表露爱父辈的子辈，"爱"都在他们的心间奔突。我们当然不能由此出发，如《海滨故人》中的云青等人一样，认定是"知识"误了他们。然而我们的确需要注意，一个时代对于单个的个体所具有的裹挟性力量，对于其精神主体的生成、思维方式的表达，甚至具有决定性影响。"当我们把视野扩展到现代文学的历史流程中时，就可以感受到启蒙话语的深远影响，文学对现代化追求的关切和认同。那些在新文化运动中树立起来的文化观念以及体现着现代化价值观的意识形态，都在深浅不同的层面上作用于文学构思。"[②] 在这个意义上，我们再去阅读鲁迅所写的《幸福的家庭》，就会更深刻地意识到，男主人公在写稿子时，之所以要选定家庭题材、要写幸福的家庭而不能唱反调、要将拟想的主人公设定为受过高等教育（西洋留学生）且自由结婚的一对夫妻、要将其读的书规定为《理想之良人》，都是因为这些"流行"，是投稿容易被选中的"元素"。在这个意义上，我们也才能理解，为何我们阅读此期的小说时会看到相似主题、相似表达、相似构思的反复出现。新文化的语境对于此期文学生产的规定性，由此可见一斑。

---

① 郑伯奇：《导言》，《中国新文学大系·小说三集》，上海良友图书印刷公司1935年版，第25页。
② 陈千里：《凝视"背影"——论20世纪中国文学中父亲形象的文学塑造与文化想象》，《天津社会科学》2003年第3期。

第三节　当叛逆之子成为新一代之父

从年龄和家庭出身角度来进行统计，活跃在五四时期的两代叛逆的儿女们，大都出生于1880—1910年的绅士家庭中。其中，1880—1894年出生的一代人大多接受了完整的传统儒学教育，而在新思潮的传播与影响下，成为"肩住黑暗的闸门"，放五四后辈到开阔光明的地方去的那一代。1895—1910年出生的一代人则赶上了现代教育的萌芽、发生与高速发展过程。他们接受教育之地，更多的是由家庭变成了学堂、学校，传统儒学教育对他们的影响要小得多，他们离开故土走向外面的天地，也显得更为理所当然。在这两代人的人生旅程中，他们和父辈之间、他们两代人之间、他们和各自的子辈之间，都既有融洽的一面，也有因时势、性格、观念等造成的冲突。此处将考量的重心，放在这两代人成为新一代孩子之父后的言与行上，而从理论主张以及文学文本尤其是小说文本的艺术呈现入手。

一　对子辈的爱与教育

反对父权对于子辈的束缚，是秉持进化论观点的五四逆子们的根本立场。他们承接着晚清康有为、梁启超、严复等的呼唤，进一步发现了幼者与子辈的独特价值，发出了"救救孩子"的时代呐喊，发现了孩子们"只是他父母福气的材料，并非将来的'人'的萌芽"[1]的困境，坚持"子女是即我非我的人，但既已分立，也便是人类中的人。因为即我，所以更应该尽教育的义务，交给他们自立的能力；因为非我，所以也应同时解放，全部为他们自己所有，成一个独立的人"[2]。他们批驳当时"本位应在幼者，却反在长者；置重应在将来，却反在过去"[3]的怪现状，要求父母放弃生养儿女是对他们有恩的思想，承认自己和孩子都是生命中的一环而已，承认父辈对于子辈不能终身占有，只是过付的经手人而已。此外，父辈还应以爱为出发点，做到健全的产生子女、尽力的教育子女、完

---

[1]　鲁迅：《随感录二十五》，《鲁迅全集》第1卷，人民文学出版社2005年版，第312页。
[2]　鲁迅：《我们现在怎样做父亲？》，《新青年》第6卷第6号，1919年11月1日。
[3]　鲁迅：《我们现在怎样做父亲？》，《新青年》第6卷第6号，1919年11月1日。

全的解放子女，从而实现子辈人格的完全独立。

在这样的氛围之下，五四先驱们出现了幼者崇拜思想。比如刘半农就曾对自己刚满周岁的女儿发出这样的慨叹："呵呵，我羡你！我羡你！／你是天地间的活神仙！／是自然界不加冕的皇帝！"[1] 郑振铎也羡慕小孩子，禁不住写了一首诗歌《小孩子》，通过三段以"如果我还是一个小孩子"起头的诗行，想象了小孩子"甜蜜，满足的生活""快乐的生活""自由的生活"，而对成人后"一层层的世网，已经牢牢的缚住我们的周身，不准我们自由行动了"[2] 的状态进行控诉。丰子恺曾热切地呼告："我的孩子们！我憧憬于你们的生活，每天不止一次！"他佩服自己的儿子瞻瞻，说他是"身心全部公开的真人。""什么事体都像拼命地用全副精力去对付。""我在世间，永没有逢到像你们样出肺肝相示的人。世间的人群的结合，永没有像你们样的彻底地真实而纯洁。"[3] 鲁迅自己对于海婴，也充分体现了他的父爱，比如著名的坏鱼丸事件中，鲁迅说孩子的话总有道理，比如他病重期间，仍挣扎着把头抬起来向海婴大声地说出"明朝会，明朝会"[4]。与此相呼应，此期小说中体现爱子辈的作品甚多。许钦文《父亲》[5] 中的叔香，诚挚地请店主的六岁小女吃广柑，因为他正日夜思念着自己的六岁女儿。叶圣陶的《母》[6] 中，刚到某学校任教的梅老师，热切地爱着自己的子女，却为谋生存而不得不来到离家颇远的此地，将孩子"一个留在家里，一个寄养在人家吃奶"。她时常想到、梦到他们而不能回去看望，忍受着母爱被撕裂的痛苦。庐隐《何处是归程》[7] 中的沙侣对十个月大的孩子十分喜爱。当孩子醒来时，即便她已十分忙碌，她也"连忙放下面巾，抱起小乖，喂奶，换尿布"。鲁迅《幸福的家庭》[8] 中那位正为写作"幸福的家庭"一文殚精竭虑的父亲，见女儿被母

---

[1] 刘半农：《题女儿小蕙周岁日造象》，《新青年》第4卷第1号，1918年1月15日。
[2] 郑振铎：《小孩子》，《郑振铎选集》第1卷，四川文艺出版社1990年版，第24页。
[3] 子恺：《给我的孩子们——自题画集卷首》，《文学周报》第4卷第6期，1926年12月26日。
[4] 萧红：《回忆鲁迅先生》，萧红著、章海宁主编《萧红全集》（散文卷），北京燕山出版社2014年版，第385—386页。
[5] 《国民新报副刊》第79号，1926年3月4日。
[6] 《小说月报》第12卷第1号，1921年1月10日。
[7] 庐隐：《何处是归程》，《小说月报》第18卷第2号。
[8] 《妇女杂志》第10卷第3期，1924年3月1日。

亲打而哭泣，赶紧放下手中事，抱起孩子，陪孩子玩游戏。此期，郭沫若笔下的主人公爱牟，在异常贫窘之际仍为孩子的衣食住行和精神滋养操心，对儿子们确实有着浓烈的爱。

与这种爱密切相关，此期的作家们甚至因自己未曾更好地保护幼者心理而心生悔恨。如丰子恺就曾说："你们所视为奇怪动物的我与你们的母亲，有时确实难为了你们，摧残了你们。回想起来，真是不安的很。"而具体的事件，则是阿宝将自己和软软的鞋子脱下来给凳子的脚穿上，并且得意地叫："阿宝两只脚，凳子四只脚。"其母亲发现了，立刻擒了阿宝到藤榻上，且动手毁掉她的创作；瞻瞻学着父亲裁线装书而将本不必裁的一本书裁坏了，引发了父亲的不满；软软想要学着父亲用长锋羊毫写封面，却被父亲无情地夺过去。这些一般父母不会留意更不会心生愧疚的小细节，丰子恺却深感不安，以为自己扼杀了孩子们的天性。[①] 同样感到自己对儿童的精神有了虐杀，因而愧疚不已的，还有作为兄长的鲁迅。在教育部任职期间，鲁迅的重要工作在推进儿童美育方面。他在此期间撰写的文章《致国务院国徽拟图说明书》《拟播布美术意见书》，翻译上野阳一的论文《艺术玩赏之教育》《社会教育与趣味》《儿童之好奇心》，以及他实际参与儿童艺术展览会的筹办等，都使得他对儿童美育、儿童心理有了深刻了解[②]。1919年，鲁迅在《自言自语》中发表了一篇简短的《我的兄弟》，叙述了"我"弟弟喜欢放风筝，却因"我"不喜欢而不被允许的故事。到了1925年，鲁迅仍忘不掉这个心结，将其改写成了散文《风筝》发表在《语丝》第12期上。他沉痛地说："然而我的惩罚终于轮到了，在我们离别得很久之后，我已经是中年。我不幸偶尔看了一本外国的讲论儿童的书，才知道游戏是儿童最正当的行为，玩具是儿童的天使。于是二十年来毫不忆及的幼小时候对于精神的虐杀的这一幕，忽地在眼前展开，而我的心也仿佛同时变了铅块，很重很重的堕下去了。"由此极力想补过，求得弟弟的宽恕。对《风筝》一文的阐释，目前学界已有多种向度，即便仅仅是从长幼关系的反思上，我们也能体会到该文的可贵。

与这种爱密切相关，作家们对孩子教育问题多有关注，以让孩子养成

---

① 子恺：《给我的孩子们——自题画集卷首》，《文学周报》第4卷第6期，1926年12月26日。

② 参见陈洁《鲁迅在教育部的儿童美育工作与〈风筝〉的改写》，《中国现代文学研究丛刊》2016年第1期。

健全的人格。鲁迅曾说："中国的孩子，只要生，不管他好不好，只要多，不管他才不才。生他的人，不负教他的责任。虽然'人口众多'这一句话，很可以闭了眼睛自负，然而这许多人口，便只在尘土中辗转，小的时候，不把他当人，大了以后，也做不了人。"① 这段话的言说对象本是传统的旧派人士。然而从此期乡土作家、教育小说家创作的文学文本来看，1915—1927年，"在尘土中辗转"的农民、知识分子所在多有，他们堪忧的生存状况使得他们顾不上让孩子享受正当教育，那些少数经济并不困窘的新知识分子，却又因其自身的教育理念问题，同样酝酿着可能的悲剧。比如叶圣陶的《祖母的心》②中的杜明辉夫妇是西医，家中时常吃燕窝等补品，经济状况不成问题。这两人虽接受了西方医学的影响，却丝毫没有习得西方现代文化的平等、自由观念，根本没有从其母亲处争取发言权的欲望。其儿子定儿生病咳嗽，都得按照其母亲听说或习惯的方法来治疗；定儿的病阴差阳错地治好之后，其母亲一定不让定儿进新式学校，而请了先生在家里来教。孩子不喜欢死记硬背的方式，夫妇俩却只有软硬兼施，逼他违心地服从、违心地读着背着。一个天性本来活泼的定儿，眼见着就要被折磨得灵气全无。程小青的小说《父亲给的汽车》，写两个同样受过高等教育的父亲徐求真、黄慕新如何教育儿子。两家都是西式家庭，都有一个儿子，但两个父亲的性情、职业和所处的环境不同：徐求真在银行上班，信守承诺；黄慕新在书局上班，平时教育儿子不要撒谎。徐求真的儿子徐国雄，和黄慕新的儿子黄邦杰两人某一天都说自己的父亲要给自己买汽车，且相约得了汽车后一起玩。但徐求真准时带回来了汽车，而黄慕新却失约了，向儿子撒了谎。最终，两个孩子在一起玩时，黄邦杰也因爱面子而无师自通地开始撒谎。③ 显然，这两家孩子的未来，因为这儿时不同的教育，已出现了不同的可能。冰心的问题小说《两个家庭》也关注到了不同家庭的教育效果问题。"我"舅母家的邻居陈先生、陈太太关系不合；陈太太是个官宦人家的小姐，不管家政，家里杂乱无章，常出外应酬而不在家吃饭，教育孩子毫无方法。而"我"的三哥和大学生妻子亚茜琴瑟和谐，红袖添香对译书。亚茜知书识礼，善管家政，家里清洁有

---

① 鲁迅：《随感录二十五》，《鲁迅全集》第1卷，人民文学出版社2005年版，第311—312页。

② 叶绍钧：《祖母的心》，《火灾》（第五版），商务印书馆1928年。

③ 《青年进步》第48册，1921年12月。

序，不出外应酬，会做可口饭菜，孩子也知礼识仪。三哥和陈华民两人当年同去英国留学，同有报国之志，陈的薪水比三哥还高，然而他因家庭不幸福而自暴自弃、酗酒、堕落，最终因患第三期肺病而去世。两家孩子的命运，因其父母的差异而埋下了不同的因子。

二 想爱而不能的悲哀

相对于体现对子辈的爱、对教育子辈的思考而言，此期小说描写的鲜明特色，在于描绘了叛逆的儿女们想全心地爱子辈，想让他们"幸福的度日，合理的做人"而不得的悲哀。

新一代父辈在孩子出生前后的心态，往往有着不易忽视的变迁。在描写新青年们由自由恋爱而结合时，一般作者笔下的情感基调是欣悦的。对于新一代进入婚姻生活后的描写，却以激情渐渐淡去、夫妻日久生厌乃至发生争吵为多。而在婚姻生活的褪色甚至变味的过程中，孩子的诞生往往是有力的催化剂。对于男性来说，这种负面的催化，有生儿育女带来的经济压力，也有妻子分神照顾孩子而冷淡丈夫带来的夫妻关系恶化。沉樱的小说《两只面孔》就写了婚姻围城中已经快要彼此厌倦的一对夫妻。妻子玉华对可能出轨的丈夫玄之管得甚严，每遇到他对异性稍微关注，都要大为吃醋，反复盘问，直到他保证只爱她本人才作罢。未曾料想，妻子这样的言行反而促使丈夫抓紧一切机会四处打望。小说一开始就写道："那些时髦女人的活泼而且肉感的腿在低头走着路的玄之身边轻捷地闪过时，是特殊地看着动人。今天因为有了别的心事，使玄之不得不破例地迎面着鉴赏，没有再去仰头回顾的余裕了。"赶时间的玄之尚且如此，平时有"仰头回顾的余裕"的玄之该是何种情态?！小说随后写他与张女士纠缠不休，甚至向她表白自己的爱，而不承认自己和妻子玉华之间曾有过爱情。小说接着写道：

> 玄之说着认真有些感慨起来。他和他的妻在婚前也曾有过恋爱的时期，但是婚后便和旧式结合的夫妇没有丝毫区别地那样平淡无聊了。她作了孩子的母亲，家庭的主妇，对于他，只是个尽着义务的妻；那爱的慰藉却是没有了，绝对没有了。[1]

---

[1] 沉樱：《两只面孔》，《夜阑》，光华书局1929年版，第90—91页。

所以在这部小说中，我们看不到玄之对妻子示爱，更看不到他表达对孩子的爱，虽然他也是知识分子，也曾受过"我们现在怎样做父亲"的启蒙。

相对而言，女性们更多关注的不是因孩子的出生而带来的经济问题、夫妻情感淡化问题，而是孩子出生与其人生理想之间的尖锐矛盾。在《丽石的日记》中，已结婚三年的雯薇在常人眼里是幸福的，然而她内心隐藏着深刻的悲哀。她说结婚前的岁月充满希望，好像买彩票而希望能中彩的时候，结婚后就像中彩了而打算分配这财产用途的时候，只感到劳碌、烦躁。真正困难的是孩子阿玉出世以后，作为母亲的她要承担责任，"现在才真觉得彩票中后的无趣了。孩子譬如是一根柔韧的彩线，被她捆住了，虽是厌烦，也无法解脱"。她的这种郁闷心理，引起了丽石的共鸣。和某军官感慨"一娶妻什么事都完了"相类，丽石深感烦闷的原因，乃是"一嫁人什么事都完了"。与雯薇一样，庐隐笔下的肖玉，对于家庭生活始终提不起兴趣。她萎靡不振，担心"将来小孩子出世，牵挂更多了，还谈得到社会事业吗？"但后来她还是不可阻遏地当了母亲。当她的小孩子满月时，她的朋友沁芝去看她，肖玉红着眼圈对沁芝说的是："还是独身主义好，我们都走错了路！"对此深有同感的沁芝，在写给琼芳的信中说："听说你已经作了母亲，你的小宝宝也已经会说话了。呵，琼芳！这是多么滑稽的事。"[①] 肖玉、沁芝、琼芳都属于中国现代第一批女知识分子，她们对独身主义的喜好，对生了孩子是"滑稽的"这种感受，与常人的感知存在巨大的差距。那么，是这些新知识女性没有母爱吗？事实并非如此。庐隐的《何处是归程》中的沙侣，与雯薇等有着同样的精英教育背景，本来因怀想少女时代的往事而伤怀的她，忽然就看到了身旁的孩子，她"不由得轻轻在他额上吻了一下"。当孩子醒来，她"连忙放下面巾，抱起小乖，喂奶，换尿布"。她的吻以及照顾孩子的行为，都表示了她对孩子的喜欢。而在《寄燕北诸故人》中，庐隐对新做母亲的朋友及其孩子有着温情的阐释，她说："星姊正在摇篮旁用手极轻微的摇着睡在里面的小孩子，我一看，突然感觉到母亲伟大而高远的爱的神光，从星姊的两眸子中流射出来，那真是一朵不可思议的灿烂之花！呵隽妹！我现在能想像你，那温慈的爱欢，正注射着你那可爱的娇儿呢！这真是人间

[①] 庐隐：《胜利以后》，《小说月报》第16卷第6号，1925年6月10日。

最大慰安地。"① 那么，有母爱的新女性们为何不乐意快快乐乐地做母亲呢？其实，答案正在这批现代女性知识分子的身份意识里，在当时的妇女解放运动的困境中。

我们知道，庐隐等早期女作家的小说具有极为浓厚的自叙传特征，她们笔下的新女性原型大多是她们自己以及那些一起接受了现代高等教育的同学们。这批中国最早接受高等教育的女性精英，对于自己的社会角色、女性身份有着异常鲜明的感知与理解，社会投向她们这批妇女解放的排头兵的目光，也异常纷繁而复杂。诚如冰心在 1919 年时的自我体认那样，在学校时期的她们是处于"破坏与建设时代"的女学生。社会上对于"女学生"的认识，已过了崇拜、厌恶女学生的时期而进入了第三时期。她们充分意识到了自己肩上"所担负的，是二万万女子万世千秋的大幸福"，因而这是艰苦卓绝又希望多多的事业。她说：

> 敬爱的女学生呵！我们已经得了社会的注意，我们已经跳上舞台，台下站着无数的人，目不转睛的看我们进行的结果。台后也有无数的青年女子，提心吊胆，静悄悄的等候。只要我们唱了凯歌，得了台下欢噪如雷的鼓掌，她们便一齐进入光明。假如我们再失败了……那些台下的观者，那些台后的等候者，她们的"感触"如何，"判断"如何，"决心"如何，我们也可以自己想象出来的。……我们的失败，是关系众生。②

这激情洋溢然而又暗含悲怆的文字，是冰心署名"女学生谢婉莹"而给《晨报》投的第二篇稿子，发在 1919 年 9 月 4 日第 7 版的"自由论坛"栏。这篇标示着她们的女学生身份认知的文章，与冰心于 1919 年 8 月 25 日在《晨报》第 5 版的"自由论坛"栏发表的《二十一日听审的感想》，一起显出冰心这代女学生对社会、时代、身份的超级敏感。在庐隐笔下，以北京女高师学生为原型的女性形象群体，也都是有着凌云之志的天之娇女。这批参加过李超追悼会的女性，当然熟知胡适的《李超传》，也熟悉《李超女士追悼会筹备处启事》。在那份筹备处启事中，她们说明李超求

---

① 庐隐：《寄燕北诸故人》，《晨报副刊》第 1506 号，1927 年 1 月 15 日。
② 谢婉莹：《"破坏与建设时代"的女学生》，《晨报》1919 年 9 月 4 日第 7 版。

学的原因乃是"深痛神州女界之沉沦，亟欲有所建树"①。与其说那仅仅是追悼会筹备处的声音，不如说体现的是整个女高师学生对自身的定位。她们积极参与五四运动，参加各种演讲，争取妇女解放，在报纸杂志上主持女子问题的讨论，等等，都体现出她们对社会事业的极大关注，体现出她们成就一番社会事业的雄心壮志。然而，她们在求学过程中已感受到来自自由恋爱的痛苦与欺骗，毕业之后，她们曾经的事业与志趣犹存，然而却已被拉入到另外一种她们始料不及的生活旋涡中。犹记得理想、事业的她们，体会到的当然是苦痛与忧伤。当她们与其他选择不同道路从而有着不同命运的故人相比较时，这种感受尤其强烈。《何处是归程》②中的沙侣，在平淡的生活中本就消磨掉了不少意志，当她要迎接曾经的同学——独身而学成归国的玲素以及抱独身主义而可自由奋飞的三妹时，她控制不住地在梳妆台前打量起了自己，"镜子里自己的容颜老了许多，和墙上所挂的小照，大不同了。她不免暗惊岁月催人，梳子插在头上，怔怔的出起神来"。这样的打量结果，显然是她将自己与玲素、三妹进行对比的产物。这种自惭形秽，又明显过渡到了自怨自艾：

> 怎么一回事呢？结婚，生子，作母亲……一切平淡的收束了，事业志趣都成了生命史上的陈迹……女人……这原来就是女人的天职。但谁能死心塌地的相信女人是这么简单的动物呢？……整理家务，扶养孩子，哦！侍候丈夫，这些琐碎的事情真够销磨人了。社会事业——由于个人的意志所发生的活动，只好不提吧。……哎，我真太怯弱，为什么要结婚？……现在只有看人家奋飞，我已是时代的落伍者。十余年来所求知识，现在只好分付波臣，把一切都深埋海底吧。希望的花，随流光而枯萎，永永成为我灵宫里的一个残影呵！③

这长长的一段心理活动，无疑包含两种不同的声音：过去有着事业志趣的生活、现在仍保持着事业志趣的"奋飞"者的生活，与现世庸俗的婚姻家庭生活、相夫教子的平淡生活。两相对比，新/旧、时髦/落伍、高/下

---

① 《少年中国》第1卷第4期，1919年10月15日。
② 庐隐：《何处是归程》，《小说月报》第18卷第2号，1927年2月10日。
③ 庐隐：《何处是归程》，《小说月报》第18卷第2号，1927年2月10日。

之间的价值判断立现。这价值判断背后，正是独身/结婚这一对对立物。而她思想中之所以会形成这样的逻辑链条，正在于她有"十余年来"的求学历程，本有着"希望的花"，而且已经不再"死心塌地的相信女人是这么简单的动物"！她和她们那一代人之女醒了，然而醒了、奋斗了那么久，甚至可以说，已经取得了自由恋爱的阶段性胜利之后，她们发现，"结婚，生子，作母亲……这原来就是女人的天职"！她们和传统的没有受高等教育的女性到底有何区别？她们这些醒来的娜拉，到底该朝哪条路走去，才能找到"希望的花"盛开的地方？"何处是归程"，可以说是那一时代的女性用整个痛苦的生命体验面向时代提出的悲怆之问。

然而这批新女性的心灵创伤还不止此。在《胜利以后》这篇值得重视的小说中，庐隐明确地将这批新女性的心理，概括为"回顾前尘，厌烦现在，和恐惧将来"。"前尘"中，她们意气风发，"什么为人类而牺牲咧，种种的大愿望"，而"现在"呢，牵扯于无休无止的世俗中，"味同嚼蜡"，"将来"呢，没有一种愿望能够实现，知识、抱负、理想都成为海市蜃楼！不仅如此，由于社会上人对这批新女性的期望本来也非常高，所以他们看着她们"胜利以后"的模样，禁不住这样评价：

> 现在我国的女子教育，是大失败了。受了高等教育的女子，一旦身入家庭，既不善管理家庭琐事，又无力兼顾社会事业，这班人简直是高等游民。①

自视为高级精英、社会栋梁的新女性，现在却被人称为一无所长、无根无依的"高等游民"！听到这话的新女性沁芝，紧跟着就发出了这样的疑问："女子进了家庭，不作社会事业，究竟有没有受高等教育的必要？"② 当我们读到这样的疑问，一代新女性冲入家庭之后出现的身份困惑就赫然显现在我们面前。家庭/社会，孩子/理想，就这么成了不可打通的存在，逼得她们左冲右突，无路可走。"作着理想的花园的梦的女子，跑到这种的环境之下……这难道不是悲剧吗？"③ 沙侣当年就感知到了这样的身份悲剧。庐隐则明白地表示，女性生下孩子后会为孩子付出巨大牺

---

① 庐隐：《胜利以后》，《小说月报》第 16 卷第 6 号，1925 年 6 月 10 日。
② 庐隐：《胜利以后》，《小说月报》第 16 卷第 6 号，1925 年 6 月 10 日。
③ 庐隐：《何处是归程》，《小说月报》第 18 卷第 2 号，1927 年 2 月 10 日。

牲："正是能牺牲自己而爱，爱她们的孩子，并且又是无所为而爱的呵！"① 然而她们的这种牺牲并不被社会认可，为此她感到悲愤："女子因育儿的关系，却被社会如此残酷的待遇，更使我们感觉到不平之愤。"② 她呼吁"女子不被限制于家事及育儿方面，应当予以同等的机会，发展她们的体力及智力。这一层关系减少工作的时间最密切……"③ 可见，新女性在孩子问题上的犹豫与痛苦，牵连着的其实是整个中国妇女解放的程度问题，如何看待职业女性、家庭女性的地位问题，以及如何看待男女平等的问题。

三 父权观念的隐性存在

叛逆的儿女们成为新一代之父的书写中，应该重视的还有因经济窘迫而导致的异化问题，而隐匿其间的，则是叛逆之子一直想打破的父权思想。

洪为法的《做父亲去》④ 写"我"的妻子若若因经济困难只得去南京娘家生产，但受到母亲排挤，日子过得十分艰难。陈明哲的《父亲》⑤ 中的年轻男子 C 刚当父亲时，觉得"'父亲'，这是怎样可怕的一个名词呀！"因为 C 只知道消费而不知道生产。他认为刚出世的儿子是个麻烦东西，连去岳母家报喜都是麻烦的证明。小说写他的夫人住进了一等病院，他担心负担过重。后见到了岳母，岳母让他抱一下孩子，他不敢。末尾标注是"一九二七，一，十三——平儿生后二日"，显然，该小说中的 C 就是作者的代号，C 的感受有作者的印记。郁达夫的《茑萝行》中的"我"将孩子视为"烦恼的种子"。最初不知妻子已怀孕，见其呕吐而发怒。"我"在社会上是一个怯弱的受难者，然而在家庭内却是一个凶恶的暴君。想到孩子即将出生，而"我"将来可能失业，"我"就骂她去死，说她死了自己才可以出头，说自己辛辛苦苦是在为她们做牛做马。最终，"我"只能无奈地将妻儿送上回老家的火车。彭家煌的《父亲》⑥ 写

---

① 庐隐：《寄燕北诸故人》，《晨报副刊》第 1506 号，1927 年 1 月 15 日。
② 庐隐：《中国的妇女运动问题》，《民铎》第 5 卷第 1 号，1924 年 3 月 1 日。
③ 庐隐：《中国的妇女运动问题》，《民铎》第 5 卷第 1 号，1924 年 3 月 1 日。
④ 《幻洲》第 1 卷第 3 期，1926 年 11 月 1 日。
⑤ 《现代小说》第 2 卷第 1 期。
⑥ 《民铎杂志》第 9 卷第 1 号，1927 年 9 月 1 日。

新青年镜梅君当父亲以后的情态。其儿子培培只有十个多月，却已时常被镜梅君骂为小东西、杂种、小畜生。这一晚，镜梅君回忆起白天打麻将的失败，加之牌桌上那年轻寡妇给他刺激却没有让他得到满足，十分不快。此时培培像蚯蚓般蠕动起来，立即引发了他的怒骂："……我打死你，小畜生，闹得人家觉都不能睡，我花钱受罪，我为的什么，我杀了你，可恶的小杂种！"最后，他想到了自己的父母待他的深恩厚德，自觉惭愧，所以抱着培培在房里踱步。但当培培再哭时，他又感到了扰乱，开始吓唬培培。第二天早晨，孩子忘记了，夫人也忘记了，他自己醒得最晚，内心羞怯，但也只是通过"Hello, Baby! Sorry, Sorry!"的言语来道歉。鲁迅的小说《幸福的家庭》[1]中的父母亲均是新知识分子。这母亲曾是一位"嘴唇通红""笑眯眯的挂着眼泪"的少女，然而在婚姻生活中辗转了五年的她，和卖柴的、卖白菜的小贩讨价还价，把柴堆在床下，把白菜摆成"A"字形，又因女儿打翻油灯而大打出手，已变成了一个"阴凄凄""两手叉腰"的家庭主妇，全无温柔与高雅了。《父亲的忏悔》[2]中的杨先生，在儿子麟儿周年忌这天满是愧疚。他后悔自己当时一味忙着赶稿子而不和孩子交流，不给孩子买他想要的白菊花，不给他买好鞋子、好衣服，而在他生病时，他明知道自己的朋友陈医生的医术并不高明，但为了省钱，也因以为那病并不严重而让其医治，结果孩子很快离世。

张资平的小说《百事哀》《小兄妹》《雪的除夕》《植树节》《寒流》等，都写的一个贫穷的男教员的艰苦生活。他与孩子的关系，成为作者凸显教员生存艰难的重要组成部分。《小兄妹》中的教员 J 本是留学法国归来的博士，经人介绍与从教会女中毕业的女子相识并结婚生子。J 深受欠薪之苦，夜里写稿得了脑病，妻子又快生二胎，J 只得外出四处借钱。他奔忙了两个钟头，拜访十几家商店，才零零星星借到了二十八块钱，而产科医生就要去二十元。在回去的车上，J 盘算着如何开支这八元钱，认为孩子、妻子都是他的拖累，他自己这些年里是在做牛做马。《百事哀》中的教员 V，家贫、薪水低还常被拖欠。他在妻子分娩、婴儿重病、学校辞退的接连打击下陷入绝境。《雪的除夕》中的教员 V 等着政府发钱过年，无奈债主登门，儿子生病。《植树节》里的 V，学校欠薪、米价上涨，他

---

[1] 《妇女杂志》第 10 卷第 3 期，1924 年 3 月 1 日。
[2] 苏兆骧：《父亲的忏悔》，《小说世界》第 17 卷第 1 期，1928 年 3 月。

和儿子在植树节时出去走走，但毫无喜悦。《寒流》中的教员 C 是"家庭的暴君"，因时局不稳，学校无薪，只得将夫人与一子一女送回岭南乡下去。妻儿和他自己在分别后都饱尝思念之苦，然而妻儿在时他却并未温柔相待。

在经济压力巨大的情况之下，新青年们成为父亲之后并不能做到真正地、无私地爱孩子。不仅如此，就在那些叙述的缝隙中，还透出了这些"新"一代父亲身上仍潜藏着的传统父权思想来。

鲁迅的《弟兄》中的张沛君在公益局办公，平时号称与其弟靖甫在钱财上从不分彼此。然而其弟发热之后，他误以为是时症猩红热，紧张至极，潜意识中立即开始算计财产问题，并思谋着只让自己的孩子去读书。在梦中，他命令自己的三个孩子进学校去，"却还有两个孩子哭嚷着要跟去。他已经被哭嚷的声音缠得发烦，但同时也觉得自己有了最高的威权和极大的力。他看见自己的手掌比平常大了三四倍，铁铸似的，向荷生的脸上一掌批过去……"在后续的梦境中，"荷生就在他身边，他又举起了手掌……"[①] 张沛君的虚伪面孔由此被揭穿，但需要注意的是，他之所以"觉得自己有了最高的威权和极大的力"，正是拟想中弟弟去世后自己成了荷生的最高统治者，因而可以主宰其生死。

此期的郭沫若小说中的父亲爱子，而子也爱父。但在郭沫若的父子伦理叙事中，依然存在着父子关系的紧张。这主要体现在爱牟对儿子偶尔的责骂、训斥上。喜怒无常的爱牟生气、发怒时，所有的孩子都不敢说话。在《行路难》中，爱牟因退房问题而与日本房东交涉，受到了侮辱，就把"凡这十几年来，前前后后在日本所受的闷气，都集中了起来"。然后把他的妻儿作为仇人的代替品，把他的怨毒一齐向儿子们身上放射——

> 饽馅！饽馅！就是你们这些小东西要吃甚么饽馅了！你们使我在上海受死了气，又来日本受气！我没有你们，不是东倒西歪随处都可以过活的吗？我便饿死冻死也不会跑到日本来！啊啊！你们这些脚镣手铐！你们这些脚镣手铐哟！你们足足把我锁死了！你们这些肉弹子，肉弹子哟！你们一个个打破我青年时代的好梦。你们都是吃人的小魔王，卖人肉的小屠户，你们赤裸裸地把我暴露在血惨惨的现实

[①] 鲁迅：《弟兄》，《鲁迅全集》第 2 卷，人民文学出版社 2005 年版，第 143 页。

里，你们割我的肉去卖钱，吸我的血去卖钱，都是为着你们要吃馎饦馅，馎饦馅，馎饦馅！啊，我简直是你们的肉馒头呀！你们还要哭，哭甚么，哭甚么，哭甚么哟！

把儿子们称为"脚镣手铐""肉弹子""吃人的小魔王""卖人肉的小屠户"，而把自己称为"肉馒头"，这就把自己被孩子们所累甚至所吃的担忧心态展露无遗。这样的骂语中，儿子纯粹是他生命的对立物、累赘物，父子关系就成为一种施舍与获得的关系，而不是生命间平等对话的关系了。这种食品化自己的倾向，在《未央》中也有体现。他在照拂儿子睡着后，怎么也睡不着，此时，他"觉得他好象是楼下腌着的一只猪腿，又好象前几天在海边看见的一匹死了的河豚……他觉得他心脏的鼓动，好象在地震的一般，震得四壁都在作响"。"猪腿"而被腌着，显然是即将被吃，"河豚"而成为"死了的"，显然也是生命的终结，有被吃的可能。虽然爱牟所想本来意在说明自己当时快被累病了的状态，然而使用这些意象本身，就说明爱牟内心是将儿子当成拖累自己的人，自己的付出是一种牺牲，甚至是无意义的牺牲。而在《十字架》中，爱牟读完晓芙自日本的来信后痛苦不堪，此时他涌出的想法中，就有这样一个："我不久便要跑到你那里去，实在不能活的时候，我们把三个儿子杀死，然后紧紧抱着跳进博多湾里去吧。"① 在爱牟眼里，三个儿子就是他和晓芙的私有物，他们完全可以决定这三个孩子的命运，全然不管孩子的人格，不管孩子对生/死的自由选择权。这些"新"一代的父亲显然并不拥有全新的父子伦理观，传统父权思想依然在他们的行为中顽固地存在着。

尽管这一时期的小说书写的缝隙中，偶尔可以见出父权思想的遗存，但总体来看，五四时期叛逆的儿女们都走在了鲁迅等指引的幼者本位的伦理大道上。

饶有意味的是，在这一时期的思想讨论活动中，《妇女杂志》曾以"我将怎样做父母亲"为题面向社会征稿，并于11卷11期（1925年11月1日）上刊载了当选的12篇文章，透出了一丝明亮的气息。在选载之文的作者中，有还未毕业、未曾结婚生子的大学生，有教员的妻子，还有

---

① 郭沫若：《漂流三部曲·十字架》，乐齐主编《郭沫若小说全集》，中国文联出版社1996年版，第79页。

五十多岁的老太太。但不管是何种身份，这些应征者都在传递极为积极的，与五四时期主流父亲观相吻合的观念。如果说，署名瑞云的《我的痛悔已迟了》代表50多岁、有钱却没有成为好母亲的一批人在向整个社会忏悔，姜超岳的《把一想的情愿供献出来》通过讲自己培养孩子的经验，在向社会传递成功的例子，那么那些未做父亲、母亲的应征者，则是在想象中呼应了整个社会当时的父母观。比如，来自东大的学生刘孝伯所写的《门外汉的一点意见》，分"未堕地前之准备""诞生后的措施"两种。在前者中，他首先论及女性的选择，认为要讲究自由恋爱，谈恋爱时"不应当在face及服饰上用功夫；应当调查对方的体质性情，及其他资禀等是否良好？"以及对方家族是否有遗传性疾病，等等；其次，他论及经济的能力之于做父亲的必要；最后，他论及养育的知识，举了涵括生活习惯、教育、观念的更新等20条。在后者中，他论及子女堕地时，要让他们饮食有度，起居有节，以养成他们良好的习惯；孩提的时候，宜备些积木圆球攒纸，等等。徐学文的《如何才算不是失责呢》，一开头就问："从'子'的蜕变到'亲'的地位，在人类里试问有何困难呢？"针对一般认为只要生活能解决就可以生的观点，他说单单养育是不够的，"更有许多更重大的问题，知识、道德、健康，这些条件，可以说比经济要有几倍的重要"。否则养出来的虽有人的模样，但实在可以影响到社会的堕落，犯了不负责任的罪。吴祖襄的《和大家谈谈可能罢》谈可能怎样做父亲，强调教育的重要性，强调这是自己的责任。"我们对于孩子的希望，是要作一个全健的公民，此时我们的希望当已实现；故我们已完结我们自己的责任。"林文方在《愿极意讲求自己的人格》中说："假使我真的有'做父亲'的命运，那么，我决不愿意以严父自居；我必定要实现我'做父亲'的亲字一义，使我的儿女都感受到我为父的可亲之点。换句话说，我决不愿套着旧家庭的父亲的板调，在我的儿女面前装出铁冷的脸孔，藉以表现自己为父亲的尊严，致至亲骨肉如儿女对待父亲竟演成远见远走的活剧。"《赤裸裸的陈说一下》则是一个未婚的女性就如何行使母亲的职责谈的自己看法。作者认为，在教育儿童上，不是用威逼恐吓逼其就范，而主张用"天然的爱"去"感化"儿童。在这些论述中，我们已明显感到，对父权的反叛，父母对孩子无恩而只是负有健全地生他、养他、解放他的责任，父母应该爱孩子，儿女不是父母的私有物，应该尤其注重人格的健全，等等，已成为他们的共识。无疑，这是五四时期两代叛逆的儿女们经过艰辛努力而达致的效果，具有值得肯定的风向标的价值。但当我们留意到具体的小说文本中那些已经成为父辈的叛逆之子的具体表现，我们会发现，父子伦理的理论主张是光明的，而其现实实践是黯淡的，至少不是那么光明因而可以简单化对待的：历史远比我们想象的要复杂得多。

第六章

1915—1927：女性的发现与两性伦理叙事

关于"何为家庭"，黑格尔曾作过这样的界定："通过婚姻而组成了新的家庭，这个家庭对它所由来的宗族和家族来说，是一个自为的独立体。它同这些宗族和家族的联系是以自然血统为基础的，但是它本身是以伦理性的爱为基础的。"① 通过婚姻而建构起来的家庭关系中的所有个人，都远较他们与宗族或家族的联系密切。在古今中外的文学书写中，婚姻问题因而历来都是家庭问题的核心所在，两性伦理问题也早已成为重要母题之一。由于中国社会的家国同构性质，"任何女性的个人命运的改善都是个别的、偶然的、随时都可以发生逆转的文化现象，而女性受到男权主义的压迫则是一个普遍的、绝对的、不可逆转的铁的历史事实"②。和中国女性在历史上乃是沉默的大多数，乃是男性的附属物相同，中国古代文学中的女性形象常是沉默的，附属的，似乎没有年代变迁的存在。但是，"1898 年到 1925 年，有关女性的一切价值判断发生了'翻天覆地'的变化，女性们受到了前所未有的关注：她们的身体被凝视，被讨论，被批评，被试图改造，女性从来没有这样被举国重视"③。除了前此曾经提到过的被要求放足、进学堂等外，在两性伦理尤其是婚恋伦理上，由平等理念上而要求的自由恋爱、自由结婚以及对性爱的重视，成为那一过渡时代的典型诉求。与这种现代恋爱、性爱、婚姻观相类似的观点，在 1898 年以后的理论文章乃至文学文本中日渐出现，所构成的图景也日益变得丰富起来。关于这一点，第四章的相关论述可为例证，本章重点论析 1915—

---

① [德]黑格尔：《法哲学原理》，范扬、张企泰译，商务印书馆 1961 年版，第 186 页。
② 王富仁：《从本质主义的走向发生学的——女性文学研究之我见》，张莉《浮出历史地表之前——中国现代女性写作的发生》，南开大学出版社 2010 年版，第 5 页。
③ 张莉：《浮出历史地表之前——中国现代女性写作的发生》，南开大学出版社 2010 年版，第 1 页。

1927 年女性的发现与两性伦理叙事问题，将为此提供更为丰富与翔实的历史场景。

我们知道，两性伦理问题虽首先是个人问题，但同时绝对是社会伦理问题，因此，从两性伦理的刻画中，我们完全可以看出历史与时代的眉目来。当今日的我们去重新阅读 1915—1927 年的小说，体会此期两性伦理话语的多重维度，我们会一而再再而三地遭遇作者们个性鲜明而又真诚无比的心声，会发现他们与她们的苦闷与绝望。"那时觉醒起来的智识青年的心情，是大抵热烈，然而悲凉的，即使寻到一点光明，'径一周三'，却是分明的看见了周围的无涯际的黑暗。"[①] 同时，我们也会发现他们与她们无以复加的真诚、纯洁乃至天真。早在 1933 年，亮夫就曾提醒道："我们的文学批评家呵！请你们不要把什么文学的规律，文学的神韵，来推断妇女文学，请你们注意下她们的'真'！"[②] 到了 20 世纪 90 年代，学者刘纳还如此真切地感到了五四文学的葱茏气象："中国文学从来没有像五四时期这样真实过，简直真实到了天真的程度；中国文学从来没有像五四时期这样坦白过，有些作者简直坦白到了'精赤裸裸'……的程度。"[③] 学者王富仁也曾对 20 世纪 20 年代的女作家们的"单纯"深有会心："我们从 20 世纪 20 年代的陈衡哲、冰心、庐隐、凌叔华、冯沅君等中国女性作者的作品里，感到的则是她们'入世前'的单纯。"[④] 今日的我们，要理解那整日整夜地困惑着五四时期国人的两性伦理关系，理解那个时代的真切的疼痛与哀伤，唯有重新进入他们所建构的文学世界，体悟他们那代人的丰富的痛苦。因为，"一时代的文学风貌，与一时代知识分子身内身外的具体处境，至关密切"[⑤]。

[①] 鲁迅：《导言》，《中国新文学大系·小说二集》，上海良友图书印刷公司 1935 年版，第 5 页。

[②] 亮夫：《〈中国妇女与文学〉序》，陶秋英《中国妇女与文学》，北新书局 1933 年版，第 4 页。

[③] 刘纳：《五四——令人怀念的文学时代》，《从五四走来——刘纳学术随笔自选集》，福建教育出版社 2000 年版，第 37—38 页。

[④] 王富仁：《从本质主义的走向发生学的——女性文学研究之我见》，张莉：《浮出历史地表之前——中国现代女性写作的发生》，南开大学出版社 2010 年版，第 11 页。

[⑤] 黄子平：《小引》，赵园：《艰难的选择》，上海文艺出版社 1986 年版，第 6 页。

第一节　五四时期的女性身份认同

"'身份'突出不同个体间的差异,'认同'突出自我的确认以及别人对自己的承认,'身份认同'既包括自己在社会生活中的角色定位,又包括自我的认同以及他人对自我的承认。"① 晚清遭遇的空前民族危机、国家危机,使得所有国人的身份都成为一个逃避不开的问题,女性身份从晦暗不明状态被拈取出来加以注视、讨论与言说,女子政治与伦理地位、婚姻家庭、女子教育等得到或多或少的讨论,女性身份艰难的认同建构过程得以开始,"女性群体从社会—文化那看不见的深处裹挟而出……从混沌的文化无意识深海浮出历史地表"②。近代以来中国女性解放的成就及其问题,当然就会反映在文学这一符号化系统中,1915—1927年的文学尤其是小说,正是反映时人的女性身份认同问题的绝佳文本。

一 "她"的出现与性别意识的凸显

如果回溯汉字"她"的诞生与传播史,就得从五四新文化运动说起,而延及整个现代文学的历史进程。因此,在中国现代文学发生发展史上,科学、民主、平等、自由、革命,等等,毫无疑问都是关键词,而"她"字,也"应当是"③。在其为何是关键词这一问题上,黄兴涛曾给我们提供了几条思考或论证的路径:"角度一,'他、她、它'等第三人称系列代词的现代白话文学叙述功能如何?角度二,女性性别意识的变化、强化,对现代文学意味着什么?特别是妇女解放、女权伸张观念在现代中国文学主题中的地位怎样?角度三,'她'字及其相关字词的文学象征功能

---

① 李晓光:《阶级、性别、种族与女性身份认同》,《中华女子学院学报》2009年第3期。
② 孟悦、戴锦华:《浮出历史地表——现代妇女文学研究》,中国人民大学出版社2010年版,第23页。
③ 在一次学术研讨会上,黄兴涛曾被同时与会的陈建华问及"她"字算不算中国现代文学的关键词,他们两人商量后,"都认为应当是!"参见黄兴涛《"她"字的文化史:女性新代词的发明与认同研究》(增订版),北京师范大学出版社2015年版,第187—188页。

如何体现，等等。"① 其中第二个角度，对我们思考中国现代文学与"她"这个表征性别意识之强化的词之间的关系，不无提醒与启发意义，对探究1915—1927年小说叙事中的女性身份认同问题而言，也是一个极有价值的切入角度。

"原来我主张造一个'她'字，我自己并没有发表过意见，只是周作人先生在他的文章里提过一提。"② 在面对寒冰关于"她"字的批评意见时，刘半农曾如此指认当年自己的言与行。而这所谓的"提过一提"，出自周作人1918年为译作《改革》所写的序言。相关的文字是："中国第三人称代名词没有性的分别，狠觉不便。半农想造一个'她'字，和'他'字并用，这原是极好；日本用'彼女'（Kanojo）与'彼'（Kare）对待，也是近来新造。起初也觉生硬，用惯了就没有什么了。现在只怕'女'旁一个'也'字，印刷所里没有，新铸许多也为难，所以不能决定用他；姑且用杜撰的法子，在'他'字下注一个'女'字来代。这事还得从长计议才好。"③ 显然，周作人认可刘半农的创见，但因考虑到印刷所铸造此字的麻烦，因而启用了权宜之计，在其所译的小说《改革》中使用了"他女"的表达方式，这在序言中得到了说明。在随后翻译《卖火柴的女儿》（《新青年》第6卷第1号）、《可爱的人》（《新青年》第6卷第2号）时，周作人仍使用"他女"翻译女性第三人称单数代词。但钱玄同不同意该法子，与周作人就"she"字的中译法往返讨论，最终建议起用古字"伊"而不愿使用"她"。从信中可见，钱玄同曾提及三种办法，第三种即是借用外国的 she 字来表达女性第三人称单数，另外两个第三人称单数则用 he、it 来代替。在周作人并不赞同后，他再次表达了对新造"她"字的不满，第一条理由即是"我们一面主张限制旧汉字，一面又来添造新汉字，终觉得有些不对"④。显然，刘半农、周作人等最初留意到 she 的对应汉字，是从翻译的有效性出发，属于翻译学中

---

① 黄兴涛：《"她"字的文化史：女性新代词的发明与认同研究》（增订版），北京师范大学出版社2015年版，第188页。

② 刘半农：《"她"字问题》，《新人》第1卷第6号，1920年9月8日。

③ 周作人语，瑞典 August Strindberg：《改革》，周作人译，《新青年》第5卷第2号，1918年8月15日。

④ 钱玄同、周作人：《英文"SHE"字译法之商榷》，《新青年》第6卷第2号，1919年2月15日。

的问题,但在确定到底用何字、怎么表达、怎么读音的过程中,考虑的问题就涉及方方面面,而新文化阵营在文字改革乃至新文化运动中的主张则是促成这些人如此发言的重要原因。也就是说,尽管此期及随后关于"她"字的论争中,男女平等、性别意识等并未明确表现出来,然而他们意识到应该用一个单独的字来翻译 she、来指代女性第三人称本身,即体现出了他们异常鲜明的认知:女性和男性一样,是值得重视的公民;女性和男性一样,应该有自己的专用代词。在这个意义上我们才能理解,为何周作人、钱玄同、胡适等人会在讨论新文化运动中的女子问题、劳工问题、教育问题等的同时,分心来参与设计 she 的中译问题,为何早期致力于使用和传播"她"的刊物,会是传播新文化的重要阵地《少年中国》《新潮》和《时事新报》的副刊《学灯》[①],为何"较早明确区分男女第三人称代词使用法、并大量使用'她'字的报刊"[②],会是致力于解放与改造,致力于妇女问题探讨的《解放画报》。我们也才能理解,叶圣陶频繁使用"他女"指代女性第三人称的论文标题,为何就是《女子人格问题》[③],而他同样频繁使用"他女"的短篇小说《这也是一个人?》[④] 和《春游》[⑤],揭示的是中国妇女的不幸命运,倡导女子独立以及男女平等。我们也才能理解,康白情的《社会》、俞平伯的《狗和褒章》《一星期在上海的感想》《炉景》以及王统照的《她为什么死》这些直接启用了"她"字的小说,却都反映的是女性在父权、夫权制下受尽压迫的悲苦命运。黄兴涛曾指出,叶绍钧的理论文章和文学实践,都表明"'他女'一字在其诞生之时,实际上就已背负了五四时期以'女性解放'为主旨的

[①] 黄兴涛指出:如果从刊物角度来看,对"她"字的早期使用和传播贡献最大的当推新文化人所创办的《少年中国》《新潮》和《时事新报》的副刊《学灯》,特别是由少年中国学会主办的《少年中国》杂志。从该年 9 月的第 1 卷第 3 期开始,它就不断刊登使用"她"字的诗歌、小说、剧本和其他文字。其重要作者和译者康白情、田汉、黄仲苏、周无、郑伯奇等人,都是书写"她"字最早期的一批实践者。尤其是著名的诗人和剧作家田汉,从 1920 年年初开始,他在该刊上的"她"字书写连续坚持了 4 年。

[②] 黄兴涛:《"她"字的文化史:女性新代词的发明与认同研究》(增订版),北京师范大学出版社 2015 年版,第 187 页。

[③] 《新潮》第 1 卷第 2 号,1919 年 2 月 1 日。

[④] 《新潮》第 1 卷第 3 号,1919 年 3 月 1 日。

[⑤] 《新潮》第 1 卷第 5 号,1919 年 5 月 1 日。

沉重的启蒙使命。"① 其实,"她"的出现、选择、流布与最后胜出,都与"女性解放"的时代思潮密切相关,或者说,"她"字本身就背负着"女性解放"的启蒙使命,承载着新文化先驱们的启蒙期待。"男女平等,既是消灭男女畛域的共同人性标准的呼唤,同时也未尝不是男女性别首先明确区分、彼此独立的诉求。更确切地说,要'平等'必须先'区分',只有真正把握了彼此的'差异',才能最终寻得真正的'平等'。现代性内在的这一深层矛盾,在一个小小的'她'字问题上,可以说得到了高度集中的体现。"②

二 "女人是人"与"女人是女人":男性的双重观念

发表于《新青年》第 4 卷第 6 号的《娜拉》前面有一段编辑者写的文字,说明了该剧本第一、第二幕系罗家伦所译,第三幕"经胡适君重为迻译",并且说:"胡君并允于暑假内再将第一二幕重译,印成单行本,以慰海内读者。"由此可知,罗家伦曾全译过《娜拉》,但胡适并不看好。或因时间紧张,胡适只重译了第三幕,而他之所以先行重译这一幕,显然是因为他更为看重这一幕在整个剧作中的价值。正是在这一幕中,娜拉觉醒了,她意识到了自己在郝尔茂眼里不过是个傀儡,是个"玩意儿",是个高级木偶,因此决定离家出走,重建自我。她对郝尔茂说:"这种话我现在不相信了。我相信,第一,我是一个人,正同你一样。——无论如何,我务必努力做一个人。"③ 娜拉所言的"我是一个人,正同你一样",显然不仅是娜拉的信念,还是胡适通过翻译《娜拉》想传达的他对新女性的期待:"努力做一个人",做一个和男人一样的人。验诸当时的时代语境,呼唤女性们去"努力做一个人",的确是启蒙者们的共同呐喊。

陈独秀早在《一九一六年》中就说"夫为妻纲,则妻于夫为附属品,而无独立自由之人格矣",为此要青年女性们"奋斗以脱离此附属品之地位,以恢复独立自主之人格"④。胡适的《美国的妇人》的落脚点在于唤

---

① 黄兴涛:《"她"字的文化史:女性新代词的发明与认同研究》(增订版),北京师范大学出版社 2015 年版,第 24 页。
② 黄兴涛:《"她"字的文化史:女性新代词的发明与认同研究》(增订版),北京师范大学出版社 2015 年版,第 180 页。
③ 胡适译:《娜拉》(第三幕),《新青年》第 4 卷第 6 号,1918 年 6 月 15 日。
④ 陈独秀:《一九一六年》,《青年杂志》第 1 卷第 5 号,1916 年 1 月 15 日。

醒中国妇女去掉倚赖性质,"使中国产出一些真能'自立'的女子",她们"人人都觉得自己是堂堂地一个'人',有该尽的义务,有可做的事业"①。罗家伦也认为,妇女解放是"使他们从'附属品'的地位,变成'人'的地位,使他们做人,做他们自己的人"②。叶圣陶批判中国那些造成女子不具有人格的男子,说他们对于女子或采取"诱惑主义"或采取"势利主义",从而呼吁"女子自身,应知自己是个'人',所以要把能力充分发展,作凡是'人'当作的事"③。茅盾说:"女子一向是处于被征服者的地位,现在第一要事,就是要反过来,也做社会中一个'人',所以参政不参政,该是第二事。"④ 康白情则指出女子要做人,就应打破社会中的"界","首先打破"的就是"不祥的名词'女界'"⑤。五四时期启蒙者们的这些论述,特别强调了女性的个人属性及其与社会属性之间的关系,从而将"女人是人"与晚清以降的民族国家话语统一了起来。

而在小说创作中,揭露女性的非人遭际从而批判礼教与旧伦理,则是此期写作的惯常主题。俞平伯的短篇《狗和褒章》发表于《新潮》第2卷第3号,写一个二十多岁即守望门寡的张姓女子,到年老时仍只能与自己的狗——花儿相依为命,孤苦寂寞的她,拖着病体,迟迟不离开人世,是因为她在等着政府褒扬她节烈的奖章。小说结尾,她的侄儿张二将褒章送到她手里,"她依然静静躺着,手里紧握黄白的绶,银质的褒章。她的灵魂跟着这小小一块东西去了"⑥。她一辈子孤苦无依、寂寞难耐地守节,结果仅仅是换来这小小的一块奖章。孙俍工的《家风》、彭家煌的《节妇》、杨振声的《贞女》、冯沅君的《贞妇》,都揭露了流行的贞、节、烈观念对女性人格、生命的戕害。由此可见,此期先进知识分子们对女性的书写与刻绘,隶属于其抨击传统家庭伦理道德、反对夫为妻纲的总体设计,是他们揭露封建礼教"吃人"的最好例证。

五四时期的启蒙者们,除却关注到"女人是人"外,也曾注意到

---

① 胡适:《美国的妇人》,《新青年》第5卷第3号,1918年9月15日。
② 罗家伦:《妇女解放》,《新潮》第2卷第1号,1919年10月。
③ 叶圣陶:《女子人格问题》,《新潮》第1卷第2号,1919年2月1日。
④ 佩韦(茅盾):《世界两大系的妇人运动和中国的妇人运动》,《东方杂志》第17卷第3号,1920年2月10日。
⑤ 康白情:《女界之打破》,《少年中国》第1卷第4期。
⑥ 俞平伯:《狗和褒章》,《新潮》第2卷第3号,1920年4月1日。

"女人是女人"这一层面。周作人就既认为"女子和男子是同等的人",也认为"女子和男子是不同样的人"①。留意到"女人是女人"而加以阐发的,除了前面提及的周作人,还需要提及茅盾、巴金、夏丏尊等一批受到斯特林堡、高德曼影响的启蒙者。

在国人特意强调《娜拉》的"女人是人"之际,另外一种纠偏性的意见一直在潜滋暗长。当时启蒙界对易卜生的反对者斯特林堡的关注,对高德曼的女性解放观点的介绍,就是重要表现之一。与易卜生相比,斯特林堡在中国所产生的影响明显偏弱,但却并非不重要的存在。1918年,周作人就介绍说:"A. Strindberg……短篇集《结婚》(Giftas)出,世论哗然。其书言结婚生活,述理想与现实之冲突,语极真实,不流于玩世。"② 不仅如此,他还将《结婚》中的两篇小说翻译出来,以《不自然淘汰》和《改革》之名一并发表。③ 1919年7月,茅盾以雁冰之名发表了《近代戏剧家传》,介绍了比昂逊、契诃夫等三十四个作家,其中第二个就是斯脱林褒格(August Strindberg)。④ 1919年7月25日,茅盾发表了《对于黄蔼女士讨论小组织问题一文的意见》,借助斯特林堡的《结婚集》直指当时中国妇女解放的问题。⑤ 此后,茅盾翻译了斯特林堡的小说《他的仆》《强迫的婚姻》《人间世历史之一片》、剧本《情敌》,并且在《小说新潮栏宣言》中指出翻译斯特林堡的小说十分必要,在他随后列出的应先行翻译的十二家的三十部著作中,第二家即是 Strindberg,而其作品则含括 At the Edge of the Sea、Miss Julia（A Play）、The Father（A Play）这三部,占了总数的十分之一。⑥ 此后,仲持、梁实秋、蓬子、杜衡等均曾翻译过斯特林堡的作品,尤其是其《结婚集》。通过翻译、介绍斯特林堡,周作人、茅盾、梁实秋等对妇女解放的复杂性有了更深刻的认知,对"女人是女人"在妇女解放中的意义进行了深入阐释,从而对一

---

① 舒芜:《女性的发现——周作人的妇女论》,《回归五四》,辽宁教育出版社1999年版,第435页。
② 见周作人在译文《不自然淘汰》前所写的译者识,《新青年》第5卷第2号,1918年8月15日。
③ 二者均见《新青年》第5卷第2号,1918年8月15日。
④ 雁冰:《近代戏剧家传》,《学生杂志》第6卷第7号,1919年7月。
⑤ 茅盾:《茅盾全集》第14卷,人民文学出版社1987年版,第48页。
⑥ 茅盾:《小说新潮栏宣言》,《小说月报》第11卷第1号,1920年1月25日。

味追求男女平等而忽视女性性别特质及其在家庭中的位置发出了异议。①巴金也接触过斯特林堡，他翻译的高德曼女士的《妇女解放的悲剧》，具有极为重要的价值。高德曼说："两性间和个人间的和谐并不必靠着人类表面上的相等；也不必毁灭个人的个性。"而当时，"妇女的独立和解放的概念之狭小，她们要求社会地位较高于她们的男子的爱之恐怖；她们以为爱情会剥夺去她们的独立和解放的那种忧惧，她们以为母性的爱和快乐会妨害她们的职业的那种恐怖：——这些使解放了的近代妇女完全成了'不自然的贞女'，生命的忧乐，完全不能达到她们的灵魂深处，她们只无聊的望着岁月逝去罢了，她们的生活是极其呆板的。""那些鼓吹妇女解放的一般人所说的解放的范围太狭小了，不能使那潜伏在真实的妇女情妇，和母亲的深刻感情中的无限的爱情和欢乐充分发展的自由。"② 高德曼对于女性的独特需要的强调，显然已非一味地强调男女平等者可比。饶有意味的是，就在巴金所译《妇女解放的悲剧》刊载的同一期《新女性》上，夏丏尊发表了《闻歌有感》，斯特林堡同样成为他反思妇女解放问题的重要资源。夏丏尊说，易卜生鼓励的女性解放只造成了社会上看作悲剧的第三性的女子，"国内近来已有了不少不甘为人妻的'老密斯'，和不愿为人母的新式夫人。女性的第三性化似已在中国的上流社会流行开始了！"他重新提及贤妻良母主义，说需要注重对贤与良的内容的解释。他认为解决之道在于女性重新认识自己的职责："希望新女性把这才萌芽的个人的自觉发展强烈起来，认为妻为母是自己的事，把家庭的经营，儿女的养育，当作实现自己的材料，一洗从来被动的屈辱的度。为母固然是神圣的职务，为妻是为母的预备，也是神圣的职务。为母为妻的麻烦不是奴隶的劳动，乃是自己实现的手段，应该自己觉得光荣优越的。"③ 夏丏尊的这种观察，与庐隐等笔下的新女性的认知与选择相吻合，也与孙俍工等

---

① 资料梳理情况及具体论证参见杨华丽《茅盾与斯特林堡》，《鲁迅研究月刊》2017年第6期；杨华丽、邹啸《斯特林堡在民国时期的译介述评》，《绵阳师范学院学报》2018年第12期。
② 高德曼女士：《妇女解放的悲剧》，李芾甘译，《新女性》第1卷第7号，1926年7月1日。
③ 丏尊：《闻歌有感》，《新女性》第1卷第7号，1926年7月1日。

的小说中所呈现的新女性命运相吻合,① 他对于新女性当时及未来命运的担忧,也不无人道主义价值,但他劝新女性改变自己的观念,从而愉快地承担贤妻良母角色的"药方",显然有让新女性依靠精神胜利法来自娱自乐的嫌疑,无助于从根本上解决新女性的女人与社会人的两难地位。

在凸显"女人是女人"方面,早期的问题小说、为人生小说体现得相对匮乏,在后来对恋爱、性爱书写较多的小说中体现得稍微深入一些。如张资平的《苔莉》《爱之焦点》《梅岭之春》,叶灵凤、章依萍等的小说,对女性的心理刻画稍显深入,对其性别特征稍微重视了一些。但总体来看,在两性关系描写上,男性作家们无意间会体现出较多的男权思想影响。周作人曾说:"(在男权社会里)假如男女有了关系,这都是女的不好,男的是分所当然的"②,这在此期的小说中多有体现。另外,此期小说的妇女解放主题,极易逃掉对性别关系中所存在的父权意识的反省。杨联芬认为,在当时表现爱情的浪漫小说中,这种特征最为典型。如郁达夫的《茑萝行》、郭沫若的《漂流三部曲》中的连续短篇、陈翔鹤的《悼——》、白采的《微眚》、叶灵凤的《女娲氏之遗孽》等,在描写男女恋情的痛苦和悲剧时,往往一股脑儿将根源指向抽象的旧家庭或社会,而对直接导致痛苦或女性悲剧命运的专制自私的男主角缺少反省。③

问题的复杂性在于,一方面是男性启蒙者虽认识到"女人是女人",因而想动员女性起来参与女性解放的设计蓝图,但效果却并不佳;另一方面是部分男性对于部分响应启蒙者号召而挺身参与解放运动的女子,却采取打压的态度。前者可以《新青年》杂志的女子问题讨论为例,后者可从庐隐的作品见出。

我们知道,《新青年》杂志从第 1 卷开始就关注女子问题,有意识地引导人们尤其是女性参与到讨论中来,但"女子问题"栏目时有时无,而参与讨论的女性更是寥若晨星。1918 年 5 月,周作人翻译的与谢野晶子的《贞操论》在《新青年》发表时,《新青年》前此曾刊登征集关于女子问题的议论的广告达半年之久,也获得过几篇回应文字,但"近几

---

① 孙俍工的《命运》,"写觉悟的女性之终于成为'家庭的奴隶',最后只能承认了'不可避免的命运'",茅盾:《导言》,《中国新文学大系·小说一集》,上海良友图书印刷公司 1935 年版,第 21 页。

② 周作人:《谈虎集》,河北教育出版社 2002 年版,第 213 页。

③ 杨联芬:《个人主义与性别权力》,《中山大学学报》2009 年第 4 期。

月来，却寂然无声了"，所以周作人认为在中国讨论女性问题有一个比较悲观的前途，当时的中国"还未见这新问题发生的萌芽"，因而他的翻译也仅仅是备"极少数觉了的男子"① 参考而已。到了1919年4月15日，编者再次刊载了《女子问题》这则启事，希望女同胞们对"女子教育""女子职业""结婚""离婚""再醮""姑媳同居""独身生活""避妊""女子参政""法律上女子权利"等关于女子的重大问题，"任择其一，各就所见，发表于本志"，"一以征女界之思想，一以示青年之指针"②，然而这种希冀再次落空。其原因可能诚如周作人所言的"本身并无痛切的实感"，因为她们"不幸上了历史和数目的无意识的圈套"③，以为身受三纲之厄乃天经地义，而另一种可能的原因，则是女子们有着痛切的实感却没有掌握发言的语词，因而只能继续做沉默的大多数。

　　在1915—1927年的时间里，社会上对解放了的女性，由原来的崇敬而转为讥讽，而这讥讽者中以男性居多。庐隐的小说《新的遮拦》中，一个"很洁身自好"的女子，和一个男子相携着走过，却被另一个男士评价说："那是一个最时髦的女学生，最喜欢出风头……我们送她一个极恰当的绰号——女政客——她的朋友至少在两打以上，要是我绝不和这种人来往。"在社会上很活跃的本来洁身自好的女子，却被目为讲时髦、出风头、女政客，其交往广更被视为不得了的劣迹。庐隐认为，这种舆论的出现，意味着"旧的遮拦打破了，新的遮拦又相继而生！"④ 茅盾曾敏锐地感知到这一点，说他"承认现社会中的新女子不曾完全洗去了女性的弱点"，但又觉得"由现社会中的男子来抨击女子，说伊们程度不到，实在太岂有此理了一点！"他尖锐地批驳道：

　　　　慕虚荣诚然是一个弱点，但男子利用伊们这弱点捐起新文化运动家的牌子来引诱便是该死！没审判力诚然是一个弱点，但男子假装起恋爱的面目来引诱便是该死！……男子是几千年占了优势的，受有特别权利的，却到现今还不能个个都伐毛洗髓像个人，配来教训女子？

---

① 周作人所写的译者序，[日]与谢野晶子《贞操论》，周作人译，《新青年》第4卷第5号，1918年5月15日。
② 《新青年》第6卷第4号，1919年4月15日。
③ 唐俟（鲁迅）：《我之节烈观》，《新青年》第5卷第2号，1918年8月15日。
④ 庐隐：《新的遮拦》，《星海》，商务印书馆1924年版。

是男子造出卖淫制度来，叫女子丢脸；是男子做出奇形怪状的东西来，叫女子好装饰；是男子做出不通的礼法来，叫女子没知识没独立的人格；是男子造出可恶的谎来，叫女子自认是弱者是屈伏者；男子把女子造成现在的样子了，却又从而议其短，天地间不平的事情还有过于此么？①

茅盾这段条分缕析而措辞尖锐的文字，既揭示了新解放了的妇女在社会上依旧被男性歧视的现象，又旗帜鲜明地表达了自己对这样的男权思想的严正批驳，的确振聋发聩。它让我们感到，那一时期男性尤其是男性启蒙先驱者的女性身份认同，虽然总体上已有松动，但从更宏大的层面来看，男性启蒙者本身的观察所挣脱不了的男权无意识，阻止了他们在"女人是人""女人是女人"这两个向度上更加深入地思考并加以呈现的可能。而就整个社会层面而言，这种男权无意识所塑造的眼光，依然从总体上在打压试图走向妇女解放之路的女子，"女人是人""女人是女人"的目标的实现依然任重而道远。

三 "为人"与"为女"：女性的双重自觉

客观地看，能在时代话语的激荡下亲自参与1915—1927年两性伦理的建构，而且意识到"自己首先是人，其次还是女人"的女性数量其实非常稀少。这部分女性的出身背景，大多与中国现代教育尤其是现代女子高等教育的发展密切相关，陈衡哲、冰心、庐隐、凌叔华、冯沅君、苏雪林、石评梅等是这一时期的代表人物。

1919年后才登上中国文坛的这批女作家，在公开发表作品之前早已感知到了社会思潮的巨变。苏雪林曾回忆说，"我们心灵已整个地卷入那奔腾澎湃的新文化怒潮"，"每天我们都可以从名人演讲里，戏剧宣传里，各会社的宣言里得到一点新刺激，一点新鼓励"，从而"争先恐后地向着光明阵营跑"。②庐隐在参与组建了社会改良会之后，读了很多社会主义的书，觉得自己的思想"真有一日千里的进步了"，从而决意"要作一个

---

① 茅盾：《劳动节日联想到的妇女问题》，《茅盾全集》第14卷，人民文学出版社1987年版，第206页。

② 苏雪林：《我的学生时代》，《苏雪林文集》第2卷，安徽文艺出版社1996年版，第61—62页。

社会的人"①。石评梅的话道出了一代五四新女性的心声，"我们最美丽而可以骄傲的是：充满学识经验的脑筋，秉赋经纬两至的才能，如飞岩溅珠，如蛟龙腾云般的天资，要适用在粉碎桎梏，踏翻囚笼的事业上"②。在五四运动中，冯沅君亲自参与其中；冰心作为女学界联合会宣传股的成员，旁听了1919年8月21日法院对北大爱国学生的审判会，写就了《二十一日听审的感想》；李超之死的追悼会，本就是新文化阵营的一次集体出场，庐隐、苏雪林、冯沅君等都积极参加；冰心明白自己与其他的"女学生"身份非常重要，是纠正社会上人们对"女学生"负面印象的关键，是其他女性走向解放的先头部队："……台后也有无数的青年女子，提心吊胆，静悄悄的等候。只要我们唱了凯歌，得了台下欢噪如雷的鼓掌，她们便一齐进入光明。"③

到了她们开始书写时，其积极参与社会、关心社会的倾向表现得异常鲜明，诗歌、杂文、小说都是承载这种关怀的文学载体。庐隐的杂文《"女子成美会"希望于妇女》直面妇女解放失败问题，分析原因，并期盼女同胞们"快快起来，解决自身的问题"④，《思想革新底原因》则号召："我们要思想革新就不要躲避外界底刺激"⑤，《新村底理想与人生底价值》则推崇新村主义，以实现所有人的人生价值。冰心公开发表的第一篇文字《二十一日听审的感想》，即是关系五四运动之作，《"破坏与建设时代"的女学生》则关系到当时女学生的地位与妇女解放问题；陈衡哲20世纪20年代发表了《四川为什么糟到这个地步？》等与政治和社会密切相关的杂文。而在小说上，冰心说自己"做小说的目的，是要感化社会，所以极力描写旧社会旧家庭的不良现状，好叫人看了有所警觉，方能想去改良"⑥。庐隐认为，写作"社会的悲剧，应用热烈的同情、沉痛的语言描写出来，使身受痛苦的人一方面得到慰藉，一方面引起其自觉，努力奋斗，从黑暗中得到光明——增加生趣，方不负创作家的责任"⑦。

---

① 庐隐：《庐隐自传》，第一出版社1934年版，第70页。
② 评梅：《夜行》，《新共和》第1卷第1号，1921年12月10日。
③ 谢婉莹：《"破坏与建设时代"的女学生》，《晨报》1919年9月4日第7版。
④ 庐隐：《"女子成美会"希望于妇女》，《晨报》1920年2月19日第7版。
⑤ 庐隐：《思想革新底原因》，《人道》第1号，1920年8月5日。
⑥ 冰心：《我做小说，何曾悲观呢？》，《晨报》1919年11月11日。
⑦ 庐隐：《创作的我见》，《小说月报》第12卷第7号，1921年7月10日。

她们此期小说的共同特色，是提出她们关心的诸多问题并尝试找到解决之道。庐隐的《月夜里的箫声》《一封信》《王阿大之死》《灵魂可以卖吗？》，冰心的《斯人独憔悴》《去国》《是谁断送了你？》，石评梅的《董二嫂》，苏雪林的《童养媳》，陈衡哲的《波儿》《巫峡里的一个女子》《洛绮思的问题》《一支扣针的故事》，都堪称那一时期特色鲜明的问题小说。这批女作家执着地追问着"灵魂可以卖吗？""是谁断送了你？""何处是归程"等社会问题、爱情问题，对于民生疾苦、黑暗现实不留余力地加以形象化揭示。她们这些述说，与罗家伦的"是爱情还是苦痛？"①及叶绍钧的"这也是一个人？"②等一起构成了此期人生派小说的问题书写，反映出鲜明的"人的文学"的倾向。"五四时代是理性主义为王的时代。……我们心龛里却供奉着一尊尊严无比仪态万方的神明——理性。"③苏雪林的这段自陈，其实代表着五四一代女作家的特色，而在理性指导下的问题小说写作，体现出她们自己对"女人是人"的深刻认知。

不能忽视的是，"女人是女人"这一观念，在她们刚登上文坛时就已有体现，而她们越深度参与妇女解放运动，就越痛苦地发现了她们身为女性受到的诸多束缚，她们笔下的女性，她们书写女性的方式也因此发生了值得重视的改变。

20世纪20年代以后的"中国女性文学实际是在这种女学生文学的基础上逐渐向外浸润的，但从学校教育空间向任何一个方向的扩散，遇到的都是在家国同构的中国社会中生成和发展起来的伦理道德观念的挤压和封堵。对于中国女性的独立意识而言，现代学校教育仅仅是一个规模狭小的温室，并且只能在这个温室中度过极为短暂的时间"④。的确，这批女学生在学校中的日常活动内容——自由阅读、相互切磋、远足踏青、参加运动会游艺会、自由写作等，尽管也有忧愁的因子偶尔出现在她们的心间，

---

① 罗家伦：《是爱情还是苦痛？》，《新潮》第1卷第3号，1919年3月1日。
② 叶绍钧：《"这也是一个人？"》，《新潮》第1卷第3号，1919年3月1日。需要说明的是，在该期目录页，该文的题目为《这也是一个人！》，正文中的标题则变感叹号为问号，且有双引号。此处以正文标题为准。
③ 苏雪林：《我的学生时代》，《苏雪林文集》第2卷，安徽文艺出版社1996年版，第62页。
④ 王富仁：《从本质主义的走向发生学的——女性文学研究之我见》，张莉《浮出历史地表之前——中国现代女性写作的发生》，南开大学出版社2010年版，第11—12页。

但相对于后来的大风大浪、大起大落，这都是她们在避风港中暂时得到的黄金时段。一旦她们主动探出头去打量这个世界，或被动地被拉去目睹生活的真实，她们就感到了悲哀的来袭。这批女作家最擅长表现的，的确是与女性相关的题材，"她们和子君一样在叛逆出走、追求爱情之后，发现自己两手空空，因此，她们似乎很难在老旧中国女人的经验中，开辟一个完全独立于男性大师们陈述的视阈，也很难在有关娜拉的出路或子君的出路问题上，开辟一个独立于男性大师们的结论，并使之得到社会的承认"。为此，"女性作家们似乎惟有在那些尚未定型的、略与女人有关的旗帜下，以女性身份占一席之地，譬如人，人生，情感，爱情，婚姻家庭，个性等等"①。而在五四落潮后，女作家们开始大量展示女性在过渡时代的独特体验，如庐隐的《或人的悲哀》《海滨故人》《丽石的日记》、冯沅君的《隔绝》《隔绝之后》《旅行》、凌叔华的《酒后》《绣枕》《吃茶》《花之寺》《茶会以后》等。这一时期的写作，充分体现了她们的女性特征，"妇女必须把自己写进本文——就像通过自己的奋斗嵌入世界和历史一样"②。她们的这种书写，正是她们的特色所在："'五四'女性写作者无不具有清醒的、强烈的自我意识和自主意识，她们的写作不再纳入统一的时代模式，她们表现出了自己的个性禀赋，我们不会把她们中间的一个与另一个混淆，当然，当'个性解放'成为时代的旗帜，无论男性女性写作者都注重创作个性，而说到女性写作者时，我们还可以加上一个'更'字。"③

五四女作家的自我意识，其次体现在她们开始讲述时的代词选用上：对于自己，她们不再用惯用的"余"，不再用男性作家笔下女性常自轻自贱的称谓语"奴""妾"，而大胆地起用了"我"。《娜拉》中娜拉对丈夫说："我是同你一样的人"，《伤逝》中子君对涓生说的是："我是我自己的，他们谁也没有干涉我的权利！"在这一刻，"我"是自己身体的主体，可以主宰自己的灵魂，可以独立追求并承担责任。"'我是我自己的'这短短六个字竟是女性向整个语言符号系统的挑战，在'我'的称谓与主

---

① 孟悦、戴锦华：《浮出历史地表——现代妇女文学研究》，中国人民大学出版社 2010 年版，第 13 页。
② [法]埃莱娜·西苏：《美杜莎的笑声》，转引自张莉《浮出历史地表之前——中国现代女性写作的发生》，南开大学出版社 2010 年版，第 181 页。
③ 刘纳：《颠踬窄路行》，作家出版社 1995 年版，第 182—183 页。

体存在关联为一个符号体的一瞬间,乃是子君们成为主体的话语瞬间;这一瞬间结束了女性的绵延两千年的物化、客体的历史,开始了女性们主体生成阶段。"① 而在凌叔华、石评梅、苏雪林、冯沅君、庐隐、冰心等的作品中,"我"总是或隐或显地与他者并列存在,"我"与他者是主体与主体间的人的关系,而不再是主客关系、异化关系。另外,对于女性第三人称单数代词,当时各界人士还在为"伊"和"她"而争执不休,鲁迅、周作人、叶圣陶、汪静之、胡适等多选用了"伊"这个多少有些古意的字,而这一批女作家,几乎从一登上文坛就义无反顾地选用了"她"。"冰心、庐隐……从1921年年初开始,她们就大量地使用着'她'和'她们'这些新生的女性代名词。……冯沅君从1923年秋开始刚从事写作时,即惯用'她'字;石评梅在1922年年初之时,已喜欢大量使用'她'字,随后两年,甚至在诗文的标题中对'她'字的使用也已屡见不鲜。陈衡哲1924年前后也较多使用了'她'字。"② 而这些女性作家对"她"字这个新生词汇由陌生到熟稔的运用,有助于"自由抒发女性持有的思想情感、社会关怀,张扬着新时代勃发的女性主体意识"③。

五四女作家的自我意识,还体现在她们对于写作体式——书信体、日记体的认知与自觉选择上。我们知道,冯沅君曾写有《淘沙》这篇批评长文,分三次登载于《晨报副镌》上。如果说其第一部分——《郑振铎君中国文学者生卒考》体现了冯先生前期所受学术训练的成果,同时也预示了冯先生古典文学研究的品格、气象与格局,第二部分——《郭沫若君的十字架》体现了冯沅君对浪漫抒情派的文学主张的认同,也为我们读解冯先生自身体验与其小说中所描述的悲剧性情感冲突提供了一个恰到好处的入口,那么《淘沙》的第三部分——《朱谦之杨没累两君的荷心》,则体现了冯沅君对书信体之于展现主观个性、营造抒情氛围的作用有着清醒的认知。④ 她说:"文学作品之必带作者的个性,这是同日月经

---

① 孟悦、戴锦华:《浮出历史地表——现代妇女文学研究》,中国人民大学出版社2010年版,第31页。

② 黄兴涛:《"她"字的文化史:女性新代词的发明与认同研究》(增订版),北京师范大学出版社2015年版,第140页。

③ 黄兴涛:《"她"字的文化史:女性新代词的发明与认同研究》(增订版),北京师范大学出版社2015年版,第141页。

④ 参见杨华丽《冯沅君〈淘沙〉及其相关问题论析》,《文史哲》2011年第1期。

天，江河行地一样……并且所谓文学作品中的个性，决不是专指作者之思想和见解而言，就作品的技术方面说，辞句篇章的构造，也是因人而异的。"而书信这种体裁，更容易体现作者的个性："至于书信，我以为应较其他体裁的作品更多含点作者个性的色彩。因为虽然任何体裁的文字都是抒写作者的思想和情感，但是书信中所述叙的，无论如何，终比其他体裁的作品中的偏于主观些。"① 对于书信之于作家个性的关系既然有着如此清醒的认知，那么，对于更为私人化的日记体之于凸显作家个性的作用，她们的体悟当会更深。书信体、日记体的自觉运用，在五四时期男女作家尤其是主观抒情派作家的小说创作中均有体现，而在觉醒起来的年轻女作家笔下表现得更为鲜明。她们在过渡时代的觉醒与挣扎的心路历程，就通过这样的体裁得到更鲜明的表现，其创作强烈的主观抒情性，亦因之而凸显。如冯沅君的《隔绝》用的是书信体，《春痕》直接由一个女子瑗如写给其情人璧弟的50封书信勾连而成，而她的诸多小说中，展露主人公内心的情感波澜、推动整个故事情节发展的常用媒介就是书信。凌叔华的《花之寺》，引发男主人公幽泉心思动荡从而促成整个故事达到高潮的，就是他收到的那封"字迹极柔媚，言辞很藻丽，语气很恭谨"的"怪信"②，其《"我那件事对不起他？"》③中的两封书信，对整个故事的构成至关重要。庐隐的《余泪》《彷徨》《海滨故事》《新的遮拦》《沦落》还只是嵌入书信，其《或人的悲哀》主体部分全是亚侠写给KY的书信，《丽石的日记》《父亲》的主体部分则均是日记。有人曾如此评价过书信体与女性写作之间的关系："从女性写作的角度去理解，庐隐借助于书信体寻找到了一种适合妇女们自己使用的语言及表达方式——它们与逻辑性的、条理清晰的男性写作不同。无论是内容和形式，都显示了'女性'特质：含糊、感性、令人困惑。"④ 当我们通读了那一时期女作家们的创作后，我们会认定，日记体之于庐隐们同样重要。

可以说，女作家们上述有意识的选择，彰显了她们独特的身份认同观念，为我们更深入地探讨其"女人是女人"观念的肌理，提供了异常重

---

① 淦女士：《淘沙》（三），《晨报副镌》1924年7月29日。
② 凌叔华：《花之寺》，《现代评论》第2卷第48期，1925年11月7日。
③ 该小说发表时，题目即如此，后来的选本多将"那"改为"哪"。
④ 张莉：《浮出历史地表之前——中国现代女性写作的发生》，南开大学出版社2010年版，第254页。

要的入口。但显然，我们也不能将 20 世纪 20 年代的女性作家的身份认同观念看得过高。"她们命名了自己，感受到自己，但未能确立自己或阐释自己，她们陷入了以'我'、'你'、'他'为标志的'一样'的象喻性主体关系，或者，她们心知不一样但没有自己的话语，她无法为这'不一样'的东西命名，她甚至找不到这样的词汇，或许，在她找到、创造出这样的词汇、概念乃至学说之前，她自身已又复淹没在他人的及'与他人一样'的话语洪流中间。"[1] 从其作品来看，她们作品中总有一位女儿主人公，一代女作家所讲述的几乎都是各色各样的女儿们的故事。这女儿，"尽可以在信念和价值观念上反叛父亲和父辈的要求，但在心理上，却可能依然依恋双亲——不是依恋双亲本身，而是依恋女儿那种有人保护的、不用承担世界和自己的压力的孩提阶段。"[2]《海滨故人》中的露莎，听闻母亲病重的消息后，反复浮现的情思，就是自己"伶仃的身世，还有什么勇气和生命的阻碍争斗呢？""只觉到自己前途的孤零和惊怕"，而在母亲去世后，她觉得自己的生死关头已被打破，生命中的黄金时代已过，如"秋后草木，只有飘零罢了！"[3] 依恋对象的彻底失去，使得露莎的人生观遽然改变。与处于女儿阶段相应，这些女作家的创作，也就"充满了青春、骚乱、幻想、脆弱、幼稚和肤浅，不具备成人那种老辣坚定的目光"[4]。直到丁玲的《梦珂》《莎菲女士的日记》中失去了双亲的女人形象的出现，一种新的女性身份认同才得以凸显："女儿们第一次获得了新的女性的自由之心。这颗心已不再像父亲的女儿那样负荷着历史的阴影，也不再仅仅是逆子们的回声。"[5] 这个时候，她们更多地走向了自我，而对女性独特的性爱体验的书写也更为集中而鲜明。

---

[1] 孟悦、戴锦华：《浮出历史地表——现代妇女文学研究》，中国人民大学出版社 2010 年版，第 33 页。

[2] 孟悦、戴锦华：《浮出历史地表——现代妇女文学研究》，中国人民大学出版社 2010 年版，第 16 页。

[3] 庐隐：《海滨故人》，王国栋编《庐隐全集》第 1 卷，福建教育出版社 2015 年版，第 395 页。

[4] 孟悦、戴锦华：《浮出历史地表——现代妇女文学研究》，中国人民大学出版社 2010 年版，第 16 页。

[5] 孟悦、戴锦华：《浮出历史地表——现代妇女文学研究》，中国人民大学出版社 2010 年版，第 16 页。

第二节 小说叙事中的婚姻伦理

1915—1927 年小说叙事中的婚姻伦理，因书写主体、书写对象的差异而呈现出不同的色泽。在此期，我们既能看到鸳鸯蝴蝶派小说家为主的一些写作者描绘着传统夫妻伦理在彼时的回旋，也能看到新思潮的启蒙者和参与者们对新婚姻伦理的理解、想象与设计，我们既能看到男性作家在传统与现代之间的犹疑，也能看到女性作家在现代与传统之间的徘徊。这是一个典型的过渡时代，婚姻伦理的书写呈现出典型的众声喧哗特征。

一 传统夫妻关系的现代回声

在此期的一些作者笔下，老中国的典型夫妻还活跃在文学作品中。

首先我们需要重视的是鲁迅《呐喊》与《彷徨》中的传统夫妻形象：《药》中的华老栓和华大妈，《风波》里的航船七斤和七斤嫂，《端午节》里的方先生和方太太，《祝福》里的鲁四老爷和四婶，《肥皂》里的四铭和四铭太太，《离婚》里的爱姑及其丈夫。这些老夫妻的典型特征，一是几乎不再有情感冲动，二是夫为妻纲的潜移默化。小说中的这些夫妻，因生活多年已形成了高度默契。华老栓去给小栓买人血馒头前向华大妈要钱，他只需要说"你给我罢"，而华大妈则掏出钱来，不再有言语。等他回来时，华大妈和他的对话，也就"得了么？""得了。"他们俩都爱着小栓，但他俩之间也就只剩下相濡以沫，苦苦撑持家庭的生活了。方先生和方太太之间有很多"习惯法"。比如，方先生对他的夫人发话时没有称呼语，说的是"喂"，"太太对他却连'喂'字也没有，只要脸向着他说话，依据习惯法，他就知道这话是对他而发的"。而当方太太想附和他，说上一两句话时，方先生可以"将头转向别一边"，"依据习惯法，这是宣告讨论中止的表示"。而当他脸色一变，"方太太……便赶紧退开"，话没说完也不能再说。四铭和四铭太太的婚姻生活，也早就过成了一杯白开水。四铭太太的职责是做饭、带孩子。小说一开端，四铭太太明明听到四铭的脚步声，却"并不去看他，只是糊纸锭"。只有当四铭取出当时非常奢侈的物品肥皂时，她才立即改变对他的敷衍态度，非常积极地配合他呼唤学程、教育学程、仔细聆听四铭的言说并得体地附和。波澜不惊的生活，被病痛、经济窘困压迫的生活，已经让他们没有享受生活的余裕。而他们身处其间的男权文化，又使得他们的相处中处处显出夫尊妻卑、夫为妻纲的特点。比如在《肥皂》中，四铭显然是一家之主，这既可以从他对儿子学程的呼来唤去看出，也可以从四铭一家在晚餐时的座次见出。小说写道："灯在下横；上首是四铭一人居中，也是学程一般肥胖的圆脸，但多两撇细胡子，在菜汤的热气里，独据一面，很像庙里的财神。左横是四太太带着招儿；右横是学程和秀儿一列。"这是严格遵守了尊卑的位次排列："财神"四铭，就是一家之"中"，一家之"主"，然后较尊者，是四太太、学程，最末者，是秀儿和招儿。《祝福》中的鲁镇理学氛围异常浓厚，男尊女卑被视为天经地义。小说写道，为祝福杀鸡、宰鹅、买猪肉后细细地洗，"臂膊都在水里浸得通红"的是女性。这些女性家里的经济甚至可以不错，可以戴"绞丝银镯子"，然而即便如此，"拜的却只限于男人"。在鲁四老爷家里，四婶虽有一定的发言权，比如说她留下祥林嫂，然而归根结底，她是服从于四老爷的权威的。四老爷交代她不能让祥林嫂参与祝福的准备工作，她就绝对不准。"你放着吧，祥林嫂！"四婶慌忙地对祥林嫂吼出的这句话，正是让她彻底坠入深渊的那块巨石。祥林嫂守节而不得的悲剧，和单四嫂子夫死从子而不得的悲剧一样，让我们触目惊心。表面看来，《离婚》中的爱姑和她丈夫的关系，在鲁迅小说中呈现的传统夫妻中是一个例外。爱姑明知丈夫的心神已全部在他姘上的小寡妇身上，还要费神尽力地企图挽救这段徒具形式的婚姻。在去接受七大人调和的船上，她告诉八三哥说："我倒要对他说说我这几年的艰难。"爱姑被遣回娘家后遭遇的心理、身体、经济、文化的"艰难"是可以想见的，然而不管怎样，丈夫一家人、慰大人、七大人、尖下巴少爷都维护爱姑丈夫的选择，就连八三哥、爱姑父亲庄木三最终也倒戈，劝爱姑放弃对婚姻权益的坚守。于是我们发现，原本贤淑的爱姑，"三茶六礼定来的，花轿抬来的"爱姑，从没触犯七出条例的爱姑，只因为爱姑的丈夫有了新欢，这个由男人组成的强大的社会网络，就会对她层层施压，强迫她与丈夫离婚，而对离婚后的她将被迫走向怎样不可知的未来，没有人关心。《离婚》的特殊之处，在于放大了男子因移情别恋而休妻这个细节，在于凸显了爱姑对于无爱婚姻进行坚守的徒劳，在于深入呈现了夫为妻纲的另一种形态。因而该小说的出现，实在是丰富了传统夫妻关系的书写，将夫为妻纲这一统治性的伦理规则，以更为别样的形态呈现在了我们面前。

与鲁迅的书写相呼应，现代乡土小说派、问题小说派作家笔下，也有许多传统夫妻形象。比如许杰的《赌徒吉顺》中的吉顺本是一个泥水匠，又继承了其父亲的家产，但不知道珍惜，很快将金钱挥霍殆尽。"他老婆在每况愈下，困苦艰难的家境中，虽然要挣扎着给人家服役，以自养活与支持家务，却为定期的每隔一年的生育儿女所困陌而不得超升。她每想劝诫她的丈夫，叫他不要这样常住在赌场与茶馆中，以赌博为正业，以至家庭的生计和财产破坏到这样空虚。但是他的性格，变得与从前大不相同，谈话的时候，都要抢拳反眼，凶狠暴戾的骂她多管闲事，骂她吃得太安稳了，要问他讨一顿恶打和谩骂。"故事发生时，吉顺在赌场里赢了钱，和赌友们在最好的酒楼里喝茶吃饭，可是他"近来已有一月没给钱养活她们，半月没有回去看她们了"。他虽在吃饭间隙想到了家里的苦况，然而还是觉得应该自己先快活了再说。此时文辅先生来劝他典当自己的妻子给邑绅陈哲生，吉顺明白了，"就觉得这是何等可耻而羞人的事！可让她们饿死罢，我不能蒙这层羞辱"。显然，吉顺此时顾及的是自己的面子，而不是妻与子的死活。当然，这时的他刚刚赢了钱，给了他赌博成功的希望，这是他拒绝的主要原因。仅仅一天之后，吉顺就输得一无所有，还欠了几十块钱。他思前想后，只得再去求文辅帮他联系典妻事宜，最终却只谈得了八十块钱。在文本中，吉顺虽然有忏悔，有对自己妻儿的爱的表达，但毫无疑问，妻儿不是他生命的全部，妻子只是他的工具。名誉、羞耻感，在吉顺这儿纯属幌子，妻子的命运、妻子的人格，根本不在他考虑的范围之内。

彭家煌的《怂恿》中政屏的妻子也毫无主体性。在政屏与刁横的牛七所定的计谋中，其妻子是个上吊的角色。小说没有写她知道此事后的心理活动，但从行动来看，她积极地按计划行事，最终受尽侮辱，以至于后来已无脸公开露面，"她自从死过这一次，没得谁见过她一次。真个，她是被活埋了"。朋其的《蛋》写的是诨名朱元璋的张大人，因家里有钱有权，无一是处、毫无本领的他却在求学、求职之路上顺风顺水，还在读书期间娶到了观音场上陈甲长家里最美又贤惠的女儿。但他对夫人始终不满意，后来见着寡妇马二奶奶，就被勾魂摄魄，始终想将其娶回家去。不料他夫人不让他娶，为此他想尽办法，把无奈的妻子赶回了娘家。张大人是一个假新派的真封建，其妻子是一个传统的无路可走的妇女，马二奶奶则是一个风骚的如鱼得水的寡妇。在这场闹剧中，最可怜的就是其旧妻子，而支持张大人的荒唐言行的，则是传统的夫为妻纲观念。

在此期各类作家对妇女贞节问题的反思中，传统夫妻关系的顽固性体现得异常鲜明。

周瘦鹃的小说《十年守寡》中的王夫人因对丈夫的深情而守了十年寡，一心一意抚养女儿，心如枯井，其公婆、父母、亲戚邻居都啧啧称她为"好一个节妇"。在第十一年时，一个亲戚家的男子常来走动，引得她动了情，发生了关系，后来生下一个孩子。等她重回母亲家时，翁姑长叹，父母生气，兄弟姊妹和妯娌们都另眼相看，连她十三岁的女儿都和她渐渐疏远。众人都鄙夷、遗憾地称她为"一个失节妇，一个失节妇！"小说末尾，作者对主人公王夫人的不再守节表示了充分的同情："王夫人的失节，可是王夫人的罪么？我说不是王夫人的罪，是旧社会喜欢管闲事的罪，是旧格言'一女不事二夫'的罪。王夫人给那钢罗铁网缚着，偶然被情丝牵惹，就把她牵出来了。我可怜见王夫人，便蘸着眼泪做这一篇可怜文字……"[①] 在《娶寡妇为妻的大人物》中，周瘦鹃认为，娶寡妇为妻"既无损于本人的名誉，也无碍于本人的事业。我国只为人人脑筋中有了不可娶寡妇的成见，而寡妇也抱了不可再醮的宗旨，才使许多'可以再嫁'的寡妇都成了废物……与其如此，那何妨正大光明的再醮呢？然而要寡妇再醮，那么非提倡男子娶寡妇为妻不可"[②]。周瘦鹃的这些言辞，彰显了他以及鸳鸯蝴蝶派作家的可贵清醒。

冯文炳的《浣衣母》，呈现的是一个50岁的守节妇女李妈"晚节不保"的悲剧。她的丈夫是个酒鬼，早就死了。他家原本有高大的瓦屋，也换成了茅草房，同时留给她两个儿子，一个驼背女儿。李妈是小脚女人，没有其他生存能力，只能利用靠近城里的优势，去帮人洗衣服。渐渐地，她获得了城里太太们的信任，日子也还过得去。城里的孩子、乡下的孩子都将李妈那儿当成了乐园，甚至长大的姑娘、年轻的少妇想在那里多耽搁一时半会儿，回去也可以说有李妈在而被免去苛责。南来北往的人，都将李妈看成圣母般的存在，然而没人懂得李妈的寂寞。李妈的驼背女儿死了，在其中一个儿子类似酒鬼父亲般荒唐行事而终于死了，另一个外出当兵以后，她的寂寞感越来越强。一个30多岁的单身汉，想利用李妈的

[①]《礼拜六》第112期，1921年6月4日。
[②]《上海画报》第109期，1926年5月10日。

好人缘而在其门口摆个茶铺,生意特别好,他想孝敬李妈,如儿子那样。然而后来,他和李妈逾越了众人认为不可逾越的界限,李妈的故事于是风一般地传开。男子最后不得不走,李妈最后的依靠,只是她那在外当兵不知已吃了枪子与否的儿子。那些人之所以不能接受李妈不再守节,原因是她"受尽了全城的尊敬,年纪又是那么高"①。

孙俍工的《家风》用凄凉的调子写了老节妇冷寞的心境。她19岁死去了丈夫,独自把遗腹子养大。48岁时,她的独生儿子及儿媳因为奇症死去,她把两个孙子学仁、学智和一个孙女志清抚养成人,且都是大学毕业生。结果她被冷落,长孙学仁准备为她建牌坊,二孙学智不同意。她的侄儿仲爽则认为"世风日下"是民元后青年们胡闹造成的。彭家煌的《节妇》、杨振声的《贞女》、许钦文的《珶郎》等,也都是反映夫权统治下异化的夫妻关系的小说。在这样的背景下,落华生的小说《黄昏后》是一个例外。该小说写尽了一个丧妻的男人对于妻子无尽的爱:他拒绝再婚,生怕后母给两个女儿带来不幸福。他在亡妻坟前去奏乐,他说:"一个女人再醮,若是人家要轻看她;一个男子续娶,难道就不应当受轻视吗?所以当时凡有劝我续弦底,都被我拒绝了。我想你们没有母亲虽是可哀,然而有一个后娘更是不幸的。"这对于男子应否守节的反思,在当时确属难得。

二 新青年眼中的旧妻子

在著名的《随感录四十》② 中,鲁迅曾言及他收到一个陌生青年的诗——《爱情》后引发的感想。在诗中,青年陈述了自己和父母指定的妻子一起生活,两人虽然和睦,然而他终于不知道爱情是什么。鲁迅认为:"这是血的蒸气,醒过来的人的真声音。"于是他觉得他们应该要叫出没有爱的悲哀,叫出无所可爱的悲哀。但显然,深邃的鲁迅同时留意到,写这诗的是一个青年,那么,当"人之子"醒了,大叫着爱情从而开始解放自己,在这既定婚姻中居于弱势的女子又如何办呢?鲁迅说:"但在女性一方面,本来也没有罪,现在是做了旧习惯的牺牲。我们既然自觉着人类的道德,良心上不肯犯他们少的老的的罪,又不能责备异性,

---

① 冯文炳:《浣衣母》,鲁迅编选《中国新文学大系·小说二集》,上海良友图书印刷公司1935年版,第195页。

② 唐俟:《随感录四十》,《新青年》第6卷第1号,1919年1月15日。

也只好陪着做一世牺牲，完结了四千年的旧账。"① 所以，鲁迅最后认定，"我们"的叫喊要直到我们的孩子全部得到了解放为止，而"我们"，则甘当不知道爱情为何物、陪着女性做一世牺牲之人。这种选择无疑是艰难、沉重的，充满了人道主义情怀的。然而遗憾的是，在现实生活与文学文本中，"责备异性"，打着"恋爱自由"的招牌，打着家庭专制制度受害者的招牌另寻新恋人的"新青年"，却很多很多。胡适早在1918年就曾指出："中国近年的新进官僚，休了无过犯的妻子，好去娶国务总理的女儿：这种离婚，是该骂的。又如近来的留学生，吸了一点文明空气，回国后第一件事便是离婚，却不想想自己的文明空气是机会送来的，是多少金钱买来的；他的妻子要是有了这种好机会，也会吸点文明空气，不至于受他的奚落了！这种不近人情的离婚，也是该骂的。"② 其实，何止新进官僚与留学生，受过自由恋爱、社交公开风潮影响的新青年们，都是离婚而另娶甚至不离婚而另娶的婚姻主体。翻阅1915—1927年的小说文本，这些新青年的种种表演，是一种相对突出的思想文化现象，而在不同的叙述者那里，其立场与表述又存在饶有意味的分歧，因此值得加以重视与分析。

冯沅君的《贞妇》③中的何姑娘命运凄惨。她本以为结婚后可以跳出火坑，未曾料想，其丈夫慕凤宸喜欢的是陈总长的三小姐。小说一开始写到何姑娘的梦境：

> "那里的野女人？陈总长的三小姐才是我的媳妇呢！打！打！"慕凤宸两眼发出比豺虎还要残酷的凶光，怒发冲冠拿条马鞭子劈脸向何姑娘乱打。
>
> "哎呀！真硬心啊！不认我也罢，何必这样苛？你全当行好！"何姑娘觉得满身痛不可忍，口里哀求，身子却竭力挣扎。但是强横而多力的他，抓着她直像鹞子抓小鸡一般，那能挣得脱。

不仅如此，对父母包办婚姻不满的慕凤宸留学时"在外国相与洋女人"，

---

① 唐俟：《随感录四十》，《新青年》第6卷第1号，1919年1月15日。
② 胡适：《美国的妇人——在北京女子师范学校讲演》，《新青年》第5卷第3号，1918年9月15日。
③ 沅君：《贞妇》，《语丝》第86期，1926年7月5日。

和他的母亲一起把何姑娘赶回了娘家。何姑娘只得回到过继的兄嫂那里去，忍受兄嫂的虐待。她病得起不了床时，连口水都没法喝到。后来，病重的她坚持去祭奠原来折磨过她的婆婆，最终悲惨死去，却只博得个"贞妇慕门何氏"之名。

凌叔华的短篇小说《"我那件事对不起他？"》①中的胡少奶奶，温柔、孝顺。她十七岁时与丈夫结婚，新婚的头一个月是最为甜蜜的时光。第三年丈夫就到了美国，一去就是七年。其间他只回来待了两个礼拜，不是嫌她屋子里有气味，就是说她不懂得他，"每次都是他把门一摔闷闷地走了和她面向墙掉泪作结局"。等到他学成归国，她更是被百般嫌弃："不是批评她的头搽油太多，就是说她粉似白壁。走起路来，又取笑她像只鸭子。有时高兴，朋友来了，亦让她出去见面。朋友走后，他又埋怨她不会应酬客。有时犯脾气起来，还尽情挑剔她许多短处——那短处常系她梦中也想不到的。"他们事实上早已分居，两人的精神也丝毫没有沟通的可能。胡少奶奶老是自责自己不好，因为他不去妓院，也不答应娶妾，在性问题上她以为他是忠实于她的。未曾料想，她无意间发现了王小姐写给他的信，这才知道他们俩早已实行了同居。事情闹开后，胡少奶奶的公婆坚决不允许儿子休妻，但儿子以不另娶就去死为要挟。胡少奶奶在"近年离婚妇女，多受社会异眼；老父远客未回，大归亦不能"的艰难境况下无法求生，为了"全夫婿孝道，以保大人桑榆暮景之欢"，最终选择了主动死亡。

石评梅的小说《弃妇》中，"我"表哥和表嫂的婚姻是父母之命媒妁之言的结果，表哥在婚礼举行之后即离开了家，一去十年。好容易等到表哥大学毕业回来了，他却提出了离婚。"我"外祖母家是传统的大家庭，表嫂是整个家族都认定的极贤德的媳妇，哪里肯让他轻易离婚呢？于是表哥再次离家出走，表嫂在表哥走后就回了娘家，第二天就上吊自尽。

颇具深意的是，无论是冯沅君的《贞妇》、凌叔华的《"我那件事对不起他？"》，还是石评梅的小说《弃妇》，都无一例外地书写了旧妻子被新青年嫌弃后走向死亡的悲剧。这些旧妻子，即便按封建伦理中评价媳妇、女性的严苛标准来看也都是贤德之人，然而在新思潮背景下却不得不

---

① 瑞棠（凌叔华）：《"我那件事对不起他？"》，《晨报六周纪念增刊》，1924年12月1日。

死，这的确让人触目惊心。新女性作家们在小说中的这些叙述，增加了我们对这些无路可走的旧妻子的同情心，给抛弃旧妻子的新青年开了一次次审判会。这种效果的达成，当然与叙述者的主观立场及技巧有关。比如，冯沅君特意写到了何姑娘去祭奠时的心理："望着成双成对的哥嫂，和狠心无情的夫君，心里比刀剐的还难过；满想借着这哭婆婆的机会，把有生以来在过继兄嫂、婆婆、丈夫跟前受的委屈，和习惯于欺凌弱者的人们的冷嘲热讽，都痛痛的哭出来，无奈气力不支有泪无声，只有哽咽的分儿。"凌叔华笔下的胡少奶奶，在丈夫的冷遇中一味自责与自怨。"她呢，满心苦痛，无地伸说，无奈何时，只怨自己太笨，不懂丈夫的意思，但有时也想抖擞精神，和良人说几句亲切话，除去彼此误会。……她亦想到这不是长策，很愿有个机会和他说明，彼此谅解些，不幸他每夜回房时只愿看书信，冷眼亦不望她一下，她只有惘然退出。"① 石评梅笔下出场的主要人物虽然是表哥，然而小说却被命名为"弃妇"，显然她更关注的是被弃掉的表嫂的命运。在文中，"我"悲伤于表嫂的命运，想的是："表哥他是男人，不顺意可以掉下家庭跑出去；表嫂呢，她是女人，她是嫁给表哥的人，如今他不要她了，她怎样生活下去呢？"② "我"的嫂子也同情表嫂而批评表哥："一个女子——像表嫂那样女子，她的本事只有俯仰随人，博得男子的欢心时，她低首下心一辈子还值得。如今表哥不要她了，你想她多么难受呢！表哥也太不对，他并不会为这可怜旧式环境里的女子思想；他只觉着自己的妻不如外边的时髦女学生，又会跳舞，又会弹琴，又会应酬，又有名誉，又有学问的好。" "我"对此不发表批评意见，但心里很替这"可怜的表嫂"鸣不平，觉得"像她们那样家庭，幽怨阴森简直是一座坟墓，表嫂的生命也不过如烛在风前那样悠忽！"③ 当得知表嫂上吊自尽后，"我"直接将表哥的行为指斥为"杀人"，将他抛弃旧妻子而另寻新女性的行为比喻为"饿鸦似的，猎捉女性"，毫不犹豫地站在了旧妻子那一边。

另需注意的一层在于，石评梅在《弃妇》中直接宣告："自由恋爱的招牌底，有多少可怜的怨女弃妇践踏着！同时受骗当妾的女士们也因之增

---

① 瑞棠（凌叔华）：《"我那件事对不起他？"》，《晨报六周纪念增刊》，1924年12月1日。
② 石评梅：《弃妇》，《石评梅文集》（上），北京燕山出版社2007年版，第11页。
③ 石评梅：《弃妇》，《石评梅文集》（上），北京燕山出版社2007年版，第12页。

加了不少"①。这体现了她对婚恋伦理中弱势的新、旧女性的同情与理解，是对新、旧女性实乃命运共同体的洞见。凌叔华的《"我那件事对不起他？"》中的新女性王小姐，是造成胡少奶奶悲剧的原因之一，然而她自身也是悲剧人物。因为她虽曾屡次拒绝过他的爱意，也曾试图让胡少爷和原配妻子和好，却终于选择了"不稀罕那个名义"而与胡少爷同居，从而解放了胡少爷、害死了胡少奶奶，并将自己置于"妾"的困境之中。类似的困境在《蓝田的忏悔录》中也有体现。新女性蓝田曾与新青年何仁发生恋爱并订婚。然而订婚不久，蓝田就发现他另有所恋，可直到他和新人宣布结婚的前两天，他都还住在蓝田家里。何仁另外结婚了，蓝田却变成了新旧所不容的堕落者。在蓝田即将辞世之前，何仁的新夫人前来拜访，因她也才知道蓝田和何仁之事。她们两个，事实上一同成了何仁的牺牲品！在婚姻伦理转型的过程中，新青年的旧妻子与新青年的新妻子之间，根本不是敌人，而是同病相怜者，是同样的被侮辱与被践踏者！

有意思的是，新女性作家笔下所刻绘的新旧纠缠，在男性作家笔下是另一番模样。总体而言，那些男性作家笔下的新青年，当被告知要娶旧妻子时，或者直接离家出走，或者举行婚礼、成就婚姻之实后再离家出走，然后多年不归。之后，他们虽然也看到旧妻子同样是无辜无罪的受害者，然而他们更倾向于认定自己是婚姻制度的受害者，在外面重新寻找爱情，缔结婚姻，根本不管家里那个已经聘定或已经娶来的妻如何熬过那些寂寞的日日夜夜。当然，我们也可以看到少数终究与旧妻子生活在了一起的例子。然而从文本所体现的事实来看，新青年对旧妻子百般挑剔，妻子动辄得咎，日子过得非常艰难。

《十字架》②中的爱牟就曾这样表态："终可怜老父老母，终可怜一个无辜无罪只为旧制度牺牲了的女子。"当他的长兄苦心经营，劝他回四川C城红十字会工作，以了却父母对离家出走11年之久的他的思念时，他选择了不回去。其中一个原因，是他奉父母之命所缔结的婚姻就在离C城不远的老家，如果他回去，一场纠葛势必就要发生——他若提出离婚，那个"不相识的"有着"旧式的脑筋"的女子"可能会自杀，他的父母也会因而气坏"；如果他不提出离婚而和那个女子生活，他自己不愿意，

---

① 石评梅：《弃妇》，《石评梅文集》上，北京燕山出版社2007年版，第12页。
② 郭沫若：《十字架》，《创造周报》第47号，1924年4月5日。

对他真爱的日本夫人又多么不公！《落叶》中的洪师武，同样被作者塑造为一个旧式婚姻制度的牺牲者形象。他在年少时就在国内早早结了婚，但很不满意，十八岁时他到了日本，与一个年轻的看护菊子姑娘产生了爱情。洪师武最终因害怕自己患的梅毒而拒绝了菊子姑娘的示爱，然而从字里行间，我们看不到洪师武对原配妻子的看法与想法：她隐没在了背景中，或者早已僵死在了过去的屏风上。《弃妇》中"我"的表哥行完结婚礼即跑出去了，他说"我是踢开牢狱逃逸了的囚犯"，从此对妻子不管不顾。多年后他回家试图休掉原配妻子，在他的逻辑中，这是在解除母亲将来所要受的痛苦，解除名义上的妻子的束缚，最后才是解除自己所受到的社会的束缚：

> 我早想着解放了她，让她逃出这个毒恶凌人的囚狱；无论到什么地方去，都比我的家自由幸福多了，我呢，也可随身漂泊，永无牵挂；努力社会事业，以毁灭这万恶的家庭为志愿；不然将我这残余生命浮荡在深涧高山之上，和飞鸟游云同样极上无定的飘浮着。

而在失败之后，他说：

> 如今我失败了，我一切的梦想都粉碎了！我将永远得不到幸福，我将永远得不到愉快，我将永远做个过渡时代的牺牲者，我命运定了之后，我还踌躇什么呢？我只有走向那不如何处是归宿的地方去。

这些表述，充满了主流观念影响的痕迹，充满了自以为是的解放和真理在握的心态，也刻画了一个自以为是的过渡时代的牺牲者形象。然而当我们知道他的所谓失败直接导致了其妻子自尽而亡，而他提出离婚的因由不过是他在外与一个时髦的新女性相爱，不过是因为妻子不会跳舞、不会弹琴、不会应酬也没有学问，那么，他那封信的光明正大与内心的卑鄙龌龊之间的霄壤之距立即显现了出来。罗家伦的《是爱情还是苦痛》中程叔平的妻子，"受过几年旧教育，脾气也很和顺，颜色也不粗鄙。人家都说他是一位贤惠的少奶奶"。然而在叔平眼里，她一点也不新潮，一点不懂得叔平的心思，没法做他的"伉俪而兼师友"，所以他始终记挂着他的新派女友素瑛。叶绍钧的《春光不是她的了》① 中的瑞芝十六岁即嫁给沈进之，最初，两人感觉很和谐。但十年后，进之从学校毕业回来，却告诉她他们俩的婚姻没有恋爱的基础，是不道德的，他们应该离婚，各自寻求新生活。作为朋友，进之愿意负担瑞芝去求学的费用。瑞芝无法，只得离婚，同时进了学校，被强迫着自力更生。后来她渐渐感到了空虚，其好友黎女士的婚礼更使她受到了强烈刺激，她觉得外面春光无限，而自己所处的依然是牢狱，没法子寻找到光明。

郁达夫的《茑萝行》则刻画了新青年与旧妻子实际生活在了一起之后的悲剧。这妻子生在穷乡僻壤，自幼不曾进过学校，也不曾呼吸过通都大邑的空气，缠着小脚，抱了一箱家塾里念过的《列女传》《女四书》等旧籍到了男主人公家。她既不知女人的娇媚是如何装作，又不知时样的衣裳是如何剪裁，只奉了柔顺两字作了行动的规范。文中的他，在妻子带着儿子回老家以减轻他的经济压力时，他心里对这"不能爱而又不得不爱的女人"深深忏悔。由此我们知道，他去日本八年，寒暑假都不回家，因为要反抗他母亲和对方父母包办的婚姻。后经受不住双方父母软硬兼施的催逼，大前年才勉强与她结婚，没有举行任何仪式。他明明知道她是"怯弱可怜同绵羊一样"，而他在社会上亦是一个怯弱的受难者，但在家庭内，他对妻子却是一个凶恶的暴君，将在社会上受的虐待、欺凌、侮辱一一回家向妻子发泄。当他最终将妻儿送上回老家的火车后，他似乎在忏悔，然而他说的却是："啊啊，我的女人，我的不得不爱的女人，你不要在车中滴下眼泪来，我平时虽则常常虐待你，但我的心中却在哀怜你的，却在痛爱你的，不过我在社会上受来的种种苦楚，压迫，侮辱，若不向你发泄，教我更向谁去发泄呢！啊啊，我的最爱的女人，你若知道我这一层隐衷，你就该饶许我了。"② 表面上是在忏悔，实质上不过是寻求自己的心理安慰，给自己所有的过错找一个堂而皇之的理由。忏悔这样不彻底，那么，他一受社会压迫就再次将苦难转嫁给妻子，也就无可避免。

今日的我们考察此期新青年眼中的旧妻子形象时，男女作家观照旧妻子的不同态度，极易引起我们的审思：男作家们擅长为男性虐待旧妻子寻找到新思潮作为支撑，同时也善于利用新价值去评判不具有新观念、新言

---

① 叶绍钧:《春光不是她的了》,《小说月报》第 21 卷第 15 号,1924 年 8 月 10 日。
② 郁达夫:《茑萝行》,《创造季刊》第 2 卷第 1 期,1923 年 7 月 1 日。

辞、新行为的妻子。对新的追逐甚至崇拜,对自由恋爱权利的过分重视,使得他们笔下的妻子真正成了时代的落伍者,而男性抛弃那些妻子也就具有了挑战传统婚姻专制、挑战传统家庭伦理的簇新价值。敏感的新女性们在追求自由恋爱的同时,却以自身的性别敏感察觉到了另一部分女性将被沉入水底的悲惨命运。由此,她们关注这部分女性的心理状态,关注她们被幽囚的心理历程,关注她们徒劳无益的永不被那些时髦男性所注意到的痛苦与挣扎。凌叔华、冯沅君、石评梅等的小说,可谓是代这些被界定为"旧妻子"的女性,在向不公平的男女关系、不公平的时代发出控诉。"我那件事对不起他?"凌叔华笔下的胡少奶奶至死都萦绕在脑海里的这个疑问,完全可以变成这样的问题:"我们那件事对不起他们?"这"我们",就指向的是一代旧妻子。与此相关的更深层的问题则在于,这个"我们"可能还包括新女性。因为,被时髦男性启蒙后的新女性冲出了父权的围城,经由自由恋爱之路,最终抵达的不过是夫权的围城,而她们,在不断前进、不断追求"自由恋爱"的时髦男性那里,极有可能成为新一拨旧妻子,照样为他们看不惯,从而被抛弃。冯沅君的《晚饭》,写阿逸的母亲因担心其父亲找了另外的情人而生气,结果乃是一场虚惊。小说中的父亲是教师,时常晚上出去,母亲时常留守在家,"一年到头缩在家里",因为她要看家,否则担心"听差、老妈,会将天翻个过。""她年来最厌听的是情人们双双在公园,街上走一类的事,虽然当年她也同他走过。"小说最终因母亲发现给父亲写信者乃是其男性好友而冰释前嫌,然而父亲已在言辞间说母亲是"醋缸",两人的志趣已有了不小的差异。这婚姻的稳固性也存在疑问了;阿逸的母亲之由新女性转向旧妻子,也不过是在早迟之间。对这问题看得更透的鲁迅先生笔下,那个不再爱读书,不再爱花与草,川流不息地为涓生准备饭菜,每天与生活搏斗着的子君,不就被涓生宣布了不再爱她了吗?妇女解放对于女性来说,远远不是双刃剑一说可以简单概括的。

三 新青年们在胜利以后

男女社交、自由恋爱,是五四一代最为激动人心的理想。为了实现这样的自由,实现男女平等,将男性、女性还原为"人之子",五四一代在先驱者们的传唤下纷纷睁开眼睛,各自呐喊,相互鼓励,使得自己和朋友们不惮于前驱。当新青年们努力挣脱掉传统家庭伦理的限制,来到新的时代广场上建构起新的婚姻关系，他们的确在很大意义上取得了两性伦理解放的阶段性胜利。然而，真正的问题从来都出现在革命成功之后的第二天。胜利之后的这些新青年，对于两性关系有着怎样的感知？是不是一派乐观、昂扬、积极，充满欢声笑语？系统翻阅那一时期的文学文本，我们更多地感受到的不是这样的情绪。真正的问题，更为严峻地提出在一代新青年的面前。

此期小说中，书写胜利以后的新青年们浓烈的爱情之作的确不少。《两个家庭》中三哥和亚茜组建的新家庭，是"我"眼里堪称幸福的典范。三哥是英国留学归来者，而亚茜是"我"的大学同学。三哥学识渊博，甚爱妻子，亚茜知书识礼，善管家政，堪称新时代的贤妻良母。三哥和亚茜两人虽已结婚多年，然而相敬如宾，琴瑟和谐。小酩的《辞荐》[①]写一个新青年对已逝妻儿深沉的爱。"我"在某报馆副刊做主笔，当读到宜心女士的小说《醒后》之后，"我"就想成全她和朋友伽生的一段姻缘，于是请了他俩和其他人一起到杏花邨茶叙。"我"给伽生单独写了信，希望他能好好把握机会。未曾想，伽生却不来赴会且迅速离京。在给"我"的信中，伽生说他原本有妻儿，只是三年前已离世，伤心欲绝的他不再想和任何女性组建家庭。朱自清的《别》中，丈夫因经济困难不得不送即将生产的妻子回老家。妻子走后，"他细味他俩最近的几页可爱的历史。想一节伤一回心；但他宁愿这样甜蜜的伤心，他又想起伊怎样无微不至地爱他，他痛苦时伊又怎样安慰他"[②]。同样呈现出新青年与新妻子的浓烈爱情。

然而，与这些描写婚姻中两性之爱的作品相比，我们更多地感觉到的是，迈进婚姻围城中的男女无所不在的厌倦、无聊、寂寞。

在一些男性作家笔下，厌倦、无聊、寂寞的感觉得到了反复书写。比如鲁迅的《伤逝》《幸福的家庭》、许钦文的《口约三章》《重做一回》《毛线袜》《"原来就是你！"》、张资平的《小兄妹》等小说。《伤逝》中的涓生，仗着子君的爱逃出了会馆的寂寞和空虚。但在和子君同居后不过三星期，他就已经"清醒地读遍了她的身体，她的灵魂"，于是涓生觉得自己"于她已经更加了解，揭去许多先前以为了解现在看来却是隔膜，

---

① 小酩：《辞荐》，《京报副刊》第213号，1925年7月20日。
② 朱自清：《别》，茅盾编选《中国新文学大系·小说一集》，上海良友图书印刷公司1935年版，第308页。

即所谓真的隔膜了"①。于是，隔膜、寂静、空虚、虚空等词汇再次涌进他的脑海，逼他最终说出已不爱子君的话，将子君逼上了死亡之路。《幸福的家庭》中想写小说"幸福的家庭"的青年，在女儿哭泣的脸上看到了自己妻子五年前的样子："那时也是晴朗的冬天，她听得他说决计反抗一切阻碍，为她牺牲的时候，也就这样笑迷迷的挂着眼泪对他看。他惘然的坐着，仿佛有些醉了。"他之所以醉了，乃在于对美妙的以前的怀想，而他之所以惘然，则是因为五年后的婚姻生活充满了 A 字形白菜堆，川流不息、桠桠叉叉的柴火所填充起来的枯燥与无聊。《小兄妹》中的教员 J，"一天一天的觉得妻太凡庸了。他真的有点后悔不该早和妻结婚，不该和妻生小孩儿了。尤其是花般的女学生坐在他面前时，他更后悔太早和妻结婚了"。《口约三章》中的稻福和亚青结婚已快四年，还没有孩子。虽然两人快乐的时候多，但从小说所写的这次争吵来看，稻福喜欢看女学生的来信，逛公园时就死盯着一个姑娘，一路跟随着走，"神气真比饿狼见了绵羊还凶狠！"而且他自陈爱看姑娘们"委实由于不知不觉"，因为"处女的姑娘们具有一种极富趣味的美感，太太们所没有的"②。《重做一回》③ 中的仲堂及其夫人结婚两三年后，虽仍有感情，但也已感到了不可抑制的厌倦与无聊。两人积极商量补救的办法，诸如各自另外去找爱情，男人再出去旅行以实现小别胜新婚，最终，两人商定将恋爱时有意思的细节重做一遍，以重寻初恋的感觉。然而两人百般努力，却终于放弃，因两人想做的事却在即将施行时没了兴致，想说的话却已没了说出口来的冲动。《"原来就是你！"》④ 中主人公益三曾非常爱慕一个新派女子，托人做媒而被她拒绝。她认为社交公开，要自己做主的婚姻才会幸福，而这交往又需要自然而然。益三无法，去梅城当了教员。在一次集会中，他碰到了与那女子相像的一个教员，于是以将烂红薯当成何首乌的心态和那女子交往，很快结婚。结果两人很快厌倦，间天吵架，摔东西更是家常便饭。益三夫人不无悔意地说："照着现在看来，从前我实在是在做梦，以为婚姻必须自己作主，好象只要自己作主一定是美满的了。"但随着交流，两人终于搞明白，对方就是那个曾经想通过父母之命媒妁之言而成亲的那个

---

① 鲁迅：《伤逝》，《鲁迅全集》第 2 卷，人民文学出版社 2005 年版，第 117—118 页。
② 钦文：《口约三章》，《晨报副镌》1923 年 9 月 25 日。
③ 钦文：《重做一回》，《晨报副镌》1924 年 10 月 30 日。
④ 钦文：《"原来就是你！"》，《京报副刊》第 47 号，1925 年 1 月 31 日。

人，于是只得无语。许钦文的《理想的伴侣》中，新青年赵元元的理想的伴侣，必须符合的条件之一，是"结婚以后不过三年""就须死掉"，因为"爱情的作用一如电流，当两极将接未接时，火花闪闪的爱力十分猛烈，及至接触既久，渐流渐平，经过两年，早已成为讨厌的东西，就是钢琴，也须更新了……"① 他的条件十分荒谬，然而却揭示了当时绝大部分人对于婚姻生活必将走向相互厌倦的认知。

相对于男性作家而言，敏感的女性作家对婚后新青年感觉到的厌倦、无聊、寂寞的书写更为繁复。

庐隐的短篇《前尘》② 中的女性形象伊，在结婚第二天就已感觉到了空虚，后续日子里则不断感到了寂寞的来袭。她与丈夫本系自由恋爱，而且经过了漫长的与世俗、心灵搏斗的历程才走到了一起。然而，她结婚第二天早上就顿然发觉"只憬懂在半醉半痴的生活里，不觉已销磨了如许景光"。她禁不住回想自己"美丽的含蓄而神秘的少女生活"来，觉得自己"原是海角孤云""天边野鹤"。更不堪的是，她在丈夫为职业而奔波离家的日子里，感受着长日静思的无聊与寂寞，她忘不掉少女时代的豪放性情，忘不掉以前的幽趣，不敢忘记今后的努力，然而现实只是一个"销磨"她的性情与气概的过程。

沉樱的短篇《搬家》中的妻子，结婚两个月后已经觉得寂寞难耐。她本是刚刚脱离了学校生活的大学生，而丈夫绍英是从事文学写作、在机关内有着公职的人员。他俩刚搬入别墅一样的家时异常欣喜，"夸耀着说他们这样的住家是理想的诗意的住家。像是别无奢望似的希望长久这样下去"。他们暑假前结婚，暑假度了甜蜜的蜜月。然而开学后，绍英为了生活必须继续回机关工作，于是只得把妻子孤独地留在家中。这样的生活继续到两月之后，这孤寂的住处对于他的妻子简直成了可诅咒的地方。于是妻子急着想搬家，找人合租。沉樱的短篇《爱情的开始》，写一对刚结婚半年多的夫妻已将争吵、和解、再争吵当成了生活的日常。在异常沉闷的阅读体验中，我们会觉得作家将题目命名为"爱情的开始"，其实是在讽刺他们那已经结束了的爱情。同样是沉樱的小说，其《欲》中的丈夫伯平是大学教授，绮君"为了结婚在大学肄业的中途就辍了读，在校时学

---

① 钦文：《理想的伴侣》，《晨报副镌》1923年9月9日。
② 庐隐：《前尘》，《小说月报》第15卷第6号，1924年6月10日。

问思想都属优等，并且曾经有过从事文学的抱负"。两人结婚后，伯平继续上班，而绮君选择了留守家里。此时的他们在外人看来是可羡慕的，然而，其实他们自己也感到了变化，"那丈夫出门时的送别，不知怎的渐渐地变为像是平凡的礼节似的了，那兴奋的期待也不知在什么时候消失了"。

> 在假日或星期还是照例地同了丈夫到外面去游玩，虽然是有着很深的爱情，究竟因为已是夫妇的关系，尤其是在外面的时候，彼此都常感到无话可谈的无聊，绮君虽是很亲密地挽着丈夫的手臂，也只是静静地走着。至于每天带着妻在各处游玩的丈夫，也只好像是一种义务，一种虚荣。真正的趣味，这时在两人的心中似乎都有些不易感到；像那爱恋时期的一个眼色，一个笑容都会使人兴奋得心跳起的事，在这夫妇之间任是如何相爱也不能再有了。这夫妇的爱情似乎是比较适宜于家庭中的。①

与上述爱情消逝的诸多个案相比，庐隐的短篇小说《胜利以后》刻绘的是一群在妇女解放运动中获得了胜利的女性群像，但显然，胜利之后的景象并不妙。沁芝和绍青本拟去新大陆继续求学，然而绍青父亲必让他们先结婚再留洋，尽管沁芝害怕婚后女性将要做的种种牺牲，但终究抵不过感情的诱惑而和绍青成了婚。婚后的她一度沉溺于爱情中，但在绍青开始工作之后，沁芝感到了无聊，不甘心仅以整理家务为生；文琪本想洁身自好，然而有为青年常君待她甚好，文琪却在是否成家问题前犹豫不决，因家庭有太多拖累；冷岫在求学时冷静地目空一切，对恋爱观望不前，然而她后来却和有妇之夫文仲缔结了婚姻，与其原配夫人一起过着尴尬的生活；小说主人公琼芳和爱人平智所居住的屋子十分狭小，院里也无花草，过着冷寞、单调、无聊的日子。平智不愿意起床，觉得起床后也是无聊。夫妻两人的谈话已经透出了不和谐。"当我们和家庭奋斗，一定要为爱情牺牲一切的时候，是何等气概？而今总算都得了胜利，而胜利以后原来依旧是苦的多乐的少，而且可希冀的事情更少了。"② 沁芝书信中的这句话，可谓是体现出那一过渡时代解放后的女性内心烦恼的最强音。

---

① 沉樱：《欲》，《北新》第 3 卷第 15 号，1929 年 8 月 16 日。
② 庐隐：《胜利以后》，《小说月报》第 16 卷第 6 号，1925 年 6 月 10 日。

书写婚后厌倦感的这些小说告诉我们，即便是新思想武装起来的青年，即便是挣脱了父权之后进入婚姻围城的男女，也并不充实、幸福、愉悦。而其原因，则在于赤裸裸的生活在他们面前的展开。这"生活"，当然包括经济压力的因素，这在前面已有所阐释，也包括生活的世俗性、庸常化包括生儿育女给他们这批理想化的青年的打击。他们常常感到"生活像缚着身体的锁链，又像咬着心灵的毒蛇"①。对于绝大部分婚后没有出去工作，只在家里空空守候丈夫归来的新女性来说，心灵慢慢被寂寞撕咬的感觉更为强烈。他们常常感到，夫妻之间的过分熟悉让他们缺少了激情，就像左手摸着右手，连说话、告别、争吵的方式和过程都已经高度程式化。他们感觉到世俗生活的琐碎与沉重，如庐隐《前尘》中的伊，"习惯的是读诗书，吟诗词"，而现在"拈笔在手，写不成三行两语，陡想起锅里的鸡子，熟了没有？便忙忙放下笔，收拾起斯文的模样，到灶下作厨娘"。她"最不惯的，便是学作大人，什么都要负相当的责任，煤油多少钱一桶？牛肉多少钱一斤？如许琐碎的事情，伊向来不曾经心的，现在都要顾到了"。他们感觉到孩子出生以后对于夫妻感情的打击：男子觉得女子不再给予他足够的爱情，如《两只面孔》中的玄之就认为："她作了孩子的母亲，家庭的主妇，对于他，只是个尽着义务的妻；那爱的慰藉却是没有了，绝对没有了。"女子觉得因为有了孩子，自己原有的理想彻底成为空谈，也就厌倦了婚姻，如庐隐笔下那些有了孩子而不能忘怀理想因而痛苦不堪的诸多女性。他们常常感到婚后对方对自己情感的变化，比如茜华就觉得："这男人现在对自己是连普通的夫妇的感情都没有；每日早晚在家的时候，彼此也只是板着脸相对，除了必须问答的几句话之外，很少交谈。有时男人高兴了，便说几句刻毒的取笑她的话。"② 而他们的丈夫，多半都免不掉要四处去寻找爱情的刺激，发现姑娘们的美好，使得固守家庭的妻子多所担忧，甚至含着幽怨而无计可施。许钦文的《毛线袜》、凌叔华的《花之寺》、沉樱的《两只面孔》《搬家》与《喜筵之后》，都涉及这样的话题。《毛线袜》③ 中章先生和章师母结婚不到一年，章先生出门旅行回来后，两人感觉本来甚好，说着久别的情话。然而就在两人的闲聊中，章先生透出自己喜欢任教班上的素云的信息，随后，她送给章先生

---

① 沉樱：《喜筵之后》，北新书局1929年版。
② 沉樱：《喜筵之后》，《喜筵之后》，北新书局1929年版。
③ 钦文：《毛线袜》，《小说月报》第17卷第5号，1926年5月10日。

的毛线袜被夫人发现了:两人的婚姻大厦可谓摇摇欲坠。《花之寺》中的诗人幽泉和妻子燕倩感情表面尚好,但燕倩敏锐地感觉到幽泉对她失去了激情,就想法子去试验他是否忠诚。她假装成一个文学少女,崇拜幽泉的才华,写信约他去花之寺约会。幽泉立即精神大振,"一定去看看,人生能有几回做到奇美的梦"。于是幽泉那天着意打扮,赶往约会地点,千等万等却等来了自己的妻子。燕倩揶揄他说:"我就不明白你们男人的思想,为什么同外边女子讲恋爱,就觉得有意思,对自己的夫人讲,便没意思了?"幽泉则回答说:"我就不明白你们女人总信不过自己的丈夫,常常想法子去试探他。"沉樱的《两只面孔》中的妻子玉华之所以喜欢追问丈夫为何要偷看其他女性,让他赌咒发誓,就是一种不安全的体现。然而在小说中我们发现,男性因耐不住寂寞而精神甚至肉体出轨的多,女性却多是"走,走到楼上去"这样的选择。比如《搬家》中绍英的妻子,虽然喜欢绍英的朋友时中,但却坦坦荡荡,毫无出轨的想法与行为;《喜筵之后》的茜华面对丈夫所给予的侮辱,极想去找以前苦苦追求自己的恋人以报复丈夫,但在参加喜筵的过程中以及之后,茜华虽有心灵的波动,终于还是回到家里。沉樱的《欲》中的绮君,因反抗和丈夫伯平日渐平淡的婚姻生活而沉入了与其弟弟季平的恋爱中,但最终绮君重新回到了伯平的怀抱。凌叔华的《酒后》[①]中,想去亲吻醉后睡眠中的诗人的采苕,虽得到了丈夫永璋的允许,但在最后一刻放弃了原有的想法。

婚姻是什么呢?何处是归程?胜利以后的新青年们在苦苦寻求着答案。沙侣曾在婚后发现,爱情骨子里的真相纯然不是玫瑰花的样子。她说:"结婚的果是把他和她从天上摔到人间,他们是为了家务的管理,和欲性的发泄而娶妻。更痛快点说吧,许多女子也是为了吃饭享福而嫁丈夫。"[②] 当发现了这样的真相,她怎能不发出这样的喟叹:"作着理想的花园的梦的女子,跑到这种的环境之下……这难道不是悲剧吗?"[③]《重做一回》中感情尚在、尚可坦诚交流的仲堂及其夫人,曾经就该不该结婚的问题进行过探讨。仲堂认为,青年之间的恋爱,"时期未熟,当然设法进行,到了两相情愿,无所阻障的时候而故意硬不结婚,恐怕真比看饭饿死还难罢"。因而结婚是恋爱的必然归宿,但如何消除那种必然到来的厌倦

[①] 凌叔华:《酒后》,《现代评论》第1卷第5期,1925年1月10日。
[②] 庐隐:《何处是归程》,《小说月报》第18卷第2号,1927年2月10日。
[③] 庐隐:《何处是归程》,《小说月报》第18卷第2号,1927年2月10日。

感呢？他俩想了种种的补救方法，甚至还试图"重做一回"恋爱中的言行，然而终于失败。这让我们禁不住想到《伤逝》中的一个细节：涓生向子君求婚的情景，他当时就没看明白，事后更是无从也不愿记起那些细节，然而，涓生常在夜阑人静时被子君质问、考验，被命复述当时的言语。这对于子君是一种补救爱情的努力，而对于涓生则是一种心灵的折磨。因此，涓生后来不再配合子君"重做一回"，子君只能"自修旧课"——"出神似的凝想着，于是神色越加柔和，笑窝也深下去"。由此我们也就可以知道，这种厌倦及对厌倦后的不同应对态度，正是涓生与子君未来悲剧的萌芽。而在1915—1927年，还有数不尽的涓生和子君。

第三节　小说叙事中的性爱伦理

一　在"自由恋爱"与"恋爱自由"之间

"自由""恋爱"这两个当下习见的词汇，其实在五四新文化运动时期才被有机融入到了中国本土的词汇系统，而在晚清民初时，它们曾分别被用以翻译 liberty 和 love，后又组合在一起进行传播。需要注意的是，在这过程中，时人对"自由恋爱"与"恋爱自由"存在不同理解，也存在对其意义的多向度阐释。就如我们考察晚清民初的家庭伦理叙事问题时需要特别留意"自由"与"结婚"的组合一样，若要更为深入地探析五四时期小说的恋爱伦理叙事问题，详细考索"自由恋爱"与"恋爱自由"的意义分歧及其文学呈现，当是其中饶有意味的重要一环。

（一）对"恋爱自由"的时代追求

据学者杨联芬考证[1]，以"爱"和"爱恋"对译英语 love 始于19世纪的来华传教士。1900年，梁启超在其《饮冰室自由书》中，已在男女相爱的意义上使用了"恋爱"一词。其后，马君武的《欧学之片影：十九世纪之二大文豪》（《新民丛报》）、署名"侬更有情"的《爱之花》和《恋爱奇谈》（《浙江潮》）、《美国妇人之自活》（《女子世界》）等，

---

[1] 本段的梳理文字，多参考了杨联芬的《"恋爱"之发生与现代文学观念变迁》（《中国社会科学》2014年第1期）第一部分"'恋爱'的诞生"（该文第159—165页）的有关论述，特致谢忱。

也使用了"恋爱"一词。从整体来看,"1903—1909 年间,'恋爱'一词在《新民丛报》、《浙江潮》、《江苏》、《安徽俗话报》、《游学译编》、《民报》、《湖北学生界》、《天义报》、《新世纪》等刊物的 24 篇文章或作品中,共使用 63 次,其中只有 12 次是广义的'爱',其余 51 次都是专指男女恋爱;且时间愈晚,愈集中在后者意义上使用。这些期刊,除《安徽俗话报》外,皆由留日中国学者学生在日本创办,而《安徽俗话报》,虽创刊于芜湖,其主编及主笔'三爱',却正是有多年旅日经历、频繁出入日本的陈独秀"[①]。这鲜明地昭示出"恋爱"一词的最初使用与日本的深层关联。此期国内的作家如林纾等,在文学作品中不使用该词以表男女之间的爱,而社会上将"恋爱"与"奸淫""婚外私情""狎妓""纳妾"等混为一谈。直到 1908 年颜惠庆主编《英华大辞典》时,"恋爱"的含义才在广义的"爱"之外,新增加了"男女相爱之情"。到了 1915 年商务印书馆出版《辞源》时,"恋爱"一词被正式收入,其含义则被释为:"男女相悦也。"与对"恋爱"的正名相呼应,此期蔚为大观的言情小说中,虽不用"恋爱"而以"情"为写作核心,但是,《孽冤镜》(吴双热)、《玉梨魂》(徐枕亚)、《恨不相逢未嫁时》(周瘦鹃)等"民初言情小说所表现的男女恋爱,大都有一个共同点:违背父母之命、媒妁之言、守节从终一类礼教规范,自愿自主地相爱。这样的男女相爱,一方面因违背礼教而属非道德或非正统,另一方面又与传宗接代、财产门第等礼俗不相干,是'非功利'的感情关系,因而具有一种纯洁性"[②]。正是在"纯洁性"这一点上,民初言"情"的小说,与随后出现的大批书写"恋爱"的小说相通。可以说,晚清民初言情小说中所表现的爱情,"已在相当程度上为五四'恋爱神圣'的出场,奠定了情感和美学基础"[③]。

1915 年《青年杂志》的创刊,是五四新文化运动的开端,也是"人的觉醒"的开端。反对夫为妻纲,已经被作为"自主的而非奴隶的"的青年所肩负的重要任务被提出和思考;具有鲜明时代性的女子问题,一而再再而三地被先进知识分子所讨论,并试图吸引女性积极参与。1917 年的《新青年》上,震瀛所译高曼女士的《结婚与恋爱》[④] 发表。高曼试

[①] 杨联芬:《"恋爱"之发生与现代文学观念变迁》,《中国社会科学》2014 年第 1 期。
[②] 杨联芬:《"恋爱"之发生与现代文学观念变迁》,《中国社会科学》2014 年第 1 期。
[③] 杨联芬:《"恋爱"之发生与现代文学观念变迁》,《中国社会科学》2014 年第 1 期。
[④] 高曼女士:《结婚与恋爱》,震瀛译,《新青年》第 3 卷第 5 号,1917 年 7 月 1 日。

图强调婚姻与爱情有着巨大的区别:"婚姻与爱情,二者无丝毫关系,其处于绝对不能相容之地位,犹南极之与北极也。"不仅如此,高曼认为,婚姻制度对于女子而言是作茧自缚,求荣反辱。尤其是那些大腹便便、胸无点墨者,却可以让那些完美长成的女子"遏抑一己之希望,捐弃其康健精神,收缩其眼光经验,诛锄其男女之玄理及幸福",从而成为其妻,这简直是"倒行逆施"。为此,作者极力排斥婚姻制度而推崇自由恋爱。她说"爱情之魔力,足以使乞丐变为天上人","爱情者,人生最要之元素也,极自由之模范也,希望愉乐之所由创作,人类命运之所由铸造"。有了爱情,就可以"唤醒世人之迷梦"。因而,必须实行自由恋爱,同时必须反对结婚。然而,这种全面排斥婚姻而主张自由恋爱的观点,虽有张扬恋爱自由的积极价值,然而在当时的青年中,并没有爱伦凯的恋爱自由、离婚自由论,易卜生的《娜拉》以及罗素的性爱观所产生的影响那么广泛。1918年,周作人翻译与谢野晶子的《贞操论》及其随后关于贞操问题、其他女子问题的讨论,周作人提倡"恋爱的结婚"的《人的文学》的发表,以及此期诸多问题小说中对于爱情问题的探讨,都充分表明"人之子醒了"[1],开始发出苦闷的战叫:他们需要爱情,需要恋爱的自由,并且为此反叛传统礼教。"爱情已经成为新道德的整体象征,成为被视为外在束缚的传统礼教的自在的替代品。作为解放的总趋势,爱情成了自由的别名,在这个意义上,只有通过爱,只有通过释放自己的激情与能量,个人才能真正成为完整的人,自由的人。"[2] 随着1920年前后社交公开思潮的兴盛,"恋爱"成为最具魅力的一个词,"爱情"成为最让人心动神怡的一个术语。

在现实生活中,青年们除了上课、集会等之外,都在忙着谈恋爱,忙着寻找恋爱对象:"青年恋爱,已成普通现象;男女二人,肩摩肩,手携手亲密地在公园里踱着;已不可怪。更妙的就是除了不能做文章去发表的人外,有谈起恋爱问题的,总赞美着提倡着。甚至于谈到人生观,也说只要有恋爱就可使人生向上了;而谈论性教育的,且谓一切性的枯燥、抑郁、激荡、斗争,也只有恋爱可以救得。"[3] "恋爱"简直成了医治青春病、性问题乃至人生的灵丹妙药。在期刊杂志上,青年们通过办有关恋爱

---

[1] 唐俟:《随感录四十》,《新青年》第6卷第1号,1919年1月15日。
[2] 李欧梵:《现代性的追求》,生活·读书·新知三联书店2000年版,第99页。
[3] 陈东原:《恋爱之途》,《学生杂志》第11卷1号,1924年1月5日。

的专号、征求恋爱问题的征文等方式,热切地探讨着恋爱理论,探求着青年与恋爱、恋爱与社交、恋爱与性欲、恋爱与社会制度、恋爱与婚姻等的关系问题,探索中等学生应不应该恋爱等问题。在文学写作中,小说、诗歌、戏剧、散文,共同奏响了恋爱交响乐。在现代小说刚刚迈上新征程的1921年,茅盾就曾对当年4—6月的小说题材加以统计,最后得出的结论是"描写男女恋爱的小说占了百分之九十八"[1]。由此他感叹道,对当时的一般青年而言,"只有跟着性欲本能而来的又是切身的恋爱问题能刺激他们"[2]。相比于让茅盾难过的1921年,1922—1927年,新文学作品中以"恋爱"为重要书写对象的现象并未减少。杨联芬曾在民国期刊全文数据库中以"恋爱"为题名进行检索,得到的结果是:1922年,97篇;1923年,108篇;1924年,139篇;1925年,110篇;1926年,69篇;1927年,79篇,而主要的载体,则是《妇女杂志》《学生杂志》,以及《民国日报》的副刊《觉悟》《妇女周报》《妇女评论》[3] 这些主要针对青年学生的报刊。这还仅仅是根据题目检索所得,如果考虑到那些以恋爱为题材而并不以"恋爱"为题的文学作品,我们更会感觉到这个数据之庞大。如果考虑到这些刊物的青年读者,极可能会将这些杂志的观点通过书信、演讲、日常交往等方式进行再度传播,那么,"恋爱"将不仅仅影响于青年学生群体,简直可以说影响到了全社会,"爱神底箭已射中中国青年的男女们了"[4]。"恋爱"的确已成为此期至为重要的关键词,"恋爱问题"的确已成为此期超过教育、劳工、经济等问题的重大问题;"恋爱自由"的确已成为此期青年们快乐的寄托所在,恋爱不自由则成为此期青年们痛苦的最大源泉。对于"恋爱"的这种笼罩性存在,茅盾曾表示理解,说:"婚姻问题的确是青年们目前的一大问题,文学上多描写,岂得谓过?"但在此基础上,他也曾加以批评:"这样的把他看作全部生命中最重要的一部分也不嫌轻重失当么?"[5] 鲁迅在分析第一个十年青年们的小说创作特征时,也曾指出青年们"所感觉的范围都颇为狭窄,不免咀嚼着身边

---

[1] 郎损(茅盾):《评四五六月的创作》,《小说月报》第12卷第8号,1921年8月10日。
[2] 郎损(茅盾):《评四五六月的创作》,《小说月报》第12卷第8号,1921年8月10日。
[3] 参见杨联芬《"恋爱"之发生与现代文学观念变迁》,《中国社会科学》2014年第1期。
[4] 晓风(陈望道):《恋爱论发凡》,《民国日报·妇女评论》第18期,1921年11月23日。
[5] 沈雁冰:《社会背景与创作》,《小说月报》第12卷第7号,1921年7月10日。

的小小的悲欢，而且就看这小悲欢为全世界"①。这的确是五四时期青年们的一大局限，但历史地看，这也是时代造就的局限。当时的青年们，大部分还没有办法站得更高、看得更远，他们也没有更丰富的社会经验。他们自身更为鲜明地感受到的，的确就是与他们切身利益相关的恋爱问题。

当我们具体考察这一时期的恋爱书写时可以发现，描写婚姻、恋爱不自由而带来的痛苦、子辈对父辈以及整个父权制度的反抗，是最为鲜明的特征。这是当时的知识分子们在新的时代背景下，在新的认识基础上，义无反顾地追求爱情、反对专制的艰辛努力的呈现。他们对于爱的权利的坚守，对于爱的呼唤，在现在听来依然那么动人心魄。鲁迅的《伤逝》中的子君，正是在听了涓生滔滔不绝地"谈家庭专制，谈打破旧习惯，谈男女平等，谈伊孛生，谈泰戈尔，谈雪莱……"这些最新的思想观念之后，在破旧会馆的墙壁上看到铜板的雪莱半身相而受到启蒙之后，才"分明地，坚决地，沉静地"说出了"我是我自己的，他们谁也没有干涉我的权利！"这句话。被启蒙后的子君在和涓生分别时可以做到不顾窥探他们的"那鲶鱼须的老东西"，以及涂着"加厚的雪花膏"的"小东西"；有了爱情的子君可以"目不邪视地骄傲地走了，没有看见"，而涓生则可以"骄傲地回来"。冯沅君笔下的主人公发出这样的呐喊："身命可以牺牲，意志自由不可以牺牲，不得自由我宁死。人们要不知道争恋爱自由，则所有的一切都不必提了。"（《隔绝》）许钦文的《幸福的家庭》中的男主人公在和妻子恋爱时，曾向妻子说"决计反抗一切阻碍，为她牺牲"，这让她感动得"笑迷迷的挂着眼泪对他看"。沉樱的《空虚》中的她，在决定了和恋人一起去他的住处同居后，就勇敢地和他一起走过校园门外，抵抗着所有人窥视的目光。严良才的短篇小说《最后的安慰》中的 L 原本是 R 镇上小学的教员，与镇上一个老妇人的女儿产生了恋情。然而，在那女孩到了 L 住处几次之后，她就被其母特派的女佣人逼回了家，被逼着嫁给他人。她不愿意成为被卖的猪，因此受尽了折磨和痛苦，为了爱和自由而最终死去。得知这一消息，L 不再有欢声笑语。两个月后，这个原本见了杀鸡都要躲开的男子，亲手杀死了情人的母亲，然后去自首，最终被枪毙，殉了他的爱情。杨振声笔下的玉君，为坚持所爱不惜

---

① 鲁迅：《中国新文学大系·小说二集·导言》，上海良友图书印刷公司 1935 年版，第 5 页。

蹈海（《玉君》）。郁达夫的《沉沦》中的他，不要知识，不要名誉，只要异性的爱情。在那一时期的作品中，我们看到无数的青年男女为反对专制婚姻、争取恋爱自由而斗争，在斗争过程中苦闷彷徨如笼中困兽，而当斗争彻底无效，他们多选择相拥着自杀，或者先后自尽，或堕落进深渊。这样的书写，使得此期小说弥漫着忧郁、苦闷甚至颓废的调子，具有一种特别的悲剧感。

（二）对"自由恋爱"的理性审思

在五四时期的中国，主张恋爱者所依赖的资源来自爱伦凯、易卜生、罗素、萧伯纳、倍倍尔、加本特、本间久雄、厨川白村等，而这些"分属自由主义和社会主义的理论家，在'恋爱'如何'自由'上，其表述有所不同，对'五四'以后性伦理的分歧与走向，产生了重要影响"[①]。其中，爱伦凯、本间久雄、厨川白村对于"恋爱自由"与"自由恋爱"进行了区分。总的来看，"恋爱自由"重点强调的是尊重相互的自由、承担彼此的责任这两点，而"自由恋爱"则更强调恋爱的肉欲特征，指向的是肉体的冲动。《妇女杂志》还曾刊载凤子的《恋爱自由解答客问第四》、Y.D. 的《自由恋爱与恋爱自由——读了凤子女士的〈答客问〉以后》、凤子的《恋爱自由解续篇》、Y.D. 的《自由恋爱与恋爱自由续篇》、章锡琛的《读凤子女士和Y.D. 先生的讨论》[②]这几篇文章，对自由恋爱的限度问题、恋爱自由中的责任问题进行了探讨。章锡琛等的观点，让我们联想到恋爱问题刚刚兴起时刘延陵就从逻辑上得出的一个推论：过去的嗣宗继业的旧婚姻不是理想的婚姻形式，纯粹的自由恋爱的婚姻也会有碍社会发展，唯有"伦理的婚姻"才是正道，既能尊重男女个体的爱情，又能尊重繁殖，尊重个体又能承担一定的道德义务。[③]到了1921年，陈望道在他关于恋爱、女权的系列文章中，还在反复强调恋爱必须与道德融合，提醒青年注重恋爱与放纵的区别。在恋爱的道德层面，他认为："必须有伟大的人格者才有伟大的恋爱。不然，定只是轧姘头底别名。恋爱之神最厌恶的，便是这等肉臭的俗人俗事。新思想家所危心的，也便是这等肉臭的冒牌假装。"[④] 而恋爱与放纵之别，就在于"有无

[①] 杨联芬：《"恋爱"之发生与现代文学观念变迁》，《中国社会科学》2014年第1期。
[②] 《妇女杂志》第9卷第2号，1923年2月1日。
[③] 刘延陵：《婚制之过去现在未来》，《新青年》第3卷第6号，1917年8月1日。
[④] 晓风（陈望道）：《我底恋爱观》，《民国日报·觉悟》1921年7月4日。

全灵魂的真挚的灵的交感与拥抱"①。当时的青年们，或许对于"恋爱自由"与"自由恋爱"的区别并无太多的探究热情，他们更多地注重灵肉之间的关系问题，推崇恋爱双方的人格平等、灵肉统一的爱情。但亦有不少男性大谈肉欲，认为性交是私人的意愿，外人无法干涉，从而反对在爱情中追求"灵"的存在。这种"将'自由'做完全唯物的理解，且对自由主体的确认仅从男性单边出发、缺乏对女性的尊重与体谅，则在革命阵营中颇有代表性"。"它极新而旧，一方面几乎使恋爱回到原初的单纯肉欲和男性主导状态，另一方面却又有进化论意义上的最'新'的理论支持。"② 因而具有一定的迷惑性，也有一些追随者与实践者。

在形形色色的言论中，陈望道等"新思想家"始终坚持批判恋爱的自由主义倾向，对"冒牌假装"③的新青年极为警惕。在他此期的文章中，"提倡摹仿猪公猪娘的"人，被他直接指认为"兽畜"，认为提倡的这道德乃是"兽畜的道德"④，"假冒新说的少年、青年、壮年、老年"也在他的批判之列，而"浮荡少年"，更是被他反复批判。在《结婚难和赵瑛底死》这篇杂评中，陈望道提出了新女性的结婚难问题。他说，新女性赵瑛因看到旧婚姻的苦难而不愿意，因看到新婚姻亦是苦海也不愿意，"一方面又愤恨浮荡少年，怕投入黑浪中，对于新又断念了"。随后，赵瑛想出家，家庭又不允许，因此她选择了堕楼而死。⑤ 而在《妇女解放和浮荡少年》《再论妇女解放和浮荡少年》中，陈望道秉持着鲜明的责任感，一再提倡应该剿除浮荡少年的存在。浮荡少年即"轻薄无行的少年"⑥，随着妇女解放的新潮而呈现出增加趋势。他们并不懂妇女解放、自由恋爱，但他们知道这口号，脑海中以为其意义大致与野蛮时代的"公妻"类似：

……于是他们在路上看见女少年，就满口"妇女解放"，"自由

---

① 晓风（陈望道）：《恋爱论发凡》，《民国日报·妇女评论》第18期，1921年11月30日。
② 杨联芬：《"恋爱"之发生与现代文学观念变迁》，《中国社会科学》2014年第1期。
③ 晓风（陈望道）：《我底恋爱观》，《民国日报·觉悟》1921年7月4日。
④ 陈望道：《机器的结婚》，《时事新报·学灯》1919年4月2日。
⑤ 佛突（陈望道）：《结婚难和赵瑛底死》，《民国日报·觉悟》1920年11月16日。
⑥ 佛突（陈望道）：《再论妇女解放与浮荡少年》，《民国日报·觉悟》1920年9月14日。

恋爱"；接着就是些侮辱女子的蛮话。甚或马上加以侮辱女子的举动或状态。

顶狡猾的，还用些上海拆白党方法，在人丛中，装作很交好的两个人一时反目了的样子去玩弄，使女少年找不到摆脱侮辱的机会。

还有从各处探得女少年名姓，胡乱写情信，信中全作很有情交的话，往往引起女少年学校斥退，家庭禁锢的阴惨。①

这样的"狂弄瞎闹"，用尽各种办法引诱女子上钩，使得女子"声名枉然败裂"，甚至有的以此"引作口实，越发向黑洞钻去"，"弄得妇女的本身，也不堪其苦"。② 为此，陈望道号召，应该将妇女解放与浮荡少年联系起来讨论和研究。到了1921年，他又写作了《男女社交问题底障碍》③，具体化地对男性强迫女性社交加以批评。他说，当时的青年认为实行了男女社交就是觉悟者，就是新青年，因此他们可以向不认识的女子写信要求交际，如果对方不理睬，第二封信就会说对方不觉悟，"弄得女子，不是有社交底自由，是有社交底义务——不，不是社交自由，简直是社交束缚了"。不仅如此，由于有了这样的观念，这些男性也会认为男女社交是自由恋爱的手段，因此会希望和有了交往的女性发展成恋爱关系，而对于那些有了交往的男女则认定他们有恋爱关系，遇到有三人来往较密切的就认为是三角恋爱关系！这对于身处其中的女子来说，显然又是悲剧的源泉。陈望道认为，这是"扰乱社交上自由的种种黑暗"之一，和妨害社交的旧礼教一样在剥夺自由，都需要批驳，"使其不致遍地蔓延！"④

启蒙者陈望道等人，对假借自由、解放、男女社交之名行压迫女性之实的"冒牌假装"者、浮荡少年的批判，是基于他们对于当时妇女解放后的严峻形势的判断，他宣称，否定这种批判的，"不是捣乱的狂徒，便是浮荡的亲友——这都不是正直研究妇女问题的同伴！"⑤ 这段发表于

---

① 佛突（陈望道）：《妇女解放与浮荡少年》，《民国日报·觉悟》1920年8月17日。
② 佛突（陈望道）：《再论妇女解放与浮荡少年》，《民国日报·觉悟》1920年9月14日。
③ 晓风（陈望道）：《男女社交问题底障碍》，《民国日报·妇女评论》第7期，1921年9月14日。
④ 晓风（陈望道）：《男女社交底自由》，《民国日报·妇女评论》第10期，1921年10月5日。
⑤ 佛突（陈望道）：《再论妇女解放与浮荡少年》，《民国日报·觉悟》1920年9月14日。

1920年9月14日的文字，与此前此后新文学作家尤其是敏感的女性作家们的感知相呼应。

（三）"恋爱"并不"自由"的文学呈现

就在陈望道集中批判浮荡少年的时候，冰心以"悲君"之名发表了小说《"是谁断送了你？"》[1]。文中的女子怡萱，因其叔叔的极力主张才得到入学读书的机会，因而十分珍惜。她性情稳重，功课又好，很得老师同学的喜欢。然而不久，她就收到一个男学生写来的文法不通的英文信，说他屡次见着她，很是钦慕她之类的话，希望和她交往。怡萱为自己的前途担心疑虑，气得直哭而毫无惩治的办法。随后的十多天里，她一直提心吊胆。有一天，其父亲收到了一封恭楷的汉文信，内容是"蒙许缔交，不胜感幸，星期日公园之游，万勿爽约"。面对父母的震怒，怡萱百口莫辩，一病而亡。怡萱父亲责怪其叔叔误了她，而她叔叔在其坟前问"到底是谁断送了你？"冰心这篇一直没受到足够重视的问题小说，其实深刻地反映出她对社交公开后女性命运的警惕，是对浮荡少年的文学控诉：一个谨小慎微、稳重好学的女子，一个刚踏上解放之路、前途无量的女子，只需几封强制社交的莫须有的书信，前途乃至生命就可被断送！而在这年除夕所做的梦中，"我"和一个活泼勇敢的女儿造成了一个未来的黄金世界，但是，"一阵罡风吹了来，一切境象都消灭了，人声近了，似乎无路可走，无家可归"。于是，"我"和她只能选择自杀："我"喝了毒水，而她也已被不知哪里的弓箭射中。她们最后质疑道：

> 人类呵！你们果真没有同情心么？果真要拆毁这已造成的黄金世界么？[2]

这篇象征味儿十分浓厚的文章，让我们痛彻地感知到刚冲出囚笼的女儿们，在面对"人类"无情的破坏时内心的崩坍过程。积极向五四主流话语靠近的冰心，其笔下的这些女性形象向我们揭示了彼时到处都是陷阱的困境。

当我们翻阅此期其他更具叛逆性的女作家的作品时，对于那些打着

---

[1] 悲君（冰心）：《"是谁断送了你？"》，《晨报》1920年9月12日第7版。
[2] 婉莹：《除夕的梦》，《燕大季刊》第2卷第1、2期合刊，1921年6月。

"恋爱自由"的招牌而四处猎捉女性的新青年们的控诉,更是屡见不鲜。比如庐隐的《海滨故人》《淡雾》《新的遮拦》《沦落》《蓝田的忏悔录》,沉樱的《两只面孔》,冯沅君的《旅行》,石评梅的《弃妇》,等等。

庐隐是较为系统而集中地反思妇女解放运动之于新女性的陷阱问题者。早在《海滨故人》中,她就借露莎之口说:"现在的社交,第一步就是以讨论学问为名,那招牌实在是堂皇得很,等你真真和他讨论学问时,他便再进一层,和你讨论人生问题,从人生问题里便渲染上许多愤慨悲抑的感情话,打动了你,然后恋爱问题就可以应运而生了。"在《淡雾》中,当她为爱鼓舞,依靠在他的胸前听他唱起恋歌,月光的突然照耀让她看到了白石地上相依的人影,于是她突然被惊醒,赶紧离开了他。他却继续以爱的名义鼓励她,说"我们自己要爱惜我们的青春"。她说:"不!我总是怯弱,我不敢和你表同情,我曾看见许多被人侮辱而唾骂的女子,都是因为不能躲避爱神的降临。"他继续对她启蒙:"结婚!单只是结婚,便可遮盖一切的罪恶吗?"并告诉她不能拒绝爱,因为爱是灵的资料。

> 她听到这里,含怒道:"不用说了!你的话怕不是真理吗?但世界上的人,不能人人都象你……惭愧,我又是女子,没那么大魄力,来作这个先锋,作得好还罢了,失败了谁肯为她表一星半星的同情,而原谅她呢?而且世界上负责任的男子,也太少了,这些大题目,只好让你们去高调独唱吧!"[①]

文中他对于她"启蒙"时所运用的话语无疑是正确、流行的"真理",然而,突然照耀她的月光和映着他们影子的白石地面,让她禁不住看到了残酷的现实。身为女子,她怕遇到不负责任的男子,怕独自承担所有失败的苦果,所以她拒绝合唱。

《淡雾》发表于1923年12月1日的《晨报五周年纪念增刊》,仅仅在9天之后出版的文学研究会会刊《星海》上,庐隐又发表了一篇小说《新的遮拦》,可以说正是一种呼应。小说中的琅珠,很早就感知到来自西方的自由空气,因而积极参与社交公开的活动,受到一般男子的优待,其他女子见状也都纷纷效仿。两年后的琅珠觉得眼前金碧辉煌,昭示了女

---

① 庐隐:《淡雾》,《晨报五周年纪念增刊》,1923年12月1日。

性解放的辉煌远景，心里甚为高兴。然而在她和一个男子（最早给她让座位的那一位）交流时，她却听到那男子将喜欢社交的一个女学生称为"女政客"。琅珠如遭电击，"……立刻感到前途的黑暗，那遮拦外的一切光辉，不过是她梦里的乐园……她想到这里，觉得万念都冷"。敏锐如她，意识到了"旧的遮拦打破了，新的遮拦又相继而生！"她随即给这男子写了绝交信。但这男子并未觉悟，拿起帽子若无其事的出去了，因为男女社交公开，他不愁找不到新的恋人。① 《蓝田的忏悔录》② 中，蓝田听说自己未来的丈夫已有三个如夫人，听从朋友的劝告离家出逃，冲出了"旧礼教"的"火坑"。然而她没有想到的是，她跟着就掉入了"新学理"的"水坑"。她到北京读书后，一般疯狂的青年用尽诱惑和轻蔑的手段来坑陷她，"称赞我是奋斗的勇将，是有志气的女子，甚至谀我是女界的明灯"。蓝田上了当，最终与最为殷勤的何仁定下了婚事。然而订婚不久，蓝田就发现他另有所恋，可直到他和新人宣布结婚的前两天，他都还住在蓝田家里。此后何仁另行结婚，蓝田却变成了新旧所不容的堕落者。众人的侮辱，迫使蓝田最终选择了死亡。

在五四时期的小说写作中，新青年的旧妻子与新青年的新妻子其实是一个问题的两面。一般来说，当凸显新青年与旧妻子之间的纠葛时，新妻子就在纸背，当凸显新青年与新妻子之间的关系时，在阴影中的则是旧妻子。石评梅的《弃妇》正面写"我"的新派表哥，同情重心却在表嫂这个弃妇；正面描写了表嫂的痛苦，然而她却没有放过对表哥的新妻子的描绘。那个女学生是时髦者，"又会跳舞，又会弹琴，又会应酬，又有名誉，又有学问"。然而在"我"心里，她不过是受骗而当妾的女性之一。石评梅借"我"的心理活动，直接发出这样的愤怒之音：

> ……旧式婚姻的遗毒，几乎我们都是身受的。多少男人都是弃了自己家里的妻子，向外边饿鸦似的，猎捉女性。自由恋爱的招牌底，有多少可怜的怨女弃妇践踏着！同时受骗当妾的女士们也因之增加了不少……③

---

① 庐隐：《新的遮拦》，《星海》，商务印书馆1924年版。
② 庐隐：《蓝田的忏悔录》，《小说月报》第18卷第1号，1927年1月10日。
③ 石评梅：《弃妇》，《石评梅文集》（上），北京燕山出版社2007年版，第12页。

"怨女"与"弃妇"、新妻子与旧妻子,不过都是被男性以自由恋爱的招牌而压迫的存在而已。沉樱笔下茜华的丈夫,在外面追求其他女性,而且公然向夫人承认,有时甚至取笑她因他在外拈花惹草而起的愤怒,说妻子"怎么这样不伟大呵?!"① 同样是在女作家庐隐的笔下,留学九年归来的张道怀,诱导新式女性秀贞写了离婚协议书,然后拿着它去向另一个更时尚新派的女子林稚瑜求婚。和茜华丈夫恋爱的女性,和张道怀恋爱的新女性林稚瑜,以及其他类似遭遇的女子,不是受骗上当的妾是什么?林稚瑜后来知道实情后,明了了自己差点被自由恋爱断送的命运,并感慨她和秀贞实在是"一样的不幸"。此期活跃的女作家冯沅君,借小说中人物之口表达了对新青年抛弃旧妻子的行为的厌恶。她说:"我素来是十二万分反对男子们为了同别一个女子发生恋爱,就把他的妻子弃之如遗,教她去'上山采蘼芜'的。我认为这是世间再不人道没有的行为,并且还亲自作过剧本来描画过这般男子的像。"(《旅行》)庐隐笔下的蓝田曾有这样沉痛的话语:

> 社会譬如是天罗地网,到处埋着可以倾陷的危机,不幸一旦失足,便百劫不得翻身了!……天下不止一个蓝田……我辈都不能不存戒心。哎!恬淡毁灭,正是现在的世界哟!②

"我辈都不能不存戒心",对于男性,对于社会。这是新女性蓝田痛苦的领悟,当然也是新女性庐隐本人的,是第一代女性知识分子的。庐隐将新女性秀贞被留洋归来的丈夫张道怀用诈骗手段抛弃的小说命名为"时代的牺牲者",显然有着对整个时代进行控诉的主观意图。而导致她们成为牺牲者的直接原因,则是灵魂上已生了病的浮荡少年,是那些不负责任的戴着自由恋爱帽子而满足一己私欲的男性知识分子。冰心笔下的企俊认为像他那样宣传新文化运动是灵魂上生了病,庐隐在《时代的牺牲者》中,也将新青年们的堕落认定为灵魂的堕落,"他们努力把中国社会弄成黑暗悲惨"③。与这些灵魂堕落者共舞,新女性们感觉到危机重重。

---

① 沉樱:《喜筵之后》,《喜筵之后》,北新书局1929年版。
② 庐隐:《蓝田的忏悔录》,《小说月报》第18卷第1号,1927年1月10日。
③ 庐隐:《时代的牺牲者》,王国栋编《庐隐全集》第2卷,福建教育出版社2015年版,第315页。

直到1928年，庐隐还说在"妇女运动现在剩了尾声"的社会中，像秀贞一样的新女性"眼前一线的曙光，早又被阴云遮蔽了"[①]。对阴云遮蔽妇女解放的一线曙光的揭示，透出的是庐隐等作为妇女解放运动的热切提倡者、亲自参与者的无尽悲凉。

二　在"爱"与"性"之间

"在'五四'的新的意识形态中，面对强大的封建壁垒，叛逆的女儿与弑父的逆子们应具有一种天然的默契，与精神及心灵的血缘关系；爱情，不仅是巨大的历史助推力，也是叛逆的儿女间缔结的神圣的精神同盟与精神契约。"[②] 作为同盟者的叛逆的女儿与逆子们，对于爱情及其相关联的性欲的书写几乎投入了同样的热情。但众所周知，男性与女性对于爱、性的理解、感知方式等存在明显差异，而这也体现在文学文本中。当我们深入去考察这些小说时，会发现因为性别的不同，小说文本中对于"性"与"爱"的描述重心有不小差异，而透过这样的差异的勾勒，我们或可更近地感知到此期叛逆的儿女们不同的心率。

（一）由性而爱与男性性别无意识

由性而爱，重欲而轻情，或许是千百年来男性在两性关系中的共同特征。

许杰《出嫁的前夜》中的她，身体发达、聪明俊俏，却在多年前被许给幼稚而身材又矮小的陈老六。她不甘寂寞，与一个粗勇、爽直而强毅的男子成为情人。她由性的愉悦，而对他生了感情，即便他有时粗鲁，她也愿意。其《邻居》中的木匠金龙在酒醉之夜，对邻居小文嫂动了心思，起初对于双方来说，也都是起了肉感。但金龙继续沉溺于此，小文嫂则为了名节而拒斥着他。其《子卿先生》中的子卿，在想得到梅英之前想的是："譬如花园中开着的一朵美丽的玫瑰花，迟早总得让它的主人去欣赏或是去采摘的；譬如黄狗口边的一根火腿骨头，终究是黄狗肚里的东西吧；譬如鸡窠前面泥洞里的蚯蚓，谁能禁止母鸡们去搜寻爬剔呢？"在他眼里，梅英就是那朵玫瑰、那根火腿骨头、那条蚯蚓。他对梅英的肉体十分渴慕，见着梅英时心里不断将其与其他几个他曾经上过手的人进行肉体

[①] 庐隐：《时代的牺牲者》，王国栋编《庐隐全集》第2卷，福建教育出版社2015年版，第317页。

[②] 孟悦、戴锦华：《浮出历史地表》，中国人民大学出版社2010年版，第33页。

上的比较，简直就是一个色情狂，一个对处女志在必得的占有者形象。《玉君》中玉君本拟以身殉情，在朋友林一存的救助下才免于一死，但是，九死一生的玉君久久期盼着归来的爱人，却已听信谣言就轻率地侮辱并抛弃了她。玉君这才悲愤地发现，自己原本以为恋人爱的是自己的灵魂，其实他也不过是一个爱她的皮肤的俗世小人，看重的同样是她的肉体、她的贞节。楼建南的《爱兰》中的少爷颂华第一次见到女仆爱兰，就特别留意到她的"娇美"，觉得"爱兰苗条的青春期方盛的肉体，光能摄人的眼珠，又时时给他以一种诱惑"。从此他成了一个游猎者，而她成了一匹穴中的狡兔。当他终于得到手之后，他说的第一句话是："我完全得到了你了。"显然，他的爱不是真切的平等的爱，所以他不曾向家人坦白他们的恋情；在收到爱兰告知他她已怀孕的信后，他并未立即采取行动，最终导致爱兰被他不知情的母亲驱逐出门。张资平的《小兄妹》中的知识分子J对其妻子的态度在生小孩之后有了巨大变化，因为妻子"自生小孩子后，她的美渐次消失了"[①]。其《约伯之泪》中的七个青年都为珊珊而发狂，说她那对深黑的瞳子、有曲线美的红唇要对此负一定责任。其《梅岭之春》中的吉叔父之所以与晚辈保瑛发生乱伦之爱，也是因为他的肉欲。黎烈文的小说《舟中》写了一个新青年对一个已婚女子始乱终弃的故事：新青年"我"由于受不了已婚女性何太太的性诱惑而与之发生关系，又嫌弃她是"一个年纪比我大而一切不如我的妇人——并且是一个被人抛弃的妇人"[②]而设计逃脱，对那妇人不管不顾。

由性而爱的潜意识，通过此期作品中男性的择偶观亦可见出。许钦文的《理想的伴侣》中，喜欢关注《妇女杂志》的赵元元君的理想伴侣，"相貌当然须美丽，身态当然须窈窕，否则当然不配入理想了；不过所谓美丽，窈窕，当然须有具体的观念，头当然须象T的，脚当然须象S的，面盘，皮色当然须象N，M的，声音，举动，当然须象W，D的"。同样是许钦文的小说，《博物先生》中的史子逸在寻找恋人前，标准不是性情相投而是面貌、身态。他常常比较密司王、密司陶、密司冯的高矮胖瘦，私心里想的是："老王的身子委实窈窕，瓜子脸也很美丽，老冯的笑态真是有趣，声音也清脆动听，老陶更其不错，又活泼，又肥嫩；倘然……和

[①] 张资平：《小兄妹》，谭桂林编《爱之焦点》，中国华侨出版社1996年版，第115页。

[②] 黎烈文：《舟中》，泰东图书局1925年版。

我……我倒很……"满是意淫。见到林女士之后，他觉得"她有王女士窈窕的身子和美丽的瓜子脸，冯女士的有趣的笑态和清脆动听的声音，和又活泼又嫩白的陶女士的形态"，由此锁定林女士进行追求。凌叔华的《酒后》[①]中的永璋之所以那么爱妻子采苕，很重要的一个原因就在于她的美。他如此描述自己的妻子："这腮上薄薄的酒晕，什么花比得上这可爱的颜色呢——桃花？我嫌她太俗。牡丹？太艳。菊花？太冷。梅花？也太瘦。都比不上。"随后又点评她的眉："你的眉，真是出奇地好看！""拿远山比——我嫌她太淡；蛾眉，太弯；柳叶，太直；新月，太寒。都不对，都不对。"

由性而爱的特征，自然会导致男子们具有浓厚的处女情结。《子卿先生》中的子卿之所以一心想得到梅英，也就是对她处女的肉体特别感兴趣。《舟中》的"我"在试图躲避船上那个已成为我女人的人时，找到的一个理由就是她"是一个被人抛弃的妇人"，已经失去了贞操。《梅岭之春》中吉叔父受到的最真切的诱惑，就来自保瑛的处女的香气。《爱兰》中的少爷颂华，在和爱兰拥抱时关心她是否已和她名义上的丈夫有了夫妻之实。张资平的《小兄妹》中的知识分子J很后悔那么早就和妻子结了婚，尤其是如花般的女学生坐在他面前时。许钦文的《口约三章》中的稻福和亚青结婚已快四年，但稻福喜欢看女学生、姑娘们，因为"处女的姑娘们具有一种极富趣味的美感，太太们所没有的"[②]。郁达夫的《沉沦》中的"他"愿意为爱情而死的可能性有两种，第一种是"美人"而第二种是"妇人"，但他为妇人而死，需要对方"真心真意的爱我"，而他为美人而死只需要对方理解他的苦楚就够了。显然，处女因其美而更有处置他的生命的优先权。庐隐的《沦落》中的松文本真心爱着少年，所以告诉了他自己不是处女，他的心态立即发生了变化。等他回到天津的家，看到父亲为他订下的婚姻中年青貌美的女方照片时，他彻底忘怀了松文，因为"他想自己纯洁的爱情，只能给那青春而美丽的贞女"[③]。郭沫若的《残春》中的爱牟、《喀尔美萝姑娘》中的"我"，都属于身体已被解放了的男性，都需要寻求异性的尤其是处女的爱：爱牟对S姑娘一见钟情，正因为她是"处子"，是"未开苞的蔷薇花蕾"；"我"对喀尔美萝

---

① 《现代评论》第1卷第5期，1925年1月10日。
② 钦文：《口约三章》，《晨报副镌》1923年9月25日。
③ 庐隐：《沦落》，《小说月报》第15卷第4号，1924年4月10日。

姑娘一见钟情，也正是因为她是"少女"，是"雏鸠"，有着莹黑、灵敏、柔媚的眼睛，有着浓密、鲜明而且富有生命力的眼睫毛，"眼下的睫毛如象覆着半朵才开放着的六月菊"，而且，当她脸红到耳际时，"我"发出的惊呼正是"可爱的处女红！令人发狂的处女红哟"，充分体现出了处女崇拜情结。①

　　对于那些已经在性角逐中成为胜利者的男性来说，他们眼中的女性，也逃不脱物化的命运，即便这男性是新青年。这在上面的例子中已有所见。茅盾曾告诫过那些秉持风流韵事的恋爱观的青年们，让他们记住："恋爱是人间最庄严的事，决不能搀涉一毫游戏的态度。如果把恋爱成功视作自己方面的胜利，那就是把恋人当作胜利品，是污蔑对方人格的行为，那就失了恋爱的真谛。"② 然而事实是，许多人将恋人当成战利品，婚姻中的妻子，则更是战利品无疑。比如许钦文的《美妻》中的叔斋和思瑛婚后本来感情甚好，但在叔斋眼里，思瑛就是他的所有物。比如，叔斋要求思瑛去做新衣服，"袖子务必要倒大，可以一望到底，而藏放藏放我的手也便当点；衬里衫最好是有颜色的"。而且，叔斋要求思瑛穿着这衣服四处逛去，理由是："给了人去看，别人看得动心了，对你迷倒了，但是你是我所有的，他们必会羡慕我，妒忌我，但是你总是我的，那末我才可以感到一种别有滋味的愉快了！"③ 凌叔华的《酒后》中的永璋之所以在那一晚酒后不断向采苕表达他的爱意，其实是因为他娶到的采苕是很多人艳羡的，"亲爱的，叫我怎样能不整个人醉起来呢？如此人儿，如此良宵，如此幽美的屋子，都让我享到！"④ 他用梅花、玫瑰、荷花、甘酒来比喻采苕的香，用桃花、远山、蛾眉、柳叶、新月等试图比拟采苕的眉，其实，不管是怎样打比方，他都已经在把采苕当成他的私有品，当成鉴赏的价值奇昂的商品。顾随的《失踪》中的他将产后生病的妻子比喻为"一朵零落而开败的蔷薇花"，说："这样的花，在红而且甜，香色俱全的时候，自然是案头雅玩；无论是插在瓶里或养在盆里。如今不但令人

---

　　① 参见杨华丽《郭沫若"五四"时期小说的家庭伦理叙事》，《现代中国文化与文学》2017年第2期。
　　② 沈雁冰：《青年与恋爱》，《学生杂志》第11卷第1期，1924年1月5日。
　　③ 许钦文：《美妻》，《短篇小说三篇》，北新书局1925年版。
　　④ 《现代评论》第1卷第5期，1925年1月10日。

不快，而且一见，便发生了厌恶与憎恨。"① 正因为他从来都将她当成玩具，所以虽然与她有过为性而生的调情，但没有真正的爱情。连他将要做父亲，他也"不晓得为什么原故"。而在夫人生病后，他继续去吃酒打牌，见到夫人的眼泪反而更加厌恶与憎恨，以至于有意在药中加入了相冲的药材毒死妻子。

上述并非特意遴选出来的作品，却让我们看到这样的事实：处于新思潮影响下的男性们，在与女性的恋爱乃至婚姻关系中，仍沿袭了千百年来的因性而爱的模式。在他们看来，女性都是猎物，而他们是狩猎者；女性都是物品，而他们是抢夺者、占有者。为此，他们"理想的伴侣"得足够美，具有足够的性诱惑力，具有梅兰竹菊都无法与之相比的魅力，而且最好是处女。当他们想全身而退时，可以不负责任，让他们该和原定丈夫结婚的结婚，愿意独自承担抚养孩子责任的独自承担，愿意死的就自行了断。他们可能会忏悔，然而那忏悔中，也未必不会掺杂着担心自己的前途会受到影响的成分。透过这些文本的解读，我们发现，女性的天空依然是低矮的，女性没有从根本上争到过人格上的平等。那些新青年们，无论是把女性捧成带来光明的天使、圣母，还是贬为带来祸水的女妖、魔鬼，都是对女性形象的扭曲。而这歪曲的女性想像的背后，则是父权制意识形态统治下的性别无意识。1924年的庐隐，曾写有一篇明显具有隐喻特征的小说《灰色的路程》。当"她"在灰色的薄光中走到恋爱国里，将玫瑰花献给某大学教授而受尽欺骗后，她和有经验的老旅客有了这样的对话：

"先生！原来恋爱国里的青年，全是不认识真的恋爱的吗？"
"时候太早了，他们还不曾了解男人和女人在世界上的关系呢！他们对于女性的爱，仿佛蜜蜂为他自己采蜜，从不注意到花瓣的美丽。他们和自私的老鹰一般，只为饥饿的热欲而扑捉小鸡呵！"②

男性如自私的老鹰，只为饥饿的热欲而扑捉小鸡；如蜜蜂，只为自己采蜜而不顾花瓣的美丽，有经验的老旅客的这两个比喻，真是再贴切不过了。时候的确太早了：恋爱国里的男青年，多是不认识真的恋爱的；女性们所

---

① 顾随：《失踪》，《浅草》第1卷第4期。
② 庐隐：《灰色的路程》，《东方杂志》第21卷第2号，1921年1月25日。

走的,还是灰色的路程。

(二) 由爱而性与女性性别意识的初步觉醒

"当中国现代男性作家自以为是地在那里大写特写女性之爱,并且还绘声绘色煞有介事地去替代女性言说'情欲'时,这种性别错位的生命感受无论他们如何辩解,无疑都是对女性群体精神生活的主观误读。"① 宋剑华的这一论断,是其在分析真实女性的"思春"叙事时所发出的感慨。在他的论述系统中,中国现代女性的爱欲书写、闺怨书写、红娘叙事、私奔叙事,其实都与男性的理解与描述有所不同。在性与爱的问题上,女性们多采取的是由爱而性的路径,而在这样的书写中,透出了女性性别意识的初步觉醒。

总体来看,恋爱、婚姻自由是五四时期逆子、逆女们的历史合谋,然而若细加分析,身处这一潮流中的逆女们,往往较逆子们的态度更为决绝,也更为忠贞。在苏雪林等现代新女性眼里,五四时代被目为一个"热烈追求两性恋爱的时代",女子们"所沉醉的无非是玫瑰的芬芳,夜莺的歌声;所梦想的无非是月下花前的喁喁细语和香艳的情书的传递;所能刺激他们的只有怨别的眼泪,无谓而有趣的嫉妒,动摇不定,患得患失的心情"②。冯沅君认为:"爱是人们的宇宙,爱是人们的空气,食料……一切圆满的生活,必建筑于爱的圆满上。"③ 为了恋爱,她们背叛家庭,离开父母,也离开曾经的好友;失去了爱时,她们悲伤、堕落甚至不惜以身殉情。庐隐文中的自强,凭着星光,在花园中寻找到了象征爱情的玫瑰花,又因为担心这花的青春将过,而离开那群青年旅客,独自去恋爱国里寻找懂得玫瑰花的真价值的顾主。④ 这个故事,或可为那一时代觉醒了的女性自发寻求爱情的一个表征、一个原型:出走的娜拉,放开眼光,自己去寻找恋人;为了爱情,她们全力以赴。1922 年,茅盾曾在文章中描述说,他"听人讲过许多现代女子狂热于自由恋爱的故事",他也亲眼见过这样的女子:"忘记读者,忘记父母,忘记社会,甚至于连自身是什么也

---

① 宋剑华:《"娜拉现象"的中国言说》,人民文学出版社 2016 年版,第 89 页。
② 苏雪林:《棘心》,《苏雪林文集》第 1 卷,安徽文艺出版社 1996 年版,第 16 页。
③ 冯沅君:《误点》,《陆侃如冯沅君合集》第 15 卷,安徽教育出版社 2011 年版,第 37 页。
④ 庐隐:《灰色的路程》,《东方杂志》第 21 卷第 2 号,1924 年 1 月 25 日。

忘记，只竭力要去捉摸伊自己所见的'恋爱之影'"①。他对那些热衷于恋爱的现代青年女子表示敬意，说"女子解放的意义，在中国，就是发见恋爱！"② 将女子解放与恋爱紧密相连，正是那一代女子的人生观，也是那一代启蒙者认定的女子解放的意义所在。茅盾的观察，苏雪林、冯沅君、庐隐等的文学作品所指涉的情感体验，都证明了这一点。可以说，这一时期异常醒目的时代现象，就是关注女子解放者大多会关注、论及恋爱问题，女子解放运动的参与者们更是积极地探寻着恋爱国里的秘密。爱情大潮正处于汹涌澎湃之中，恋爱神圣论统治着新青年的心灵空间。

然而，我们在对读男女作家关于恋爱、性欲的呈现时，会鲜明地感觉到，与男性作家更多的是由性而爱相比，女性作家更多的是由爱而性，而具体的性体验、性心理的描写，在她们这儿往往并不明显。通常认为，即便是在《旅行》这样可以直面性问题的小说中，冯沅君也在双方都尊重人格的基础上仅仅描写了纯精神的恋爱。"在冯沅君的小说中，我们看到的是'逆子'的同谋者，而不是真正有着女性意识的娜拉，她所传达出来的也不是真正意义上的女性性别的性爱体验。"③ 庐隐、石评梅、凌叔华、陈衡哲、沉樱等女作家笔下都难以觅见直接的性的气息。

体现五四一代女性作为女人的需求与痛苦的，是当她们遭遇"爱""欲"纠缠时的独特选择。沉樱的《喜筵之后》的茜华，觉得经过自由恋爱寻找到的丈夫对她的态度和旧式丈夫对待其妻子无甚差别。在生活中，她老是感受到难堪的侮辱。去参加婚礼时，茜华遇到了以前全身心爱着她，现在依然对她甚为服从的男子。她脑海中掠过复仇的利用他的想法，可是脑海中压抑不住的是自己丈夫的影子。她仍情不自禁地往家的方向走，满怀高兴，还希望丈夫等着她。茜华的内心动荡和最终的选择，充分尊重了女性的内心曲折，具有一定的代表性。与茜华类似而又走得更远的人物，还有沉樱笔下的绮君。在小说《欲》中，伯平、绮君已经将像诗一般的恋爱生活过成了散文模样：程式化生活终究使新婚的两人感到了厌倦。等到伯平的弟弟季平从日本回来，他们三人同住的生活，才又激起了波澜："绮君也像恢复了新婚后那般的富有情趣，琐杂无聊的家事，这时

---

① 冰（茅盾）：《解放与恋爱》，《民国日报·妇女评论》1922年3月29日。
② 冰（茅盾）：《解放与恋爱》，《民国日报·妇女评论》1922年3月29日。
③ 徐仲佳：《性爱问题：1920年代中国小说的现代性阐释》，社会科学文献出版社2005年版，第181页。

作着常感到招待客人似的兴致，不像是那使人懒洋洋的日常生活了。"很快，本有着文学梦想的绮君和已发表有文学作品的季平相互喜欢，两人都为这不伦的爱而感到苦闷。绮君"不禁痛感着自己对于爱之缺乏贞操"①，最终选择了回到伯平身边，向伯平坦白，两人重新找回了爱情。但很快，这激起的浪花消逝了。绮君想着跟着季平去日本的可能的生活，觉得迷茫无助。

　　较之于男性和此后的女性，此期的女性多是为寻找归宿而恋爱，这是对以前女性在两性交往中固有的思维方式的延续。比如楼建南《爱兰》中的女仆爱兰虽也喜欢少爷颂华，但她最初不愿意被颂华所俘获，根本原因就在于担心他始乱终弃。在她将自己全部奉献给了颂华后，她说的是："我一概给你了，只望你不要把我中途抛弃。"颂华走后，她也屡屡表示对将来归宿无着的担心。显然，她的爱，最终指向的是可以依靠的婚姻。沉樱的《中秋节》② 写了希望恋爱却又畏避恋爱的张女士在中秋节的经历。张女士因一直没有恋爱而被人称为老大姐。一个中秋节，她的两个女性朋友约她出去玩，遇见了李先生。她觉得李先生对她有意，处处留心，后来因误会而离开他们，坐上洋车后想着："哪里是个归宿呢？"质问苍穹"何处是归宿"的她，显然是希望恋爱的，而且希望这恋爱能导引她进入婚姻。凌叔华的《绣枕》③ 刻绘的是一个仍生活在传统中的高门贵族的女性。她如此精心地绣一对靠枕：因夏天太热，留到晚上绣，甚至因此害了十多天眼病；那鸟冠子，就曾拆了又绣，足足三次；荷花瓣上的嫩粉色的线她洗完手都不敢拿，还得用爽身粉擦了手，再绣……之所以如此，是因为他父亲要将绣枕送给一个老爷，为她结下亲事。然而，放在对方客厅的当晚，一个便被吃醉了的客人吐脏了，另一个给打牌的人挤掉在地上，就被当成脚垫用，踩得满是泥脚印。婚事当然没有成功，两年后，她还在自己家里做针线活。满腔的幽怨，无人知、无人识的闺怨，无法寻找到归宿的哀怨，就这么一泄而出。同样是在深闺中的芳影小姐，长于诗词和书法，箫吹得好，人也美。她受到新思潮的鼓励而迈出了闺房，开始尝试着其他人一起去看电影、逛公园，觉得殷勤地待她的王先生是对她有意。结果对方却是在外国学了些洋规矩，所以服侍女子殷勤周到，毫无结

---

① 沉樱：《欲》，《喜筵之后》，花城出版社1996年版，第124页。
② 沉樱：《中秋节》，《喜筵之后》，花城出版社1996年版，第31—39页。
③ 叔华（凌叔华）：《绣枕》，《现代评论》第1卷第15期，1925年3月21日。

亲之意。走出深闺而寻找归宿的芳影，其努力也与深闺中的针线活高手一样，无人知晓，无人懂得。

正是因为此期的女性仍是为了寻找归宿而恋爱，因此，当她们恋爱成功而自由结婚，她们也就将自己的主要精力放在了家庭中，将自己的时间放在了做家务以及寂寞等候丈夫归来上，将自己的命运捆绑在了丈夫身上。于是在此期的书写中，我们时时看到那些新女性在家务中忙乱的情景，频频看到那些新女性寂寞地等待着丈夫归来的文字，不时看到那些新女性被新婚不久的丈夫嫌弃而只能以泪洗面的场景，也不时碰到那些新女性结婚后就死死地看着丈夫，免得他们出轨的例子。这些原本被目为精英、栋梁的女学生、新女性，为恋爱、结婚而不顾一切地放弃了学业、放弃了事业、放弃了原有抱负，迅速回到了传统伦理的范畴内。当新女性们忘掉从前的追求而安于困守家中时，她们可能遭遇的是丈夫的冷淡，以及成为时代落伍者的悲哀，而当她们不能忘掉从前的追求时，她们更为痛苦：她们离不开家庭、离不开孩子，可是离开了自己的事业又没有成就感，辜负了时代赋予的使命。对后者而言，庐隐笔下那些新女性形象都堪为代表。如《胜利以后》中的沁芝，在得知她们被人称为"高等游民"之后痛苦地发问："女子进了家庭，不作社会事业，究竟有没有受高等教育的必要？"《何处是归程》中的沙侣，只有感叹："十余年来所求知识，现在只好分付波臣，把一切都深埋海底吧。"甚至质问自己为何那么怯弱地去结了婚。[①] 在朋友鼓励下，终于重拾自己的音乐梦想的绮霞，就只能在照顾家庭和走向事业中艰难地抉择。当她向丈夫卓群说自己暂时离开家庭，一定要学成才会归家后，她的丈夫也就在随后的日子里另娶了新夫人。[②] 她们嘲笑自己是傻子，走错了路，在女性朋友也走进为人母的围城时，只感到滑稽。她们再也不相信世间有纯粹精神的男女之爱，认为靠爱情来维持生活真是一种可怜而且危险不过的时期。她们感慨地说："什么自命不凡的新女性，结果仍是嫁人完事。什么解放，什么奋斗，好像恋爱自由，便是唯一目的，结婚以后，便什么理想也没有了。"[③]《或人的悲哀》中亚侠感慨道："人生那里有究竟！……人事是作戏，就是神圣的爱

[①] 庐隐：《何处是归程》，《小说月报》第18卷第2号，1927年2月10日。
[②] 叔华（凌叔华）：《绮霞》，《现代评论》第6卷第138期（1927年7月30日）、139期（1927年8月6日）。
[③] 沉樱：《旧雨》，《文学季刊》创刊号，1934年1月1日。

情，也是靠不住的，起初大家十分爱恋的订婚，后来大家又十分憎恶的离起婚来"，充满了悲哀与绝望。

也正是因为从其他女性朋友的感受中，知道了以寻找归宿的爱的不可靠，所以，有少数作品主张纯粹的、没有功利的爱。这包括了异性间的纯爱与性欲倒错的爱。白采的短篇《微告》写一个白发女性"我"回忆自己接近中年时的往事。当时"我"已有三个孩子，丈夫爱"我"胜过爱他自己。"我"怜惜丈夫，不自觉地更加爱装饰自己了，常常守着窗口向对面望着。对面住的是个年轻轻的学生，有着英俊傲岸的气象，每日在那边窗内闪动着，却做出不屑理"我"的神气。"我那时骤有了神秘的力，从前所没有的力。始觉有了生的趣味。"但其实，生活没有一丝变动。"我"没觉得对面的人爱着"我"，反而觉得他是故意践踏而欺凌"我"，使我难堪。"我"的丈夫越信任我，"我"越难受，为此时常在感情和理性之间挣扎，最终"我"搬了家。讲述这段故事的"我"头上已有了白发，孩子们已经有了职业，可是"我"依然忘不掉那段日子，"痛心刻骨的记起这一件在我一切矜持中的秘密。"① "我"那无望的、无功利的爱，让人不胜唏嘘。另外，在此期有不少刻绘性欲倒错的作品。"当一个人的性欲冲动是以同性的人为对象时，他就是处在一种心理异常的状态，这通常被称为性欲倒错，或反常性欲、同性恋爱，或者更普通的说法：同性恋——以别于正常的异性恋。"② 庐隐的《丽石的日记》就写了丽石和沅青的同性爱，凌叔华的《说有这么一回事》中的云罗和影曼，因分别饰演朱丽叶和罗密欧而产生了特殊的感情，其动作、思维已有同性爱的表现。叶绍钧的《被忘却的》③ 写婚姻失败的教员田女士和新来的教员童女士的缠绵的爱情；其《春光不是她的了》中婚姻失败后的瑞芝，最终之所以感到所处之地是牢笼，也是因为她最爱的黎女士结婚了，她的感情因此无处寄托。这种性欲倒错，在一定意义上是基于男性不可靠而起的特殊感情，比如叶绍钧的两篇写同性爱的小说，女主人公都遭遇了婚姻失败，对男性彻底失望。而丽石和沅青之间，"与其说是同性之间的爱恋，不如说是丽石在厌世思想支配下为自己寻找的一个救命'稻草'。在'稻草'

---

① 白采：《微告》，《创造周报》第35期，1924年1月6日。
② ［英］哈夫洛克·埃利斯：《性心理学》，陈维正、王作虹、周邦宪、袁德成、龙葵译，贵州人民出版社1988年版，第190页。
③ 叶绍钧：《被忘却的》，《学林》第1卷第6期，1922年3月25日。

的选择过程中，男性是不适宜的，因为他们看起来不可靠——有人叛变、有人浅薄。也因此，庐隐笔下的同性情爱既是同性之间深厚情谊的体现，也是对男性世界以及以男性为主导的世界的不信任、失望以及逃离。"[1]

在此期小说中，当女性试图寻找归宿却终于不可能时，女性或者独立承担起所有后果，或者反抗男性，冲出围城。而她们在发现归宿的不可靠时，她们也会想法子去稳固家庭的根基。

前面已论及《梅岭之春》中少女保瑛与其吉叔父之间的乱伦之爱。当保瑛发现自己因此而怀孕时，吉叔父却不愿意承担责任，最终让保瑛回到她的丈夫家成亲。保瑛在后来给吉叔父写的信中说："……我不怕替叔父生婴儿，叔父还怕他人嘲笑么？……我因这件事，我的眼泪未曾干过。叔父若不是个良心死绝的人，不来看看我，也该寄一封信来安慰我。……叔父，你试想，我这腹中的婴儿作算能生下来，长成后在社会中不受人鄙贱，不受人虐待么？叔父你要知道我们间的恋爱不算罪恶，对我们间的婴儿不能尽父母之责才算是罪恶哟！最后我望你有一回来看我，一回就够了！我不敢对你有奢望了……"白采的小说《被摈弃者》的主体部分，以一个女子的口吻讲述其与一个男子相恋怀孕后，男子主张打掉孩子，女子却不愿意，于是两人断绝了关系，女子独自生下并养育孩子，却被周围的人看不起。她心里愁肠百结，既有骄傲的反抗世俗的勇气，也有无法生存下去的痛苦。她打算和孩子一起去最为纯洁的水里自戕，然而孩子死了，她却稀里糊涂地活在世上。为此，她痛苦不堪，质疑一切世俗伦理。[2] 许钦文的《博物先生》中，史子逸是个极端利己主义者，是戴着男女社交面具去行骗的浮荡少年。他千方百计追求到林女士之后，却全然不实践他最初的设计，连饭也不让妻子吃饱。他希望妻子和自己的父母一起住，遇到妻子反抗后说："岂有此理，你轻视公婆，侮辱丈夫，罪大恶极！"接着夺下孩子说："孩子是我的，当即离婚，就给我出去！"妻子本来打算撞死自己，突然听他说了这样一段话：

> 听你的便。撞死也好，免得我多出离妻的丑名，不撞死也随你，反正给你十五块钱一月。不过如果再和你轻视公婆、侮辱丈夫的人做

---

[1] 张莉：《浮出历史地表之前——中国现代女性写作的发生》，南开大学出版社2010年版，第208页。

[2] 白采：《被摈弃者》，《创造周报》第28期。

夫妇,那我简直是无记忆的禽兽了。

小说紧接着就是末段:

> 她定了定神,脸色骤然变正,擦干眼泪,整了些日用行装,和他郑重的说:"原来我们的结婚是未觉悟的,我虽然不能再在鲁镇做人,却可到鲁镇以外去生活,我也无暇忏悔从前的错误,我愿从一个正当的人,我很感激你今天的提醒我,再见罢!"他赶紧把孩子放下立起来,想把她拉转,可是终于空手而返了。[1]

林女士最后的觉醒是对史子逸的反叛,她对他是不正当的人的认定,终究体现出一点点新女性的思想来。但可惜的是,这也仅只是一点而已,因为她说的是"我愿从一个正当的人",她的目标不过是从以史子逸为归宿变而为以另一个"正当的人"为归宿而已。不管是跟从的谁,总之还是丈夫。仅此一点,也就体现出她和出走的娜拉的云泥之别。

在试图挽救婚姻的小说中,一般的女性是以泪洗面、柔声哀求,如《喀尔美萝姑娘》中"我"的妻子瑞华;睿智一点的女性则如《花之寺》中的燕倩,在不动声色中揭穿丈夫幽泉想做"奇美的梦"的心思。小酩的《妻的故事》[2] 是个有意思的例外。该小说中,"我"吃过晚饭后打算写信,却叫妻子琴拿来信笺。琴顺从地为"我"铺好信笺,顺口问了"我"是写给谁,却被"我"一顿呵斥。琴难受,而"我"还希望琴来道歉。琴理解"我",认为"我"是怕被她问出破绽,所以才要吓唬她。"我"心虚,说是在创作小说而已。于是妻子琴说她也有小说讲。她讲的是自己以前喜欢跟着父母去拜禅院,和其中一个小和尚凡空起了情感,甚至两人梦中都梦到一起游览园子。当某一天终于机会来临时,凡空向她身前来,她也心神激荡。此时琴问"我"还听不,"我"的感受过程是最初好奇,"渐渐的我便讨厌了,发呆了;及听到临尾一段,浑身难安,心头更不知是什么滋味!"随后,"我"对琴的一再追问是否还听只冷冷地笑。"听了伊的故事后,好像在我们当中有高山长水的阻绝",连灯是否还明

---

[1] 许钦文:《许钦文小说集》,浙江文艺出版社1984年版,第25页。
[2] 小酩:《妻的故事》,《莽原》第13期,1925年7月。

亮、钟摆是否还在动都遗忘了。这种换位思考的时刻，是主人公的男权意识体现的时刻，也是女性叙事胜利的瞬间，是女性意识初步觉醒的时刻。

沈从文曾就不同体裁书写五四时期的恋爱问题的优劣做出过以下评价："五四运动引起国内年青人心上的动摇，因这动摇所生出的苦闷，虽在诗那一方面，表现得比创作为多，然而由于作品提出那炫目处，加以综合的渲染，为人类行为——那年青人最关切的一点——而发生的问题，诗中却缺少作品能够满足年青人的。"① 显然，在批评者沈从文这里，当时青年人最为关心的恋爱苦闷，在创作即小说这类文体中表现得更为充分。对此，当代学者赵园进行了更为翔实的阐发，而将其"年青人"置换为"知识分子"。她说："'五四'小说在表现知识分子的婚姻爱情方面，提供了最富于时代特征的内容，——知识者在中国历史黎明期现代性爱的觉醒，他们对于新时代的婚姻爱情理想的追求和对于旧道德的批判。这种内容不但本质地区别于旧时代文学有关婚姻爱情的描写，而且以其鲜明的'五四'色彩，——包含在作品中的'五四'时期知识者的精神特点，'五四'小说家思考婚姻爱情问题的特殊角度，也区别于以后时期类似主题的小说作品。在有关的'五四'小说的复杂性中，还曲折地反映着时代生活的特点和知识者的思想道路，而且在'局限'中同时酝酿着文学自身对于局限的突破，并启示后来者以新的探索与追求。"② "五四"小说的确不是结束，而是在历史链环中表征着发展特质的一环，"其中必定有着大量属于未来的东西，有着现代文学未来成就的真正萌芽"③。

---

① 沈从文：《论中国创作小说》，《沈从文全集》第16卷，北岳文艺出版社2009年版，第205页。
② 赵园：《"五四"时期小说中的婚姻爱情问题》，《中国社会科学》1983年第4期。
③ 赵园：《"五四"时期小说中的婚姻爱情问题》，《中国社会科学》1983年第4期。

结　语

　　建基于乡土中国的严格的差序格局,是漫长的古代社会形成超稳定的社会结构的内在秘诀。在几千年超稳定的社会结构之下,缩印着历史的变迁的家庭也就几乎没有什么大的发展。鸦片战争至甲午战争期间,中国因屡屡战败,日渐开放了一些重要商埠。这些商埠的布局,是由沿海向长江,由长江下游向上游,终至于内陆,"在中国封闭的社会体系上戳开了大大小小的窟窿。外国资本主义的东西因之而源源不断地泻入、渗开"。于是,资本主义的东西"在旧社会的肌体里沉淀、发芽、生根、膨胀。于是两千年来的清一色变成了斑斑驳驳的杂色。……城乡社会的演变由此而缓缓发生"[①]。与此相关,中国社会的重要组织结构——家庭的形态也开始出现了变化,整个社会的家庭伦理也开始出现了松动,原来定于一尊的专制家长制,日渐受到了越来越多的质疑。甲午之战后,先进知识分子们感知到国家民族遭遇的三千年未有之大变局,感知到帝国落日的凄凉景象,开始试图从改变礼教、重建伦理道德体系入手挽救亡国灭种的危机。以三纲为核心的传统儒家思想,受到了秉持平等、自由、民主思想的先驱们的空前质疑。君臣、父子、夫妻伦理,在早期资产阶级改良派如王韬、郑观应、宋恕、何启、胡礼垣,维新思想家如严复、康有为、谭嗣同、梁启超等眼里,都被重新估价与审思。他们以冲决罗网的叛逆姿态,对几千年里未受到根本冲击的三纲说进行大胆批判,注重臣、子、妻的利益的发现,推动着臣、子、妻的身份由臣民向国民的现代转化。君臣平等、父子平等、男女平等观念,反对父母之命媒妁之言、主张自由结婚的观念,在那一时期异常动人。随后辛亥革命的成功,使得民主共和话语深入人心,新思潮一时间风起云涌。蔡元培、章太炎、章士钊、陈独秀、鲁迅、周作

[①] 陈旭麓:《近代中国社会的新陈代谢》,上海社会科学院出版社2005年版,第139页。

人、吴虞、李大钊、高一涵等，在民国初建时期，感受着民国新立所带来的民主气象，却也感知到辛亥革命失败后传统思想卷土重来的深重危机。对于君臣、父子、夫妻关系，他们沿着维新思想家开创的道路继续批判，也在实践中有过探索的努力。然而，君已不存，而臣民心态并未彻底消失；父子平等，而父子之间的冲突依然明显；夫不再是妻之纲，然而否定自由恋爱、文明结婚者仍层出不穷，节妇、烈妇、烈女在《褒扬条例》颁布之后依然良多。面对徒有共和招牌、货色却照旧的光怪陆离的中华民国，在袁世凯称帝、张勋复辟的现实政治刺激之下，五四时期的先进知识分子开始了新一轮的"打孔家店"运动，"把对封建家长制及其伦理观念的批判，提到了新的更高的水平，远比过去任何时期的批判都更加激烈、尖锐和深入"。[①] 中国传统家庭伦理向现代的转型，由此实现了标志性突破。"欧风美雨弛而东"，在此期已经澎湃为势不可当的"西潮"，对时代中的个体产生了异常强大的裹挟性力量。在这股潮流中，晚清即已传入中国的个人、自由概念得到了更为全面的阐发，在其支持下的反父权、夫权话语风起云涌，持续荡涤着中国传统家庭伦理的污浊世界。此期对子辈权益的重视，在晚清发现儿童的基础上深入拓进，幼者本位伦理观成为五四一代的基本共识，父子平等思想更加深入人心。这在胡适《我的儿子》、施存统《非孝》事件等问题的大讨论中，都可以得到证明。与此相关，对作为弱者的女性的再次发现，使得此期节烈观、爱情定则、性道德问题的讨论如火如荼。当然，历史文化心理的惯性无比强大，此期的伦理观念变革远未达到先驱者们期待达到的高度、深度与广度。

　　1898—1927年中国社会上始终盘旋着的家庭伦理反思与批判潮流，自然会在此期的文学上有所反映，我们甚至可以说，1898—1927年这过渡的三十年间中国家庭伦理痛苦的崩裂声音，可以清晰地通过文学文本而聆听到，感受到。赵园曾指出："宗法封建性家庭的解体过程，在中国延续得这样长久，其间充满了如此尖锐或钝重的痛苦，现代作家不过幸运地得以看到这个长过程中最富于戏剧性的一幕而已。他们写食人者、食人家族，写王熙凤式的家庭暴君，写封建家庭内部集中在'支配权'、'继承权'方面的财产争夺，《牛天赐传》、《财主底儿女们》、《金锁记》一类

[①] 王玉波：《中国家长制家庭制度史》，天津社会科学院出版社1989年版，第309页。

作品，对此还描写得那样出色。"① 这一论断，是赵园在研究现代小说中宗法封建性家庭的形象与知识分子的几个精神侧面这一问题时提出的，当我们将考察的时间上限推到1898年时，只需要将其中的"现代作家"改为"晚清与现代作家"即可：晚清与现代作家的确有幸看到了宗法封建性家庭漫长的解体过程，感知到其中尖锐或钝重的痛苦，并且以其具有时代特色的笔墨，为我们留下了独特的家庭伦理叙事的现代转型史。"中国知识者在历史转折中、生活矛盾中，生活方式、价值观念的转换中实际经历的一切，及其在文学中映象，都值得作为研究的对象"②。研究他们，就是在认清我们的来路。

1898—1927年家庭伦理的过渡性质，既体现在父子伦理上，也体现在两性伦理中。但在阅读1898—1915年与1915—1927年的小说作品时，我们对这两个时段内的父子伦理、两性伦理状况会有着极为明显的感知差别。

首先，父子伦理方面。简单来说，我们固然能在1898—1915年的小说中寻找到一些爱子的父辈形象，或者能分析出父辈对子辈某些行为背后所蕴含的爱意，也能在鸳鸯蝴蝶派杂志为主的刊物中寻觅到描写传统意义上的孝子的小说，然而从整体上看，这一时期鲜明反映清末民初社会变局的小说中，父子伦理的异化特征让我们印象更为深刻。基于传统儒家思想而对子辈具有威权，施行专制式管教的父亲例子很多，尤其在婚姻爱情问题上，凭借自己的"天赋威权"而擅自为子辈确定婚姻大事者如恒河沙数。在这种威权之下的子辈，有的因为金钱关系而弑父，有的因为反抗父亲而乱伦，真正因为追求真理、正义而离家出走，寻觅正途的子辈并不多。这反映出此期经济因素对人伦关系的强势介入，反映出此期父子关系的动荡不居：旧的在动摇中，而新的符合理想的伦理关系并未建立起来。当然，基于民族国家所处的特殊困境，此期的小说多抱有救亡图存的宗旨，移孝作忠的写作路径在此期再次被大量运用，在保家卫国这个新意义上的父慈子孝，在小说中多有体现。与之相关，子报父仇书写成为一些小说情节发展的核心要素。当复仇与情爱相冲突时，此期小说作家多采用的

---

① 赵园：《现代小说中宗法封建性家庭的形象与知识分子的几个精神侧面》，《艰难的选择》，上海文艺出版社1986年版，第411页。

② 赵园：《艰难的选择》，上海文艺出版社1986年版，第437页。

是复仇为上的思路，体现了传统意义上的孝道仍在此期占据着伦理高地。

而在1915—1927年的小说中，父子问题成为与婚姻问题等并列的社会问题，是先驱们反复讨论、争论的重要问题，因而也是一个极富表现力、极具时代表征性的文学母题。整体来看，此期专题写作专制的父辈与叛逆的子辈间的冲突者甚多，专制的祖父、父亲、母亲、婆婆、大哥等，因政治、经济、婚恋以及文化遗存等原因而压制子辈，叛逆的儿子、女儿们，或单枪匹马或集体联合行动，通过出走、驱逐、乱伦等形式，实现对父权的威严的反抗。这样的写作内容，甚至给人这样的印象：现代文学对于家庭关系的描写，最重要的特征是骚动不安，是压制与反抗之历史性抗争。当然，此期借用专制父辈形象以实现自私目的（尤其是婚恋）的例子也有，而爱父之子与爱子之父的小说的照例存在，也说明此期的父子关系绝非专制/反抗这一对范畴可以全部囊括。事实上，彻底的专制之父与反叛之子，彻底的爱父之子与爱子之父，都比较少见。尤其是这一代叛逆的儿女们成为新一代父辈之后，他们对子辈的复杂情感，更具有典型的五四特色：我们能看到很多体现他们对子辈的爱的作品，体会到他们在教育子辈上的积极思考，然而此期最具特色之处，在于叛逆的儿女们想全心全意爱自己的子辈，想让他们"幸福的度日，合理的做人"而不得的悲哀。这一方面有新一代做父辈前后的困惑与迷茫，包括家庭与事业之间的剧烈冲突，另一方面有经济窘迫而导致的新一代父子关系的异化。然而对读此期的小说和1898—1915年的小说，我们发现，在父子伦理问题上，前一段时期的小说人物形象，塑造得最为饱满的多是父辈，而此期的则是子辈；前一时期小说作者的立场多偏向父辈，而此期的则毫无疑问地偏向了子辈。"父子平等"这一观念，往往已是此期小说书写的不言自明的前提；维系父辈和子辈之间的纽带是爱而不是威权，往往已是此期作者内心的根本信念。可见时代已实现了价值正负的更替，评价标准也已实现了适时的现代性变更，具有鲜明现代性的父子伦理已经在艰难中初步完成了历史性建构。

此外，两性伦理方面。1898—1915年的小说中，两性伦理是重要的书写内容。我们知道，此期已有不少主张男女平等、婚姻自由的理论倡导，然而当系统阅读此期的小说时就会发现，这些理论倡导尽管也在小说中存在回声，但此期的两性伦理书写仍主要沿袭旧传统，受到父权尤其是夫权的影响甚大，父依然是婚恋时期的子之纲，夫依然是婚后的妻之纲。

这在描写父辈阻挠子辈的婚姻大事的小说中,在描写家国动荡、个体颠沛流离过程中的具体情景时,都有体现。而在那些刻绘贞节烈女的言情小说中,描写国仇家恨的复仇小说中,传统节烈观的地位依然无法撼动。在此期小说中,对自由恋爱、文明结婚进行反思与批判,可以说也是一种不难见到的行为。因此,总体而言,此期小说中虽然能看到以实际行动反抗婚姻规则,敢于追求自己的婚恋幸福的女性,却都是未能形成气候的孤独者,是乍暖还寒天气中刚刚挣脱历史文化重负的暗夜中的赶路人。

对比之下,1915—1927年的两性伦理叙事简直如长江大河般汹涌澎湃不已。两性关系成为此期诸多先驱者和作家们反复思考、讨论甚至争论的问题,两性题材成为此期小说文本表现最为繁复、思考最为深刻的文学母题。爱情成为此期反抗传统伦理的排头兵,重视爱情则被看成是最为大胆的叛逆行径。男女平等、恋爱神圣、婚姻自由成为此期最具标志性的口号。在婚姻关系上,我们可以看到传统夫妻关系的现代回声,但也可以发现两种新的婚姻关系:新青年与旧妻子之间的复杂关系,以及新青年们胜利组建新家庭之后的复杂关系。在性爱伦理上,我们可以看到,此期书写恋爱神圣的作品甚多,叛逆的男女新青年一起合谋,在尽力反抗着来自父权的压制,在追求着恋爱与婚姻的自由。但问题却在于,此期利用恋爱神圣、婚姻自由而谋取私利的男子不少,新文化先驱陈望道以及诸多女作家对这种"浮荡少年"的批判甚多,部分女作家甚至由此而严重怀疑爱情、厌倦男性。而在爱与性的关系问题上,此期的男性写作多沿袭由性而爱的书写路径,女性写作多依循由爱而性的书写策略。考察此期的两性伦理书写,我们会发现男性与女性的性别差异所带来的关注重心、书写方式、主要观点上的重大差别。比如,在女性性别身份的认知上,此期的男性多停留于女性是和男性一样的人这个阶段,而部分女性作家,不仅认识到自己是和男性一样的人,还是和男性不一样的女人,从而有了初步的"为人"与"为女"的双重自觉。又如,在婚姻关系的描写中,女作家们更多的不是关注传统夫妻关系,而是关注新时代中那些新青年的旧妻子,对普遍被抛弃的旧妻子表达着深切的同情,而是关注着新青年们在胜利了并步入婚姻围城后的厌倦、寂寞、感伤,书写着婚姻、家庭与事业之间的矛盾,书写着事业与家务尤其是养育孩子之间的两难。再如,在性爱伦理上,她们对于"浮荡少年"的批判,对于男女之间在爱与性之间的隔膜的再现,都独具特色,体现出浮出历史地表之后的女性们在那个时代真诚的忧虑、困惑与感伤。总体而言，无论是这一时期的两性伦理状况还是其文学书写，都已远远超越了清末民初，比较成功地实现了面向现代的两性伦理的转型。

1898—1927年的三十年间，父子伦理、两性伦理这最为核心的家庭伦理观念在事实上的深刻转变，标志着中国传统宗法制大家庭的宏伟大厦在此期进一步坍塌，整个社会的文化心理已发生不容忽视的巨大转变。王跃曾对比分析了民初和20世纪20年代后期的民意测验，得出了变化甚大的结论："……其变化的基本特点就是：资本主义发展初期的、要求自由、平等、个性解放、人格独立的新道德观已逐步为一部分普通人所接受。"① 这所谓的"普通人"，包括部分农村中的人们。"如在两湖农村里、妇女们开始直接用行动向旧道德挑战。农民协会的女会员，穿起草鞋，跟着大众，背起梭标进城游街。寡妇嫁人、尼姑还俗、自由结婚等，在农民运动发展的地区也出现了。"② 1931年，周谷城出版了《中国社会之变化》一书。他指出，中国原有的道德观念如尊亲祀长等"几乎完全绝了种"，取而代之的是博爱、平等、自由等观念；原有的孝"几乎包括了道德的全部"，到那时，也就有了社会道德、政治道德等名目；原有针对女子的三从四德，到那时也有了男女平等观念；原来的男女关系多由父母决定，到那时，也有了自由恋爱。③ 这林林总总，都表明了当时的中国社会已发生了重要的历史性变迁。

但显然，我们对这种变迁的社会心理不能估计得过高：王跃所言的只是部分农村、"一部分普通人"，周谷城所言的也只是"几乎""完全绝了种"而已。之所以如此说，是因为即便是在五四新文化运动的领导者与积极参与者眼里，这个运动的未完成性也十分明显。比如萧楚女曾因"目睹了'娜拉型'女性的失败"，而将民国建立到"五四"之前的二三年间的妇女运动称为"棉花运动"④。茅盾认可这种说法，并且认为十年以后，情况虽然已有变化，但"棉花运动"的阶段仍未完全过去。1922

---

① 王跃：《变迁中的心态：五四时期社会心理变迁》，湖南教育出版社2000年版，第97页。
② 王跃：《变迁中的心态：五四时期社会心理变迁》，湖南教育出版社2000年版，第97页。
③ 参见周谷城《中国社会之变化》，新生命书局1931年版，第90—91页。
④ 茅盾：《茅盾全集》第16卷，黄山书社2014年版，第186页。

年，茅盾曾致信王桂荣，谈到青年未曾彻底觉悟问题。他说："……青年的彻底觉悟，本来不容易立刻办到，这几年的'新文化运动'本来不曾彻底搅动青年的心，我们，在文学界里尽力做工作的人更不曾作出什么了不得的东西，本来不曾紧抓住了青年们的心呀！……"①而在陈独秀、周作人、鲁迅、孙伏园等人那里，都有关于青年的思想状况不容乐观的言说。1921年，陈独秀还曾在《新青年》的"随感录"栏目中写过一则短评，将先驱者比喻为"教学者"，将他们启蒙青年的行为比喻为"扶醉人"，其结果却是"扶得东来西又倒"：先驱者们主张婚姻自由，青年们"就专门把写情书寻异性朋友做日常重要的功课"；先驱者们说"要脱离家庭压制"，青年们"就抛弃年老无依的母亲"；先驱者们说"要提倡社会主义共产主义"，青年们"就悍然以为大家朋友应该养活他"；先驱者们说"青年要有自尊底精神"，青年们"就目空一切，妄自尊大，不受善言了"；先驱者们说"要主张书信秘密自由"，青年们"就公然拿这种自由做诱惑女学生底利器"②。其失望、担忧的心境，在字里行间闪烁不已。1925年2月，周作人还感慨着"中国现在假道学的空气浓厚极了，官僚和老头子不必说，就是青年也这样……"③而鲁迅还想着再次实行思想革命。直到20世纪30年代，鲁迅、周作人、茅盾对妇女解放及解放后的妇女的运命都并不乐观。1935年的阮玲玉之死，让不少新文化先驱再次反思新文化运动的历史局限。茅盾就曾观察到，相较于十多年前《娜拉》刚进入中国之际，20世纪30年代的中国妇女已有不少进入了公共场所，"似乎已经使得妇女的社会地位大不相同"了，"然而这是表面的变化。这不过是传统地要靠男子养活的妇女现在也能够自己养自己，或者反过来倒能养活男子而已"。一旦"妇女们想在家庭关系中建立起'独立的地位'，一想使得自己是一个'独立的人'而不是附属于男子的女人，那她就被视为危险分子了"④。茅盾指出，这是异常真实的存在。这种历史感极强的对比与总结，让我们知道长路何其漫漫。1938年，茅盾还曾写有《从〈娜拉〉说起——为〈珠江日报·妇女周刊〉作》，深刻论及了中国

---

① 该信发表于《小说月报》第13卷第8号（1922年），收入《茅盾全集》第36卷，第77页。
② 陈独秀：《青年底误会》，《新青年》第9卷第2号，1921年6月1日。
③ 子荣（周作人）：《"净观"》，《语丝》第15期，1925年2月23日。
④ 茅盾：《〈娜拉〉的纠纷》，《漫画生活》第7期，1935年3月20日。

的娜拉出走之后的悲剧问题。他认定"娜拉并没有成功",因为十五年来出走的中国的娜拉们,"还不是回到家庭,消沉了后半生?"① 1943年,阳翰笙曾说,"五四时代的一群女战士"已经或者"退回了闺中",或者"走进了厨房",或者"做了贤妻良母",或者"竟至浪漫颓废,沉醉在舞场赌窟",或者"做了贵妇人","更有的竟至信神信鬼,退进了经堂佛地……"②但不管怎样,这些出走的娜拉们,都走向了黯淡的前程。

对于娜拉型女性的悲剧问题,庐隐、石评梅、凌叔华、沉樱等都曾在文学作品中做出细腻而深刻的描绘。那么,五四妇女解放后的娜拉们,出路在哪里?茅盾曾指出娜拉们的悲剧的主观原因,在于她们"空有反抗的热情而没有正确的政治社会思想"③,因此他认为,成为卢森堡式的女性才是解决之道。卢森堡式的女性所具有的特点,是"对于现实有正确的认识","有确定的政治社会思想","知道'怎样'才是达到'做一个堂堂的人'的大路"④。也就是说,女性们应该紧跟着政治革命走向集体主义,而告别单纯的个人主义与思想革命。这种解决之道的提出,与赵园曾论述的五四时期婚恋叙事"从'我是我自己的'到'解放了社会,也就解放了自己'的思想发展逻辑"⑤ 相吻合,与从文学革命转向革命文学的轨迹相吻合,也与中国现代历史在1925尤其是1927年后所发生的转向相吻合。告别个人主义,正是中国20世纪20年代思想主流中一个值得重视的分支。在《恋爱与革命》这首诗中,诗人强调,在世界打平之前,"我所需要的已经不是'爱情'!""我所要吻的是敌人颈上的血腥!"⑥ 这是一代青年的时代呼声,是时代、社会革命对青年身体再次成功征用的表现。"当礼教被扫地出门,家庭被诅咒成为抑制个人个性发展的暴虐来源后,国家立时成为人身的最大'殖民主'"⑦,黄金麟的判断具有一定的合理性。

---

① 茅盾:《茅盾全集》第16卷,黄山书社2014年版,第185页。
② 阳翰笙:《阳翰笙日记选》,四川文艺出版社1985年版,第152—153页。
③ 茅盾:《茅盾全集》第16卷,黄山书社2014年版,第185页。
④ 茅盾:《茅盾全集》第16卷,黄山书社2014年版,第185页。
⑤ 赵园:《"五四"时期小说中的婚姻爱情问题》,《中国社会科学》1983年第4期。
⑥ 邹孟晖:《恋爱与革命》,《泰东月刊》第1卷第4期,1927年12月1日。
⑦ 黄金麟:《历史、身体、国家——近代中国的身体形成(1895—1937)》,新星出版社2006年版,第22—23页。

在这样的大背景下，五四时代的小说以"恋爱与革命"的作品为过渡，慢慢从文化批判转向了政治批判、社会批判。在我们习称的中国现代文学史上的第二个十年中，小说题材得到全面深入的拓展，父子伦理、两性伦理的重要性已远不如五四时代。当然，反父权斗争依然在继续，只是这种对父辈、家庭、家族的批判，被引入到了社会革命的整体视野中，父子关系也因社会革命叙事的渗入而发生了值得重视的变化。而在两性伦理方面的书写，虽不如五四时期那样醒目，但其深广度仍有了不错的开掘。即便是那些被视作"插曲"的婚姻爱情描写，也由于被作家们放回到了"它在生活中的实际位置……被安放在较'五四'小说远为复杂开阔的生活范围中"①，而在一些成功的作品中达到了相当的深度。那些正面思考两性伦理问题的小说，也由于作家们的深入体察，由于作家们对其与社会、人生诸多问题之关联的深入探究，而达到了更深的层次。在这个十年及其之后的40年代，巴金的《激流》《憩园》《寒夜》、靳以的《前夕》、张天翼的《在城市里》、老舍的《四世同堂》《牛天赐传》、路翎的《财主底儿女们》、张爱玲的《金锁记》等描写"家"的小说纷纷出现，"这证明了现代作家由于经验与认识的积累，已经有可能提供宗法封建性家庭的较为完整的形象，有可能把对象作为整体来把握'家族史'的小说框架"②。对于中国知识分子在宗法制家庭制度之下的精神痛苦的揭示，此期也达到了一个新的高度。"现代小说家在批判宗法封建性家庭时，也许较之其他时候，更自然也更自觉地让作品容纳知识者自我省察、自我批判的内容。他们在'自己'中检点'历史'的遗痕，清算自己与'宗法制的过去'的精神联系。这是'五四'以来知识者最深刻持久的自我省察之一。"③ 正是这种自省，让他们在出走与回归间痛苦徘徊，在理智与情感间反复纠缠。因此，从家庭伦理角度来考察小说的现代转型及其后的发展史，本身也就是在走近中国近现代知识分子的精神生活史。

1935年，在为《中国新文学大系·小说一集》所写的序言中，茅盾曾首先梳理了1917—1927年中国小说发展的艰难。作为一个积极的参与者与研究者，茅盾曾在1921年4月做过统计，发现那年1月到3月发表

---

① 赵园：《"五四"时期小说中的婚姻爱情问题》，《中国社会科学》1983年第4期。
② 赵园：《艰难的选择》，上海文艺出版社1986年版，第408页。
③ 赵园：《现代小说中宗法封建性家庭的形象与知识分子的几个精神侧面》，《艰难的选择》，上海文艺出版社1986年版，第424—425页。

的短篇小说约计七十篇，其中很多恐怕只能算是散文；到了7月，茅盾又有统计，说在4—6月这三个月中，短篇小说的发表数已有120多篇。由此，他认为中国的现代小说创作是进步了的，是有成绩的。但当茅盾将其与20世纪30年代的文坛进行对比，他立即意识到20世纪30年代中国文坛所取得的长足进步："现在我们差不多每一个月看得见有希望的新作家出现，现在我们所见一个月里的在水平线以上的作品有从前一年的总数那么多。"[①] 回眸来时路，茅盾指出："这进步的过程是很长很长一段路。从'新文学'发展的历史上看，这条'路'的起点，——一些早起者所留下的足迹，是值得保留，研究，而且来一次十年的总结。"[②] 因此他对1917—1927年的"早起者"的小说创作实绩进行了细致归纳与宏观扫描。其实，扩而大之，从家庭伦理叙事的现代转型角度来说，1898—1927年中国文坛所走过的，亦是这样一条漫长的路。这些涉足其间的小说作者们的作品，比起我们当下的部分作品来说，多半也具有鲜明的历史中间物性质。对于晚清至当下中国家庭伦理的变革来说，这些书写者也就是一些"早起者"，是历史链环中非常重要的一环。就如茅盾、鲁迅等在赵家璧先生的组织下，对新文学第一个十年的文学思潮、文学理论、文学作品进行理性打量，以保留"早起者"的足迹并加以研究一样，《中国近代小说大系》《中国近代文学大系》《清末民初小说书系》等的编选，就是在有意识地保留那些清末民初的"早起者"的足迹，而从父子伦理、两性伦理等角度对此期的小说进行考量的诸多成果，则是对这些"早起者"所取得的实绩、所具有的特色与局限性的研究。对于本书而言，深入了解了1898—1927年的他们，就深入理解了清末民初中国小说家庭伦理叙事的现代转型历程，深入理解了20世纪中国知识分子思想史的一部分，也就深度理解了我们自己在家庭伦理关系处理过程中那些看似无意的言语与行为背后的精神密码。

[①] 茅盾：《导言》，茅盾编选《中国新文学大系·小说一集》，上海良友图书印刷公司1935年版，第2页。

[②] 茅盾：《导言》，茅盾编选《中国新文学大系·小说一集》，上海良友图书印刷公司1935年版，第2页。

参考文献

一 晚清民国时期期刊

《安定》《安徽俗话报》《白话报》《半月》《北新》《晨报》《晨报副镌》《晨报六周纪念增刊》《晨报五周年纪念增刊》《晨钟报》《创造季刊》《创造周报》《萃新报》《大公报》《大中华》《东方杂志》《妇女新运》《妇女杂志》《妇女周报》《改造》《国粹学报》《国民报》《国民日日报汇编》《国民新报副刊》《洪水》《湖北学生界》《华商联合报》《幻洲》《甲寅》《江苏》《江西通俗教育杂志》《觉民》《觉悟》《教育世界》《教育杂志》《解放与改造》《进德杂志》《京报副刊》《经世文潮》《竞业旬报》《礼拜六》《临时政府公报》《莽原》《每周评论》《民报》《民铎》《民国日报》《民国日报·妇女评论》《民国日报·觉悟》《民立报》《教育杂志》《民权素》《民彝》《南开双周》《女报》《女学报》《女子世界》《浅草》《青鹤》《青年进步》《清华周刊》《清议报》《人道》《上海画报》《少年中国》《绍兴县教育会月刊》《申报》《神州女报》《生活》《生活日报》《时报》《时事新报·文学旬刊》《时务报》《蜀报》《泰东月刊》《天义报》《童子世界》《文化生活》《文学月报》《文学周报》《现代评论》《现代小说》《宪法公言》《消闲钟》《小说丛报》《小说季报》《小说林》《小说名画大观》《小说时报》《小说世界》《小说新报》《小说月报》《新北辰》《新潮》《新共和》《新教育》《新民丛报》《新女性》《新青年》《新人》《新世纪》《新世界日报》《新闻报》《新小说》《星海》《星期日》《醒狮》《兴华》《绣像小说》《学林》《学生杂志》《燕大季刊》《语丝》《月月小说》《云南》《展望》《长夜》《政府公报》《中国白话报》《中华妇女界》《中华小说界》《中华学生界》

二 研究资料集及著作

［德］黑格尔：《法哲学原理》，范扬、张企泰译，商务印书馆1961

年版。

［德］E. M. 温德尔：《女性主义神学景观》，刁承俊译，生活·读书·新知三联书店1995年版。

［法］西蒙娜·德·波伏娃：《第二性》（全译本），陶铁柱译，中国书籍出版社1998年版。

［美］埃里希·弗罗姆：《占有还是生存》，关山译，生活·读书·新知三联书店1989年版。

［美］格里德：《胡适与中国的文艺复兴》，鲁奇译，江苏人民出版社1989年版。

［美］卢苇菁：《矢志不渝：明清时期的贞女现象》，秦立彦译，江苏人民出版社2012年版。

［美］韦恩·布斯：《小说修辞学》，付礼军译，广西人民出版社1987年版。

［日］须藤瑞代：《中国"女权"概念的变迁：清末民初的人权和社会性别》，须藤瑞代、姚毅译，社会科学文献出版社2010年版。

［英］勃洛尼斯拉夫·马林诺夫斯基：《两性社会学：母系社会与父系社会之比较》，李安宅译，上海人民出版社2003年版。

［英］哈夫洛克·埃利斯：《性心理学》，陈维正、王作虹、周邦宪、袁德成、龙葵译，贵州人民出版社1988年版。

乔治·拉伦：《意识形态与文化身份》，戴从容译，上海教育出版社2005年版。

阿英：《晚清小说史》，江苏文艺出版社2009年版。

巴金：《巴金自传》，江苏文艺出版社1995年版。

包天笑：《钏影楼回忆录》，上海三联书店2014年版。

北京教育科学研究所编：《陈鹤琴教育文集》（上），北京出版社1983年版。

蔡尚思：《伦理革命》，泰东图书局1930年版。

蔡尚思：《中国礼教思想史》，上海古籍出版社2006年版。

蔡尚思等：《论清末民初中国社会》，复旦大学出版社1983年版。

蔡元培：《蔡元培全集》第1卷，中华书局1984年版。

蔡元培：《中国伦理学史》，东方出版社1996年版

蔡元培：《中学修身教科书》第2册，商务印书馆1907年版。

曹聚仁：《听涛室人物谭》，生活·读书·新知三联书店2007年版。

曹聚仁著、曹雷编：《天一阁人物谭》，上海人民出版社2000年版。

沉樱：《喜筵之后》，北新书局1929年版。

沉樱：《夜阑》，光华书局1929年版。

陈东原：《中国妇女生活史》，商务印书馆2015年版。

陈独秀：《实庵自传》，亚东图书馆1947年版。

陈洪、乔以钢主编：《中国古代文学与文化的性别审视》，南开大学出版社2009年版。

陈建华：《革命与形式——茅盾早期小说的现代性展开（1927—1930）》，复旦大学出版社2007年版。

陈平原、夏晓虹编：《二十世纪中国小说理论资料》第1卷，北京大学出版社1997年版。

陈平原：《小说史：理论与实践》，北京大学出版社2010年版。

陈平原：《中国现代小说的起点——清末民初小说研究》，北京大学出版社2005年版。

陈平原：《中国现代学术之建立——以章太炎、胡适之为中心》，北京大学出版社1998年版。

陈平原：《中国小说叙事模式的转变》，上海人民出版社1988年版。

陈千里：《因性而别——中国现代文学家庭书写新论》，南开大学出版社2013年版。

陈少华：《阉割、篡弑与理想化——论中国现代文学中的父子关系》，广东人民出版社2005年版。

陈天华：《陈天华集》，湖南人民出版社1982年版。

陈旭麓：《近代中国社会的新陈代谢》，上海社会科学院出版社2005年版。

陈学恂主编：《中国近代教育史教学参考资料》（中），人民教育出版社1987年版。

陈永森：《告别臣民的尝试——清末民初的公民意识与公民行为》，中国人民大学出版社2004年版。

陈元晖主编，璩鑫圭、唐良炎编：《中国近代教育史资料汇编：学制演变》，上海教育出版社2007年版。

辞海编辑委员会：《辞海》，上海辞书出版社2001年版。

戴震：《孟子字义疏证》，中华书局1982年版。

诞叟：《梼杌萃编》，上海古籍出版社1997年版。

邓伟志、张岱玉编：《中国家庭的演变》，上海人民出版社1987年版。

费孝通：《生育制度》，商务印书馆2008年版。

冯沅君：《陆侃如冯沅君合集》第15卷，安徽教育出版社2011年版。

傅斯年：《傅斯年全集》第6册，湖南教育出版社2003年版。

高旭东：《五四文学与中国文学传统》，山东大学出版社2000年版。

古德：《家庭》，社会科学文献出版社1986年版。

顾国华编：《文坛杂忆》（全编二），上海书店出版社2015年版。

顾颉刚编著：《古史辨》第2册，上海古籍出版社1982年版。

郭沫若：《郭沫若全集》（文学编），人民文学出版社1992年版。

郭湛波：《近五十年中国思想史》，人文书店1935年版。

韩达：《评孔纪年》，山东教育出版社1985年版。

何玲华：《新教育·新女性——北京女高师研究（1919—1924）》，中国社会科学出版社2008年版。

胡全章：《晚清小说与文学转型》，中国社会科学出版社2012年版。

胡绳武、金冲及：《从辛亥革命到五四运动》（上），山西人民出版社2010年版。

胡适：《尝试集》，亚东图书馆1922年版。

胡适：《胡适全集》，安徽教育出版社2003年版。

胡适：《胡适文存》（四），亚东图书馆1921年版。

胡适著、曹伯言整理：《胡适日记全编》，安徽教育出版社2001年版。

胡云翼：《新著中国文学史》，北新书局1932年版。

黄金麟：《历史、身体、国家——近代中国的身体形成（1895—1937）》，新星出版社2006年版。

黄进兴：《从理学到伦理学：清末民初道德意识的转化》，中华书局2014年版。

黄兴涛：《"她"字的文化史：女性新代词的发明与认同研究》（增订版），北京师范大学出版社2015年版。

江苏省社科院明清小说研究中心、江苏省社科院文学研究所编:《中国通俗小说总目提要》,中国文联出版公司1997年版。

蒋梦麟:《西潮·新潮》,岳麓书社2000年版。

焦国成:《传统伦理及其现代价值》,教育科学出版社2000年版。

金观涛、刘青峰:《开放中的变迁:再论中国社会超稳定结构》,法律出版社2010年版。

金天翮、陈雁编校:《女界钟》,上海古籍出版社2003年版。

康有为:《大同书》,华夏出版社2002年版。

康有为:《康有为文集》,线装书局2009年版。

孔凡岭编:《孔子研究》,中华书局2003年版。

乐齐主编:《郭沫若小说全集》,中国文联出版社1996年版。

乐齐主编:《郁达夫小说全集》,中国文联出版公司1996年版。

冷情女史:《洗耻记》,苦学社1903年版。

李敖编:《谭嗣同全集》,天津古籍出版社2016年版。

李步青:《新制修身教本》(中学)第3册,中华书局1914年版。

李良明、钟德涛主编:《恽代英年谱》,华中师范大学出版社2006年版。

李欧梵:《现代性的追求》,生活·读书·新知三联书店2000年版。

李孝悌:《清末的下层社会启蒙运动:1901—1911》,河北教育出版社2001年版。

李亚娟:《晚清小说与正字之关系研究》(1902—1911),中国法制出版社2013年版。

李怡:《日本体验与中国现代文学的发生》,北京大学出版社2009年版。

李又宁、张玉法主编:《近代中国女权运动史料(1842—1911)》(上),台北龙文出版股份有限公司1995年版。

李泽厚:《中国近代思想史论》,天津社会科学院出版社2003年版。

李泽厚:《中国现代思想史论》,东方出版社1987年版。

梁景和等:《现代中国社会文化嬗变研究》(1919—1949),社会科学文献出版社2013年版。

梁启超:《清代学术概论》,上海古籍出版社2005年版。

梁启超:《饮冰室合集·文集之一》,中华书局1989年版。

梁启超著，夏晓虹编：《梁启超文选》（上），中国广播电视出版社1992年版。

梁漱溟：《梁漱溟全集》，山东人民出版社2005年版。

梁晓萍：《明清家族小说的文化与叙事》，南开大学出版社2008年版。

刘海鸥：《从传统到启蒙：中国传统家庭伦理的近代嬗变》，中国社会科学出版社2005年版。

刘纳：《从五四走来——刘纳学术随笔自选集》，福建教育出版社2000年版。

刘纳：《颠踬窄路行》，作家出版社1995年版。

刘纳：《嬗变——辛亥革命时期至五四时期的中国文学》，中国社会科学出版社1998年版。

刘晴波、彭国兴编校：《陈天华集》，湖南人民出版社1958年版。

刘志琴主编：《近代中国社会文化变迁录》，浙江人民出版社1998年版。

卢克斯：《个人主义：分析与批判》，中国广播电视出版社1993年版。

庐隐：《庐隐自传》，第一出版社1934年版。

鲁迅：《鲁迅全集》，人民文学出版社2005年版。

陆费逵：《修身讲义》（师范讲习科用），商务印书馆1910年版。

陆士谔：《新孽海花》，中国文联出版社1989年版。

栾梅健：《通俗文学之王包天笑》，上海书店出版社1998年版。

马兵：《伦理嬗变与文学表达》，人民文学出版社2013年版。

茅盾：《茅盾回忆录》（上），华文出版社2013年版。

茅盾：《茅盾全集》第14卷，人民文学出版社1987年版。

孟悦、戴锦华：《浮出历史地表——现代妇女文学研究》，中国人民大学出版社2010年版。

倪婷婷：《"五四"作家的文化心理》，南京大学出版社2005年版。

潘光旦：《中国之家庭问题》，新月书店1928年版。

秋瑾：《秋瑾集》，上海古籍出版社1991年版。

冉云飞：《吴虞和他生活的民国时代》，山东人民出版社2009年版。

任剑涛：《道德理想主义与伦理中心主义》，东方出版社2003年版。

沈从文：《沈从文全集》，北岳文艺出版社2009年版。

沈辉编：《苏雪林文集》，安徽文艺出版社1996年版。

沈善洪主编：《蔡元培选集》（上、下），浙江教育出版社1993年版。

沈永宝编：《钱玄同印象》，学林出版社1997年版。

省三子编辑，金藏、常夜笛校点：《跻春台》，群众出版社1999年版。

施建伟编：《许杰代表作》，河南人民出版社1994年版。

石评梅：《石评梅文集》（上），北京燕山出版社2007年版。

舒芜：《回归五四》，辽宁教育出版社1999年版。

舒新城：《近代中国教育思想史》，中华书局1928年版。

宋剑华：《"娜拉现象"的中国言说》，人民文学出版社2016年版。

孙中山：《孙中山全集》第2卷，中华书局1981年版。

谭桂林编：《爱之焦点》，中国华侨出版社1996年版。

汤志钧编：《康有为政论集》，中华书局1981年版。

陶秋英：《中国妇女与文学》，北新书局1933年版。

天虚我生：《泪珠缘》，百花洲文艺出版社1991年版。

田本相、胡叔和编：《曹禺研究资料》（上），中国戏剧出版社1991年版。

汪林茂：《钱江潮涌——辛亥革命在浙江》，浙江人民出版社2011年版。

王德威：《想像中国的方法：历史·小说·叙事》，生活·读书·新知三联书店1998年版。

王国栋编：《庐隐全集》，福建教育出版社2015年版。

王锟：《孔子与二十世纪中国思想》，齐鲁书社2006年版。

王了一：《龙虫并雕斋琐语》，观察社1949年版。

王绍玺：《贞操论》，辽宁大学出版社1989年版。

王统照：《春雨之夜》，商务印书馆1924年版。

王小静：《清末民初修身思想研究——以修身教科书为中心的考察》，人民出版社2012年版。

王玉波：《中国家长制家庭制度史》，天津社会科学院出版社1989年版。

王跃、高力克编：《五四：文化的阐释与评价——西方学者论五四》，山西人民出版社 1989 年版。

王跃：《变迁中的心态：五四时期社会心理变迁》，湖南教育出版社 2000 年版。

魏绍昌编：《鸳鸯蝴蝶派研究资料》，生活·读书·新知三联书店香港分店 1980 年版。

吴趼人：《吴趼人全集》，北方文艺出版社 1998 年版。

吴虞：《吴虞文录》，亚东图书馆 1921 年版。

吴组缃、端木蕻良、时萌主编：《中国近代文学大系》，上海书店 1991 年版。

向培良：《飘渺的梦及其他》，1926 年 6 月北新书局初版。

萧红著、章海宁主编：《萧红全集》（散文卷），北京燕山出版社 2014 年版。

萧相恺：《世情小说史话》，辽宁教育出版社 1992 年版。

徐贲：《走向后现代与后殖民》，中国社会科学出版社 1996 年版。

徐仲佳：《性爱问题：1920 年代中国小说的现代性阐释》，社会科学文献出版社 2005 年版。

许纪霖、陈达凯主编：《中国现代化史》第 1 卷，学林出版社 2006 年版。

许纪霖、田建业编：《一溪集：杜亚泉的生平与思想》，生活·读书·新知三联书店 1999 年版。

许钦文：《短篇小说三篇》，北新书局 1925 年版。

许钦文：《许钦文小说集》，浙江文艺出版社 1984 年版。

许寿裳：《亡友鲁迅印象记》，人民文学出版社 1953 年版。

薛君度、刘志琴：《近代中国社会生活与观念变迁》，中国社会科学出版社 2001 年版。

严复著、王栻编：《严复集》第 1 卷，中华书局 1986 年版。

严蓉仙：《冯沅君传》，人民文学出版社 2008 年版。

阳翰笙：《阳翰笙日记选》，四川文艺出版社 1985 年版。

杨华丽：《"打倒孔家店"研究》，人民出版社 2014 年版。

杨联芬：《晚清至五四：中国文学现代性的发生》，北京大学出版社 2003 年版。

杨宗红：《理学视域下明末清初话本小说研究》，暨南大学出版社

2016 年版。

叶绍钧：《火灾》（第五版），商务印书馆 1928 年。

易鑫鼎编：《梁启超选集》下卷，中国文联出版社 2006 年版。

于润琦主编：《清末民初小说书系》，中国文联出版公司 1997 年版。

余英时：《中国知识分子论》，河南人民出版社 1997 年版。

郁达夫：《郁达夫文集》第 5 卷，花城出版社 1982 年版。

郁达夫编选：《中国新文学大系·散文二集》，上海良友图书印刷公司 1935 年版。

袁进：《中国小说的近代变革》，中国社会科学出版社 1992 年版。

袁世硕编：《冯沅君创作译文集》，山东人民出版社 1983 年版。

袁伟时编著：《告别中世纪：五四文献选粹与解读》，广东人民出版社 2004 年版。

张灏：《幽暗意识与民主传统》，新星出版社 2006 年版。

张灏：《张灏自选集》，上海教育出版社 2002 年版。

张怀承：《天人之变——中国传统伦理道德的近代转型》，湖南教育出版社 1998 年版。

张莉：《浮出历史地表之前——中国现代女性写作的发生》，南开大学出版社 2010 年版。

张枬、王忍之编：《辛亥革命前十年间时论选集》第 1—3 卷，生活·读书·新知三联书店 1960 年、1963 年、1977 年版。

张朋园：《梁启超与清季革命》，吉林出版集团有限责任公司 2007 年版。

张品兴主编：《梁启超全集》，北京出版社 1999 年版。

张岂之、陈国庆：《近代伦理思想的变迁》，中华书局 2000 年版。

张树栋、李秀岭：《中国婚姻家庭的嬗变》，浙江人民出版社 1990 年版。

张文娟：《五四文学中的女子问题叙事研究》，山东人民出版社 2013 年版。

张晓东：《身体对心灵的诉说：现代文学"情色"书写研究》，中国社会科学出版社 2015 年版。

章锡琛编：《新性道德讨论集》（增补再版），开明书店 1926 年版。

章锡琛编：《新性道德讨论集》，开明书店 1925 年版。

赵清、郑城编：《吴虞集》，四川人民出版社 1985 年版。

赵兴勤：《古代小说与传统伦理》，山西人民出版社 2005 年版。
赵园：《艰难的选择》，上海文艺出版社 1986 年版。
浙江省社会科学院历史研究所：《辛亥革命在浙江史料续辑》，浙江人民出版社 1987 年版。
郑曦原编：《共和十年·政治篇：〈纽约时报〉民初观察记（1911—1921）》，蒋书婉，刘知海，李方惠译，当代中国出版社 2011 年版。
郑振铎：《郑振铎选集》，四川文艺出版社 1990 年版。
中共中央马克思 恩格斯 列宁 斯大林著作编译局编：《马克思恩格斯选集》，人民出版社 1972 年版。
中国革命博物馆整理、荣孟源审校：《吴虞日记》（上），四川人民出版社 1984 年版。
中国革命博物馆整理、荣孟源审校：《吴虞日记》（下），四川人民出版社 1986 年版。
中国社会科学院近代史研究所编：《五四运动回忆录》（下），中国社会科学出版社 1979 年版。
中华全国妇女联合会妇女运动历史研究室编：《五四时期妇女问题文选》，生活·读书·新知三联书店 1981 年版。
周策纵等著、周阳山编：《五四与中国》，台北时报出版公司 1984 年版。
周昌龙：《新思潮与传统——五四思想史论集》，百花洲文艺出版社 2004 年版。
周谷城：《中国社会之变化》，新生命书局 1931 年版。
周新国、陆和健主编：《辛亥革命前后的江苏社会研究》，甘肃人民出版社 2011 年版。
周作人著、止庵校订：《谈虎集》，河北教育出版社 2002 年版。
周作人著、止庵校订：《雨天的书》，河北教育出版社 2002 年版。
朱贻庭主编：《应用伦理学辞典》，上海辞书出版社 2013 年版。
邹容著，冯小琴评注：《革命军》，华夏出版社 2002 年版。
《中国近代孤本小说精品大系》，内蒙古人民出版社 1998 年版。
《中国近代小说大系》，江西人民出版社、百花洲文艺出版社先后出版。
《中国近代珍稀本小说》，春风文艺出版社 1997 年版。

三　研究论文

陈坚：《"父父子子"——论儒家的纯粹父子关系》，《山东大学学报》（哲学社会科学版）2010年第1期。

陈洁：《鲁迅在教育部的儿童美育工作与〈风筝〉的改写》，《中国现代文学研究丛刊》2016年第1期。

陈宁、乔以钢：《论五四女性情爱主题写作中的边缘文本和隐形文本》，《学术交流》2002年第1期。

陈千里：《凝视"背影"——论20世纪中国文学中父亲形象的文学塑造与文化想象》，《天津社会科学》2003年第3期。

程再凤：《晚清绅士家庭的孩子们（1880—1910）》，硕士学位论文，华中师范大学，2011年。

范海伦：《晚清家庭题材小说研究》，硕士学位论文，陕西师范大学，2016年。

方锡德：《佚文〈惆怅〉：冰心唯一一部爱情小说的意义》，《长江学术》2008年第3期。

冯鸽：《新文学中"孝"与"非孝"悖论话语的解析》，《江苏大学学报》（社会科学版）2006年第2期。

贾植芳、王同坤：《父亲雕像的倾斜与颓败——谈20世纪中国文学中的"亵渎父亲"母题》，《中国现代文学研究丛刊》1996年第3期。

姜丹书：《施存统的〈非孝〉与"浙一师风潮"》，《民国春秋》1997年第3期。

赖志凌：《中国传统社会结构的伦理特质》，博士学位论文，复旦大学，2004年。

李桂梅：《冲突与融合：传统家庭伦理的现代转向及现代价值》，博士学位论文，湖南师范大学，2002年。

李华兴：《戊戌维新与国家观念的转型》，《中国近代史》（人大复印资料）1998年第9期。

李晓光：《阶级、性别、种族与女性身份认同》，《中华女子学院学报》2009年第3期。

刘思谦：《中国女性文学的现代性》，《文艺研究》1998年第1期。

刘勇强：《历史与文本的共生互动》，《文学遗产》2000年第3期。

彭娟：《明清家族小说的渎父倾向》，《湖南工业大学学报》2012年第3期。

邱雪松：《"新性道德论争"始末及影响》，《中国现代文学研究丛刊》2011年第5期。

散木：《行走了一个怪圈的施复亮》，《文史精华》2002年第7期。

王黎君：《儿童的发现与中国现代文学》，博士学位论文，复旦大学，2004年。

王丽萍：《鲁迅家庭伦理思想研究》，博士学位论文，中南大学，2008年。

王晓岗：《新小说的兴起——清末民初中国文学生产方式的变革》，博士学位论文，吉林大学，2010年。

杨帆：《1917—1949年中国现代小说的父子伦理关系研究》，硕士学位论文，辽宁大学，2015年。

杨华丽：《冯沅君〈淘沙〉及其相关问题论析》，《文史哲》2011年第1期。

杨华丽：《茅盾与斯特林堡》，《鲁迅研究月刊》2017年第6期。

杨华丽、邹啸：《斯特林堡在民国时期的译介述评》，《绵阳师范学院学报》2018年第12期。

杨联芬：《"恋爱"之发生与现代文学观念变迁》，《中国社会科学》2014年第1期。

杨联芬：《个人主义与性别权力》，《中山大学学报》2009年第4期。

叶立文：《五四小说的伦理叙事》，《小说评论》2010年第1期

张勐：《清末民初社会小说的思想蕴藉》，《文学评论》2016年第5期。

张培忠：《现代中国第一次爱情大讨论始末》，《决策与信息》2011年第3期。

张重岗：《中国新文学中的父子母题》（上），《北京科技大学学报》2004年第3期。

赵华：《清末十年小说与伦理》，博士学位论文，曲阜师范大学，2011年。

赵庆杰：《家庭与伦理》，博士学位论文，东南大学，2005年。

周乐诗：《清末小说中的女性想象（1902—1911）》，博士学位论文，上海大学，2010年。

周立民：《"家"与"街头"——巴金叙述中的"五四"意象》，《中国现代文学研究丛刊》2010年第3期。

后　　记

在键盘上敲下"后记"二字时，我已置身于2021年岁尾的一个重庆之夜里。

就在今天下午，我告诉一位老先生该书即将出版的消息，想让因病而几乎不能远行的他得到些许安慰，以证明从三花石那座外墙满是爬山虎的小木楼走出来的女子，已在他日以继夜的挂念中走得更远了些。多年前我曾在那木楼的窗边写下散文，将从未在课堂上教过我的他称为老师，而他则视我为他的第二个女儿。这么多年里，他时常在和我电话交流时说起他的女儿我的姐姐，也屡屡告诉我他在跟我姐姐聊天时幸福地谈起他的二女儿。在一个又一个摸索着前行的暗夜中，这份父女情谊给了我一缕缕光、一阵阵热。

就在昨天，我请老师指点迷津的邮件得到了热切的回应。那一长串六十秒一条的语音里，满是老师热切的关怀、冷静的分析和殷殷的期盼。就在前天，我的师兄、师妹们和我热烈地讨论国家社科基金项目选题，回望踏上问学之路的艰难历程，表达同处于"底层"而愿一起奋然前行的热望。师生情谊和同门情谊，曾在过往的荆棘路上给予了我直面惨淡人生的勇气，而现在，它们撑持着我望向更远的未来。就在今天、昨天、前天以及所有如水流淌的日子里，我那年事已高却始终牵挂着我身体的父亲和母亲，我那无论多忙都设法给我留下安静时间的先生，我那心心念念要远行却时时刻刻想助我一臂之力的女儿，都让我屡屡觉得自己像冬日里沐浴着暖阳的一株木棉。

是的，就像今天、昨天、前天一样，在必须给过去七年、十三年乃至更久远的时光印痕进行文字描述时，我首先感觉到的，是自己的伦理体验与学术研究实现的某种程度的共振。七年前的冬天，当第一次在键盘上敲出"中国小说家庭伦理叙事的现代转型研究"时，我还置身于绵阳建设街那个小院落的温馨的家里；十三年前的初夏，当确定将"打倒孔家店"口号的"名""实"之辨作为毕业论文选题时，我还置身于四川大学的望江校区，以每晚和家人煲电话粥的方式传达彼此的思念；更遥远的日子里，我对家庭伦理的多重感知，也许可以追溯到儿时、少年、青年时代那些点点滴滴，那些既有传统束缚我、促使我内心逐渐滋生反抗欲望的点点滴滴。"冲破传统的束缚"，是一行蓝色的斜写的楷体字，印在朋友的一件白色文化衫的背面。然而，谁知道呢，也许就是那一次与它的相遇，促成了我反思传统的种子终于萌生，而后来的持续问学，又使我有机会以学术的方式去考察反传统的链环，审视反传统之于传统自我更新的重要价值，进一步地，又使我以家庭伦理这一视角，去触摸历史演进中遭遇过大变局的人们的痛苦灵魂，去体察呈现过大时代中小人物的伦理悲喜的细枝末节。于是，就一路行进到了现在。

2011年所写的博士论文的"后记"里，我曾说川大三年所进行的是"不无缺憾的探索之旅"。2014年，我在《"打倒孔家店"研究》的"后记"里写道："'五四'时期'打倒孔家店'这个口号的名、实之辨中，还有太多含混的部分需要我进一步做出努力。我希望自己能沉寂下去，尽可能有理有据地回答其中的一些问题。"如今，七年过去了，我对"打倒孔家店"的"实"的研究有一些推进，对"打倒孔家店"的"名"的研究有若干展开，然而，拟想中的《"打倒孔家店"研究》的姊妹篇迄今仍未获得面世的机缘。这些年里，我从更多偏向于思想史、文化史的"打倒孔家店"口号的论析，渐渐转向了"打孔家店"运动中非常重要的破除父为子纲、夫为妻纲在文学层面的表征，渐渐集中于本就与家庭伦理、与中国现代思想及文学转型关系至为密切的小说，试图探究其在1898—1927年中的时移势变中呈现出何样芜杂的景观，在1937—1945年的大后方又呈现出何种丰富的肌理。研究大后方抗战小说的家庭伦理叙事是我即将着手展开的课题，而论析晚清至五四中国小说家庭伦理叙事的现代转型的成果，集中呈现于目前的这部书稿中。

这本小书生成的精神丝缕，部分已体现于上面的文字，而该书诞生的直接原因，则是2014年国家社科基金项目"中国小说家庭伦理叙事的现代转型研究（1898—1927）"（14XZW022）的立项。从申请到正式立项，从开始准备资料到课题结项，李怡、张光芒、谭桂林、蒋登科等良师的精神鼓励与切实支持，让我在孜孜矻矻的努力后终于抵达了现在这个驿站。

在这数年中,《文艺研究》《明清小说研究》《现代中国文化与文学》《中国现代文学论丛》《现代中文学刊》等刊物曾刊载了部分章节。那些无声的勉励与褒奖,是让我在漫漫长途中终于坚持着走到现在这个驿站的另一种力量。而在本书出版过程中,中国社会科学出版社的责任编辑慈明亮老师,凭借他深厚的学养、良好的编辑素养,尽职尽责地加以编校,为完善拙著提供了良好建议,保证了这本小书的出版质量;"年年丰收"的中国现代文学小组的兄弟姐妹们,仅仅为了拙著封面的风格、构图的设计、标题的排列等等,就在群里讨论了两个小时有余;南京大学的张光芒老师,在艰难而特殊的防疫形势下挤出时间为拙著写下高屋建瓴的序言,尽显其勉励与提携的美意。因此,站在现在这个节点上,我既要感念促使这本小书得以孕育的那些精神丝缕,也要感谢促成这本小书终于诞生的诸多良师益友。

在这个并不暗黑的夜里再度审视逝去岁月里留下来的文字,我发现过去七年所走过的,依然是"不无缺憾的探索之旅",而能告诫自己的,也唯有迎着"师友们关切的目光"继续"沉寂下去",就像里尔克所言的那样:居于幽暗而自己努力。我相信这本小书是一个值得纪念的中点,而我对于"打倒孔家店"、家庭伦理、伦理与文学之关系的思考之路会继续延伸。在本书的"结语"中我曾说,"深入了解了1898—1927年的他们,就深入理解了清末民初中国小说家庭伦理叙事的现代转型历程,深入理解了20世纪中国知识分子思想史的一部分,也就深度理解了我们自己在家庭伦理关系处理过程中那些看似无意的言语与行为背后的精神密码。"于我而言,已有的、现有的和未来将要展开的研究,都因这种关联而具有无穷的魅惑力,都因这种关联而催促着我向前方进发。

2021年岁尾,于清华源